子午 著

大漠的烟火，是苍穹的星河

作家出版社

图书在版编目（CIP）数据

大漠的烟火，是苍穹的星河／子午著. -- 北京：作家出版社，2025. 9. -- ISBN 978-7-5212-3224-0

Ⅰ. I247.5

中国国家版本馆CIP数据核字第2024SR9926号

大漠的烟火，是苍穹的星河

作　　者：子　午
责任编辑：宋辰辰
装帧设计：意匠文化·丁奔亮
出版发行：作家出版社有限公司
社　　址：北京农展馆南里10号　　邮　　编：100125
电话传真：86-10-65067186（发行中心）
　　　　　 86-10-65004079（总编室）
E-mail:zuojia@zuojia.net.cn
http://www.zuojiachubanshe.com
印　　刷：河北尚唐印刷包装有限公司
成品尺寸：152×230
字　　数：386千
印　　张：28.75
版　　次：2025年9月第1版
印　　次：2025年9月第1次印刷
ISBN　978-7-5212-3224-0
定　　价：58.00元

你是我仰望的星河，我是你人间的烟火。
一对儿大漠热血航天青年的烟火与星辰。

初秋。

"鲲L号"载人飞船即将于月中返回，着陆场从原草原着陆场调整到漠城着陆场，首次开启漠城着陆场系统常态化应急待命搜救模式。这意味着漠城着陆场的搜索回收能力将迎来首次检验，而"鲲L号"载人飞船也将成为首次在漠城着陆场着陆的载人飞船。

距离"鲲L号"返回还有一周，夏日清晨的漠城航天城还沁透着些许微凉，太阳刚刚跃出地平线，晨曦暖而不燥。

漠城大礼堂前，排排军绿色的"猛士"搜索车整齐列队，中间还夹杂排列着媒体的转播车。身着橘黄色搜救服的搜救队员们早已在各自车前等候，漠城宾馆的大门外人头攒动，来自全国各地的媒体工作人员进进出出，有的手里还提着没来得及吃的早餐。

"苏骁，苏骁，编号，编号！"一个个头高大的男人用手拍着车厢，发出啪啪的敲击声，他靠近对讲机提高了音量，"09号车还缺后编号。"

男人嗓音低沉，却异常有辨识度。丛烟循着那声音望去，他侧脸分明，身形高大硬朗，在人群中格外引人注目，四下搜索的目光鹰隼般锐利。

对讲机里传来另一头的声音："队长，零几？"

"9，09号车。"男人在嘈杂的背景音里拉高音调，目光不经意瞥过丛烟时，她觉得心跳莫名地漏了两拍。

男人的视线丝毫没有停留，依旧四下搜寻，最终落在了快步跑来的小伙子身上。

"这儿！"男人冲他招手，待苏骁跑到跟前，他扬手拍在小伙子后背，"给你说八百遍了，检查好检查好，还漏？"

苏骁笑着抱头求饶："这就贴这就贴。"

男人离开09号车，继续挨辆车检查下去。走到媒体区时，对媒体区前组织队伍的男人喊了句："老周，清点好你的人，半小时后出发。"

周文杰探头应道："放心，放心，正在核人。"

周文杰在媒体区前不厌其烦地提醒："大家最后再检查一下媒体工作证，特别提醒，没有媒体工作证是进不去采访区的，为了不耽误大家的工作，不管是今天的演练还是正式返回当天，请一定、一定、一定要佩戴好工作证！"

丛烟此次作为摄影师参加任务，跟随搜救队伍中的地面分队前往着陆场参加任务前最后一次全系统模拟演练。原本她已经来到了媒体集合区，在听到周文杰的提醒后，才突然发现自己的媒体工作证竟真的不见了。她匆忙沿原路回去寻找，正好看见不远处的男人弯腰拾起了地上的一个工作证。

男人看了一眼，略迟疑后将证件举高，大声道："哪位记者朋友掉证件了？"

丛烟像小朋友一样举手，向他跑去："我……可能是我的。"

她伸出双手准备去接，男人却远远地丢给她，同时转身再次叮嘱媒体区的人："各位一定保管好自己的证件，进了戈壁滩只认证件不认人。"

丛烟伸手接住证件的同时，心里巨大的失落感瞬间溢满。

顾星河，他居然没有认出她。

顾星河检查完最后一辆车的编号，微倾身子半靠在车头，一条大长腿微收，复杂的目光穿过人群的缝隙，精准地落在丛烟身上。

这时，正是一天中最温柔的时刻，清晨的光缓缓地落在她身上，洒下一层温暖的光晕。人群中的女人微垂着头，睫毛又黑又长，精致的脸庞在微扬的碎发遮掩下半隐半现，整个人格外光艳明亮。

男人目光宛如冬日里被冰封住的河水，又硬又冷，河底却暗流涌动。

他远远地望着她，暗暗咬了下牙。

呵，六年了，她居然敢来漠城。

队伍集结完毕，按事先安排好的编号，记者们分别乘坐不同的车辆，进场的记者有严格的纪律，以一切采访活动绝对不得干扰航天发射任务进程为基本原则，要严格听从工作人员的安排和引导，不得私自到非媒体区拍摄，否则将会被工作人员取消采访资格。

顾星河的车是头车01号指挥车，丛烟和另外一名同事孙遥在第二辆02号车，跟在顾星河车子的后面。巨蛇般的车队浩浩荡荡出发，一路驶出"主城区"，向着戈壁滩进发。

作为搜索救援地面分队的负责人，顾星河要统筹地面分队的所有车辆，跟空中直升机梯队打配合，一路上，对讲机时不时传出他的声音。

"我是01，车辆按编号报告距离，收到回复。"

"02，二十米。完毕。"

"03，五十米。完毕。"

……

"我是01，10号车调整顺序，跟第二分队。收到回复。"

"10收到，已调整完毕。"

"我是01，车辆即将进入戈壁滩，停车听候指令，各位工作人员和媒体朋友先不要下车。"

车队驶进戈壁滩后，为防止飞船返回抛防热大顶时的坠落物对搜救人员产生安全威胁，航天搜救队需要在安全距离外进行第一次候车等候。

顾星河召唤几个小组负责人下车，按搜救流程，车辆即将在接收到理论落点后向不同方向出发，以确保无论返回舱落在哪个方向，地面搜救分队都能第一时间前往返回舱所在地。

丛烟坐在车里，从车窗玻璃看向人群中那个挺拔健硕的男人。他手里拿着一张图纸，跟身边人交流着，时不时指指远方，目光里全是专注。

"帅哥，那人是你们队长吧?"同车的女记者孙遥问开车的搜救队员。

小伙子探探头，笑道："那个啊，我们顾队。帅吧?"

"主要是气质，man，懂吗?"孙遥拍拍小伙子的肩膀，"你肯定有他微信吧?给姐推一下?"

小伙子乐了，扭头看着孙遥说："姐，我劝你啊，别白费工夫。"

孙遥："怎么说?难道他喜欢男人?"

小伙子笑得更厉害了，这姑娘，套路够野啊："姐，像你这样的姑娘，我们顾队每年少说也得遇上几十号，我还没见哪个姑娘被他通过好友申请。"

"像我这样的?大气漂亮、性感热辣、有见识有学问的?"孙遥笑。

"差不多，各种各样。"小伙子也不掩饰，"我们顾队脾气不怎么好，对女孩子没什么耐心，何况每天进戈壁滩训练，也没时间谈恋爱。"

没有耐心?丛烟脑海里回想起他温柔的样子。

安排好工作后，顾星河再次打开对讲机："各车请注意，原地待命，等待第一次模拟落点预报。大家可以下车休息一会儿，不要走远。"

"两位姐，第一次落点预报比较久，下去活动活动吧，看看大漠风光。记住车号，一会儿别上错车。"小伙子解了车锁，最先跳下了车。

大家蜂拥而下，寂静的戈壁滩上瞬间零零散散地有了人气儿，一簇簇骆驼刺和梭梭树闯入眼帘，一望无际地开满了戈壁滩。它们成群结队地出现在戈壁滩，每一簇却又自由矗立，像骄傲独立的个体，不与其他簇拥相生。

在戈壁滩里，好似没有生命，却又处处充满着生机。

多年的航天搜救训练让他们无比熟悉这里的漫天黄沙和每一丛骆驼刺，小伙子介绍说："骆驼刺非常耐寒、抗旱、耐盐。它之所以不惧风沙，成为戈壁一霸，主要是因为它根深枝茂，有非常庞大且发达的根系，根须长达二十多米。"

"二十多米？真彪悍！"孙遥举着手机对着眼前的一簇骆驼刺咔嚓了两张。

小伙子又说："为了储存水，沙漠里的植物都是八仙过海各显神通。骆驼刺是植物界的骆驼，在多雨的季节，它会把水分储存起来，等到干旱时，便能供给自身，就像骆驼的'驼峰'一样，它也是戈壁滩里骆驼唯一能吃的草料，所以它被叫作'骆驼刺'。还有梭梭，远处看着不大，近处看也有半米甚至一米高……"

丛烟倚靠着车门，耳朵里听着小伙子热情地向大家介绍沙漠，目光却望着遥远不见天际的远方。

她从裤子口袋默默摸出一个烟盒，伸手抽出一根烟，又在另一个口袋摸了两下，掏出打火机，拇指按下去的瞬间，火光燃起。

升腾的火光将视野里远方的广袤沙漠笼上了一层朦胧的橘晕。

炽热，灼烈，带着希望。

下一秒，手中的打火机被人抽走。

动作很迅速、很干脆、很冷漠。

男人清晰的五官出现在面前，清冽干脆的声音随风灌进她的耳蜗："《记者任务手册》上有写，任务期间不准抽烟。"

顾星河利落地把打火机塞进搜救服口袋，转身大步一迈，回到头车旁，继续和同事们探讨着工作。他捏着图纸的手指修长，指甲修剪得很干净，露出的半截前臂硬实有力。

"快接电话，快接电话，再不接电话本仙女发飙啦……"

刺耳的电话铃声响起，大家纷纷看向丛烟。她直勾勾地盯着顾星河的背影，默默地接起电话："说。"

"见到人了吗？"电话那头，陈美人的声音传了过来。

"嗯。"

"说上话了？"

"嗯。"

"说什么了？"

"不准抽烟。"

"嗯？"

丛烟从裤子口袋里摸出那本红色封皮的小册子，出于基本的职业责任感，上面每一条她都看过，她确定，没有"不准抽烟"这一条。

"忙着呢，回头再说。"丛烟挂断电话，牛仔裤包裹着的纤细长腿迈了几步，来到几步远外的人群外围，柔和且冷静的声音打断了他们的谈话：

"《记者任务手册》上没有不准抽烟这一条。"

顾星河从人群中抬起头，微拧着眉望向她。

女人昂着头，语气平淡，表情却极硬气。

"没有？那就是我记错了。"顾星河没准备继续理她，指着地图上的某处又跟队友说起了话。

"打火机还我。"女人突然说。

顾星河再次抬头，舌尖顶了顶后牙槽，表情微恼："什么？"

"打火机。既然记者手册里没有，你就不能没收我的打火机。"

"没有也不能抽烟。"顾星河瞪她一眼，不耐的神情仿佛是她在故意找碴儿。

"谁规定的？"

"老子！"顾星河抬高音量，扭头对一旁的苏骁厉声喊道，"回去把这条加上，重新刊印后发给记者们。"

"好。"苏骁乖乖地点头。

男人重重地吹了一口气，提起地图继续为其他人讲解。

丛烟返回02车身旁，小伙子对孙遥说："你看，我说吧，我们顾队对女人没什么耐心。"

"这并不妨碍他招人喜欢啊。"孙遥单手环胸，目光追随着那个又狂又跩的男人。

安排好工作，顾星河回到车上，他打开一点窗缝儿，微暖的风灌了进来。男人冷冽的目光落在后视镜上，不远处，女人正半蹲在地上，在戈壁滩上捡拾大大小小的石头。

顾星河从口袋里掏出那枚金色的打火机，上面雕刻着的"烟火星河"四个字已经有些模糊，指尖一字字地轻轻抚过时，脑海里浮现出女孩清冷的脸。

"打火机还我。"这是他们分手时她对他说的话。

那天，他将那枚打火机还给她，从此，她去长京，他来戈壁。

第一次模拟落点预报信号发出，顾星河迅速按落点位置组织分队从不同方向出发，车队开进戈壁滩，沙土飞扬，烟尘滚滚。

丛烟望着手机上越来越弱的信号，她知道他们真正进入戈壁滩了。

戈壁滩内部无固定道路，车辆跑过的地方很快在风沙的追逐下被再次掩埋，完全看不出原来的痕迹。前排的车子若隐若现，要在尘土飞扬的缝隙间追紧目标也是一件不容易的事。在无数次的堪场和演练之后，一个个红色小旗子制作的地标和车辆背后的红色旗子，成了沙幕中唯一可识别的标志物。

身旁的小伙子目视前方，操作灵敏，紧追前车，保持着合理又安全的距离。丛烟攥紧扶手，问我们要开去哪里。她担心连个方向都没有，会不会迷路。小伙子目不斜视地说，放心，我们跟的车是顾队的车，顾队就是沙漠里的鹰，方向感极好，不会走丢的。

"我是01，前方土质很软，注意不要减速，交叉前进，不要紧跟前车痕迹，避免深陷。"对讲机里传来顾星河的声音。

被车轮碾过的路段由于表面碎石被推到一边，内层细软的沙层暴露后会增大行驶难度，为了避免走重复路，车辆蛇形前进，与前车交叉碾过，车身时而倾斜，时而回转，丛烟一时紧张，不小心将脖子上的吊坠拽断，掉进座椅下方。

那是顾星河送给她的星星吊坠，掉落的瞬间，她想也没想，解开安全带就要探身去取。小伙子震惊之余脚下不得已刹车减速，车子瞬间陷进泥沙。

丛烟脑袋向前撞去，一时间眼前直冒星星。

几乎同时，孙遥大叫一声，整个人撞向前座后背："天哪，发生了什么？"

小伙子按着对讲机："我是02，请求支援，请求支援。"

"我是01，一分队所有车辆有序暂停。"

没一会儿，顾星河带着几个人跑步过来。小伙子神色沉重，却依旧站得笔直："报告顾队，车子陷了。"

"怎么回事？"顾星河目光落在副驾驶座的丛烟身上，她手里拽着断了的链子，额头明显红了一块儿，只一眼，顾星河就了解了个七八分。

"是我驾驶失误！"小伙子"嗖"地站直身体，昂首挺胸也不准备辩驳。

"回头写份检查在全队大会上检讨，这如果是正式搜救，你他妈就玩完了。"顾星河咬牙。

"是！"小伙子领到惩罚，这才放松身体，"队长，现在怎么办？"

"滚远点！"顾星河恼火地吼道。

小伙子默默地跑到一边，趴在地上撑起身子，一个一个俯卧撑做了起来。

"我说你呢！"顾星河怒气冲冲地对副驾驶座上的丛烟喊，"下车，屁股焊上去了？"

丛烟自知理亏，默默下了车，来到小伙子身边。

她蹲在小伙子身旁，温声软语说："对不起啊，连累了你。"

“没事，我做完两百个俯卧撑，顾队气就消了。”

丛烟望着那个蹲在车轮旁观察情况的男人，她轻声问小伙子：“他这么凶你，你不生气啊？”

苏骁倒是笑了，他一边做俯卧撑，一边气喘吁吁道：“姐，那是你不了解我们顾队，我们顾队只是看起来对我们凶。”

那边，几人已经填了坑，装了拉车绳，顾星河坐在驾驶位上一边操作一边指挥大家在合适的机会用力，在沙漠地域，车辆起步是比较困难的，起步时一定要慢踩油门，避免瞬间扭矩太大导致陷车，尤其这种深陷的情况，要巧妙操作，强行起步很容易使轮胎越陷越深。几分钟后，在大家的努力下，车子终于离开了沙坑。

男人跳下车，轻踹了一下苏骁屁股：“开车！”

丛烟正要跟着上车，顾星河又喝道：“你，到前车来。”

“哦……”丛烟闯了祸，变得乖巧起来。

顾星河的头车只有他自己，如今多了丛烟，车上安静得只能听见彼此的呼吸声。

他打开车窗，透了口气，再次研究起地图。

“其实……不是他的错。”丛烟糯糯地开口，“是我突然解开安全带——”

“我知道。”男人打断她的话，清冷的声音带着明显的微怒，目光却依旧停留在地图上不曾离开。

“你怎么知道？”

“我亲自带出来的队员我不知道他开车什么水平？草（一种植物）！”

顾星河心道，你闯祸后什么样子我不知道？又不是第一次给你擦屁股！

丛烟不再说话，这撑天撑地撑空气的样子，让她想起那句歌词：我还是从前那个少年，没有一丝丝改变。

男人收起地图，打开车门跳下了车，他跳车的样子很酷，像电影里的特种兵。丛烟扭头，追着他的身影移动。

顾星河走到后车车旁，手掌用力地敲了敲车窗，车窗刚开了一点缝儿，他就不客气地对苏骁说："下车。"

苏骁跳下车，跟着顾星河走远了一些。两人一前一后停下，顾星河这才问："干吗给她扛雷？看上人家了？"

"队长，你不会是因为这个才踹我的吧？"苏骁后知后觉地回神，远远地看了车里的丛烟一眼，又咧嘴笑说："不过，是挺好看的，顾队你眼光真不错。"

顾星河作势要拍他，被他灵巧地躲了过去。

"队长你就甭瞒我了，我可是出了名的过目不忘，我第一眼看这姑娘就对上号了，就是你钱包里那个！"小伙子得意的样子像掌握了机密情报，"我说你昨天怎么特意过来把她换到我车上，我还纳闷，什么重要人物需要我亲自保——"

话音未落，该落的巴掌终于还是落了下来。小伙子捂着头，暗自下决心以后要在搜救服的帽子里缝一层棉花。

在接下来的几轮落点预报中，一切都很顺利，五架直升机迅速飞向模拟目标，地面上的数十辆搜救车从集结地风驰电掣般向模拟目标落点狂奔。

螺旋桨在轰鸣，尘土在飞扬，天地间瞬间铺开一张搜救网，搜救人员、医监医保人员、警戒人员迅速到位……

"鲲L号"发射任务前的全系统模拟演练顺利结束。

回去的路上将近两个小时车程，车子缓慢行驶在戈壁滩，手机依然没有信号。丛烟坐在副驾驶座，被车颠得生了困意，慢慢靠着车窗缓缓闭上了眼。

也不知过了多久，她终于再次醒来，车子已经进入漠城"主城区"。车速异常缓慢，她甚至能看到一旁的电动车呼啸而过。

丛烟理了理头发，四下望了望，环境有些陌生："嗯……我们这是到哪儿了，其他车子呢？"

"早解散了。"睡得跟个动物似的，害他像个傻子一样在场区里慢悠悠地转来转去。

"哦……"丛烟看了一眼手机，"那你把我送到宾馆门口就行，我回去睡一觉。"

顾星河破天荒地看了她一眼，那眼神里三分戏谑、五分嘲讽、七分震惊。

丛烟眉眼微蹙，也对，都睡两个小时了，还睡是有点儿不像话。

车子最终停在一家牛肉面馆前面："下车。"

顾星河用帽子拍了拍身上无处不在的细碎尘土，大步走进牛肉面馆："老板，大宽一碗不要辣子，毛细一碗辣子多一些，加肉加蛋。"

"好嘞——"牛肉面师傅利落地揉面、扯面、甩面、揪面、下锅，一气呵成。下锅的面在沸腾的汤锅里打几个滚儿，便可以出锅了。

热气腾腾的面锅里飘出牛肉面特有的萝卜与葱花混合着牛肉汤的香气，一下子就把她饥肠辘辘的胃唤醒了。

非正常饭点儿，店里用餐的人并不多，除了他们两人，便只有另一桌男女在吃饭。顾星河坐在出餐口，用热茶烫着杯子。丛烟在他对面坐下，男人把一个烫好的杯子放在她面前，又取了一双一次性筷子磨来磨去。

丛烟看他一眼，低声说："我也想要辣子多些。"

"戈壁滩太干燥，刚来就吃辣子会流鼻血。"顾星河没什么情绪地说。

他把磨好的一次性筷子递给她，转身从饮料柜里拿了两瓶冰镇饮料："喝个冰的下下火。"

"今日不宜喝冰。"丛烟赌气道，现在只想吃带辣子的牛肉面，她最初吃不惯西北油泼辣子，也是跟顾星河在一起后，总跟他吃才慢慢喜欢，每次也要学着他一样，从油罐底下狠狠掏一大勺油泼辣子，吃面时能嚼到辣椒的明显颗粒感才觉得过瘾。

顾星河看了一眼手机，重新拿了一双筷子磨着："六年挺久，连生理期都改日子了。”

丛烟：“……”

她拿起桌上的冰镇饮料，“砰”的一声扯开拉环，咕嘟咕嘟灌了两口。

“嗝——”

喝得有点儿猛了……

牛肉面上桌，顾星河把大宽的那碗推到她面前。丛烟一直喜欢吃宽面，小时候吃奶奶做的手擀面，她总是会让奶奶把最后一截面切成宽宽的，单独给她下一碗。

她很久没吃这么香的牛肉面了，闷着头也不说话，很快就把一整碗吃了个精光。

顾星河盯着她空荡荡的面碗，扯了扯嘴角：“饭量见长，再来一碗？”

丛烟看了一眼顾星河碗里还剩一半儿的面条，点头说好。

“老板，大宽再来一碗。”他冲窗口喊，拉面师傅熟练地开始扯面。

第二碗面上来的时候，顾星河的面已经吃完。丛烟一声不吭，继续埋头吃面，吃到一半儿的时候实在吃不下了。

她低着头，想着要怎么解决这半碗面。

“吃不下就别勉强了，不吃东西也可以不说话。”顾星河拖过她面前那半碗剩面，挑了一筷子，吃了起来。

丛烟再也忍不住了，眼眶一酸，低声哭起来。她哭得很有节奏，像受了委屈的猫，一声一声，豆大的眼泪扑簌簌地掉下来。

顾星河觉得心底的某处被戳了下，有点疼。

旁边桌的男女闻声看过来，女人不满地跟男朋友抱怨：“这男人怎么这样，女朋友哭成这样，也不哄一下。果然长得帅的男人都是渣男！”

“你这是夸别人呢还是损我呢？”女人的男朋友嘴里叼着一根面条，委屈道。

丛烟觉得别人好像误会了，抽了一张纸开始擦眼泪。

顾星河对周围的一切置若罔闻，只顾埋头吃那碗她剩下的面。

许久，顾星河吃完面，丛烟的哭声也从呜咽到哽咽，慢慢安静了下来。

他抽了张纸巾擦了擦嘴，把面碗向前推了推，冷声问："哭什么？"

声音多少带着点儿怒气。

"今天跑戈壁滩，沙子进眼睛了。"丛烟哽着，又扯了张抽纸抹了把鼻涕。

店里很安静，只有锅里冒着的热气儿看起来是动态的，她用力擤了擤鼻涕，声音有点大。

顾星河咬咬牙，腮边鼓肌一跳一跳，没一会儿他起身，大力踢了一脚身旁的凳子，抬手扫了二维码，提示音响起时，丛烟听到他低咒了句："这沙子反射弧真他妈长。"

一路上，两人都没有开口说话，车子里安静得能听到彼此的呼吸声。他把她送回宾馆，丛烟进门的时候回头看了他一眼。

顾星河一脚油门下去，车子飞驰而去。

你还委屈上了，老子还没哭呢！

* * *

顾星河开车回到航天搜救队后院儿停车场，车场里整齐排列着一排排清洗完毕的"猛士"，墨绿的车身在阳光下闪烁着灼灼耀眼的光，衬得车体异常光亮洁净。

一个短发年轻女人小跑着过来："老大，你怎么才回来？"

"吃饭去了。"他扯过水管，打开开关开始洗车，水流肆无忌惮地冲刷着车体，流到地上的水混合着沙土，变得非常混浊，缓缓流进下水道。

冲了一轮车身后，他的目光才落在女人脚上："脚好些没？"

"嗯，不碍事，基本已经恢复好了。你看我现在活动自如，所以这次任务……"

"不要想，你好好恢复，下次'鲲Ｍ号'载人任务有你上一线的机会。"顾星河没给她留念想，直接拒绝。文静在训练中伤了脚踝，医生说伤筋动骨一百天，她才一个月，要慢慢恢复彻底才不会留下后遗症。

"哦……"文静将清洗剂倒进盆子里，用手和弄了两下，盆子里很快溢满了透明的泡泡，"我听说你们那队今天出了点小意外？"

"嗯。"喷水声很大，顾星河的"嗯"声微不可闻。

"我还听路平说……她来了？"文静小心翼翼地问，清澈的眼神里带着一丝不易发觉的探究。

顾星河手上的动作顿了顿，又"嗯"了声。

"她来是……"

"媒体摄影师，参加'鲲L'返回任务。"

"哦。"文静摸了摸手上的戒指，"她仅仅是来……参加任务？"

顾星河手上的动作骤停，眼前浮现出刚才丛烟哭的样子，心头莫名烦躁。他顿了顿，把水枪塞给文静："你把车洗了，我出去一下。"

顾星河快速地冲了个澡，换了便服，开上自己的私家车驶出大院儿。车子停在丛烟住的宾馆门口，大门上方"漠城宾馆"四个大字在光线的反射下泛着琉璃般的光。他摸出打火机，再一次摸了摸上面的字。

记忆的筛子筛掉了很多过往，留下的全是与她有关的，过往的一幕幕像被解开封印，一拥而出……

"顾星河，你是不是一定要去漠城？"

"是。"

"我用我们的感情威胁你也不行，是吗？"

男人低头不语，摸着行李箱的手在不被发觉的地方加大了力道。

"四年的感情，也挽留不了你，是吗？"

"你等我，我会回来……"

"多久？一年？两年？还是十年，二十年？你知道我有多抵触异地恋的！"

丛烟父母常年两地分居，母亲对父亲失望至极，家里每天都是争

14

吵声，打电话都是在吵架，冷得像个冰窖。

"如果你不愿意跟我一起去，也不愿意等……"

"怎样?"她哽咽着，"你说，只要你敢说，你说出来我就成全你。"

男人再次沉默。

"你今天如果要去漠城，就把打火机还我。"她终于说出这句话。

男人微怔，女人再次重申："我们当初约定过，如果有一天你决定离开我，不再管我了，就把打火机还我。"

"我没有说不管你……"

眼泪划过脸颊时，她一字一字重申道："把、打、火、机、还、我!"

"烟儿，你讲讲道理……"

"把打火机还我!"她哭着伸手去他口袋里掏。

男人躲，女人拼命打他，争执中打火机掉在地上，女人捡起打火机，男人抢，女人力气不敌，被男人重新把打火机抢了回去。

"分手!"最终，她绝望地蹲在地上，无助地拍着地面歇斯底里地喊，"分手!"

她知道，自己留不住他了。

男人怔住，久久才回："你说真的?"

他们说过永远不说"分手"这两个字，在一起的四年里，无论发生任何不愉快，两人也从没说过这两个字。

女人哭着喊："分手，如果你今天一定要过这个安检，就把打火机还给我!!!"

时间仿佛停滞了很久，男人眼眶渐红，最终，他摊开手，女人拿走打火机，转身离开。

他选择了过安检，从此天各一方。

毕业即分手，他们终究也没逃出这魔咒。倔强又年轻的时光，也只有那回不去的青葱岁月了吧。

往事回忆起来总让人胸口闷堵，顾星河打开车窗，下午闷热的空气瞬间灌进车里，路旁的馒头柳耷拉着脑袋，纹丝不动，就连树底下的猫也垂头丧气的，像一只丧家犬。

那只大橘猫冲顾星河恶狠狠地叫了声，不知道是不是在说：你礼貌吗？你比我更像。

顾星河：你像！

"哟，星河？"一个男人开着电动车停在他车旁边，探头跟他打招呼，"我远远地瞧着像你的车。"

顾星河开门下车，目光落在他手里提着的一大包零食上，笑着说："鲁大哥，您干吗去？看冉冉？"

"对，小家伙在幼儿园当升旗手了，让我去给她庆祝，正好我今天得空，过去看看她。"

"我也好久没去看冉冉了，改天去看她。"

两人正聊着，顾星河的目光却专注地落在远处。

"看什么呢？这么出神。"鲁国昌顺着他的目光看过去，从宾馆走出一男一女向着反方向走去，男人胳膊搭在女人肩膀上，两人有说有笑地离开了。

顾星河的目光落在女人身上，眼神变得错综复杂："鲁大哥，我还有事，回聊。"他头也不回地上了车，朝着两人离开的方向开了过去。

鲁国昌留在原地，自言自语地笑了："这千年的铁树，是要开花了？"

丛烟第一次来漠城，贺寒却是这里的常客，几乎每次载人航天任务他都来漠城参与媒体宣传工作。丛烟刚去单位的时候，贺寒是带她的师父。说是师父，其实他也只比她大六岁，但因为入行早，又加上搭档刚刚离职，丛烟便成了他的徒弟兼新搭档。

别的搭档组合都是美女记者搭配帅哥摄像，他们的组合却是反着的，丛烟负责摄像，贺寒负责采访出镜。

最初，贺寒对这个看起来除了美别无优势的"花瓶"很是无感，尤其是她那双走哪儿穿哪儿的高跟鞋，让他很是反感。见过记者穿高跟鞋，哪里见过摄像穿高跟鞋的？这不是胡闹吗？有紧急任务跑起来时，难道还要帮她捡鞋跟不成？因此，贺寒对上级安排给他这样一个"累赘"也是大有意见，几次三番去领导办公室要求换人。

第三次去找领导的时候，丛烟中途进去的，一进门她就把高跟鞋脱下来，拎在手里，斜视着贺寒说："我可以不穿高跟鞋，但不是由你来决定我穿不穿高跟鞋，你都还没试，怎么知道我不能穿高跟鞋摄像？"

贺寒乐了，死丫头片子，人不大，胆子不小。

隔天，贺寒便带着她去偏远山区采访，崎岖的山路到处坑坑洼洼，一脚一个坑儿，贺寒穿着运动鞋都走得很吃力，丛烟背着沉重的设备更是走得艰难，他也完全不想发挥什么绅士风度，一个人轻松快速地向前走，偶尔还停下来不咸不淡地嘲讽两句。

丛烟不恼也不求他，走了一会儿后，她把高跟鞋脱下来，贺寒以为她要光脚徒步时，却见她不紧不慢地从包里掏出一双运动鞋换上。

这操作把贺寒看呆了，没想到她还留了一手。等两人走过了山路，路况稍好一点儿，她又换上了高跟鞋。

贺寒笑哭："你对高跟鞋是有多执着？少穿一秒都不行。"

丛烟调整了一下设备，目不斜视回他："你管我穿什么，能不能驾驭是我的事，如果耽误工作你跟领导反映，处理我。"

小姑娘的倔强倒是让贺寒刮目相看，渐渐地，他发现丛烟的工作能力也很突出，工作起来毫不矫情，为了采到好的角度，她可以光脚踩在臭水沟里，为了拍一个她想要的镜头，可以整个人趴在冰上一个多小时，也可以糊到满脸土灰像个村姑，这跟她平时爱美的性格完全是天壤之别。

平日里的丛烟，是个打扮精致、时髦耀眼的姑娘，"矫情"得连开瓶矿泉水都要别人帮忙，可一旦扛起摄像机，完全没任何形象可言，瘦弱的身板立刻力大无穷，甚至很多男摄像都跑不过她。

贺寒有时候会觉得摄像机就是她的菠菜，而她就是大力水手烟。

她珍视自己的工作，清楚自己的工作职责，比起用"摆烂"伪装轻松的人生态度，她更喜欢义无反顾和不留遗憾。

也正是这样的丛烟，让贺寒对她真正改观。六年的合作下来，两人已经无比默契，他一个眼神，丛烟就知道镜头该往哪里打，丛烟一个努嘴，他就知道下一秒该去抢占哪个高地。两人合作多年，获奖作品无数，也成了台里公认的最佳搭档。

私下里，他们关系也很好，丛烟从小喜欢画画，大学选了自己最喜欢的动漫专业，虽然后来做了摄影师，但她的动漫事业也搞得如火如荼，利用业余时间开设了自己的短视频账号，发布自己做的有趣的动漫视频。

贺寒对热点风向一向敏锐，总能给她提供很多创作的灵感，也为她的动漫创作出了不少点子。

丛烟来之前给贺寒说过，这是自己最后一次跟他出任务，她要辞职。贺寒知道，她心里一直有个放不下的人，只是没想到，她最终还是来了。

两人漫步在漠城的街头，热风躁动，没有鸟叫。贺寒突然心生不舍，伸手揽着她的胳膊撒娇道："算了，徒弟，别来这儿了。你看，这里其实一点儿都不好，连个像样的商场都没有，你买个口红都只能网购，现场试色的机会都没有。"

丛烟笑着拍开他的手："你少来，你以前可不是这么说的，你以前说这里像世外桃源一样，偶尔在这里待几天，身心非常放松。"

"对啊，我说的是'偶尔'，可你现在是辞职，长久在这里怎么能一样，没有娱乐没有剧场，没有度假村也没有音乐会，最主要的是没有商场给你逛街，那不跟坐牢一样。"

丛烟倒是不觉得，尤其这几年一个人在外闯荡，她越发深切地觉得，如果人的心孤独了，就算身处最繁华的都市，也弥补不了心底的空洞。

"漠城这么大点儿的地方，说个不好听的，将来你跟老公吵架，离家出走你都没有地方去！检查站你都跑不出去！"

丛烟："不会有那一天的，即便真有那一天，我也不会有离家出走这么幼稚的行为。"

"那你会……?"

丛烟硬气道:"我会让对方离家出走。"

贺寒笑着竖起大拇指:"不过,烟儿,你想想,你要是离我而去,你还去哪儿找我这么合作愉快的搭档。就为了一个男人?"

贺寒拍拍她胳膊玩笑道:"我也是个男人,不行咱俩凑合凑合?这主意怎么样?"

丛烟被他气笑:"也不知道是谁一开始横竖看我不顺眼,天天故意折磨我。"

"我承认,以前是我有眼无珠。不过说真的,你看我人高马大、有脸有脑、长相英俊、气质潇洒,你那是以前没考虑过,要不现在开始尝试考虑考虑?"

"你这是为了留住搭档准备卖身啊!"丛烟笑着白他一眼,"不考虑!"

"唉!"贺寒长叹一口气,"见色忘义啊,人家都说一日为师终身为父,你就当真这么狠心要离开你的老父亲?"

丛烟伸脚作势要踹他:"什么便宜你也敢占!"

顾星河缓慢地开着车,目光锐利地盯着前面不远的两人,丛烟身旁的男人比她高半个头,一只手时而揽着她的肩膀,时而拍拍她的胳膊,丛烟还笑着踹他一脚,这一幕幕落在顾星河眼里,就像小两口儿在打架。

顾星河突然觉得胸口闷得很,想点煤气罐儿。

两人又走了一段路,走到了一处小公园,在一个阴凉的树荫下乘凉休息。这会儿阳光正烈,街头人也不多。贺寒望着眼前倔强如初的姑娘,试图做最后的挽留:"真的没有回旋余地了?"

"辞职报告都交了,这次回去该批下来了。"丛烟抬头望着天空,漠城的天很蓝,湛蓝湛蓝,蓝得晃眼的那种,白云也很美,饱满可人,像棉花糖的那种。

"我可以给主任说收回你的辞职报告的。"贺寒一再挽留，内心也越发不舍。

"我滴哥，你了解我的。"

"就是太了解你，才怕你冲动，六年了，你确定断了的弦还能续上?"

丛烟沉默，其实她不确定。

时间可以改变的太多了，她这辈子最不确定的事，就是顾星河，那个她永远也抓不住的男人。

"算了，我看我也是拦不住你了。"贺寒拍拍她的肩膀，语重心长道，"如果有一天，你在这里待不下去了，一定告诉我，我随时来接你，一日为师终身为父，我永远都是你的老父亲。"

丛烟眼眶微湿，贺寒伸手指着她警告道："把你眼泪收起来啊!"接着又柔声说："再哭我把你扛回长京了啊。"

丛烟"扑哧"一笑，贺寒叹气说："唉，我是真好奇那个男人是个什么三头六臂的怪物，给你迷得五迷三道的。"

丛烟仰头，虽然白天看不见星星，可她眼里依然有一整条星河。

他，是我的星河啊……

夏天的风又热又燥，吹得人心烦意乱，顾星河单手搭在车窗上出神。

周文杰打电话来的时候，顾星河语气不怎么好："说。"

"有几家记者想在任务前采访你——"

"没空。"顾星河向来对接受采访不感冒，正欲挂电话，周文杰赶紧又说："等等，等等，其中一家是长京的——"

顾星河望了一眼远处的两人："继续说——"

周文杰喘了一口气："贺寒。"

"那个小白脸儿?"

"什么小白脸儿?"周文杰突然笑起来，"哦——确实是丛烟团队的，好像他们是搭档。"

"把我电话给他,让他联系我。"顾星河挂了电话,又看了那两个人影一眼。

周文杰望着被挂断的电话,心道这传说中的烟妹子能量果然不一样,感觉有好戏看了呢。

周文杰是来中心后才和顾星河相识的,英雄惜英雄,两人一见如故,多年下来也成了无话不谈的挚友,他第一次知道丛烟,就对她充满好奇,毕竟,能甩顾星河的女人,那绝对不是一般人。

"怎么样怎么样,顾队接受采访不?"同事推开门紧张地问。

"你要直接说让他接受采访,他肯定不干,当宣传干事,你得有策略。"周文杰比了个"OK"的手势,冲同事眨眨眼,"放心吧,答应了。"

"你这好兄弟果然不白当啊,每次请这位爷接受采访可费劲了,主要是他什么领导的面子也不给,谁说也不好使。"同事接到这任务时,心里就开始犯难了,载人飞船返回任务,漠城着陆场是热门,顾星河作为搜救队的队长,又是热门中的热门,每家媒体都想采访他,可这哥们儿出了名的不愿接受采访,据说有一次记者都追到戈壁滩了,他嫌人家影响他训练,愣是拎着人家领口给送出来了。

"我这好兄弟也不是次次好使,以后还得靠自己。"周文杰拍拍同事的肩膀,端着水杯去茶水间了,他现在满脑子都是:看热闹!

贺寒拿到电话的第一时间就给顾星河拨了过去,没想到对方说只有现在有时间,让他立刻到航天搜救队大院儿等他。贺寒看了眼时间,赶紧让丛烟回去拿设备,自己先过去稳住他。

这种紧急情况他们也经常会遇到,配合默契的两人立刻分头行动。漠城的街头叫不到出租车,丛烟只能打电话给随队司机,可对方一直没接上电话。

焦急的她正准备小跑回去,一辆黑色越野车在她前面的路边缓缓停了下来,丛烟探头,车窗缓缓落下,顾星河也不啰唆,只甩了两个

21

字："上车。"

丛烟没时间研究他怎么会出现在这里，只说："我们有个紧急采访，你能不能先送我回去拿设备？"

"你不知道你们要去采访谁？"

丛烟摇头："我们提前做好了所有采访人的采访准备，刚才他走得匆忙，我没问，应该就是名单里的。"

顾星河呵了声，笑得别有内涵，丛烟一脸莫名其妙。

他开车把她送回宾馆，丛烟拿了设备塞进后备厢，掏出手机看到贺寒给她发的地点，抬头说："去航天搜救队大院儿。"

"你男朋友？"顾星河发动车子时，看似随意地问了句。

"嗯？"丛烟扭头看他，"你说谁？"

"还能说谁？小白脸儿也不多。"

丛烟想了想说："你说贺寒？"

顾星河没说话，算是默认。

"怎么会，我们只是搭档。"丛烟好像回过神来，"你不会刚一直跟着我们吧？"

"碰巧路过。"

丛烟无语："顾星河，你可真幼稚。你别告诉我你在吃醋。"

顾星河拐弯看后视镜，顺便瞥她一眼："笑话，只有别人吃老子醋的份儿。"

谁吃醋谁孙子！

死鸭子嘴硬，丛烟把头别向窗外，嘴角却扬起了不易被察觉的弧度。

"你笑什么？"顾星河用轻蔑的眼神斜睨着她，似笑非笑地说，"你不会以为过了六年我还想着你吧？"

丛烟收了笑："不敢。"

顾星河轻呵了声："我还不至于吃前女友的醋，就是感慨你眼光怎么差成那样，好歹也得是我这种人中龙凤质素的男人，眼光不要太低。"

"我觉得贺寒很不错啊，虽然不如你，但人家也是人高马大，长相英俊，气质潇洒，哪点不好了？"丛烟直接套用贺寒刚用过的词。

"你这是承认他不如我了？还算你没瞎。"

合着她说那么多句，他就听到了一句"虽然不如你"？

丛烟打开车窗看风景，不与他争辩。

"我的打火机还还不还我了？"她望着窗外，看似无意地提及，心里却兵荒马乱。

"什么打火机？"

"你没收的那个。"

顾星河淡道："我给你你要？"

丛烟没想到他会把问题反抛回来，他们都知道那个打火机的意义，从他们确定恋爱关系那天起，顾星河就帮她保管了打火机，从此，她听他的话，在他的保护下乖乖上进，努力做一个在阳光下奋力伸展的优秀青年。

后来，她把打火机要了回去，从此没有他的保护，也没有他的"管束"，她的一切都离开他的世界，再也没有牵连。

她想听他说，他是不是要重新帮她保管打火机，他却反问她是不是要重新把打火机交给他。

车内落针可闻，丛烟没答，只是说："没有你在身边，我也依然记得你跟我说的每一句话。"

"丛烟，女孩子不要抽烟。"

"丛烟，你的漫画画得很好，要坚持画下去。"

"烟儿，你穿高跟鞋很好看。"

"烟儿，要永远心怀梦想，要永远向阳而生。"

"……"

她记得他的话，就像种子牢记雨滴和阳光的嘱托，在泥泞的生活里增加了冒尖儿的勇气。

物是人非让人叹，顾星河把车子调转了方向，低沉的嗓音带着不耐："光记得有什么鸟儿用。"

做到才是真的。

"其实……"丛烟小声地说，"其实，这六年，我没有抽过一次烟。"

那天，她只是故意在他面前点烟。他说的话，她一直都有在认真做。

顾星河沉默不语，车速却明显缓了下来。

这该死的肉疼感！

车厢内格外安静，车轮缓慢地行驶在路上，发出规律的与路面的摩擦声。车窗敞着，温热的风将她的发梢吹起，丛烟声若蚊蝇："顾星河，我们能不能……"

她声音越来越低："和好……"

说完，她侧脸看向身旁的男人，他单手握着方向盘，另一只手搭在车窗上，神色平静，像什么也没发生一样。

她不知道他听到那句话没，可她却没有勇气再说一遍。

到了航天搜救大院儿门口，顾星河把她放在大门口登记，自己开车进了大院儿。

丛烟进去就碰到正走出来的贺寒，原来采访对象临时开会，约了改天采访。

贺寒气儿有点不顺，恼道："奶奶的，白跑一趟。"

"这不很正常嘛，气啥，走呗，回去吧。"丛烟背上设备，问他，"今儿本来打算采访的是谁啊？"

贺寒一边低头回复着消息一边说："就是那个从来不接受采访的顾队长，他还让我写个采访提纲给他。"

丛烟："……"

傍晚，贺寒的采访提纲写好了，气冲冲地跑来敲丛烟的门："给，给那个顾大队长送采访提纲去。"

"为什么要送纸质的，手机发给他不就好了。"

"我也这么说，你猜他说什么？"贺寒拉低声线学顾星河说话，"我眼结石，不能看手机，只能看纸质。"

学完又愤愤道："他大爷的！"

丛烟无语："为什么是我去送？"

贺寒："他说他要跟摄像师沟通一下上镜角度！"

丛烟："……"

次日一早，丛烟拨通了顾星河的电话，那边传来清冷疏离的声音："你好。"

"顾队长……我是摄影师丛烟，您有时间吗？我给您送采访提纲。"

对方答非所问："你怎么有我电话？"

丛烟急中生智说："哦，你们下发的记者手册上，有各个口负责人和重点接受采访人员的联系方式……"

"上午没时间，中午十二点吧，牛肉面馆见。"

丛烟还没来得及回应，通话就被挂断了。她盯着手机上那个熟悉的电话号码和名字，陷入了沉思。

他的手机号是他们读书的时候两人一起选的，尾号是她的生日0126，她的手机尾号同样也选了他的生日1015。丛烟打开面前的记者手册，手册最后一页印满了电话。

顾星河……她望着那个名字，嘴角微微扬起，再看向后面的电话号码……

"嗯？……怎么不是0126？"丛烟举起记者手册再次确认，的确不是她一直存的那个长京区的电话号码，这是一个新号码……

他刚问她为什么会有他原来的号码，因为，她一直没删过啊……

可她说什么来着：记者手册上有啊……

一直保留着别人旧的电话号码，还撒谎被当场捉包……

中午，丛烟到达牛肉面馆的时候，顾星河已经在了，他双手环胸安静地靠在椅背上。见她进来，他才微微动了动身子。

"这个是我们的采访提纲……"丛烟把钉好的几张纸放在他面前。

顾星河看也没看那几张纸，用眼神指指前面的椅子："坐。"

她犹豫了两秒，坐了下来："你……什么时候可以接受采访？"

"吃完饭。"

"吃完饭就可以？"丛烟掏出手机准备给贺寒打电话。

"吃完饭再说。"

"哦……"丛烟收了手机，热腾腾的面也端了上来。

这次，她没有一直闷着头吃饭，主动开口跟他聊天："每天都训练吗？"

"嗯。"顾星河挑了一口面条，吃得很大声。

"训练辛苦吗？"

"还行。"

"我们还计划跟你们漠城电视台一起合拍一个纪录片，可能会去拍你们队的训练场景。"

"跟我们宣传部门正常报备选题就行，不用跟我说。"

"哦……"

大概是觉得有点尬聊，她终于也挑了一口面条。

顾星河吃得比较快，吃完后下意识地要把自己肉碟里剩下的几片牛肉夹给她。

肉夹在半空中的时候，两人都愣了一下，丛烟先开口："谢谢。"

"花了钱的，浪费可耻。"他把肉放进她碗里，低头开始看手机。

丛烟努力寻找话题："对了，你不是说要跟我沟通上镜角度？有什么特殊角度要求吗？"

顾星河滑着手机屏幕，头也不抬地说："老子三维立体全方位旋转无死角。"

丛烟："……"你做CT都无死角吧？怎么不说自己平行空间里都

无死角？

丛烟也无从搭话，便又提起刚才的话题："那采访什么时候可以做？我们尽量配合你的时间。"

"你这次只是来采访的是吗？"他目光落在手机上，头也没抬一下，说出来的话却格外不耐。

"……"

该说是，还是不是……

"是……不过……"

"你们台聘到你这么尽职尽责的摄像，还真是有眼光。"他伸手拿起旁边的采访提纲擦了擦嘴，然后团成团精准地丢进远处的垃圾篓里。

丛烟："……"

片刻后，他说："就下午吧，早采早了。"

采访在搜救车旁进行的，顾星河非常职业化并且详尽地介绍着着陆场地面分队准备情况，很久以前，丛烟就知道他非常有镜头感，从记者角度讲，他们非常喜欢这样的采访对象，不需要过多引导，就能得到他们想要的镜头和内容。

采访顺利得有点出乎贺寒意料，这之前，他也听过很多关于这位搜救队队长的传奇故事。比如他是天才少年，没有参加高考，被保送最高学府，四年完成本硕博学业，比如他放弃国内外高薪厚禄，却唯独选择了戈壁滩，比如，他来到中心的前几年一直在从事漠城着陆场的启用论证，解决了很多关键性的科研难题，比如，正式启用漠城着陆场后，他又从科研一线主动转调搜救一线，亲自带队闯戈壁、进沙漠，培养了一支素质过硬、技能过硬的航天搜救队伍，比如他脾气很大，不愿意应酬工作以外的人和事，所以对记者朋友也很不客气……

可是今天，一下午的采访结束后，贺寒发现这位传奇跟传说中有些不太一样。起码，他脾气没有很大，在采访中，他专业素养十分过硬，应对媒体十分得体，有着他这个年龄少有的沉稳和成熟。

丛烟倒是没有顾虑，因为她知道，顾星河就是这样，不答应则已，只要是他答应的事情，一定会认真做到最好，任何事，包括此次采访。所以在采访过程中，他尽职尽责地做好被采访对象的职责，她认真专业地做好摄影师的职责。

不过工作结束后，他好像就跟传说中的一样了：清冷，孤傲，脾气不怎么好。贺寒低声对丛烟说："每一个天才都有他特殊的脾气。"

丛烟收好设备，浅笑着想，哪有什么特殊的脾气，不过是个心情不佳的小伙子在工作中克制了自己的私人情绪罢了。

出门前，贺寒又说："看来给他采访提纲还是有用呀，你看他说得多好，一个字的废话和卡壳都没有。"

丛烟："……"她该怎么告诉他，那份采访提纲顾星河看都没看就喂了垃圾桶呢。

夜色深沉，傍晚下了一场雨，空气中弥漫着漠城雨后独有的沙土的味道。气温也降了些，微微沁着一股潮热的气息。

丛烟蓦然想起自己初见顾星河时的心境，也是在这样的雨天。

那天雨下得很大，升旗仪式由室外改在学校的大礼堂举行，有学生代表发言环节，丛烟站在第一排左侧，离发言人只有几步之遥。那是她第一次见到顾星河，只一眼，心中便掀起惊涛骇浪，汹涌澎湃。

"我刚没听清，他叫什么星河？"丛烟眉眼带着笑，好奇地压低声音问一旁的陈美人，"长得怪好看的。"

陈美人目光在巡视的年级主任身上扫了两圈儿，趁她不注意，快速回道："顾！"

"什么？"丛烟没听到，耳朵又贴近了些。

陈美人耐着性子又说了一遍："顾！"

"棍？"丛烟瞪大眼睛，十分不解，"棍星河？怎么会有人起这么晦气的名字？"

她的嗓门尖锐，又加上对这名字的震惊，一时没有控制住音量，引来了四周同学隐忍的笑声，就连台上的"晦气本棍"也抬眼向台下看了一眼。

年级主任是个三十多岁的女人，目光凌厉地朝她走了过来，指了指她俩，又指指前头空着的位置。

陈美人有些不好意思，低着头走过去站好，丛烟却满脸笑意地盯着顾星河，这样的站位让她离他更近了，也能更清楚地看到他棱角分明的侧颜。

那时的顾星河，穿着一中的蓝白色校服，眉眼柔和，气质比现在的他更温柔清澈些，宽松的校服丝毫掩盖不住那双一米八的大长腿。他声音温和却有力地念着发言稿，鼻梁高挺，眼尾的线条干净地上扬，又利落地收尾，十分有型。尤其那一双眼，生得格外好看，偶尔抬起的眼眸如星星般明亮，就像他的名字一样，仿佛眼里真的藏着一湾星河，一眼望去就是一个阳光俊朗的少年。

"啧啧，真的是老天爷的工艺品啊！我丛烟闯荡江湖十几载，还没见过这么英俊好看的少年。"

陈美人五官柔和，气质温软，典型的乖乖女。那时她跟丛烟还不熟，老师安排了两人同桌，第一天就被连累到在全校师生面前罚站，对陈美人这个乖乖女来说已经够开辟先河了，再看到丛烟罚站了还对着校草流口水，她愣了好久。

这姑娘，长得跟个仙女儿似的，怎么行为上多少有点……二哈附体……

升旗仪式结束后，外面还下着雨，大家一窝蜂地从大礼堂跑回教学楼，直到进了楼门才放慢脚步。前面的人走得慢了，后面的人势必要淋雨。

拥挤的人潮中有人不小心推搡了陈美人一把，丛烟眼疾手快，拉住了差点儿摔倒的陈美人。

陈美人感谢的话还没说出口，就只见丛烟站在原地向后一转，大声嚷道："一群大男人，淋点儿雨淋点儿雨呗，推什么推?"

陈美人觉得小事一件，没必要吵架，刚要拦她，丛烟却扯着陈美人的胳膊，小声问："你看，门口正在淋雨的那个是不是棍星河？"

陈美人望过去，由于人流正好卡在出入口，顾星河正和同伴站在楼门的边缘，他倒是一脸轻松，淡定地跟同伴聊着天，嘴角时而微微扯着，笑起来的样子好看得不得了，让丛烟沉迷得都快听不到周围同学们的催促了。

"快点走啊，后面还好多人呢！"

"就是，磨叽啥呢！"

丛烟扯了扯陈美人，脚下挪动了起来，她提高音量，对前面的人喊着："前面的快点，加快点脚步，淋感冒了你们负责啊！"

上楼时，丛烟转头向下看了一眼，两人四目相对。后来的很多年，丛烟都会想起那一眼。

有些人，只一眼，就是一辈子。

＊　　＊　　＊

晚上八点半，丛烟剪完了顾星河的采访片子，将片子传回台里，同时传了一份存在自己手机上。她躺在宾馆的床上反复看那段片子，如获至宝般不舍得放下。在这里的每一天，她感觉自己的心都是悬着的，很不踏实，满脑子都是顾星河那熟悉却无情的脸。

"烟摄像！"孙遥在门外喊她，敲门的声音有些急促。

她打开门，孙遥一身性感包臀裙出现在她门外，丛烟靠在门框上笑说："这么晚了，你打扮得像个兔小姐似的，是……敲错门了？"

孙遥："走，陪我去健身房！"

"你穿成这样去健身房？"

"快点啦，给你五分钟，换上运动服。"孙遥推她回房换衣服，还不忘叮嘱，"别穿太好看的运动服。"

五分钟后，丛烟换了一身简单的黑白色运动七分裤和T恤，配了一双极简的白色运动鞋。

孙遥盯着她，怎么这么简单的衣服还能被她穿得那么好看。算了，来不及了，走吧。

两人来到体育馆，孙遥问了管理员健身房的位置，便拉着丛烟往楼上走。

"美女，你鞋子不行啊！"管理员小姐姐拦住她，指指头顶的体育馆管理规定，"高跟鞋不能进。"

孙遥哪里肯放弃，撒娇求道："我去健身房，不是去球场，美女小姐姐通融一下呗?"

小姐姐依然不同意。

孙遥只能盯着丛烟的鞋子，一脸讨好："烟摄像，帮帮姐，我要时刻保持好形象。"

丛烟看看自己一身运动服，算了，还是成全她吧。她把运动鞋换给了孙遥，又问小姑娘："有塑料袋吗?"

管理员小姐姐好心地给了她两个塑料袋。

两人上了二楼，孙遥趴在每个健身房的玻璃窗上往里看，看了好几个还没有进去。

"你找什么呢?"丛烟好笑地跟在她身后。

"找帅哥！有了有了，在这间。"孙遥拉着她推门进去。

健身房里人不多，除了两个跑步的，还有三个在器械区练力量。丛烟一进去就看到了一个熟悉的身影。

顾星河正在臂力器上拉扯着设备，手臂的肌肉随着动作时紧时松，看起来很有力量。他似乎刚跑完步，运动服已经湿透，脸上脖子上都是密密麻麻的汗水。

苏骁最先看到了丛烟和孙遥，他伸手打招呼："两位美女，来锻炼?"

孙遥笑眯眯地走过去："你们这练啥呢? 带我一下呗?"

顾星河目光越过她落在丛烟的脚上，几人也纷纷看过去。

丛烟双脚尴尬地扒地："哦……我不运动，我就来转转，你们带她练吧。"

她找了个角落，坐一辆骑行自行车上原地活动着，早知道他在这里，她怎么也不会穿两只塑料袋就来的。

孙遥很积极地跟在顾星河身后，他练什么，她就拿起什么也要练习，没五分钟，顾星河就面露不耐了。

顾星河："我觉得你和你同事一样，都比较适合去骑健身自行车。"

孙遥很积极地唠嗑："顾队，听说你本硕博连读四年就完成了？真的太牛了。你这么聪明，业余喜欢做什么啊？"

"睡觉。"顾星河诚实地回答。

苏骁感觉到了尬聊的氛围，笑呵呵地说："我们队长说的是真的，因为他几乎没什么业余时间。"

不远处的丛烟背对着他们，却从镜子里偷偷地注视着他们的方向。

孙遥："顾队，你们在这儿待几年了啊？"

苏骁："我们队长待六年了，我待十年了。"

孙遥盯着苏骁笑："真看不出来你待的时间比你们队长还久，那你怎么还是人家手下？"

苏骁小嘴儿一撇："你这话说的，你不还比烟摄像小嘛，怎么看起来比人家还显老？"

几人低笑。

孙遥不悦："……我哪里比她显老了？"

孙遥气了两秒，又嫌弃道："其实你们在漠城无聊不无聊啊，与世隔绝一样，我真的是一天都待不下去呢，真不懂你们怎么在这个地方待这么多年的。"

顾星河："你不是已经待了很多天了？"

苏骁尬笑："能来漠城的人，物欲都比较低。"

孙遥笑着摇摇头："这哪儿是物欲低啊，这压根儿是没有物欲，纯粹奉献来了。"

苏骁扯扯嘴角："老一辈从战场上下来的人，家都没回过直接过来开天辟地、建设漠城，那才叫奉献。我们站在他们的肩膀上才有现在，不觉得苦，我们很知足。"

孙遥冷笑："呵，你们也是来了这儿没办法吧？有机会谁不想往长京跑，除非傻子。"

房间里突然一片寂静，就连"傻子本傻"也难得抬头看了她一眼。

苏骁笑："其实，这世界的人并不是都像你想的那样，我们漠城，像你说的这种'傻子'还真的挺多的。而且还有更傻的，主动从长京来这儿呢。"

一旁安静的丛烟感觉自己也"躺枪"了。

孙遥笑着看向顾星河："这儿啊，啥都不好，就人还不错。"

苏骁看向专心做训练的男人，笑得更玩味了："姐，你不是第一个这么想的。"

顾星河又练了一会儿，招呼两人走，孙遥忙不迭跟上："这么快就走啦，那送我们一程吧，我们走路过来的。"

苏骁答应得痛快："好啊，没问题，正好还有两个座位。"

"烟摄像，走啦。"孙遥招呼她。

"哦。"她小跑跟上，塑料袋摩擦发出哗啦啦的声音。

丛烟小碎步跟在顾星河身后，听着他们一路闲聊，顾星河基本都是单音节在回应孙遥，可每个音节都重重地落在她心里。

就在几人笑得开心时，丛烟脚底的塑料袋不小心一滑，随着一声尖叫，她下意识地抓住前面人的衣服。

当大家都看过来的时候，她像个八爪鱼一样扒在顾星河身上。

八眼口呆。

剩下还算镇定的顾星河，默默地站在原地，扯着嘴角幽幽道："你还真是我见过的最急不可耐的女人。"

见她依然抓着他不放手，他又补充说："没有之一。"

丛烟："……"

她起身理了理凌乱的头发，毫无诚意地说："不小心。"

上车时，孙遥见是顾星河开车，要坐在副驾驶座，小机灵鬼苏骁拉着孙遥往后座去："姐，你坐后面来，我给你讲好玩儿的事，你们做记者的，不最喜欢听故事吗？"

"哎呀，改天听。"孙遥扒拉着他，硬坐到前头去，"好了顾队长，开车吧。"

顾星河瞥了一眼后面坐好的三个人，突然解开安全带说："苏骁，你开车。"

"哦，好嘞。"苏骁忙跟他换位置，孙遥也想换，可后面已经坐满了，她看了一眼丛烟，拼命对后者放信号，可丛烟低着头像没看到一样，她无奈，只能又坐了回去。

回宾馆后，孙遥有些不高兴："丛烟，你是不是也看上顾队长了？你干吗耍手段跟我争呢，这下好了，扑人身上去人家都没理你，多跌份儿啊。"

丛烟不想跟她辩驳，她很累，只想回房间休息。

孙遥还在她身后喋喋不休："你倒是说啊，你是不是看上他了？是的话你告诉我，我让给你。"

丛烟已经走到了门口，刷卡开门，关门前她说："是啊，我看上他了，所以你不要追他了，你不是他的菜。"

门"啪"地关上时，她觉得整个世界都清净了。

孙遥后知后觉地在门外跺脚喊："丛烟你太自以为是了，你喜欢人家，人家不喜欢你啊！我不是他的菜，难道你是啊？"

你喜欢人家，人家不喜欢你啊！

呵！是啊，瞧他那一脸冷漠的样子，大概，当初他也恨死她了吧，又怎么会再接受她这匹回头的好马。

丛烟在床上翻来覆去地睡不着，半夜两点，漠城航天城还趁"鲲L"返回这个大任务前抽空发射了一颗卫星，火箭起飞时震得整个房间的玻璃都在哗啦啦响，像地震一样。

丛烟不禁感慨，国家真是强大了啊，发个卫星跟玩似的，大半夜一不留神就发射了，简单得就像睡不着的小孩半夜起来点了个窜天猴一样。

"鲲L号"返回日期近在咫尺，贺寒和丛烟带着任务而来，多数时候，两人不是在采访，就是在计划采访。漠城着陆场第一次正式迎接航天员回家，媒体人也承担了全方位报道着陆场的重要职责，要统筹安排各系统重点接受采访人员的时间，又要同别家媒体错峰采访，任务期间科技工作者们忙于工作，抽空接受采访也很不容易，所以每天光是约人，就是一项"大工程"。

经过几天的努力，他们好不容易约上了航天测发技术专家盛景华。两人匆匆忙忙赶过去，却又被告知专家临时开会，要稍等半小时才能采访。

贺寒在楼梯间来回排练出镜词，为了不打扰他，丛烟躲去了不远处的休息阅读区，休息区有桌椅沙发，也有咖啡台和装满各种书籍的书柜。

她习惯在空闲的碎片化时间里在平板上画画，这可比从前在纸上为顾星河画画方便多了。

大楼窗外不远处就是彩虹桥，大桥底下穿桥而过的是潺潺的飞天河。她望着窗外的景色出神，脑海里浮现出顾星河开车时的侧颜，流畅的线条在她的笔下栩栩如生，几笔勾勒间，顾星河的样子就跃然屏幕。

她画了成百上千次的画像，即便闭着眼睛，也可以精准地画出他的神韵。画好后，她神色温柔地伸手触摸着画中人的唇，完全没有注意到旁边有人注意她很久了。

"画得真不错。"一个沉静温柔的中年女声将丛烟从沉静中拽出。

女人端着一杯刚冲好的咖啡，盯着她的屏幕，眼神里难掩欣赏。

"您好。"丛烟起身，礼貌地躬躬身道。女人留着短发，头发的每一部分似乎都精心打理过，微棕色的发色时尚又减龄，淡淡的妆容自然又大气，将她本身的优雅端庄又提升了几分。

丛烟瞥了一眼女人蓝色航天工作服上的姓名牌：成茵嫄。

很好听的名字，丛烟忍不住欣赏起来，女人气质很好，神色里带着经过时间和岁月沉淀后的温婉从容。

"姑娘，你是哪个部门的？"成茵嫩坐了下来，似乎想和这个初次见面的姑娘聊一聊。

"我是媒体团队的摄像，这次公派来参加'鲲L号'任务的新闻宣传保障工作。"

成茵嫩笑着点点头，她放下咖啡杯，指了指平板上的画："我很喜欢这张画，可惜是电子版的。方便发我一张吗？"

丛烟想了想，从包里的文件夹里抽出一张纸上画的画儿："您看这张可以吗？您喜欢的话我可以送您。"

"好像……很多？"成茵嫩好奇地打量着她的背包。

"嗯。"丛烟把里面夹着的一沓画纸都拿了出来，热情地说，"您随便挑。"

都是漠城人，就算被顾星河知道她拿他的肖像画送人，也没什么关系吧。

成茵嫩翻了翻，从中挑出一张："就这张吧，谢谢你姑娘。"

送走了求画的女人，丛烟看到贺寒对她招手，便赶紧收拾装备准备开拍。

盛景华开会回来后脸色明显很差，一旁的年轻徒弟小心翼翼地跟在身后解释："师父，咱们的方案是没错的，验证结果也是没错的，火箭参数设置也是正确的，我实在不明白问题出在哪里……"

"不明白就去学，就知道问我，问问问，我死了你问谁？"盛景华火冒三丈地吼着身后的年轻人，"小白毛精神知道是什么不？不知道就去学，你以为航天工作这么好搞？做不好就滚回学校去重深造。"

"什么是小白毛？"丛烟压低声音问贺寒。

"好像是当年任务出现问题，找了好久都没有找出问题，直到一个科技人员发现了一根微不可见的小白毛，才顺利解决了任务排故，后来上级把那根小白毛带回长京，让大家学习他严谨细致的精神。

前几年航天城有一个年轻的科技人员也因为零点零零几的数据差解决了问题隐患并及时化解，再次弘扬了漠城小白毛精神。"小百科贺寒及时解答。

"我一而再再而三地跟你们讲，航天事业容不得丝毫马虎。只有不放过任何细小问题，不留下任何细微隐患，不疏忽任何细枝末节，以百分之百的精细，才能确保百分之百的成功。"盛景华指指门外墙上的一行大字，"去，读一读。"

小伙子走到大字跟前，认真地一字一字读起来："特别能吃苦，特别能战斗，特别能攻关，特别能奉献……"

这个丛烟知道，是载人航天精神。

小伙子继续念："严、慎、细、实……"

听到这里，盛京华又来气了："所以你看看你犯的那低级错误，你是又不严，也不慎，既不细，也不实。"

年轻小伙子脸色时红时白，却只能默默听着师父的训斥，盛景华出了名地对徒弟非常严格，见小伙子还一脸蒙逼不知道问题出在哪里，他火气更大了，晃了晃腿想要踢他一脚，最后还是收了回来。

贺寒和丛烟跟在身后有些尴尬，看来今天来得不是时候，可好不容易约好的时间，他们也不想错过。

"盛……高工，请问……"丛烟小心翼翼地敲门询问。

"你们两个小鬼哪里冒出来的？"盛景华头发有些微白，不过看起来很有精神，他拉开工作服的拉链，点了一根烟让自己放松下。

白色的烟雾弥漫之际，丛烟清楚地看到办公室墙上醒目的禁烟符号。

"我们是约了采访的记者……"

盛景华把烟盒往桌子上一丢："我怎么把这茬儿忘了。今儿没空，改天行不？"

贺寒怎么能轻易放弃到手的采访，再约又不知道约到猴年马月去了。他试图做最后的争取："盛高工，我们可以等您忙完——"

"别等了，改天吧。你们也看见了，出乱子了不是。"盛景华大口吸着烟，掐烟的姿势一看就是多年的老烟枪。年轻小同志在一旁垂头丧气，不知道如何是好。

正当两人不知所措时，成茵嬿从对面办公室走了过来，她招呼着小伙子说："小林，你过来。"

成总肯出马，小伙子像找到救星一般跑到她身边："成总。"

成茵嬿对盛景华说："盛高工，您先把采访做了吧，人家两位媒体老师也等挺久了，小林这边我带他去检查问题。"

"还不谢谢成总！"盛景华斥声吼着小林，然后熄了烟，招呼贺寒和丛烟进门。

丛烟进门前向成茵嬿投去感激的目光，成茵嬿微笑着示意她赶紧进去忙工作。

采访很顺利地结束，丛烟离开时还想去对面办公室感谢一下成茵嬿，可看她还在带着小伙子分析查找问题，便没有再去打扰他们的工作。

＊　　＊　　＊

隔天，丛烟跟漠城电视台的一名摄像王老师联合拍摄"鲲L号"纪录片里的着陆场地面分队训练场景。

这是丛烟又一次因工作遇见顾星河。

车辆正在进行穿越沙漠训练，和上次全系统合练进入的戈壁滩不同，这次是在沙丘起伏的沙漠地带。一望无垠的沙漠第一眼让人十分惊艳，沉醉又流连，第二眼让人无限回味，只想拍照将这美景定格，可再看过去第三眼，便让人迷茫无措，毫无方向。

眼前的这片沙漠海拔高度1200米—1700米，沙峰相对高度在300米—500米。一眼望去，峰峦陡峭、沙脊如刀且高低错落，沙壑、沙峭、沙峰随处可见。

由于拍摄需要，王老师被预先送到最高的沙脊航拍，丛烟随车拍摄。

顾星河还是和上次一样把她安排在了苏骁的车上，可车队准备好后，丛烟却扛着摄像机来到顾星河的头车旁，请求换车。

"不行，我没空管你。"他毫不留情地拒绝，他要指挥整个车队，无暇再在车上多放一个人。

"我不需要你管，我这次会系好安全带。"见他还在犹豫，她又说，"我在后车拍摄角度不好，在前面我可以拍到后面所有的车。"

"说不行就不行，要么去后车坐着，要么滚蛋。"男人站在车旁，打开对讲机准备发出指令，丛烟眼疾手快地上前夺了下来。

"如果我去后车，我不保证会不会像上次一样，这次在沙漠里，害那小伙子翻车就不好了。"

顾星河叉着腰，半眯着眼打量着她："你这是在威胁我?"

"不是……我是为了工作。"她怎么敢，她知道他最讨厌别人威胁他，说话间她诚恳地用双手把对讲机还回去。

顾星河伸手，她以为他要接对讲机，下一秒，他却一把拎着她的胳膊，拎小鸡一样连拖带拽地把她带向了后车，丢给苏骁："看好她，不老实就没收摄像机，影响训练我拿你是问。"

临走前，他把她手里的对讲机大力拽回。

丛烟被丢在沙里，屁股生疼，沙漠里的风把她的头发吹得有些凌乱。

苏骁打开车门："丛老师，您就上车吧。我刚就给您说了，我们队长是不可能让您上头车的。上次那是特殊情况，我们队长从来不带人上头车的。您再惹他生气，他真的会把您的摄像机没收的。"

丛烟之前去过很多次沙漠，可这是她第一次体会沙漠中冲浪般的速度，坐在苏骁的副驾上，感受着航天搜救专用的"猛士车"咆哮一般冲向一个沙峰又转瞬向坡下俯冲下去，比她在游乐场坐过山车还要刺激百倍。

最开始，她还能强撑着拍摄一些镜头，在一两个沙峰之后，她就只能把设备收进包里放进脚下的固定箱子——那是苏骁特意为她准备的，因为顾星河说了，她拍不了几分钟。

无菖蒲，不文人；无沙海，不漠城。

茫茫沙海间，"猛士"也变得像小蚂蚁一般。车轮裹着曲卷的黄沙，掀起漫天的土黄色沙幕，瞬间将车身笼罩，车子在忽高忽低的沙海间穿梭。

迎面而来的沙丘很容易遮挡视线造成追尾或翻车，翻了没几个沙丘，丛烟就发现规律了，尤其那种前面车痕印突然消失的，再往前一定是悬崖瀑布般的落点，下去时的失重感让她控制不住地闭起眼睛尖叫，感觉车头是垂直九十度栽下去的。

越野车在沙漠中旋转跳跃，尽管有种征服目标般的成就感，可丛烟感觉更多的还是头晕恐惧，她的胃在疯狂翻滚，不知道还要多久才能结束。

最后一条线路是搜救队员的毕业线路，据说翻过那座沙峰，一名搜救队员的翻越专项技能培训就算真正毕业了，所以也是每次翻越训练的终极一关。

苏骁提前给丛烟打了招呼，让她抓好扶手，闭好眼睛。

下一秒，车子在广阔无垠的沙漠飞驰，宛若在波涛汹涌的大海冲浪。野性中糅着浪漫、摩登中夹着质朴、极致中混着疯狂，丛烟觉得这才是名副其实的最"野奢"的沙漠狂欢。

车子冲到最高处时，她感觉自己要触摸到天际了。就在她准备再一次迎接垂直而下的俯冲感时，车身转了方向，缓缓停在了沙峰之上。

车子稳下来后，丛烟几乎第一时间冲下车，她趴在沙丘的另一侧弯腰狂吐，不远处的顾星河对着对讲机喊："第一轮训练结束，中场休息半小时。"

苏骁拎了一瓶水小跑过来："丛老师，给您水。"

王老师过来轻拍她的后背："没关系，缓缓就好了。我第一次来比你吐得还厉害，我都吐人家车上了。"

丛烟接过水漱了漱口，再抬头时却被眼前壮美的景色吸引了。

茫茫沙漠，自古就是神秘的化身，连绵不绝的沙丘呈沧海巨浪之貌，黄沙涌动时，像未知的陷阱，在沙漠腹地，沙涛翻涌起伏，宛若大海里被卷起的巨浪，一浪翻过一浪，气势磅礴，壮丽蓬勃。

每一秒的沙丘都与上一秒截然不同，沙漠的变幻速度和神秘莫测，远远超过丛烟的想象。

此时正值日落，太阳在地平线之上，若隐若现，天地相交，时间与空间都格外沉寂。"大漠孤烟直，长河落日圆"这诗中的壮阔，已不足以形容这绝美夕阳下丛烟内心澎湃潮涌的震撼。

她转身从车里取出相机，准备将这壮美且浪漫的一幕记录下来。为了拍摄方便，她将脚上的高跟鞋脱下，认真取景。

沙风在她耳边吹过，细沙在她脚底流动，刀枪剑戟、铁蹄烈马的壮美场面也一一浮现在眼前。绚丽的晚霞把沙漠照得金光闪烁，只一眼，便深陷其中，终生难忘。

在这广袤的天地间，他们每个人都成了一粒微小的沙砾。眼前的一切让丛烟忍不住想，他那样热爱这广阔的沙漠，也是有道理的吧。

顾星河喜欢在这沙漠中感受被无限拉长的时间，在他眼里，这里有生命、有日光，更有精神上的自由和广袤。沙山鸣沙、白云蓝天、狐狸与狼、沙漠蜥蜴，这些他熟悉的伙伴们在这神秘的自然中融为一体，风声、脚步声、呼吸声……一切都那么美。

他举起手机，拍摄夕阳，画面里，举着相机拍风景的女人被框入其中，让这一刻变得熠熠生辉。

温暖、明媚、无限动人。

"她站在沙漠里拍风景，拍风景的人在拍她……啧啧，我说您为什么特意改了训练时间，原来是为了顺便带美人儿看夕阳啊。"苏骁站在顾星河旁边盯着他的屏幕，意味深长道。

顾星河看他一眼，默默地收起手机，苏骁见状拔腿就跑，他现在已经能精准地判断队长出手的原因和时间了。

没一会儿，苏骁又回来了，他去车里拿来了特制的沙漠冲浪的滑板，"两位老师，要不要体验一下？"

"这是做什么用的？"丛烟把相机放回车上，走过来蹲下身子，好奇地打量着那块滑板，有点像东北人冬季用来滑冰的装备。

"坐上，我推你下去。可刺激了！这是我自己做的，沙漠冲浪最佳装备！"苏骁疯狂安利他的沙漠滑板。

丛烟单脚踩在那个滑板上，不感兴趣地摇摇头："刚才已经够刺激了，我还不想再吐一次……"

话音未落，滑板被她踩翻，脚下一空，整个人已经不受控制地向后翻去，她来不及反应，只感觉心跳骤然停在了半空中。

一瞬间，一只极有力的大手抓住了她的衣领，短暂的缓冲后，她猝不及防地跌落在那人怀里，两人打着滚地翻下沙丘。

男人宽厚的肩膀帮她挡住了大部分视线，她看不到四周，眼前只有他搜救服的大片橘色，惊魂未定的她下意识地闭上眼，双手用力攥紧那抹橘色。

她感觉自己的头被他的手掌紧紧扣在他结实的胸膛上，沙子被滚过的风掀起，她被那人紧紧裹在怀里，翻滚的速度越来越快，耳边是沙峰上人群惊慌的尖叫和呼啸的风，她不敢睁眼，不知道什么时候会停下来，也不知道会停在哪里。

不知道过了多久，丛烟耳边传过一声男人隐忍的"嘶"声，两人好像是撞到了什么又穿越了什么，速度开始慢慢变缓，渐渐停止。

耳边的风声减小，沙子好像也不飞舞了，身边的男人一动不动，如果不是她还能听到他心脏扑通的跳动声，她都要以为他死了。

她闻着男人身上熟悉的味道，一时有些贪恋，她不敢动，也不想动。

沙丘上方隐约传来搜救队员快速小跑滑沙的声音，那声音越来越近，男人依然没有动弹。丛烟开始有些紧张，她缩在他胸前的手开始缓缓动起来，不知道是不是错觉，她觉得男人的胳膊似乎用力圈了她一下，尽管那力量十分有限。

"唔……"他有些疲惫的声音传来。

丛烟提着的那颗心终于放了下来，她微微仰头，对上他深邃如星河般的眸子。

"还好吗?"他眉头微皱，一动不动地看着她，语气让她觉得莫名温柔。

她不知道他问的是这六年，还是这一刻，她喉咙发紧，默了好久，最终颤颤巍巍地说："我……没事……你呢……"

"没事滚开。"男人松了手，冷脸咬牙道。

这时，几名搜救队员也已经赶来，他们扶起丛烟，又赶忙去扶顾星河。等到顾星河坐起来的时候，丛烟才发现他捂着后脑勺半响没动静，他的两只手背也因在沙子上来回摩擦而布满了细碎的伤口。

"撞到头了吧?"苏骁赶紧仔细查看，"这个平坡一下来撞到巨疼。"

丛烟弯身查看他手上一道道细碎的痕迹，正向外渗着细小却密密麻麻的血迹。她都没发现自己不知何时掉下了一滴泪，滚烫地滴在顾星河的手背上。

顾星河蹙眉抬头："你把老子伤口感染了。"

"风吹的……"她慌张地抹了下眼角，向苏骁发出求助的目光，"怎么办?"

"我们先把顾队抬车上去，车上有药箱，只能先消毒回去再就医了。"苏骁说着就弯下腰招呼另外两个队员一起把顾星河托到他后背上。

"这点儿皮外伤还不至于。"顾星河忍着痛起身，刚站稳就踹了苏骁屁股一下，"谁让你拿滑板给她了?"

苏骁觉得这一脚也不冤，来之前顾星河特意给他交代过看住丛烟别出什么意外就好，他倒好，还拿滑板给她玩。

"您可留着点力气回去吧，还有力气踹我呢。"苏骁嘟囔着要过去扶他，顾星河没好气地推开他："滚滚滚，老子还没残。"

回去的车上，苏骁开车，丛烟捏着棉签给顾星河消毒，手背上的伤口虽然不深，却有好多，细碎地遍布整个手背。

简单的消毒后，她收着急救箱，壮着胆子问："你刚才干吗扑过来……"

顾星河轻哼了声，语气里全是轻蔑："就算是只狼掉下去，我也会扑过去。"

苏骁从后视镜斜睨着顾星河："队长，上次那只狼掉下去，您并没有扑过去。"

顾星河："……"

丛烟："……"

回去的路上，一路星光，车内再次沉寂下来。丛烟给陈美人发了条消息：刚才，他为救我，手背全是血，你说，他心里是不是还有我……

发完消息，丛烟便靠着车窗看风景，没多久，她就生了困意。再度醒来，便是陈美人急促的专属铃声：快接电话，快接电话，再不接电话本仙女发飙啦……

丛烟睁开眼，慌张地接起电话，谁知车身一颠，手机从她手中滑落，她着急去抓，非但没抓着，还不小心点了公放，手机滑进座位底下时，陈美人的声音也从手机里清清楚楚地传了出来——

"你管他心里还有没有你呢？我都给你说过无数遍了，顾星河那货你不能细水长流，你忘了你当初追他有多费劲了？你啊，就是对顾星河太主动了，对男人就不能太主动，得不到的才是永远的白月光，你得讲策略，让他对你欲罢不能。"

丛烟整个人石化掉了。

顾星河探头望向车座底下，开车的苏骁忍着笑，想问一句要不要停车找手机，看了眼队长兴致十足的样子，他觉得自己还是不要多事的好。

手机那头的陈美人还在作死的边缘疯狂游走，越说越来劲："实在不行咱就色诱！你去之前我不是还给你买情趣内衣了吗，你带了没有？嗯？你听到我说话没有啊？喂，喂——"

丛烟觉得自己的灵魂已经尬出车体，想要伸手去座底摸手机，无奈胳膊太短，摸半天也没摸到，还越探越远。

顾星河弯身，长手一捞，把手机从前座底下掏了出来，那头的陈美人还在疯狂地拍手机："信号不好吗？怎么半天不说话，说话！"

顾星河对准手机话筒，声音淡如云烟："信号还不错，听得很清楚。"

丛烟："……"

陈美人："……"

时间仿佛已经停止，丛烟咬着下嘴唇，脸颊已经红透。

半晌，电话那头又传来陈美人拍手机的声音："信号果然不好，什么破手机，该换手机了，怎么什么也听不见，奇了怪了……"

电话被匆忙挂断，车内再次安静得空气停止流动一般。

色诱？情趣内衣？几年不见，陈美人那个乖乖女的路子也被她带得这么野了？顾星河嘴角不着痕迹地扯了扯，把手机递给她。

丛烟觉得烫手，不想接。

她只想隐身，要么……跳车也行。

＊　　＊　　＊

一整晚，丛烟眼前都浮现着顾星河满是伤口的手背，就连梦里，也是密密麻麻的血痕。她知道顾星河最喜欢喝鸡汤，尤其是身体不舒服的时候，有一碗热鸡汤他立马精神抖擞。

可她在漠城只认识顾星河、路平和文静，但他们几人目前的关系尴尬，还不好意思去找人家帮忙。她仔细想了想，最终找到了周文杰。

他是宣传工作负责人，统管任务期间媒体在漠城的工作生活，那么有困难找组织肯定没错的吧。

"买鸡？"这可把周文杰难住了，他一单身贵族，平时靠食堂过活，怎么会懂去哪里买鸡，虽然中心的农场有养鸡，但都是给各食堂提供的，不对外销售，所以只能菜市场呗。

"菜市场没有，我去问过了，人家说活鸡需求小，得提前预订，漠城没有卖活鸡的地方，他们也都是接到订单再从周围最近的农户那里买。"

周文杰心想，了解得比他这个漠城人都清楚。"你买活鸡做什么？"

她回答得干脆："吃。"

周文杰："……"不知道自己问的是废话还是她答的是废话。

周文杰答应帮她找鸡，让她回宾馆等消息。原本他想直接打电话给熟悉的餐馆问问，实在没有再去中心农场托人求一只，但他一想这"顾星河前女友"的身份，他觉得应该……有戏同看。

他打开三人群"十亿少女的梦"，在群里扔了几个炸弹，先炸醒再说。

谁先脱单谁狗（周文杰）：丛摄像要买鸡，活的。

跳飞机的舒克（路平）：活鸡？你没问她买鸡干吗？

谁先脱单谁狗：问了，吃。

跳飞机的舒克：……的确是烟妹子的风格。

谁先脱单谁狗：我上哪儿给她找活鸡去？@烟火星河：你前女友你管。

有将近一个小时，群里寂静无声。

跳飞机的舒克：我去问问娜姐餐馆里有没有吧。

谁先脱单谁狗：@烟火星河：不管？这么无情？看来没戏了啊，介不介意我追啊，毕竟烟摄像这颜值这身材，妥妥的十亿少男的梦啊！

烟火星河：@谁先脱单谁狗：滚。

中午，活鸡就找到了。

跳飞机的舒克：@谁先脱单谁狗，来大院儿拿鸡。

谁先脱单谁狗：这么快？

跳飞机的舒克：老大找人高价买的。

啧啧，前女友一句话，前男友跑断腿。周文杰真是好奇，这两人是怎么成为"前"男女朋友的。

周文杰开车把鸡送到宾馆时，丛烟已经在门口等他了："周干事，能不能再麻烦你一下，送我去饭馆。"

　　"能……当然能。"

　　车子在她指定的餐馆跟前停下，周文杰打开后备厢时，大公鸡扑扇了几下翅膀，几片鸡毛飞起又落下。

　　"我操，它在我后备厢拉屎了！"周文杰一脸震惊又嫌弃。

　　丛烟伸手把大公鸡抓出来，很认真地说："对不起，一会儿洗车钱和鸡钱一起转给你。"

　　周文杰摇摇头："那倒不用。"

　　两人进了餐馆，老板一看丛烟提着大公鸡来了，便迎了上来："姑娘，还真让你找到活鸡了啊。"

　　丛烟把鸡递给老板："傍晚我过来取鸡汤，辛苦您。"

　　"不过姑娘，我可得给你说清楚，咱们这戈壁滩啊，很多东西急要就不好找，你要的八珍菇我跑遍了整个漠城可只找到了五种。"

　　丛烟："五种就五种。"

　　"好嘞，那您下午五点来，保证给您做好。"餐馆老板提着大公鸡进了后厨。

　　周文杰了然道："原来你是想喝鸡汤啊，出差伙食吃腻了吧？"

　　丛烟一边往外走一边说："顾星河受伤了，他爱喝鸡汤。"

　　周文杰眨巴着眼睛，我去，这是不经意间吃到了狗粮？还是来自人家前女友的？

　　上了车，丛烟拿出手机打开"扫一扫"："加一下微信，给你转钱。"

　　添加完微信，周文杰收好手机，发动车子："微信可以加，钱就不用给了，鸡是顾星河联系的，钱是顾星河给的，我就负责送鸡。"

　　丛烟"哦"了一声，还是给他发了一个红包，备注：洗鸡屎。

　　傍晚，丛烟又联系了周文杰，这一次，是取鸡汤加送鸡汤。

　　有周文杰这个移动的人脸通行证，车子直接开到航天搜救队大院。远远地，丛烟看到顾星河和路平带着几个小伙子在训练场围着一个巨大的"榛子"。

"那不是返回舱吗？"她问周文杰。

"是训练用的模型，估计是日常开舱训练。"据说仅仅开舱动作，每个搜救队员就要练习近万次。

丛烟望着摆满了训练器材的场地，那群年轻朝气的搜救队员，表情认真地练习着手里的动作，他们脸上的汗珠在阳光下泛着耀眼的光，时不时跟身旁的人滑稽地比画着，训练场周围树木葱郁，阳光炽热，万物朝气……

这，应该就是他爱的人和他爱的一草一木吧……

周文杰把车停在路边，他跳下车招呼远处那两人："路平、星河，你们过来。"

两人看了一眼，朝他们走了过来。

路平走在前面，看到丛烟从车上下来，赶紧打招呼："烟儿，好久不见。"

丛烟双手抱着打包好的饭盒，顾星河跟在路平身后问周文杰："有事？"

周文杰看着身旁的丛烟，她毫不避讳地直勾勾地盯着顾星河，好像其他人都是空气。而顾星河却看都不看她一眼，冷淡疏离得比陌生人还要陌生。

周文杰笑意难泯，这出戏看得他，真的是，津津又有味："那个……烟摄像说要给你送鸡汤，你不是手背受伤了吗？"

"伤口都愈合了，忙得要死，喝什么汤。"顾星河甩甩手，戴上帽子，转身走了。

空气停止流动几秒钟……

周文杰实在理解不了顾星河这货，这么一绝代佳人美丽又痴情地对他放电献殷勤，他是怎么做到脸比屁股冷的？真是月老为他牵根钢筋他都能亲手掰断。

路平看了一眼丛烟，赶紧上前把饭盒接过来："我们还有训练，我先帮他拿上，一会儿结束了让他喝。谢谢烟儿！"

丛烟远远地望着顾星河离开的背影，阳光将他的影子拉长，越走越远。

周文杰想安慰一下她，笑着说："别生气，老顾这货就这尿性，对谁都这样。"

"他只对我这样。"她站在风里，冷漠得像个雕像，半晌她又说，"他对不在乎的人从不这样。"

周文杰："……"

这特么，真是天生一对啊，屠起狗来毫不留情。

训练结束后，路平把汤拿给顾星河："人家烟妹子千里迢迢来的，还亲自买活鸡找人给你煲汤，你这么冷着，不太好吧？"

"鸡是我买的。"顾星河弯腰收拾着设备，发出噼里啪啦的声响。

路平见他油盐不进，故意道："那你不要的话，我拿去给兄弟们分了。"

顾星河头也不回地说："放下。"

路平"扑哧"一笑，唉，倔强又嘴硬的男人啊！

路平放下鸡汤又说："老大，我觉得我得给你透个风。"

顾星河没接茬儿，路平等了半天才问："你怎么不问我什么风？"

顾星河低头忙着，没什么兴趣地说："我把抑扬顿挫的机会留给你自己掌控发挥。"

路平在考虑是先抑后扬还是先扬后抑，不过想了半天觉得对顾星河应该没什么差别，那就先抑吧："我听长京那边烟妹子的领导说，她要辞职离开长京了。"

顾星河手里的动作停了下来，顿了几秒钟后他才缓缓问："还有呢？"

路平心花怒放，难得他主动问了，于是很高兴地"扬"了起来："我还听说，她这次来除了参加任务，还要参加面试。"

*　*　*

"鲲L"之前的载人飞船，都是在原着陆场着陆，而"鲲L号"作为第一艘在漠城着陆场返回的载人飞船，意义重大，意味着漠城着陆场也由备份着陆场正式转为主着陆场。距离飞船返回仅剩两天，漠城航天城的科技人员们在各自的岗位上为圆满完成任务而坚守着。

着陆场系统各搜救力量更是在紧张的备战中不分昼夜，在任务前两天的晚上，顾星河十点钟结束训练，开车驶出大院儿，向机关大楼驶去。

漠城的马路两边栽满了茂盛的榆树，红旗灯箱在夜晚里点亮了整条马路，耀眼的红远远地延伸至远方，火箭形的路灯满是航天元素，装点着这座世外小城的夜晚。在流动的灯光里，机关大楼灯火通明。

顾星河在一楼大厅等电梯下行，地板光洁，一尘不染。

一声电梯到达声后，电梯里的丛烟和贺寒有说有笑地走出来，正巧和顾星河打了个照面。

那日送鸡汤后，他忙着工作，丛烟也按部就班地进行各方面的采访拍摄工作，两人也再没机会见到。

丛烟看到他时，想要伸手打个招呼，问一下他的伤口恢复得怎么样了。一旁的贺寒却先她一步跟顾星河打了个招呼："顾队，好巧。"

顾星河面色平淡，跟贺寒礼貌地点了点头就进了电梯。电梯门关闭，丛烟看着电梯上行，有些落寞。

"你说女孩子是不是都喜欢这种狂转酷炫吊炸天的男人？那天把片子发回咱家里后，那几个未婚小姑娘简直了……一个个都要抢着预定下次来出任务的机会。"贺寒摇着头，十分不解。

"其实他不是……"丛烟试图为他解释，可一想到他那个样子，就显得这个解释有点多余。

"不过你面试结果应该挺好，我刚偷听到那几个评委都在夸你。"

不过也有挺特别的评价，怎么说的来着，这姑娘为什么要从长京来戈壁滩，不会是躲仇家吧？

丛烟脑海里想着刚才顾星河冷淡的样子，对贺寒的话倒是兴致不高，只是淡淡地点头回应。

顾星河来到周文杰办公室，人来人往又热火朝天的工作场景完全看不出是夜里十点的样子。他站在门边，等周文杰跟一旁的同事交代完事情才走过去。

"挺忙?"

"还有两天任务，光安排这些媒体老师们就够我忙几个通宵了，坐坐坐。"周文杰随手拿了罐冰咖啡给他，又举着手上一份文件像宝贝似的显摆，"今儿你可必须请我吃夜宵，必须，必须，必须。"

顾星河下班前才看到周文杰给他发了十几条消息让他忙完后一定过来，说有重要的事跟他说。虽然不知道什么事，但周文杰很少有这么紧急召唤他的时候，他望着那份文件，心里隐约有些奇怪的情绪，但看周文杰微妙的表情，又好像是好事。

他把文件打开，看了几秒，神色转为探究，片刻后他抬起头跟周文杰视线相对。

"你就说，这顿消夜你请不请?"周文杰冲他努努眉毛，一脸得意。

顾星河想起刚才电梯门关上时，小女人那张落寞的脸……

周文杰用手指敲敲硬邦邦的桌面："发什么呆啊? 琢磨请我吃啥?"

顾星河的目光再次落在那份应聘人员名单上，那个名字不断在他眼前晃动。

果然和路平说的一样，她辞职了，并且来航天城应聘工作了。

真特么操蛋! 他拿起那份名单和底下的应聘简历，大步走出房间："我看你挺忙，夜宵先欠着。"

"哎哎哎，我不忙，我现在就可以下班，喂，吃碗牛肉面也行啊……"周文杰的声音越来越弱，最后变成自言自语，"唉，我又不是第一天认识你……"

顾星河火急火燎地冲出机关大楼，一边开车一边在路旁搜索那个身影，终于在宾馆门口见到了那个熟悉的她。

他解开安全带，打开车门，犹豫了几秒后，迈了一半儿的脚却又收了回来。最终，他还是目送着女人走进宾馆，平复了一下心情后，他从副驾驶座上把那份文件拿起来，捏在手里又仔仔细细地看了好几遍。

作出这样的决定，她一定是在夜里独自哭过很多次了吧。

她是那样喜欢大城市的车水马龙，她是那样喜欢逛不完的商场看不完的演唱会，她是那样喜欢说走就走的旅行，她是那样喜欢繁华的夜景和街灯……

明明是他丢下了她，她却依然不顾一切地奔赴他而来。而就在刚刚，他还在电梯里对其视而不见。

顾星河从来没有这么恼过，刚才，他很想不顾一切地冲下车，可最后一丝理智还是拉住了他。

他脑海里回想起那日，丛烟在车上说的那句："顾星河，我们能不能……和好……"

即使他没看她一眼，也知道她别过去的脸必定红了眼眶。

* * *

返回那日，"鲲L号"顺利返回漠城着陆场，漠城着陆场真正意义上实现了由备份向主着陆场的转变。

而这一天，也是顾星河和他的搜救队员在沙海追逐梦圆的一天。

他们驾驶着车辆穿越戈壁，向着空中那耀眼的红白降落伞追赶奔赴，返回舱落地前发动机点火缓冲，地面分队在第一时间赶赴返回舱旁，实现了"舱落人到"，圆满完成了搜救队员的职责和使命。

作为航业内目前唯一一支专业化航天搜救力量，"舱落人到"是搜救分队制订的最低目标也是最高要求。警戒线外一名名站得笔直的搜救队员，他们表情坚毅，在茫茫戈壁上站成了一道橘黄色的人墙守护线。

像高山之上的松柏，屹立沙海，巍峨耸立。

风在呼啸，飞沙走石，直升机依然在空中盘旋，为所有人指引着方向，很快，各系统人员相继到达，现场处置人员检查舱体，开舱手开舱，医监医保人员检查航天员状态，航天员相继出舱，媒体简短的采访后航天员在医护人员的陪伴下转移场地。

一切井然有序，忙而不乱……

"鲲L号"载人飞船返回任务圆满成功。

着陆场收尾工作持续到傍晚，顾星河带队回到大院儿时，已经晚上九点多了，再次离开大院儿已经凌晨。

他开车来到宾馆，向前台询问丛烟的房号，却被前台告知房客下午便退房了。他愣在原地，久久未能回神。

"找丛烟？"像是等了他很久，贺寒突然出现在他身后。

顾星河："她回长京了？"

贺寒点头："是，下午任务一结束她就先走了。长京那边还有很多事等她处理，本来我也该走的，她非让我留下跟你说句话。"

"说什么？"顾星河淡淡地望着他。

"我实在没想到那个人是你。"贺寒没答，反而说起了旁的，"不过后来我想明白了，我一直纳闷是什么样的人能让她远离长京来到这里。"

贺寒笑得意外又无奈："原来是你，竟然是你。知道是你，好像一切不合理又合理了。"

贺寒不得不承认，眼前这个男人不止是外表和职业的魅力，还有他眼神中非同寻常的信仰和力量，而这力量，是寻常男人眼中看不到的。都说一个人惦记前任是因为没有遇到更好的，就丛烟而言，遇到比顾星河更好的确实不易。

"她到底要说什么？"顾星河再次问，他只想知道她留下了什么话。

贺寒递给他一张心形的便利贴，顾星河打开，娟秀的小楷映入眼帘，上面写了两行字：

星河璀璨

烟火依旧

顾星河将那张纸握在掌心，久久不能平静。

＊　　＊　　＊

青市。

蝉鸣的夏季，柳条无精打采地垂着，纹丝不动，路边的果树散发着淡淡的幽香。丛烟戴着墨镜下车，细长的高跟鞋踏上地面那一刻，她条件反射地缩了缩脚。高高的树梢悠闲地晃了晃，好像是风在努力证明这燥热的天气里它也在努力地工作。

丛烟挪了挪墨镜，把原本别在包包上的发带随手扯下，枫糖色的鬈发被她随手绑在脑后，高级大气的法式女郎瞬间变身优雅时尚的东方淑女。她坐在约定的咖啡厅里等待相亲对象的姗姗来迟，店里舒缓的轻音乐让她惺忪的双眼有了些许精神。

她拿出随身携带的小镜子照了照有些微肿的脸，不禁感叹，这该死的生活，压根儿都没有一个值得自己化妆的人，连搽口红都是多余的。

收起小镜子，她懒洋洋地靠在椅背上，望向窗外。有些浮肿的眼睛提醒她今天有点睡多了，日上三竿才在母亲的夺命狮吼中不情愿地醒来，倒不是她不愿意起来，而是难得做了一个好梦。

她好久没有做那样甜美的梦了，以至于醒来第一件事就是给闺蜜陈美人发微信消息：做梦了。

陈美人：梦到顾星河了？

丛烟惊：你怎么知道？

陈美人发过来一个翻着白眼的表情：『白眼.gif』你还有梦到别人的时候吗？

咖啡店里人不少，但都各据一隅，人们轻声说话，很是安静。只有吧台上方的电视机在播放着新闻：

"鲲M号"载人发射任务拟于10月中旬择机发射，目前漠城发射场正紧锣密鼓地进行任务准备……

女主持人清澈明亮的嗓音播报着新闻，丛烟回想起昨天窝在家里看了一晚上的航天纪录片，难怪昨晚做那样的梦。

梦里，顾星河站在沙漠之巅，他头顶就是星河笼罩的夜空，星星在眨眼，他也在向她眨眼，他笑着张开双臂迎接她，她奔跑着向他扑过去……可是沙子太滑了，她跑一半儿就掉下来了，再跑，又掉下来，再跑，又掉下来……

在梦里酷跑了一整夜，她也没能触摸到沙漠之巅的那个男人。

坐着等人的工夫，她搜索了周公解梦"怎么爬也爬不上去"，出来一大堆结果：

出行的人梦见怎么爬都爬不上去……怀孕的人梦见怎么爬都爬不上去……本命年的人梦见怎么爬都爬不上去……做生意的人梦见怎么爬都爬不上去……上学的人梦见怎么爬都爬不上去……

好像没一个符合的，最后一个：恋爱中的人梦见怎么爬都爬不上去……

她算恋爱中的人吗？她看了一下后面的解释：恋爱中的人梦见怎么爬都爬不上去，说明若能化解僵局或误会则可成。

结局还不错，嗯，她决定了，她算。

瞬间又觉得精神满满、战斗力满满。

相亲对象着急忙慌地捧着一束黄菊花小跑进来，见到丛烟的一瞬间，男人笑开了花儿，再细细地上下打量一圈，嘴咧得更开了。

丛烟生得很漂亮，是那种连素颜都能让人印象深刻的漂亮。

"您是丛……烟？"男人额上还沁着细密的汗珠，不知道是因为天热还是因为紧张。

丛烟看了两秒男人，个头正常，五官端正，西装革履，虽然那束黄菊花很是碍眼，但她还是伸手指指对面的沙发座椅，客气道："您请坐。"

男人简单地介绍了自己，其实这些在她来之前母亲已经给她交代得很详细了，尽管她也没有仔细听。

男人絮絮叨叨说了有好几分钟，这才停下来轻声问她："要不，你也介绍介绍你自己？"

"丛烟，女。"丛烟用咖啡勺将咖啡杯里褐色液体搅拌出了漩涡，端起杯子豪迈地仰头喝了一大口。

男人尬笑着说："你看咱们这都到了结婚的年纪了哈，我这被家里人催得厉害，你也是被家里催的吧？"

丛烟放下咖啡杯，咧嘴笑："是啊，好巧啊，你也没人要啊？"

男人尴尬地笑了笑，余光瞥见她粽子车的钥匙："丛小姐，听说你是摄影兼职做动漫的，这行业都这么赚的吗？"

男人一副不可思议和隐约不敢言的样子，丛烟抬眼看了他一眼，淡淡道："我爸买的。"

男人见她话很少，便自顾自地接着说："丛小姐，恕我冒昧，不管令尊能赚多少钱，你也不能这么造啊，什么车不是开，干吗要这么虚荣，买这么贵的车呢？"

丛烟原本端坐的双腿不由自主地叠了起来，二郎腿随意地晃着，深呼吸了一下，内心道：不能跟狗生气，会脏了自己一身仙气儿。

男人浅浅地尝了一口咖啡又说："不过既然买了，咱们结婚后也就先凑合开吧。我还是希望结婚后你能接地气一点儿，不要这么拜金又虚荣，但是有一点我还是要表扬你的，你素颜不化妆，这就很好，我是特别不喜欢女人化妆，打扮得花枝招展的那不是要勾引人吗？"

真是个下头男，不知道哪片海域发大水冲上来他这么个海鲜。丛烟晃了晃自己的脑袋，确认里面没有水后，缓声道："那您觉得我结婚后是不是就得不化妆不上班，天天在家给你做保姆，等你养？"

男人说："那当然不行，虽然你挣得不多，也不能等我养啊！我的钱也不是大风刮来的。"

"哦……"丛烟拉长了尾音，再次晃了晃脑袋说，"刘先生，您看要不这样，我的钱还真就是大风刮来的，要不咱们结婚我买房，也省得我把钱拿去虚荣了，婚后你在家我赚钱。您看怎么样？"

"那不好吧，我毕竟是男人，那不成倒插门了？"男人头摇得像拨浪鼓。

"也对，要不这样，咱俩都别上班了，反正我爸有钱能养咱俩，我爸的公司也给你管，省得让我败了。"丛烟微笑着，天使一般的脸庞上满是纯真的笑。

"真的吗？"

"真的，公司都转到你名下。"

"你不是在跟我开玩笑吧？"男人欣喜道。

丛烟翻翻白眼："是你先跟我开玩笑的。"

男人瞬间变脸，随即手上的咖啡勺被恼羞成怒地扔到桌面上，发出清脆的碰撞声。

"我知道像你这样虚荣拜金的女人根本就不适合过日子，什么爸爸给买的车，我看是干爹给买的吧，不然你年纪轻轻的开这种车，谁信啊？还有你的脸，一定也动了很多次刀吧，纯天然的不可能这么好看。"

"刘先生，我想我们并不合适。"丛烟不想再跟下头男废话，起身准备离开。

"等等。"男人喝住她，"花不准带走。"

丛烟望了望座位旁的那束黄菊花，冷眼道："我本来也没打算带走。"

"你当然不能带走。我本来就打算，成了就送给你，不成我还拿去给我妈扫墓呢。"

难怪是束黄菊花……

丛烟倒吸了一口气，觉得整个人都不好了。她定在原地咬牙切齿，脑海里一直在"要不要战傻逼"中犹豫。她明白，自己的素质高低，有时候全凭心情好坏，不过这哥们儿阎王爷面前装老鬼，他也太不知道天高地厚了。

脚下的恨天高在原地打着转儿，丛烟幻想了无数收拾下头男的场面，但也是奇了怪了，从顾星河离开她，每当她想要放任自己的脾气时，脑海里总会想起那男人犀利的目光：别惹事。

顾星河那男人毒性太大，后遗症有点重。

丛烟旋转的鞋跟最终还是停了下来，她微微弯腰提了提鞋，重新提起包包，优雅地迈着步子转身。这一转身，却意外地撞上一道硬实的人墙。

"你走路能看路吗，都撞到我……"有些恼怒的声音戛然而止，接着他美眸微眯，笑道，"心里了……"

男人身形高大，剃了个干爽利落的寸头，挺拔的身姿顾长耀眼，清澈深邃的瞳仁带着一丝让人看不透的光芒，目光自上而下直勾勾地盯着她。

"哟，这是同时约了两个人相亲？"刘姓男人抱着那捧惹眼的菊花鄙夷地从两人身旁走过，白眼儿翻出了拥挤的脸部，"真够没下限的！"

"草（一种植物）！"丛烟最后一点忍耐力也彻底崩盘了，她只想解决了眼前这菊花男！

作出决定后，她脚下的恨天高这下是彻底穿不住了，抬脚薅下鞋子捏在手里准备朝刘姓男人的背影扔过去，却被面前高大的男人抬手攥住。

她用力拽了拽，纹丝不动，再试图推一下男人，他依然岿然不动。

顾星河剑眉微蹙，声线略冷，斜眼睨她道："穿上。"

丛烟愣了两秒，有些不甘心，再看向男人微怒的脸，默默地穿上了鞋子。

同样一张桌子，对面换个人后，心情便大不一样，尤其是这张随着时光流逝却越发逆天生长的俊脸，怎么看怎么让人心花怒放。

"昨天不是还在戈壁滩？怎么这么快回来的？"丛烟向服务员要了吸管，默默地吸着咖啡。从前她和顾星河喝咖啡，总会要两根吸管，插进同一个杯子共享。

顾星河修长的指节捏着咖啡杯的边缘，手背和胳膊的皮肤有太阳晒过的自然肤色，青筋凸显格外有力量。

真好看，丛烟眼角带笑，像个快乐的瓷娃娃。

男人薄唇轻勾，凸起的性感喉结滚了滚，漫不经心地道了句："飞机回来的。"

"这风尘仆仆的，看来是刚回来就杀过来了啊？"丛烟嘴唇莹润饱满，不点自红，比熟透的樱桃还要美艳几分，满意的样子像极了跟父母撒娇要糖果得逞后的孩子。

"丛烟，你是不是有病？"顾星河温声，眼角却带着怒气的光，可说出来的话又不急不缓。

丛烟歪头笑："你有药啊？"

"别贫嘴。"顾星河将桌上的应聘简历打开，淡声道，"解释一下。"

丛烟探头瞥了一眼，咬着吸管说："这有什么好解释的，应聘。"

"长京待得好好的，你去戈壁滩应聘？图什么？"顾星河不咸不淡地说。

丛烟吸了口咖啡说："图男人啊，单身狗当够了，我听说戈壁滩的男人比较帅，咱俩老熟人了，我出五百块，你帮我找个185的。"

顾星河眸光一凛："就你这样的，给你找个158的还差不多。"

"你要能给我找到158的，我出一千块。"丛烟不甘示弱道。

顾星河不再多言，站起身来，将简历推到她面前："那我现在告诉你，你被拒了。"说完，他起身就向楼下走去。

窗外的知了肆意地叫着，像在奏乐，一声接着一声，没完没了。燥热的风也从窗户缝里吹了进来，吹得丛烟有些恼。她咕噜噜地吸了一口咖啡，抓起那份简历追了过去。

"姓顾的，你给我站住。"丛烟连跑带跳地在楼下拦住了他，仰着头望向他，"你什么意思？你凭什么拒了？我笔试面试可都是第一！"

顾星河侧头，微低着脑袋好整以暇地睨着她，她就像只河豚，生气时全世界都能看出来她生气了，他盯着她微润的眼，一字一句道：

"我是这次招聘的负责人。"后面那句"你说我凭什么"的反问就留给她回味了。

丛烟语结，缓了半天才结结巴巴道："那我……哪儿不合适了？"

顾星河故意上下打量她很久，然后伸手推开她，头也不回地留下一句："哪儿哪儿都不合适。"

丛烟望着他远去的背影，悻悻地跺了跺脚，再一转头，看到自己的粽子车引擎盖上整整齐齐摆放着三朵黄菊花。

今天，真特么晦气……

回到家后，母亲方瑾雨连忙放下手中正在做的家务活，高兴地挤到她身边坐下说："今天这个靠谱吧？我听楼下你赵姨说这可是个要长相有长相要前途有前途的呢！"

丛烟偏头，喝了一口茶："您是不是对'靠谱'这两个字有什么误解，赵姨什么时候靠谱过？"

"怎么又不靠谱了？"方瑾雨歪头，"又没看上？"

"那男人我能看上吗？下头男一个，还说我拜金，呸！他倒贴我十头驴都没门儿！"丛烟想起引擎盖上那三朵黄菊花就想把他碾轧在脚底踩成泥。

"我滴姑奶奶呀，你这挑来挑去的是要闹哪样啊？"方瑾雨气急败坏，"青年才俊你不要，富二代你也不要，你是不是没装GPS不清楚自己定位了？你都二十八了，你到底要挑到什么时候啊？"

"二十八怎么了？"丛烟也急了，"白素贞一千多岁才下山谈恋爱，我着什么急啊！"

"你可笑不？你跟人家白素贞比？"方瑾雨翻翻白眼，继续道，"人家白素贞是妖精，有颜值有法术，再过一万年照样青春貌美，您呢？凡人一个，你再过两年试试？你可别怪我没告诉你，女人一过三十岁，一下子就老了，你都来不及反应的！不行，我回头再托你赵姨给多找几个，你趁这几天好好选选。"

"我就是回来休假半个月而已，都逃不过去这个催婚大潮了是吧？"丛烟没把辞职的事告诉老两口，只说是休假。没想到一回来就被强制安排相亲，她一脸绝望地瘫在沙发上，向一旁的父亲求救："爸，您快管管你前妻吧，她疯了！"

方瑾雨也冲丛林嚷嚷起来："对啊，你快管管你姑娘吧，让你过来喝茶刷手机的？好不容易过来一趟，屁也不放一个。"

被点名的丛林放下手里的茶杯和手机，想了想说："你妈急是急了点儿，不过也不是完全没道理。那你到底想找个什么样的呢，给我们说说总行吧，我们也好帮你物色物色。"

唉，在管媳妇还是管女儿中，亲爹还是选择管她了。丛烟不明白，父母年轻的时候天天吵架，一年恨不得离八百回婚，老了怎么反而统一战线了，起码在催她结婚这件事上，真的是配合得天衣无缝。

方瑾雨怒声道："对啊，你倒是说你到底要找个什么样的啊？"

"我就想找身高185，体重148，脸贼好看，声音贼好听，腹肌六块，有骨气有血性有梦想，不庸俗不世俗不谄媚，又帅又痞的爱国青年！"丛烟一赌气，一溜烟儿地说了一长串，喘了口气后她又坚定地补充说，"对，又帅又痞的爱国青年！"

方瑾雨愣在原地，半晌，才反应过来，抄起鸡毛掸子喊道："你个逆女！这么好看又能耐的天才青年，人家能看上你个混世魔王？你怎么不去梦里找！"

不怪方瑾雨称她混世魔王，丛烟打小就野气十足，小时候因为父亲做生意忙，跟母亲两地分居，母亲一个人又当妈又当爹，生活的琐碎将母亲压得看不到脸上的光，她每天都跟父亲吵架，隔着电话边吵边摔，后来，在一次激烈的争吵后，她听到母亲说："我受够两地分居的日子了，你要么滚回来，要么就离婚。你要不回来，我就把孩子扔给你爸妈，我也不管了！"

后来，他们真的离婚了。母亲把她送回农村爷爷奶奶家，没人管的她，爬树、下河、翻墙，带着一群大她几岁的小男孩称霸一村。青春期时又跟一群社会小青年染红头，给班主任茶杯里放乌龟，在校长办公室的窗玻璃外点窜天猴，无恶不作，也是让老两口操碎了心。

方瑾雨以前就说，要不是她长得人模狗样的，早被人打死了！

直到高三，丛烟突然发了愤图了强，好在天资聪颖，赶在最后关头考了个好成绩，上了个还不错的大学。好不容易改邪归正，一心求学，毕业后当了个摄影师，老两口悬了半辈子的心终于放了下来。怎么这赶上人生大事，她又开始犯浑了呢！

丛林扔下老婆孩子奋斗了大半辈子，又赶上房地产发展红利，家当是打下不少，公司也经营得有声有色，门当户对有财又有才的青年没少给她介绍，可每次都无疾而终。

丛林知道丛烟和顾星河在大学谈过几年恋爱，可毕业后便分手了，直到刚才丛烟说那一大长串的形容词，对，就爱国青年那个，他一听，那不就是说的顾星河吗？

难怪把天下再好的男人介绍给她她也无动于衷，合着根源在这呢。没想到这臭小子，都这么多年了，还能让他的宝贝女儿念念不忘。

不愧是她女儿看上的人，有点儿本事。

＊　　＊　　＊

干净整洁的小公寓里，空调隔绝了室外燥热的温度，也不知道今年夏天怎么热了这么久，已经快10月了，还天天热得像大暑一样。

陈美人在听到丛烟的求职简历被顾星河亲自送回来的事后，一点儿也不意外，咕嘟咕嘟灌下两口冰水，嘴里瞬间凉飕飕的："的确是他顾星河能干出来的事儿啊！"

毕竟，顾星河是什么人啊，打丛烟认识顾星河那天起，表面看起来都是丛烟在主动，实际上两人的感情全是顾星河在主导，丛烟在他面前就没赢过，除了最后"潇洒"地分手勉强算赢了一次。

不过现在看来，这"赢"也全是水分。

谁让当初就是丛烟主动追的顾星河呢，爱情里，不就是谁主动谁才被动，谁爱得多谁才被牵制得多吗？

丛烟蔫了，两眼无神地望着陈美人："那你说该怎么办啊？"

"无解，谁让你当初伤人家那么深，现在晓得后悔了。"

爱情的巨轮还不见踪影，丛烟只觉得友情的小船要先翻了，她起身滔滔不绝地辩解："我哪有伤他了？分明是他丢下我一走六年，我都不跟他计较，主动回头了，他倒好，不仅跟我计较，还以权谋私不让我应聘。"

"回头？你可以回头，但不能回头走啊我的姑奶奶，逆行全责啊。"

丛烟生无可恋："全责就全责呗，我愿意。"

陈美人靠在沙发上，轻声道："不过话说回来，人家现在在戈壁滩混得风生水起的，虽然做航天人收入不高，但身份高啊，就顾星河那种要颜有颜、要身材有身材、要脑子有脑子的男人，整个戈壁滩的美女都得抢疯了，人还能惦记你才怪。"

"戈壁滩能有什么美女？"丛烟嘴硬道，"就算是美女，被沙尘暴吹，也吹成老太婆了。"

陈美人粲然一笑："你还真别说没美女，我们知道的现成的不就有一个？"

丛烟知道陈美人说的是谁，顾星河的发小，文静。

当初她和顾星河毕业分手的时候，文静毫不犹豫地放弃优秀企业抛来的橄榄枝，跟着顾星河去了戈壁滩，一待就是六年。

丛烟微眯着眼，恍惚间，仿佛还能看到那个俊朗含笑的少年沐浴在灿烂迤逦的夕阳中，站在教学楼下，一眼星河万里，痞气又深情地望着她。

顾星河有一双深邃黑亮的眼，旋涡一般深不见底，真的像装满了一眼睛的星河，勾人心魄。即便分手多年，她每每想起他那双深邃深情的眸子，都还是会小鹿乱撞。

"那又怎么样，六年了，要在一起早在一起了，还用等到现在？"丛烟用最硬气的语气说着最没底气的话，因为连她自己也知道，这些年，文静在朋友圈有意无意地秀她和顾星河看似寻常的日常，前阵子更是贴出了戴着戒指的左手。

这不是挑衅她吗？从小被挑衅长大的丛烟怎么能不接这个坑！

她丛烟是被吓大的好吗，不管这坑多深，必须跳。

丛烟也是因为看了那张照片才彻底扛不住了，六年了，她真的等不下去了，他既然不肯回来，她去就是了，跟顾星河比起来，面子算老几。

一狠心，趁上次任务去漠城执行任务的机会，顺便递交了简历，参加了面试和笔试，抱着必胜的信心要去追随她梦了六年的男人。

可谁知，却被他亲自把求职简历送回来了。

这可真的是史上最惨打脸。

丛烟蔫了，彻底蔫了，她以为的双向奔赴原来一直是她的一厢情愿。

"要我说，解铃还须系铃人，你为什么不去找他谈谈？"

"谈谈？谈什么？谈恋爱他也不让啊！我上次去漠城，他就没怎么搭理我。我给他煲的鸡汤他都没要。"丛烟颓废地叹口气，"从六年前他不顾一切地离开长京去戈壁滩，他心里就没我了。"

她的声儿有些低，像泄了气的皮球，看起来很是无奈。没遇到过这么难搞的男人……

陈美人见不得她原本意气风发却被踩到脚底的样子，像被霜打了的茄子。她眼珠转了转，提议："要不，明天去路平家问问？我听说他也回来了。他是顾星河最好的兄弟嘛，咱们从前关系也不错，他应该会帮你的。"

丛烟美眸一亮，立马有了精神，对啊，她怎么没想到。路平和顾星河大学舍友兼同桌，要不说顾星河这个人，走到哪儿都有种莫名其妙的凝聚力和吸引力，当年他要去中心的时候，为了追随他一起去的就有一男一女，女的是文静，男的就是路平。

丛烟现在还记得他们真正出发去漠城那天，自己在机场人群后面偷偷送别他们的时候，就像在送远行的儿子，哭得梨花带雨跟天塌了一样。

决定了明天去找路平，丛烟准备早点儿休息，可是躺在床上翻来覆去丝毫没有睡意，脑海里翻来覆去地都是顾星河的影子。

再看到倒扣在书桌上的手机一直不停地在闪烁发光，她最终还是爬起来跑过去拿手机。

书桌在房间的角落，她每次睡觉都把手机放到离床头最远，以前宿舍的舍友都以为她是怕手机辐射影响美貌，实际上她是个挺没安全感的人，她只是单纯地怕她睡觉时手机炸了，所以，从不把手机放在跟前充电，而且手机充电时她也从来不使用。

她胆子大，但却害怕小概率事件，也从不为小概率事件冒险，唯一冒险过的小概率事件大概就是追顾星河这件事了。

以前是，现在也是。

闪烁的群是高中群，因为这是她唯一和顾星河共同存在的一个群，所以这也成了她唯一一个没有屏蔽消息的群。

丛烟看到群未读消息500+，这大半夜的不睡觉，这群人在聊什么啊。丛烟点进去，入眼的就是顾星河的消息：@蒋萱，我从来没单身过。

在说什么啊？再往上翻，却再也看不见他的消息。直到点到消息开始，才看到高中时的班长何生亮在群里攒局。

何生亮：@顾星河，听说你回来了，好久不见，我在盛庭大酒店定一桌。

蒋萱：何老板大气啊，不愧是咱们班混得最好的，盛庭可不是咱一般小老百姓能去的地方啊，我上次去还是上个月了呢！

丛烟呵了呵，这个蒋萱，多少年了也没变一点点。

继续往下翻了翻，看到有人@自己了。

陆青浦：@丛烟，听说我们的烟大美女也回青市了，必须来啊。

蒋萱：@陆青浦，你有点眼色没，不清楚状况就不要瞎@。

陆青浦：『疑问.jig』什么状况？

蒋萱：顾星河都单身好多年了，他说过"此生不复相见"，她怎么还好再来。

你丫把自己当甄嬛了啊，丛烟骂骂咧咧了两句，继续下翻聊天内容。

陆青浦：分手也是同学嘛，一起吃饭而已。

蒋萱：我要是她，我可没脸来。

陆青浦：呵呵。

同学A：呵呵。

同学B：呵呵。

何生亮：@蒋萱，你也不要这么说，丛烟现在可是近千万粉丝的大V，人家短视频接一条广告顶某些公职人员几年工资了。

呸！丛烟又默默骂了一句，就知道这个何生亮没安什么好心眼，从前他就把顾星河当假想敌，但奈何又什么都被甩n条街，什么好心请客吃饭，不就想显摆自己那点经济实力以此来碾压作为公职人员的顾星河吗！

陆青浦：@何生亮，话也不是你这么说，人跟人的精神境界不同，有些人再富有也不会让人有一丁点的钦佩和敬重，但有些人即便没那么多钱，却为国家发展、人类进步做出了自己的贡献，在他们眼里，你看重的那些东西是他们最不看重的东西。何况，真正名留青史的有几个是因为钱？金钱总有消失的一天，但精神不会。当然，你是不会理解的。

何生亮半天没吭声，倒是蒋萱补了句：你这种想法太幼稚了，出了社会谁不看钱？

陆青浦：我。

"老陆你可太秀了！就是没有点赞功能，要不然高低得给你这条回复点上666个赞，少一个都不行！"丛烟激动地自言自语。

再往下翻了好久，也没看到顾星河的任何一句话，看来看去只有最后那一句：我从来没单身过。

丛烟想想自己单身狗的六年，又想想他……她默默地看了眼已经安静了的群，点开了对话框。几秒钟后，群消息里多了一条消息：

丛烟：@蒋萱，我有脸去。

陈美人出来补刀：@蒋萱@何生亮，我要吃最贵的，但凡有一个便宜菜都对不起老娘盛装出席的化妆品。

蒋萱：@陈美人，又不是我请客，@我干啥？

陈美人：原来不是你请客啊？『震惊.jpg』那你咋呼啥呢，跟东道主似的！

蒋萱大概有些挂不住脸，以前她就先后栽在丛烟和陈美人手上，先是喜欢何生亮，结果何生亮心里只有陈美人，后来她又喜欢顾星河，结果顾星河更是看都不看她一眼。

如今出了学校，学校里以前的光环算什么，还不是得看混得怎么样，她就算比不上丛烟，比陈美人还绰绰有余吧，怎么肯受陈美人的气。

蒋萱一气之下在群里扔了个炸弹：你神气什么，有脸你们就来，一个看前男友发达了与自己无关，一个看前男友落魄了也与自己无关，真是好姐妹。『嘲讽.jpg』

路平：你说谁落魄了？

同学A：你说谁落魄了？

同学C：你说谁落魄了？

陆青浦：原来"落魄"了的都是你永远得不到的男人，不知道谁可怜。

丛烟又想给陆青浦疯狂点赞了！

陆青浦以前就跟顾星河是好哥们儿，大学毕业后，陆青浦在一家航天集团工作，两人工作上也一直有来往，近几年他常驻青市，参与海上发射的项目研究。

以前陆青浦是班里的纪律委员，因为顾星河，没少给丛烟放水，不然就她那三天一翘课、两天一睡觉的违纪节奏，恐怕整个班级的卫生都要被她承包了。

要说陆青浦选择航天行业也跟顾星河有关，当年的陆青浦就是个心怀强国志报国情的人，他想把一辈子的事业做得轰轰烈烈、有意义一些。但选专业时他又犹豫着不知该选什么，也不知道什么专业才能实现自己的远大抱负，顾星河就趁机向他推荐了与航天相关的专业："以后我们国家的航天实力会越来越强，不远的将来肯定会位列航天强国，会需要更多的科技人员参与其中，我们得提前积蓄力量，有一天国家会非常需要我们。"

陆青浦虽然不知道顾星河说的那一天会有多远，但他信顾星河。

陆青浦回青市前一直在长京工作，那几年没少照顾从烟，她也知道，他是看在顾星河的面子上，尽管已是前女友。

＊　＊　＊

朝霞漫天的夏日清晨，空气中弥漫着雨水与海水的味道，路边马尾树翠绿的枝叶上还挂着清亮欲滴的雨水，晨光从枝丫间毫不吝啬地射向地面，照亮了树下等车人的身影。

陈美人眯了下眼，冲正开过来的粽子车招了招手。上了车，系好安全带，车子却久久没动。

从烟戴着墨镜，让人看不清楚墨镜下的神色。

陈美人有些担心："怎么了？开车啊，约了路平，人家可等着呢！"

从烟从墨镜下探出眼睛，睫毛微闪，认真地问陈美人："你说文静那戒指，到底是不是订婚戒指？"

陈美人望着她墨镜下的黑眼圈，不可置信地问："你不会昨晚一整晚都在想这个问题吧？"

从烟懒洋洋地靠在椅背上，认真地回她："是。"

"要不……我们打车？你这算不算疲劳驾驶？"

"不至于，好歹我也是叱咤沿海一带的飞车侠。"从烟侧头看她一眼，松了脚刹，车子驶入主路。

陈美人笑了，也不知道她一天天哪儿来的那么多头衔和名号，自己封的吗？

路平单身，家里空荡荡的也就他一个人。一进门，路平就像提前准备好了一样，正襟危"站"地欢迎她俩上门。

丛烟坐在沙发边，单手支着额头，好整以暇地睨着他。只见她红唇轻抿，笑意渐渐抵达眼底，既不友善，也没有恶意，但就是莫名让路平觉得瘆得慌。

路平骨子里是有点怵丛烟的，这姑奶奶从不按套路出牌，从前她和顾星河谈恋爱，自己没少被她当枪使。但凡她跟顾星河那儿有点什么波动，他这儿必定要遭血雨腥风的连累。

这不，顾星河拒绝了她的应聘简历，她又杀过来了。

路平给二人倒了茶，也坐了下来。

"路哥，几天不见又瘦了啊！"丛烟笑得像个小狐狸，纤细的手指握着茶杯，轻轻抿了一口。

路平直了直身子："还是你眼睛毒，搜救工作不好干，每次任务都得掉二两肉。不过姑奶奶，这咋无精打采的，黑眼圈这么重，谁又惹你了？"

路平是搜救分队空中分队的队长，上次去中心由于任务忙碌，丛烟又跟随地面分队，压根儿没空跟路平好好聊聊，只在送鸡汤的时候匆匆见过一面。

从前路平是恐高的，当年跟他们一起玩蹦极，还是被丛烟一把推下去的，她至今都忘不了，那哥们儿被拉上来时腿抖得残废一般的样子。

士别三日，当刮目相看，她实在想不明白他是怎么变成那个蜘蛛侠一般的索降队员的。

她们来之前，路平简单地听陈美人提了下她的事，知道她心情不好，主动打开话头让她疏解一下情绪。谁知这姑奶奶撩了撩头发，张口道："除了姓顾的狗男人，还能有谁？"

"噗——"路平一口茶水差点儿没喷出来，他好心地提醒她，"烟儿，你是不忘了顾哥最不喜欢你说脏话了？"

"狗男人算什么脏话？他本来就很狗！"丛烟放下茶杯，"路平，你跟了他这么多年，你实话实说他狗不狗？"

陈美人挠着鼻尖冲她眨眼："烟儿，说话注意点儿。"

"注意什么注意，我明明笔试成绩第一，面试第一，结果那个狗男人说什么。"丛烟戏精上身地捏着鼻子学着顾星河的腔调，"你，哪儿哪儿都不合适！直接就给我刷下来了！"

"烟儿，你这哪儿听来的，顾哥没有要刷你……"说话间，路平站了起来，眼神闪烁着，"顾哥其实挺为你着想的……"

丛烟眉心拧着："你看看，你自己说这话都觉得假吧？不觉得假你站起来干吗？你眼神恍惚什么？路平，你要还当我是哥们儿，你就跟我说实话，那个狗男人这么为难我，是不是因为他真的要跟妖孽订婚了？"

"什么妖孽啊？哪有妖孽！"路平一个劲儿挠头，脸色一阵红一阵白。

"你也不用替他们隐瞒，六年前我就知道，老娘法眼一开，就知道文静是个妖孽！"丛烟越说越生气，完全没注意面前的两人已经都站起来了。

就在她疑惑的时候，只见陈美人抬手在胸前小幅度地挥着："嗨，顾星河，好久不见。"

丛烟猛地转头，"狗男人本狗"正闲散地靠在洗手间的门口，双手环胸，好整以暇地望着他们。

丛烟感觉到了空气突然安静的氛围……

"刚我忘了给你说了，老大他最近住我这儿……"路平接收到丛烟递过来的杀人的目光，结结巴巴地解释着。

顾星河长腿一迈，几步就走到了沙发旁边的贵妃椅上，往身后扔了个靠背，人就躺了下去。他懒散地交叠着双腿，旁若无人地玩起了手机。

"飞机即将起飞，特种兵请准备……"

客厅窗户外柔和温暖的光线打在他深邃立体的侧脸上，忽明忽暗的脸上带着一丝丝欠揍的"痞"劲儿。

丛烟向来见到顾星河就秒尿，这会儿也安静了下来，一副死扛到底的样子。房间里一时间静了下来，只听得到游戏中的厮杀声。

"也不知道是谁说的玩物丧志，不准我玩，自己玩得倒嗨……"丛烟也不知道自己怎么就没忍住，嘟嘟哝哝了一句，话刚出口，就后悔了。

男人原本垂着的目光幽幽地抬起来，视线落在她身上，嘴角噙着一抹极淡的笑意，散漫随性道："你如果能苟到决赛圈，我也认你有点天分。"

丛烟玩游戏水平很烂，属于又菜又爱玩的那一挂，见人就死，人机都干不过说的就是她了。哪怕一场游戏中她能不拖队友后腿，都足以让她兴奋地放一夜烟花庆祝。

从前她很羡慕顾星河，还没参加高考就被保送最高学府，别人忙着复习，他还能顺便拿个全国物理竞赛冠军，上了大学，她经常去他们学校跟他蹭课，明明看他上课总眯着眼睛，可期末考试时，他却总能轻松考个年级第一。

高考前她曾经沉迷某个游戏，玩得很烂，还非要玩，每天气得跟队友骂战，顾星河跟她打赌，如果他能杀进全服榜，她高考前不许再玩游戏。

丛烟怎么会信他能杀进全服榜，豪气应赌，结果就是她失去了那段时间玩游戏的权利。

在自己身上她懂得了，人只要努力，就能战胜所谓天分。

在顾星河身上她懂得了，在有些天分面前，努力一文不值。

"那个……烟儿，其实……"路平转头看向顾星河，后者淡定地打着游戏，好像周围的一切都与他无关。

路平只能硬着头皮说："其实你的短视频动漫事业发展得那么

好……完全没必要往戈壁滩钻，而且，你那么爱逛街爱玩，那里自然环境太苦了……你说你一大家闺秀，何苦呢?"

丛烟的短视频账号确实很火，因为独特的画风和真人对比漫画场景同步出境，吸粉无数。她也明白，去了漠城，全是戈壁滩，没有各地美丽的自然环境，谁也不知道她的账号会何去何从。在这个短视频风靡的年头，流量就是财富，粉丝就是累积财富，谁会愿意冒这个险呢。

丛烟脸色肉眼可见地越来越绿，她望着路平，眼睛里红润了起来，压抑了好久的情绪险些没绷住，又看向正在打游戏的顾星河，后者完全没有要参与他们聊天的意思。

"你们都能，我为啥……就不能。六年前你们就丢下我，现在还是这样。"丛烟微哽，蔫了下去。

"不是说你不能……"路平转头看向默不作声的顾星河，突然非常赞同丛烟说的话，这位哥是真狗!

路平小心翼翼道："烟儿，你恕我直言啊——"

丛烟："不恕!"

路平："那个……我是说……如果——"

丛烟："没有如果!"

丛烟一双眼雾气昭昭，她一鼓作气，站起来伸手指着顾星河："我要听他说。"

房间里更加安静了，路平大气也不敢喘，直勾勾地看着两人。

许久，顾星河抬眼道："我已经说过了，你哪儿哪儿都不合适。"

房间内的温度一下子降到冰点，谁也不敢再开口说话。

丛烟站在原地，胸口起伏，双手紧握，手指甲几乎嵌进肉里，半晌，她咬牙道："顾星河，你有种!"

说完，丛烟咬着牙，赶在眼泪流下来前摔门而去。

"祖宗哎，你们这是干吗呀!你们知不知道，这些年，丛烟有多后悔当初没跟你一起去漠城，哎。"陈美人有些无奈地跺了下脚，跟着追出了门。

见两人先后离去，路平暴躁地挠了挠头："老大，这些话你干吗非让我说啊，看烟儿那样子我都不忍心了。"

"这么残忍的话，我这么心软的人可说不出口。"男人理直气壮地说。

手机里传出游戏中被枪杀成盒的结束音："啊!"他把手机扔向一旁，面色沉重地坐了起来。

路平瞪大眼睛："你说不出口我就能说出口?"

"你不是已经说了？看你把人惹的。"顾星河去厨房冰箱拿了瓶冰水，原地灌了两口。

"我……惹的？顾星河，你做个人好吗?"路平已经语结，捶胸顿足，交友不慎啊!

顾星河站在厨房窗户边，看向楼下，那纤瘦的身影似乎抹着眼泪上了车，那辆扎眼的红色粽子车慢慢驶出小区，消失在了视野里。

路平还是有些纳闷："我不明白的是，烟儿明明已经被录取了，你这样玩人家，你真不怕人家宁可单身也不跟你玩儿了啊?"

顾星河把喝完的空瓶子扔进垃圾桶，平静淡漠的眼底掀起一丝波澜："她想单身？除非老子死了。"

明明已经过了雨季最盛的时候，可青市今年的雨多得好像下不完似的，每天都湿漉漉的。

丛烟站在阳台上打开窗户，雨后被洗礼过的空气格外清新。目光远远地落向远处，她家住在海边，从窗户里就能看到几公里外的海岸，湛蓝的天边与大海一望无际的远方融合在一起，像极了一幅印象派油画。

楼下的法国梧桐树还滴滴掉落着雨水，落在院子里整齐的灌木丛中，一只小螃蟹从草丛里奋力地爬出，它虽然不清楚大海在哪里，却也在努力地爬，想要离开这本不属于它的草丛。

无论昨夜经历怎样的泣不成声，第二天，这喧闹的城市里依然车水马龙。

丛烟昨夜一夜未眠，她突然想起也不知道哪个网络智者说过，每一个失魂落魄的现在，都有一个吊儿郎当的曾经，你所有的痛苦都是罪有应得。

丛烟认同前半句，却并不认同后半句，她觉得自己所有的痛苦都是心甘情愿。

生活在笼子里的鸟儿，会认为飞是一种病，生活在城市里的人，会认为戈壁滩是地狱。

丛烟也这么想，所以当初她试图用顾星河对自己的爱来挽留他，让他远离那狼烟滚滚的沙土飞扬，可惜，她高估了他对自己的感情，也低估了他对戈壁滩的感情，更低估了自己对他的感情。

这几年，她走过很多地方的沙漠，试图弄明白这沙土飞扬的景致对顾星河的吸引力在哪里，可是看来看去，她也没弄明白，他到底是中了什么蛊。

她只能安慰自己，她不是输给了时间与距离，不是输给了文静，只是输给了他爱的那片璀璨的星空。

虽然，她并不懂得，那星空的魅力。

每一次，漠城有发射任务的时候，她都会守在电视机旁，一遍又一遍地看那火光升腾，一幕又一幕地重刷那火箭留下的曲线，一帧又一帧地在各种相关镜头和采访里试图寻找那个熟悉的身影。

她和所有国人一样，会为每一次成功发射鼓掌欢呼，会为每一次航天传奇而骄傲自豪。可这并不能帮助她理解顾星河要为之赴汤蹈火的热爱。

也许，她只是败给了祖国，如果是这样，她认，毕竟败给祖国不丢脸。想了六年她才终于想明白，如果他一定要守护他最爱的那片星空，那么以后就只能"他守护他挚爱的星河，她守护她挚爱的星河"。

丛烟从楼上下来，这个上班的时间点，在小区里悠闲转悠的只有三类人：带娃的老人，带娃的妈妈，无业者。

而她属于最后一类，她把自己逼到毫无后路可退，以为这样就会离他近一点，没想到，竟真的……没路了。

丛烟这几年跟着团队在业余时间做了很多动漫项目，其中一部动漫电影他们作为主制作方，在电影大卖的同时，他们的团队也成了圈子里炙手可热的新星，前途不可限量。即便不当摄影，靠动漫吃饭，也是前途无量。谁会傻到在这个节骨眼放弃如此光明的前途，前去一个戈壁深处的"小镇"呢？

在大家眼里，那里就是塞外、是边关，是寸草不生的荒蛮之地。

她喜欢听许巍的歌，因为听多了容易翅膀硬。辞职那天她耳机里放着"曾梦想仗剑走天涯，看一看世界的繁华……"的歌声，大步流星踏进主任办公室。

"各有各的活法，各有各的精彩。那里有对我很重要的东西，什么也替代不了。"她辞职时说得有多傲娇，现在就有多打脸。

可是如今，那个重要的"东西"亲自把她丢了出来。

狠心的狗男人！丛烟又忍不住骂了一句。

小区门口的路口有卖海鲜的老奶奶，丛烟每次经过都要买老奶奶的东西，今天她照旧蹲下来，看着摊子前为数不多的几样东西：海抽儿、舌头鱼、猫眼螺。

海抽儿不同于常见的海瓜子，它是当地的一种螺类，细长偏小，丛烟小时候经常会跟着奶奶去赶海，在海边的石头缝里打着手电掏来掏去，回家的时候就能收获一小篮子的海抽儿和小螃蟹。锅里坐上热水，水开把海抽儿放进去煮几分钟就好。

煮海抽儿讲究火候，时间太短会不熟，但也不能太久，肉一旦缩过头了就会吸不出来。煮好后的海抽儿用钥匙上的圆孔将其尖角掰断，然后像吸果冻一样，从头上用力一吸，便完整地取下螺旋形的海抽儿肉了。

海抽儿是海边人休闲时的小零食，小时候丛烟经常在农村奶奶家的院子里，摆上小木桌儿，煮一盘海抽儿，一吸就是一晚上。电影院门口也经常会有卖海抽儿的，看着电影吸着海抽儿，那是独属于海边孩子的童年记忆。

她曾经最快乐的事就是买一包海抽儿煮好，让顾星河帮她一个一个掰掉头，他掰一个她吃一个。路平还傻乎乎地问她："你倒是会享受，知道掰久了手疼。"

"我倒是不手疼。"

"那你干吗让他给你掰?"

"他掰的香，这吃的不是海抽儿，是宠爱。"丛烟摆摆手说，"算了，你这种单身狗不会理解的。"

至于舌头鱼，也是丛烟非常喜欢的，去皮的舌头鱼裹面炸好，那得香个大跟头。炸舌头鱼的裹面一定要先沾干面再沾鸡蛋液，而不是大家印象里以为的先沾鸡蛋液再沾干面，丛烟也不知道为什么，但这样炸出来的舌头鱼是最香的。

丛烟爱吃猫眼螺，主要是爱吃里面的"黄"，那个被很多外地人认为是内脏甚至是屁屁的部分，可她最喜欢吃，软软糯糯，很香。

丛烟在老奶奶的摊位上把三种小海鲜都称了一点儿，正好闲来无事，给爸妈做点好吃的。称完东西要给钱的时候，她看到了摊位前的收款码。

"奶奶，您都会用二维码啦?"从前，奶奶只收现金，用现金的年轻人比较少，只有丛烟会特意带现金买。

"我孙子帮我弄的。"奶奶含混不清地说着，脸上却带着开心的笑。

丛烟付了钱，提醒奶奶看一下付款界面，奶奶点点头说："我不信谁也不能不信你，打我在这儿摆摊你就来买我东西。"

最初，丛烟在老奶奶这儿买东西，是因为看到这个老奶奶时，总能让她想起顾星河的奶奶，那个慈祥、善良、给她带来光和温暖的老太太，后来她经常想，顾星河之所以成为顾星河，与奶奶的教育一定有密不可分的关系。

那时候，丛烟还没住在现在这小区，而是住在学校附近。她第一次发现顾星河和自己家住在一栋楼还是在开学后的几天。

为了她转学后上学方便，方瑾雨特地在学校门口不远的小区买了新房子，而新家就在顾星河家楼下，他家在十楼，丛烟家在九楼。

她从小在乡下奶奶家长大，父母刚把她弄回市里，那时她跟母亲关系很不好，叛逆期的她烫头染色，打扮得也很张扬，而她被老师命令把鹦鹉头染回黑色后，依然掩饰不住叛逆的眼神，活脱脱一个不良女学生。

而那时的顾星河和她完全是两个路子，他就像下凡的文曲星，尽管脸上带着痞劲儿，但眼神里正派优秀到发光。

丛烟第一次和他同上电梯，就吊儿郎当地调戏他："缘分哟，未来男友。"

顾星河倚靠在电梯的一角，一条腿懒散地微微弯曲，耳朵里塞着耳机，也不知道听没听到她说的话。

尽管顾星河一直没有回应她，但丛烟却一脸欢喜地盯着他看，喋喋不休。直到电梯到九楼时，她才开心地向他摆手，媚眼间流光闪烁着："拜拜，明天见，未来男友！"

顾星河见她下去，表情淡漠地伸手按了电梯，直到电梯门合上，丛烟微笑的脸都一直在电梯缝里显示。

她回到冷清的家，像条咸鱼一样躺在沙发上，爸妈都不在家，只有做饭的阿姨摆好了一桌子的菜，跟她交代了几句方瑾雨的叮嘱，便离开了。

她已经习惯了父母常年把生意当亲闺女对待的日子，除了每个月给她生活费会见一面，也只有学校因为她闯祸打电话请家长才会见一面。

她窝在沙发里，望着天花板出神，想起刚搬来的那天，母亲跟她说过，之所以买这小区，不仅因为离学校近，更重要的是这楼上出了个省状元，风水好。说完又补充了一句，不过那男孩子命不太好，一出生就跟着奶奶生活，没爹没妈没爷爷的，也是可怜。

她瘪瘪嘴说："倒是跟我一样呢。"

丛母一个巴掌从她后脑勺落下："你爹妈死了吗？"

她继续讨打模式："唯一的区别是我妈想打我的时候会活过来。"

丛烟没想到母亲嘴里那个男孩是顾星河，那个眼神深邃得像装满了整个星河的顾星河？他可一点儿不像缺爱的样子。她觉得自己跟顾星河很像，都没爹没妈，从小跟着老人生活，可是好像又很不像。

打那以后，她觉得自己更喜欢顾星河了，为什么，同病相怜呗。

那天晚上，丛烟没有吃饭，她趴在书桌上一张张地画着他的素描，却发现无论如何也画不出他的眼睛。

许是他从来没正眼瞧过她吧，所以她也从来没真正看见过他的眼睛。最后画到很晚，她终于挑出了一张还算满意的侧颜，夹在书里，准备第二天送给顾星河。

第二天一早，丛烟翘了早自习，出电梯的时候，同坐电梯的老奶奶险些被绊倒，她眼疾手快地一个箭步冲上去，用身体托住了老奶奶。

老奶奶很感激，起身后帮她把散落在地上的书和画儿捡起来，目光却停留在那张画上久久不曾离开："画得真好……姑娘，你画的？"

"嗯。"丛烟收好画，叮嘱道，"您以后慢一点儿，这一楼的电梯地板最近有些翘，我会打电话给物业来修，这之前您尽量注意一下。"

"好，谢谢你姑娘。"

丛烟一路小跑来到学校，倒不是因为她怕迟到，主要是要赶着去给顾星河送画。

到教室的时候，正是早饭时间，教室里零零散散地坐了不多的人。角落里，文静正在顾星河身旁和他有说有笑，丛烟也摸清了套路，文静每天都抱着物理书过来，借问问题的名头跟顾星河闲聊。

"我听说老刘给气坏了，指着老陈的鼻子骂：'别以为你们班有个顾星河了不起。'老陈哪里肯示弱，又着腰撑了回去：'我们班有顾星河就是了不起，你就没有，哎？气不气，就问你气不气！'"

文静绘声绘色地给他讲两个实验班班主任吵架的事，丛烟过来的时候，顾星河抬眸看了她一眼，又不着痕迹地扭头继续听文静讲故事。

陈美人正好吃完早饭回来，把一个面包和热牛奶放在丛烟桌子上："给，是不又没吃饭？"

这些天，丛烟每天早上都饿得肚子咕噜咕噜叫。陈美人不忍她饿肚子，便给她带个面包牛奶。

"喂，你有多余的钱给我买面包牛奶吗？"丛烟咬了一口面包，又硬又冷，但她还是一大口一大口吃得好像还挺香。

丛烟知道陈美人家里并不富裕，父母在学校附近支了一个水果摊，以此养家。家里还有一个正在读初中的弟弟，她每周靠着不多的饭钱维持生活。最重要的是她爸妈十分重男轻女，每个月只给她两百块饭钱，可已经上小学的弟弟要几百块一辆的婴儿玩具车，父母也会给他买。

陈美人靠在她耳边悄悄说："有，我刚得了一笔比赛奖金，只要你不嫌弃，我可以包你几个月的面包。"

丛烟"扑哧"一笑，跷着二郎腿，单手勾着她下巴斜睨着她："小妞儿，咋这么能耐呢？还想养我？嫁给爷，爷养你。"

路平正巧路过，一脸爷不懂的表情盯着两人。

教室里人越来越多，文静抱着物理参考书回到自己座位上。丛烟蹑手蹑脚地从顾星河书立中抽了一本书，他抬眼看了一眼这明目张胆的小老鼠，没一会儿，书又被塞了回来，夹层里露出画纸的一角。

路平好奇地把那本书翻出来，打开书的瞬间就被惊艳到了："卧槽，我滴烟儿，看不出来你还有这技能呢！这哪是画啊，这简直是照片。"

陈美人闻声转头，也要好奇地瞄上一眼，路平兴奋地拉扯顾星河："快看，烟儿把你画得多帅！"

"老子本来就帅。"顾星河把画一把扯了过来，看了一眼，目光落在落款上：星河媳妇，2010.09.09。

那天晚上，丛烟准备睡觉的时候，门铃响了起来。她们家刚搬过来不久，没有什么亲戚朋友在这小区，正纳闷着，却从猫眼里看到顾星河。

她飞快地打开门，高兴得语无伦次："未来男友，你这是想我啦？"

顾星河脸上掉下三条黑线，接着，从他身后缓缓挪步出一位老奶奶。

丛烟尴尬地挠着头，在奶奶的视线盲区瞪了顾星河一眼。

"奶奶，您怎么来了？"丛烟认得，是早上出电梯时，险些摔倒的那位老奶奶。

"奶奶让我带她来给你送海鲜酱。"顾星河把手里的盒子递给她。

丛烟有点意外，这个老奶奶居然是顾星河的奶奶，你说说这缘分，这是不小心帮了未来男友的奶奶啊："奶奶您太客气了，您以后就是我亲奶奶！"

顾星河："……"

"你父母不在家吗？"奶奶探头向安静的屋内看了看。

"他们常年不回家，平时就我一个人。"丛烟打开门准备请他们进门。奶奶摆摆手，有些心疼道："不进去了，太晚了。你一个姑娘家可要注意安全啊，门一定反锁好，有什么事上来找奶奶，找星河，都行，你跟我们家星河不是同学吗，别客气哦。"

"好嘞奶奶，我会找你们的。"丛烟开开心心地目送两人，这整晚，她都兴奋得没睡好。

后来丛烟才慢慢了解到，顾星河的奶奶是高校退休的老教授，研究核物理的。出生在这样的书香世家，难怪顾星河每天捧着一堆她连名字都读不懂的书。

后来，星河奶奶总是隔三岔五地给她送好吃的，还在她感冒发烧的时候一整晚地守着她。每每想起星河奶奶，丛烟心里都格外地温暖，在那段孤独又无助的高三时光，星河奶奶给了她太多她从来没享受过的爱。

只是很遗憾，在两人读大学时，星河奶奶因病去世了，那是丛烟认识顾星河以来，第一次见他哭。顾星河回家奔丧时，丛烟也想一起回去，却正巧骨折住院，没能送奶奶最后一程。不过后来每年回青市，她都会去公墓看望奶奶。

*   *   *

何生亮很快就安排好了同学会，陈美人打扮得异常用心，甚至还有些学生时期萌萌哒的可爱气，丛烟打趣她是在搞制服诱惑，陈美人托了下鼻梁上的墨镜："我就是要告诉蒋萱，姐永远是她男神得不到的女神！"

什么狗屁前男友，她从来没接受过何生亮好嘛！

丛烟把车子驶进主路，向郊外开去："不过其实何生亮这人吧，虽然世俗了些，但其他方面还真的挺不错的，也还挺热情，还组织老同学一起聚一聚是吧，你不考虑下？"

陈美人单手搭在车窗上直摇头："我跟你不一样，我从不吃回头草，不适合我的永远不会适合我。"

丛烟笑："你都没吃过，那不叫回头草。"

同学会来的人不多，多数人都在外地工作，在本地的本就不多，能有空来的更不多，最后也就十几个参加了。

何生亮考虑着让大家不光能一起吃饭聊天，也能玩一玩，聚会的地点便没选在盛庭，而是定在了郊区一处山庄里。

山庄提供中西式自助餐、烧烤酒水，也有棋牌室、麻将室和游泳池，有山有水，有吃有玩，再好不过。

丛烟和陈美人来得不算早，也不算晚，除了顾星河和路平，其他人基本都到了。

陆青浦最先过来和她俩拥抱："两位美女，好久不见。"

"陆哥又帅了！"丛烟笑道。

陆青浦开心地说："我听出来了，你这说的是大实话。来来来，同学们都在那边。"

"何班长，亲自烤鱼啊！"丛烟蹬着高跟鞋，走到烧烤摊前。

"我知道美人爱吃烤鱼，特意先准备上。"何生亮见她俩来，高兴地把手里正在烤的鱼交给工作人员要跟她俩拥抱，丛烟伸手挡在陈美人面前："得，你还是跟我抱吧，美人爱吃鱼可不爱闻烟熏味。"

"也是，你看我考虑不周，刚就不该烤那个鱼，错过了和美女拥抱的机会。"

丛烟倒是很喜欢这山清水秀的地方，就连空气也很清新，刚才一路上来，她发现虽然比较偏远，但人还不少："你从哪儿发现的这么个宝藏之地，我这青市活地图都差点儿走丢。"

"嗨，这不是我爸给我打下的江山嘛，他承包的这片山，在半山腰整了这样一个旅游山庄。"毕业十年，何生亮已经不似学生时期那般瘦弱，有了啤酒肚，头发也少了许多。

仅看外貌，的确不是陈美人的菜。

"地方挺好，就是天气选的不怎么好。"陈美人抬头，天上黑压压的，像要下雨。

何生亮抬头看了一眼说："郊区山上，经常的。"

几个同学在院子里打牌，见她俩来了，大家远远地打了个招呼便继续打牌，只有蒋萱，头也没抬一下，好似在思考下一张出什么。

丛烟和陈美人也不在意，两人去远处转了转，在不远处的山涧处，从山上流下来一股细细的山泉，一路发出汩汩清澈的水流声，听起来就让人感觉格外凉爽。

"天阴得厉害，不会真要下雨吧。"丛烟抬头问。

陈美人也抬头看看天："没事，海边下雨那还不是说下就下。这不有别墅嘛，下雨了进屋子里玩就是。"

"我还想去山顶看看风景呢。"

"那一会儿吃完东西我陪你去。"陈美人拉拉她胳膊，"你看，顾星河和路平来了。"

两人站在石阶上看向院子里，和她俩刚来的场景完全不同，原本在打牌的女同学们纷纷扔下了牌，热情地围到了两人身边。

丛烟想起那日他说"哪儿哪儿都不合适"时冷漠的样子，心情又复杂了起来。

"你看那几个人，真的是……"陈美人一脸嫌弃，再看丛烟伤神的表情，"算了，走吧，咱俩现在就去转转吧，眼不见心不烦，让他们先玩儿。"

丛烟点点头，两人刚走出两步路，身后何生亮就大声喊她："美人，你来一下!"

陈美人看了一眼，转身对丛烟说："你先去，我一会儿来追你。"

丛烟点点头，一个人向山上走去。

何生亮招呼着陈美人进屋："美人，你来跟我们搭个牌局，我们三缺一。"

"打麻将啊，我不要，没钱输。"陈美人摇摇头，转身准备去追丛烟。

何生亮拦住她："别走啊，不玩钱，只喝酒，你输了我来喝。"

陈美人："有这好事？那我可不能错过。"

丛烟独自一人走在这山路上，虽然天黑压压的，但空气还是要命地舒服，她用力吸了两口，就仿佛感觉到了空气中充沛的含氧粒子。她喜欢青市的气候，空气湿润，雨量充沛，温度适中，四季分明，她也喜欢青市的山，青翠茂盛，郁郁葱葱，就连低矮的灌木都极为可爱。

丛烟奶奶家的山跟这儿很像，不过比这儿更为坚实一些，这一区更靠海边，土质更湿润松软，不像奶奶家附近的山，一脚下去都是硬石头。

她拾阶而上，不知不觉走了很远，遥远的山脚就是海岸，隐隐约约可见波涛汹涌。

这条海岸线每年都会淹死人，且多是外地人。当地政府也想了很多办法，安排值守人员，增加防护栏，设立一批批警示牌，可是依然阻挡不了某些对大自然充满好奇但无敬无畏的游客们。

每次看到那些因为不遵守规定私自下海而丢掉性命的游客，她都觉得很可惜。

丛烟从小在大海边长大，她了解大海的包容，更了解大海的无情，对任何有警示牌的区域都敬而远之，因为她深知所有警示牌设立的背后都是血的教训。

听人劝，吃饱饭。无论走到哪里，她都告诉自己，遇到警示牌，那是生的希望而不是自由的桎梏。

所以当她走着走着看到原本的小路出现警示牌时，她立刻警觉了起来，警示牌上写着：雨天易塌路段，珍爱生命请远离。

陈美人本来就有麻将瘾，上了牌桌就忘了丛烟，直到天边轰隆隆传来几声雷，几人才发现外面已经下起了不小的雨。

"这青市老天爷的脸，真是说变就变。"陆青浦伸了伸懒腰，"我早上出门时还晴灿灿的，上了山就开始阴。"

蒋萱端着几盘吃的送到顾星河面前："吃点儿东西吧，打了一个小时牌了，一定饿了吧？"

"还好，不饿。"顾星河盯着窗外看了几眼，转回头视线又在旁边打牌和聊天的人中搜索。

看着蒋萱吃瘪的样子，陈美人不禁笑出声："都说了不是你的菜就不要硬吃，有些人就算单身也不是什么人都能靠近的。是我们烟儿的就是我们烟儿的，烟儿？……"

陈美人正要扔出去的牌停在半空中："烟儿，烟儿呢？"

顾星河眼神中闪过一丝不易被发觉的警觉。

何生亮四处打量着："她去哪儿了，还没回来吗，雨都下半小时了。"

84

"她刚邀请我上山……我被你们叫下来打牌就忘了她了……"陈美人赶紧掏出手机打电话，大家目不转睛地盯着她，片刻，她抬头，"关机……"

顾星河起身走到窗边查看雨势，雨幕很大，能见度不足百米。

"刚下雨的时候，气象台还发布暴雨红色预警和山洪提醒了呢。"不知道谁在人群中说了一句。

"老大。"路平跟过去，焦急地看着窗外，他举着手机把刚查到的地质信息拿给他看，"我刚查了，这一区的山上土质松软，下暴雨时很容易造成塌陷。"

身后的何生亮补充说："这倒是，上次下雨有个山民还陷进去，救了一天才救出来。"

"怎么办啊?"陈美人既紧张又自责，不该放任她一个人去山上的。

顾星河脸色越发冷峻，他望向何生亮："有没有绳索之类的救援工具?"

"有，我们对外营业嘛，配有全套救援工具。"何生亮吩咐一旁的工作人员去取。

顾星河在设备中挑了几样容易携带的工具，何生亮倒是挺有老板的责任感："我们跟你们一起去吧。"

路平也挑了几样背在身上："不用，你们没经过专业训练，没有救援经验，回头再保护不好自己我们还得照顾你们，放心吧，我和老大去。"

蒋萱在一旁不咸不淡地说："对啊，顾星河和路平是航天搜救队员，经过专业训练，我们就不要给他们拖后腿了。"

陈美人瞪她一眼，抓着顾星河胳膊说："我和你们一起去。"

"你待着等消息，万一她自己回来呢。"顾星河和路平穿上雨具，冲进雨里，渐渐变得模糊不清。

"他们确实分手了吗?"一个女同学小声问。

是啊，陈美人也想问，顾星河刚才那个紧张的样子，哪里像对待前女友的样子。

山路难行，一路走过去，小路两边全是高大的树木和低矮的灌木杂草，顾星河和路平在大雨中走了半个多小时，连个人影都没看到。

雨越来越大，几乎寸步难行。"老大，我们往可以躲雨的地方找一找，雨下大了她肯定不会走太远嘛！"

路平的话提醒了他，他在脑海里想了一下上山的路程和时间，又按女人相对较慢的行进速度换算了下，退回开始下雨的时候，最后他的目光停留在前面不远处。

"附近最好的避雨场所应该就是那里了，那个观景的山洞。"路平指指那里，可是平台那里一览无余，几乎没有什么可能，只有走进去才能看到。

"不会在那里。"顾星河又重新在脑海里盘算了一圈儿，刚才走过的所有的路都在他的脑海里依次重现，他想象着自己就是丛烟走在这条路上，经过每一个地方……

"我们回去。"顾星河突然说。

路平："嗯?"

"回去，刚才三分之一处我们经过一个拐角，我看到下面有很大的一片空地。"

"谁会在空地上淋雨而不找地方躲雨呢?"雨声很大，路平只能喊。

"她会。"顾星河向下面跑去，路平有些摸不着头脑，但也跟着向那里跑去。

他们返回刚才经过的岔路，泥泞的小路极不好走，一脚一个坑，好在路不长，他们很快到达，但是一眼望去并没有什么人。

"会不会是你猜错了?"路平问。

雨势很大，雨点顺着两人那形同虚设的雨衣灌进身体，人已经完全湿透。

顾星河又往前走了几步，仔细观察了一下四周的环境，再看过去时，果然下面有一个断崖式的滑坡区，应该是雨势太大，冲断了原本通往空地的悬空土路。

他立刻冲下面大喊："丛烟——丛烟——"

"烟儿——"路平也跟着喊起来，两人前后呼唤了十几声，可并没有什么反应。

顾星河横向挪了挪位置，又喊了几声："烟儿——我是顾星河——烟儿——"

"可能真的没有，老大，要不我们去别的地方再找找吧。"就在路平准备劝顾星河离开时，两人隐约听到一声回应："星河，路平——我在这儿。"

两人静下来又听了一阵，果然又传来一声丛烟的回应。循声而去，这才发现她在断崖的前方，有将近十米的垂直距离底下，可她近乎完好无损地站在那里。

"天哪，你怎么下去的?"路平大喊。

丛烟抬着头望着他们，兴奋地一个劲儿地挥手，可她压根儿听不到他喊什么。

顾星河望着断崖的部分，悬着的心总算放下来了，他刚才多怕她在那堆土里……

"应该是她走下去后这边才被雨水冲断，所以把回来的路堵死了。"

丛烟已经冻得浑身发抖，但看到他俩时，她终于看到了希望，她一度以为明天自己要上头条了：网红漫画家暴雨中遇难。

没想到他们来了，还来得这么快。

"怎么捞她?"路平在雨里指着离他们最近的一棵树喊，"绳子够，可没固定点，最近的固定点加上就不够了。"

"差多少?"顾星河也在心里盘算着距离。

"起码差六七米。"路平说，"能下去，但上不来。"

山庄的救生绳不是专业的，只有十五米，但距离他们最近的树也有十米，加上垂直的十米高度，起码还缺五六米，正如路平说的，他们可以在距离地面五六米处跳下去，这没问题，但是返回怎么办，何况返回时多一个人，固定她也需要一部分长度。

丛烟见他们久久没有开始行动，猜到他们可能是遇到困难了，但是她却无能为力，只能无助地盯着他们。

顾星河在上面来回踱步查看地形，唯一可以突破的地方只有山体断崖处的垂直断面，路平也发现那里："如果她可以爬上那个断面，我们的距离就够了。"

"不行，断面本就不牢固才会断裂，何况还下着这么大的雨，随时会造成二次伤害。再者，那个断面也有六七米高，她办不到的。"

雨丝毫没有减小的趋势，本着救援应快则快的原则，顾星河还是作出了决定："你回去再找一个救援绳，没有就找山庄的床单，能带多少带多少。"

"那你呢?"路平有些担心，丛烟所在的另一半平台上方未断裂的山体，随时也有坍塌的可能。顾星河已经开始固定绳索："我自己下去，你快去快回。"

路平很想再提一下让丛烟上那个断面，可路平也明白，顾星河不想让丛烟冒险，他宁愿自己承担危险。见他已经决定，路平只能拼了命地做好大后方，他卸下身上的工具，连摔带滚地开始往山下跑去，他知道自己每快一秒，他们的安全系数就会高一分。

"往那个方向站一下。"顾星河一边比画一边朝她大喊。

丛烟所站的平台再下一层便是深不见底的悬崖，可供她站立的地方说小不小，有半个篮球场那么大，可说大也不大，因为另一半山体随时也可能在暴雨的冲刷下掉下去，那后果将不堪设想。

她听不见他说什么，但看他动作的意思是让她往后一些，她意识到自己头顶上方可能存在危险，便按他指的方向躲到了能够远离的最大距离。

见她站好后，顾星河才开始固定安全绳，雨天无法跳跃式下滑，他只能从高空沿着墙壁下滑。下滑至最低高度时，还剩五米左右需要直接跳下。

这时，丛烟才意识到他们遇到的问题是绳索不够长。

她看到顾星河开始解锁扣，紧张得心跳都要停了下来，她用尽全身力气拼命地喊："顾星河——你快回去——回去！听到没有——回去！"

话音还未落，顾星河已经解开锁扣，凭借着多年徒手索降的臂力练习，他还有余力调整了一下方向，丛烟见他双腿反向崖壁用力一蹬，在身体甩出去的瞬间，他调整姿势向地面蜷曲降落。

顾星河在地上翻滚了两下后，缓缓停下。

丛烟跑过去扶他，他却在起身后的第一时间拉着她，重新回到离崖壁最远的地方。

两人刚刚站定，顾星河便开始上下打量她，似乎在确认她有没有受伤。丛烟望着眼前这个男人，前几天还在拒绝她去漠城，此刻却义无反顾地为了她跳下来……

两人就这么互相看着，好像时间已经停止。像是不甘示弱般，她分不清自己脸上的是雨水还是眼泪，昂着头大声对他说："你在意我啊？"

"你最好改改你自恋的毛病。"顾星河嘴角一勾，雨声很大，听不到他嗤鼻的笑声，"作为一名搜救队员，我在意的是命，跟是不是你无关。"

雨下得很大，却冲刷不了他话里发光般的使命感。丛烟觉得，旁边的山都不及他高。

见她还在雨里赌气一样地一动不动，顾星河语气弱了下来："十米高也跳过，死不了。"

她哭着伸手去打他，可肌肉硬实，打得她手痛。顾星河眉头都不带皱一下，由着她发泄。丛烟打累了，也渐渐停止了抽泣，恐惧和担心的情绪发泄出来后，她忍不住地打了两个寒战。

顾星河把身上的雨衣脱下来，伸手递给她。

她摇头制止:"我不用。"

"别啰唆,我只是不想一会儿扛你回去。"顾星河又来劲了,明明刚才看她哭着打他的时候,他心疼得想把她搂进怀里宠,可现在嘴巴却又欠得像钢刀一样。

丛烟乖乖地接过雨衣套在身上。尽管浑身湿透,雨衣上也都是水,但还是为她挡了大部分的风,身上颤抖的感觉也好了很多。雨帽把大部分雨水遮挡出去,她的眼睛也才终于能看清楚东西了。顾星河身上穿着单薄的短袖,他半眯着眼睛在雨里来回踱步,时不时去断崖附近查看一下新的山体情况。

顾星河:"你是走下来后,那边才滑落的?"

丛烟点头:"幸好当时我好奇这边还有没有路,就过来看一下,我刚走过来,就听身后轰的一声。"

她转头看到滑落的山体时,整个人已经吓到说不出话。

顾星河站在她身侧:"下雨天就不要乱跑,还往山上跑,净添麻烦。"虽然是责怪的话,可他说得好像还挺……温柔。

丛烟:"我们现在怎么办?"

顾星河看她眼睛清澈了很多,不像刚才哭得像个兔子了。

"等。"

"等路平?"

"应该差不多来了,而且雨势在减小。"他不着痕迹地安抚着她,抬手看了一眼手机,没有信号,"你手机也没信号?"

"不知道,手机刚才不小心掉下去了。所以我才往这边跑,不是因为害怕……"

"我也没说你是因为害怕。"

丛烟:"……"

两人在原地又等了好久,可大概因为顾星河在身边,她没有觉得恐惧,也没有觉得时间难挨。路平再来的时候,带了何生亮和陆青浦,他们找到了新的救生绳,在一通合力操作下,顾星河带着丛烟顺利回到了安全地带。

几人刚离开不远，只听身后"轰"的一声，另一半山体轰然滑落。丛烟愣在原地，心跳漏了好几拍，这一刻她似乎才后知后觉地意识到，刚才，顾星河是陪她一起在冒险，用生命。

温暖的山庄客房里，何生亮让厨房给丛烟做了姜汤，一碗温热的液体进入胃里，她立刻觉得浑身都暖了过来。

"还好只是着凉，没受什么伤，要不然我可真要扇自己几个巴掌。"陈美人为她盖好被角，"睡一觉吧，这一上午什么也没干，何生亮说下午晚上大家接着玩儿，明天再回去。"

丛烟折腾大半天也很累，躺床上没多久就睡着了。

门外，路平好奇地问顾星河："你到底怎么知道她一定会往那个方向去的？"

顾星河双手环胸靠在墙上，平静地叙述着："有个下雨天，她在她奶奶家的房顶上玩，突然一个雷劈下来……"

路平吓得一躲："……然……然后呢？"

顾星河："然后把她并不喜欢却养了很久的那只正在院子树上躲雨的大黄猫劈死了。"

路平："……"

从那以后，每逢下雨天她看见树就害怕，宁可去空旷的地方待着淋雨，也不会在树下躲雨。

"所以我想那一路都是树，她肯定不会朝那个方向走，应该是朝空旷的地方跑了。"

路平感叹："你可真是机智啊，但凡我们再耽搁一会儿才找到她，估计今天可就真悬了。"

丛烟不知道自己睡了多久，迷迷糊糊醒来的时候，雨已经停了，但天还是很阴。她走出房间，楼下依然很热闹，大家吃着东西围坐在一起，似乎在玩游戏。

一旁的游戏板上写了几个字：击鼓传花之十年前vs现在，男女朋友篇。

她从楼梯上下来，钻到人群里："你们要不要这么老土啊，居然玩击鼓传花。"

陈美人拉她坐下："来来来，我们正在玩十年游戏，这一轮是男女朋友篇，刚开始。不许撒谎，说不出来喝酒。"

"什么规则？"

陈美人挥挥手："介绍啥呀，玩上一局就知道了，这局你先看，下局你再参加。"

看了一局后，丛烟明白了，规则就是鼓停时玩偶在谁手里，谁就要回答主题里的问题，比如这一局的主题是男女朋友，那就要说一下十年前的男朋友或者女朋友是谁，以及现在是谁。

幸好这一局她没参加，这问题满满的陷阱。第二局开始的时候，主题换了：击鼓传花之十年前vs现在，理想篇。

丛烟突然想起十年前语文老师也问过关于理想的问题，当时提问了陈美人。

陈美人说，我的理想是赚很多很多钱。语文老师说，人的理想应该有点高度。陈美人问什么是高度，路平站起来说当飞行员算不算有高度。

陈美人没有赚到很多很多钱，但也经济独立，能把自己养得很好，路平最后没当飞行员，可职业也与飞机有关，也算实现了理想。

而她呢，她记得语文老师问她时，她当时的回答是……

"顾星河呀！"

全班同学的大笑声响起的时候，她一脸严肃认真地说："笑什么，我的理想最有高度。"

的确很有高度，极其不易登攀的高度。

她出神时，用来传花的玩偶被塞到了她手里，敲鼓声也戛然而止。

"哇——烟妹子好运气，刚上场就到你了。"路平幸灾乐祸地起哄，"快说快说，我可记得你十年前的理想啊，不许撒谎啊！"

不止路平，今天在场的都是当时那场"最有高度"的理想的见证者。

大家的目光纷纷落在顾星河身上，他淡定地嗑着瓜子，仿佛与他无关。

"呃……"丛烟想了想，默默地拿起了酒杯，一饮而尽。

"嘻——没劲！"路平没看到热闹，又说，"那你现在的理想呢，现在的不说也是要罚一杯的。"

大家看看丛烟，又看看顾星河，他目光专注地停在手里的瓜子上，一颗颗剥得认真……

就在大家以为她不会回答的时候，丛烟突然说："没变。"

顾星河手上剥瓜子的动作停了下来，大家突然开始起哄吹口哨："咦——烟妹子果然还是那个妹子，够劲！"

玩偶重新传了起来，鼓声再次停下来的时候，玩偶落在了顾星河的手里。陆青浦差点儿跳了起来："快快快，你们男神的理想，今天抓紧机会啊！"

丛烟不禁回想起十年前的画面，语文老师在听了她的理想后，直接说："行，我直接帮你问问你的理想能不能实现。顾星河，你说说，你的理想是什么？你是让她怀揣理想还是让她原地实现理想。"

顾星河当时站起来说的什么来着……

"我的理想是……烟火星辰。"

好像答了，又好像没答，毕竟所有人都知道他想做个航天人。

那现在……她看向顾星河，他嗑着瓜子，张了张唇说："没变。"

和十年前一样，好像答了，又好像没答。

*　　*　　*

翌日，天已放晴。丛烟回到市区，第一时间去营业厅补了电话卡，又买了新手机，这才驾车回家，经过小区门口时被小超市的老板叫住。"星河媳妇，正好碰见你了，你来一下，有你的快递！邮局刚送过来的，知道我跟你熟，就放在我这儿了。"

丛烟的购物网名一直留的"星河媳妇"，时间久了，这些快递员也都把她记了下来。她不像陈美人，购物网名留"丧彪"，每个打电话的快递员都很客气。

超市老板拿着一个EMS大信封，递给她说："虽然名字不一样，但看电话是你的快递，我第一次知道星河媳妇你的真名呢，丛烟哦，好名字！"

丛烟宛若星星的眼睛微弯，笑着接了过来，正纳闷什么东西居然写的她的真名，定睛一看封面，居然是来自漠城航天城的官方邮件。

丛烟心里的鼓还没打明白，手机就响了起来，她接起电话，是中心打来的。

"丛烟女士您好，恭喜您已经被我航天城录取，通知信息和报到注意事项已通过中国邮政EMS快件发送给您，请您注意查收。"

丛烟呆呆地应着，挂了电话后又盯着那封邮件看了好久。她回家盯着那封邮件研究了一上午，最终还是出门接上陈美人去了路平家。

风风火火的两人赶到路平家，丛烟进门的时候顺便把路平嘴上的苹果拿了下来："别吃了，有正事儿，顾星河呢？"

"他出去了，什么事儿？火急火燎的。"

丛烟把那封邮件放在桌子上，跟他们解释了来龙去脉。三个人面面相觑了好久，陈美人最先开口说："不会是骗子吧？"

丛烟都想跟陈美人击掌了，"我就说你跟我最心灵相通了，我也是这么想的"。

路平听着两人好玩的对话，差点儿没笑出声来，默默地把刚才被丛烟拿走的苹果重新拿回，用力咬了一口，发出了清脆的响声。

"路平，你说呢，会不会是骗子？"丛烟闪烁的双眼望向路平，"而且我还接了一个电话，那女机器人说我被录取了。"

路平实在不忍心了，目光垂视，指指那信封："打开来看看啊。"

丛烟迟疑了下，扯开了密封线。里面像大学录取通知书一样，是一张正式的通知函，附赠了一张漠城商业区地图，以及日常采购小贴士，细到夏季的天气特点都作了详细说明。

"你看，这都是真的吗？"丛烟把里面的东西全都推到路平面前。

路平看都没看一眼，大口嚼着苹果说："不用看，是真的啦！"

"是真的？"丛烟还没回过神来，缓缓眨了下眼，"可是顾星河说他拒了我。"

"他凭什么拒你，他在搜救分队，哪里会管这些人事上的东西。"路平摆摆头，完全没意识到自己已经把顾星河卖了。

丛烟眨巴着眼睛，眼底生出几分茫然："你的意思是……他早就知道我被录取了？"

"这不废话嘛，笔试面试都第一的成绩，这都不录取还录取谁，真的是——"路平滔滔不绝着，直到他的目光跟丛烟气鼓鼓的目光交汇，这才后知后觉地停了下来，"那个……我去给你们倒水。"

"你回来！"丛烟从背后揪住他的衬衫，"顾星河去哪儿了？"

路平清了清嗓子："他……走了。"

"走了？"丛烟倏然回神，再一次震惊，"走哪儿了？"

"回漠城了啊！我们下山他直接去机场了。"路平笑意未泯，"不过烟儿，你也别生气，他不是留下我了嘛，过几天我带你去报到。"

走了？丛烟愣了半响，那他回来干了个啥？就为了气她一顿？

路平转身从茶几下面拿出一个小信封递给她："给，他走之前留给你的，回去再看吧。这几天准备一下东西，我们三天后出发。"

丛烟带着大小信封返回家里，说不上高兴也说不上不高兴。努力了很久才有的结果，按理说应该高兴，可是真达成目的了，反而没有太大欢喜。尤其是在顾星河偷偷走了之后，他这不是明摆着说，你来归来，但跟我没关系吗？

方瑾雨招呼她吃午饭，丛烟说了句吃过了，就返回了卧室。她把顾星河给她留的那个白色小信封放在书桌上，之前那种被他拒绝的痛感蓦然回体，直到墙上的布谷鸟挂钟响了起来，她的五官六感才被拽回。不过想起那天在山上他跳下断崖救她，好像又有了点儿信心。

丛烟拆开小信封，里面好像是个硬一点的纸片儿，往外抽那张纸的时候，她有种开盲盒的感觉，不知道即将开出来的会是惊吓还是惊喜。

一张普通的卡片，上面有几行字，丛烟认得，那是顾星河的字，当初她对他一见钟情，也是因为他一手非常漂亮的板书粉笔字，尤其那个飘逸漂亮的"水"字，真的让人感觉到了"行云流水"的真正含义。

当时实验班所有"浪费时间"的活儿都是由几个保送生来做的，毕竟作为没有升学压力的少部分人，为其他同学付出一点儿也无可厚非，所以有需要誊抄到黑板上的作业、错题、重点知识点、总结等内容，都是由顾星河来抄写。

她记得第一次看顾星河写字时，他穿着蓝白条纹的短袖衬衫，在晚上最后一节晚自习，她已经困得要睡着时，抬眼便看到那个她喜欢的背影。她托着下巴看得出神，喃喃道："美人，你说他的粉笔字怎么会写得这么好看啊，你看那个水字，一笔成形，真的像水一样，哎哟哟……"

她痴痴地对着他的背影比画着"水"字，陈美人捂着嘴巴低声笑，见过对人流口水，对美食流口水的，还头一回见人对着一个字流口水的。

"我是字控。"丛烟解释着。

陈美人好奇地问："什么是字控？"

"不是有颜控、声控、腿控之类的，我，就是字控。"

陈美人嗤笑一声："我看你是星控。"

"星控？"

陈美人："顾星河控，简称，星控。"

顾星河写完板书回座位上后，丛烟第一时间转过身问："你学过书法吗？"

他摇摇头。

丛烟就更"敬佩"他了。

"那你一定会弹吉他吧？"她下巴搭在他书架上，眼睛里闪着细碎晶莹的光，就这样盯着他。

顾星河继续淡淡地摇头。

丛烟故作惊讶："怎么可能？你不会弹吉他怎么拨动了我的心弦？"

一旁的路平没忍住笑出声，心里直纳闷，她到底从哪儿学来的这么多土味情话？

她得寸进尺继续问："那你会不会喜欢我啊？"

顾星河双手环胸淡定地看着她。

丛烟见他还不说话，又道："也不会？没关系啊，不会我可以教你啊。"

顾星河目光落在她脸上，嘴角微微扯了扯，她正为难得见到他笑而高兴，后背就感觉到了轻轻的敲击声。

毫无意外地，又是老陈……

目光再次回到那熟悉又漂亮的手写体上，顾星河给她的卡片上写着：

1. 不许开车去漠城，那边给你准备了车。

2. 不许坐飞机去，跟路平一起坐火车，在进入检查站前你还有一次反悔机会。

3. 最后，如果决定要去了，不许说认识我，自己非要去的，就自己去闯。

丛烟啧啧着摸着卡片上的字："合着是三不许啊！既然不认识我，

还管我这么多。"

嘴上说着埋怨的话，心里却不自觉地乐开了花儿。

这三天，她把家里翻了个底儿朝天，行李箱大大小小打包了七八个。路平带着快递员来拉行李的时候，很是震惊："我能问问你这里面都装了什么吗?"

"衣服和日用品。"丛烟月牙眉微弯，笑得让人不忍再"嫌弃"她。

快递员把行李打包好，问丛烟要邮寄地址，路平说："地址留顾星河宿舍。"

送走了快递员，丛烟请路平坐下喝了杯热茶，方瑾雨很是舍不得丛烟，原本准备亲自去送，可是丛烟以有路平在的理由婉拒了她。

自打那年在机场偷偷送别顾星河，她就再也不喜欢送别的场景了，哭哭啼啼的，没意思。

可这也不能让方瑾雨安心，见到路平后，她一个劲儿叮嘱路平要好好照顾丛烟。丛林倒是不慌不忙，淡淡道："你就别叨叨了，那边不是还有小顾嘛! 你有什么不放心的?"

方瑾雨愤愤道："就是有他才不放心呢!"

路平："噗——"

没想到顾星河也有这天……

方瑾雨红了眼圈，越发舍不得，不过还是调整了情绪对路平说："小路你别见怪! 我不是说不放心小顾的意思，我是知道自己闺女为啥去的，我怕万一他俩不成，你说我姑娘在那戈壁深处，一个人孤苦伶仃的，该怎样自处?"

路平非常理解方瑾雨，笑着说："阿姨，您放心，星河那人就是个死鸭子，嘴硬得不得了，其实这几年他不知道有多想念烟儿，晚上做梦都喊烟儿的名字，他怎么舍得对烟儿不好。"

"就是，我看小顾那孩子挺好，有礼有节的，女儿交给他，我放心。"丛林安慰着方瑾雨，哪知方瑾雨哭得更厉害了。

丛林无语："这还没出嫁呢，怎么整得像出家了一样。"

"你以为比出家好到哪里去了？那么个鸟不拉屎的地方！"

丛烟知道母亲心有不甘，还是拍了拍母亲的后背故作轻松地道："您放心，我是谁，在哪儿都能活得风风火火。"

她有信心，因为有顾星河在的地方，就是铺满阳光的地方。

丛林倒是没有太多担忧，前几天顾星河来找过他，上一次两人见面还是在六年前，顾星河去戈壁滩的前夜。

小伙子比六年前更硬朗了些，褪去了少年时期的稚嫩，多了些成熟男人的妥帖和稳重。而顾星河这次回来的主要原因也并不是为了气丛烟一顿，而是给丛林一个交代。

六年前，他对丛林说："我了解丛烟，如果不是她自己想明白了才去那里，她一定不会快乐。"

丛林当时是有些担忧的，顾星河是个好孩子，最重要的是女儿很喜欢他，两人如果就因为毕业去向问题而分手，属实有些可惜，毕竟丛父活了大半辈子，也知道有些人一旦错过了这辈子就彻底错过了。

本以为两个孩子的缘分就结束了，没想到六年后，两人还是选择了对方。丛林倒不认为吃回头草是不好的事，因为在他看来，经过时间和成长的选择，两人将更加成熟和稳定。

"叔叔，我这次回来就是为了告诉您，您放心，她没选错，没选错地方，也没选错人。"

丛林相信自己的眼光，顾星河这小伙子，年纪轻轻就有种旁人没有的魄力和坚韧，而且六年来，顾星河也经常会给他打问候电话，他知道这小伙子并没有忘了丛烟。

他看得出来，顾星河一直在耐心地等丛烟长大。如今，这孩子又亲自从漠城回来跟他表态，他还有什么不放心的呢。

一老一少就这样喝了一下午茶，聊得格外投契，不像老丈人和女婿，倒更像多年的老友。

出发的前夜，丛烟在小区里逛了逛。

天色暗了下来，一枚吻痕般的月牙渐渐出现在空中。9月的桂花和紫薇开得热烈，花瓣层层叠叠，与绿色的枝叶一起在夜色中摇曳。走在小区里，沁鼻的馨香有些醉人。

月光温柔，思念在慢慢发酵。她抬起头，望着天上的月亮，莫名地哀伤起来。

从此，只能在世界的另一个角落看这家乡的明月了。

第二日一早，天刚破晓，远远地还能看见太阳从大海的另一边露出若隐若现的光，海面平静，波浪轻微地晃着，看得丛烟有些留恋。

丛林送他们去火车站，丛烟随身只带了一把小提琴和一个小行李箱。她喜欢拉小提琴，而且拉得还不错，偶尔在短视频平台直播还能收获不少粉丝的关注。

火车跌跌撞撞经过一天的行驶，在傍晚到达了中转站蓝市。丛烟很久没坐过这么长时间的火车了，近些年交通发展迅速，高铁飞机四通八达，去哪里都很方便。

二十四小时的火车，丛烟只有童年的记忆里才坐过这么久。不过从东到西一路走来，风景逐渐变化，她慢慢感觉到了中西部的差异。

距离晚上中转车发出还有两个小时，路平带着丛烟来到当地最出名的夜市，排了好久的队点了一份牛奶鸡蛋醪糟。

牛奶鸡蛋醪糟是当地一种有名的小吃，在某档著名的美食纪录片里还专门讲过这一美食。丛烟看着花白胡子的老爷爷将牛奶、鸡蛋、醪糟一起放进锅里煮制，金色的火苗烧得很旺，这市井里的烟火气让她有些着迷。

锅里的鸡蛋花上下翻滚，蛋花柔软，奶香酒味扑鼻，各种干果星星点点，色彩斑斓，吃到嘴里口感十分丰富，层层叠叠地给味蕾带来不同的享受。

丛烟被这西北土地上的第一道美食俘获了："好好吃，太惊艳了！奶香混合着蛋香，蛋香混合着果香，绝绝子！"

"老大也很喜欢喝这个，他每次途经必点的两大宝贝之一！"路平看了看手表说，"你先吃着，我去那边排个队买另一个宝贝，老大说了，一定要让你都尝尝。"

丛烟点头，低头继续品尝美食。夜市上熙熙攘攘，各种小摊琳琅满目，烟火气十足。过了没多久，路平提着两个袋子回来了。

他打开袋子，露出一个超级大杯的奶茶杯，是丛烟从未见过的大杯，比市面上见到的大杯都还要再大上一圈儿。

"西北人民胃口这么好的吗？面碗大，奶茶杯也好大！"丛烟望着那白色的杯体，上面写着"放哈"。

"放哈在当地方言里就是'放下'的意思。"路平指着奶茶杯体上的字说，"你看，放哈周边还有很多字，房贷、车贷、压力、情人，等等，就是让人们学着放下世俗，用心去感受生活。"

丛烟打量着杯体上的字："挺有趣。"

路平插上吸管："尝尝，这是甜胚子奶茶，甜胚子是西北一种特产农作物发酵而来的，回味甘甜，跟奶茶配在一起，特别奇妙的碰撞。"

丛烟尝了一口，的确是极美妙的味道，"顾星河喜欢的东西，果然都很特别"。

不过喝下一大碗牛奶鸡蛋醪糟的两人已经没有多少肚子能再继续喝奶茶了，浅尝了几口便提着赶火车去了。

睡前，丛烟问路平还有多久到。

路平说："安心睡一晚上，等你睡醒，明天一早我们就到九市了，换班车后中午就到漠城了。"

漠城卫星发射中心又叫漠城航天城，当地人都习惯叫它"漠城"。在如今这样发达的交通网络体系里，一天一夜加一上午的路程，实在不算近。丛烟爬上上铺，探下头来问路平："路平，我问你件事儿。"

"嗯？"

丛烟抿了抿唇，看起来有些不好意思，路平可是没见过这位姑奶奶有这样的神情，除非是要问顾星河。果然，下一秒，她眉眼一弯，笑眯眯道："那天在我家，你跟我妈说，顾星河晚上睡觉都会喊我名字，真的假的?"

"噗……"路平想了想，艰难地抬头，"那不安慰阿姨呢嘛!"

"假的?"丛烟的小脸儿气得发绿。她躺回床上，喃喃自语："早晚有一天我得让它变成真的!"

赶了一整天的路，多少有些累，丛烟躺在铺位上没多久就睡了过去。

路平上铺位前接到了顾星河的电话，对方问他丛烟睡了没，他看了一眼已经睡踏实的丛烟，低声说："睡了，刚睡着。"

电话那头的顾星河叮嘱了很多，最后又补充了句说："让她多喝水，从海边那样的高湿区来西北，太过干燥，会很不适应。"

"知道了，放心吧。"路平看了一眼上铺睡得正熟的丛烟，又多嘴问了句，"明天中午你来接吗?"

男人无情道："没空，你直接送她去宿舍安顿。"

挂了电话的顾星河继续拿着抹布这擦擦那擦擦，整个宿舍被他收拾得干净整洁，终于有了点儿生活的模样。

西北的昼夜温差比较大，即便是夏天，早上温度也很低。丛烟从火车上下来的时候，感觉气流像一条有形的蛇，从她的领口袖口倏地钻进了五脏六腑，她不由自主地抖了一下，不知道是因为早上这有些微凉的温度，还是因为眼前这"破旧"的火车站。

说实话，她回乡下奶奶家，火车站都修得比这儿漂亮。而眼前这个火车站，有点像她在电影里看到的那种很多年前的火车站，破旧，又小，没有一点点现代气息。

路平轻车熟路，带着她很快穿越微暗的通道，等光亮再次出现在眼前的时候，面前就是乌泱泱的一群当地司机在拉客。

"西站走不走?""姑娘去哪儿?""拼车四个人还差一位，有没有一个人的?"

那些司机操着一口当地方言，很奇怪，丛烟竟然听懂了大部分内容。

"我们怎么走？"丛烟跟在路平身后，穿过出租车人群的时候，她望了一眼那些司机，和全国各地的司机们一样，由于常年在外跑出租，他们的肤色多半黑红，有劳动人民独有的淳朴，也有成年人眼神里的小心机。

路平帮她拉着拉杆箱说："你看哪个司机长得帅一点，我们就坐他的车。"

丛烟又在人群中来回扫视了一圈，糯糯道："要不……还是你选吧。"

路平没忍住笑，来之前顾星河就特意叮嘱了，"这位大家闺秀事多矫情，路上别惯着她"。这可是他原话，此刻再看丛烟，算了，总得给人个适应过程吧。路平对着其中一个司机说："包车，就别再拉别人了啊。"

司机爽快地应了声"好嘞"，帮忙接过行李。

九市不大，以前就听路平说，打个车起步价就可以去这城市的大部分地方。车子穿梭在这座西北小城，人不多车不多，这大概就是丛烟对九市的第一印象。

走到半路，司机缓缓将车停靠在路边："大姐，去哪儿？"

丛烟从窗户看出去，路边站着一个穿着干净的女人，身边带着一个七八岁的孩子。女人微笑着跟司机说："西关车站。"

司机边解安全带边对身后的两人说："两位，我拉个人哦！"

"司机大哥，我们不是包车嘛，你怎么还拉人呢？"丛烟本就不习惯跟人挤，再看那大姐带着大包小包的土特产，更是有些不太情愿。

司机转头，一脸不悦地看着丛烟："反正位子空着也是空着，多拉一个人怎么了？"

"这不是空不空着的问题，是我们付了包车的钱，您就不能拉别人。"丛烟据理力争，可是司机压根儿没理她，丢下一句"事多"就下车帮那对母子放行李进后备厢。

"这人怎么这样！"丛烟气得鼻孔冒烟儿，转头惊讶地看着路平，哭笑不得地说，"明明是他没有契约精神，还说我事多？"

"别气别气！"司空见惯的路平想了想，下车打开车门，"烟儿，你来前面坐，前面宽敞些。"

丛烟原本不想跟那个可恶的司机坐一起，可一看到那个淘气的孩子，便乖乖去了前面坐。还好剩的路不远，没多久，几人都到达了目的地——西关车站。

因为每天来往漠城的人较多，车站为去漠城的人设立了专门的购票窗口，路平买了车票回来，两人直接进了站。

大巴车旁，很多人围着中间一个中年男人，他拿着纸笔正在记录着什么。

"司机大哥，这是肯德基套餐，到了您通知收件人赶紧来取，不然坏掉了。"

"我的是一只小白兔，放这儿了啊，货到付款。"

"大哥，我这还有几罐奶粉，对，还是上次那个妈妈要的防过敏奶粉。对对，也是货到付款。"

丛烟上车前，看到很多人在托司机带货物，而且带的都是奇奇怪怪的东西，她纳闷地问："怎么连个肯德基和小白兔都要从这边带？"

路平笑说："你猜我当年刚来的时候碰到的是带什么的？"

丛烟一脸好奇地望着他，路平用手挡住半张脸，压低声音说："一只母鹦鹉，那鹦鹉还对我嚷：'看什么看？少见多怪！'"

丛烟缓了两秒才反应过来："你说的那只母鹦鹉是我吧？"

路平帮她把小提琴放在行李架上，坐了下来："不敢不敢，你要是母鹦鹉，那老大成啥了！"

去漠城的路程大概三个小时，如果说昨天一天的行程对丛烟来说还有些新奇，一路欣赏着别具一格的西北风景，那么今天的行程对丛烟来说就像在一个毫无风景的地方一直停留。"这都走了快两个小时了，怎么外面的风景都没变过？每次看出去都是一个样子。"

上一次来漠城，她是从长京坐飞机直飞距离漠城最近的漠海机场，所以也并没有机会感受旅途颠簸，这次从青市过来，他还点名不允许坐飞机，不知道是何用意，让她去感受这实际的距离和荒凉吗？

路平解释说："戈壁滩本来就一望无际，没什么风景，其实你仔细看，跟大海一个样，大海不也一眼望去什么都没有，你就当它是个沙土色的大海好了。"

"这怎么能一样？大海表面一望无际，里面什么都有。"

"戈壁滩也是一样，宏观上一望无际，微观上什么都有，坑坑洼洼起伏不平，还有各种植物，里面什么都有，有狼有狐狸，还有刺猬呢！"

又行驶了一阵子，丛烟指着戈壁滩上的一些植物问路平："那是什么？仙人掌？"在丛烟的认知里，她也只能想到仙人掌，可是仙人掌还是绿色的呢，这些植物看起来像带刺的枯树枝。

"骆驼刺，梭梭树，都是些沙漠上生长的植物。"路平说，"你这样看着它们好像比较小似的，但走近看有些也有小树那么高呢，老大带车进行沙漠训练的时候，都得躲着它们。戈壁滩看起来一望无际，实际上表面起起伏伏，非常不好走。"

丛烟想起来了，上次他们跟车去戈壁滩参加任务，的确一路都是坑洼，而且经常遇到"小树"。她目光呆呆地望着窗外一成不变的沙土色，近四个小时的路程被她看得有些疲劳了。

一直到正午，丛烟终于发现了不一样的景致，她雀跃起来："路平路平，快看，城堡！"

路平放眼望去，笑道："什么城堡啊，那是检查站！来往进出场区的车辆，都要在这里接受逐人检查才能出入场区。你上次走的副检查站，没走这边。"

丛烟哪管这些，当她看到广袤无垠的戈壁滩前方突然出现一座建筑物，那感觉就像在沙漠中的人看见了水源，兴奋得足以让她跳起来。

车子靠近检查站的时候，一块刻着"漠城航天城"几个大字的巨石映入眼帘，丛烟知道，她终于真正来到他所在的土地了。

大巴的车速渐渐变缓，丛烟隐约看到一个熟悉的影子站在日光下，戈壁滩上晃眼的日光直直地照在他身上，细长的影子甩在身后。

车子慢慢停下，身着橘色搜救服的顾星河越来越清晰地出现在她的视线里，路平看到顾星河时，调侃了句："昨晚我问他来不来接你，他可是很硬气地跟我说'没空'。"

丛烟看他学得有模有样的神态，笑得合不拢嘴："你拿东西，我先下车。"

路平还没回过神，丛烟已经一溜烟地跑下了车，路平笑着自言自语："你俩可真是一家子。"

下车的一瞬间，丛烟感觉整个人被一股热浪包围，热辣的太阳晃得她睁不开眼，她下意识地抬手挡住了阳光。下一秒，一个高大的身影蔓延过来，吞噬掉她的影子，立刻好像就不那么热了，丛烟抬头，视线里微敞的领口露出一截锁骨，再继续向上看去，顾星河那张好看的脸终于无比清晰地出现在眼前。

她像做梦一样，就这样盯着他，目不转睛。

顾星河低头垂视着她，淡声说："不收费也不能一直看啊。"

烈日晒得他额头上冒着细密的汗珠，丛烟已经顾不上欣赏他的盛世美颜了，脸色肉眼可见地暗了下去："烫……烫脚。"

顾星河低头看了一眼她脚上的薄底蛋卷儿鞋，低沉清冽的男声懒洋洋地响起："我车子停在那边，你先上车。"

丛烟踮着脚尖儿一路小跑钻进了远处那辆黑色的越野车。

在车上等了有几分钟，那边才办完进场手续。顾星河将他们的随身行李塞进车子后备厢，路平在一旁打趣道："有骨气啊，说不来就来！"

顾星河合上后备厢："你是不想结婚了？"

路平举手投降："好好好，我的错，我就不该招惹你，谁让我媳妇儿在你手里呢！不过话说回来，你啥时候给我们批婚假？"

"人家都不急，你急什么？再说了，你把我们队唯一的女同志娶走，连点表示都没有，兄弟们也不能干啊。"

"我也想表示啊，可她不肯啊。"路平凑到他跟前说，"话说回来，你有空帮我劝劝她，她连婚礼都不想办。她是不是嫁给我不高兴？"

"别胡思乱想，不高兴她跟你领证？"顾星河返回车上，路平也跟了上去。

车子里空调开得舒适，隔绝了车外的热浪。顾星河没有立刻开车，而是递了瓶水给丛烟，他歪着头，眉眼间难得地正经："这可是你最后一次反悔的机会，过了这个检查站，以后，就由不得你说走就走了。"

"那咋，我真要走，一个检查站就能拦住我？"丛烟欠欠地跟他顶嘴。

"检查站是拦不住你，老大能拦得住你啊！老大绳子都准备好了，你跑到天涯海角，也得给你绑回来。"路平兴奋地说着，却被顾星河一个意味深长的眼神给瞬间压得消失殆尽。

"得得得，我闭嘴。"路平系好安全带，尖叫，"顾司机，请出发！带着我们的烟妹子闯荡漠城吧！"

车子发动的那一刻，丛烟觉得从未有过地快乐和期待！

这该死的幸福感啊，都满溢得冒泡泡了呢！

一路途经发射场，穿过一座漂亮的大桥，车子正式进入漠城主城区，丛烟远远地望了一眼发射塔架，和电视上看到的一样，没什么特别。倒是桥下的河边有些孩子在玩水，他们嬉戏打闹着，让丛烟这个初来乍到的新人远远地都感受到了他们的快乐。

漠城的马路不像城里那样宽敞，但十分干净整洁，道路两旁绿树成荫，完全不像戈壁滩的景致，倒像是进入了一座世外桃源。走了有一会儿，丛烟才注意到车载MV里播放的视频竟都是自己短视频账号上发布的动漫视频。

"这里怎么会有我的视频?"

顾星河面不改色地说:"冉冉喜欢看。"

丛烟扭头看向路平,路平忍着笑,认真道:"对,冉冉喜欢看,每次坐老大的车必须要放你的视频,不给看就哭。"

"冉冉是谁?"

"一个五岁的小姑娘。"

"哦……"

漠城生活区不大,车子没几分钟就驶到了单身宿舍楼。一排排红色小楼靠着中心主路,丛烟的宿舍在其中一栋的三楼,几人将行李搬上楼。

丛烟和顾星河的宿舍正好上下楼,她在三楼,顾星河在二楼,都靠着楼梯口。上楼的时候,路平说:"烟儿,你可不知道,为了把你的宿舍弄到离他最近,老大这人可是把他在戈壁滩积累的所有人脉都动用了。"

丛烟心里美得冒泡,顾星河却转头轻飘飘地说:"不说话没人把你当哑巴。"

路平两指一捏,在嘴唇上做出拉拉链的动作。

宿舍收拾得很干净,丛烟转了一圈儿后觉得非常满意:"我看通知里还给贴了购物指南,这基本不用买什么嘛,沐浴露洗发水牙膏牙刷什么都有,床品也很漂亮呀!"

丛烟摸了摸那床温软的夏凉被,纯白的底色上晕染着小朵的花朵,简洁明快。

"那当然,洗衣机、空调、电脑、扫地机器人、电动拖把,啥都有!虽说咱们在戈壁滩,可现在不像以前了,起码快递通畅,想买什么都能买到。"路平带她走到窗边,"你瞧,绿植都布置好了。"

"组织好贴心啊,还有瑜伽垫儿!"丛烟满意地摸了摸墙角的瑜伽垫。

"那是，组织疼组织爱，组织还知道你最喜欢喝咖啡！"路平指指桌上的咖啡机，"连咖啡豆都是你最喜欢的那款。"

丛烟望着床头那双可爱的哪吒拖鞋，由衷感叹道："这员工宿舍的配置也太棒了！"

路平全程憋笑，顾星河说得一点儿也没错，这就是个生活在幸福窝的大小姐，一点儿人间烟火不食。

顾星河把车钥匙放在她桌上："你的车钥匙，车子停在楼下车棚，玫粉色那辆。"

丛烟捏着那把小小的车钥匙，疑惑地问他："这是什么车子啊，你不让我开车来，说给我准备好了车子，这小钥匙这么袖珍，不会是五菱宏光吧！"

路平哈哈大笑起来："不不不，老大怎么可能这么对你，你想多了！"

事实证明她真的想多了，当她拿着车钥匙下楼找了半天发现居然是一辆小电动车时，丛烟觉得整个人都不好了。

＊　　＊　　＊

在漠城的第一夜，丛烟晚上失眠了。

从梦中醒来后，她摸索着抓过手机，手机右上角的数字显示03：36。微信显示了几条未读消息，她点了进去，是路平的消息：烟儿，下周正式报到，这两天你先休息，有需要帮忙的随时打给我。

丛烟没有回，而是点进了大学微信群，找到了那个黑色夜空里的星河头像，她点了进去，签名是：人间烟火，星河闪耀。

这头像和签名还是她成为顾星河女朋友的那天，她亲自改的。因为他说他喜欢天上的星河，但从此，也有了人间的烟火。

十年了，他的头像和签名也不曾改过。

丛烟每年都会点进这个头像看很多次，成百上千次想把添加好友的按钮点下去，却始终都没有点下去。

因为每一次，她都会想起当初他说过的话："如果今天你删了我，这辈子都别再主动添加我。"

那时的丛烟，倔强得像驴的祖宗，她毫不犹豫地删掉了，删掉前，还留下一句豪言壮语："从今天起，我们再碰面，就当彼此是陌生人。"

她伸手来回轻抚着那个头像，一不小心点到了添加好友，还没来得及庆幸尚未点击发送，却发现对方压根儿没设置好友验证，直接通过了她的好友申请。

也或者……是他从来没有删除过她的微信。

丛烟目瞪口呆地望着那条系统默认的通知消息，陷入了沉思。如果对方问起，该如何犟……

不巧的是，对话框上方显示着：对方正在输入……

"卧……"丛烟欲口出"国粹"，正不知所措时，上面的"对方正在输入……"停了下来。

刚喘了口气，一条邀请视频的消息就蹦了进来，吓得她差点儿扔了手机。

视频邀请声响个不停，她来不及反应，匆忙地点了同意，顾星河衣衫整齐地出现在视频里。

丛烟不得不承认，见到他出现在屏幕里的那一刻，她整颗心都是慌的，就像当初每一次见他。

男人的背景是在一家宾馆里，他单手解开了衬衣领口，拖了一把椅子坐下，这才定睛看了一眼屏幕里黑乎乎的背景。

和他目光交汇的一刹那，丛烟觉得心跳到了嗓子眼，她原本想解释自己只是误点好友添加，脱口而出的却变成了："你在哪里？"

顾星河单手拧开了一瓶矿泉水，喝了两口才说："出差，刚到地方。"

"那你打过来是……"

"看看你是不是被盗号了。"

丛烟："……"

顾星河又仰头喝了几口水，滚动的喉结在视频里被放大，每动一下，丛烟都跟着咽了咽口水。

"可是你中午不还在漠城？"

"嗯，下午一点出发的。"顾星河简单地陈述。

"什么时候回来？"

"大概一个星期。"

"哦……"

双方沉默了下来，顾星河望着屏幕里女人若隐若现的影子，虽然看不见她的表情，却隐约能感觉到她慌张的情绪。

"我下周一正式入职。"丛烟突然提起。

顾星河顿了两秒，淡声道："嗯，正式入职前还可以有一次机会后悔。"

丛烟也默了两秒，隔着屏幕，安静得能听到对方的呼吸，许久，她终于开口说："我不是那个意思，我是想说……你能尽量在我入职前回来吗？"

顾星河怔了片刻，眼前仿佛浮现出多年前那个午后，他们正式确定男女朋友关系，他问她："对即将成为你男朋友的我有什么要求吗？"那个扎着马尾的年轻女孩儿一脸粲然地望着他，乖巧道："以后我人生每一个重要时刻，你都在我身边就好。"

只是后来，他们都没想到，他们错过了对方很多个重要时刻。

丛烟见他不语，张了张口，正想说些什么，却只听手机里传来顾星河温柔磁性的声音："我尽量。"

丛烟"哦"了一声，再次安静了下来。两人说了晚安，视频便被挂断了。

这一夜，丛烟再也没有睡着。

从前无数次失眠的晚上，她总会想起学生时期缠着顾星河的画面。

"顾星河，你看咱俩多有缘分，不仅同班，还前后桌，不仅同楼，还上下楼。"

"顾星河，你那么聪明，你知不知道我现在在想什么？在想你呀！这情话虽然土，但很真实地代表我现在的心情呢！"

"顾星河，你看的什么书，《火箭动力学》《星空探索》，难道你想做宇航员？"

"顾星河，你理我一下啊，大不了我陪你去当宇航员，咱俩去太空谈恋爱，那可真够我吹一辈子的！"

那时候的顾星河啊，总是对她爱答不理，那时候的顾星河啊，也总是能让她笑得比孩子还要开心。

而顾星河每次面对她的进攻，总是不咸不淡道："丛烟，你的时间和精力都拿来追男生了？"

她也毫不隐藏，笑得调皮又灿烂："是啊，只追你。"

丛烟窝在被窝里，想起从前那个满脸阳光却冷峻的少年，心底渐渐生出暖意。

万籁俱寂的清晨，东边的地平线泛起一丝丝似有若无的亮光，小心翼翼地浸润着戈壁滩遥远的天幕。

丛烟睡醒的时候发现晚上流鼻血了，枕头上的血渍已经干了，脸上的血痕从鼻子横着划至耳边，在镜子面前看到自己的时候，有种发生了血案的错觉。

她拧开水龙头将鼻子清洗干净，想起电脑桌旁有个加湿器，她原以为这东西用不上，因为上次她从长京过来对比尚不明显，可这次从海边过来，没想到戈壁滩这湿度跟海边一个天一个地，空气干燥得每次吸气都像吸入了一口新疆棉花。

路平一大早就提了豆浆油条挂在她门上，发了条微信消息给她就去上班了。丛烟从门把手上取下食物的时候，有种取外卖的感觉。

从前听路平说漠城没外卖软件点餐，只有本地的商家电话订餐送餐。丛烟吃完早餐想着四下去逛逛，却发现工作时间的航天城，街道很是安静，几乎没有什么人。

她骑着那辆粉色的电动车穿梭在干净整洁的马路上，宿舍离漠城大礼堂不远，拐个弯就到。丛烟在新闻上无数次看到过这栋建筑。

大礼堂庄严肃穆，上方正中几个醒目的大字"漠城航天城"。丛烟取出手机，对着大礼堂拍了两张照片，又调整镜头，将自己和大礼堂一同框住，咔嚓咔嚓，留作纪念。上次来出任务时间匆忙，几次经过大礼堂也没有停下来拍个照片。

她收了手机，重新跨上电动车准备再去别的地方逛逛，礼堂旁边的低矮建筑物里走出一名交警，礼貌地提醒她戴上头盔。

丛烟从小对穿制服的职业就心有敬畏，所以乖乖地戴上头盔，缓缓地驶离了大礼堂。漠城的马路并不宽敞，最简单的两车道，但因为车辆相对城市少很多，所以显得马路十分宽敞空旷。主城区不大，但房子长相很像，到处是四四方方的很规矩的布局，所以在骑了几圈后，丛烟才恍然发现自己居然在这个"小镇子"里迷路了。

她打电话给路平时，路平挂了电话，接着回过来一条消息：开会中，怎么了？

丛烟拍了一张四周环境图发给他：迷路了。

路平：人才！

丛烟望了望四周，连个人影都没有，想问路都没辙。

过了一两分钟，她再次收到路平的消息：原地等着，有人去接你。

丛烟没想到来人会是文静，她印象里的文静个头比她略矮一些，长相甜美，大概美女和美女注定是天敌，高三的时候，丛烟和文静一直不对付，尤其中间又掺杂了一个顾星河，丛烟更是打心眼里对文静没什么好感。

可眼前的文静，跟印象里的那个人相去甚远。身着一身橘黄色搜救服的文静，看起来皮肤也不像从前那样白嫩了，黝黑中还带着点粗糙，不过美人胚子的底子还在，即便黑了些，站在路边也是十分抢眼的存在。

文静是开着一辆猛士越野车来的，下车时，略显矮小的她几乎是跳下来的，但丛烟看得出来她身形矫健，动作干脆利落。车身上有一层细碎的沙尘，就连橘色的衣服上也蒙了一层肉眼可见的尘土。

"你这是从沙漠里刚爬出来?"丛烟站在小电动车旁,望着从车上跳下来的女人。

文静没答,反而上下打量了几眼这位曾经的"情敌":"顾星河魅力不减当年啊,竟然让千金大小姐追到戈壁滩来了。"

丛烟从牙缝里发出一声微不可闻的"嘶"声,翻翻白眼道:"你还是和当年一样。"

"一样年轻漂亮?"文静嘴角微扬,斜睨着她。

丛烟倒呵着,从牙缝里挤出几个字:"一样让人讨厌。"

"彼此彼此。"文静双手环胸,指指她的粉色小电动,"上车,跟在我车后面。"

文静重新跳上车,空气中两个女人之间针锋相对的微妙气氛渐渐散去,丛烟跟在文静的越野车后,缓缓开了起来。生活区里限速三十公里每小时,这对于沿海一带"女车神"丛烟来说,着实可以称为龟速。

两人一前一后晃晃悠悠地晃回了单身宿舍区,文静下车,摘下帽子拍了拍身上的尘土,上上下下,前前后后,无一遗漏。

丛烟站在马路牙子上打量着她,谁能想到当年以"淑女"著称的文静大美女,现在动作"粗俗"得像个男人,完全看不出当年柔弱的样子。

虽然还是和从前一样"讨厌",但丛烟莫名地还有点儿喜欢这样不矫作的文静。

"文副队,训练回来啦?"楼上窗户探出一个中年男人的脑袋,男人看起来四十岁左右的样子,操着一口方言,听起来莫名喜感,说话时嘴里还嚼着半根甘蔗,"让你带的东西带回来了没?"

阳光很烈,文静伸手半遮着眼睛,抬头道:"带回来了,不过今儿临时有事赶时间,没捡太多,改天再带吧。"

"行,那我下来拿。"话音落了不久,楼梯上就传来疾速的脚步声,男人拎着一袋切成段的甘蔗,趿着一双人字拖,快步走了下来,经过丛烟身旁时,男人目光停留了几秒,"文副队,这是剌里来的小美吕？"

"啥小美吕，老黄瓜刷绿漆而已，都快三十的老美吕了。"文静无视丛烟的白眼，笑眯眯地从车上抓下来一个矿泉水瓶，各种颜色的石头泡在半瓶清水里，在阳光的照射下泛着晶莹的光。

"这次的好像更好看了？"广西男人将瓶子举高，在阳光下细细打量了一下石头的成色，然后把手里的半袋甘蔗递给文静，"行，我拿走了，回见。"

再次经过丛烟身旁时，男人冲她招招手："回见小美吕。"

丛烟礼貌地点点头，缓步挪到文静身边，目光探究性地落在甘蔗上："你俩这是进行啥非法交易呢？"

文静咬了一口甘蔗，刺啦一扯，甘蔗皮被扯下老大一块儿，嚼了两口后，低声道："赌石听过没？"

"你玩赌石？"丛烟瞪大眼睛，不敢置信。文静眼睛瞪得更大，对她的不敢置信表示不敢置信。

文静的宿舍也在二楼，打开宿舍门后，她靠在门框上冲里面努努头："进来坐坐？"

坐坐就坐坐，丛烟走了进去，地板上放了几个打包好的纸箱子，并未封口，丛烟经过的时候发现里面是打包好的日用品、被褥之类的，再看看房间里被收拾得几乎没什么家当了，好奇问道："你要换宿舍？"

"对啊，不想住你楼下被你踩。"文静取了个纸杯子，倒了一杯水递过去，"我这儿没咖啡，只有白开水，凑合一下。"

丛烟接了过来，礼貌道："谢谢。"她端着纸杯子在房间里来回踱步。

文静半靠在桌前，笑道："丛烟，你倒是说说，六年前你在干吗？现在才想起来追过来不嫌晚？"

"不嫌。"丛烟喝了一口水，目光不经意间落在文静无名指的戒指上。

文静点了点头表示肯定："也对，你这么没心没肺的人，又怎么会嫌晚。"

"你说谁没心没肺？"丛烟不甘示弱地昂高头颅，切，比美貌，姐就没输过，比个头，更没输过，比气场，那更是永远不会输。

"我们刚来那几年，漠城着陆场还没正式作为载人返回着陆场启用。"

丛烟不知道文静怎么没头没尾地突然提起这事儿。

"你知道的，顾星河的梦想就是随时安全地把航天员送去太空，随时安全地把航天员接回地球，那时候他还是一名技术人员，每天跟着航天城的各位老总勘场、进出沙漠、寻找最优的着陆场搜救方案，他的宿舍就在我旁边，可我很少见他回宿舍。"文静感慨道，"在漠城着陆场启用后，他又第一时间加入搜救队伍，亲自带车进出沙漠训练，没日没夜，这周边的沙漠，每一寸上有什么植物，他都清清楚楚。"

丛烟难得这么安静耐心地听她讲话，许是因为她说的话题是与顾星河有关的吧。

"我一直以为他心里只有地上的沙漠和天上的星河，直到某次任务发射成功那天，他望着腾空而起的火箭突然说了四个字，我的烟火。"

文静望着窗外，像在思考什么，片刻后她笑了起来："那一刻，我突然想，你如果在旁边，他一定很高兴吧。"

丛烟端着纸杯子的手微微加重了力道，她望向眼前这个曾经水火不容的"情敌"，莫名地觉得她变了很多，可是具体哪里变了，她又说不出来。

丛烟想起高三时的日子，那时候顾星河、路平、陈美人作为实验班的扛把子卷王学霸已经被保送，所以被安排在最后两排，丛烟因为转学过来只能跟陈美人同桌。而文静虽然没有被保送，可成绩名列前茅，将来和顾星河考入同一所大学也并不是难事，只有丛烟还处在班里的中下游，还经常上课睡觉被老师罚站。

不过在她第一次被罚站后，她就发现了一个比罚站更有意义的事，那就是她罚站的墙角正好是顾星河的座位旁边，她可以正大光明地在他旁边站一整节课。

她饶有兴致地观察着顾星河上课时的一举一动，大多数时候他都在那一堆与航天相关的书籍里翻翻画画，上面各种让人头疼的图示，属实让丛烟感到无聊。

"你就不能看看别的书吗？"丛烟在一次罚站结束后，软着腿靠在他桌旁，糯糯道，"罚站本身已经很辛苦了，还得逼迫自己看你那些'天书'。"

顾星河淡淡地看她一眼，低下头继续翻自己手上的书。

路平是个热心肠，看不得丛烟总是热脸贴冷屁股，见顾星河没有回应，便主动开口缓解了尴尬："烟妹子，那你喜欢看什么书，有什么好推荐？"

"好推荐啊？……"丛烟认真想了几秒才说，"《隔帘花影》吧，民间瑰宝。"

路平好奇："这书名字挺好听的，我还没听过呢，写什么的？"

丛烟："《金瓶梅》的续本。"

路平："……"要不我还是隐身吧。

几个人说话间，一身小白裙的文静拿着两本大开本的书过来递给顾星河："你上次想找的书，我托我在图书馆工作的表姐给你借来了。"

丛烟瞥了一眼，一本是《航天器设计原理》，一本是《航天发展规划》。

顾星河抬头感谢了文静，后者脸颊微红，返回了自己的座位。离开前，文静望了一眼丛烟，欣喜的目光里带着不明的戏谑和嘲弄。

丛烟出于女人的第六感，她不甘示弱地仰头瞪了回去。待文静返回座位，丛烟才再次看了一眼桌上那两本书，这是她第一次对文静心生"敌意"。

果然，转头她就从陈美人那里听到了顾星河和文静的故事。

也没有什么特别新奇的，无外乎双方爷爷奶奶是多年挚友，所以两人青梅竹马，在外人眼里也是佳偶天成的一对儿，甚至连两人将来毕业后结婚的事，都经常会被拿来在两家的饭局上作为话题，诸如此类的俗套故事。

"切。"丛烟双手环胸，不以为然，"我最不看好的就是青梅竹马，成天腻歪在一起，熟悉得连对方的屁都知道什么味儿，还怎么做恋人？恋人就该是互不了解的相互探索，有好奇才有爱情。"

丛烟说这句话的时候，顾星河就坐在她身后，目光停留在书本之上，手上原本旋转的笔却不知何时停止了旋转。

离开文静宿舍的时候，文静从柜子里拿出一个包装精美的红色礼盒递给她："下个月17号，有时间的话来做我伴娘。"

"没时间。"丛烟想也不想地回答，转身准备去拉门把手，身后却传来文静淡定的声音："反正伴郎是顾星河，你要是愿意把伴娘的位子让给别人我也不介意。而且这请柬一共就两份，很珍贵的。"

丛烟转头望着她，却见文静单手环胸，另一只手单手挑着红色礼盒的袋子晃来晃去，一副看好戏的样子。

"顾星河是伴郎？你这什么寒酸的婚礼啊，一共才两份请柬？"丛烟斜睨着她，虽然从顾星河允许她来中心那一刻她就知道文静的戒指不是跟顾星河的订婚戒指，可是具体是跟谁的，她还真有点儿好奇。

她从文静指尖把礼盒取了下来，一边调侃着"谁这么不开眼肯娶你这个妖孽"，一边打开了礼盒，从里面取出请柬。

请柬是大红色的镂空设计，学校标志性建筑图书馆的剪纸图案前是一对新人的剪影，丛烟狐疑道："看起来还是校友？"

她脑海里迅速闪烁出一个男人的影子，不会吧，这么邪性……

直到看到请柬里面新郎的名字，丛烟这才确定那个不开眼的果然是路平。

其实很久以前，他们就都知道路平喜欢文静，但文静眼里只有顾星河，就选择了对路平装瞎，也不知道这对儿瞎子后来怎么互相看对眼了。

丛烟没忍住，嗤笑了声，没想到这对冤家居然成了一对儿，真怀疑他俩会不会为争顾星河打起来。

"笑什么，得知自己还有机会忍不住了？"

"我是得知你这妖孽居然有福气捡到宝才笑。"

两人突然默契地笑了起来，难得多年没见的"情敌"，再见彼此都有了自己的幸福，也算是一桩美谈。

"不过你们这结婚日期 10 月 17 日，有什么说头吗？"

"没什么说头，单纯因为这之前我和他都没空。"文静换下搜救服，露出纤细苗条的身段，她顺手拿起一件家居服套上，随手将搜救服扔进洗衣机，又补了一句，"前一天'鲲 M 号'发射。"

丛烟立刻明白了，作为搜救队员，载人飞船返回前正是他们最忙的时候。除了日常训练，还要有多次全区演练，也是他们工作最忙神经最紧张的时候。"可是发射是发射场的事儿，跟你们着陆场有什么关系，他们管送上天，你们管接回家，人家出发你忙什么？"

"发射也需要搜救队员，尽管咱们载人火箭发射目前成功率百分百，但国外失败的案例很多。我们的原则就是'宁可备而无用，不可用而无备'，所以每次发射任务我们搜救队员也要全力准备。"

文静梳了两下头发，又说："不过我可跟你说好了啊，我们的婚礼很简单，没有伴娘服，你就穿便装中午过来吃饭就得。"

"好。不过我很好奇，你一个女人，还这么——"丛烟故意上下打量了她一番，"漂亮，怎么会选择去当搜救队员的？毕竟这风吹沙打的，实在对皮肤不好。"

文静："我当你是在夸我。不过，你倒是挺适合当记者的。"

丛烟："怎么说？"

"够八卦啊！"文静走进洗手间，按开了洗衣机，顺便说了一句，"对了，周一我调休了，陪你报到去。"

丛烟刚想说什么，狭小的洗手间里又传来文静的声音："你也不用感谢我，这是老大吩咐我的，我就当工作任务来完成了。"

丛烟去报到那天，顾星河没能赶回来，只有文静陪她去的。最初见的是新媒体组负责人，也就是她的直属领导，一个叫张月的中年女人。

相比甜美柔软那一挂，张月留着干练的短发，唇色较浅，笔直的鼻梁上挂着浅金眼镜，给人第一印象冷感很重。

新媒体组隶属于漠城电视台，负责运营维护航天城官方微信公众号，在丛烟来报到之前，除了张月，还有两个常驻编辑辛然和沈有墨负责收集航天城各部门的稿件进行编辑排版，另外还有一个办公室助理，是个个头不高但看起来很甜的小伙子，叫王金凯。

丛烟去的时候，正赶上每周一的发稿日，大家匆匆忙忙地跟她打了招呼便又开始投入忙碌的工作中。张月带着丛烟去跟上级领导报到，又参观了整个电视台，一上午时间见了不少人，却几乎都没留下什么印象。

参观完后，张月又带她去门卫处录入了门禁指纹，指纹输入仪器的瞬间，丛烟突然生出一种归属感，这是一种她不曾有过的微妙的情感变化，就连签合同的时候她也没有觉得自己属于这里了，可是当她试了一下指纹能够打开电视台的大门时，她觉得自己真正是这里的一员了。

和文静从电视台出来的时候，已经正午了。炽烈的光线晃进人眼睛里的时候，丛烟下意识地用手遮了一下眼睛。视线忽明忽暗间，她看到了一个高大熟悉的身影立在楼前。

男人站在对面楼门口，跟人打着电话，腾出的另一只手撑着一只半大的登机箱，身着普通的休闲牛仔裤，黑T恤打底，搭配了一件豹纹色的防晒外套，这土鳖的颜色如果放在别人身上，恐怕立马变成街头流氓风，可在他身上，却莫名随性慵懒，明朗到发光。

丛烟站在原地，痴痴地望着屋檐下的男人，她曾幻想过无数次的场景终于渐渐靠近了。每天下班，她心爱的男人在门口接她，两人手牵手回家……

顾星河看到了出来的两人，匆忙挂了电话，朝她们走来。

"哟，顾队的工作效率又提高了，提前两天呢。"文静远远地笑说。

丛烟倒是欢快地奔了过去，伸手扯过行李箱："我帮你拉行李箱。"

文静恨铁不成钢道："你可是女人。怎么净抢男人的活儿？"

"我乐意。"丛烟冲她努努嘴，笑着转头问顾星河，"还没吃饭吧？一起吃饭？"

顾星河没答，也没用她拉行李箱，他转头问文静：一起？"

文静倒退着摆手："免了，狗粮吃饱了，怕噎着。"

"路平也来。"

"走走走，为你前女友奔波一上午，饿死我了都。"文静挥了挥手，大步流星往前走去。

顾星河："……"

丛烟："……"

几人选了一个环境安静的炒菜馆，工作日的场区餐馆，人不是很多，加上他们也就两桌人。店里装修相对比较简单，却十分干净。

"娜姐，老四样。"文静一进门，就冲后厨大声喊了一声。

不几秒就从后厨出来一位三十岁左右的女人，女人名叫秦娜，扎着简单的长马尾，清瘦的面庞上挂着笑："你们来啦。"

秦娜目光停在丛烟身上："这小美女，新面孔啊，这位是……"

路平抽了一双一次性筷子，用手掰开，笑道："叫弟妹。"

"弟妹？弟妹不是……"秦娜望向文静，又望向顾星河，明白过来的女人伸出手热情道，"哦，是顾弟妹是吧，难怪顾队长一大早就打电话跟我预订鲅鱼馅儿饺子，欢迎欢迎！"

许是觉得手在后厨弄得有些脏，秦娜伸出的手又收了回来："你看我，净顾着说话了，你们先坐，我给你们倒茶。"

"娜姐不客气，我们自己来。"说话间，文静已经走进后厨拿了壶热水给几人倒上。

文静家境殷实，论娇生惯养，和丛烟半斤八两。丛烟想起从前双手不沾阳春水的文静，竟感觉有点陌生。

"你们跟这老板娘很熟?"

顾星河随手掰了一双一次性筷子给丛烟："经常在这里吃，所以熟了些，娜姐也是海边长大的，手艺很好。"

路平："对，她的鲅鱼馅儿饺子你一定爱吃，老大每次来都要点。"

丛烟爱吃鲅鱼馅儿饺子，他们都知道。鲜嫩的鲅鱼取鱼肉和新鲜猪肉八二混合，撒上一把灵魂韭菜，再简单地调个盐口，是丛烟最爱的家乡美食之一。

美食往往在人饥肠辘辘的时候会更有期待感，所以当后厨的门帘一动，丛烟的目光就跟了过去。这一看，竟意外地发现上菜的竟然是个熟悉的面孔。

男人戴着厨师帽，将一盘鲅鱼饺子先端了上来："顾队，这饺子秦娜可包了一上午，快趁热尝尝。"

"你……你不是那个……"丛烟在脑海里拼命搜索男人的身影，"石头哥?"

文静"扑哧"一笑，顾星河和路平一脸诧异地望向她。

"什么石头哥啊，人鲁国昌大哥这么根红苗正的名字到你嘴里就成石头哥了。"

丛烟不好意思地笑笑："鲁大哥您别介意啊，我是想起那天见您时您正巧跟文静要石头，所以脱口而出。"

鲁国昌哈哈大笑起来："不碍事不碍事，你给我起这名字很有特点啊。"

"不过，我还是很好奇，您要那些石头干吗啊?"

"也没啥特殊用途，就是我姑娘喜欢而已。"

说话间，一个五六岁的小女孩骑着滑板车跑进店里，一进门就扑到顾星河身上："星河舅舅，你来怎么不提前告诉我? 你好久没来看我了。"

"冉冉，你去哪儿玩了？跑得一头汗。"顾星河随手抽了一张纸为小姑娘擦了擦汗，大手一拎，将她托到自己大腿上坐好，"有你最喜欢吃的鲅鱼饺子，来两个？"

"好。"冉冉张大嘴巴，顾星河把一只饺子塞进她嘴里，小姑娘咬了一口，仰头道，"来瓣儿蒜。"

几人被她可爱的表情逗笑，鲁国昌递过去一片儿切好的蒜片儿："你这小东西，还挺会吃。"

冉冉吃了两个饺子后，跳下了顾星河的大腿，忽闪忽闪的大眼睛落在一旁的丛烟身上："这个漂亮姐姐我见过。"

"你在哪里见过？"鲁国昌好奇道，几人也纷纷投来吃瓜的眼神。

"在星河舅舅车上的屏幕里，还有……这里。"冉冉伸手在顾星河的裤子口袋里掏了几下，把手机拽了出来，用小手一点开关，原本黑屏的手机瞬间变亮，屏幕上出现丛烟的照片。

丛烟脸颊一红，笑道："哦，原来你就是那个叫冉冉的小姑娘呀。"

众人表情开始变得有趣，倒是被吃瓜的顾星河像没事儿人一样，伸手摸摸冉冉的头表扬道："冉冉记性可真好，过目不忘。"

小家伙得意地嘎嘎笑了起来，一路小跑去后厨玩了。

几个人吃过午饭，已经快一点了。戈壁滩相对东部有一两个小时的时差，所以下午上班时间比较晚，还有一些时间可以午休。

路平和文静回了新房，最近两人在抽空布置新房，每天收拾一点点，也慢慢地置办得差不多了。从路口分开后，就只剩下丛烟和顾星河两人。

吃饭的地方回宿舍步行也就五分钟左右，可两个人却走得无比漫长。

夏日午后的戈壁滩是最烈的，戈壁滩的姑娘们在户外通常会穿防晒衣、戴防晒袖，甚至还要捂上一个面部遮阳口罩再戴上墨镜，全身上下只有鼻子和耳朵露在外面。

而像丛烟这样大咧咧地没有防护就走在路上的还是很少的。

这是丛烟来到漠城，两人第一次单独相处。两人慢慢走着，都没开口说话，安静得只听得到彼此的脚步声。没有蝉鸣，没有鸟叫，除了热就是热。

走了一会儿，丛烟就不自觉地往顾星河身后移了过去，企图用他被阳光拉长的影子遮挡自己。

顾星河步子很大，丛烟两步顶他一步。她像两人谈恋爱时一样，安静又乐此不疲地踩着他的影子，心里却噼里啪啦像放鞭炮一样跳个不停。

走了没几步，前面的影子骤停。丛烟脚下一个急刹撞上了他硬实的后背。她轻轻抚额，感觉自己撞上了石头。顾星河转身，突然拉近的距离让他明朗的五官骤然在她面前放大，周遭的气压瞬时降低，她条件反射地后退了一下。

顾星河没说话，只三两下把身上的豹纹防晒衣脱了下来，递给了她。"哦。"丛烟伸手接过来，脸上却掩藏不住心里要溢出来的笑意。她没有穿，而是把防晒衣顶在头顶，毕竟脸比胳膊要更重要一些。

微微吹拂过来的热浪将防晒衣扑在她的脸上，她露着半只眼睛，望着顾星河精壮的赤膊，肌肉线条越发好看，好像比从前更有力量了。

一路上二人几乎没说话，到了二楼楼梯口，丛烟望了一眼顾星河宿舍，抬手挥挥手。"那……我……先上去了?"

"先等会儿。"顾星河将行李箱放在门口，掏出钥匙。

他进入房间没几秒钟就又出来了，手里捏着两把串在一起的钥匙说:"我宿舍和车的钥匙，你备一份儿，免得我不在的时候你不方便。"

丛烟望着那两把钥匙，笑得更灿烂了，刚来几天，就上交钥匙了，这进展，快得出乎她意料。

她半晌没有去接，只是在原地傻笑。

"不要我拿回去了。"顾星河作势要收回。丛烟眼疾手快地从他手心抢走:"谁说不要了。"她拿了钥匙就一路小跑上三楼。

望着她得意雀跃的背影,顾星河嘴角渐渐扬起温柔的弧度。

他心心念念的姑娘啊,终于,在他身边了。

次日清晨,整个漠城还在沉睡,天边却已微亮。

没有蝉鸣的夏天总是容易睡得深沉,丛烟一觉醒来,觉得自己睡得有些蒙,冲了把脸才好像把丢在床上的灵魂一起拽了起来。坐在化妆镜前精心打扮了一番,她终于觉得精神了一些,深陷的眼窝也不那么明显了。

下楼的时候敲了敲顾星河的门,半晌没有动静,楼底下看到停车位上的车子早已没了踪影,才知道他不在。

电视台很近,步行两分钟内就实现了日常通勤,这对比城市里按小时起步的通勤时间,简直就属于火箭速度。

漠城的楼多数都是三至四层,超过四层的都很少见。主路旁的生活区也是红顶白墙的四层小楼,整整齐齐,很是好看。新媒体组在电视台的顶楼。丛烟还没走到顶楼,就听到张月扯着嗓子在喊:"王俊凯,抄家伙!"一个年轻小伙子的声音远远地传来:"马上马上!"

丛烟一上楼,就见两人一人扛着摄像机,一人扛着工作包,一路小跑下来。张月都已经跑下一层楼才想起刚才站在那儿发呆的姑娘是上午刚来报到过的。

"那个谁——"张月从楼梯间探头向上看去。

"丛烟。"她隔着楼梯回应张月。

"哦,对,办公室有人,需要做啥听他们安排。"

"好嘞,张组长。"

空旷的办公室里果然有两个伏案工作的背影,丛烟的高跟鞋踩在地板上,发出嗒嗒声,一进门便吸引了两人抬头。

辛然看起来有点冷淡,抬头默默地看了她一眼,看似自言自语地说了两个字。

"真傻。"

丛烟有些莫名其妙，却也没有深究。坐在角落的沈有墨热情地迎上来，给她安排了工位。

下午，沈有墨带她去把航天工作服领了回来："去休息室试试，不合适的话还可以换。"

休息室在隔壁，用来平时大家换衣服，或者加班后的小憩。从前总在电视上看航天科技工作者们穿这衣服，没想到，有一天自己也穿上了。

蓝色的航天工作服胸前一侧印着五星红旗，亮眼又好看，另一侧是贴姓名贴的地方，她小心翼翼地将印着"丛烟"二字的姓名牌对准贴好。

因为这身特殊的衣服，镜子里的自己好像与平时有些不同，似乎更添了一份清丽，她从手腕上取下皮筋儿，将散落的头发绑了起来，看起来更加精神了。丛烟拿起手机对着试衣镜拍了一张照片，打开顾星河的微信界面，两人的对话还停留在前几日视频通话的时间，她选中照片发了过去。

半晌，对方还没有回复。她直接穿着工作服回到了办公室。

"好看好看！"沈有墨上下打量着丛烟，赞道，"你的到来可真是拉高了我们办公室的整体颜值水平。"

"捧一踩一你玩得最好。"辛然冷冷地道了句。

沈有墨笑着走到她身后，小心翼翼地给她捏肩膀："你说说，你咋还吃上醋了。"

辛然耸耸肩膀，一把将他的手拍开，瞪他一眼："给你说很多遍了，别动手动脚。"

"不动就不动，给，你喝热水。"沈有墨给她加满水，这才对丛烟说，"莫怪莫怪，我内人，白天见晚上见的，所以脾气不大好。"

办公室恋情哦！

126

丛烟被逗乐了，笑着问自己有什么工作可以做。沈有墨说："我听月姐说你是学摄影的?"

"不是，我是学动漫设计的，但因为平时自己制作视频，所以又学了拍摄。"

"我听说你粉丝挺多的，来来来，互关一下。"沈有墨拿出手机就要互扫。

丛烟打开短视频账号，添加好友后，沈有墨翻了翻，接着捂着嘴巴做出震惊的表情："天哪，丛烟，你居然是近千万粉丝的大博主。能不能让我采访一下，你是怎么想不开非要来戈壁滩的?"

这样的逗比表情出现在一个一米八的大男人身上，多少有点违和。丛烟再次被逗笑，认真脸道："我被伟大的航天事业感召而来。"

沈有墨鼓掌："我就说你有前途，这马屁拍的，拍到祖国身上了，前途无量啊!"

丛烟简单地熟悉了一下基本业务流程，她的主要工作就是为航天城的航天发射任务和日常活动摄影。一下午时间她都在翻看以前的摄影作品，不知不觉就到了下班时间。

她给顾星河发了一个微信消息：一起吃饭吗? 还没等对方回复，沈有墨就递了一张饭卡给她："走，我请客，带你去吃食堂。"

辛然白他一眼："拿国家的饭做人情，你可是越来越不要脸了。"

"要脸能娶到你这么好看的媳妇?"沈有墨说完，又对丛烟打了个响指，"走，带你认认食堂的门。"

丛烟一边点头说好，一边给顾星河的微信发消息：我和同事去食堂吃了。

烈日炎炎，航天搜救队大院儿的停车场里，搜救队员们刚训练回来，车轮滚落的尘土还未消散，队员们一个个都跑去洗澡换衣服了。

路平刚换上便装，就听顾星河说："今天不跟你们吃饭了。"

路平诧异："这烟妹子一来是不一样了啊，有约啦?"

顾星河嘴角扬了扬，拎着包准备离开，随手拿起手机看了一眼丛烟发来的第二条消息：我和同事去食堂吃了。

顾星河手指停在手机页面上，脚步也停了下来，转身对路平道："走，一起吃饭。"

路平更诧异了，抬手看了一眼手表："这才几秒钟，就被放鸽子了？"

顾星河没搭理他，关了手机页面。

电视台的食堂离宿舍也很近，几步路就到了，吃完饭的丛烟在食堂门口跟同事挥手道别，转头就看到了顾星河的车子。场区生活区限速，车子进入生活区后行驶得很慢，丛烟站在路边，车子从她身边慢悠悠地驶过，从敞开的车窗玻璃里能看到路平、文静都在车上，她伸手跟他们打招呼，开车的顾星河面色淡然地看了一眼她，面无表情地扬长而去。

"你怎么又给烟妹子甩脸子？"路平拍拍他的肩膀，"人家孤身一人来投奔你，你可不能这样啊。"

顾星河转过弯道，一个急刹车停在宿舍楼下："她可不是孤身一人，这才几天就有小团队了。"

"你别告诉我你这是吃人家同事的醋了啊。"

顾星河没搭话儿，解开安全带下车。几人下车后，丛烟也从小路蹿了过来，气喘吁吁道："幸好宿舍就在食堂旁，要不我都追不上你们。"

文静笑嘻嘻问："食堂饭好吃吗？"

"还不错啊。"丛烟从包里拿出一个塑料袋，走到顾星河面前神秘兮兮道，"其实食堂饭不太对我口味，没有海鲜，全是肉，不过有你爱吃的锅包肉，我特意给你装了几块儿。"

"你们电视台食堂吃完还可以外带啊？"

"不让带。"丛烟挡住嘴巴低声道："顾星河爱吃，我偷偷带的。"

"你可真有出息。"文静翻翻白眼，探手夹了一块儿，嚼了两口道，"有点儿老。"

顾星河低头，看向文静，冷声道："你刚才没吃饱？"

文静半块儿肉还在手里，塞满的嘴巴含混不清道："顾星河，我就吃你前女友一块肉，你看你那小气吧啦的样子。"

顾星河拉着丛烟上楼，路平一旁轻抚着文静的后背："老婆别气别气，他俩两口子。"

文静低头看了一眼手上的肉，恶狠狠地又咬了一口。

上了二楼，顾星河才发现自己还拽着丛烟的手，他面无表情地松开："进来坐坐？"

她笑得又甜又妖："就坐坐？"

丛烟喜欢逗顾星河，从前在一起的时候，就是她成天追着他，乐此不疲地拉拉小手儿，亲亲小嘴儿，可顾星河总是一副女朋友勿近的样子，每次都要她像个小朋友索要糖果一样缠好久才勉强给个抱抱。

"饮水机有水，自己倒。"顾星河换下拖鞋，又拿了一双给她，"想换换，不想换可以不换。"

"当然要换，回家了穿拖鞋才舒服。"丛烟把高跟鞋脱下，一双秀气的小脚塞进了船一样的拖鞋里。

"以后穿工作服不要穿高跟鞋。"

"为什么？你不是最喜欢我穿高跟鞋。"

"工作服，顾名思义就是工作时穿的衣服。来回跑各种场地拍摄，你能穿高跟鞋？"

"能啊，我穿高跟鞋上刀山下油锅都没问题。"

"……"顾星河耐心道："你又不矮。"

"这跟矮不矮可没关系，高跟鞋是一个女人的骨，没了这根骨，气质就塌了。"

顾星河无奈摊手："那到时候你别哭。"

丛烟得逗地笑起来，弯月般的美眸直直地盯着他，她喜欢盯着他看，大学的时候，丛烟没有考上顾星河的学校，不过考到了隔壁学校，每天她都出入顾星河的课堂，坐在他旁边歪着个脑袋看他，她不明白怎么会有这么又痞又正却相得益彰的男人。

只能怪自己眼光太好啊！

顾星河也很久没见她笑得如此开心了，记忆里她很爱笑，笑起来右脸上有一个酒窝，清爽又迷人。

"你下午工作很忙?"丛烟接了杯水坐在沙发上，房间不大，除了一张单人床和电视柜，只摆了个双人沙发。

"还好，正常训练。"

"那怎么不回我消息?"丛烟拿出手机给他看，"我给你发了好多条消息。"

"在沙漠训练，没信号。"顾星河只说了一半儿，有信号但却被放鸽子的那一半儿被他隐掉了。

"那下班后你一般都做什么?"丛烟看了一眼手机，才七点，这偏僻的戈壁滩，一没商场二没娱乐场所，她不知道在这里该如何度过这漫漫长夜。

"打球、跑步或者加班。"

虽然单调，倒是很健康。

丛烟歪头："今晚还加吗?"

"今晚休息，带你去逛逛夜景?"

"这里有什么夜景可逛?"半大的一座小镇，开车十几二十分钟就能从这头到另一头，车都还没热就该熄火了。顾星河知道丛烟喜欢逛街，读大学时，她经常会拉他去逛夜市、逛商场，不止大学周边，整个长京城，她都拉着他跑遍了，甚至，动物园都没放过。

"漠城的夜景你不能用眼睛去逛。"顾星河从柜子里拿出个盒子，丛烟凑上去才发现是一个无人机。

"我去，这可是最新款，我也预约了，可是还没开始正式售卖呢。你从哪儿搞到的?"丛烟抢过盒子，爱不释手地抚摸着盒子，晶莹的眼眸里闪烁着期待的光，"能借我看一下吗?"

顾星河抬手看了看手表说："等天黑下来，用它去拍你来漠城的第一场夜景吧。"

"真的?"丛烟不敢置信，在得到肯定的点头后，她兴奋地打开盒子，坐在沙发旁专心地研究着。

顾星河见她研究得认真，便没打扰她，自己靠在床头半眯着眼睛小憩起来。

漠城夏天的晚上，八点钟都还亮着，标志性建筑物大礼堂的巨型屏幕上播放着电视节目，大礼堂前的广场是漠城夜生活里最热闹的地方了，老人们三三两两聚在一起聊着家常，女人们跳着热闹的广场舞，孩子们到处奔跑，还有零零散散的小摊位，多是孩子们把自己多余的玩具书籍学习用品等拿出来摆摊体验生活。广场周围执勤巡逻的交警，时不时笑着摸摸跑过身旁的孩童的小脑袋。

丛烟站在广场的一角，认真地操控着无人机。顾星河站在她身后不远处倚墙而立，目不转睛地望着她窈窕的背影。

他知道丛烟喜欢摄影，喜欢画漫画，喜欢做动漫，她可以把生活中的人和物设计成可爱的漫画形象做成短视频，把生活的美和人间的烟火转化成最直观又可爱的形象，这也是她心底的温度所在。

这些年他一直关注她的短视频账号，她做的每一个视频他都会反复观看很多遍，她的素材来源很广，有网上可爱的童言童语，有各地的感人故事，有消防员小哥哥们萌趣的日常，也有她自己的日常记录，她把所有有趣的、好玩的、正面又阳光的视频，都做成了一个个可爱的动漫。做漫画的人很多，但她的漫画总会以小见大，让读者在轻松的画风中产生情感的共鸣，也因此很多粉丝遇到好玩儿好看的原视频都会@她，希望能看到她的同版动漫。

丛烟从小喜欢画画，高三的时候，她经常歪着身子画他，每画成一幅都认真地在画作底下署名：星河媳妇。

那时候的顾星河，时不时地就会在翻书的时候翻出关于他的漫画。有他托腮思索的，有他球场投篮的，有他闭眼小憩的，也有他凝望窗外的。以至于后来慢慢形成了习惯，他还会特意去翻一翻书里有没有夹着她新画的漫画。

在丛烟以"星河媳妇"的名字画了近两个月后，有一天晚上她突然没来上晚自习。顾星河虽然习惯了这个"混混小魔女"的各种劣迹，可通常她也只是迟到早退，整晚的翘课还是比较少的，习惯了耳边总是有她叽叽喳喳的声音，一时间安静下来，第一次感到有些不自在。

那天晚自习，顾星河抬头看了无数次前面空荡荡的桌子，不知为何，胸口莫名地有了一股火。

第二天一早，丛烟顶着一对儿熊猫眼出现在了早自习的教室。她把书包一甩，整个人就趴在桌子上，双目空洞地望着陈美人。

陈美人在杂乱的英语早读声中提高音量问她："干吗去了啊？昨晚老陈来问了你两次。"

"困……"丛烟不想说话，只想睡会儿。可屁股还没坐稳，老陈已经走到她身旁了。

"昨晚看来是做大工程去了啊。"老陈挪了挪鼻梁上的眼镜儿，严肃地说道，"我看你还挺困，要不要帮你清醒清醒?"

丛烟挣扎着睁开眼，迷迷瞪瞪道："知道了，知道了……"身子已经自觉地动了起来，习惯性地走到顾星河旁边的墙边倚墙而立。老陈摇了摇头，继续巡班去了。

琅琅读书声中，丛烟靠着墙无意识地站了好久，甚至好几次她都困得要倒在顾星河身上了。顾星河把椅子往边上挪了挪，她才终于有了个支点，含混不清地道了句："谢谢，你真好……"

不久后的一天，顾星河在自己的一本书中找到了新的漫画，画的是一个小姑娘在山坡上仰望星河的场景，他认识图里的地方，是离市区两三个小时车程的月老岛，那里空旷清净，画上的漫天星河很是动人，那是第一次，她除了署名还单独写了一句话：我仰望的星河。

顾星河感觉眼前闪过一束光，他睁开眼，丛烟正在用手机拍他。他走向她，伸手拿过她的手机，翻了翻相册，发现还有一张刚才他在宿舍闭目养神时的照片："以前偷画我，现在改偷拍我了？"

"拍一下又不会少块肉。"她举着无人机，"我刚拍的视频要不要看看？"

"好。"

在拍摄技巧这块儿，丛烟的确有天分，新设备到手还不到一个小时，她已经把功能研究了个七八分，并且拍出来的视频无论色调还是角度，都很专业。

"你猜刚才我拍到谁了？"丛烟把视频往后拉了一下，"你看，是鲁大哥和他女儿冉冉。"

视频里，鲁国昌和冉冉在广场旁边看喷泉，冉冉骑在鲁国昌肩上，开心得不得了。

顾星河望着视频笑了："拍得不错，我们再去别处逛逛拍拍？"

两人就这样沿街闲逛，一路走走停停，时不时也会碰到一些熟人跟顾星河打招呼，有些还好奇地看着他身旁的她。

夜幕渐深，两人返回，再经过广场时，已经几乎没什么人了，整个漠城渐渐安静了下来。而大礼堂却依然屹立在月光中，它就这样俯视着整个广场，看着人来人去，月落日升。

在宿舍楼下，他们碰到了鲁国昌正在路边弯腰修理着山地车的链子，顾星河蹲下去帮忙，鲁国昌指指其中一处说已经检查好了，是卡住石子了，明天天亮光线好用工具把石子夹出来就好。

丛烟笑着告诉他自己刚才拍到了他跟冉冉，鲁国昌说好巧，冉冉最喜欢你做的动漫了，回头有机会给冉冉做些漫画。

"我也很喜欢冉冉，只要您不介意我侵犯她肖像权，以后我会让她多出现在我的视频里。"

鲁国昌哈哈大笑起来："小孩纸要什么肖像权，你也没跟她要设计费不是？"

几人聊了几句，就上楼了。在顾星河宿舍门口，丛烟把无人机还给顾星河："下次你有空的时候我们再出去拍。"

顾星河没接，指了指无人机通体玫红色的外壳："这个颜色不适合我，你拿着用吧。"

丛烟的长睫毛扑闪了几下，笑盈盈地开口："你不会是特意买给我的吧？"

"就当送给你的入职礼物。"

丛烟把无人机抱在怀里，她指指楼上，脸上的笑意已经溢到发尖儿："那……我回去了，明天再见。"

顾星河点点头，目送她上楼。

丛烟睡前打开了短视频账号，最近她忙着从海边来戈壁，又忙着入职和适应新环境，几乎都没有时间更新视频，更没时间浏览粉丝们的留言，她的粉丝太多，日常留言都是以万为单位，有新视频发布的时候，留言会更多。所以她都是随意翻上一翻，只有私信消息才会认真看看。

能给她私信的只有自己关注的好友，而她关注的除了亲朋就是几个粉丝群的管理者，其中有个粉丝群管理者叫"爱烟的老骆驼"，是丛烟的死忠粉儿，从她发布第一个作品时，这人就逢作品必赞必留言，也是一路见证她的漫画短视频崛起之路的老粉儿。

私下里，两人也经常会聊聊天，虽然现实生活里两人并没有见过面，但两人都在青市，也算多年的老朋友了，平时爱烟的老骆驼也经常会跟她聊聊她的作品，聊聊家常。几乎每次她上线，都会收到他的留言。

可今天丛烟打开短视频账号，居然一条消息也没有。

丛烟想也没想，就发了条消息过去：老骆驼，我这些天有工作上的变动，一直没上账号。你怎么也没了消息？最近很忙吗？

没一会儿，老骆驼就回消息了：对，最近我也有点忙。你换工作了？新工作还适应吗？

丛烟：还好，虽然与动漫无关，但也是视频相关的工作。

老骆驼：你不是很喜欢动漫吗，怎么会放弃原来的工作？

老骆驼并不知道她原来是摄影师，只以为经营短视频账号是她的主业。

丛烟：嗯……这个说来就有点话长了。我不是跟你提过前男友嘛，我应聘到他工作的单位了。你最近在忙什么呢？很少会这么久没消息。

老骆驼：那恭喜你啊，终于离他近了些。我在搞一个新项目。

丛烟记得老骆驼也是搞新媒体工作的，所以经常会给她的视频一些意见，一来二去两人就成了好朋友。平时他也经常会有工作到凌晨的时候，可也很少这么久没消息，丛烟总隐约觉得他遇到了什么事。

丛烟：只是，我们也不知道算不算和好了，反正我来了，他还和从前一样对我很好，但也不曾提及过去，也不曾提过现在我们是什么关系定位。

老骆驼：慢慢来，只要你觉得他对你好，就是好现象。

丛烟想着也是，不能太急功近利，毕竟两人有将近六年的空白，慢一点也好。

退出短视频账号，她的目光又落在床头柜的无人机上，温暖的床头灯光打在玫红色的机身上，心里某个温暖的角落也被点了起来。

她一只手抚摸着无人机，另一只手已经打开了顾星河的微信界面：睡了吗？好久对方都没什么动静，她正准备关了床头灯，手机振动了起来。

顾星河：还没。

丛烟看了一眼时间，已经十一点多了：你每天都这么晚睡？

顾星河：有时候会更晚。

丛烟突然想起按地理位置来说，她在三楼他在二楼，顾星河此刻应该正好在她正下方，她伸手拍拍床头：听到了吗？

顾星河:?

丛烟又拍拍桌子：听到了吗？

顾星河:?

她下床来，将椅子在地上拉着走了两圈：听到了吗？

顾星河以为她要讲什么"听到我想你的心跳没"之类的土味情话，紧接着就听到头顶上传来滋啦滋啦的拖地声，他在手机上打着字：有点扰民。

丛烟兴奋极了：你居然能听到啊！突然觉得我们的距离近了呢。

顾星河："……"都上下楼了，还要怎么近呢。

丛烟也在心里鄙视自己，都几岁了，还为住在男神楼上而兴奋到半夜冒粉泡。

*　　*　　*

早晨醒来，丛烟又流鼻血了，加湿器一整晚消耗掉整桶的水，可还是改善不了流鼻血的状况，来了这些天，几乎每隔一天就会流鼻血。她无奈地发了条朋友圈：听说韩剧里，久别重逢的男女再次相逢，女主一定会开始流鼻血，"车祸、失忆、白血病"的狗血三件套就来了。

配图是一张加湿器的照片。

吃早饭时，她随手翻了翻朋友圈，有很多亲朋给她留言，在众多留言里她第一眼看到了顾星河的：你是我们的女主，咱们的言情剧里没有三件套。

还有路平的：对，咱们就喜欢大团圆。

文静：仙女儿才会有三件套，你又不是仙女儿。

沈有墨：莫怕，气候太干燥了，我一大男人，刚来的时候也流了大半年鼻血才适应。

辛然回复沈有墨：呵，原来你那是干燥的？我以为你是色心大动的。

沈有墨回复辛然：媳妇儿，这是评论区，不是无人区。

新媒体组运营的公众号叫"漠海摘星"，丛烟没想到自己入职后接到的第一份任务就是去拍摄路平和文静。很快就要迎来"鲲M号"的发射任务，组里策划了一期科技工作人员夫妻档的专题，预备精选一些在航天城工作的夫妻科技工作者进行专题报道。而文静作为搜救队的第一位也是唯一一位女队员，自然是热门焦点。

"另外，咱们新媒体组不就有现成的一对儿?"丛烟指的自然是辛然和沈有墨。

"算了吧，自己夸自己我可下不去嘴，容易嘴瓢儿。"沈有墨摇头拒绝。

不知道为什么，丛烟总感觉辛然和沈有墨这对小夫妻的相处模式有些奇怪，既不像老夫老妻之间那种互相嫌弃，也不像年轻夫妻之间那种互相腻歪，尤其是辛然对沈有墨。

最后在几个人的共同商量下，共选出了十几对夫妻科技工作者。由辛然和沈有墨负责采访撰稿，丛烟和王金凯负责拍摄。

丛烟联系了文静，得知上午没有训练，两人便赶紧来到航天搜救队大院儿，可在门口时却被门岗拦了下来，说明来意后，门岗小伙子让他们稍等，待其打电话确认后才能放行。

等待的工夫，坐在副驾驶座的丛烟突然打量起王金凯："俊凯，你怎么还跟明星重名了? 别说，长得也还挺像。"

帅气小奶狗的样子。

"姐，俊凯是大家故意开我玩笑，叫着玩的，我的名字是金凯，王金凯。"王金凯指指自己工作服上的姓名牌，丛烟有些近视，平日里又不喜欢戴眼镜，一时看不清楚便向他胸口姓名牌的方向靠过去，探头仔细研究着："还真是哈，不过，好像……读起来也差不多。"

王金凯倒是不介意："没事儿，您随便叫，哪个顺嘴叫哪个。"

而此时，顾星河好巧不巧地从外面回来，又好巧不巧地看见丛烟凑在一个年轻小伙子胸前嬉笑着说话。

门岗见到顾星河回来，热情地打招呼，丛烟也正好看到了他，赶紧透过窗户冲他招手："顾星河，你回来得正好，你给门岗说一下让我们进去，我们跟文静约好了拍摄。"

顾星河停了下来，单手靠在车窗上，看都没看丛烟一眼，反而上下打量着王金凯。

王金凯莫名地被他的眼神盯得有些发毛，这哥可是中心的名人儿，每次搜救现场都有他的身影，动作迅猛，雷厉风行，"戈壁飞鹰"般的人物。可第一次如此近距离地接触，竟让他盯得自己心里凉飕飕的。

"哥……您——"

"证件。"顾星河伸出一只手，一副公事公办的样子。

"我们办公室的小伙子，查什么证件啊。"丛烟解释着。

顾星河依旧没理，王金凯只好把工作证递上去，顾星河看了一眼上面的名字，眼皮都没抬一下："王金凯?"

"是的，哥，我是电视台新媒体组的，跟烟姐一起来给文副队拍摄的。"

门岗见丛烟一口一个"顾星河"地喊着，便默认他们相熟，于是低声在顾星河身边问："顾队，您认识那就放行?"

顾星河把证件递给门岗，一本正经道："不认识，等跟文副队确认后再放行。"

"顾星河，你不认识我?"昨晚还陪她聊天到睡着的人，现在说不认识她。丛烟虽不知道他为什么犯了驴脾气，但他说不认识她的时候，就刺激到她神经的燃点了。

顾星河长腿一迈，就准备离开。

"顾星河你给我站住!"丛烟解开安全带，跳下车就准备追上去，无奈自己穿着高跟鞋，顾星河又人高马大的，一步顶她好几步，非但没追上还差点儿崴到脚。气得丛烟当场卸下一只高跟鞋冲着他的背影就丢了过去："顾星河你大爷的!"

谁知顾星河跟后背长了眼睛一样，侧身一躲，便躲了过去。就在丛烟懊恼自己扔得不够准，跳着准备上前拿回高跟鞋的时候，顾星河却转身将她的高跟鞋捡起。

"知道后悔了?"丛烟站在原地，气鼓鼓地盯着他。

顾星河捏着那只高跟鞋，冷呵了一声，就这一声，丛烟就有种不好的预感，她太了解他这种冷酷无情的"呵"代表什么了。

果然，下一秒，顾星河捏着高跟鞋头也不回地进了大院儿。

"顾星河!"丛烟气得想跺脚，可只穿着一只鞋子又站不稳，身子晃晃悠悠差点儿摔倒，还好门岗眼疾手快地扶住了她。

门岗小伙子也是个小机灵鬼，虽说顾队嘴上说不认识这姑娘，可明眼人都能看出来，这哪儿是不认识啊，这分明有种吵架的小情侣的感觉。

"丛老师，虽说你们开着电视台这采访车，可按流程我们确实需要跟本人或者领导确认一下，这本人联系不上，顾队又说不认识您，您看……要不你们先在一旁等一下，我让人跑步进去找一下文副队。"门岗小伙子赶紧示意另一个小伙子进去找文静，却远远地看见路平小跑了出来。

路平远远地看见外面的车好像是电视台的，就赶紧过来接他们。走到半路见到手上提着高跟鞋的顾星河，还一脸震惊地跟他寒暄了几句，再看向大门外单脚原地跳的丛烟……

天哪! 这位爷又把这位姑奶奶怎么了。受他们折磨多年最终还是没躲过这两位，这才在一起几天，又这么大阵仗，路平赶紧快跑出去把人接了进来。车子开进大院儿，他给文静打电话让她带双拖鞋出来。

文静见到丛烟时乐得差点儿直不起腰："不愧是顾星河，这全天下啊，只有他治得了你。"

她把鞋子递给丛烟，换了鞋子的丛烟第一句话就是："顾星河办公室在哪儿?"

路平生怕这姑奶奶砸了顾星河办公室，赶忙说："烟儿，我一会儿还得赶回去训练，你看咱们先速战速决把该拍的拍了怎么样?"

丛烟虽然恼火，却也知道自己职责所在，气呼呼地把设备卸下车："先去你们的搜救车旁取几个景。"

工作的时候，她似乎忘了自己的火气，认真取景，用心安排设计拍摄角度，仿佛什么都没发生过一样，等到一上午的工作结束，摄像机的镜头盖儿一扣，她立刻换了表情，再看向自己脚下的那双拖鞋，她愤愤地咬牙道："带我去找顾星河。"

路平一边指着手表，一边小跑起来："让文静带你去，我开会去呢。"

文静指着自己的鼻子，震惊道："我——你——可真是我亲老公！"

不过文静一向爱看热闹，带着丛烟就杀向了顾星河办公室。"报告顾队，电视台摄影师丛烟来访。"文静一本正经汇报完后，一脸幸灾乐祸地留下了丛烟，顺带带上了顾星河办公室的门。

顾星河正在电脑前敲着文件，抬头看了一眼还气鼓鼓的丛烟，淡淡地说了句："拍完了？"

"您这会儿又认识我了？"丛烟拖过一把椅子坐下，隔着办公桌望着他。

他的办公室整洁干净，办公桌上物品摆放得也十分整齐。

顾星河又打完几句话，才停下工作，起身给她倒了杯水："为我们单位的新闻宣传操劳一上午，辛苦了，喝点水。"

"哟，您还知道我是为你们工作哪？"丛烟是真渴了，咕嘟咕嘟一口气把水喝了个精光，"再来一杯。"

其实已经没那么渴了，可是气还没消，她就是想使唤一下他。

顾星河倒是也乖乖地给她又接了一杯，他抬手看了看手表："正好快下班了呢，一起吃午饭？"

"本姑娘不跟陌生人吃饭。"丛烟接过水杯，狠狠瞪了他一眼。

顾星河笑了，笑得放肆又迷人，他半靠在办公桌前环胸看着她："气性够大啊。"

"我鞋呢？"丛烟可不打算穿着拖鞋下班。

顾星河从一旁的柜子里取出一个鞋盒："我给你说过，穿工作服时不要穿高跟鞋，尤其是你那种恨天高。"

丛烟打开鞋盒，里面是一双女式运动鞋，看了一眼鞋底，正是她的码数。虽然她并不喜欢穿运动鞋，可这一刻，她好像没那么气了。

"你什么时候买的?"她把鞋子取出来，试穿了一下，正好，还挺舒服。

"正好下班了，走吧。"顾星河抓起桌上的钥匙准备出门，丛烟起身跟上，走到门口时，他却突然转身，丛烟一个没刹住车，险些撞上。

丛烟抬头，他的鼻尖离她很近，甚至能感受到他鼻腔呼吸时的气流。顾星河低头看着近在咫尺的女人，默了片刻后道："我正要跟你说这事儿。"

丛烟不解："嗯?"

顾星河薄唇微启："以后离胸腔这么近的距离，只能跟我。"

丛烟愣了愣，顾星河已经离开了办公室。她想起早上自己靠近王金凯胸前看姓名牌……

难怪突然犯了驴脾气……

丛烟一路小跑追上顾星河，这次她穿着运动鞋，很容易就追上了："喂喂，顾星河，你别告诉我你是吃醋了啊?"

顾星河没答，大步向停车场走去。丛烟继续道："而且还是吃一个小奶狗的醋。"

顾星河依旧没理会她，大步向前走。正值下班点儿，两人在停车场碰到了一行五六人。

"顾队，下班啦?"

"顾队，这位是?"

"顾队，这是咱们新招的女队员?"

丛烟正准备自己介绍自己："哦，我是电视台过来拍——"

"这是我未婚妻，丛烟。"顾星河单手揽住她的肩膀，向同事们介绍道。

他手心里温暖的温度从肩膀传至她胸口，心跳骤然间加快，她抬头望着他，还没有从这声"未婚妻"的震惊中脱离，耳边就已经响起他同事们热情的声音。

"原来是嫂子呀！"

"嫂子好。"

"嫂子常来啊！"

"嫂子改天一起吃饭啊！"

丛烟迷失在这一声声"嫂子"中，直到热闹散去，顾星河将她塞进车里，她还是大脑一片空白。

"想吃什么？"顾星河发动车子，发动机启动的声音终于把丛烟带回了现实。

"你刚说我是你……未婚……妻？"

顾星河转动方向盘，侧眼看了她一眼："怎么，你还有别的打算？"

丛烟猛地摇头："我以为……怎么也得是从女朋友做起……"

"做了那么多年女朋友还没做够？"

丛烟摇摇头，觉得不合适又点点头，还是觉得不合适，好像说"做够了"或者"没做够"都不太合适。

车子驶出航天搜救队大门时，门岗看到丛烟坐在顾星河副驾驶座上，终于确定了两人是相熟的。

自从来到漠城，丛烟内心其实是慌的，重逢后，两人好像都很默契地不曾提过彼此到底是什么关系，她不敢问，他也不曾主动提起，她来了，他便像从前一样对她。

仿佛，中间六年的空白不曾存在，仿佛，他们还和从前一样。

丛烟甚至想，他们算男女朋友吗？他知道她为他而来，却也没有肯定地确定过两人的关系。

所以，今天他当着同事的面突然说出"未婚妻"三个字的时候，她是有些不敢相信的。她应该高兴的，可是她却高兴不起来。虽然顾星河看起来对她也不错，可丛烟知道，六年前，两人分手时的伤痕还在。

"好像是已经订婚，有了结婚计划的才叫未婚妻。"丛烟望着前方的路，糯糯地开口。

"你是在怪我们没有订婚仪式？"顾星河目视前方，说话的语气却格外温柔。

"我不是这个意思……我是在想，是不是……太快了？"丛烟说。

"四加六等于十年。"顾星河顿了顿说，"我不认为人生有多少个十年可以重来。"

见她沉默不语，顾星河又说："未婚妻是我做的主，妻子是你做主。"

"什么意思？"丛烟不解，转头看他。

车子正好在红灯前停了下来，顾星河转头，与她四目相对："意思就是，从你向航天城递交了求职简历那一刻，我就没打算再放你走。我的未婚妻，是你来这里的初始身份，至于什么时候上我的户口本，由你决定。但，我不接受这两个身份之外的我们的关系"。

丛烟安静地听他说着每一字每一句，就是这个两个小时前还把她气得朝他丢高跟鞋的男人，此刻却又温暖得让她想哭。

"我从前怎么不知道你这么会说情话。"

"从前的情话都被你说了，我没什么机会。"

"你这是在说我从前太主动太黏你了？"

顾星河没答，只是笑着摸了摸她的头："你要是愿意听，以后我来说就是了。"

红灯变绿，车子重新行驶起来，此刻，顾星河觉得自己漂泊了多年的心终于在这片戈壁滩上彻底安定了下来。

丛烟回到宿舍后，第一时间找到了老骆驼：老骆驼，老骆驼，你在吗？

老骆驼：这么火急火燎的，怎么了？

丛烟：今天我前男友当着他同事的面正式介绍我是他未婚妻！！！

老骆驼：这不是好事吗？你终于得偿所愿了。

丛烟：可你说他是怎么想的啊，我们毕竟分开六年了。六年都没联系过，他不怕我这六年变得不适合他了啊？

老骆驼：对男人来说哪有适合不适合，只有爱不爱。他爱你，你变成什么样都是适合的。他不爱你，你就算是一点儿没变，也是不适合的。

丛烟：这样？

老骆驼：那他主动确定你们的关系，你高兴吗？

丛烟：嗯……虽然有点出乎我意料，但，还是很高兴的，不，是特别特别高兴。

毕竟，是她从青春期就喜欢到现在的男人啊。想起那时候的两人，她的嘴角就不自觉地上扬起来。

"顾星河，我都给你画了那么多幅定情画了，你到底什么时候答应做我男朋友啊？"

"等你考上和我一样的大学。"

"你的拒绝还真够独树一帜的。"他被保送的大学可是国内最好的大学！

"你是不是真的喜欢聪明绝顶的女人？"

"聪明可以有，绝顶就算了。"

"那咱们商量一下，你看我现在的成绩勉强能抓住一个普通211，这样，我如果能上一个台阶，努力考上一个985，也差不多就是我在班里再提升个十名左右，你就当我男朋友，好不好？"

顾星河没答应也没拒绝。室验班卷得厉害，大家成绩咬得很紧，想要提升十名不是一件简单的事。

"你不搭理我我就当你答应了。"她把那本《报考指南》翻开，指着其中一所大学说，"我查过了，这个学校就在你们学校旁边不远，四舍五入等于我和你一个学校，我就准备考它了！"

隔天，她画了一张题为《约定》的画作塞进了他书的夹层里。

入冬后没几天，青市就下雪了，海边城市湿度大，冬天雪也多，但丛烟还是觉得不过瘾，她曾经最大的心愿就是考去哈尔滨的学校，在漫天大雪里谈一场轰轰烈烈的恋爱。

丛烟从小喜欢雪，奶奶家有个挺大的院子，她曾经捡回过一只猫，奶奶嫌脏，不让她养在家里，但可以养在院子里。

冬天雪下得很大，大黄猫大概看出丛烟是个心软的人，大雪纷飞的夜晚，它趴在丛烟的窗台上，不停地叫，丛烟从窗帘缝看出去，窗台边留下一排排小脚印。

趁奶奶不注意，她打开窗户，把大黄猫抱了进来，塞进被窝里，一人一猫一被子，在寒冬腊月里一起度过了一个温暖的晚上。

大黄猫掉毛，第二天奶奶望着一被窝的黄毛，目瞪口呆了好久。

当然，这只大黄猫就是后来在树上因雷电饮恨归去的那只。

早自习的教室，充斥着琅琅的读书声。丛烟望着窗外的雪景发呆，好想出去打雪仗。为了实现学期末名次前进十名的目标，她觉得自己已经快学吐了，可这次月考非但没前进，反而后退了两名成了倒数第一。

唉，实验班果然名不虚传，在一群学霸中的战斗机中想要提升名次，真的是有点痴心妄想。

丛烟突然觉得许下的豪言壮语有点不切实际。

但倒数第一对丛烟的打击真的很大，从前在乡下的初中，她玩着学也能学到年级前十，怎么来了一中，她就成倒数第一了呢。尤其是在她准备向顾星河证明自己很聪明的时候，这也太打脸了。

"烟儿，你的物理试卷。"实验班连发卷子都很内卷，为了不耽误发卷子的那几分钟，老师指定已被保送的路平和陈美人为专职发卷人。

"这道题我看全班就你错了。"路平完全没有注意到她沮丧的神情，还在喋喋不休道，"还有这个，这个，哎呀，这个这么简单，一眼就能看出答案，你怎么也错……"

丛烟托着下巴，双目无光，从牙缝挤出几个字："说完了?"

路平这才瞧见她兴致不高，陈美人正在发的数学卷子也发到了她的，惨不忍睹。

丛烟越发觉得她坐的位置风水不好，两张桌子四个人，三个保送的，就她一个吊尾的。

早读结束，丛烟越发蔫起来，连食堂也不想去。路平一路拽着她领子拽去食堂："吃饱了才有力气学习，你怂什么？考倒数第一也不怕，我就不信我们三个保送生还拯救不了一个你，何况还有老大这个学神。你说是不是，老大？"

顾星河双手插兜，沉默不语。丛烟更蔫了，打饭时就要了一碗粥。

吃饭时，路平笑道："烟儿，你别怕，从今儿起，美人给你补数学，我给你补化学，老大给你补物理。保证你的成绩坐火箭提高，怎么样？"

丛烟生无可恋地托着下巴摇头："我是怕了实验班了，我看我跟你们也没什么缘分了，你们远走高飞去吧，我就家里蹲得了。"

"我答应你。"顾星河突然说。

"什么？"丛烟斜着眼睛看他。

顾星河盯了她一会儿，目光渐深："你好好接受大家的补课，期末你前进十名，我……"他咳了咳又说，"带你去滑雪。"

他原本想说的是，我……做你男朋友。

"真的？"

顾星河连眼皮都没抬一下，但低沉的嗓音里清晰地发了一个单音节："嗯。"

只是一个"嗯"字，丛烟觉得他答应的不是滑雪，而是答应给她摘月亮。

她双目放光，拉拉陈美人的胳膊，又扯扯路平的胳膊："听见没，听见没，你俩给我作证啊！"

陈美人和路平面面相觑，笑着点点头。路平："老大果然是英雄。"

陈美人打趣："怎么说？"

路平眉毛轻挑："英雄难过美人关啊！"

后来，顾星河经常抽查她卷子，为她讲错题，给她整理易错题，重点难点。学神就是学神，脑袋瓜子的构造打开绝对跟常人不同，不管多难的题，只要经过他的讲解，丛烟就像被文曲星摸过大脑一样，不仅理解了还会举一反三了。

有了学神做私教，在第一学期的期末考试里，丛烟不仅成绩超额提升，还后知后觉地发现顾星河一直在帮她的事，比如帮她整理错题，比如在她上课打瞌睡的时候轻轻拍拍她的后背，比如，在她想要开作的时候提醒她"别惹事，好好学习"。

"你这么努力，不会是怕我上升不了十名，考不上那所大学，做不成你女朋友吧？"

顾星河："离高考还有半年，你目前的成绩稳定住才能考到那所学校。"

"你放心，我老早就给你说过，我很聪明的，将来不会影响咱们顾小星的智商的。"

顾星河："……"

丛烟还记得期末考试出成绩那天，她前进了十六名，顾星河立刻履行了诺言，带她去滑雪，同去的还有路平和文静。

从前她对滑雪这件事也只停留在奶奶家山坡上那条很长的土路上，用盆装着自己由上而下滑下去，以此自娱自乐。

而和他们这次，才是她真正意义上的第一次滑雪。在更衣室，她透过玻璃一眼望去，巨大的滑雪场里人头攒动。不同的区域里人们的状态完全不同，近处好像都是小菜鸟，不断地有人摔倒或者互撞，甚至还有一个小白刹不住直接钻到别人裤裆底下；远处一点的滑道上看起来像有点经验的人，他们滑得相对流畅，互不打扰，看起来每个人都是在沉浸式地享受滑雪的乐趣。

顾星河帮她把滑雪板和鞋子换上，丛烟兴奋地说："这看起来很简单，跟我玩的轮滑差不多嘛。"

"嗯，有点经验总是好的。"顾星河将她拉起来，她稳了稳身子，在他的搀扶下像个企鹅一样一步步挪到了滑雪区。

"我们去哪个区？"她感觉眼前的新手区有点乱，就像大型碰碰车现场。

"就在低级道。"顾星河说。

路平略有担心："烟儿没滑过，能行吗？"

顾星河一直没松开她手："没事儿，我带她滑，你们去中级道滑吧。"

文静有些不愿意，可她是会滑的，待在这里也有点奇怪，只能跟路平去中级道滑了。

顾星河在原地给丛烟讲基本的动作和操作要领，她听得认真，脚下跃跃欲试。

"试一下。"他站在离她两三米的距离伸手等她。丛烟学得很快，一下子溜了过去，顾星河顺利接住了她。

"还挺有天分。"他表扬她。

"我都说了我很聪明的。"得到他的表扬，丛烟胆子大了起来，从两三米到三五米，到六七米，她都能很顺利地滑到他面前。

一旁有个陌生男人在向女友侃侃而谈如何在高级道上滑雪，如何风驰电掣，等等，那唾沫星子都快喷到几米外的丛烟身上了。

"高级道暂时不奢望，但……要不我们去隔壁中级道吧。"丛烟建议。

她看着旁边白雪皑皑的雪道，滑雪的人们感受着速度与激情的碰撞，尽情享受冬日暖阳，乐此不疲。

"不行，今天就在这边。下次带你去尝试。"顾星河说，"现在我带你从这条道最上面滑下去，这样来回几次，适应了这边下次再去旁边。"

"怎么带我？"

"我在后面跟着你，你放心滑，有问题我会接住你。"

"在我后面？"丛烟不明白，"我就算倒肯定也是往前面倒或者跟前面的人撞，你在后面怎么保护我？"

"有个操作叫加速。"

丛烟："……"

他把手放在她身后说："准备好了吗?"

"嗯，来吧。"丛烟目视前方，准备迎接自己的第一次全程滑雪，真要开始滑的时候她才觉得好像雪道还挺长的。

"放心，不要怕，发生什么我都在你身后。"顾星河沉静的声音传来，丛烟觉得好像踏实了一些。

她感觉自己的身体在他的推动下慢慢加速，出去后他慢慢松手。

"这感觉还不错呢!"她有点小兴奋，可不过两秒，她就感觉速度开始越来越快，"哦哦，哦哦，怎么突然快起来了……"

"不要紧张，觉得太快就用我教给你的方法减速。"他跟在她身后。

"什么方法……"

顾星河："……你刚没听吗?"

她一紧张全忘了。

"腿伸直，双脚八字，脚内侧蹬雪板。"他镇静地指挥着。

丛烟已经脑袋跟不上身体了，顾星河的每句话都落在了半空中，只剩下她越来越快的速度和尖叫。

"刹不住了，刹不住了，要撞了要撞了!"她大喊着，"前面的，喂喂，前面的让开，让开，啊——"

在她以为自己要撞到别人时，顾星河一个加速转到她面前，用身体接住了她。

一上午的练习后，丛烟渐入佳境，在低级道上也能自己慢悠悠地滑起来。几人离开前，丛烟还是很舍不得旁边那条中级雪道，她拽拽顾星河的袖子："我想去那边雪道滑……"

她指指旁边的雪道，伸出一根指头，笑着求道："你带我，就一次。"

她闪亮清澈如星星般的眼里满是期待，顾星河望了一眼中级道，纵容道："好。"

当顾星河将她打横抱起，抱着她从中级道上风驰电掣地滑下来时，丛烟兴奋地抱紧他的脖子，一路大叫。

"卧槽，这是什么操作？'滴滴代滑'？"当两人从路平身边滑过，他原地目瞪口呆，嘟哝着对一旁的文静说："嫉妒使我面目全非，我真希望他俩摔个大逗比！"

文静望着两人，第一次觉得心里比这滑雪场还冷。

那天他们滑了雪，去海边看了夜景，回家时，丛烟在电梯里给顾星河口袋塞了一个红包。

顾星河皱眉："干吗？"

"你拿上嘛……"她难得羞涩，看得顾星河有些莫名其妙。

他没与她争辩。

后来，顾星河打开了那个红包，里面是一张 A4 大小的纸，难怪晚上吃饭等餐时，看她一直在写写写。

"我好喜欢你今天带我玩的滑雪项目，我给它起名字叫'抱抱滑'，这应该是我最幸福快乐的一天，我会珍藏着这一天，希望以后像这样的快乐，越来越多，感谢你的出现，我一定不会放弃考那所学校的……"

她洋洋洒洒写了满满一页，顾星河认真读完了每一个字，最后一行她写道："其实，整封信你只读前五个字就好。"

＊　　＊　　＊

丛烟尝试着为夫妻航天人专题的每一对夫妻都画了一幅动漫作品作为简介封面，没想到这个专题一经推出，阅读量大增，连带着漠海摘星公众号的粉丝量都骤增几万。短视频崛起后，公众号受众明显不如从前，能够靠一篇文章涨粉这么多，也是开了漠海摘星的先河了。

张月兴奋极了，感觉自己招到了宝，又能画又能拍，还能制作视频、搞动漫："烟儿，你这动漫的特长如果好好跟航天事业结合起来，绝对是我们巨大的潜力。"

"咱们烟美女可是有七八百万粉丝的大 V，有她的加入，咱们计划开设的短视频账号将来要突破千万也不是梦。"沈有墨说。

辛然白了他一眼："沈有墨，你脑子又没墨了是吧，一天天信口开河，瞎做白日梦，你以为超千万那么容易啊，我们光微信公众号运营了这么久，连百万都没超。全网千万大V那都是能数得过来的。"

丛烟轻声温语："其实，沈有墨说的未必是白日梦，每一个账号的爆火看似是某一个视频火起来，其实是所有视频长期累积的结果。最近几年，咱们空间站建设如火如荼，航天题材越来越热门，飞天梦的实现也让老百姓的爱国热情越来越高涨，何况我们还是第一现场，我们的账号其实非常有潜力，大家前期的积累已经非常厚重，我们缺的也许只是一个契机，时机成熟之时，我们会瞬间崛起也不是不可能的。现在咱们还没开短视频账号，一旦入驻短视频网站，瞬间百万关注量都不是不可能的。"

沈有墨拍手称好："月姐你看，专业人士的分析就是不一样。怎么样，为这，你是不得请咱顾哥吃顿好的？要不是顾哥给你把这宝藏争取过来，现在这宝藏可就是隔壁组的了！"

"顾哥？你们认识顾星河？"

"何止认识，那可是我们的热门大明星，漠城人谁不认识。这几年漠城着陆场启用，我们经常要去采访拍摄航天搜救队，就跟他熟了，要说你来新媒体组也是他特意来跟月姐申请的，最初台里准备把你放到电视新闻组的，他特意来跟月姐和台长介绍你的情况，把你的短视频运营特长跟台里介绍了两个多小时。"

丛烟没想到他在背后为她做了这么多事。

"据说，当时咱们台长还问他了，你怎么知道这姑娘这么多事。听说咱们顾队当时是这么说的。"沈有墨故意咳了两声，清清嗓子道，"'她是我未婚妻。'哈哈，是吧月姐，他当时是这么说的吧？"

张月用文件夹拍他肩膀："臭小子，人家两口子的事跟你有什么关系。"

丛烟脸颊微红，她没想到大家都知道他们之间的渊源。想起她来之前，他还一本正经地给自己留下"三不"约定，说什么来了就当不认识他……

"难怪那天顾队长跟要吃了我似的。"王金凯只觉得后背发凉，现在终于知道为什么了。咦，这哥醋劲有点大，不好惹，不好惹。

这篇动漫版的航天科技夫妻的帖子转发量比较高，文静在丛烟转发的朋友圈底下留言：给别人画得那么好看，给我画这么丑，是道德的沦丧还是人性的泯灭？

丛烟在文静转发的帖子下面回复：我想是航天人的光辉。

刚回复完消息，文静的私信消息就弹了进来：晚上来家里吃饭吧，新家第一次开伙，煮火锅热闹热闹。

丛烟：我过去不打扰你们二人世界？

文静：老娘嫁对了人，天天都情人节，有什么打扰不打扰的。

丛烟：你跟那帮大老爷儿们混在一起，可是越来越粗俗了，什么"老娘啊""卧槽"啊，都成你口头禅了。

丛烟还记得高三时，文静第一次听她说"卧槽"时，眼睛瞪得像铜铃。

今天正好周六，新媒体组的工作时间比较弹性，只要有新闻线索，有稿子要发，就要加班处理工作，没有什么固定的节假日一说。丛烟也在办公室加了一天班，忙完工作出来已经下午三点了，过了午休时间也就不想再强行回去补觉了，干脆直接骑着小电驴前往文静的新家。文静家在漠城的"市中心"，这里有中心最密集的生活区、商业区和娱乐区。丛烟根据楼号找到了她家，在其中一栋小红楼的三楼。

她没有直接上去，而是给顾星河打了一个电话。对方挂断她电话后给她回了条微信消息：在忙。什么事？

她比较喜欢顾星河回复消息的方式，她最烦的微信回复方式有两种，一是找人时问"在吗"，我在不在难道不视乎你找我什么事吗？找我借钱肯定不在。二是被找的那一方说"有事？"，没事找你干吗呢？

丛烟：我在中心区，文静晚上请咱们到新房吃饭，按照老家的规矩，第一次去新房要带礼物为朋友"温锅"的，我想问问你我们送什么给她比较好？

顾星河：你做主，你选礼物我买单。

丛烟正想说不用，顾星河又发来消息：支付宝亲情号绑定通过一下。

丛烟：你这是要……养我？

顾星河：你养我也行，反正我听说大家都说我靠着这张脸傍上了千万粉丝的富婆。

丛烟心道我倒是希望你那么好养，我就不用用六年时间追到戈壁滩了。

顾星河：去选礼物吧，我这边也很快就忙完了，一会儿就过去。

丛烟逛了一会儿，其实并没有多少店，不像城市里的商场，各种大牌入驻，可以买到任何你想买到的各种价位各种层次的礼物，这里只有满足人们生活的基本用品。

在丛烟的老家青市，乔迁之喜的第一顿饭很有讲究，一定要热热闹闹地煮上一餐，意味着热火朝天，送礼也很有讲究，一般送锅碗瓢盆之类的，而且如果送锅，一定不能送炒锅，与"吵"同音会被认为不吉利，而要送蒸锅，代表"蒸蒸日上"。

所以丛烟最后也选了一口蒸锅，她提着箱子在超市门口碰到了顾星河。

她小跑到他跟前，笑颜如花："你怎么知道我在这里？"

顾星河伸手把箱子接过来说："漠城能有多大，你要买礼物多半也只能到这儿来。"

两人快到文静家门口时，顾星河从口袋里掏出了一个红包递给她："一会儿红包你来给。"

丛烟摸了下红包还挺厚重，笑道："对前追求者还挺大方嘛。"

顾星河停了下来，向她靠近一步，丛烟莫名心慌，解释说："我随便说说嘛，我知道你们感情深厚，不是用钱能衡量的。"

顾星河又靠近一步，丛烟吓到闭眼："我说的'你们'是你们仨不是你们俩。"

男人温热的气息在她脸前散开："你躲什么？我就是想告诉你，你眼妆花了。"

丛烟紧张地掏出随身小镜子，看了半天都没发现有什么不合适，再抬头，他早已上了楼，她这才意识到自己又被他耍了。

进门后，丛烟把红包递给文静以贺乔迁之喜，文静锅里还煮着锅底，也没跟她客气，收了红包，急匆匆地把他们让进屋里，就又返回厨房。

顾星河一屁股坐在沙发上，打开电视调到体育频道，便靠着沙发看起了篮球赛。

"洗手间在哪儿，我洗个手帮文静收拾菜。"

顾星河指指洗手间的位置，丛烟刚走进去，水龙头还没打开，文静就着急忙慌地冲了进来，一手遮住台子旁的一个东西。

"你藏什么呢？"丛烟打开水龙头洗手，一边从镜子里望着她，"瞧你紧张的，不会是验孕棒吧？"

文静听到这话赶紧把洗手间的门反锁，一脸紧张地看着她。

丛烟见她脸色骤变，惊讶道："我随口一说不会就被我说中了吧？"她把文静藏在身后的手拽了出来，果然，是一根验孕棒。

"两道杠……你真怀孕了？"

文静赶紧把一根手指放在嘴上："你小点声，别让顾星河听到。"

"你这么紧张干吗？难道是顾星河的？"

"你脑沟壑都是自己手画的吧？"文静从她手里夺过那根验孕棒，扯了一截卫生纸将验孕棒包起来扔进垃圾桶。

"不是他的干吗不能让他知道。你跟路平不是已经领证了嘛，又不是未婚先孕，合法的你紧张什么？"

"因为顾星河知道了就等于路平知道了，路平知道我就完了。"

"卧槽，你不是吧文静，难道孩子也不是路平的？"

"你的脑回路能不能不要这么非人类？大脑被福尔马林泡过吗？"文静压低声音，"他俩要是知道了，几个月后的'鲲M号'搜救回收任务我就别想参加了。"

丛烟终于明白了："可是你也不能真的挺着大肚子去开越野吧？"

"而且就算没大肚子，前三个月胎不稳，何况平时还有训练，你也不能开车啊。再说了……"丛烟扒拉着手指头算账，"现在才9月底，10月中旬发射，半年后回来，你那会儿都八个月多了！"

"没你说的那么玄乎，人家孕妇七八个月不照样开车？"文静不以为然。

"我表姐怀孕的时候，妊娠反应太大，前三个月差点儿血都吐出来了，虽然肚子不大，可也不是闹着玩的。再说了，你这是越野车，穿越沙漠，更不是闹着玩的。"

两人正低声争论着，突然传来一阵敲门声，两人同时一激灵，就听顾星河在门外喊道："客厅这么大，你俩在厕所里面聊天？"

"哦，没有，丛烟找不到手纸。"文静压低声音警告丛烟，"还不一定呢，也许是试纸诈和。一定替我保密，不准告诉他俩，听到没？"

丛烟被动地点点头，总觉得这事儿有点不靠谱。

这顿饭吃得丛烟心总悬在嗓子眼，其间文静起身拿东西，转身不小心跟路平碰在一起，她也紧张得赶紧上去扶住文静，生怕她碰着肚子，甚至文静吃东西，她也去敲文静的筷子，说这个不能吃那个不能吃。

文静三番五次给她使眼色，让她不要这么明显，可是她满脑子都是文静肚子里有个小东西。

"你俩这是怎么了？从进屋就神神秘秘的。"顾星河老早就觉得她俩在"密谋"什么。

路平神经大条，倒是很开心地说："她俩终于不对着干了，还会互相关心了，你该高兴啊。"

顾星河眼神微挑，略有探究地盯着丛烟，她最不会说谎，一说谎眼神就闪烁。果然，她恍恍惚惚地说："哪有神秘……我看她太瘦弱了。"

中途文静去厨房拿东西，丛烟还是很不放心地跟了上去，她小心地合上门，低声说："喂，我觉得怀孕是人生大事，这事儿还是得跟路平说一下。"

"我知道。"文静瞥了一眼门外，又说，"这样，你回头陪我去趟医院。确定了以后再商量其他的，试纸毕竟不是百分百准。"

"行，那这之前你不许参加训练。"丛烟严肃地警告她，"你要是偷偷去训练，你可别怪我卖了你。"

"知道了，知道了，快出去吧，他们又要怀疑了。"文静推搡着她，两人离开了厨房。

文静倒是说话算话，隔天就在丛烟的陪同下去医院做了检查。医院的人并不多，很快就拿到了检查结果，早孕四十五天。

两人都大姑娘上轿头一回，一时也不知道该怎么办。

"还是给他们俩说一下吧，宝宝重要，这次任务参加不成，那就参加下回的吧，现在航天员往返太空这么频繁，总有你去现场保障的时候。"

文静摇头："不行，鲲L返回任务我就因为工作安排没参加，鲲M我再不参加，我还当什么搜救队员啊！"说着，又愤愤地长呼一口气，"都怪路平，播种也不挑个时候。"

丛烟虽然自己身为女人，可有时候觉得女人无理取闹起来，也真够不讲道理的："啥时候怀他又控制不了。"

"可啥时候不怀他完全能控制啊，明知道我一心想上搜救一线，他倒好，整个娃拖我后腿。你可得替我瞒着啊，我必须参加半年后的'鲲M号'返回任务。"

"就算我给你瞒着，你就不怕孩子万一有个什么意外？毕竟有很大风险。再说了，到时候肚子大了，你也瞒不住啊！"

"我文静的孩子可没这么脆弱！再说了，当初抢着做人的时候他能跑赢，他就能跟着他娘我在搜救场上跑赢。"

丛烟虽然无奈，却也只能尊重她的选择，于是提醒她："那你可把检查的单子保存好，别让路平发现，后面复查还要用单子，也不能丢了。"

"用的你的名字，我倒是不怕他发现。"

"什么？"丛烟拿过单子一看，果然上面赫然写着"丛烟"。

"你可真行，我一黄花大闺女就这么被怀孕了？"

"你就当为航天事业牺牲一下。"

"为航天事业牺牲还是为你牺牲啊？"丛烟被她气笑，"单子我给你保管，我怕你弄丢被别人捡到我就惨了。不过我可警告你，按时产检，一定要万分万分小心。"

"知道了，我心里有数。"

丛烟望着那单子上的名字，天，这都什么事儿啊。

医生给文静开了一瓶叶酸，让她每天按时吃，文静又让医生给开了一点维生素C。出了医院大门，她就把瓶身换了过来，"被他发现我在吃叶酸就麻烦了，换个瓶子就安全了"。

丛烟撇撇嘴："就你家路平，就算看见'叶酸'两个大字，怕是都不知道叶酸是干吗用的，还以为你吃普通维生素呢！"

两人回宿舍的路上经过篮球场，正巧碰见顾星河、路平在篮球场打球，对战激烈，他们都没发现一旁多了两个观众。

虽然还不到正午，但室外温度也在三十多摄氏度，球场上每个人的队服都被汗水湿透，在顾星河一个精准投篮的同时，围观群众发出了热烈的欢呼声。

丛烟好久没看顾星河打球了，一时看得有些痴，她托着下巴，半蹲在球场旁的台阶处，痴痴道："还是那么帅……"

文静因为意外怀孕的事，没什么心思看比赛，她靠在一旁的柳树下，望着眼前这熟悉又陌生的场景，有些出神。

曾经，顾星河和路平也是这样在大学的篮球场上挥汗如雨，那时的她天真地以为自己和顾星河考上了同一所大学，以后他们一定能走到一起。

可是开学的第一场篮球赛，她就看到丛烟出现在了篮球场为顾星河加油。篮球赛结束，丛烟高兴地跑上去给顾星河递水，他抬手刮了她鼻尖儿一下，炽烈的光线照在两人身上，灼热又刺眼。

那一刻，文静才知道，原来，他们早已经在一起了，而她，甚至连他们什么时候在一起的都不知道。

文静出生在书香世家，外公外婆都是大学教授，和顾星河的奶奶是同校同事，又是挚交。母亲是钢琴老师，父亲是某研究院院长，而作为独生女的她从小就被母亲按大家闺秀的标准来养。

她听话、乖巧、懂事，温和平静，从出生那天，她就是那个典型的"别人家的孩子"，长相甜美，成绩优秀。因为老人的关系，两个孩子从小一起长大，感情很好。

在那个扎着马尾、漂亮又活泼的女孩出现前，文静从来不知道，女孩子还可以活成别的样子，让她又讨厌又羡慕的样子。

甚至很长一段时间里，文静都想不明白，她到底哪里不如丛烟，为什么顾星河会喜欢那样的女孩儿，而且喜欢到不可自拔。

大学的四年里，她看着他们出入在学校的每一处角落，丛烟就像个跟屁虫，明明不是他们学校的学生，却跟顾星河的朋友们混得比本校的都熟。

多年后，文静问过顾星河："你到底喜欢丛烟什么？"

她记得顾星河笑了笑，颔首对她说："可能因为……她是我的烟火吧。"

"文静，喝水！"顾星河喊了她一声，她回过神，顺手接过了他丢过来的水，"赢了？"

"输了，你老公今天不在状态。"

路平挠挠头说："是挺奇怪，我总觉得今天好像有点什么事扯着我的神经一样，集中不了精神。"

丛烟轻轻拉一下文静的胳膊，捂嘴低声说："父子连心。"

文静："我都没连上，他俩倒连得挺快。"

丛烟掩着嘴巴笑弯了腰，顾星河走了几步靠近她："你俩这两天老神神秘秘的，说什么高兴成这样。"

"说我渴了呢！"她忍着笑把手里的水递给他，"帮我打开。"

顾星河没拧，顺手把自己喝了一半的矿泉水瓶给她，丛烟仰头喝了一口，嗯……有点甜。

这时一个稚嫩的声音从背后传来："星河舅舅，你偏心。"

"嗯？"顾星河扭头，半大的小人儿站在他身后，昂着小脑袋嘟着小嘴儿。

冉冉生气道："你不是说过不能把自己的水给旁人喝也不能喝旁人的水吗？"

"小丫头，这可不是旁人，这是你未来舅妈。"文静微微弯腰，把冉冉举起来。

冉冉不理解："舅妈是舅舅的妈妈吗？"

"噗，舅妈是舅舅的老婆。"文静捏捏冉冉的小鼻子，这个小机灵鬼，总是神出鬼没的。

丛烟扯扯文静的胳膊，低声说："我听说，那啥……不能抱小孩子，会扯着肚子。"她用眼神指指文静的肚子。

"你怎么最近这么重，长个儿了吧？"文静不着痕迹地把冉冉转移到顾星河怀里。

鲁国昌笑着擦了把汗，老鲁虽然近五十的人了，可看起来十分精神，也许是常年运动，身体素质很好，跟年轻人打篮球也毫不逊色："最近我比较忙，冉冉怕是又少不了要经常给你们添麻烦了。"

"鲁大哥您这也太客气了，冉冉也算我仨亲自接生的，等于我们半个姑娘呢。"路平单手把冉冉从顾星河怀里抱过来，"是不是，冉冉？"

"平舅舅，我听妈妈说你结婚了，结婚了就可以生宝宝了，你倒是赶紧给我生个妹妹呀。"

众人哈哈大笑，大家都知道路平最有孩子缘儿，小孩子都很喜欢他，他也很喜欢孩子，每次抱着冉冉他都一脸慈父的样子，对冉冉也是有求必应，鲁国昌以前还总开他玩笑，说哪一天路平要是有个姑娘，那一定是彻彻底底的女儿奴。

说者无心听者有意，丛烟和文静心里都装着心事，两人安安静静地走在前头。

丛烟低声问她："话说冉冉为什么算你们亲自接生的?"

"我们刚来的时候，娜姐已经怀孕了，那时候我和顾星河经常陪他师父一起去和其他系统的专家老总们开会，鲁大哥是专家组成员，工作接触得多，一来二去我们就熟了。"文静回忆说，"本来一切也都顺顺利利的，可娜姐在预产期前三周突然提前发动，破水了，还是在大半夜，那天正好夜里有发射任务，鲁大哥在发射场回不来，娜姐就打电话给我了，我也没生过娃啊，这阵仗给我吓到了，赶紧打电话给中心医院，谁知娜姐产程特别快，救护车还没到她就已经开始要生了，我们三个只能亲自接生。说起来真的很惊险，还好医生在关键时候到了，冉冉的头都出来一半儿了。"

难怪他们都那么疼冉冉，对一群刚工作没多久的年轻人来说，亲眼见证一个生命的诞生，是极为神圣又特殊的一幕。

"对啊，我和老大有了这次经验，以后你们生孩子，我们自己就可以接生。"路平在身后插话说。

"给你能耐的，你咋不改行去当妇产科医生?"文静笑着吐槽他。

丛烟跟着大家一起欢快地笑着，心里却莫名地觉得有些说不出的失落，他们几个共同在漠城的这些年，不知道一起经历了多少这样印象深刻的事情，而这些，她都没有参与过。

顾星河不知不觉间走到了她身旁，见她笑着笑着就开始莫名失神，不知道她又想到了什么："想什么呢?"

丛烟看看他，美眉微弯："没什么，就是觉得你们三个一起在这里的六年，一定很丰富多彩。"

顾星河若有所思，默了片刻说："有机会慢慢讲给你听。"

正好快到饭点儿，一行人也就默契地走到了食堂门口，食堂是按部门分的，大家各自在自己所属的部门食堂吃饭，丛烟和顾星河不在同一个食堂吃饭，这点让她很不喜欢。"路平为什么能跟你们一个食堂吃饭？"

文静单手搭在路平肩膀上："因为他是我家属嘛，合法的，有证的那种，一方就可以把伙食关系转到对方部门一起吃饭。所以即便他不是搜救队的，但是家属，何况，我们本来就是一个单位。"

"哦……"丛烟第一次明白，"合法的"是有很多好处的。她正准备挥手跟大家告别，去自己食堂，顾星河却伸手拽住她胳膊，"走，尝尝我们食堂"。

"不是不可以去吗……"

"老大这是准备刷脸了。"文静啧啧了两声，正准备进门，却见顾星河从路平口袋掏出一张饭卡。

"脸越是好使，越要珍惜。刷脸这种影响航天人形象的事儿，我怎么可能干。"顾星河把路平的饭卡塞进丛烟手里，"今儿吃路平的。"

路平无辜道："大哥，你不好刷脸，我就更不好刷了啊……"

顾星河拦住他："谁让你刷脸了，你去鲁大哥家蹭一顿去。"

"你为了成全你们的夫妻饭，拆散我们的夫妻饭，真的好吗？"

"好。"顾星河扭头对鲁国昌笑着说，"鲁大哥，路平麻烦您收留一下了！"

鲁国昌跟他比了个OK的手势，顾星河便带着丛烟往食堂里走去。

文静默默地看着顾星河"无耻地"轰走了路平，她跟在两人后面一路碎碎念："我怀疑我跟路平上辈子欠了你俩了。"

顾星河拍拍她肩膀："别想多了，就算欠也只是他欠。你看，我从来也不剥削你不是？你在我心中的地位那可是路平不能比的。"

"去去去去去——"文静翻翻白眼，嘴上不耐烦地赶开他，心里却也是很温暖的。顾星河对她确实一直很好，尽管路平是他最好的兄弟，可是顾星河从来都是把她当自家人，而把路平当妹夫的。

领证那天，顾星河还让路平当面发誓结婚后要家务全包、工资全交、关爱全有，不许生气，不许冷战，不许忽略，发完这"三全三不许"的誓才让两人领了证。

那时的顾星河，把她感动得稀里哗啦，就像老父亲看着女儿出嫁似的。如果不是多年的时光让她彻底清醒地知道顾星河永远只会把她当妹妹，她真的会被感动得不要嫁了。

可她知道，他永远是她的亲人。

而且，她很感谢因为顾星河对他们之间情感的定位和坚持，她才能和路平走到一起。

当初三人一起来到漠城，文静眼里只有顾星河，压根儿没注意到一直在她身旁的路平，她一直以为路平是追随顾星河才来中心的，后来才知道，路平是追随她而来的。

来漠城的三年后，文静才彻底放弃了顾星河，因为她发现无论她做什么，也打动不了一个不爱自己的男人。

每次发射任务圆满完成，场区都会在银荷之光那里燃放烟花以示庆贺。也是在那年冬天的一个夜晚，天空绽放着胜利的喜悦，此起彼伏的烟花声中，顾星河望着天空出神，他第一次认真地对身旁的文静说："文静，别等我了，也别再让路平等你了。"

烟花盛放得有多灿烂，文静的心就破得有多零碎，她安静地说："即便她都不愿意为你而来，你依然放不下吗？"

顾星河没答，只是望着五彩绚丽的夜空说："烟火终将汇入星河。"

那一刻，文静知道，不管他放不放下，但，她该放下了。

* * *

不多久前，"鲲L号"顺利返回，仅一个月间隔，紧随其后的"鲲M号"即将发射。如此高密度的发射任务，在以往是很少的，载人航天的高速发展，也让漠城的科技人员不断调整状态，为加快适应高密度航天任务的新趋势而积极转变。

新媒体组在完成"鲲L号"返回任务的宣传保障后，也迅速开始筹划"鲲M号"的相关宣传工作，丛烟每天奔波于各个单位拍摄，对航天城很多优秀的科技人员也有了基本的了解。

虽然她不是记者，但从前跟在贺寒身边也总是能见到各式各样的人，听到各种各样的故事。她觉得记者的工作是非常有意义的，可以用眼睛和文字去感受那些我们不曾经历的或灿烂或悲苦的人生，也可以用沟通和交流去体会那些我们无法经历的他人的人生故事。

从前，丛烟奔赴祖国各地，拍过无数行业的人，如今，她的被拍摄对象全是漠城科技人员，这对她来说也是一个新的挑战。

如何把同一群人拍出不同的镜头感、故事感，如何把一个群体的灵魂用不同的镜头在不同的个体上展现出来，对她来说，都是值得深思的问题。

首先，得"了解"，得"熟悉"，如果对一个特殊群体的深厚文化底蕴不够了解，拍出来的东西也一定是空洞和没有灵魂的。所以，尽管丛烟不是记者，但作为一名摄影师，她也在用心地去了解这片土地上的人和故事。

每去一个场地拍摄一个人或者一个团队，她都会提前找沈有墨和辛然了解所属部门的历史，她认真地在笔记本上做着笔记，有空的时候也经常会跟大家闲聊，航天城六十多年历史也不是一朝一夕就能完全了解的，可是越了解她发现自己了解得越少，这土地上的故事和精神远比她想象的还要深厚百倍。

顾星河得知她在恶补漠城历史，趁十一带她去漠城历史展览馆参观了一下。十一第一天游客很多，接待他们的是一名年轻的讲解员。

"漠城卫星发射中心，又名漠城航天城。是综合性航天发射中心，也是载人航天发射场……"

讲解员声情并茂，热情细致地为他们详细介绍了漠城的发展史，从六十多年前前辈们挺进戈壁、开渠引水的艰难岁月，到卫星、火箭升空……

讲解员饱含深情地讲述着漠城的故事，"死就死在戈壁滩、埋就埋在导弹旁"的铮铮誓言也令丛烟为之动容。

"在我们漠城，有很多老专家和前辈，每一位都是为漠城做出巨大贡献的英雄。"

六十多年的风雨兼程，那段可歌可泣的光辉岁月，像电影一样，一幕幕地展现在丛烟面前，她仿佛看到了筚路蓝缕的峥嵘岁月，也仿佛看到了这漫漫历史长河里一代代漠城人的守望。

从历史展览馆出来，她心情依旧久久不能平复，脑海里全是那些黑白影像和图片里的艰难岁月。

"在一无所有的荒凉戈壁滩里开辟出这样一座航天圣地，还做出这样多惊天动地的大事，真的太不容易了。"她感慨于那段时光，也对中心现在的美好环境越发珍惜。

在来之前，丛烟觉得这个"小乡镇"整体环境和建设跟大城市比简直无比落后，在社会迅猛发展的这些年，这里没有外卖、没有快车、没有高铁也没有动车、没有共享单车共享电动车共享汽车，几乎没有什么"现代痕迹"，就像一个隐藏在巨大发展圈外的世外小镇。

可在了解了当年那段无法想象的艰苦岁月后，她却觉得眼前的一切，已经十分不易。

"虽然跟大城市没法比，但现在已经越来越美了，戈壁之上建成这样绿树成荫、湖水环绕的景致，需要几代人的努力。"顾星河指指路边的树，漠城的很多树只能采用"漫灌"，需要每天用水浇灌，整个树沟里灌满水才能维持树木所需的水分。因为戈壁蒸发量是降水量的几十倍，每一棵能在戈壁滩存活下来的树，都付出了大量的人力物力，也是极宝贵的财富。

对戈壁滩的人们来说，树比金贵。

顾星河说："最初建场的时候，当时条件过于恶劣，那时候都说，就算在这里躺着，也是奉献。"

"那我主动来这边，也是奉献喽？"丛烟昂头望着他，一副求表扬的样子。

"当然，你也是即将为我们航天事业做出贡献的重要一员。"顾星河深情肯定她，"每一个在这片土地上坚守的人，都是值得敬佩的，包括你。"

"还有你。"丛烟晶莹的眸子里映出他的轮廓，她从来没有忘记，眼前这个男人对这片土地深忱的渴望。

他不仅仅是对航天事业渴望，更是对漠城这个地方充满渴望。顾星河博士毕业的时候，丛烟本科毕业，她希望他能去长京的航天相关单位做科研工作，这样两人也不必分开，何况也有很多单位向他抛来了橄榄枝，可他却一门心思认定了漠城。

丛烟不明白，如果想从事航天事业，不一定要到漠城，在长京，能有更好的科研环境。

可顾星河对她说："有些地方，总要有人去守。"

"那为什么一定要是你？为什么不能是别人？"丛烟想不通。

六年后，她似乎有点理解了为什么一定要是他。

因为……他心中有星河。

而丛烟那句"还有你"，让顾星河的胸膛慢慢暖了起来，曾经他奢望的她的理解，好像在一点点变成现实。他一直坚信，他的梦想和爱情从来都不冲突，冲突的，仅仅是她未曾愿意开始的了解而已。

他相信，一旦她选择了解，她也会和他一样，慢慢且深深地爱上这里。

夏末的风轻轻地吹过，两人的影子被太阳拉长，落在地上缓慢地移动着。"剩下的假期什么打算？"顾星河突然问。

丛烟想了想，十一假期来之不易，一年只有一次："有什么好建议？"

"去不了远处。"

丛烟理解，"鲲M号"发射任务近在咫尺，漠城的科技人员已经开始全天候准备，顾星河作为地面搜救队队长，路平作为空中分队队长，他们都要参与发射段应急搜救的任务保障，同时，参与任务的记者又开始陆续进场，周文杰作为宣传负责人也要开始忙着接待了。

"不过，可以带你过个不一样的十一。"顾星河卖着关子，在丛烟几次三番的央求下，他才说，"明天带你去水库BBQ。"

"真的?"丛烟喜出望外，能在百忙之余抽出一天时间过个假期，她已经非常知足了。

两人心情不错，一路散步回宿舍，准备收拾东西，正巧碰见文静从宿舍出来，手里还抱着一摞东西。

"你干吗呀你?"丛烟紧张地小跑上楼，帮她接过了手里的东西，"你这一身运动服，还大汗淋漓的，你别告诉我你跑步去了啊?"

顾星河双手环胸站在楼梯口，正好整以暇地看着两人，眼神里全是探究。

"吃多了，跑步机不还没搬回家嘛，我就过来了……"

"你疯了你!"丛烟压低声音道，"你跟我上来。"她拽着文静的手上楼，丝毫没理会顾星河诧异的目光。

两人来到丛烟宿舍，丛烟立马开始质问："说，你想做什么?"

"我想做什么你不都猜到了。"

"文静，你是不是傻?"丛烟一直觉得文静是个聪明人，却没想到她能干出这种事，"你不想要他?"

"我怎么要啊，我为漠城着陆场付出了整整六年，上次鲲L返回，我就因为训练伤无法参加，这次如果再不参加，我这六年就白付出了。"这些天，文静心里的不甘在疯狂滋长，她无法再等下一次。

"怎么会白白付出呢，你这次参加不了，下次参加就是了，现在我们航天发展得如此迅猛，以后进出太空只会日益常态化，机会只会越来越多。"

"你不懂。"文静耐着性子说，"我换个说法，你作为摄影师，如果不让你扛摄像机，只让你在电脑前挑挑图片，你什么感受?"

丛烟沉默了，对搜救队员来说，开着"猛士"进出沙漠为航天员保驾护航，就是他们的魂，其他任何事都弥补不了没了魂的遗憾。

"可是，就算你想参加任务，你也不能这么作啊，孩子不是闹着玩儿的，何况，那不是你一个人的，有路平一半儿，他有权知道并且决定孩子的去向，你怎么能私自做主，还用这么蠢的办法，如果跑跑跳跳就能把孩子弄没，医院都可以解散了。"

"还有一个办法。"文静一脸祈求地看着她。

"别求我，作孽缺德的事我是不会做的，我劝你也不要做。"丛烟毫不客气地拒绝。

"手术必须家属签字，路平那么喜欢孩子，他不会同意的。"文静抱着她的胳膊祈求道，"求求你了，你一定能理解我对梦想的坚持。"

丛烟拍拍她脑袋："梦想与孩子并不冲突，咱们再合计合计好不好？"

文静落寞地坐在床头，半晌后终于妥协："好归好，前提是你不能告诉路平，要告诉也得我亲自告诉他。"

文静伸出小指跟她拉钩，丛烟无奈地跟她拉钩。可是回过头，她心里便开始百转千回，整夜辗转反侧难以入眠。

她打开短视频账号，给老骆驼发了个消息：老骆驼，我心里有事，不知道该怎么办。你帮我出个主意？

此时，楼下的顾星河刚洗完澡准备睡觉，拿起手机就看到她的消息弹在手机顶部。两人分手时，他以"爱烟的老骆驼"为名在短视频网站以她的粉丝身份接近她，最初，她爱答不理，直到他为她做了一个航天题材的动漫视频方案，丛烟才通过了他的好友请求。

通过的第一时间，丛烟就问他："我们是不是认识？"

顾星河知道丛烟对他产生了怀疑，因为他的方案与两个人曾经讨论过的一个关于星河的方案很像。为了不让她怀疑，他让身边的小伙子苏骁多次冒充老骆驼真身，给她发送语音消息，这才渐渐打消了她的顾虑。

就这样，潜伏在她的世界六年，以老骆驼这个好友身份参与着她日常的喜怒哀乐。

自从丛烟来漠城，顾星河已经很少在短视频APP里与她联络，但消息置顶依然在。

老骆驼：什么事？不是跟你前男友在一起了吗，怎么不征求他的意见？

丛烟：唉，这事儿吧，目前还必须得瞒着他。

顾星河找了个靠背放在床头，从前，她从来不瞒他任何事的，在他面前，她没有任何设防，在他面前，她就是个完全透明体。如今，她也有自己的小秘密了，不过这在顾星河看来倒是好事，说明她独立了，除了爱人，也有自己的小世界了，只要她健康快乐，大方向正直热情向阳，他不介意她有自己的小秘密。

老骆驼：那你说，我看看能不能给你一点小意见。

丛烟：嗯……我是想问，如果一个女人怀孕了，不告诉对方，这种……

顾星河差点儿从床上跳起来，不过震惊一秒后，他也冷静下来，不可能是她。

他故意问：你怀孕了？

丛烟：当然不是，是我朋友。

顾星河联想起最近她跟文静的奇怪，心里大约有了点谱。

老骆驼：那你朋友为什么不跟她老公说？未婚先孕？

丛烟：那倒没有，合法夫妻。可能她顾虑对事业的影响吧，最主要的是她现在不想要这个孩子。

老骆驼：生命至上，如果她不经过对方允许自己作决定，每个男人都会很介意。为了夫妻感情，你最好劝你朋友不要轻易作决定。

丛烟：是吧？我也是想知道你们男人怎么想的才问你。

老骆驼：嗯，看好你朋友。不早了，晚安。

丛烟：好，晚安。

顾星河收了手机，心里盘算着怎么把这个消息合理地传递给路平。

原本丛烟还想趁假期睡个懒觉，可一大早就被贺寒的电话吵醒了。

"还在睡觉？"

"嗯……"丛烟揉揉惺忪的眼睛，"怎么这么早？"

"赶紧起床，我到漠城了。"

丛烟没想到贺寒这次任务又来了，距离他上次回去也没多久，怎么觉得他清瘦了不少，她调侃道："师父，你不是吧，我才离开你几天，你就操劳成这样。"

"你还知道自己没良心啊，我找搭档都找不到，这次还是拎了隔壁组的一个摄像老师。"贺寒用手戳戳她的额头，"走，陪我吃早饭去。"

丛烟指指自己的小电动，伸出手做欢迎状："辛苦您了！请上车。"

"小电驴？顾星河就这么对你啊？"

"生活区限速，他是怕我开车刹不住。"虽然顾星河没有说过，但她是这样认为的。

贺寒接过她的电动车钥匙："上车。"

从前在长京，丛烟不仅充当摄像师，还充当贺寒的专职司机，她开车的确是野，贺寒见了都得道声"佩服"。

只有在漠城，才能慢慢感受小电驴的快乐，街道宽敞，人少清静，骑着小电车不像在赶赴什么目的地，更像在悠闲地与风亲吻。

两人找了一家包子店，点了一笼刚出锅的素馅儿包子和两碗稀饭，饭刚上桌，就碰见路平和周文杰也来买早餐。

"文静不想一大早去吃食堂，我就只好出来买点她喜欢的包子。正好碰见周文杰就一起来买包子了。"

由于工作上的关系，周文杰是宣传部门负责人，跟身为记者的贺寒自然是旧相识。路平也接受过贺寒的采访，跟他也是旧相识，不过这几次接触下来，路平总觉得贺寒对丛烟可不是师徒与搭档这么简单，好兄弟是什么，就是有热闹时，一定不会放过的！

路平趁点菜的时候，调整了相机角度，给顾星河发过去一张师徒早餐场景。

果然，对方几乎秒回：在哪儿？

路平：漠漠包子馆。

路平点完餐，也凑到两人旁边坐下，周文杰也趁机点火："贺老师真是台里的顶梁柱啊，每次重大任务都派您过来。"

贺寒听出了一点话外音，礼貌一笑："是，我想以后我会来得更频繁，航天发射这条线，估计以后都是我跟了，何况，这里还有我徒弟。文杰，您是丛烟的上级，可得多安排丛烟跟我搭档才好，毕竟我俩搭档六年，配合默契。"

"那是那是，必须必须……"必须不能安排你俩一块儿工作，周文杰心里嘀咕着，好兄弟的地盘，他可得看紧了。

"路平、文杰，一起吃点儿，包子热乎着呢。"丛烟给他们夹了包子，又说，"对了，贺寒，今天我们去水库户外烧烤，一起去？"

"好啊，正好今天没有工作。"贺寒转向路平，"不介意多一个人吧？"

"不介意不介意，欢迎之至。"路平摇头，嘴上却狠狠咬了一口包子，汤汁喷出很远，丛烟从桌子上抽纸，纸盒里却空荡荡的，她赶紧从自己包里掏着手帕纸，却连带着抽出了另一张纸。

周围三个男人同时看向那张纸，丛烟发现的时候几人已经眼尖地看到了那张孕检单。

"你怀孕了？"三人异口同声。

丛烟慌张地想要拿那张纸，却被路平眼疾手快地拿走。

"早孕四十五天……"路平盘算着时间，不对啊，那会儿丛烟还没跟顾星河和好呢，他扭头望着贺寒，"你的？"

而贺寒也清楚地听到了四十五天，同样在心里盘算着时间，再一听路平如此问，心里也是十分诧异，不过他没作声，而是看向丛烟。尽管他还没弄清楚事实，但即便是真的，他也不想在她难堪的时候再给她徒增烦恼。

丛烟捂着脸不敢看他们，她不知道该怎么解释这个事。路平一脸怒气，质问丛烟："说话，怎么回事？你对得起顾哥吗你？他六年来为你守身如玉，都不愿意跟其他女人多说一句话，连喝醉酒都抱着我喊你的名字，你倒好，这怎么还……整出个……娃？"

"他为啥抱着你？"丛烟抬起头，这个她还是比较关注的。

"你听什么呢？我是在问你，为什么这么对老大，你不是把他当接盘侠了才来漠城的吧？"

"别胡说，还没弄清楚呢。"周文杰打着圆场，就算有什么也不能在外面就干起来了啊。

"你说话客气点儿。"贺寒见不得自己的爱徒被欺负，冷冷地说了句，"就算她犯了错，也轮不到你教训。"

"哈，哈，真是笑死！碍着你什么事了？你这个奸夫，我还没跟你算账，你倒跟我支哈上了，咋？想练练？来来来，今儿也算报答老大一回，我特么替他废了你。"路平站起来，比画着拳脚。

"练练就练练，走，出去，别毁坏人家财物。"贺寒也不甘示弱，指着外头做出"请"的动作。

"你俩干吗啊，好丢脸……"尽管店里人不多，可也开始零零散散地进人了，丛烟捂着脸低声道。

"丢什么脸？我今天就废了这个小白脸儿。"

两人刚走两步，顾星河就迎面走过来，同时伸手："贺老师，您好，长途跋涉辛苦了！"

几人面面相觑，路平心里哪里窝得下这口气："老大，你还没搞清楚状况，丛烟和这杂碎——"

"路平，注意你说话用词，贺寒代表官媒来的，文杰作为中心的宣传负责人，职责是配合好、照顾好媒体老师们，他的朋友就是我们的朋友，你怎么还动起手来了？"顾星河压着他肩膀，强行把他摁回座位，又给贺寒倒了茶，"贺老师，您别介意。"

"他介意得着吗？"路平愤愤地把顾星河刚倒的茶一口闷了。

而始作俑者丛烟躲在一边闷头吃包子，不想解释，也不想拉他们架。顾星河安抚好了对面两个大男人，才用筷子敲敲她的手背，正愁没理由让她说出文静怀孕的事，她倒自己送上门了。

他淡声问："包子好吃？"

丛烟夹起一个包子，咧嘴笑道："你最喜欢的地达菜馅儿，尝尝?"

顾星河捏起一个包子塞嘴里："还真的不错。你俩也别闲着，赶紧吃包子，今儿我在，谁也别想动手，吃完早饭我们去水库玩儿，搜救队员们辛苦了大半年，今天我好好犒劳他们，后面还要继续奋战。你俩要打可以，得等今天活动结束了，晚上我给你俩找个空旷的地儿好好打。"

路平明白了，顾星河不想影响今天的团建活动，行，他等着，等活动结束回来，他一定打得那个小白脸儿满地找牙。

丛烟心里嘀咕着，还以为他专门带她去玩呢，原来是搜救队员都去，自己倒是不小心自作多情了。

两辆大巴车浩浩荡荡地驶向漠城水库，丛烟跟着顾星河坐在第一辆车最前面，文静跟路平在后车。搜救队员都是年轻的小伙子，难得繁忙的工作之余能出来放松一下身心，一个个高兴得跟脱了线的风筝似的撒着欢儿，车上叽叽喳喳的，有聊天的，有打游戏的，有唱歌的。

从刚才集合登车，顾星河就一直盯着丛烟，她压根儿没时间跟文静传递消息，只能干着急。

"现在没别人，说吧。"丛烟四下看看，热闹得很，似乎除了前面开车的小伙子，还真没别人能听到他们的对话。

"可是——"她顾虑地望着司机。

苏骁微微转头，咧嘴笑说："嫂子，你放心，我耳朵聋的。"

丛烟："……"

"你……你不是'鲲L'返回任务时，给我们开车还被你们队长踹屁股那个小伙子吗？苏什么来着……骁。"丛烟终于认出了他，"而且你背对我说话，我怎么觉得你的声音也好像在哪里听过……"

"赶紧说正事。"顾星河打断她，再让她琢磨一会儿她该想起来苏骁的声音跟老骆驼很像了，从前可没少让苏骁假扮老骆驼。

"哦……"丛烟伸手拉拉他的胳膊，试图用美人计转移话题，却被顾星河用手一根一根指头给她掰下去。

"你如果想今天晚上路平贺寒双双挂彩，你就不要说。"

"好好好，说就说。不过你得答应我，我说了，你不能告诉路平，我答应文静的。"

"你答应她的，我又没答应她。"

丛烟无语："你怎么还设霸王条款呢？"

"你说了，我才能帮你。不然到时候闹凶了，你就是罪魁祸首。"

丛烟只能把事情一五一十地告诉他："好了，你现在都知道了，你说怎么办？"

"很简单啊，要么她自己去告诉路平，要么我去告诉路平。"

"一定得告诉路平吗？"

"人命不是闹着玩的，你换位思考一下路平的感受，他才最无辜。"

其实丛烟也明白，可她总觉得在文静没想清楚怎么做之前，她应该尊重她。但顾星河说得也对，路平是孩子的父亲，如果文静真背着路平把孩子弄没了，只怕路平要伤心死了。

漠城水库，是漠城人赖以生存的一汪生命之源。

六十多年来，这里经过一代代航天人的艰苦奋斗，曾经"天上无飞鸟、地上不长草、千里无人烟、风吹石头跑"的恶劣戈壁滩，早已变成如今处处可见人工防护林和天然林草地、天蓝山绿水更清的戈壁绿洲。

这是丛烟第一次到漠城水库，她还从未想过在戈壁上也能看到"大海"般的景致。辽阔的水面澄明如镜，碧波荡漾间映衬着光线起伏的韵律，远方与天边相接的地方，天湖一色，耀眼又魅惑。

这里春有花香，秋有圆月，冬有雪景，而夏，有生机。水库里河鸭嬉戏，水鸟声声，好不热闹。顾星河一下车便拉着丛烟跳下台阶，岸边全是大大小小的石头，他随手掀开其中一个，便看到里面四处逃窜的小螃蟹，她惊讶得像个孩子，笑得合不拢嘴。

"这是人工放养的小螃蟹。"顾星河知道她出生在大海边，深爱着大海，更喜欢大海里的一切生物，尽管这里没有大海物产那样丰富，但这样石头缝里翻螃蟹的童年回忆，她一定很喜欢。

果然，她兴奋地脱下高跟鞋，光脚踩在石头上，一个个小心地翻着石头，小螃蟹很多，可多数都很小，指甲盖大的都算大螃蟹了。

"这里有个养螃蟹的人，天天钻研养殖技术，他的心愿就是有一天能让科技人员在餐桌上吃上咱们漠城自己的螃蟹。"

丛烟觉得漠城这地儿，最神奇的就是每个人都在为这片土地贡献着自己的力量，就连一个养螃蟹的都有他自己坚定的梦想。

顾星河给她一个塑料瓶："捉几只大一点儿的回去养吧。"

"哪有大的啊……都是螃蟹的小曾孙们……"丛烟放弃了捉小螃蟹，这戈壁滩里水是珍贵的，螃蟹就更珍贵了，还是让它们多活几天吧。

"你玩着，我去看一下他们活动准备得怎么样了。"顾星河安顿好丛烟便回去空旷的烧烤场地了，离开时碰到走过来的贺寒，两人还绅士地互相打了个招呼。

丛烟在水边溜达着，远处一群水鸭在嬉戏着，更远的地方，水鸟飞来飞去。她看贺寒过来，心里想着该怎么跟他解释。可贺寒一言不发地点了一根烟，站在她旁边抽了起来。

丛烟凑到他跟前，故意在他脸前晃来晃去："你刚不是还挺护着我，现在怎么一副老父亲失望绝望的样子？难道要关起门来打狗啊？"

贺寒恼火地瞪她："有骂自己狗的吗？"

"我这不是怕师父你闷着不问把自己憋坏了嘛！"丛烟踩在一个高一点儿的石头上，这才勉强够着贺寒的肩膀，她把胳膊肘搭在他肩膀上，语重心长地说："老贺啊……"

"你给我正经点儿。"贺寒吐了一口烟，白色的烟雾将他笼得有些仙气飘飘的。

"我就是想问你，你现在准备怎么办？你这不争气的小徒弟闯出如此弥天大祸，你现在有没有孙悟空师父那种想法：说什么报答之恩，日后你惹出祸来，不把为师说出来就行了。"她油嘴滑舌地学着菩提祖师的模样，倒把贺寒一下子给逗笑了。

"你心还真大。"贺寒无奈地摇着头，"你说吧，现在怎么办，你准备怎么给顾星河交代？"

"我跟他交代什么啊，啥都不用付出就喜当爹白得个大胖小子，他还赚了呢！"

"你是不缺心眼？"贺寒真想弄死她，"我好奇孩子爹是谁。你成天在我眼皮子底下，哪来的空怀孕呢？"

贺寒一直都在想一个半月前的时间节点，那时候他们还在乡下拍摄新闻，每天上山下乡走村访户，在一个老乡家里住了大半个月，两个人挤在一个破旧的房间，一人睡床一人打地铺，成天都在眼皮子底下，她跟谁怀的？

"我做了个春梦，梦中降子……"

"滚滚滚滚滚——"贺寒真要被她气死，居然还有心情闹，想了想，他还是不放心，"你要解释不了你就说我的，这样他们有地儿出气就不会为难你了。"

丛烟见他一脸认真的样子，突然就笑不出来了，她盯着贺寒，表情由深沉变苦笑又变感动："师父，你不是吧……哪有人揽这种锅。"

"那不然呢，我把你扔给他们浸猪笼?!"贺寒气鼓鼓道，"我就算恨铁不成钢，也不能把这铁扔了啊！"

丛烟心里一暖，拍拍贺寒的肩膀，目光深沉："老贺，你知道这些年我最幸运的事是什么吗？"

"你别说是认识了我。"贺寒"嫌弃"地白她一眼。

"你怎么还抢我台词呢？"丛烟望着远处，水面平静，偶有涟漪，"唉，你放心吧，那个单子是别人的，只是用了我的名字。"

"真的？"贺寒不放心地求证，在看到她真诚的点头后才松了一口气，"你特么吓死我了你！你知不知道我刚心里有多慌，这些年没这么愁过，我连最差的结果，替你养孩子我都在脑子里想了好几遍——"

贺寒的话戛然而止，因为他突然被丛烟抱住脖子。时间仿佛瞬间停止……

"师父，你别这样对我，我会舍不得离开你的。"丛烟回想起两人并肩作战的六年，贺寒真的是用心待她了，两人虽不是亲人却远胜于亲人。

贺寒拍拍她的脑袋："你家那口子可在盯着我们。"

丛烟"唰"地松开手，看向远处，顾星河果然单手撑墙在盯着他们。丛烟笑眯眯地伸手打招呼，顾星河转身去帮忙弄烤架。

贺寒乐了，单手搭在她肩膀上："没想到你还这么'夫管严'。"

"你们男人不常说一句话嘛，'这不叫怕，这叫爱'！"

水面光影闪烁，上午的阳光温软，泻下一池清柔。

远处，路平气到跳脚。

"我滴哥，你怎么没反应呢？"

"我该有什么反应？"

"过去把他扔漠城水库里啊！"

顾星河手上的动作没停，抬了抬下巴说："我就算不相信他，我也相信烟儿。"

"不是，老大，你心可是真大啊，早孕单子都有了。"

顾星河神色淡淡地望着他身后的文静，文静正竖着耳朵听他们说话，两人目光碰上的时候，她下意识地躲了躲，又抬头偷偷看他，像个做了贼的小老鼠。

大家收拾好场地后，丛烟和贺寒也过来帮忙了。一盆盆提前准备好的食材纷纷上桌，苏骁给大家发穿肉的签子和红柳条，丛烟好奇地拿着那一根根细长的红柳条观察："这削得尖尖的，也是要用来穿肉？"

"嫂子，这可是戈壁滩上的美食扛把子!"苏骁绘声绘色地向她描述，"很久很久以前……"

"噗——"丛烟笑着示意他继续，苏骁又讲述起来:"那会儿人们发现戈壁上的红柳枝条自带咸味，于是就把它制作成签子，穿起羊肉块烤熟，老祖宗尝了以后就说了'卧槽，人间美味啊'，然后，就开始流行把红柳枝条制成签子穿羊肉串了。"

老祖宗还会说卧槽呢!

"原来……"丛烟若有所思，"不过，苏骁，你是哪里人啊?我真的觉得你的声音好耳熟啊，我一定在哪里听过。"

"苏骁，车上还有调料箱子去拿一下。"顾星河话音刚落，苏骁就遁走了。

"跑这么快干吗……"丛烟自言自语着，她拿着签子和大家一起穿肉，今天来的人很多，还有家属和孩子们，女人们穿串儿，孩子们四处奔跑玩耍，男人们支了五六个烧烤摊，这边穿好，那边就开始热火朝天地烤起来了，原本空旷的场地立马热闹起来。

"羊肉串儿，正宗新鲜的羊肉串儿，刚出炉的羊肉串儿，不香不要钱不香不要钱——"苏骁学着新疆人的吆喝声，这四下飘逸的羊肉香便立马有了一股正宗的孜然味。

第一拨出炉的羊肉串很快就被小孩子哄抢完了。

"嫂子嫂子，我给你留了一串儿，这还是我精挑细选了一串儿火候最好的。"苏骁这个小机灵鬼，每次都神出鬼没，他举着一串羊肉串献花一样地举给丛烟。

丛烟手不及眼快，手还没伸出来，就被另一只手给抢走了。

"拍马屁你最能!"

男人四方脸儿，声线较沉，不似苏骁那种小鲜肉般的年轻小伙子，他看起来更壮实些，眉眼间透着一股刚直，神情也略显冷漠。他转头把串递给顾星河，嘴里还不满地冲苏骁念念叨叨:"什么女人的马屁也拍。"

"咦……我得罪过他吗？我不认识他啊……"丛烟无辜地问路平。

"别搭理他，我们队出了名的井盖儿。"路平抱着两盘子穿好的串儿往烤架那边送。

丛烟又问文静："啥是井盖儿？"

"就是点个火能炸出二里地那种。"文静捂着嘴偷笑说，"你别管他，他就那样，顾星河就是他的神，谁也比不了。"

"可他好像对我有敌意。"丛烟低声悄语，疑声道，"他不会……是弯的……吧？把我当情敌了？"

文静笑弯了腰："你想哪儿去了，人家直得不得了，人有女朋友都快结婚了。"

"那是我会错意了？可是……不是的不是的——"丛烟指着已经走开的男人说，"你看你看，他瞪我呢！"

文静笑说："哎呀，你好了，给你说了，别搭理他就好了。"

顾星河在一旁看着热闹，丛烟总觉得哪里不对劲，那个"井盖儿"到底什么来头？她又看那个井盖儿一眼，分神的工夫，手上的签子狠狠戳进了手指肚儿。

"嘶——"她轻呵了声，血就顺着指头流了下来。

几乎同时，顾星河就捏住了她的手，抽了两张纸巾压住出血的地方："岳风，拿个创可贴过来。"

"井盖儿"动了动，极不情愿地从一个箱子里拿出一包创可贴，取了一个拆开递给顾星河，还不忘瞪丛烟一眼："浪费一个创可贴！"

"嘿！你这家伙——"丛烟试图抽出手上去问问那个事儿逼的井盖儿，她与他素昧平生，难道上辈子偷他钱袋了？

顾星河拽着她手贴好伤口，用眼神示意她不要跟岳风计较："听话，一会儿想吃什么我亲自给你烤。"

一句"听话"，丛烟就乖了，不过她还是很纳闷，略不满地看着顾星河："一个个怎么都那么护着他……"

顾星河说到做到，高大的身材在低矮的烤架前显得有些局促，他

178

左手一把肉串儿，右手一把菜串儿，三翻两颠，看起来十分专业。

"有我喜欢的烤玉米，鸡翅也有，苔皮、年糕、大虾，我喜欢吃的你都拿了。"丛烟兴奋得想要帮他烤，被他用胳膊肘顶开。

"烫得很，一边儿等着去。"

这一次，几个烤摊上的食物几乎同时熟了，大家热闹地站在摊位旁吃串儿，顾星河挑了几串给丛烟，她则拿了两罐饮料，啪啪打开，少量的泡沫一下子从瓶口溢出，沿着她的虎口流下。

接近中午时分的太阳越发炽烈，但好在他们选的场地周围有很多树，还算凉快。不远处有一艘观光船，船上有空调，很多人便端着烤串儿去船里了。

丛烟找了个阴凉的树下，两人刚坐下，文静就过来了，她小心翼翼地走到顾星河旁坐下，一脸谄媚地给他捏肩膀："老大——"

还没说完，这男人就预判了她的目的，喝了一口饮料说："门儿都没有，别怪我没给你打招呼，明天一早我就给路平发消息。"

他拿出手机，打开和路平的微信对话框，文静探头一看，是编辑好还未发的一句话：文静怀孕了。

文静："……顾星河，你要不要这么绝？好歹我们也是发小，你跟我近还是跟路平近？"

顾星河咬了一口肉，轻呵了一声，瞄着她肚子说："我跟我外甥女近。"

文静双手环胸："你怎么知道是外甥女不是外甥？"

顾星河懒洋洋地往树干上一靠："因为我喜欢外甥女。"

"噗——"丛烟差点儿笑出声，见两人都直勾勾地看着她，才止住笑声安心撸串，"你们聊你们聊，就当我不存在。"她掏出手机刷着短视频账号粉丝的留言，把时间彻底留给他们。

文静干脆在顾星河旁边席地而坐，三个人并排坐在树下，茂盛的树叶遮挡了大部分热量，微风一吹，有点小惬意。

"你知道我当初为什么跟你一起进搜救队吗？"文静随手捡了一个

树枝，在地上随性地胡乱画着。

"知道。"顾星河和别人不一样，别人都以为她是为了他才一起进的搜救队，只有顾星河知道，她有一个梦，一个让自己张开翅膀飞翔的梦。

"小时候读'不因虚度年华而悔恨，不因碌碌无为而羞耻'，我还不能理解。直到我跟着你来到漠城，直到你跟我说我们十几年的青梅竹马抵不过那个突然闯进你生命里的意外，直到我第一次坐在你的副驾驶座上在沙漠里冲浪，我觉得我好像找到了人生的意义。"文静安静地说着，顾星河安静地听着。

"也许是为了弥补失去爱情的疼，也许是我真的找寻到了我自己的个性和尊严，我把沙漠当作我的天、我的地，我在里面尽情驰骋，浪迹天涯，我想在沙海里释放自己，我不想再像过去那些年一样，过着大家眼中的理想生活，羡慕别人丰富多彩的人生，我想活出不一样的自己。也是在沙漠里这些年，让我真正体会到了'不因虚度年华而悔恨，不因碌碌无为而羞耻'的成就感和快乐感。"她沉默了片刻，望着远方的路平，继续说，"我知道，这本该是我和路平共同的事，可孩子在我肚子里，我有权利选择他什么时候来不是吗？"

"你有权利选择他什么时候来，可他既然来了，你没有权利阻止他来。"顾星河转头望着她，"你有没有想过，你的选择是成就了你自己，可也牺牲了他。而他，不是小猫小狗，是一个人。"

"他不是为我牺牲，他是为航天事业牺牲了。"文静红着眼眶说。

"航天事业可不背这个锅。"顾星河一针见血地驳回她，"我们国家为什么要发展航天事业，是为了强大我们的综合国力，为了让老百姓过上好日子，在这漫漫历史长河里，有无数人为伟大的事业流血，为人类的幸福牺牲，可无论什么历史阶段，我们都还不至于让一个婴儿为我们流血牺牲，那些曾经流过血牺牲过生命的英烈，也断然不会允许一个婴儿来当什么英雄，因为他们的心愿，就是万家灯火阑珊，人间烟火寻常。而你，违背了他们的心愿。"

"可我想上一线，想亲自驾车参与载人搜救回收任务，这有错吗？不能参加任务，我辛苦多年的训练有何意义，一个搜救队员的意义又在哪里？"文静反问他。

"搜救队员的意义就是守护生命，进了戈壁滩你要无条件地守护航天员的生命，出了戈壁滩你要无条件地守护你肚子里的生命，这，就是搜救队员的意义。"顾星河声音不大，却字字珠玑、充满力量，"如果你连生命都不能敬畏，你不要说你是一个搜救队员，你不配做一个搜救队员。"他顿了顿又说，"何况，那个——是'你的'孩子。"

丛烟在一旁默默听着他的话，从前她就知道顾星河骨子里的"正气"和对信念的执着不是一般人能比的。此刻，那句她常听的"载人航天，性命攸关"，好像也在他坚定的目光里得到了诠释。

文静的眼眶在顾星河严肃的"训斥"下开始湿润，豆大的泪珠落在地上，把本就被她画乱了的地面团成了一个个湿润的土球。

顾星河又说："从小到大，你都是最优秀的。一个优秀的搜救队员，一定也是最优秀的母亲。我希望你明白，为航天事业孕育下一代，也是荣光。"

丛烟在一旁静静地听着，她不敢插话，他有理有据，不怒而威，让人心生敬畏，也让人心生爱慕，她悄悄凝望着他的侧影，他和曾经那个眼里有光的少年看起来没有半分区别，有多少人走着走着就丢失了眼里的光，可他眼里的光，永远闪亮。

他的脚步好像永远都又高又快，从前她追不上他，现在，她觉得自己离他更远了，她仰望又企及不到的那种精神境界，总让她觉得自己在他身边十分渺小、十分世俗。

她一直在追他，可每次当她以为自己快追上时，他却又不知道什么时候跑到了更远更高的地方。

"老大，打牌，来搬桌子。"路平远远地招呼他过去帮忙，顾星河起身，走前还不忘给文静留下一句："你好好想想吧，我希望路平今天能听到好消息。"

戈壁滩海拔较高，中午总是容易让人感到睡意昏沉。丛烟坐在顾星河旁边看他打牌，看着看着就靠着他肩膀睡过去了，他微微调整了一下姿势，把她的头放在自己臂弯里。

"你看她，又欺负我们队长。"岳风用力摔了两张牌，结果丛烟丝毫不受影响，依旧睡得酣然。

"行了岳风，好歹也是你未来嫂子，给点面子。"路平笑着扔出几张牌。

"我就是不明白，这个女人有什么好，脾气也不怎么样，还敢甩我们队长，她凭啥甩我们队长？我们队长这么优秀的人，真排队能轮得到她？队长，你能不能告诉我，她到底有什么好？除了长得妖孽一点儿，我实在找不到什么优点。可队长，你也不是庸俗到只看脸的人吧？"

顾星河淡淡地合拢手里的牌，盯着臂弯里的女人几秒钟，眼神逐渐变得深情："我是。"

岳风："……"

真就这么简单？看脸？

顾星河望着她，是啊，她到底有什么好？可为什么看她睡在这里，自己心里就这么这么地踏实。

顾星河曾经在沙漠训练中救过岳风，他用自己的身体挡住岳风滑向一簇骆驼刺，当时他身上的搜救服被骆驼刺刺破，后背被针尖一样的刺头群扫，流出来的血瞬间把搜救服染得通红。

从那以后，顾星河就是岳风眼里最英明神武的存在，他怎么能允许自己的偶像被人看不起，所以在听说丛烟就是当初甩顾星河的前女友时，他就断定，这女人，配不上他的队长。

"你们队长啊，我猜一定是上辈子欠了她了。"路平哂笑着。

"何止上辈子啊。"岳风撇撇嘴，"我看是上八辈祖宗都欠了她了。"

许是梦里的女人听到了什么，她动了动身子，在他臂弯里又找了个舒服的姿势，才再次渐渐睡去。

岳风见她动的时候，心下一虚，半天没敢动弹，见她又睡过去，这才松了口气，低声道："妈蛋，我怕她什么？奇了怪了，心脏突突的，莫名地有点怵她。"

路平找到知己一般激动地跟他握手："同感同感，我都莫名其妙怵她多少年了。"

岳风被迫握手："呃……相见恨晚，相见恨晚。"

两人相见恨晚的时候，顾星河最后一套牌已经出完了，大杀四方。

岳风望着手里剩下的一堆牌："队长，你不会在为她报仇吧……"

几个小时的活动接近尾声，小伙子们开始收拾"战场"，女人们清扫着垃圾，很快场地便恢复如初，大家开始返回。

车上，丛烟依然坐在顾星河旁边，她望了望身后，这才反应过来好久没见贺寒了，电话拨过去时，那头传来清晰的水声，贺寒居然回她说他跟着一艘船到岛对面了。

"岛？什么岛，戈壁滩上还有岛？"她拽拽一旁的顾星河，"哪里有岛？贺寒去岛上了。"

"不用担心，我当踩点了，这里很多鱼，环境很好，出条新闻一定很赞。"电话对面的贺寒有些兴奋，"我先扣了，我会找车回去的，你们先走。"

说完，他就挂了电话。丛烟一脸莫名其妙："什么鬼，又跑了。"

"他应该是在水库那一头，要不要过去找他？"

丛烟摇摇头："不用，他经常这样。记者嘛，遇到点好奇就跑了。"

夜深人静，文静躺在床上翻来覆去没有睡意。

小时候，她最喜欢去奶奶家，只因为在奶奶家，就能看到邻居奶奶家那个英俊帅气的男孩儿。他们虽然同岁，可她比顾星河矮半个头，总是追在顾星河身后叫"星河哥哥，星河哥哥"，可那个有些冷漠的"星河哥哥"啊，每次礼貌地跟她点点头就进房间学习了。

后来渐渐熟悉，两人逐渐长大，顾星河对她也慢慢变得不错，每次她去家里玩，他也总会拿好吃的好玩的给她，可他的房间，他从来不让外人进。她只远远地在门外看一眼里面，他的房间永远都整整齐齐，深褐色的书架上除了书就是各种各样的火箭和飞船模型。

他们小升初那年的 10 月 15 日，是顾星河十二岁生日，文静去超市买了非常漂亮的火箭模型准备送给他，可是当天晚上顾星河回家的时候，眼眶红得厉害，连生日蛋糕都没有吃就进房间了。

那是她第一次也是唯一一次见顾星河哭。

她记得第二天从奶奶家回去的时候，碰到顾星河从外面回来，他手里捏着一个木头雕刻的火箭模型，笑得很开心，再后来，他把那个木头火箭模型摆放在书架上最显眼的位置。

那时候文静就知道，那个木头雕刻的火箭是他最珍爱的东西。

他成绩永远是最好的，哪怕在竞争激烈的实验班，他也总能甩第二名很远的距离。为了和他分到一个班，她每天都用心学习，终于在高一的时候挤进了实验班。

为了靠近他，她把自己逼成了学霸，甚至把自己喜爱多年的古筝都尘封了起来。她逼着自己变成他喜欢的样子，最后才发现，原来一个人不喜欢你的时候，无论你变成多好的样子，都无法唤醒他眼中的温柔。

高三那年，丛烟突然出现在他们原本平静的生活里。她从未想过，那个一出场就染得像个鹦鹉似的姑娘，会成为她今后羡慕嫉妒的对象。

他明明说过他喜欢乖女孩，可是丛烟并不乖，他说过他喜欢聪明的女孩，可丛烟是班里的倒数第一，他说过他喜欢温柔恬静的女孩，可丛烟每天咋咋呼呼叽叽喳喳。

原来啊，无论有多少喜欢的标准，当他喜欢的那个人出现，任何标准都烟消云散了。

文静终于明白，不是自己不够好，只因为他心里的那个人不是她而已。

可顾星河除了不能给她爱情，真的什么都给她了。在队里，他像亲哥哥一样护着她，甚至不讲道理地护着她，刚进搜救队时，她体能不好，开车技术也不好，每次都是拖后腿的那个，甚至多次考核不过，上面要取消她搜救队员的资格，是他一次次不惜以自己为捆绑担保，才能让她继续留在搜救队。

也是他一次次告诉她，跌倒时，即使你想哭，也要站起来漂亮地哭，真正骄傲的人，即使擦眼泪也是向上擦的。

他说过，她一定会成为最好的搜救队员。正是这句话，成为她前进路上灯塔一般的信仰。她没日没夜地跑步锻炼，去健身房练力量，苦练沙漠搜救技能，原本柔弱的胳膊最后都被她练出了结实的肌肉。

在顾星河的亲自带训下，她终于以优异的成绩通过了考核。

那些为了梦想而努力的时光啊，无论什么时候回忆起来都让人为之动容。

身边的路平睡梦中翻了个身，手正好无意识地搭在她小腹部。文静伸出手覆盖在他手背上，她第一次尝试用心去感受肚子里那个小生命，她回想起白天顾星河说过的话，搜救队员的意义就是守护生命，进了戈壁滩你要无条件地守护航天员的生命，出了戈壁滩你要无条件地守护你肚子里的生命，这，就是搜救队员的意义……

她微闭着眼睛，仿佛听到了一个小小的心脏用力搏动的声音……

"路平——路平——"她轻轻唤着身旁的男人。

路平迷迷糊糊中睁开眼："你叫我?"

"嗯，孩子她爹。"

"嗯?"路平五官六感还没回归，下意识地伸手拍拍她的小腹，"你是做噩梦了吧，别怕，睡吧睡吧，都是梦……"

"梦你妹啊，你拍着你姑娘了。"文静推开他的手，赌气地踹他一脚，这一脚可是给路平踹醒了。

"什么姑娘……"他坐起来，打开床头灯，看着一旁气鼓鼓的文静，"你怎么睡个觉还把自己气醒了？"

"我就没睡！"文静指指肚子，"你女儿！"

路平蒙圈了半天："什么……你……你有了？"

"对，丛烟那张早孕单……是我的。"文静坐了起来，把枕头靠在身后。

路平蒙了半天，最后双手隔空放在她肚子上面，想摸又不敢摸，想碰又不知道碰哪儿才是他姑娘，他结结巴巴地问："我真的这么生猛？居然在你肚子里种了个姑娘？"

"去你的！"文静正准备躺下睡觉，路平却掀开被子下床去。

"你干吗去……"

"报喜啊！"路平抓起手机就开始打电话……

"天哪，只是怀孕，还没生出来呢就报喜，再说现在几点了，一点半了！"文静无语。

路平哪里肯听她说什么，兴冲冲地拨通了电话："老大老大，喜讯啊喜讯，我有女儿了你知道不，文静怀孕了，怀了我的崽，我终于有一样领先你了，你说我高兴不高兴，哈哈！喂——"

从前路平一直挺为自己骄傲的，按他从小到大的战绩，放人堆里那还不是闪闪发光的存在，可奈何身边有个顾星河，比他还要闪。

如今，终于有一件事他做得比顾星河好了，还不抓紧在他面前得意一下。

路平对着电话巴巴了半天，文静隐约听到电话那头顾星河说了个"滚"。

"你说这人，他还不高兴了，挂了我电话！"路平爬上床，"不过老婆，你怎么知道是个姑娘？"

"顾星河说是姑娘。"

"他又怎么知道是姑娘？"

"他说他喜欢姑娘。"

"他喜欢姑娘就让我们生姑娘？那他还说希望丛烟将来生儿子呢!"

文静："那是因为丛烟说想生个和他长得一样的顾小星，他想满足丛烟的愿望。"

路平："这两口子，什么亏也不吃……"

而另一头，被电话吵醒的顾星河却再也睡不着了。这不干人事儿的路平，大半夜扰人清梦。

他翻来覆去了几圈，还是没睡着，干脆打开灯坐了起来。不过一想到文静想通了，主动把怀孕的事告诉了路平，他心里便也很欣慰了。

他拿起手机看了眼时间，已经两点了，正犹豫着要怎么度过这漫漫长夜，手机上突然出现了贺寒的来电。

"喂，顾队，不好意思大半夜打扰你了。"

"已经打扰了，就不用不好意思了。"

贺寒在电话那头说："你能不能来水库接我一下?"

"你还在水库?"顾星河说话间，已经开始起身穿衣服了，"怎么这么晚还没回?"

"我听说今晚有流星，就等了一下看能不能拍到，没想到有云，看不见。"

"你一记者，怎么干起摄像的活儿了?"

"我摄像不是被你拐跑了嘛!"

顾星河笑着穿上鞋，拿起车钥匙下楼："十五分钟到。"

进入10月，夏日的余温还未彻底散去，但戈壁滩温差较大，夜晚的水库也还是有些微凉，贺寒上车时搓了搓手，目光停留在车上自动播放的漫画视频。

那是丛烟制作的一个浪漫夏天的动漫视频，她的视频总是真人出镜，定格生活瞬间，转化成漫画，所以每个视频里都有她的出现，一路上，丛烟俏皮好玩的声音一直在车里回响。

"你放这种视频在车上，不怕开车分心啊？"贺寒从兜里掏出一根烟递给他。

顾星河摇了摇头："不抽，谢谢。"

贺寒落下车窗，盯着显示屏笑说："丛烟做的视频里总有个随身的小宠物，别人的小宠物都是猫啊狗啊什么的，她的是个小星星，我那会儿还纳闷，怎么傻不拉几地动不动跟一个小星星说话。我现在才对上号，原来那个小星星是你。"

顾星河认真开车："这些年，谢谢你照顾她。"

"嘁，谢什么。更多是她在照顾我。"贺寒朝窗外抖了抖烟灰，"她其实挺彪悍的，你能想象我做战地记者的时候，她扛着摄像机为我挡子弹的场景吗？"

顾星河握着方向盘的手顿了顿，贺寒又说："子弹穿透摄像机的时候，我俩倒在坑里，她结结巴巴的话都说不利索，但还知道损我，说'幸好不是他，要是他肯定替我挡子弹了，你一大男人居然让我保护你'！"

"我真没想到她会去挡子弹，我背对着那个人。她摄像机里发现得比我快，她预感到有危险时直接把摄像机扑了过去，当时要不是那台摄像机，你今天就见不到我了。"贺寒笑着说，"事后嚷嚷让我给她赔个更好的摄像机，但从那以后，我觉得我不止欠她一个摄像机，我老觉得我怎么好像欠她一条命似的。"

顾星河神色凛然，突然想起有一次他问丛烟："如果有一天，在没有我的地方，你能不能保护好自己？"

她极认真地抱着他的腰，仰头笑眯眯地说："必须能，我不仅会保护好我自己，也一定会保护好身边的人。"

那个曾经让他放心不下的女孩啊，在他看不见的地方，真的在拼命履行她承诺过的每一句话，拼命努力地成长着。

一路上，贺寒给顾星河讲了很多丛烟在长京时的故事，一个说得认真，一个听得用心，只是时间很快，快到宿舍的时候，他询问着："去宿舍坐坐，接着聊会儿？"

"乐意之至。反正你有酒，我有故事。"贺寒下了车，两人一起回了宿舍。

顾星河把珍藏的好酒拿了出来，"我好几年没喝过酒了，今天为你破例了。酒有了，等你故事"。

"从哪儿说起呢，或者你想听什么？"

"什么都好。"只要与她有关。

两人碰了杯，贺寒道："那就从酒说起吧。丛烟酒量还不错，我没见她醉过，不过我其实也就见过她喝一次。她刚来我们台的时候，话很少，又冷漠，跟谁都懒得多说一句话。"

顾星河知道，那时候，他们刚分手。

"但她长得漂亮啊，就算她不说话，也总有一大拨人想凑上去跟她说话。当时我们另一个组的领导要跟她喝酒，她说自己不会喝，领导不肯罢休，非要跟她喝。那时她来了没几天，跟我关系也不好，我也不想管她，还添油加醋说了句'新人就不给领导面子，这有点不像话啊'。她瞄了我一眼说，'行，我师父喝多少我就喝多少'。"贺寒回想起来就笑，"你说说这丫头是不是个人精，她知道我不管他，就干脆把我拉上，要么我就管她，一起少喝点儿，要么就一起喝死。"

"那我就想啊，喝呗，喝一两杯是个意思。结果你猜怎么着？"

顾星河好奇地望着他，摇了摇头，静静等待他继续讲。

"她啊，拉着我喝完一杯又一杯，最后把我和那个领导都灌倒了。我人生头一回被女人灌醉！后面的事儿我就不记得了，是同事们给我讲的，说她一酒瓶子蹾在桌子上，跟江湖大姐大似的说'还有谁要喝'？大家才知道这主儿原来千杯不醉，从那以后，再没人敢主动挑衅她喝酒了。"

顾星河笑了笑，给贺寒酒杯里又加了点儿酒。

"第二天，我酒醒后，她特冷静地来我办公室对我说'你要是以后把我当徒弟，我就把你当师父，你要是和别人站一队，我就像昨晚一样把你埋了'。给我气的哟！我当时只想就地挖个坑儿把她埋了。"

贺寒开心地回忆着，顾星河也笑着跟他碰杯。

"我以为她一直这么高冷不可亲近的，可渐渐地，我发现她其实内心很暖。她特别爱动物，我们那一区有个流浪动物救助站，她隔三岔五买一堆猫粮狗粮送给人家。我就问她啊，我说你喜欢猫狗吗？她摇摇头说，不喜欢。我就好奇那为什么对猫狗这么好，她说她想念的人喜欢。"贺寒好奇地问他，"你喜欢猫狗啊？"

"我也不喜欢。"顾星河解释说，"我奶奶喜欢。"

那时候丛烟跟家里关系很不好，她父母在外做生意，把她一个人留在学校读书，只配了一个做饭的保姆。他家和丛烟家住上下楼，丛烟又帮过奶奶，所以星河奶奶很喜欢丛烟，总是让顾星河去给丛烟送些吃的东西。

那天他去的时候，正好丛母拎着一个个购物袋风风火火地回来了。不过丛母好像很忙，匆匆忙忙地进去，门也没有关。顾星河站在门口，听到她说："你把你那些超短裙、露背装都给我扔了，一个高中生，穿成那样像什么样子。自己整理一下，我还有事得先走。"

丛烟的声音从敞开的门里传出来："你现在回家连关门的步骤都省了，也是，几秒钟用不着关门。"

"你也不用跟我犟嘴，等你长大了会理解我的。"丛母做生意忙，天南海北地跑，不过她坚信自己做的一切都是值得的。

"我还没长大？"

"生活费。"顾星河听到了丛母往桌子上扔钱的声音。

丛烟后来跟他说，她厌倦极了丛母往桌子上丢钱这一幕，她那时突然就怀念起陈美人的硬面包，于是对丛母说："我不要，现在有人养我，我不需要你的钱。"

"你说什么，谁养你？"

显然，丛母把这话想多了。

"我说我找到人养我了，不用你的钱。你以后连每个月这一趟都可以省了。"

丛烟说完这话还不到两秒，一个响亮的巴掌就落了下来，顾星河闯进去的时候，就见丛烟捂着脸，一字一字说："你打我?"

"我打你怎么了? 爸爸妈妈在外面那么辛苦，每天忙忙活活为什么? 还不是为你? 可你看你这不争气的样子，好的不学坏的学，不好好学习就罢了，你学人家傍大款? 我是缺你吃了还是缺你穿了? 你知不知道你每个月生活费比好多成年人工资都多?"

"你什么也没缺着我，所以你很骄傲?"丛烟捂着半张脸，眼眶带泪，语气却格外淡定。

"就算不值得骄傲，也不该换回你这样回报我。"丛母气急败坏。

"你想让我回报你什么? 白素贞的孩子一出生她就被压塔里，她老公就出家了，十八年后，他们一个出塔，一个还俗，收获了一个状元儿子。所以，你觉得自己也可以?"

丛母气极："我没指望你成为状元，可你也不能做出这种丢脸的事!"

"丢脸? 您可从没教过我什么是丢脸。"丛烟猩红着眼说，"我只知道，我第一次来例假的时候，我都不知道那是什么，被老师叫到黑板上做题时，我顶着半边红透的白裙子，同学们都在笑我! 我人生第一张姨妈巾是班主任给我的!"

她红着眼睛就是不哭，说完就转身往门外走去。

玄关处，顾星河端着一块儿生日蛋糕，两人四目相对。

"奶奶今天生日，让我给你带块蛋糕。"

他声色平淡得让丛烟猜不出他在那里多久了，又听到多少。不过她也没心情去追究，她盯着那块蛋糕，眼泪再也止不住地掉了下来，哽道："替我谢谢奶奶。"

说完，她头也不回地离开了家。

丛母追出来时看到顾星河手里的蛋糕，恍然失神："今天……也是烟儿的生日。"

马路上车来车往，街边的店铺霓虹闪烁。楼下的小超市里，丛烟买了一盒烟和一个金色的打火机，烟三十，打火机三百。

打火机是老板自己用的，她看中了上面的星星图案，非要买人家的打火机，老板也不会有钱不赚，不知道加了几倍的价钱卖给了她。

她半蹲在超市门口已经干枯的花坛旁边，把烟点着，尝试抽了一口，然后咳掉了半条命。

她尝试再吸第二口的时候，手里的烟被他一把夺走。

顾星河捏着烟，香烟发出的光在暗夜里忽明忽暗。他盯着光，若有所思："有些东西不要去尝试。"

她抬头，红肿的眼里空洞无神："你会抽烟吗？听说抽烟能让人麻痹。"

他将烟放进嘴里，白色的烟雾慢慢上升，弥漫，又渐渐消散。他墨瞳凝视着她说："女孩子不要抽烟。"

她盯着他的嘴巴，不着调地说："你亲我了。"

顾星河掐灭了烟，烟头丢进了一旁的垃圾桶。

丛烟笑："为什么女孩儿不能抽烟？"

他没答，只是说："你不是问我喜欢什么样的女孩吗？我喜欢不抽烟不喝酒，聪明努力，干净阳光，无论头上有什么乌云，她想的都是如何保护自己，而不是自暴自弃的女孩。"

丛烟眨了眨眼，那一刻，她在他深邃的眼睛里看到了她自己喜欢的样子。

"为什么你可以抽？"

"抽烟不难，人人都能学会。但抽烟能解决什么问题呢？"

他伸出手："剩下的呢？"

丛烟把烟盒递给他，顾星河接过烟盒，扔进了一旁的垃圾桶。

他又伸出手："打火机。"

"想管我?"丛烟仰头,对上他深不见底的眸子,沙哑的嗓音略显慵懒,"当我男朋友,让你管我。"

他冷笑:"走,带你去个地方。"

丛烟"开房?"

顾星河:"……"

他带她去打了电动,每次他心情不好的时候,他都会来这里打电动。尤其是打地鼠,虽然很幼稚,却能让人把心里藏着的压力全都发泄出去。

丛烟一只一只地打着地鼠,最后她终于累了,扭头问他:"你这么优秀的人,也有心情不好的时候?"

顾星河没答她的话,倒是抬起手盯着手表,过了几秒钟他放下手表,笑着对她说:"丛烟,生日快乐。"

话音刚落,广场上的大钟发出了整点钟声,在生日的最后几秒,她收到了他的祝福。

顾星河带丛烟回家时,丛母已经离开了,但他带来的那块蛋糕被她放在桌子上,还留了一张字条——

女儿:生日快乐。

隔天的周一,丛烟把爹毛的头发拉直染黑,剪了乖乖的梨花儿头,换上了干净整洁的及膝毛连衣裙,一进教室就吸引了大家的目光。

从前排走到后排,不到十秒的时间,却听到了各种各样的窃窃私语。

"真没看出来,这是哪家的乖乖女?"

"换个画风秒变淑女,有点儿不适应了。"

"我早就说她适合走纯情路线了吧……"

丛烟坐在座位上,陈美人侧着身子上下打量着她,眼睛里露出欣赏与欢喜:"烟儿,我知道你好看,却不知道你居然这么好看……"

丛烟不好意思地摸摸脖子："感觉脖子有点漏风。"

"好看，是不是，路平、星河，你们说好看不?"

"好看，烟儿这种打扮得迷倒半个一中。"路平伸出胳膊撑撑顾星河，"老大，是不好看?"

他看到丛烟一动不动，竖着耳朵等待他的回答，半晌后，他终于发了一个音节："嗯。"

从那天后，丛烟就像换了个人，她每天都坐得笔直，很认真地听课，有听不懂的下课立马找身边三位大神请教。放学后，也不再到处撒野，乖乖地每天按时回家，周末还去帮星河奶奶喂喂猫遛遛狗。

星河奶奶喜欢照顾小动物，可顾星河对动物毛过敏，奶奶便去附近的流浪动物收容所看看小动物们，丛烟也经常跟着奶奶去，慢慢地，丛烟也在星河奶奶身上找回了一些曾经自己奶奶在身边时的温暖。

顾星河给贺寒讲了很多曾经两人在一起的故事。这一夜，两个大男人边喝边聊，因为同一个对他们很重要的女人而相聊恨晚，几近天亮的时候，两人才栽在床上。

丛烟一大早给顾星河打电话没打通，走到楼下敲门也没人应。她隐约闻到房间内一股酒味儿，有些担心，便用顾星河给她的备用钥匙开了门。

一进门就吓了一跳，满地凌乱的酒瓶，整个房间也全都是酒味儿。而那两个男人横七竖八地抱在一起，哪有平时英姿飒爽的样子，简直就跟街头乞丐没什么区别。

丛烟走过去，试图将两人分开，结果两个醉鬼还迷迷糊糊地嘟哝。没办法，她只好先把房间里的垃圾打扫了一下，把窗户打开通风，这才又把薄被给两人搭上。

她出门买了早饭回来，一边吃早饭一边盯着床上睡得四仰八叉的两个男人，心里直纳闷这两人怎么会突然一起喝酒，还喝得这样酩酊大醉。

正纳闷着，贺寒突然动了，他闭着眼睛尝试翻身，可腿被顾星河压着，试了两次后又放弃了，转身又跟顾星河抱在一起。

丛烟："……"

两人睡醒已经接近下午，顾星河先醒的，他爬起来，看到宿舍已经很干净了，四下看了看，才看到丛烟窝在沙发里眯过去了，他揉了揉宿醉的太阳穴，又看了看身边的贺寒，失去的记忆才一点点慢慢回来。

他下床倒了杯热水，来到丛烟身边，半蹲在地上看着她，女人似乎感觉到异动，睫毛晃了晃，睁开了眼。她坐起来："醒了？"

"嗯，你一直在这儿守着？"他轻声问，把水杯递给她，示意她喝口温水。

丛烟接过杯子，起身喝了两口又说："不然呢，我都怕你俩摔下来。怎么喝那么多酒？"

顾星河低头笑了两声，又见床上还在酣睡的贺寒，他在她旁边坐下来，轻声说："不会有下次的。"

丛烟没想到，这个假期开工最早的是她和贺寒。第二天一早，张月打电话给她说有急活儿，而同时，贺寒也接到了他预约的采访专家的电话。

辛然提前做了很多功课，采访对象叫成茵嫩，是一名航天技术专家，今年是她在漠城工作的第二十九年。

以往，成茵嫩是不接受媒体采访的，他们也只是抱着试试看的态度填报了采访需求，这次很奇怪她会主动给他们打电话同意接受采访。

不过丛烟倒是对成茵嫩印象深刻，她上次来漠城时，送给成茵嫩一张顾星河的画像，而成茵嫩也帮助他们成功采访到了盛景华。

原本贺寒带了一个摄像，但因为两家一起采访，他干脆就没用带来的临时摄像，全部交给丛烟一起拍了。

丛烟一进大楼，就开始职业性地观察各种环境，尽管还在假期，大楼里的科技人员依然不少，时不时能看到忙碌的人拿着文件走来走去。一楼大厅很宽敞，正门对着的大屏幕上方是一排醒目的红色大字：

预祝"鲲M号"载人飞行发射任务圆满成功！

她架着摄像机拍了一些文化墙的空镜头，贺寒指指走廊，上面贴着航天精神的标语，丛烟心领神会，把那里也拍了一组，走廊灯光较暗，贺寒掏出手机为她打着灯光。

两人配合得天衣无缝，辛然也从成茵嫩的实验室出来："丛烟，成总在实验室忙，让你先去她办公室等一两分钟，她说想先跟摄像聊聊。"

"哦，好！"丛烟把机器转移给贺寒，以往他们也会遇到这样的情况，有些受访对象对自己的上镜形象要求比较高，都会单独给摄像提一些要求，他们也都会尽量满足。

成茵嫩办公室的门牌上写着：成茵嫩　航天测发技术专家。

办公室很整洁，两个书柜，一个会客沙发，一张办公桌上并排摆放着两台电脑。电脑旁放着一个石头样的玫瑰摆件。丛烟认得这种石头，叫"沙漠玫瑰"。

沙漠玫瑰是一种生长在沙漠里的簇群玫瑰样的石头，由一瓣瓣石瓣拥合而成，因外形酷似玫瑰而得名。它经过长期的自然变迁而形成，也有一些是石英砂在经历千万年后凝结而成，由于深眠于戈壁滩，它们的花瓣中间也常有零星的细散沙砾镶嵌。

关于沙漠玫瑰，有一个美好的传说，相传，它原本是一种植物的结晶体，其种子成双成对，开花后根茎相连，花形如玫瑰，极其美艳。但如果其中一株死亡，另一株也不再开花，反而会慢慢枯萎。数年后它们的躯体与沙子融合，形成这种奇特的花朵，它没有新鲜玫瑰的绿叶和尖刺，只有石花在浩瀚的戈壁滩默默绽放，但它永不枯萎，也不凋谢，因此成为象征爱情恒久的"沙漠玫瑰"。由于在沙漠地区玫瑰不易生存，所以在快递业不发达的年代，当地青年人无法买到新鲜玫瑰，在情人节时多会送这种沙漠玫瑰石代替，以表心中爱意。

沙漠玫瑰石千姿百态、色彩多变，因开采困难、形状奇特，能够完整地展现花卉完美姿态的更是凤毛麟角，眼前这块儿无论是大小、形态还是色彩，都是品相上乘的。

在沙漠玫瑰旁，还摆放了一个女人和孩子的合影，照片上那个女人是年轻时的成茵嬡，她旁边站了一个十岁左右且非常好看的小男孩。

丛烟打量着那个小男孩，长得很好看，遗传了妈妈的优良基因。

"对不起，让你久等了。"身后传来女人的声音。

丛烟看向成茵嬡，和上次一样穿着蓝色的航天工作服，身高和自己差不多，目测有一米六五左右，看起来比照片上多了一份时光积淀后的韵味，大气温婉，看起来十分有气质，不难看出她年轻时一定是不可多得的美人儿。

"成总您好！"丛烟礼貌地打招呼。

成茵嬡招呼她坐下，却不着急跟她聊工作，而是倒了一杯热茶给她。

她上下打量着丛烟，小姑娘身形高挑，皮肤白皙，眼睛清澈明亮，脖子上挂了一个星星吊坠。

没错，是这个小姑娘了。

"很高兴再次见到你。听说你也是青市人？"

"是的，成总。"她用"也"，难道她也是青市人？

在得知两人是老乡后，丛烟觉得自己与眼前这位测发专家莫名亲近了很多，两人相谈甚欢，从家乡小吃到为什么来这里都聊得十分投契。

"你看，我们两个很像，你为你心爱的人来，我也是为我心爱的人来的。"成茵嬡笑起来很有感染力，让人觉得亲切又没有距离，很难想象她是传说中那个英姿飒爽、为航天事业做出诸多贡献的航天科技先锋。

"成总，您老公也在中心吗？"丛烟觉得缘分真的很奇妙，她们有一代人的时差，却有着相似的经历，丛烟很想知道她的故事，不知道能不能为自己的未来找到一点儿方向。

成茵嫰笑得开心，不过一想这姑娘来了也没多久，不知道也是正常的。

“嗯。”她一笑带过自己老公的话题，转而问她，“我听说你男朋友是航天搜救队那个很帅的小伙子？”

“嘿嘿……这您都知道啊。”丛烟不好意思地挠挠头。

“我很欣赏你的勇气，像年轻时候的我。”成茵嫰毫不掩饰自己对她的喜欢，“改天有机会来我这个老乡家里吃个便饭？”

丛烟受宠若惊，不知道该不该答应，毕竟两人刚刚见面。

“吃饭倒也不着急，来，先加个联系方式吧，你扫我还是我扫你？”

丛烟慌忙掏出手机：“成总，我扫您。”加完微信，丛烟突然想起自己今天来的目的，这才赶紧问，“哦，对了，成总，您看要不咱们先把采访做了？咱俩在这儿聊得挺欢，把记者落在外头了。”

成茵嫰正要说什么，办公室的门被人猛地推开，顾星河浑身是汗，气喘吁吁地握着门把手。

“你怎么来了？”丛烟起身走到他身旁，小声说，“我在工作呢！”

她很不好意思地对成茵嫰说：“成总，太抱歉了。”

“顾队，稀客啊，坐！”成茵嫰倒了一杯热水给他，笑着说，“怎么气喘吁吁的，真是难得呢，从来都是请也请不来的人，今天居然百米冲刺地跑来了。”

成茵嫰乐了，她只是给他发了六个字“丛烟在我这里”，他居然就这样快。这个办法好，以后要多用。

顾星河关好门，走到沙发坐下，他咕嘟咕嘟喝了口水，对有些蒙圈的丛烟说：“过来坐。”

顾星河缓了口气说：“你们聊到哪儿了？”

“我们？”成茵嫰故意漫不经心道，“我们都聊完啦，该聊的都聊了。”

“成总……你们认识啊？”丛烟有点摸不着头脑。

“老相识了！”成茵嫰笑着让她坐，“坐着聊。”

“成总——我……”

顾星河："叫阿姨。"

丛烟："嗯?"她觉得时光有点静止,为什么要叫阿姨……

顾星河主动伸手把她拉到自己身边,他看了一眼成茵嫩幸灾乐祸的样子,无奈地对丛烟介绍说:"她是……我妈。"

"啊?"丛烟惊讶得合不拢嘴,震惊之余脱口而出,"你不是自幼父母双亡吗?"

顾星河："什么?!"

成茵嫩："什么?!"

"啊……我不是那个意思……"丛烟紧张地摆手解释,"是我一直这样以为的……"

"你就这样跟人家姑娘介绍你的父母?"成茵嫩无了个大语,她这儿子还真是个天才。

"我没有……"顾星河也感到不解,"我哪有给你说过我自幼父母双亡?"

丛烟想了想,他的确没说过:"我妈说的,所以我就以为……可你也从来没跟我提过你父母啊。"

顾星河:"那是因为你从来也没问过啊。"

丛烟:"我还不是怕提起你的伤心事!"

顾星河:"我也是怕提起你的伤心事。"毕竟,那时候她跟家里关系一直不好。

两个人认识十年了,居然从来没提过他的父母。这乌龙也太大了,她一直以为他是个父母双亡的可怜人,没想到小丑居然是自己。

"您不该瞒着我叫她来的。"顾星河话锋一转,看向成茵嫩。

成茵嫩摇头:"我没有特意叫她来呀,她是来采访我的。"

儿子给的锅可不能轻易背,得赖着。

"哦,对,我是来采访的……那成总,不是……那顾阿姨,不是,成阿姨……"丛烟有点语无伦次,她从来没想过第一次见面会是这样的,或者说她从来没想过有一天会跟他的父母见面,毕竟,以为没有嘛……

成茵嫩看出来姑娘紧张了，赶紧上前拉着她的手说："别怕，丑媳妇还早晚得见公婆呢，何况你这么好看，阿姨也很喜欢你。"

"谢谢阿姨……"丛烟还没有从紧张的情绪里缓过来，她指指门外说，"那……我先去叫记者进来。"

工作重要，工作重要，这不是采访未来婆婆，这只是普通的采访，是采访航天测发专家……

丛烟不断地在心里跟自己说不要紧张不要紧张，可是脑海里不断浮现第一次见面时成茵嫩夸她画画好，她还拿出一沓人家儿子的画像送了一张……

真是大型社死现场……

心脏不受控制地扑通扑通跳着，以至于好几次她都没调好记者与成茵嫩的位置关系。

拍摄结束后，贺寒发现了她的不对劲，刚离开房间就好奇地问她："你今天怎么回事？手忙脚乱的。当初拍你偶像姚明时，你都没这么紧张。"

"唉……这可比见姚明紧张多了。"丛烟低声道，"这可是……未来婆婆……"

贺寒："……"

自从顾星河来到中心，到成茵嫩办公室的次数屈指可数。

"这么着急忙慌地跑过来，是担心你的小白兔小女友被你凶狠的大灰狼母亲吃掉？"成茵嫩忍俊不禁，她还头一次看儿子这么慌张。

"您说哪儿去了。我只是觉得她刚来，不想她一时不适应这么多关系。"

"我也只是好奇我儿子看上的女人什么样子，毕竟我总听旁人在说你的'未婚妻'来漠城了，我这个当妈的都是最后一个知道的。"

"她能来很不容易，我想多给她一些时间。希望妈也能多给她一些时间，时机成熟我会正式带她回家拜访您。"

成茵嫩明白，但她还是很好奇："儿子，我还有最后一个问题。"

顾星河喝了口茶，抬头看着她，默许。

成茵嫩来回踱了几步，最终靠近他，神秘兮兮地问："她就是当初甩了你的那个姑娘吧?"

"……"顾星河起身："我走了。"

成茵嫩望着儿子离开的背影，脸上敛不住地笑。没想到，她儿子也有被当回头草吃掉的那一天，不过能当回头草，说明他优秀嘛，好事儿，好事儿。

成茵嫩了解儿子的性子，他从小就认死理儿，尤其对感情，当年因为"鲲Ｅ号"发射任务和他的生日重叠，他们两口子忙于任务，没有履行回去给他过生日的承诺，这孩子远在青市，哭得特别凶。

成茵嫩非常理解他，那时候，他还只是一个十二岁的孩子。在青市，孩子十二岁的生日是很重要的日子，每家孩子过十二岁生日的时候都是大摆筵席，为自家孩子祈福。可他的十二岁，孤孤单单。

在那之前，他也和很多父母不在一起生活的孩子一样，跟他们的亲子关系疏离又冷漠，可十二岁生日他哭了一场后，就慢慢变了一个人似的，小小年纪便像个男子汉一样照顾奶奶，还经常跟他们打电话聊聊学习、生活，叮嘱他们在漠城要照顾好自己。

有一次成茵嫩休假回老家，在儿子桌上发现了一个木雕的火箭，上面还刻着生日快乐，底下的日期正好是"鲲Ｅ号"发射那日，2003年10月15日，正是儿子十二岁生日那天。

她问过儿子送礼物的人是谁，可他闭口不言，只说，一个陌生人。

她不知道这个木雕火箭和他的变化有没有什么关系，可她依然很感激那个木雕火箭的出现。

两人结伴回去的路上，丛烟问他："阿姨刚单独跟你说什么?"

顾星河："说我眼光好。"

她松了一口气，打趣道："难道不是我眼光好？"

顾星河伸手，像从前一样宠溺地刮了一下她的鼻尖儿："你的眼光不如我好。"

他指尖儿上沁凉的温度传至她的肌肤，她却感觉格外温暖。

两人沿着航天河畔一路走向胡杨林，初秋，胡杨渐黄，但要想欣赏到最美的胡杨，必须选好时间。过早，叶片没有尽黄；过晚，一场冷空气来袭，大风一吹，叶片便所剩无几。只有到了10月初的金秋时节，才能看到"满城尽带黄金甲"的绚丽景致，层林尽染、千姿百态的胡杨林与弱水河交相辉映，纯粹中带着神秘的美艳，宛若心底描绘了无数次的童话王国般梦幻。因此，每年十一黄金周也是胡杨的最佳观赏时间，为漠城的胡杨慕名而来的游客数不胜数。

胡杨林的入口，是一片空旷的野草地，天高云淡，风吹着大片夹杂着枯草的草群来回摇摆。不远处，零零散散地分布着几匹颜色各异的马儿，它们站在日光下，或低头品尝弱水河赐予它们的青草，或悠闲地摇头摆尾。天边的云彩戏谑地跟随着林中肆意奔跑玩耍的孩童，好不热闹。

胡杨的叶片为秋天而黄，在阳光的宠溺里悠然自得地一寸寸变黄。胡杨千姿百态，大部分人对胡杨最深的印象是课本里学过的那几句话：

生而千年不死，死而千年不倒，倒而千年不腐。

生命的不朽固然让人震撼，而眼前的胡杨，远比文字更击人心扉，它们像一群屹立在弱水河畔的老者，沉默地凝望着漠城大地上方的璀璨星河，宛若守望这片大地的图腾。

文学形容固然有所夸大，但真实的胡杨也是极为长寿的，目前人们已知的最长寿的一棵胡杨已经活了八百多年，漠城的胡杨寿命也都在几十年到几百年不等，每一棵胡杨树干上都有一张金属制造的"名片"，详细记录了它们的树龄及测量时间等。

在胡杨林里，丛烟第一次看到"死而千年不倒"的胡杨，它的树干已经干枯，整个中空，可它依旧屹立在林中，守护着这个它生活长大的地方。

风与叶交织着斑斓，而光与影，交织着漠城的故事。

"这林子里的每一棵树都是'祖宗'哎！"丛烟后悔没有带相机，只能用手机拍摄。

顾星河："它们为了等你来，在这里站了几百年了。"

丛烟转身看着他，阳光不偏不倚地从胡杨的枝丫中穿过，白色的光如水一样洒在他周边。以前上大学时，顾星河经常会在她宿舍楼下等她，每一次她下楼，都能看到灿烂旖旎的光线里少年驻足等候的样子，她爱极了阳光下的他。

"那你呢？"

胡杨等了几百年，你呢，你这些年有在等我吗？

她很想问，却害怕听到答案。

"我自愧不如，我才等了六年而已。"

他明明只是用最无波无澜的语调说出这句话，可丛烟心底某处尘封的角落却被这句温暖深情的话轻轻触摸着，她望着眼前的顾星河，有一种恍如隔世的不真实感。

她向前走了两步，光线正好被他遮住，五官在她面前清晰地被放大。漆黑的眼窝，立挺的鼻梁，眼角噙着笑，那双琥珀般的眼睛毫不掩藏地凝视着她，她被他的深情感染，突然很想伸手摸摸眼前这个真实的人，摸摸她在脑海里想念了成千上万次的脸。手也在不知不觉中渐渐抬起……

"妈妈，我们去河边玩！"小孩子的声音在身后响起，丛烟举起的手瞬间收回。

小朋友从她身边穿过，向胡杨林深处跑过去，后面跟着的妈妈一边追孩子还一边跟顾星河打招呼："顾队，好巧，看胡杨呀！"

顾星河跟女人笑了笑："对，嫂子您带孩子来玩哪。"

"嗯，顾队我先走了啊，孩子跑了。"

"您快去。"顾星河跟女人寒暄结束，目光再次落回丛烟身上。她有些尴尬地望着他，红着脸颊把视线挪开。

顾星河伸手将她的身体扳正，四目相对时，他磁性如大提琴般的声音在耳畔响起："刚才到哪里了，继续。"

她佯装不懂："继续……什么……"

顾星河将她的手举到自己脸旁，笑意未泯道："好像是到这里了。"

丛烟抽出自己的手，恼羞道："你什么时候变得这么烦人了？"

她也快步向河边走去，只想赶紧逃离这个是非之地。顾星河跟在她身后，不知道是在自言自语还是故意说给她听："唉，刘哥家嫂子出现得还真不是时候……"

丛烟装作没听到，一路向河边跑去。顾星河却因她脸上涟漪般浮现的情意而满足。

以前，她胆子大得每天都在调戏他，现在却不知如何下手。

六年了，大概调戏技能生疏了。

漠城的胡杨林依傍的这条河，就是被当地人们称为"航天母亲河"的小航天河。

《山海经》记载："昆仑之北有水，其力不能胜芥，故名弱水。"

它静静地流淌在祖国西北的大地上，见证了祖国航天从无到有的艰辛历程，见证了一个航天大国的强势崛起，也见证了由航天大国向航天强国迈进的新征程。

每一条河都是带着使命的，航天河的使命大概就是孜孜滋养着漠城航天城这颗璀璨耀眼的西北明珠。

正值汛期，河水充足，翻涌着流动着，在两岸红柳和芦苇的夹道间，向着远方流去。

"真难想象，沙漠里居然有如此汹涌的河流。"丛烟被这穿越戈壁的生命之泉震撼，如果没有航天河，在这苍黄凶猛的沙漠里，生命该如何葱郁茂盛呢？正是它无畏风沙，横穿航天城，为这土地上的胡杨、红柳、花鸟鱼虫和漠城人带来生命的跳动。

漠城年蒸发量是降水量的近一千倍，最初建场时，外国专家曾断言"这里不适合人类生存"。

可就是这个"天上无飞鸟、地上不长草、千里无人烟、风吹石头跑"的地方，经过几代漠城人的共同努力和建设，如今却成了绿树成荫、天蓝山绿水更清的戈壁绿洲。

夜里，丛烟做了一个梦，寒风凛凛中，胡杨林里的百年枯树像与大自然大战了一场，枝丫被折断，满目疮痍，干枯的影子被漫漫黄沙掩埋，它却依然倔强地站在那里，风骨凛凛不肯认输。就像这土地上经风历沙的历代科技工作者，他们一批批地离开漠城返回故乡，却也把最宝贵的青春时光留在了这里，精神不朽。

"鲲M号"船箭组合体已转运至发射区等待发射。假期一晃而过，进入正式工作日，丛烟感觉任务期间的生活节奏明显快了起来。

沈有墨和辛然每天忙着整理前期的采访，撰稿编辑，几乎很少离开办公桌，不是在低头打字，就是在抬头吵架。

丛烟觉得他们最近吵架的频率越来越高了，而且很多架吵得莫名其妙。就比如今天早上这一架，开始得莫名其妙，结束得莫名其妙。

一大早，沈有墨让丛烟帮忙挑几张活动照片，丛烟给他发过去后，沈有墨顺口说了一句：谢谢美女！

就这简单的四个字，辛然就炸毛了。

"在办公室你就老实一点吧，身边人也下手呢？有没有底线了？"

"扯哪儿去了又。"沈有墨似乎习惯了她这样，不咸不淡，也不准备跟她杠。

谁知辛然不依不饶："沈有墨你给我站住！你跑什么？现在连话都不想跟我说了是吗？"

"又干吗？"沈有墨指指手里的文件，无奈地耸耸肩膀，"要去找月姐审稿啊！"

"以前都是王金凯去。无事献殷勤，心里没鬼你突然去审什么稿？"

沈有墨关上办公室的门，试图安抚辛然的情绪："你最近压力是不是太大了？"

辛然阴阳怪气道："是我压力大还是你心思大？别以为我不知道你脑子在想什么！"

沈有墨耐着性子："我想什么了？怎么是个女人出现你就胡思乱想，我总不能光挑男的一起工作啊！"

王金凯本来像个忙碌的小陀螺一样在打印机前疯狂输出，见形势不妙，拉着丛烟准备撤离危险现场。

丛烟推开王金凯的手，试图上前劝辛然，可辛然不满地把沈有墨手上的文件夹重重地往桌上一摔："你为什么不能只挑男的一起工作？"

"你这不是无理取闹嘛你！"见她已经无法沟通，沈有墨也不准备再继续浪费时间，捡起桌上的文件夹作势离开。

"你今天敢出去试试！"辛然随手抄起桌上的笔筒发疯似的朝沈有墨丢过去，却被赶上来劝架的丛烟正好撞个正着。

丛烟觉得脖子上一凉，温热的液体顺势流下……

沈有墨微愣，随即大步上前查看她的伤口："丛烟，你没事吧？"

王金凯也惊叫起来："天呢，天呢，这是割到大动脉了吧！"

丛烟摆摆手："大动脉你个鬼，没事儿，不疼！"

辛然呆默良久，眼神里暴露出心虚的闪烁："这怪不到我，她自己撞上来的。"

沈有墨恼火："辛然，你现在连道歉也不会说了吗？"

"你吼我？"辛然更恼。

"我为什么不能吼你，这半年我对你一忍再忍，你在家里发神经也就罢了，能不能不要连累亲戚朋友，现在连办公室也要不得安生是不是？你再这样，这日子没法过了！"沈有墨撂下一句狠话，转身就扶着丛烟出门去看医生。

空荡荡的办公室里只剩下有些颓然的辛然和呆萌的王金凯："辛然姐，我也去看看烟姐……"

辛然没答，失落地坐在座椅上，她失神地望着窗外，神色有些狼狈。

漠城医院外科诊室，混合着消毒水和碘伏的味道，医生是个年轻男人，为丛烟处理好伤口，把镊子丢进托盘里，脱了一次性手套，才开始敲击键盘写病历。

"姓名——"

"丛烟。"

男人怔了怔，一边打字一边转头打量着她："你是丛烟?"

"嗯。"被这样一问，丛烟也打量着男人，口罩捂着半张脸，露出的眼睛清澈明亮，长得挺帅，但缺点儿味儿。

缺点儿刚劲儿、韧劲儿、男人劲儿。

她心下纳了闷了，怎么总喜欢拿顾星河来对比其他人?

但她确定自己并不认识他。

"没什么大问题，注意消毒，不要感染了就好。有不舒服随诊。"

话音刚落，门突然被推开，顾星河和苏骁出现在门口。

顾星河微微调整了呼吸："剑哥，她怎么样?"

"我说多少遍了，叫我吴哥。"

"贱哥"多难听啊！

吴剑把病历打出来递给他："比起你那些伤，这就小儿科，一点儿小意外。"

"你怎么来了?"丛烟摸着脖子上的纱布，淡淡道，"没事儿，再有两分钟，伤口都要愈合了。"

沈有墨一定要亲自送丛烟回去休息，丛烟拒绝了他："你快回去看看辛然吧，她现在可能更需要你。"

沈有墨非常抱歉，跟顾星河表达两句便离开了医院。王金凯还是很不放心地盯着丛烟的脖子："医生，这不会留疤吧？我怎么瞧着还很深的样子。"

吴剑笑笑："留疤也没事啊，她不是已经有人要了，还怕嫁不出去啊？"

"这是什么话，您也有人要了，还割什么双眼皮。"苏骁小嘴儿像钢枪一样，突突突地不留情面。

双眼皮割的啊，效果还挺好，回头问问他在哪个医院割的，给陈美人推荐一下，她一直想割双眼皮。丛烟心想。

吴剑："嘿，你这臭小子能耐了你！你是忘了自己打针时梨花带雨求我的样子了！"

"我他娘的才没求你。"苏骁赌气道。苏骁晕针，医院有个小护士叫吴倩，是吴剑的妹妹，苏骁最初追小护士的时候有病没病都要来医院溜达溜达，一来二去就跟吴倩暗生情愫，可还没来得及高兴，就被吴剑知道了，吴剑一心想撮合妹妹跟顾星河，就警告苏骁离他妹妹远点，结果这小子不仅不听，还更来劲了，跟吴倩偷了户口本准备去领证，被吴剑发现后赶在最后一刻抢回了户口本。

后来搜救队员组织体检，轮到苏骁抽血的时候，吴剑把吴倩支开了，要亲自给他抽血，苏骁本就晕针，吴剑还几次三番找不到血管。

第三次的时候，苏骁忍着痛咬牙道："别以为你是我未来大舅哥，我就不敢揍你啊！"

吴剑一针插进去，疼得苏骁嗷嗷的。

吴剑语气很不客气："再骚扰我妹，我给你戳成蜂窝煤！"

苏骁也不甘示弱："你这是公报私仇，我要去医院投诉科投诉你！"

"去！"吴剑把一张名片重重拍在他手上，"投诉科主任电话！不打你是我儿子！"

苏骁闭着眼反抗："我不只要投诉你，我还要去警察局告你干涉婚姻自由！"

吴剑又拍了一张名片："给，警局局长电话。不告你是我孙子！"

就这一会儿工夫，辈分又升了一级。

两人骂战骂得极凶，完全没注意到储血管里的血都快满了，苏骁壮着胆子半眯着眼瞄了一下："你倒是拔针啊，你是要抽干我啊，给我抽这么多！快快快，拔针——"

说话间苏骁已经开始晕晕乎乎了，有气无力地别开头去。

吴剑拔了针管，藐视道："我呸！连针都怕还想娶我妹！"

苏骁气呼呼地离开医院，经过一个垃圾桶时他才发现手上还捏着那两张名片，仔细看了一眼：一张是"通下水道 抽粪 维修……"，另一张是"延时 助勃 增粗 增长……"。

苏骁把两张小广告揉得稀碎，用尽全身力气朝着医院大门的方向扔了过去："吴剑！你大爷！"

自那以后，这两人算是杠上了，吴剑始终没忘了要把顾星河招为妹夫的宏愿，但最近也听说了他未婚妻来中心了，叫丛烟，没想到，今儿就见到了。

几人离开诊室时，顾星河客气地谢了他："谢谢剑哥。"

"我说了，叫吴哥——"

丛烟跟着也躬身认真道："谢谢剑哥。"

吴剑："……"

回去的路上，丛烟向王金凯打听了辛然和沈有墨的事。

辛然一开始和沈有墨是两地分居的，她也是为了沈有墨来漠城的。辛然原来在海市做演员，虽然只是个一百八十八线小演员，可那是她的兴趣和热爱。来到这边做一个小编辑也不是她特长，每天写稿子写得很头疼，心情也不怎么顺。

他们夫妻关系破裂也不是一天两天了，最近越发恶劣，就前阵子，辛然刚报警说沈有墨家暴她。

"家暴？"丛烟不敢置信，怎么看，沈有墨也不像有家暴倾向的人。

"哪有家暴啊，你看沈哥平时其实很让着辛然姐的，都是她打沈哥，那天沈哥就是象征性地用手拦她一下，结果不小心打到她脸了，她就疯了似的报警了。"王金凯感慨道，"辛然姐刚来的时候可温柔娴静了，也不知道什么时候就变成这样了。"

再到后来，辛然就越来越不可理喻，沈有墨跟任何女人说话接触，她都觉得他跟人家有猫腻。

"唉，看着他们，我是真有点儿恐婚。"王金凯双手插兜摇着头。

丛烟想起刚来那天，辛然对着她说的那两个字：真傻……

她想起小时候父母离婚那夜，也是这样，母亲把家里摔得乱七八糟，然后她就被送到奶奶家了。刚被送到奶奶家的时候，她还不能理解父母离婚意味着什么，甚至还在刚去乡下的那天早上，自己跑到山上去玩，经过红薯地时，她好奇地扒了一颗，很大。

那阵子她迷恋雕刻，随身都携带着雕刻用的小刀。那颗被她扒出来的红薯没有完成食物果腹的使命，而是在她的小刀下变成了一个尖尖的塔尖。

她照着奶奶门口的信号塔雕的。

大清早的山头没什么人，她觉得红薯雕出来的东西有点软，而且一抓就变得脏脏的，于是拿起随身携带的弹弓套上红薯往远处的坑里随手一打，准备再寻找一块好木头来雕。

"啊——"好像有人被她的红薯砸到了。

她没想到这里会有人，一时间愣了片刻。回过神后，她捡起一根枯树枝小心翼翼地往坑里走去。

秋日的清晨，微凉的风混着温热的光铺满土坑，和她差不多大的一个男孩躺在坑里，正举着她丢过去的那块红薯发愣。他躺在那里，像被阳光沐浴着的孩子。

许是丢到了男孩身上，红薯居然还完好无损。

"你的?"男孩声音清冷，丛烟打量着他，五官精致，皮肤白净，在晨光里格外清透可爱。

她还没见过这么好看的男孩子。

"我不小心的。"她解释着。

男孩儿坐起来，举着那块红薯："你雕的这是火箭?"

火箭? 才十二岁的丛烟对这种高科技东西也只停留在书里，没什么实际兴趣。

"像火箭吗?"

男孩："像。"

他指指"塔尖"部分："像载人的火箭。"

"火箭还能载人?"丛烟眨巴着眼睛，在男孩的滔滔不绝下接受了人生第一次航天科普。

末了，她又问："你刚才躺在那儿干吗?"

男孩拉着她躺下，丛烟躺下，视线里是湛蓝的天空，一望无际："除了天空，什么也没有。"

"有。"男孩盯着天空，"有飞船，我们国家第一艘载人飞船，里面有首位航天员。我听说会从我们头顶飞过。"

"航天员……"丛烟抬起稚嫩的脸庞，又仔细看了一下，天空里还是空荡荡的，什么也没有。

男孩从旁边的书包里翻出一张照片："送给你吧。"

"这就是载人飞船?"丛烟盯着那张照片。

男孩点点头："这叫船箭组合体，今天是我十二岁生日，我妈说飞船发射后她就能回来给我过生日了。"

"可我没有礼物送给你。"人家过生日，她没有礼物送还要接受对方的礼物，这似乎不太合适。

"不需要，我妈回来就是我最好的生日礼物。"男孩开心地笑起来。

丛烟想了想，又问他："飞船飞出去还回来吗?"

"当然回来，上面有人，我们的第一位飞天英雄。"

"那他什么时候回来?"

"明天早上六点左右。"

"那你还来这里看他回来吗?"

"不来了。我妈今天就回来给我过生日了。"男孩满脸都是欢喜。

"嗯……可是我想送你一个生日礼物。"丛烟摇摇手里的照片，"毕竟你送我礼物了。"

"好，那我明天还来看飞船返回。"

两个小孩子就此约定。

第二天五点半，天刚蒙蒙亮，丛烟就从被窝里爬出来了。她惦记着要去给小男孩送模型，那是她照着那张照片雕刻了一整天才雕出来的。她手艺很好，爷爷看见了还说比多年的老工匠雕的都像。

可是她等了很久，一个小时，两个小时，小男孩也没有出现，天空上也没看到飞船经过青市。

丛烟觉得自己被那个漂亮的小男孩骗了。

正当她失望至极准备回家时，小男孩出现了，他眼眶红肿。

丛烟有经验，前一天晚上如果是哭着入睡的，第二天起床眼睛就会肿成这样。

"多好看的眼睛，让你哭得这么丑。"她觉得小男孩太不爱惜自己的盛世美颜了。

"我妈没回来给我过生日。"

"那有什么好哭的?"丛烟不懂，"一个生日而已。"

"她从来都没陪我过过生日，她又食言了。"小男孩眼睛又开始红了起来。

"别别别，哭啥呢?"丛烟伸手给男孩擦擦眼泪，"男孩子的眼泪是不能轻易掉下来的，会变成女孩子的。"

"怎么可能。"男孩并没相信，但却止住了眼泪。

"你妈妈一定是有更重要的事才耽搁了，哪有妈妈不爱孩子的，对吧? 我给你补过生日就好了呀!"丛烟把手里雕刻好的模型送给他，然后拍着小手给小男孩认真地唱了一首生日歌。

唱完歌后，小男孩笑了。丛烟也笑了："这样吧，有人唱生日歌你就这么高兴的话，我再多给你唱几遍，以后过生日没人陪你的时候，你就当我提前给你唱过了。但你要答应我，不要跟妈妈生气，照顾好自己。"

她认真地一遍一遍地唱着，小男孩也和她一起唱，在空旷的山头，两个稚嫩的声音穿破森林，传向遥远的地方。

后来，丛烟再也没见过小男孩，甚至连小男孩的样子也忘得一干二净了，但每次唱生日歌的时候，她都能想起小男孩。

再后来，她才慢慢理解父母离婚的意义，她无数次觉得父母并不爱自己的时候，那些她曾经安慰小男孩的话却再也无法安慰她自己。

顾星河把丛烟送回宿舍休息，许是因为辛然和沈有墨的事让她联想到了自己的父母和童年，又感慨和她同样为爱赴漠城的辛然，最后变成这个样子，她心情莫名有些低落。

"我还得回去队里，还有工作没忙完，临时跑出来的。中午我给你带饭回来，你就不要去食堂了。"顾星河给她倒了杯水，又叮嘱了几句。

"等等——"丛烟拉扯着他的搜救服，想要说点什么，却什么也没说，"那，我等你……的饭。"

顾星河颔首，摸摸她的头："嗯。"

顾星河刚走，文静就赶来了，盯着她脖子上的伤口看了半天，笑着说："啧啧，这辛然发起疯来还真是跟她平时柔柔弱弱的样子不一样啊！"

"我怎么看你还有点儿幸灾乐祸呢？"

"我只是好奇让顾星河跳车赶往医院的伤能有多重。"

丛烟："你今天不用上班啊？"

"我这不准备任务结束后结婚嘛，请了半天假去请摄影师去了。"

"你这不是侮辱我吗？"丛烟瞪大眼睛，极为不满，"这么优秀的摄影师就在这里，你请什么摄影师？"

文静："你不是还要做伴娘嘛！"

"那婚纱照总可以我拍啊！"丛烟兴奋地畅想，"我早已经想好了，给你们拍一套搜救专属的婚纱照，开着搜救车在沙漠上，夕阳洒满整个沙漠，橘色搜救服配白色婚纱，帅哥配美女，要多浪漫有多浪漫，要多酷有多酷！"

文静一针见血："你这是给自己想的吧？路平可是空中分队……"

丛烟："呃……反正咱们男人都是搜救队员，一个天一个地而已，把搜救车换成直升机就好啦！"

"行，回头等你结婚时我们一起补拍。这次没时间拍，主要是双方父母来，通知一下他们我结婚了。"

中午顾星河回来的时候，文静还在，见他提着三个饭盒回来，便匆匆地凑上去："好香，一闻就是娜姐手艺。嗯，鲅鱼饺子，还有香辣虾，嗯，还有丛烟爱吃的椒盐平菇！"

狗鼻子吗这是？

"这饭孕妇不宜，慢走不送。"顾星河把饭盒往身后一藏，一副生人勿近的样子。

"我陪你前女友一上午了，连口饭都舍不得给我吃，你可真行。"文静抓起包准备出门，"过河拆桥！"

顾星河打开饭盒，一样一样摆在茶几上："是未婚妻，以后更正下你的称呼。"

"得，祝您用餐愉快！"文静把门带上，丛烟说得没错，顾星河就是个狗男人。

丛烟的伤口很快结痂，没两天便拆了纱布，经过上次的事情，辛然大概心中有愧，对丛烟不似从前那般冷漠了，但沈有墨对辛然却冷淡了很多，他从中心机关把"鲲M号"任务工作证和臂章取了回来，给大家发的时候叽叽喳喳个没完，到辛然的时候便一言不发地把东西往她桌子上一放。

这是丛烟第一次拥有自己的任务臂章，圆形臂章外围是一圈红底白字，上书"鲲M号载人飞行任务"，下书"空间站"，中间是蓝色星空为底，飞船遨游其中的画面。

她把臂章戴在胳膊上自拍了一张发给顾星河：我终于领到和你一样的同款臂章啦！『开心.gif』

顾星河：恭喜你追光成功，欢迎加入航天队伍！『摸摸头.gif』

灵感就像不规律的例假，说来就来，汹涌澎湃。那灿烂的蓝色星河在顾星河这两句话的形容下，突然在丛烟心中升腾起新鲜滚烫的热辣灵感，她迅速拿出平板将自己脑海中迸发出的一个个画面画了下来，很快，一幅幅静态"小烟领徽章"的漫画便跃然屏上。

第一幅画里，小烟抱着"鲲M"的臂章酣然入睡，面朝天空，宠物小星星戴着臂章在星空里向祖国敬礼，她羡慕得哈喇子流了一地。

第二幅画里，睡梦中，小烟奋力向太空飞去，在星空里遇到小星星，小星星把臂章挂在她的肩膀上。

第三幅画里，小星星在星河之上向国旗敬礼，小烟也戴着臂章站在他旁边学他敬礼！

很快，她就制作好了动漫版的视频，可是她的短视频走的风格是真人同比动漫，也就是说动漫是什么场景和画面，她就会对应拍摄相同动作和画面的真人版本，当然，真人版本只用来定格动漫版本，像引子一样引出动漫，所以只要有基本的同步动作就可以。

以前，所有与顾星河有关的画面她都是用宠物小星星替代，而真人部分她也会用一个专门定制的星星玩偶来代替。

可这一次，丛烟想用顾星河。

其实很简单，只需要他三个镜头，一个是画面一中他独自向国旗敬礼，一个是画面二中他为她戴臂章，一个是画面三中两人面向国旗敬礼，这三个镜头就足以引出动漫版了。

她把自己的想法跟顾星河说了以后，他出奇地配合："你这是为航天文化在做宣传，你的职责，我的荣幸，义不容辞。"

丛烟开心极了，拍摄好真人视频后，她又用了一晚上时间把最终真人动漫结合的视频做了出来，视频的最后，她写了一行字——仰望光，追逐光，成为光。

她很满意这次的作品，起名"预祝'鲲M'发射圆满成功#小烟追光之领徽章"。

视频一经发布，丛烟的短视频账号瞬间就被点赞和留言淹没了。

烟家的人：哇哇哇，小烟终于更新了！

星光下的狐狸：航天题材的小烟好可爱！

漠城大明白：听说小姐姐已经加入航天队伍了！

会飞的鱼：最后和小烟一起出镜的小哥哥是小星星吗？

扑通的小鹿：天哪，背影都好帅！求小哥哥正面照。

起名废：怎样才可以拥有鲲M号同款臂章？

一百个问号：同问。

小烟的男人：怎么会有帅哥出镜，小烟，你是要抛弃我了吗？哭……

红玫瑰白玫瑰：后来，她加入了航天队伍，我停留在了原地，漠城的风终究吹不到青市，平凡的我配不上优秀的她，我依然叫她小烟，她却说粉丝你好。

梁静茹给的勇气：再喝点。

……

当晚，丛烟的《小烟追光》就借着"鲲M号"的热度冲上了热搜："鲲M号"可爱追光小姐姐。

转发的视频文案也再度升级：

和星星一起穿越星河向祖国敬礼#航天小姐姐的动漫追光之旅。

视频热度超过丛烟想象，睡前顾星河给她发了一张截图，附了一句：点赞已过百万。『大拇指.gif』

丛烟：沾祖国的光，粉丝又涨了很多。感谢真人版小星星出镜，军功章有你一半儿哦。『眨眼.gif』

如果说上次航天夫妻的热帖只是让漠城一小部分人知道了丛烟，那这次《小烟追光》的动漫让丛烟真正在漠城火出了圈儿，第二天，漠城人的朋友圈被这可爱又正能量的动漫视频刷屏，人们纷纷转发这个视频以表达漠城科技工作者追光的信念和坚定的信仰，同时预祝鲲M号发射圆满成功。

除了朋友圈，各种工作群里也转发得十分火热。

甚至因此，丛烟还得到了漠城电视台台长江姝的亲自"召见"。这是丛烟第一次见江姝，在这之前，她一直以为江姝是个女人，因为这个名字听起来实在是雌性激素十足，实际上却是一个五大三粗的大老爷儿们。

江姝个子很高，目测比一米八五的顾星河还要高上几厘米，后来丛烟才知道，江姝生在农村，在他之前，母亲生了好几个儿子都夭折了，后来怀了他，算命先生说"要想小儿安，生儿起贱名"。于是，他没出生前便有了一个贱名：狗蛋。

出生后，算命先生又给起了名字：江姝。美其名曰女名属阴，压一压他身上的阳气，会健康顺遂。

丛烟盯着江姝满脸浓密的胡楂儿，心想，这幸好是压过阳气了，这要是没压，怕是要在草丛里找五官了。

第一眼，丛烟觉得江姝是李逵般的人物，可李逵……哦不，江姝一开口，丛烟就觉得这是披着李逵外衣的播音员。

这声音，像极了播音名嘴的声音。

"我看了你的《小烟追光》动漫，非常有趣，也为我们短视频宣传提供了比较好的创新指导。"

丛烟虽然是短视频创作的老人儿，可在航天领域，她还是个新人，"创新指导"她可不敢当："台长您过誉了，主要靠我们的平台效应。"

老江从小吃百家饭长大，对国家和老百姓的忠诚度比对他老婆还要真切："你这话说得对，我们一切的荣耀和成绩都依赖于我们的平台和国家，但也离不开你的个人努力和天分。我们台以前没有动漫方面的人才，在你之前，我们也没认为动漫这种童趣的形式能和航天这么严肃的事情融合。可是你看，你的作品，引发的舆论效应多好。"

江姝跟她谈话的主旨就是：表扬肯定＋继续努力。

丛烟回复的主旨就是：感谢领导＋再接再厉。

丛烟回到办公室，沈有墨立刻围了上来："老江找你干吗？"

"夸我呗。"丛烟抓起早上从食堂拿来的纯牛奶，她盯着袋子上那只母牛，思考着这航天奶牛产的牛奶味道是不一样，格外地纯。看了一眼配料表和保质期，果然是市面上难以买到的0添加的鲜牛奶。心里默默道，改天有机会，她一定要去奶牛场探访一下这些为航天事业默默产奶的小可爱们。

"老江的夸可不作数。"沈有墨拉了一把椅子跨坐过来，"我可给你提个醒，老江这货，你有机会问候他八辈祖宗的时候，一定不要只问候三辈，尤其在你做出成绩的时候。因为事后会后悔。"

"怎么说，你吃过五辈祖宗的亏？"丛烟大口吸着牛奶，直到包装袋被抽干变形，发出嘶嘶的吸吮声，她才停下来，把牛奶袋丢进一旁的垃圾桶。

沈有墨："老江啊，出了名的只准牛产奶，不准牛吃草。"

丛烟默默地又看了一眼刚被丢掉的牛奶包装袋。

王金凯在一旁憋笑对丛烟说："沈哥被老江压榨得没奶了。"

丛烟默默地又看了一眼沈有墨的胸口，呃……好像本来也不像有奶的样子，怪不得老江。

"看哪儿呢你？"沈有墨双手抱胸，一副被侵犯了的样子。

丛烟："……"

"总之啊，你入了老江的眼未必是好事。被他盯上可就成生产队的驴了。"沈有墨叹气的时候耳朵竖了竖，"你们听，是老江的脚步声。"

闻步识人？有这么厉害？丛烟顺着脚步声扭过头去，老江出现在视野里时，只听身后沈有墨激情昂扬满脸笑容地说："台长，您怎么还亲自上来了呢？有啥事您打电话啊，我立马就过去了。"

丛烟刚回过头来，就见沈有墨已经拖了一把椅子到江姝面前："台长，您坐，我去给您泡茶去。"

江姝把手里的文件夹放到丛烟桌子上："不坐了，我过来给丛烟送个文件就走，丛烟你看看这个鲲M号任务宣传策划方案，看看有什么想法，想好了来找我汇报。"

江姝放下文件就走了，沈有墨一直送到楼梯口，像吉祥物一样招手："台长再见！您慢走，小心台阶哦！"

沈有墨回到办公室，把门带上，立马换了一副嫌弃的表情："怎么样，我说的吧，是不立马来活儿了？这都不重要，重要的是从此你就是干到死，他都嫌不够。他的主张就是：业绩都是加班干出来的，要么加班，要么死！"

丛烟托着下巴，忍俊不禁："沈有墨，我还真没看出来，你居然是个前脚骂人祖宗八代后脚当人八代孙子的职场屎货啊。"

"这叫能屈能伸。"沈有墨撇撇嘴，"我这现身说法给你传授江湖生存技能呢，别不知道好歹。"

丛烟笑得开心，打开江姝送过来的文件夹，里面是本次任务的宣传方案，丛烟仔细看了一下，受访对象里还有鲁国昌的名字。

"沈有墨，鲁国昌每次任务时喊倒计时口号的地方就是那个大厅是吧？"

"'金手指'鲁国昌？"沈有墨探头过来看了两眼，确认道，"没错，是他，载人发射指挥员。"

丛烟在电视上见过，巨大的屏幕，一排排的电脑，统一着装的科技人员们依次就位，任务后喜庆的圆满成功的大字，每次发射后，最激动人心、令人翘首以盼的地方，就是那句"圆满成功"。

她举起任务证："是不是有这个，发射那天就可以进去拍？"

"理论上是。"

"那实际上呢？"

"实际上你定位到那里才可以，每次任务有分工的，任务时我们整个电视台加其他媒体来的老师全派出去，都不一定够用。当然，任务前你要去各个单位踩点儿的话，这个证还是管用的。"

丛烟明白，毕竟这么大的任务，几乎涉及航天城里每个系统每个航天科技人员，哪怕她每天了解一个岗位，恐怕也要用一年半载才能走遍。

不过这次，她想跟鲁国昌这条线，但是载人发射指挥可是发射时最受全国人民关注的岗位，她怎么才能定位到大厅呢……

"这简单啊，台长说你去哪儿你就去哪儿，反正我们肯定要去人的。但那么重要的地方，我怕未必会派你一个新人去，咱们台里有经验的摄像也不少。"

丛烟沉思着，手指一下一下有规律地敲击着桌面，小脑袋开始疯狂运转。

她掏出手机给顾星河发微信消息：biubiu『爱心.gif』

顾星河：在开会。

丛烟：开会还回消息。

顾星河：打酱油的会。

丛烟：中午我想去娜姐家吃饭。

顾星河：『ok.gif』

漠城指挥控制中心，是发射中心执行航天发射任务的神经中枢，执行任务时所有的发射数据都将汇集到这里。

在漠城，你会听到太多关于梦想的呼唤。但最动人的呼唤，莫过于守望。戈壁漠海里也有梦想，星辰璀璨中也有烟火。

在来漠城前，每次有航天任务时，丛烟都会宅在家里看直播，偌大的大厅里，任务后的欢呼和热闹，科技人员们竞相拍照的场面，记者们在宣布圆满成功后争分夺秒地抢着采访自己想要采访的专家和科技工作者……最初的几年，她总在指控中心的镜头里尝试寻找顾星河的影子，人群中，他那样专注、清冷。

后来的几年，他去了搜救现场，漠城中心便再也看不见他的身影了。可丛烟对漠城指控中心的执着还在，她想真正在现场以他的视角感受一下镜头另一端的期盼。

丛烟跟顾星河约好了去秦娜餐馆吃饭，冉冉老远看见他们的车子，便跑着穿过马路，冲到停车场上。

"星河舅舅，你今天来得正好，我妈和鲁叔叔吵架了。"冉冉拉扯着顾星河的手，小小的人儿需要把头昂得高高的才能看见大人的世界。

顾星河一手锁车，一手把冉冉抱起，好奇地问："他们很少吵架，你知不知道为什么啊？"

"……"冉冉两只小手堆叠着，欲言又止。

顾星河猜测着："难道是因为你？"

冉冉点点头，嘟哝着："我叫了鲁爸爸一声爸爸，妈妈就很生气，让我叫叔叔，我听见她说以后再也不让鲁爸爸来了，哇——"

冉冉越说越委屈，憋了好久的情绪像开了闸的洪水，一下子释放了出来。

"哎哟哟，冉冉不哭，烟姐姐抱抱好不好？"人类幼崽都这么可爱的吗，她那肉嘟嘟的小嘴儿一噘，眼泪一掉，整个儿就哭到丛烟心里了，她把冉冉抱过来，轻轻地拍着小家伙的后背，"再哭可就变小男孩了啊！"

冉冉趴她肩头哭得更凶了，捂着眼直嚷嚷："我不要变小男孩……"

顾星河轻轻点丛烟额头："让你吓唬小孩！"

他把小家伙抱过来，慢慢拍着小家伙后背，得到安慰的小东西趴在他肩膀上抽抽搭搭了一会儿，慢慢缓和了情绪。

丛烟边走边轻轻拉扯着顾星河："可鲁国昌本来不就是冉冉亲爸吗？为什么不让她叫爸爸？"

顾星河："并不是。"

冉冉全名叫方穹，她的亲生父亲方正是鲁国昌的挚友，两人年轻时作为同一批来场区的科技工作者，一起在共同的航天事业中结下了深厚的友谊。

在尚未启用漠城着陆场前，方正作为第一批航天搜救队员，和漠城着陆场一起，默默作为原草原着陆场的备份，一备就是十几年。

直到鲲L号返回正式启用漠城着陆场，曾经和方正一起备份的那批搜救队员等了十七年，终于等来了这一天，可方正却永远看不到了。

方正因病走的时候，秦娜已经怀孕八月有余，伤心过度引起早产。鲁国昌心里特别愧疚，怪自己没有早早发现方正的异样。虽说他比方正早工作六年，可两人却非常投契，工作上并肩作战，生活中互相扶持。他怎么也没想到，方正会没有等到女儿出生，也没有等到漠城着陆场正式启用。

作为一名航天搜救队员，没有亲自登上漠城着陆场参加搜索救援任务，也许对方正来说，也是他一生最大的遗憾吧。

鲁国昌孑然一身，就把冉冉当女儿一样对待，一有时间就带冉冉出去玩，得空就去秦娜餐馆帮忙。冉冉也时常鲁爸爸鲁爸爸地喊着，秦娜也没刻意纠正冉冉的称呼。

时间久了，鲁国昌也真的把她们当自己最亲的家人了。

"难怪鲁大哥住在单身宿舍，我还以为他平时加班忙得没空回家呢。"丛烟抱着冉冉，和顾星河一起进了餐馆。

午饭时间人比较多，小小的店内坐了好几桌人。顾星河带着丛烟坐进角落的小隔间，秦娜过来招呼他们的时候，冉冉还下意识地往顾星河怀里躲了躲。

"她又去烦你们啦？"秦娜给他们倒着热水，眼眶却一眼看出是刚哭过的。

"娜姐，我们自己来。"丛烟接过茶壶。

秦娜抹了把眼角，故作轻松地说："你们吃什么？"

"有啥上啥，您做主。"顾星河从筷子筒里拿出两双筷子，秦娜说了声"好"便转身回了厨房，一旁招呼客人的鲁国昌见她回了后厨，这才放下手里的抹布来到小隔间。

他闷声坐下，拈出一根烟塞在嘴里，正要打火，看见冉冉梨花带雨地望着他，便又把打火机收了起来。

"怎么回事?"顾星河压低声音问。

"还问! 还不都是你们这些臭小子出的主意。"鲁国昌给自己倒了杯茶，咕嘟咕嘟灌了个干净。

"失败了啊?"顾星河自言自语，"不该啊……"

"怎么了?"丛烟好奇地看着两人，顾星河压低声音在她耳边嘀咕了几句。

"啊? 你们教鲁大哥跟娜姐求婚啊。"丛烟翻了翻白眼，这群家伙，馊主意一个接一个，真是一天一个单身小技巧。

"就算不同意，也不用跟你断绝关系，以后不让你来吧?"顾星河悄悄说。

鲁国昌又闷一杯茶:"她怪我把窗户纸捅破了，以后连朋友也做不成了。"

他再倒茶的时候，顾星河拦住了他:"这不是酒，喝不醉的。"

几人说话间，秦娜端了盘凉拌三丝过来，上菜的时候她连余光都没给鲁国昌一点儿，放下菜就又返回后厨了。

虽说在外人眼里，他们就是一家三口，可毕竟法律上还不是。鲁国昌也这么认为的，他想着这些年他对冉冉怎么样，对她怎么样，秦娜心里应该有数，可谁知还是开口死了。

他甚至连一句为什么都没问出来。

鲁国昌瞄着茶杯里平如镜面的水影，虽然有那么几根白头发，可还是精神抖擞的中年小伙儿啊!

"我老了吗?"鲁国昌望着对面三个人，不自信地问。

几个人一齐摇头。

鲁国昌爱运动，跑步篮球样样精通，别说同龄人，就是年轻人，好多身体素质都不如他。就算再大个十岁，也不能用"老"来形容。

"太丑了?"

几个人又摇头。

顾星河双肘托桌："鲁大哥，你啊，不必怀疑自己的颜值，不是脸的问题。"

"那是……灵魂?"

"噗——"丛烟没忍住，口里的热茶差点儿喷出来。

"你这丫头，笑什么? 你说说，你们都是女人，你说说她是为什么。"鲁国昌凝神屏气，准备听听她的看法。

秦娜又端上来一个菜，照旧看都没看鲁国昌一眼。

丛烟给冉冉夹了几筷子菜，这才看着鲁国昌说："是时间问题。"

"时间问题?"鲁国昌拿起筷子挑了一筷子菜，"五年还可以啊，难道还非得跟你们一样凑够六年才能成?"他又转向顾星河，好奇地问，"你跟烟姑娘怎么复合的? 还不是她伸手你接住就好了，难道还得互相打几个回合太极?"

顾星河："……"

丛烟："鲁大哥，那不一样，我们原来就是男女朋友，您跟娜姐原来那可是兄弟的媳妇儿，老公的兄弟。"

秦娜是一多传统的人啊，光想想，这关系也够压迫的了。

鲁国昌虽然不明白她说的什么意思，但莫名觉得有道理，他认真地说："烟姑娘，你继续说。"

丛烟笑眯眯道："鲁大哥，您这次的任务是指挥吧?"

"嗯，跟这个有关?"怎么突然扯到任务了。

顾星河也放慢了吃饭的速度，饶有兴致地看着她。

"唉，以前我总觉得我徒有一身撩妹技巧，奈何我自己却是个妹子。今儿可是有我的用武之地了，这样鲁大哥，你听我的，我保证搞定娜姐。"丛烟冲他眨眨眼。

鲁国昌望着眼前这个小狐狸一样的眼神，不禁心道，这丫头和顾星河还真他妈的配一脸。

"成交!"鲁国昌跟她一拍即合，两人举杯约定。顾星河默默看着丛烟得逞的样子，后知后觉地觉得自己今天被她利用了呢……

傍晚，丛烟趴在顾星河的窗头画画，宿舍的位置高度正好，抬头就能看到不远处的胡杨林，金光灿烂，景致诱人。

　　微弱的夕阳从窗户里倾斜着落下，均匀地洒在丛烟身上，微黄的光晕将她笼罩，晕染成淡淡的浅金色。光影交错间，微卷的发丝随风轻动，顾星河端着刚磨好的咖啡，思绪随着咖啡香味飘回了十年前。他想起高考时的丛烟，不知道那时的阳光是不是也这样打在她修长的天鹅颈上，但那天她出考场时得意的样子却像摘到了天上最美的星星。

　　"押对了，押对了，两道大题！顾星河，你太牛了！"丛烟高兴地走出考场，在等候的家长群里她一眼就看到了那个闪光的少年，她百米冲刺地跑过去，抱着他的脖子转圈圈，又跳又叫，完全不理会旁边那些焦急的家长们。

　　顾星河没有阻拦她，由着她自嗨了几十秒，一旁的陈美人咳咳地提醒她："老陈出来了——"

　　丛烟跷着脚单手搭在顾星河肩膀上："喊，少蒙我，再说了，老娘都毕业了，他还能再罚我站不成？"

　　"丛烟！"身后老陈的声音一出，丛烟吓得从顾星河肩膀坠落，差点儿没站稳。

　　"陈老师好！"丛烟能屈能伸地立正站好，但脸上还是笑眯眯的，她兴高采烈地冲老陈比了个"耶"。

　　老陈："你耶什么？"

　　丛烟看看自己的手势，又晃了晃："陈老师，这是二，二！"

　　"二怎么了！"

　　"顾星河给我估对了两道大题，整整三十多分！"她兴奋得不能自已，都快笑出褶子了。

　　"顾星河，你怎么考前不把想法给老师说一下呢？"老陈挪了挪眼镜，一脸认真地望着他。

顾星河看了一旁的丛烟一眼，含笑说："陈老师，我这只是跟自家媳妇闹着玩儿的，没想到运气挺好。"

老陈："这才刚结束考试几分钟，就官宣了？"

丛烟用准考证遮着自己的脸，在顾星河背后朝陈美人兴奋地比二……比耶。

老陈拍拍顾星河肩膀，笑着说："挺好，我倒是也不担心你，虽然她野，但她拖不动你的后腿，你倒是还能拽着她往更好的方向走一走。将来摆喜酒，记得请我。"

十年了，不知道老陈还记不记得他们的喜酒了。

"你想什么呢，一脸春心荡漾的感觉。"丛烟拍拍他的肩膀，顾星河笑着拿过她的平板，想看看她刚才画了什么。

"可爱吗？"她也凑过去，指指画板上肉嘟嘟的小女孩儿。

"冉冉？"

丛烟高兴地点点头："你能看出来是冉冉说明我画得还挺像，对吧？"

顾星河闻了闻杯子里的咖啡，又指指其中的小星星："冉冉叫它星星舅舅？"

"当然，我的粉丝习惯了小星星，总不能突然变成个大帅哥。"丛烟抱着平板，脑海里又想到了什么，她在小星星下寥寥加了几笔，一个穿着橘色搜救服的小星星就活灵活现了。

"以后，这就是你啦，人身星星头，穿橘色搜救服，更像你了吧？"丛烟把成品给他看。

顾星河笑着摸摸她头，她真的很有灵性。他顺势把手搭在她肩膀上揽住她，两人靠在窗户边，楼下的榆树正在和月亮约会，天边的晚霞正在和黄昏捉迷藏，而她头发丝上清新的茉莉香缓缓沁入鼻腔，他温声问："能不能说说你预备怎么帮鲁大哥。"

丛烟微微抬头："你不是来刺探情报的吧？"

"我好奇而已。"顾星河抿了一口咖啡，把杯子送到她嘴边，"今天磨得很香，尝尝。"

丛烟喝了一口咖啡："鲲M发射任务我想去指挥中心定位拍摄。"

顾星河："这很难吗？你的拍摄技术没问题啊。"

"可沈有墨说新人一般不会派到那么重要的地方。"

"你算什么新人，想去和你们月姐汇报一声就好了，她会安排你的。"这个航天职场新小白，想事情复杂得很，其实在哪里拍都一样，每年任务那么多，除了大型的载人飞行，还有数不清的卫星任务、民商任务，每个场地都会轮到的。

"我想证明自己，然后再去。所以我约了贺寒，一起给鲁大哥做个专访。在任务前给鲁大哥做了专访，在任务时我去漠城指控中心跟拍他就很顺理成章了呀！"

顾星河似乎懂了，可是这丫头似乎搞错了方向："鲁大哥任务时并不在指控中心定位，而是在测发大厅，任务指挥待的地方和指控中心虽然都是大厅，但并不是同一个大厅。"

"啊？"丛烟匆忙翻了一下采访人员定位表，果然上面清楚地写着：鲁国昌，测发大厅。

"所以你到底是想去指控中心，还是想去拍鲁大哥呢？"顾星河给她出主意，"如果你是想去指控中心呢，我倒是可以给你一个好方向，你未来婆婆每次都在指控中心定位，所以你要去指控中心拍你婆婆还是去——"

"拍鲁大哥！"丛烟毫不犹豫地回答。

顾星河难得笑得无奈："我妈有那么可怕吗？"

"当然不是，阿姨她看起来就很好相处的样子……"

顾星河："那你怕什么？"

"我不是怕阿姨，我是怕在未来婆婆面前失礼。"她该怎么告诉他，同一个人不同身份时给人的感觉是不同的呢？

顾星河："你去发射场定位也不错啊，毕竟第一次见证大型航天发射任务，不想去现场感受一下那种震撼感？"

"我就要去测发大厅。"丛烟执着着自己的想法，她想去感受一下那些年隔着屏幕思念无数次的地方，虽然不是她最初想去的指控中心，但都一样是大厅，都一样。她坚定地安慰自己。

丛烟在顾星河宿舍画到很晚，他在一旁的桌子上安静地研究着一些外文文献，丛烟没什么兴趣，也看不懂，就窝在一旁安静画画。

夜深星稀，丛烟收拾好东西准备回宿舍，顾星河却伸手拉住了她。温暖的黄光从他头顶落下，像沐浴在光里的王子。

"干吗，这么晚了，我要回去了。"她拽拽他的手，最近他可越来越不见外了，小手说拉就拉，小脑袋说摸就摸，小鼻子说刮就刮。

"你以为我要干吗？"顾星河向她逼近一步，两人之间的距离拉近，他居高临下地看着她，挺立的鼻梁就在她眼前，晃得丛烟心突突地跳。

顾星河一手抄起桌上的车钥匙，一手拽着她往外走去："走，跟我出去一下。"

"大半夜了去哪儿？"丛烟跟在他身后被拽得飞起。

顾星河："去救人。"

两人赶到文静家时，房间里已经一片狼藉。地面散落着沙发垫、抽纸盒、破碎的玻璃和一些不知名的液体混合物。

文静坐在沙发一角，看起来十分平静，像没什么事发生一样。倒是来开门的路平看起来眼眶泛红，胸脯剧烈起伏着。

"谁扔的？"丛烟从凌乱的地面上插缝进去，"路平，你干的？"

"我像吗？！"路平红着眼委屈道。

丛烟："……"

你不像谁像啊？

"你说她，一点儿身为孕妇的自觉都没有，一个劲地扔东西，我还怕她伤着自己，还得一样一样接着。"路平越说越委屈，一个劲地跟两个人吐槽，"她现在对我越来越不好了，一点儿不在意我的心情。"

"你们这婚礼都还没办就开始七年之痒了？"顾星河插空大步走到文静身边坐下，"怎么了？"

文静不动也不说话。他薄唇微启却极有力量："三秒钟内你不开口，我就带路平去我宿舍睡了。"

"我要去参加鲲M号发射任务的搜救保障。"文静极快地说。

顾星河反问："这跟你摔东西有什么关系？什么时候学会的这种一哭二闹三上吊的把戏？"

文静不满地解释："他不让我去，鲲M返回我肯定参加不了任务了，发射为什么也不让我去，宝宝还不到两个月，就一小蓝莓。"

"他不让你去有什么用？我才是队长。"顾星河指指凌乱的地面，"把地上收干净。"

文静："真能去？"

路平："老大，不能让她去，你还不知道她？开起'猛士'就真变'猛士'了！再给我把小蓝莓颠没了。"

丛烟摸着她手背安慰她："发射你去干吗呀？又不用去搜索返回舱，不用接航天员。你们搜救队员在发射任务里还不就是个摆设？发射任务时全漠城人都会出动去欢送航天员，又不缺你一个人去送他们。"

话音刚落，另外三人齐刷刷地向她投来疑惑、警觉、不解、质疑、指责的目光。

路平："烟儿，你这想法可不像一名准搜救家属应有的觉悟啊。"

顾星河难得抛弃她和他们站在一条战线："的确，是我没有搞好家属教育。"

路平："咱们国内目前为止，载人发射的确达到了'发发成功，次次圆满'，可不代表不需要搜救队员啊。"

文静："可不，国外就有火箭在升空后一分钟左右爆炸解体坠毁的。机上的宇航员都在该次事故中丧生，还有好多，航天发射不是平平稳稳，好多国家发生过很多航天事故。"

路平："我们航天搜救队员在发射段的作用也不可小觑。"

文静："可不，你以为百分百成功率怎么来的，那是全体航天科技工作者在背后默默付出了无数年的成果。"

路平："其中就有我们搜救队员的付出，我们都是按至高标准准备每一次任务的，包括发射任务。不止发射返回，我们航天搜救队员要具备的是日常的常态化应急保障，不管航天员在天上有什么情况，只要他们想回来，白天黑夜、春夏秋冬，无论什么时间和地点，我们都具备随时为他们保驾护航的能力！"

文静："对，我们是为生命而存在的。宁可备而无用，不可用而无备。我们的存在就是安全的保障。"

两人你一言我一语，完全忘了丛烟是为什么来的了。

丛烟干笑："你看他俩，还用咱俩劝架吗？我看挺团结啊。"

顾星河盯着文静："还不收拾垃圾？"

"好了好了，她一个孕妇，你让她收拾什么啊。"路平乖乖地拿起扫把默默扫地，先前的情绪好像也一扫而空，秒变护妻狂魔。

丛烟笑着直摇头："你怎么把路平驯服的，给我教教呗。"

顾星河冰刀一般的眼神看过去，满脸都写着他的问号和警告：你想把我驯服成什么样？

丛烟秒怂："我随口说说而已……"

回去的路上，星星明亮耀眼。丛烟托着下巴碎碎念："你说路平怎么就对文静那么好，文静扔东西，他还在旁边护着，生怕她扔伤了自己。以前我怎么没看出来路平是这样的痴情种啊，唉，这种好男人也是绝种了。"

顾星河斜睨着她："听你的语气好像很羡慕？"

丛烟扭头看他，小声笑道："听你的语气好像很吃醋？"

下一秒，车子突然急刹，丛烟身子惯性向前又被安全带拽回。顾星河向她的方向探去，黑暗中他的眼睛晶莹又凌厉："你倒是说说，你眼中的'好男人'的标准是什么？"

他口腔鼻腔内的热气缓缓扑过来，丛烟觉得侧脸暖暖的，只是……

"你这样的。"她机灵地说。

顾星河收了目光，重新摆正身体，他脚下松了松，车子重新行驶起来。

"还算你有眼光。"

丛烟望着他"无情"的侧脸，很多年前他就说过这样的话："做我的女朋友，希望你学会照顾自己。"

时至今日，她深知他的嘴巴越欠，内心越软。

他不是做不到路平那样无微不至，而是他知道，他可以无微不至，但她必须要有独立强大的能力。否则六年前，他完全可以强逼她来，她也会同意的，可他没有，他给了她六年时间让她自己成长、自己选择，等到羽翼丰满，只要她来，他便护她。

他不想让她躲在他的羽翼下，他想让她同他一起在风雨中前行。

万般皆是爱，看你喜欢哪一挂。而丛烟，喜欢眼前这一挂。

丛烟第一次见工作时的鲁国昌，都说认真工作的男人最帅，这话一点儿也不假。鲁国昌在塔架上检查火箭状态时的样子，跟平时那个随和好说话又腼腆的样子完全不同，尤其跟第一次见面时的"石头哥"有天壤之别。他戴着安全帽站在塔架上，神情专注地和同事们交流着，给人一种严肃不可侵犯的神圣感。

像屹立在山峰之巅的松柏。

在塔架下百米处，鲁国昌接受了贺寒的采访。

"鲲M号"船箭组合体转运到发射区后，鲁国昌每天都会多次到发射场各个点位场所，对千余台套设施设备进行巡检，确保设施设备没有任何风险隐患。

载人航天，性命攸关。小心无上限，谨慎无边界，任何细微之处考虑不周都可能会对整个任务带来极大负面影响，甚至决定任务成败。"严慎细实"是刻在每个航天科技工作者骨子里的四个字。

"搞技术的就要技术过硬。"鲁国昌在采访中说。作为任务指挥员，鲁国昌要做的远不止按程序下达口令和最终按下一个按钮那样简单，那简简单单的一下凝聚了数十年航天工作经验和应急处置能力，同时他还要关注各个系统的工作进程和完成的状态，也要反复思考某系统或某专业甚至某岗位出现故障、问题的时候该怎么做，对整个航天发射系统都要有全盘扎实的了解。

这不是一朝一夕能具备的能力，只有从基层岗位一步步成长起来、经历过每个岗位艰苦历练的实战考验，才能胜任。

所以这个岗位至关重要，也是每次发射过程中大家最关注的岗位之一。

距离火箭发射还有两天时间，鲁国昌几乎吃住在发射场，丛烟走的时候，他还特意叮嘱："有空帮忙多去看看秦娜和冉冉。"

她点点头，用力关上采访车厚重的车门，车子扬长而去，鲁国昌被远远地留在原地，他的人影越来越小，最后和塔架融为一体。

凭着鲁国昌的采访，丛烟顺利从江姝那里争取到了跟踪报道拍摄任务期间任务指挥的机会。

"鲲M号"预定发射时间为10月16日凌晨，所以15日傍晚，各个系统便要前往各个定位点开始工作。

丛烟没有忘记10月15日是顾星河的生日，一大早，她就赶去蛋糕店预订了一个蛋糕，图案是她亲自设计的，星空蓝为底色，身着浅蓝色工作服的两个小人儿肩并肩站在地面仰望星空，上书：生日快乐，发射成功！

顾星河今天也带队在准备凌晨的任务，一整天没有回宿舍，丛烟知道这个生日蛋糕要等到任务结束才能吃到了，她把蛋糕放在他房间的茶几上，在贺卡上写了两行字：

生日快乐！愿烟火与星河常伴。

10.15 星河媳妇。

收拾好装备，丛烟便同贺寒一起前往测发大厅。路上，她接到文静的电话，文静在电话里气到爆炸："顾星河太狗了！他答应我要让我参加鲲Ｍ号发射任务的。"

"他反悔了？"应该不能啊，顾星河不是说话不算话的人。

"他安排我在出发点数车。"

"数车是个什么工种？"丛烟好奇地问。

"就是他们出发前，让我去数数车上的标牌啊、标识什么的有没有遗漏。"

"噗……"难怪那天顾星河答应得那么痛快，不过他确实没有答应她让她以搜救队员的身份参加任务啊。

"我要气死了！"文静在电话那头难以平息，"他怎么能跟我玩文字游戏！"

"你就好好养胎吧，乖！"丛烟安慰着她。

载人航天工程已经走过了二十九年的风雨春秋。鲲Ｍ号，为载人航天工程发射的系列飞船之一。

丛烟知道，今夜，"鲲Ｍ号"飞船发射任务又将创造多项世界之最，航天脚步也将再一次向前迈进伟大的一步。

明亮的大厅里坐满了科技人员，一身航天工作服的鲁国昌，早已端坐在大厅的正中央，大屏幕上显示着各系统的相关状态和参数，他时不时地与身边的工作人员交流，忙而不乱。

"2005年参加工作的鲁国昌，在戈壁已经十六年时间了。十六年前的今天，鲁国昌也是在同一天参与了我国第一次载人飞行任务，鲲Ｅ号发射，今夜，鲲Ｍ号载人飞行任务圆满成功，让我们一起来听一下他跨越十六年后现在的心情……"贺寒翻阅着手里收集到的资料，嘴里念念叨叨地为任务成功后的现场采访熟悉着出镜词。

"你刚说什么？"丛烟大脑里被他一闪而过的出境词晃过，好像晃到了某个重要的信息，可又瞬间逃走。

"我在念出镜词啊……"

"刚才那句……鲲E号，跨越十六年，十六年前的今天！"丛烟脑袋"嗡"的一下，脑海里迅速回忆起当年那个过生日因为没有妈妈陪而哭鼻子的小男孩……

他是在"鲲E号"发射当天过生日的，10.15。

今天，也是顾星河的生日。

小男孩喜欢火箭，妈妈因为"鲲E号"没有回去陪他过生日，成茵嫩也是漠城航天人。

有没有这么巧……

丛烟掏出手机给顾星河打电话，她不确定能不能打通，因为不知道他现在所在的地方有没有信号。但出乎意料，电话打通了。

"你在哪里？"她声音里带着少有的急切。

"在去往定位点的路上，刚出发。"

"十六年前，'鲲E号'发射那日，你有没有去青市月老岛附近的山上看鲲E号？"

电话那头似乎信号不好，寂静得像断了线。

片刻后，顾星河的声音终于传来："信号不好，听不到，回去了再说。先扣！"

电话挂断，苏骁好奇地望着一旁出神的顾星河："顾队，怎么了，谁的电话？"

顾星河回了回神，脸上掀起一丝不为人知的波澜："没事。"

他坐在副驾驶座上，调整了一下姿态，重新开始指挥着车队。直到车队到达停车点，他下车吹着夜晚微凉的风，思绪渐渐随着丛烟刚才的话飘远……

高三开学那日，他在台上作着升旗演讲，那个染着鹦鹉头的女生一声"棍星河"成功吸引了他的目光。第一眼看到她时，他便认出了她，因为她的模样几乎没怎么变，而且她耳后有颗美人痣，在她上楼梯时跟同学们故意推搡捣蛋的时候，他站在雨里，也清楚地认出了她那颗红痣。

她是那个为他雕刻火箭模型和唱生日歌的姑娘没错，可她又跟那时的小女孩完全不同。

小时候的她，阳光、快乐、善良。在他最需要情感安慰的时候，她给了他生命中很重要的一缕光。后来，丛烟总说，是他点亮了她人生的烟火。

其实，是她在多年前，便点亮了他的人间烟火。

有些人就是这样，她漫不经心地走进你的世界，却在你岁月的石碑上刻下永生不灭的印记，惊艳了那段轰轰烈烈的时光。

然而，再见面的她，调皮捣蛋，颓废消极，每天除了追他，其他什么都不重要。吊儿郎当，没点正形，就连考重点大学的动力，都是为了追他这个"未来男友"。

妥妥的一不良女学生。

他不懂她经历了什么，直到她生日那天，他撞上了她母亲打她那一幕。

那个女孩阳光灿烂的世界，好像被乌云遮住了。

后来他好像明白了，她只是试图用那种"另类"的言行来吸引父母的关注，来唤醒父母对她的关心和爱。

她曾问他："顾星河，你怎么比梦想还难追？不过我也认了，不艰难奢侈一点，怎么配叫梦想，不经历千辛万苦追上的，又怎么配叫顾星河。"

"其实你不一定要考什么重点，对一件事情挚爱和坚持的态度更重要，你画画那么好，一定要坚持下去。梦想基于热爱，更容易达成。"他不知道她听懂了没有，但从那天起，她画得更认真了。

高考前的那夜，丛烟问他："你会喜欢我吗？"

那夜月色撩人，他轻声答："如你所愿。"

丛烟心跳加速："一时兴起？"

顾星河没答，心里却默默地说：不，蓄谋已久。

后来，在他的鼓励下，她填报了动漫设计专业。她依然坚持画他，可也开始画他之外的世界。

时间一分一秒地过去，"鲲M号"矗立在塔架上，火箭顶端鲜艳的红旗格外醒目，在风中直指苍穹。丛烟从监控画面中看到，三名航天员正稳稳地坐在舱内，即将开启一场永载史册的跨年远行。

鲁国昌神情严肃地紧盯测试大屏，沉稳地下达指挥口令……

"鲲M号，我是零号，你听我声音怎么样？"

"鲲M号报告，我听你声音好。"

最后一次天地话音检查结束，发射正式进入倒计时。

凌晨将至，载人航天发射塔架上，第三组回转平台缓缓张开双臂，运载火箭站立在漠城大地，巍峨壮观。

"一分钟准备！"

测发大厅内，除了口令声，静可闻针。大家凝神屏息，注视着大屏幕上三位出征的航天英雄。而丛烟也紧张地屏住呼吸，这是她第一次在现场听任务指挥喊口号，每声口令都让她无比激动和紧张，她将镜头对准鲁国昌，历史性瞬间即将来临。

"5，4，3，2，1，点火！"

零时二十三分，随着指挥员的点火口令，火箭拔地而起，划破天际，飞往苍穹，三名航天员带着国人的期望和祝福飞往灿烂星河。

"九市程序转弯；"

"漠城光学、USB、雷达跟踪正常，遥测信号正常，漠城飞行正常；"

"助推器分离；"

"一二级分离；"

"抛整流罩；"

"船箭分离；"

......

指挥大厅内，每一个口令发出，都伴随着掌声阵阵。时间一秒一秒地过去，当中心主任、发射场区指挥部指挥长微笑着走上台时，大家心里知道：妥了！

"我宣布'鲲M号'载人飞行任务取得圆满成功。"

10月16日凌晨，搭载着"鲲M号"飞船的运载火箭，点火升空，成功将三名航天员送入太空之家。科技人员们拥抱击掌，鲁国昌严肃的神情淡去，露出激动的笑容。

贺寒第一时间把话筒对准他："请问您现在心情激动吗?"

"激动，但最激动的时候刚才已经过去了。"

"恭喜恭喜，一切非常顺利，从鲲E号到鲲M号，跨越十六年的时空，您最大的感受是什么?"

"跨越十六年的烈焰和璀璨的浪漫，背后是我们强大的祖国，人民的支持，科技的力量！这一刻，不只航天人，每个国人都是自豪与荣光的！……"

贺寒："那您现在最期盼什么?"

鲁国昌憨直深情地凝视着镜头："盼天上顺利，盼人间团圆！"

鲁国昌的话还在热闹的背景音里继续，可丛烟的思绪早已被这跨越十六年的缘分萦绕……

"鲲M"飞往太空，漠城的人们却依然在忙碌着，各系统紧密有序地进行着收尾工作和留念活动，测发大厅里，人们也纷纷同身边人合影，纪念自己的航天生涯中这又一与国同辉的时刻。

丛烟拉着贺寒和鲁国昌在大屏幕"热烈庆祝'鲲M号'载人飞行任务圆满成功"的大字前，第一次在测发大厅现场留下了自己青春灿烂的笑容。

收好装备，她几乎一刻也没有停留，便匆匆返回宿舍。一路月光为伴，照进了她满是涟漪的心田。

宿舍楼下，灯火漆黑，宿舍楼显得落寞又寂寥。漠城的人们此刻多数还在各个点位没有回来，万籁俱寂的夜晚却又好像万物生花。她打开他宿舍门，蛋糕还完好无损地放在茶几上，空荡的宿舍里安静得只有她自己的呼吸声。

墙上的挂钟一秒一秒地走过，她等得着急，索性拿出平板工作着等他。

任务前她便制作好了动漫视频《星空里的爸爸》，但还缺实景镜头。她将今晚的任务指挥的镜头制作好后，便上传至短视频网站。

镜头不多，全是以冉冉的角度来拍摄和作画的。

第一幅：襁褓里的冉冉和星空里微笑的半透明的爸爸隔空相望。

第二幅：妈妈与冉冉手拉手，背后半透明的爸爸微笑着看着他们。

第三幅：爸爸作为任务指挥在测发大厅护航火箭。

第四幅：冉冉和妈妈被爸爸左右相依，冉冉亲吻着爸爸。

前两幅里的爸爸，是半透明的，丛烟画的是冉冉未曾见面的亲生父亲方正。后两幅里的爸爸是实体的，她画的是鲁国昌。

视频最后，配了一句话结尾：星空里的爸爸，我爱你！

丛烟把视频链接发给秦娜，附了一条消息：星空里的两个爸爸，都在努力保护你和冉冉。

而另一头的秦娜，早已在看到那个短视频时泪流满面。

她不是不知道鲁国昌这些年为她们母女付出的爱和时光，她心里也不是对这个正直憨厚有爱有责任心的男人平静如水。

只是内心对方正的怀念就像一道牢固又厚实的城墙，牢牢地把自己封锁，也把他拒之门外。

她摸着冉冉熟睡的脸庞，小姑娘似乎感觉到了她的难过，小小的手将她紧紧一抱，嘴里呢喃的却是："鲁爸爸……"

秦娜深呼一口气，将冉冉紧紧圈在怀里。

这世俗与偏见啊，要么吞噬自己，要么吞噬希望。

前几天，丛烟单独来过餐馆一次，她将视频初稿带来，秦娜第一次看视频的时候，脑海里一闪而过了这些年的生活。

从冉冉出生，鲁国昌就把这个小家伙抱在怀里不舍得放下，老人们都说，小孩子体弱，容易招惹脏东西，家里有个男人，便有阳气，阴气重的脏东西便不敢来。说来也奇怪，冉冉每到傍晚便哭闹得紧，医生说是肠绞痛，小婴儿常见的症状。

冉冉整夜整夜地哭，秦娜的头发一把一把地掉。

鲁国昌知道后，每到傍晚就过来抱着冉冉，每次在他怀里，冉冉就乖巧安静，在她怀里，就又开始哭闹。

没办法，鲁国昌只能整宿整宿地抱着冉冉。

那时顾星河几人也经常来帮忙，有一次几个人轮番抱冉冉她都哭得很凶，可鲁国昌一抱她立马安静起来，还咯咯地对着鲁国昌笑。顾星河开玩笑说："这小家伙怕是看上了老鲁，自个儿要挑老鲁当爸爸呢！"

说者无心听者有意，秦娜也怕闲言碎语，一个单身男人成天往带孩子的寡妇家里跑，就算她不介意，对人家鲁国昌也不好。她第一次严肃地和鲁国昌表达了自己的想法，希望他以后不要总来了。可鲁国昌哪里肯听这些，耿直的男人直接撂了一句：你别有心理压力，你放心，我对你没想法，我是对冉冉有想法，她没爹我就是她爹，至于别人，他们爱说啥说啥。

可最难控制的不就是人心！几年下来，当初义正词严地说"我对你没想法"的男人，也在日渐相处中动了情。

秦娜原本想着，日子就这样过着也好。如果真的走到两人捅破窗户纸那一天，她该怎么办，怎么面对地下的方正，鲁国昌是他的好兄弟好大哥好同事啊。谁承想，怕什么来什么，他还真就捅破那层窗户纸了。

丛烟那天说话倒也直接："什么年代了我的姐，你单身，他单身，合情合理合法！"

理儿是这么个理儿，可她心里该怎么把方正的地方腾出来给鲁国昌呢？

丛烟更是一针见血："不用腾，加个座儿就行。"

丛烟说得简单粗暴，可却直指她最在意和最无奈的地方。

秦娜翻着视频底下网友们的留言，显然不知情的网友们并没有发现两个爸爸不是一个人，在他们看来，前两幅的爸爸是女孩儿想念工作忙碌的爸爸，后两幅的爸爸是见到了工作忙碌完后的爸爸。而可爱的冉冉宝贝，酷酷的指挥爸爸，在他们脑海里已经自动脑补好了温馨的烟火寻常。

向往的生活：爸爸发射火箭，你等待爸爸，好乖的宝贝！

华夏小虎仔：致敬航天科技工作者，他们奔赴星海的路上，也一定亏欠了家人很多吧。

太阳花：哇，小烟越来越神速了，鲲M刚上天，小烟的视频就出来了。

小猪：怎么才可以拥有一个指挥爸爸？

夸父：怎么才可以拥有一个冉冉宝贝？

踢你妹：又一发，鲲飞天怎么比国足进世界杯还容易？

杠就是你对：这么大喜的日子，能不提国足不？

追逐：这才是我们该追的星，致敬航天人！

三十六福：好羡慕这样的一家三口，冉冉宝贝，你可太幸福了！

秦娜看着网友们的评论，泪流满面，远处传来噼里啪啦的烟火声，她起身来到窗户前往银荷之光的方向看去，那里烟花漫天，照耀着最美的夜空。

她举起手机记录下了这一胜利的欢庆。

手机屏里，烟花开得很美，在星火璀璨中，屏幕上方跳出来一条消息——

鲁国昌：以后再也不提了，和以前一样，我们大家一起把冉冉照顾好。

这一夜，秦娜毫无睡意，而丛烟却倒头便睡。

天边的光正在冲破黑暗的边缘，微微地透着一股韧劲儿。顾星河回到宿舍的时候，就看到丛烟像小猪一样窝在沙发上。她呼吸均匀，脸蛋红润，额角的碎发微垂，身旁放着已经黑屏了的平板。墙上挂钟的时针已经指向了5，秒针轻轻的旋转声里混合着她微微的呼吸声。

顾星河从桌子上拿起卡片，上面娟秀的字体干净整洁，落款：星河媳妇。

他摸着那几个字，嘴角微微翘起。是有多久，他再没见过这四个字了？

晚上，她打电话的时候，他其实听到了她问的问题：青市，月老岛，看鲲E号……

那个眼睛忽闪、清澈动人的小女孩儿，终于在多年以后想起了他。

他起身轻轻地将她抱起放在床上，蹑手蹑脚地将她的鞋子脱掉，盖上被子。像是感觉到了温暖，她轻轻翻了个身，调整好了一个舒服的姿势，再次沉沉睡去。

日上三竿，丛烟才醒来，睁开眼的第一眼，她以为自己在梦里，抱着枕头自言自语道："一晚上没见而已，怎么做梦还睡人家床上去了……"

一旁传来男人的低笑，她这才后知后觉地从床上一跃而起，茶几上正在伏案写写画画的男人眼皮低垂："醒了？"

她低头看看自己整齐的衣服："我怎么在这儿？"

"你是不是着急嫁给我了，没经过我允许直接就睡我宿舍了？"顾星河喝了口水，继续在纸上画着什么。

"是你着急娶我吧？也不叫醒我。"她掀开被子下床来，走到他旁边看着桌上一张张图纸，"这是在干吗？"

"计划新的训练科目路线。"

"这才刚把鲲M送上天，返回不是半年后的事了吗？"

"返回半小时，准备几百天也是常事，而且日常应急保障也很重要。"顾星河放下笔，"饿了没，洗漱吃蛋糕？"

丛烟跑到洗手间，第一件事就是给陈美人发微信消息：美人美人，我昨晚睡顾星河床上了。

陈美人：被吃了？

丛烟：并没有，只是我自己在他床上睡。

陈美人：切……等你功成名就那天再来跟我报喜。

丛烟洗漱出来的时候，蛋糕上已经插好了蜡烛，他端坐在沙发跟前，拍拍身旁的位置："过来。"

丛烟乖乖过去，站在一旁对他说："唱歌？"

"不唱也行，月老岛上攒的还够用。"顾星河伸手将她拉到自己大腿上，长手一伸，将她整个圈住。她下意识地圈住他的脖子，两人四目相对。

这暧昧的姿势让丛烟停止了呼吸，脑袋后知后觉地跟上："那个小男孩真的是你？"

丛烟不敢相信，大学里，她为他过了好几次生日，可从来没把他的生日跟鲲E号联系在一起，如果不是今天她意外发现他的生日也跟鲲E号发射日同天，她也许永远也不会把他同当年那个小男孩联系在一起。

她以为他们相识于高三，却没想过原来在这之前的多年，两人之间已经有过一次奇特的缘分。

顾星河没答，只是伸手将她额前的碎发别到耳后："给我准备什么礼物了？"

她指指桌面："蛋糕。"

他深邃的眼神专注凝望着她："这不算礼物。"

"那你想要什么礼物？"

"这个。"他温柔的唇落下来的时候，丛烟心跳骤然加速，她心下一紧张，双手骤然想将他推出去，可力的作用是互相的，她非但没把他推出去，自己反而从他腿上掉落下来。

顾星河也没捞住她，她就身子向后掉了下去，大咧咧地半躺在地上，腿还挂在他大腿上。

尴尬……一地。

从前两人在一起谈恋爱的时候，每天腻歪得亲不够一样，现在怎么接个吻就跟从来没碰过对方似的不娴熟。

大概六年时间带来的距离感和习惯改变不是一朝一夕能恢复的吧。

"我什么时候力气这么大了……"丛烟嘀咕着，从地上爬起来，一把把窗帘拉住，房间里微微暗了下来，她微笑的脸格外灿烂："唱歌!"

"祝你生日快乐……"温柔的声音缓缓响起，丛烟像小时候一样拍着手为他唱歌，顾星河一本正经地靠在沙发上，默默地听着她唱歌。

眼前，仿佛还是那个举着木棍在山头为他唱歌的女孩……

歌声完毕，丛烟抓着他的手合起来："该你许愿了。"

"你替我许。"顾星河反拉着她的手合起来。

"可以替?"

他双手裹着她的手，大手包小手："我相信你许的愿望就是我的愿望。"

阳光温暖，丛烟闭上眼睛，顾星河也闭上眼睛。

她在心里默念："希望以后的每一年，都能为你过生日。生日快乐，我的星河!"

许愿后，她掏出手机给他转发了一个视频："这是我给你准备的生日礼物。"

顾星河点开视频，好听的背景音乐响起：我希望五十年以后，你还能在我左右，和你坐在摇椅里，感受那夕阳的温柔，听微风轻轻地吹，听河水慢慢地流，再聊聊从前日子，刚谈恋爱的时候……

视频里，一张张他的画像伴随着动人温暖的音乐声缓慢翻过，画中的他或明或暗、或冷或暖、或真实或虚蒙，有些是他见过的，但大部分都是他没见过的。

"六年的生日礼物，一起送给你。"

至深至情，顾星河仿佛从每一张画像里看到了她作画时眉眼间的思念和温柔。

中午，两人去参加文静的婚礼。

说是婚礼，却是极简单的过程。在一家饭馆里摆了一桌，路途遥远，除了双方父母和顾星河家，并没有邀请其他亲朋来。

原本文静连这个简单的婚礼也不打算办的，她自己的想法是扯了证就开始过日子了。这简单的主持，简单的场地，简单的仪式，只为给双方父母一个交代。

甚至，文静都没有穿上一件婚纱，和路平两人穿着航天工作服就到了饭馆。

饭桌上，文静母亲心疼不舍和不满的样子大家都看在眼里，毕竟，文家一直想着和顾家联姻，知识分子之家和航天之家也算门当户对，可路平家里是地道的农民，文家父母总觉得委屈了女儿，连带着对顾星河的态度也有所改变。

"星河，按理说今天我不该说这话，可你啊，太让阿姨失望了。"生米煮成熟饭，文母恨铁不成钢也没办法，最后只能把气撒到了顾星河身上。

顾星河微微向前欠身："阿姨，是我没有福气做您女婿，但文静和路平是真心相爱的。"

成茵�安抚着文母："青萍，文静在这里你放心，虽然她没嫁到我们家，我也会把她当女儿一样照顾的。"

"早知如此，当初又何必来这里呢。"文母始终不能释怀，自己的女儿毕竟是跟着顾星河一起来的。

一直沉默的文博拍了拍妻子闻青萍的手背："好了，今天怎么说也是孩子们大喜的日子。"

"大喜？"文母一向温柔娴静，今天却难以自抑，"人家嫁女儿，不说三媒六聘，也是房车俱全、礼仪周到、宾客满座，我们嫁女儿呢，冷冷清清就这一桌，这叫大喜？二婚也比这有排场吧？"

"阿姨，这全都怪我。"路平站起来，向文母解释，"我们证领得匆忙，原本想回青市正儿八经办一场，可因为工作关系，一时也没能回去，就想着请你们过来，起码大家一起吃个饭，算两家人正式见面了。婚礼咱们后面还可以挑个好日子补办，你们放心，我不会亏了文静的。"

"是是是，我们家虽然不富裕，但孩子们的人生大事，我们也会尽力办好。"一直沉默的路父表态。

"怎么补？肚子都有了，后面带着孩子补？还不够丢人的呢。"文母提起文静的肚子就来气，"不经过我们同意就领证，已经是不孝了，还有了孩子。哪有人不经过女方父母同意就跟女孩子偷偷领证去的？这是浪漫？这是耍流氓！"

"耍什么流氓啊？"文静终于说话了，"妈，我实话告诉您，今儿这就是我们的婚礼，我也不打算再补办。证儿是我主动要求领的，就算是耍流氓，耍流氓那个也是您女儿，不是路平。您也不用不平衡，是我出嫁不是您出嫁。"

"我不平衡？是我不平衡还是你不平衡啊？"文母气到发抖，"你要是觉得自己嫁得好，会连婚礼都这么凑合吗？一个女人，真嫁得好，肯定希望全世界人都知道自己嫁得好，嫁得幸福，你连请宾客的勇气都没有，你告诉我你嫁得好？"

"我怎么就嫁得不好了？"文静反问，"在您眼里是不只有嫁给顾星河才幸福？可人家看不上你女儿啊！路平哪儿不好了，除了原生家庭经济条件差点儿，他要颜值有颜值，要才华有才华，三观端正人品可靠，妥妥的优秀航天青年，有哪点配不上你女儿了？您怎么就不相信我嫁给幸福了呢？"

文静缓了一下激动的情绪，顿了顿又说："我知道，您打小把我当顾家儿媳妇培养，把我当大家闺秀精心调教着，琴棋书画，一样不落。我走的一切的路都按你们预定的轨道进行，从来不曾偏航。可我真的活得不快乐啊，甚至在顾星河拒绝我之后，我对自己产生了很长时间的自我怀疑，我怀疑这些年我做什么了，追着一个心里压根儿没我的男人浪费了大半个青春。我后来甚至不断在想，我是真的爱顾星河吗？也许并不是，他只是你们为我制定的一个目标，和其他一切目标一样，一个我需要去征服的目标。不幸的是，这个目标我没有征服下来。"

众人都安静地看着她，大家知道，这是她多年的心里话。

"我觉得我嫁给路平挺好的，我和他并肩作战，在这片特殊的土地上过着远离城市喧嚣的生活，我不觉得枯燥无趣，也不觉得委屈，反而，我觉得自己漂泊了多年的心终于安定下来了，终于有了真正的依靠了。至于婚礼，我不想大办不是因为我没有幸福的信心，而是经历了这么多，我知道我自己想要什么。"文静看着大家，红着眼眶真诚地说，"我想做我自己，因为路平让我知道，做我自己，也是可以被喜欢的。我确信我要的幸福就在手里，我不需要其他人见证和肯定。但……我依然希望，我最在乎的人，也就是这桌子上的每个人，能理解我，相信我。"

时间仿佛静止，沉默的空间里，有的情绪在酝酿，有的情绪在消退。

丛烟望着眼前这个她曾当作"敌人"一般的女人，她觉得此刻的文静美得发光。有什么比一个人找到人生理想和真爱更值得祝福的呢？

成茵嫩眼眶微红，主动走到文静跟前，温柔地拉着她的手："文静长大了，阿姨真的很开心。"她看向闻青萍："青萍，你该高兴才是。"

文博也趁机给闻青萍递了杯酒："孩子们大喜，咱们一起喝一个！"

成茵嫩也举杯："对对，一起喝一个，祝两个孩子白头偕老，幸福顺遂！"

觥筹之间，好像一切得到了理解。

戈壁的秋天是极短的，还没来得及反应就一晃而过。不知不觉间，漠城好像就开始慢慢向冬天过渡了。胡杨渐渐凋零，剩零星的几片叶子孤单地挂在枝头。它的舞台似乎落幕了，但它飘零的落叶依旧铺满大地，伸展的枝丫依旧傲立风中，固执的根茎依旧奋力伸展。它上演着落幕的孤寂，却比登台时更加坚定。

文家父母并没有在漠城待多久，帮文静的新家简单置办了些家用，临走前，文母给她包了水饺。

满满三层冷冻空间，全是文静最喜欢的韭菜鲜虾香菇馅儿。

大巴车驶离检查站的时候，文静红着眼眶，目送车子远去。直到看不见车的影子，她的眼泪才夺眶而出。

时间一晃而过，漠城的初冬来得很早，入冬的第一个好消息就是鲲M号航天员出舱活动取得圆满成功。

丛烟喜欢冬天，可惜听说这里的冬天干燥清冷，温度很低，雪也少得可怜。

冬日里，没有什么比热气腾腾的羊肉更能温暖五脏六腑，丛烟跟着航天搜救队去户外煮羊肉，车子行驶在戈壁滩上，窗外的风景依旧空旷荒凉，可是天空却格外清澈，蓝得醉人，在心里印下了一幅画儿。

载满希望的大巴正缓缓开向初冬，大巴车开出检查站，向不知名的方向又行驶了将近半小时才到达目的地。

那里是一个废弃的旧点号，中心创业的初期，前辈们曾经战斗过的地方，很多建筑已被岁月侵蚀得看不出原来的样貌，只剩下一些废弃的破旧的砖瓦。周边土丘起伏，远处一座不高不矮的石山像这旧址的守护神，护卫着，也拥吻着。

下车时，丛烟扯扯顾星河的风衣外套，她笑得狡黠又可爱，蹲在他身旁说："你不是说我要跑的话首先要出了检查站。现在我们出了检查站，是不是意味着我离开漠城了？"

"可以这么说，但也可以说你再跑半天依然还在漠城。"

"为什么？"漠城那么小，骑上一辆电动车半小时可以从东到西、从南到北。

"因为整个着陆场都属于漠城，这么大地盘，你准备跑哪儿去?"顾星河打开大巴储藏箱，招呼刚下车的小伙子们:"搬东西!"

苏骁跑在最前面:"烟嫂子，一会儿给您煮羊肉吃。这戈壁滩上用胡杨枯枝煮出来的羊肉格外地香。"

岳风半边身子探进储藏箱，和苏骁一起往外拖着一个大口径的铁锅，嘴里嘟嘟哝哝:"她是属狼的吧，每次闻见羊肉味就来了。"

"对，还是红太狼。"丛烟的声音突然出现在岳风身后，吓得他一个激灵。他循声望去，却见她站在他背后单手环胸，拇指抹了一把鼻翼，柯南附体般低头深沉地说:"我看你长得挺像沸羊羊……"

岳风莫名一抖，端锅的手差点儿松开，等和苏骁端着锅走远一点，他才回忆着她那个眼神说:"草，我怎么觉得真的要被她煮了似的……"

苏骁笑得肚子疼:"你说你，每次开口不知道是找话题还是找打，怕得要命，还非得嘴欠去惹人家。"

"就因为连我这八尺的汉子都怕她，你可想而知她有多可怕。"岳风耸了耸肩膀，认真地作出结论，"所以，我更不能让队长跳进她这个'烟太狼'的狼窝。"

两人把锅放下，苏骁用石头架着锅底:"这你不用担心，我可见过她在咱队长面前的样子，那可是比懒羊羊还尿的，又尿又温柔，说话声音都不敢大一分贝。"

丛烟笑着看着远处两人神神秘秘的样子，一看他俩那眼神就证明自己正处在他们聊天的话题中心。

顾星河:"你什么时候这么爱逗他了?"

"他好玩儿啊!"丛烟帮忙搬箱子，"他不是对我有成见吗，但你看他见到我就跟老鼠见了猫似的。"

顾星河打趣:"有没有可能是猫见了老鼠?"

丛烟:"那他也是只家猫，我是野鼠。"

"烟摄像，你过来。"文静站在距离他们二十米左右的一个小土丘上向她招手，大声呼唤着她，"带上相机过来。"

丛烟背上相机，来到那个土堆上，周围其实很荒凉，一眼望去，空无一物。四下看看，除了蓝到反光的天空，好像也没什么东西可以拍。

"拍这个。"文静踩踩脚下凸起的土堆。

丛烟退后了几步，拍了一张文静在土堆上伸展双臂仰望天空的样子。

"大摄影师这拍摄效果就是不一样啊。"文静满意地望着她拍摄的照片，"不过，你知道我为什么要在这个土堆拍照吗？"

丛烟条件反射地后退一步："天，你别告诉我这土堆埋着什么可怕的东西。"

文静嘴角一扯："你想哪儿去了？"她单手撑在土堆上，慢慢坐下，拍了拍手上的土说，"其实最初我来漠城的时候，我也没觉得这里有什么特别，发火箭、发卫星、搜寻返回舱什么的，在我眼里这只是一份事业。可你有时不得不承认，有些地方的魅力远超过我们的认知，漠城就是这样的地方。"

文静拍拍身边让她过来坐，丛烟坐了过去："这土堆有什么特别吗？"

文静回忆说："去年，有个老爷爷来中心，因为是青市人，周文杰就派我这个小老乡陪老爷爷去转一转，走一走。老爷子八十多岁了，年轻的时候在这里工作过，离开这里后就再没回来过。那次他不是一个人来的，还有几个和他一起在这边工作的，几个老同志商量好了，就一起来了。"

"八十多岁，那岂不是很多年前在这里工作的人。"丛烟知道中心成立六十多年，这几个老同志，想必也是早期创业时的老同志了。

文静带他们四处转的时候，老同志们对于中心的变化非常震惊，甚至有些不敢相信，他们刚来的时候那样贫瘠落后的地方如今居然变成如此美丽的戈壁小江南。说起他们曾经的日子，老同志就用了一个字：苦。

他们去中心展览馆时，看到那些黑白影像资料和图片，仿佛看到了曾经的艰难和一无所有。在那个荆棘丛生的艰难年代，他们从一穷二白的日子里一步步走过，一大片绿洲在茫茫戈壁里悄然绽放，创建了我国第一个综合性的航天发射场。

老同志们感叹着中心的变化，十分欣慰。

"但当他们走到这个小土堆的时候，你知道发生了什么吗？"文静伸手触摸着身旁的土，"他们哭了，几个八十多岁的老爷子在我面前哭得像个孩子。其中一个老爷爷激动地说，这是我们当年一起搭桌子的地方啊！另外一个老爷子激动地抱着他说，是啊，你还在这里打破了我最珍爱的玻璃杯。"

他们曾在这土堆之上，住过帐篷、地窝子、喇嘛庙、车库；也吃过沙枣、野菜；经受住了严寒酷暑、饥饿风沙考验，他们也在这土地上亲眼看过航天事业一点点崛起……

那个土堆经过多年的岁月流转和风沙侵蚀，已经破败不堪，看不出原来的样貌。可在他们眼里，这不是一个寻常的土堆，这是他们深刻在生命里的痕迹。

年轻时在这土地上经历的每一个平凡而普通的日子，竟都在不知不觉中成为他们离开漠城后一辈子的念想。

"我一直以为是历史在引领我们，其实，是这历史中的人和精神在引领我们。"文静讲完故事，靠在她的肩膀上说，"前阵子，我听说那个老爷爷已经去世了，听说他走得特别安详。也许，在他生命最后的时间里，能够回到曾经挚爱的地方，已经是莫大的幸福了。"

听到这里，丛烟再伸手触摸那个土堆时，那一刻，好像曾经了解过的关于这片土地的黑白影像，全都跟真实的他们重叠了。她觉得眼前浮现的就不仅仅是一个简单的土堆了，而是一个个岁月流转、蓬勃发展的时空变化。

大漠恶劣的自然环境里，滋养着的，是最坚毅不凡的精神和最执着坚定的信念。在整个航天大军中，他们是那样微小，在整个历史长河中，他们是那么微不足道，他们没有惊天动地的事迹，也没有功勋卓著的荣誉，可他们在平凡的岗位上用血肉的肩膀和双手撑起了那段艰苦卓绝的荆棘之路。

也许，只有绽放过的生命，才能坦然面对时间。只有漠城，才舍得用一整个时光留住你。

戈壁之上，阳光之下，土堆熠熠发光。即便你不再存在，你依然在我的青春和生命里绽放；即便我不再存在，我依然在你的时间和空间里来过。

苏骁带着几人从远处捡回来一些胡杨和梭梭的枯树枝，他们架好铁锅，用砖块儿石头块儿围在四周挡风，然后往锅中倒入一桶桶的纯净水和事先处理好的羊排羊肉。戈壁的植物干燥易烧，很快火便生好了。火燃得很快，烧得很旺，锅底发出噼里啪啦的木头燃烧声，锅里的水也渐渐开始沸腾冒气，咕嘟咕嘟的水声在这空旷的大漠之上传出了纯天然的滋味儿。

丛烟突然想到美食节目里那句经典台词：高端的食材往往采用最朴素的烹饪方式……

煮羊肉的时间，丛烟举着相机随处拍着，这天上的云，地上的石，忙碌的身影，滚烫的羊汤，在她的镜头下，完美地汇聚成了一幅动人的人间烟火图。

也不知道过了多久，文静喊丛烟回来吃肉，她背着相机包，一路小跑回来。

搜救队员们已经围着锅边在盛羊肉，苏骁给丛烟递了一只碗，要给她盛羊肉，隐约间，丛烟好像听到身后传来了"咩咩"声，声音凄凉，让人心下一紧。她循声望去，才发现真的是一只半大的羊羔。

离她最近的就是岳风，丛烟来不及思考，她放下碗筷，立刻抓着岳风的胳膊往小羊那里跑："快快快，赶紧把它赶走，不然让它看到同伴被煮，真的是太残忍了。好可怜呢……"

"没看出来还挺有爱心……"岳风一边赶羊一边嘀咕着，心里头一回对队长的眼光表示肯定：虽然她以前甩了队长，可内心这么有爱，对一只小羊羔的情绪都照顾得这么好，对队长应该也不错吧……

岳风为了让小羊羔看不到同类的下场，特意赶了很远才返回来。

他正准备找苏骁表扬丛烟，耳畔就传来了某女人惊喜又夸张的叫声："天哪，天哪！我从来没吃过这么好吃的羊肉，真的太香太香太香了！"

他皱着眉头看过去，丛烟举着碗"讨食儿"："苏骁，再给我来几块，我要大块的，对对，就要那个那个！"

丛烟接到羊肉，重新坐回顾星河旁边，一边大口吃肉一边含混不清地说："你刚说那个小羊羔是附近牧民的呀，怎么戈壁滩上也有牧民吗？"

"有，不多，但有时候羊也会跑掉。"

丛烟抓一罐啤酒，"砰"地打开，正要喝的时候，苏骁端着一个大碗过来，把她的酒倒进碗里。

"吃羊肉，一定要配大碗儿！"

丛烟喝了两口，好像是有点不一样，大概是……多了一份豪气？

可再喝下去，依然觉得不够爽："啤酒配煮羊肉多少欠点什么，下回我们来烤全羊吧，我跟你讲，就刚才那个小羊羔那么大的，最香了，再大一点儿肉就老了，不适合烤全羊了。早知道是牧民丢的，我刚就把它逮住了，反正戈壁滩这么大，它也回不去对不对，留着我们下回烤全羊该多香！孜然辣椒小嫩羊，哎呀我的口水呀，啧啧啧啧……"

岳风一脸黑线，他刚发现的善良的仙女儿哪儿去了呢？果然，仙女也逃不过真香定律是吗……

"找得回去的，牧民的羊都认路的，它们也只是调皮跑出来玩儿。"顾星河挑了一块大骨头给她，"这块儿有骨髓。"他知道丛烟喜欢吸骨髓，每次遇到棒骨，她都要拿着吸管吸个畅快。

252

丛烟吸得"刺溜"一声，听起来就很香……

岳风直勾勾地盯着她，默念：果然是吸羊骨髓的妖精……

空旷的戈壁滩上，湛蓝的天空干净得没有一丝丝云，就连袅袅升起的热气，都透着一股纯净和炽热。天空的美穿透了空气，让人心神安宁。

人间有味是清欢，这以天为被以地为席、大碗喝酒大口吃肉的景象，着实让丛烟沉醉了。

"你怎么不喝酒？"丛烟问顾星河，上回去水库烧烤，她就发现他不喝酒了，美食不配酒，不是很可惜吗？

苏骁又给她夹过来一块棒骨："我们顾队自从当了搜救队员，可从来都不喝酒。因为随时要训练，随时要出车。"

"从来不喝酒？"丛烟叼着那根棒骨，向顾星河投去质疑的目光。

顾星河知道她指和贺寒在宿舍喝醉那日："那是特殊情况，他是陪伴你六年的朋友、师父、战友。"

她又"刺溜"一声："没看出来，你对老贺评价挺高嘛！"

顾星河眸光带笑，是啊，不把他灌醉，又怎么弥补了解那六年间我错过的你的人生。

"对了，我听说他最近在青市。"

丛烟好奇地问："他一正宗北方老爷儿们，又不是青市人，他去青市做什么？"

"好像是有帆船比赛，他出差去采访了。"

"你怎么知道的？我都不知道。"丛烟一边掏手机一边打趣他，"你俩关系进展得倒快。"

她拨通了贺寒的视频，接通时，镜头不知道撑到什么地方，又黑又晃。

"老贺，你在干吗？"

过了几秒钟，那个黑乎乎的地方终于移开了，他接过手机，没好气地跟摄像说："让你帮我接通，没让你撑我屁股上拍啊！"

"你在忙？"她忙着啃羊肉，在屏幕里龇牙咧嘴撕扯肉片的样子像极了一头猛兽，贺寒故作嫌弃地撇撇嘴："你能不能注意点形象，跟我这英俊潇洒的画风同框，显得多不般配。"

丛烟抽了张纸擦擦嘴，认真问："我不在你跑去青市干吗？"

"你不在我就不能来了？没你我也得工作赚钱啊！"

"我是说我不在你不是去了也没我招待你嘛，多没趣。"丛烟想了想说，"不过我闺蜜在青市，我回头把她微信推给你，让她替我带你四处转转。怎么样？"

视频那边贺寒笑出了声，一脸徒弟你真体贴的样子："行，我要在这边待一个月呢。有美女相伴，求之不得。"

丛烟把镜头转到顾星河："有没有要说的，没有的话我扣了。"

"出差愉快！"顾星河对着镜头招招手。

那头贺寒也招招手："谢谢！你们玩得愉快！"

呵，这俩男人，还真够官方的。丛烟扣了电话，顺手把陈美人的微信推给了贺寒，没想到对方直接发过来一串儿骷髅头表情，还有一条语音。

贺寒：卧槽，她是你闺蜜？

丛烟疑惑：嗯，怎么了？你认识？

贺寒：认识，真特么冤家路窄。她是这次帆船比赛的官方文化推广官，工作上已经接触到了。

丛烟：冤家路窄何解？

贺寒：一言难尽，总之这女人可不是什么善茬，你怎么会跟这丫的是闺蜜？瞎了吗？

丛烟：嘿，老贺，不许这么说美人啊，美人可是人如其名，又美又善，你们一定是有什么误会。

贺寒：误会？呵！我误会天、误会地、误会河里的小王八，我都不会误会她。还有她那个名字，怎么好意思起这么自恋的名字，美人？啧啧……咳——

她听到了他那边吐痰的声音。

丛烟："……"

回去的路上，她微信上问美人怎么回事，贺寒去青市才几天，怎么两人就搞得像仇人一样了呢。陈美人不知道是不是在忙，好久才回：我以前说过我百无禁忌，从今天起，我陈美人有忌讳了，我的忌讳就是：贺狗砸！『愤怒.gif 愤怒.gif 愤怒.gif』

丛烟：……

如果她最亲爱的师父和最亲近的闺蜜成了仇人……丛烟猛地摇了摇头，画面太美，她不敢看。

　

漠城着陆场地处戈壁深处，地域辽阔、人烟稀少，是航天器返回搜救天然着陆场。"鲲L号"返回任务首次启用漠城着陆场，虽然任务保障圆满，但严谨的航天科技工作者并没有满足于当下，为将中心打造成航天员进出太空最安全、最可靠、最温暖的航天港，他们精益求精，充分总结"鲲L号"返回任务的宝贵经验，为更加圆满地保障半年后的"鲲M号"返回任务而不断努力着。

作为着陆场系统至关重要的一环，航天搜救分队也在紧锣密鼓地为下一次载人飞船返回做着准备……

丛烟再次跟岳风打交道，是在中心某重点实验室的挂牌揭幕仪式上。

丛烟和沈有墨去得早，一眼就看到工作人员中岳风的影子，他正忙着摆放座签。丛烟眨巴着亮晶晶的卡姿兰大眼睛问："你怎么在这里？你一搜救队员跟高科技的实验室有什么关系？"

岳风微窘，他挺挺腰杆儿，盯着她的眼神倔强又要强："怎么？我看起来不像搞科研的？"

"不是不像。"丛烟摆弄着摄像机又补了句，"是很不像。"

岳风驻足语噎，那眼神好像眼前飘过了一辆托马斯小火车。

丛烟来得早，架好摄像机便在实验室转了转，在一面贴着实验室专家团队的照片墙前她停下脚步，微笑着仰头看照片里的男人。

她看得认真，一旁的岳风想自戳双目，瞧她那满脸桃花的样子，哈喇子都快流下来了，再不阻止，那粉色泡泡就要冲破天花板了。

岳风走到她身后，微微低头，在她耳边阴阳怪气道："证件照都挡不住我们队长的帅吧？"

丛烟动都没动一下，幽幽回："对，就像美颜都挡不住真实的你。"

岳风："……"

这"烟太狼"的嘴是刀片做的吧？杀人都不见血。

丛烟看了一会儿，拿出手机对着墙上的照片"咔嚓"拍了一张，正要把手机揣进兜里，却被岳风一把拽走。

"这是重点科研项目的实验室，不准手机拍照。"

丛烟双手插兜，声音清冷淡漠："顾星河是我老公。"

岳风冷脸："你少拿我们队长威胁我，何况，他现在还不是你老公。我问你手机密码，解锁密码。"

"顾星河是我老公——"

"嘿，你这女人还没完了是吧。"岳风抬头，眼睛瞪得很大，下一秒，只听丛烟幽幽地又张了口——

"——的首字母。"

岳风："我……"这女人是上天派下来惩罚他的吧。

他一个个输入字母，喃喃道："密码不都是数字、图形或指纹吗？什么破手机还得输字母。"

丛烟扣着手指漫不经心说："为了输这个密码，特意买的能输字母的手机。"

岳风："……"

手机解锁后，岳风从相册里找出那张照片，却发现她只拍了顾星河的脸，并没有拍到其他的。

那就没有违规……

岳风大脑飞速运转，在他多年资深网民的信息库里迅速搜索那个网络热门话题：吵架吵一半儿发现对方是对的怎么办……

其中一个答案好像是：装作不知道继续吵完……

岳风清了清嗓子："太模糊的照片不能用，影响我们队长形象。"他快速把那张照片删掉，手机还给丛烟的时候，还一脸严肃地说："下不为例！"

丛烟看着他留下的背影，心里默默道：这井盖儿，脸皮是越来越厚了！

与会专家进场时，丛烟看到了人群里的顾星河正与一位年长的专家走在一起，专注地聊着什么，他脸上的轮廓锋利俊挺，下颌线紧绷又流畅，整个人看起来挺拔又有型。人群有序进场，顾星河的目光在扫到她的时候，嘴角微微扬了扬。看惯了他穿橘黄色搜救服，乍一看他穿蓝色工作服还有些不太习惯。

但她觉得今天的顾星河有点过分帅。

专家们有序落座，会议正式开始前，辛然和丛烟商量了一下需要拍摄的重要画面，可到正式拍摄时，不止沈有墨，就连顾星河，也在她第N次把镜头对准他时而微蹙起眉。

台上的实验室主任还在讲话，顾星河用眼神示意了几次都没用，只好拿出手机给她发消息。丛烟看到他发信息，又感觉到手机在振动，知道他给自己发了消息，便扛着设备去了一边，打开一看只有四个字：认真工作。

哪有不认真工作，可毕竟是第一次正式拍他穿蓝色工作服开会的样子，她也想多拍一点儿。何况，该拍的她也都拍完了，留点时间拍自己男朋友有什么关系。

不过顾星河提醒她了，她也就乖乖地站在后排拍些全景什么的，免得又说她不好好工作。

"看见那老头儿没？头发有些花白的那个。"沈有墨拉着丛烟半蹲在角落，他指指顾星河身旁坐着的一位老专家，丛烟有印象，刚才入场时和他走在一起的那个专家。

他压低声音："那是顾星河的师父，咱们载人航天工程着陆场系统副总设计师俞寻家。"

"为航天员寻找回家最优线路的那个俞寻家?"丛烟问。

"你这航天新人小白知道的不少啊!"

难怪，刚才他们一起进来。没想到，顾星河的师父竟然是这样一位大人物。

"顾星河可是俞总身边的大红人，听说他一来中心就被俞总看中，亲自把他挑去参与着陆场方案的研究和论证，俞总惜才，可是把他当接班人来培养的。大家都说，顾星河多亏俞总赏识，不过要我说，也得你们家顾队长争气，就顾星河这在搜救场上的闯劲儿和在科研上的智慧劲儿，放眼全国也很难找到第二个，所以啊，也不怪俞总宠他，换我也得当宝贝。"沈有墨叽叽喳喳地跟丛烟低声八卦着自己各处搜刮来的消息。

丛烟环胸遥望，师徒二人坐姿挺拔，在人群里格外显眼，果然师徒一脉，连气场也是惊人地相似。

"喂，沈有墨，你说——"丛烟用手左右扫了一圈，"就这一屋子航天专家，值多少钱?"

沈有墨装模作样地掐指一算："算不清。"

严肃的会场里，两人蹲在角落里笑得极其开心，丛烟突然心生一种与有荣焉的自豪感：我多幸运，拥有这无价之宝中的一个呢!

仪式结束后，专家陆续退场，岳风留下整理会场，他歪着脑袋夹着手机在打电话，听对话内容像是打给女朋友的。刚开始他还耐着性子低声哄着对方，再后来只隐约听见他很烦躁地丢下一句"爱结不结"就挂了电话。

丛烟收了设备，眼看着岳风脸色沉得像块儿铁，她过去帮他收拾座签，顺便埋汰了一句："被甩了啊?"

岳风抬头看她一眼，闷不吭声，情绪明显低落。

丛烟又说："女孩子要哄的，你这么凶怎么行？"

听了这话，岳风愤愤地把手里的座签往桌上一堆，一屁股坐在一旁的台阶上："哄就管用的话，还要钱做什么！"

丛烟也坐下来，在他身旁默默地叹了口气："听起来，是一个悲伤的故事……"

顾星河送走专家后返回实验室就见两人肩并肩地坐在台阶上，平常这两人针尖对麦芒的，这会儿倒好像挺和谐的样子。

他径直走到丛烟面前，看不出什么情绪地说："刚拍够没？"

"没。"丛烟站得笔直，理直气壮。

"需要我给你们主任打个电话汇报一下你的工作表现？"他在手机上搜索着电话号码。

丛烟秒怂，快速把他的手机屏幕摁黑，脱口撒娇说："以后不敢了。"

"唉……"顾星河也不忍再责备她，只能默默地叹口气。

一旁的岳风惊掉了下巴，苏骁说得还真没错，在队长面前，这烟太狼果然温柔似水，秒变烟羊羊了……

"你又怎么回事，垂头丧气的？"顾星河转了话头问起岳风。

岳风抬头看看丛烟又看看沈有墨，低下头不吭声。丛烟识趣地背起设备和沈有墨借口离开了，把空间留给他们。

顾星河见两人的背影消失在走廊，这才坐了下来："没人了，还不说？"

岳风闷闷地开口："我突然觉得烟摄像挺好的。"

"跟她有什么关系？"

"没什么关系，我只是感慨。起码，她可以为爱情不顾一切来漠城追随你。"

顾星河一下子懂了，岳风的女朋友谈了有几年了，但一直两地分居，女方在新州一家茶行做销售，原本感情还不错，但这半年来两人计划结婚，遭到了女方父母的强烈反对。女方母亲让他在当地买房，她看上的那一区并不便宜，几万块一平方米，光首付就要一百多万元。

岳风一来没那么多钱，二来觉得自己常年在中心工作，短时间也住不上那房子。何况，他也希望女方能来中心，这样两人不仅不用买房子，在中心也有免费的公寓可以住。可女方父母怎么也不同意她来这边。

"她家里下最后通牒了，要么全款在家里买房，要么就别结了。其实我知道，她妈一直不同意我们，死活不同意她来这里，以此为借口罢了。而且，她自己也有顾虑，怕来了以后找不到合适的岗位，自己的事业也就完蛋了。"岳风心烦气躁，生气自己的无能，也失望女友的不理解，"队长，我以前没觉得你多幸福，还觉得她配不上你。最近这几天我想了很多，有时候我真的会想，她要是能像烟摄像一样为我来漠城，我这辈子吵架我都扇自己，我但凡对她大声一句都是我不懂事。"

"……"顾星河感觉有被"不懂事"到，这以后他还能跟丛烟大声说话吗……

顾星河："说这么多，你准备怎么办？"

"我能有什么办法，爱结不结。"岳风赌气地踢一脚台阶，却因用力过猛，疼得龇牙咧嘴。

回到办公室，沈有墨跟丛烟谈论着岳风女朋友的事。

"你说是航天科技工作者牺牲更多还是家属牺牲更多？"辛然意有所指地问沈有墨。

沈有墨最近对辛然颇为冷淡，直接忽略她的话题。

"丛烟，你当初为什么不来？"沈有墨好奇心爆棚。

"我啊……"丛烟托着下巴，想着毕业时第一次知道顾星河要到漠城那天……

"为什么我是最后一个知道的？"她是从他博士同学那里知道他即将去那个叫漠城的地方。

"我只是觉得我没办法替你作决定。"

那时候，丛烟已经签了就业合同。

"你问都没问过我，你怎么知道我不会跟你去？"

"那你会跟我去吗？"

"原来会，现在不会了。"她赌气道，"你不问我就代表你压根儿没把我纳入你的人生计划。"

"我不是没把你纳入人生计划，而是我知道，如果你就这样跟我去了，你一定会后悔。"

"知道你妹！"她摔门而去。

后来很久，丛烟才真正理解他没有主动要求她来漠城的原因，因为要在这里幸福快乐地活下去，要有红柳般的韧性和胡杨般的执念。

而那时的她，还只是一朵娇嫩的栀子。就连沈有墨都觉得她现在来更合适："也许正因为你带着六年的成长和事业累积来的，才能轻松找到自己的准确定位。否则，你又怎么确保自己不会成为下一个失去事业支撑的家属。"

不过辛然依旧对岳风女朋友的"不来"给予了高度肯定，她觉得这才是聪明的姑娘。

"来干吗呢？人家是销售，来到这边卖什么？难道卖沙子啊？"辛然摇摇头。

王金凯笑说："要是沙子能卖，我们就发财了，这沙漠够我们卖几辈子了！"

沈有墨又问："那你后来又为什么来呢？"

丛烟又想了想，托着下巴的神情像看到了光的样子："我想看看，是什么样的地方，培养出这样闪闪发光的他。"

江姝果然给丛烟派"大活"了。中心一年一度的"航天杯"篮球比赛开始了，平日里，大家忙工作忙任务，在任务间隙组织的各种体育赛事深受科技人员们喜欢，而篮球赛是关注度最高也是最受大家欢迎的赛事之一。

既然江姝点名丛烟跟拍还要制作动漫宣传稿，文稿部分必定也得有专人跟着，张月派了辛然跟她一起负责。

"卧槽，就我们几个人，日常运营人都不够，还要专门把你俩拎出去跟篮球赛，篮球赛持续一个月呢。"沈有墨不满地把笔一丢，"中心的新闻工作又不是我们几个人的，其他组的人都是摆设啊？"

"沈有墨，不要发牢骚。"张月抬了抬眼镜，"有牢骚下来说，现在开会呢。"

见他闭了嘴，张月又继续开会："丛烟，赛程表拿到了吧？你来的时间不久，对各个单位实力不够了解，回头你跟辛然沟通一下，挑几场硬核对抗赛重点宣传。比如以往的冠军单位，还有人气比较高的颜值型的，你们定上几场有看点的着重宣传。另外，上个月我们漠海摘星阅读量有很明显的提高，这是大家的功劳，大家的苦劳。尤其是丛烟的加入，给我们注入了新的活力。大家再接再厉。"

开会结束后，张月私下里也跟沈有墨沟通了，她表示辛然和丛烟去跟篮球赛，日常工作她会跟他一起负责，另外，也抽调一些人手过来帮忙。

沈有墨摇头耸肩，不以为然："你觉得老江会给咱们人手吗？咱们新媒体组这个后娘养的，但凡有个出彩的，就给调别的组了，月姐，你可别怪我没提醒你，咱们之前的摄像可都没留下，就丛烟目前这状态，你觉得能留她到什么时候？"

"沈有墨，人事调动这是整个部门的综合考量，老江有老江的考虑。他也不是针对咱们新媒体组，其实老江这人不错，你不要因为你们两口子的事对他有什么偏见。"

张月说的"你们两口子的事"是沈有墨和辛然结婚近十年尚未生

育的事。

打结婚第一天开始，沈有墨和辛然对外一直声称要做丁克，原本这生不生孩子，生几个孩子，也都是个人自由，跟单位跟领导没什么关系，可偏偏老江这人比较传统，觉得不孝有三无后为大，何况国家都在号召生二胎，你连一胎都不想生，你这不是不响应国家号召嘛！老江也是个热心肠，就随口说了他一句，年轻人不要随便丁克，你到底是不想生还是生不出来啊？

沈有墨感觉男人的底线受了侮辱，也为了证明自己能生出来，开始跟辛然商量解除丁克约定。辛然哪里肯，觉得他婚前婚后两个样儿，不守诺言，这一来二去又影响了夫妻关系。

最糟糕的是，辛然也不想因为这事总是吵架，想着反正已经进了贼窝了，算了，生就生吧。两个人就去做产检准备备孕，辛然也很快怀孕了，可还没来得及高兴，就发现是宫外孕，孩子没了，一侧输卵管也没保住。再后来又好几年，到现在也没怀上。

这一顿折腾，沈有墨便把这夫妻不和都归根到老江这里了，要不是他激将得他们非得去生个娃，也不至于到这份儿上。

自从辛然意识到因为自己的原因怀不上孩子，这脾气也变了，总觉得沈有墨要变心，以至于看到他跟女人说话就觉得他没怀什么好心思。

沈有墨也冤枉得很，早知道，还不如一直丁克呢。

没想着要也就罢了，想着要又怀不上，人的心态就一下子崩了。

自此，沈有墨对老江可就没留下什么好印象了，对他的一切工作安排都觉得他别有用心。要不是老江手里捏着他的工资条，他早就问候他祖上祖下十八代了。

丛烟研究了很久赛程表，光是单位名字就看得她头大，很多单位的名字她都第一次听说，印象里也只有那些奋战在一线的单位，今天一看参赛单位才知道，原来中心还有这么多单位的科技工作者也在默默守护着这片土地上的航天事业。

"不必焦头烂额，看起来参赛队好像很多，其实最终对决就那么几家，每年几乎都不变。你想啊，这单位人员构成不一样，实力就不一样。像科研部，全是一群专家、高工、研究员之类的，搞研究那绝对是NO.1，可年轻小伙子全拉出来估计都凑不齐一个队，虽然那群老专家也十分重视身体锻炼，可跟年轻人怎么比，这属于典型的重在参与型的。"

辛然顿了顿又给她介绍说："再一种，像航天搜救队，这类为代表的，年轻小伙子多，篮球爱好者多，最终的冠军每年也都是在这些单位中决出，这些，属于冠军争霸圈子里的。像医院等单位，就属于中间梯队，发挥好了也能进第一梯队，发挥不好就提前下场。"

辛然的解释让丛烟有了点头绪，不过她更感兴趣的是："月姐说的颜值型的是哪一队？"

王金凯插话说："还能是哪一队？顾队长在哪队就是哪队，之前他在科研部，科研部就是颜值队，现在他在航天搜救队，那航天搜救队就是颜值队。"

另一边，"颜值队"队员们也在就即将到来的篮球赛摩拳擦掌，跃跃欲试。

首当其冲的就是苏骁，他捏着那张赛程表，咬牙道："医院队千万别进决赛圈了，进了决赛圈我一定打得吴剑反过来叫我大舅哥！"

岳风不怎么看好地说："你可别flag立得太早，我听说吴剑可是医院的头号选手，项链一摘，火力全开。"

"什么项链？"苏骁兴趣满满，要打倒对手，必须充分了解对手。

"听说他平时戴个项链，每次上场前都摘项链，摘了项链就跟解了封印一样，驰骋沙场所向披靡。所以啊，大家就送了他一句'项链一摘，火力全开'。"

苏骁："你什么时候见过他比赛？我怎么没见过？"

"鲲L前他们医监医护保障团队和咱们打了一场友谊赛，你那会儿好像是被队长拉去干活了。"

"我可是看过他比赛，单人对抗很有实力的一个选手。" 岳风不容乐观地摇头，"你想赢他，估计费劲。"

"有什么好主意?"苏骁虚心向军师请教。

岳风冲对面顾星河办公室努努嘴："唯一的办法，让漠城顾科比上啊，可据说老大今年不准备参加。"

"为什么不参加?"苏骁纳闷，"以前老大都参加啊。"

岳风故作神秘地说："我猜以前老大参加是为了解相思之苦，上了场就疯狂输出，管对面什么牛鬼蛇神呢，今年那烟太狼不是已经来了，我看他心情好得不得了，所以不上了呗!"

"你们别胡猜了，他最近手里不是有新课题嘛。"路平给两人扔个苹果，"来，练练接球!"

两人稳稳地把苹果接住，路平又说："话说回来你们怎么不请我参加啊，就那个吴剑怎么会是我的对手。"

"呵，我又不是没看过你比赛。"苏骁闷闷地咬了口苹果，心里盘算着怎么能让老大参赛。

"嘿，你这臭小子，还瞧不上我了!"路平把他嘴里的苹果撸下来，"苹果还我，臭小子。"

为了在赛场上碾压吴剑，苏骁最近可是拼了命地在打篮球，每天下班铃一响，他第一个就抱着球跑去操场了，还在朋友圈壮烈宣誓:不打趴下你，不当你妹夫!

隔天，吴剑不知道在哪里听说了他的壮烈宣誓，直接在朋友圈豪气应赌:你赢给你户口本!你输给我彻底滚蛋。

这号角一吹，誓言一发，可算是开弓没有回头箭了。苏骁一有时间就拉上队友一起研究战术，训练体能。搜救队的小伙子们个个身强体健，打起球来青春昂扬、激情满满。可没有漠城顾科比这张王牌，他心里总不踏实。

苏骁听路平说过，老大当年在大学联赛中可是一人狂砍五十八分对抗体育学院赛队，神话一般的存在，虽然那场比赛由于一个绝对主力带着一群绝对阻力而最终败北，但那场比赛结束后，顾星河可是输了比赛赢了配偶权，学校里都流传说：这战绩，打完球赛在学校找女友跟上非诚勿扰似的，不行就下批！

当然，由于丛烟的存在，他连一批也没顾上瞄一眼。

所以苏骁怎么肯轻易放弃，但他这几天找顾星河说了好多次，都被无情拒绝。

趁中午吃饭，苏骁又一次蹿到了顾星河对面的座位。他把盘子里的鸡腿儿夹到顾星河盘子里，一脸讨好："老大，让我贿赂贿赂你呗？"

顾星河把鸡腿儿夹回苏骁盘子："长身体呢，多吃点儿。"

路平坐在两人旁边，一边吃饭一边斜着身子一脸看戏的样子。

苏骁不肯罢休："老大，求你了，你也不想你的队员被别人碾压吧，你脸上也没光不是？何况关系我人生大事。"

"球赛而已，再者，篮球赛是团队比赛，少我一个也不会怎样。"顾星河淡定地夹着菜。

"老大，这不是球赛，这是尊严，我作为男人的尊严！我必须赢！"苏骁信誓旦旦地拍着胸脯。

"噗——"路平没忍住笑出声，他提醒苏骁，"苏骁，你有没有想过，你未来大舅哥本来就看不上你，你还让他心里的理想妹夫上场帮你，一旦赢了，他更看不上你了！"

苏骁定定地愣着，他在心里衡量着利弊，时而皱眉时而舒缓，最终还是放弃了挣扎："我不管，不管怎样我也要赢他！老大——"

顾星河松了口："我是真的没时间，最近还要出个差。"

路平看苏骁可怜巴巴的样子，乐善好施的他又默默地掏出朋友圈给顾星河看。

"这种赌你都敢应，你是真虎啊！"顾星河叹气摇头，衡量片刻，他作了让步，"要不这样，我当替补。"

"老大——"

"再啰唆，替补也没了啊。"顾星河指指他盘子里的饭，"吃饭，一个大老爷儿们瘦得跟猴似的，还想赢大舅哥？"

苏骁低头看了自己一眼，又抬头看看对面的顾星河和路平，好像一对比是少了点肌肉的力量。

"苏骁，要我说，实在不行就直接抢婚吧。我觉得你想办法弄到他手里的户口本才更靠谱。"路平开他玩笑说，"周文杰是他上级机关，让周文杰以工作需要为由把他家户口本要来不就完事了。"

苏骁狠狠咬了一口鸡腿："你以为我没试过？那丫的把吴倩那一页拿出去了。"

"……"路平震惊之余笑着摇摇头，"周文杰是我们搜救队卧底这件事，看来已经瞒不住喽。"

＊　　＊　　＊

在"航天杯"篮球赛开幕的第一天，顾星河去长京出差了。

开场赛由科研部和测发部两个老牌的单位进行揭幕战，由盛景华和鲁国昌两位技术专家分别作为两队的队长，各自带着自己的徒子徒孙，组成两队特殊的"老中青"组合队，这也是中心篮球赛一直以来的传统，象征着漠城精神薪火相传、生生不息，寓意着航天事业代代传承、蒸蒸日上。

丛烟对盛景华和他的小徒弟印象深刻，可这次在赛场上，他却不似被师父教训时那般垂头丧气，像换了人似的，进攻猛烈，气场十足，近乎一人撑起一个队，最后以一记漂亮的三分球收尾，赢得比赛，为整个篮球赛开了一个精彩的好头。

揭幕战结束后，丛烟回到办公室，不停地翻看今天比赛的摄影资料，她从前以拍新闻为主，从未拍过体育赛事。体育拍摄重点在稳，要全程追踪且容错率低，这对于她来说是个不小的挑战，她对自己第一次的拍摄很不满意，也因为操作问题错过了很多精彩镜头。

辛然倒觉得无所谓："差不多就得了，咱们这又不是国际比赛，没那么高的要求。"

"差不多可不是我的人生信条。"她一遍遍地研究着拍摄角度和失误点，嘴里嘀嘀咕咕地念着，手里上下左右地模拟比画着。

最近跟丛烟接触得多了，辛然也有点被这个姑娘吸引了。她做事认真，就像这次篮球赛的拍摄，她从接下任务就开始查阅资料学习体育赛事的拍摄技巧，今天第一次实践回来又认真总结分析实践时出现的问题，这样的工作态度，她不进步谁进步？

"烟姐，楼下有个邻居找你。"王金凯推门，探进来半个脑袋，可可爱爱地扑闪着睫毛。

"邻居？哪个邻居？"丛烟在脑海里搜索着自己宿舍的左右，好像都不是很熟，只是见面点头的程度。

"我也不知道，他说他是邻居。"

丛烟下楼后才知道此邻居非彼邻居，他是盛景华的徒弟林居。

林居穿着篮球服来的，看起来是比赛完后直接从体育场过来的，夜晚的风有些凉，他披着一件墨绿色风衣，腿却裸露在外头，丛烟看了一眼都觉得冷。毕竟最近可真的是漠城的初冬了，温度一直骤降，除了还没有一场雪来证明冬天已到，其他的真的已经跟冬天一般无二了。

林居表明了自己的来意，今天看到她全程跟拍篮球赛，希望她能给他一份视频资料。

两人加了微信，林居把自己的邮箱通过微信发给她。

"另外，谢谢你上次帮我。"上次要不是他们把盛景华拉去采访，他估计还要被训斥很久。

丛烟没觉得那算帮忙，不过也不拘这种礼貌的客气，便点了头准备回去。

"等等。"林居又从运动包里拿出一个铁盒儿，双手递给她，"这是我家乡的瓜子，很好嗑。你尝尝。"

"哦……谢谢。"丛烟觉得他有点过分客气，却又说不出哪里不对劲儿。

林居热情地解释说："其实，你是我师姐，我们大学是校友，但……你可能不认得我。"

"是吗?"丛烟还是挺意外的,这是她第一次在中心遇到校友,不过她确实没什么印象。两人聊得开心,却忘了这是冬天的晚上。没一会儿,林居就打了个喷嚏。

"太冷了,你赶紧回去吧,回头视频剪辑好发给你。"

之后的三周,是晋级赛。虽然林居在揭幕战里表现不俗,但在后续的晋级赛中,还是输给了整体实力更为强大的其他队,无缘八强。而在小组晋级赛中,航天搜救队和医院队都不出意外地杀出重围。

林居虽然无缘继续比赛,但他却成了赛场上的摄像助理,每天乐此不疲跟在丛烟身后,帮她拿设备提装备,送水陪聊。比赛多数安排在晚上,有时林居还会在她拍摄完时,突然出现,带来香喷喷的各种小吃。

辛然低声问:"这小子,不会是在追你吧?"

"想多了,师弟。"丛烟不以为然。

辛然捏着下巴点头:"对,是师弟,师弟不是弟,色狼不是狼。"

但意识到这一点的可不只辛然,还有苏骁。中场休息,林居又想提着吃的来到丛烟旁边,苏骁拉着岳风从座位上跳起来,直接跨过座椅坐在丛烟旁边,像左右护法一样。

"今儿是什么好吃的?"苏骁不客气地从林居手上接过袋子,瞅了瞅说,"烟嫂子,这个也太辣了,吃了小心长痘痘,我帮你吃了吧。"

丛烟忙着看片子,没空理他们。

苏骁打量着林居,人模狗样的长得还像那么回事,看起来一脸无害,像比王金凯都纯的小奶狗,不过男人最了解男人,苏骁精准认识到了对方眼神里的小心机。

"林……什么玩意儿来着?"苏骁很快吃完,抬头故意问。

"居,邻居的居。"林居站在丛烟身旁一脸微笑地望着他,看起来好像也不介意苏骁抢走座位和饭。

"挺好吃的,我还爱吃航天路那家沙枣煎饼,明天可以买那家。"

269

苏骁把饭盒递给林居，"兄弟，帮忙扔一下垃圾！"

把垃圾塞进林居手里，苏骁又若无其事地转身跟岳风说："老大快回来了吧？"

之前顾星河说进四强后回来，可现在决赛圈都快到了，他还没回来。岳风虽不明白苏骁为什么这么问，但还是配合地说："嗯，快了，肯定马上要回来了。"

苏骁打开矿泉水，咕嘟咕嘟灌了几口，他放下矿泉水瓶子，目光恶狠狠地盯着林居说："老大回来前，该卸的后腿就给他卸了，免得他看见心烦。"

岳风："……"

林居浅浅一笑，无所谓地去扔垃圾。

"看见没，看见他那个阴险狡诈的笑了没？一看就藏了八百个心眼子。"苏骁隔着中间的丛烟扯扯岳风的衣服说，"我的第六感一定没错，这货就是要来挖墙脚的，他一向跟我们老大对着干，这次指定也没憋什么好肿瘤。"

岳风倒觉得没什么大不了，毕竟见过丛烟在老大面前那个"烟羊羊"的软萌样儿，他可不担心谁能把她撬走，何况，那人各方面跟老大也没法比。

"只要有恒心，世上没有撬不动的墙脚。老大不在，我们可不能掉以轻心。"苏骁认真地说。

岳风倒呵："老大这么优秀，她要是出轨，就是个傻子。"

"就算她不出轨，那小子过来挖墙脚也是对老大的不尊重。"

岳风终于点头表示赞同："这话倒没错，不能放过。"

"你俩当我不存在是吧？"丛烟无语极了，一左一右，叽叽喳喳个没完，讨论的内容还是她会不会出轨。

"烟嫂子，你放心，我一定替老大保护好你！"苏骁认真起誓。

丛烟最近也是着了魔了，最近苏骁总在她身边出没，每次听到他的声音，她脑海里就一闪而过一些回忆。刚又听他在旁边叽叽喳喳，她突然灵光一现，终于想起来他跟谁的声音像了。

老骆驼！

她直勾勾地盯着苏骁，他还在滔滔不绝地跟岳风商量要怎么把这"撬"给除掉，而丛烟早已陷入思索……

晚上回到宿舍后，丛烟第一时间给老骆驼发消息：老骆驼，我好久没听到你的声音了，跟我说几句话呗？

过了好久那边才回了文字消息：咳嗽得厉害，感冒了，嗓子倒了。过几天再给你发语音消息。

＊　＊　＊

长京市。

顾星河在项目立项评审会上详细向各位专家论述了他的新课题，他论证清楚，理论新颖，在场的专家们纷纷投来了赞许的目光。

在提问环节，其中一个朱姓学者略带疑惑："顾工，我对您这个课题非常感兴趣，的确非常有前瞻性，但是……我更想知道这个项目能给目前的航天返回技术带来什么直接的改进和发展。一个太遥远的项目和一个眼前立马能够带来效益的项目，我想大家肯定更愿意给后者机会。"

这位专家的徒弟是跟他同期的竞争者，顾星河明白，科研圈里，总有一些不能言说但大家都懂的规则："该技术的发展研究也许不会在一两年内对我们产生直接影响，但长远来讲，在未来，我们国家必定要加快建设航天强国，智能自主发射总有一天会成为趋势，我们这项技术的发展也将会在不远的将来配合自主发射平台应用在返回舱返回阶段，所以——"

朱教授很不客气地打断他："你不要给我讲那么多虚的，我只想知道现阶段它能给我们带来什么。你可不要告诉我是未来。"

另一位评委专家说："其实朱教授，咱们都是搞科研的，大多数研究对目前来说都是'虚'的，正因为如此，才需要我们科研人员去探索研究，当下立刻能带来效果的也不需要我们去过多验证研究。"

另一位女专家也发表了自己的见解："朱教授看来最近是忙于要事，没有太关注这项新技术的研究，如此有前瞻性的想法，这项技术如果研发成功，在将来我们航天事业的发展中一定会起非常重要的作用，我个人非常看好。"

朱教授正纳闷为什么今天这些专家都为了一个偏远地区毫无名声的"小人物"跟他作对时，旁边的女助理低声向他介绍："教授，他就是之前搞漠城着陆场论证专家团队中最年轻的那个专家组成员。"

朱教授隐约有点印象，但却不太确定："对了，冒昧地问一下，不知道您师从……"

在顾星河回答之前，坐在正后排听众席的老爷子爽脆开口："他是我的学生。"

众人向后看去，肖正松院士不知道何时也来旁听评审会了。

"肖院士?"朱教授有些愕然，显然没想到，毕竟肖老可是航天研究领域的大拿，他的学生也几乎都在各个重点科研院所工作，而且在圈子里也小有名气，怎么这位徒弟好像没怎么在圈子里活动。

"朱教授贵人事忙，不知道我有这么个学生很正常，他啊，本来也没在长京待多久，博士毕业也确实有点快，也难怪你不知道。"肖正松笑着说。

"不过我这个学生虽然在戈壁滩，但在岗位上包括读书期间，也已经参与过很多重大航天科研项目的课题，实力大家有目共睹，说实话，你们有些教授的科研能力也未必有他强。"肖正松这话说得朱教授脸色有些难看。

"咱们做科研的，要考虑在未来，要创新在未来。当下要做，未来更要做。"

"是是是，肖老您说得对极了。原来这位是肖老的学生，难怪科研视角这么超前!"朱教授神色尴尬，匆匆结束了自己的话题。

朱教授坐下后仔细想了一下，肖老的确是有一个学生在戈壁滩工作，据说当年肖老用了别人可能要十年二十年才能达到的非常丰厚的条件来留他，都没留下。

竟然是顾星河。

朱教授最近事忙，没有充分研究每个项目申请者的背景，尽管顾星河的项目在一众申请者里都是数一数二的，可名额确实有限，别人他也不想得罪，原本想着挑个地处偏远没什么背景没什么名气的新人刷掉，没想到竟是块硬骨头，今天真是踩钢板上了。

评审会结束后，顾星河和肖正松一同前往一家茶馆。

茶馆老板娘姓怀名才，人如其名，是个颇有才情且有情怀的女人，平日里总是身着优雅飘逸的汉服出现在茶馆。以前顾星河和丛烟在长京上学的时候，也经常会来这里喝喝茶，听听老板娘吟诗作对，挥毫泼墨间自有一股与世无争之感。

茶馆名字也取得很有特色，叫"无由茶馆"，取自白居易的诗《山泉煎茶有怀》：坐酌冷冷水，看煎瑟瑟尘。无由持一碗，寄与爱茶人。

顾星河和肖正松在服务人员的引领下缓步来到二楼，茶馆里缓缓放着舒缓悠扬的古典琵琶曲，玻璃窗将古风木雕窗外寒冷的空气隔绝，顾星河为肖正松点了他最爱的曼松普洱。

肖正松脱下外套，打趣道："还记得我爱喝的茶，看来的确还没忘了我这个老头子。"

"老师您说笑了。"

"正事儿结束了，准备什么时候回去？"

温壶烫盏之间，顾星河笑道："老师这是嫌我在您身边待太久了？"

"你这小子，是我不愿意让你待啊，还是你不想待啊？"肖正松提起来就生气，他最得意的门生却最不愿待在他身边。

"你还是不愿意回来？"肖正松的研究所一直给他留着位置，虽然每年他都会问几遍同样的问题，答案他也都清楚，但他还是不甘心地一问再问。

"你真甘心一辈子窝在戈壁滩里？你今天也看到了，就一个简单的项目评审会，你顾星河居然都有被'歧视'的一天。"

"今天，感谢老师及时救场。"

"我从来不屑于用自己的身份去掺和这些事，做学者，还是要纯粹一些。可别人不纯粹，我也不能让他们伤了我的崽儿。"肖正松面庞精瘦，目光中有些学者特殊的气质，却也有武者的硬气和霸气，护犊子这块儿，他认第一，没人敢认第二。

"当初你为漠城着陆场启用的事去了漠城，你完成了你父亲的遗愿，他没有遗憾了。现在一切上了轨道，就不想着回来？以你的才华，在长京会有更好的发展前途。"

顾星河："老师，有些东西……爱上了，就放不下了。"

"你说的'有些东西'是漠城还是丛烟？"肖正松转了话头，"我听说，那丫头跟你去漠城了？"

其实从他知道丛烟追去了漠城，他就知道，他这个徒弟是真的没打算再回来。

顾星河将茶拨入壶中，唇角微勾："老师您消息还挺灵通。"

"我听肖敏说的。"肖敏是肖正松的女儿，"以前我就挺欣赏丛烟这姑娘，是个有想法的，有点自己有海不赶浪潮的劲儿。"

"是老师您宽容。"顾星河不紧不慢地倒水润茶。

肖正松对丛烟可是印象深刻，最初丛烟不认得他，他有天回实验室，看到有个姑娘对着门禁晃来晃去，见他要进去，便主动让出位置对他说："这位老师，我能跟您一起进去吗？"

肖正松问她找谁，她犹豫了两秒说："我找……肖正松教授……我是他的……侄儿媳妇。"

这给肖正松乐坏了，天上掉下个侄儿媳妇，便笑着问她："肖老师的哪位侄子啊？"

"您认识他侄子？"小姑娘感觉自己好像编错身份了。

肖正松看她胸口别着隔壁学校的校徽，便说："我不认识，就是随口问问，你进去吧。"

他用人脸识别打开门后，便一路跟着小姑娘，想看看他这从天上掉下来的侄子是哪一位，这一看不要紧，居然是顾星河。

肖正松回忆着丛烟当时尴尬的脸，笑着说："她在那边怎么样，还适应吗？"

"挺好，在漠城电视台做摄像。"顾星河将润茶的茶汤倒掉三次后，才重新倒茶，双手将茶水敬给肖正松，"老师，您喝茶。"

肖正松接过茶杯，深有感触道："我的这么多学生里，你泡茶泡得最好。知道我为什么总带你们喝茶吗？"

"老师说过，中国茶道，博大精深，一招一式都是静心与恭敬。"

肖正松品了一口茶后放下茶杯，笑着说："喝茶喝的不是茶，是心境。航天事业是一项极复杂烦琐、极需要严谨细致精神的工作，要像泡茶一样，不慌不忙，井然有序，不管你在航天事业的哪个岗位上，都要对它心怀敬畏恭敬之心，所以我经常给你们讲，要发自内心去热爱，因为这是一项民族工程和国家事业，不是普通工作。"

顾星河恭敬地说："老师的教诲，学生一直记着。"

喝茶不能着急，一饮而尽品不了茶，反而会烫了嘴。肖正松笑着说："虽然你没有跟在我身边让我很遗憾，但总归也是在航天岗位上，我也算安慰。你也不小了，不要总忙工作，姑娘既然跟着你去了，打算什么时候请老师喝喜酒？"

顾星河笑着为肖正松斟茶："快了。"

"你可不要给我空头支票就好。"老爷子笑得爽朗。

两人说话间，老板娘怀才端着一个礼盒走过来："二位，打扰一下。"她将礼盒放在顾星河面前，笑着说："这是您朋友寄存在这里的东西，她叮嘱我说有一天您再来的时候一定要我亲自转交给您。"

"有姑娘芳心暗许？"肖正松打趣道。

顾星河向怀才表示感谢后将礼盒接了过来，他笑着说："我猜是丛烟。"

"这么有自信？"肖正松笑，"你女人缘一向很好，我看未必是她。要不我们打个赌？"

"老师您最好不要跟我打这个赌。"顿了顿他又笑说，"我只带她来过这间茶馆，老板娘认得我们。"

顾星河打开礼盒，果然，是她从各个地方寄回来的明信片，每张上面还有她随笔涂鸦的简单画作，最上面一张明信片是她第一次去漠城寄过来的。

肖正松盯着那张明信片一字字念起来："踏遍山河，思念无由，止于漠城，归于星河。"

再看下去，每一张明信片上都有一句话：

自送别，凭栏拂袖海亦枯。

春开四月，枝头挂星月。

晓看天色暮看云，行也是星，坐也是河。

沙海魂梦长，鱼雁音尘少。

日夜更替，山川湖海，皆不算美景。

燕子声声又一年……

句句不提思念，却句句都是思念。肖正松笑了："这姑娘，正经起来还挺有诗意。亦邪亦正，难怪把肖敏那丫头收拾得服服帖帖的。"

提起肖敏，当初可是把肖正松气出心脏病的存在。肖正松四十多岁得女，所以对女儿格外宠爱，加上肖正松这一代的兄弟姐妹，家里的下一代孩子一水儿的男孩，整个家族唯一一个姑娘就是肖敏。

肖敏也因此集结了整个家族的宠爱，从小被惯得无法无天。

肖正松的妻子是材料学教授，不知道怎么正正得了负，生了一个并不怎么聪明还从小惹是生非的肖敏。

顾星河他们读大一的时候，肖敏刚十五岁，还未成年呢就成天烫着头发出入酒吧夜店。

常在河边走，哪能不湿鞋。肖敏终于在一天晚上惹到了两个外国"彩毛龟"，打电话给丛烟的时候，还气喘吁吁地在一路狂奔。

丛烟就近拦了辆车狂奔，五分钟内赶至小巷子，肖敏还算机警，拉开车门就跳了上去，门都没关紧车子就飞了出去。

车子在巷子里急速穿梭，出租车愣是被她开出了跑车的味道，出租车司机在后座惊慌失措："美女，我把五百块还你，不租了不租了……"

彩毛龟在身后穷追不舍，丛烟把油门踩到底，车子突然蹿出去十来米后就开始减速熄火，最后卡在了巷口。

"草，你这什么破车？"肖敏转头冲出租车司机怒喊。

胖乎乎的司机大哥缩在后座结结巴巴："N3……"

"谁让你报型号了？！"肖敏望着对面已经下车的两只"彩毛龟"，又气又急，"烟姐，怎么办？"

"现在知道叫我姐了！以后再喊我小嫂子不削死你。"肖敏平时都喊顾星河哥，喊丛烟小嫂子。丛烟说我是大老婆，把"小"字去掉，肖敏说小嫂子是昵称，代表你年轻。丛烟说不要，我就要当大嫂子。肖敏却故意似的，每次把"小"字喊得贼清楚。

两只"彩毛龟"坐在N3的引擎盖上，手里还拎着刚在酒吧里带出来的酒瓶子。

丛烟望着前风挡玻璃外的两只外国"彩毛龟"，五颜六色的头发后面不知道什么原因被烧成杂草窝一样，坑坑洼洼的。她心里纳闷自己以前什么审美，怎么会弄这么难看的头，简直辣眼睛。也不知道那时候顾星河怎么看上自己的，瞎了吧？

两只"彩毛龟"手里转着酒瓶子警告她们赶紧出来，不然砸车玻璃了。

丛烟解开安全带，警告肖敏："别出来，我下去后你锁好车门。"

肖敏来不及回答，丛烟就跳下了车。

丛烟一下车，便把钱包和手机往车头上一拍，人小势大地说："要钱还是要命？！"

两只"彩毛龟"被她那架势唬住了，一时以为自己才是被威胁的那个人。

高个儿先反应过来，用一口蹩脚的中文阴狠道："要人！让那个死丫头滚下来。"

"要人？"丛烟顺手抄起巷口垃圾堆的木头棍子，向两只"彩毛龟"走过去，"要人是吧，来，我看看你要什么人，你姐姐我行走江湖的时候你俩还穿开裆裤呢，在我面前要人，要你妹啊！"

丛烟拎着棍子指向两人，两人想起她刚才开车不要命的样，又看她现在一副大姐大的样子，气势立马尿了一半儿。

可虽说是俩毛都没长齐的小伙子，但好歹也是俩大老爷儿们，就这么被一女人唬住，以后还要脸不了？

两人心一横，举起手里的酒瓶子就向丛烟砸去。

千钧一发之际，两只"彩毛龟"被人从背后偷袭，人倒了下去，酒瓶子也碎裂一地……

丛烟望着"英雄救美"的来者，竟是N3的车主。

"我真的是够够的了，赚你这五百块钱也太他妈不容易了。"司机大哥委屈的样子让两人心生唏嘘。

后来这事儿被肖正松知道了，差点儿没把肖敏的腿给卸下来："烧人头发？还拿加特林烟花烧的？你……你能耐得很你！你咋不烧人家祖坟？"

肖敏骨头硬嘴更硬，昂首挺胸说道："你以为我没想过？我就是不知道，我要是知道我一定去，不去我不姓肖！"

"你最好别姓肖！"气得老爷子也没考虑过后果，顺手抄起桌上的烟灰缸就丢了过去。

烟灰缸真砸到那是要人命的啊，丛烟想也没想就扑了过去，就听"咣"一声，后脑勺直冒星星。

从那以后，丛烟就成了肖敏心生敬佩的"姐"，顾星河也由哥变成了"姐夫"。

后来丛烟问过肖敏为什么会惹到那两只老外"彩毛龟"，肖敏说：

"那两个家伙在酒吧跟我说'你们国家要能建成空间站，我就把我刚染的头发烧了剃光'！这我他妈还不成全他，我还算个人？"

丛烟"扑哧"一笑，想起那俩"彩毛龟"后脑勺烧了一半儿的头发，突然觉得肖敏干得太好了。

清晨推开窗，丛烟偶遇了一场冬日的欢喜。窗外红砖黛瓦，沁雪琼枝，惊艳了日出后的时光。

漠城的初雪像一场浪漫的礼物，说来就来了，它来得温柔，在天亮时分，天女散花般缓缓落下，细细密密地铺满了整个漠城。

明明天很冷，可因为对雪的热爱，丝毫不觉得冷。

丛烟拍了一个小视频发给顾星河：初雪，居然没有你。

明明不觉得孤单，可因为你不在，却觉得心都空了。

他已经出差快一个月了，虽然每天两人都会视频聊天，但心里的思念还是像草一样疯长。

漠城的初雪，作为摄影师的她怎么会放过记录美好大自然的机会。她背起相机，开上顾星河的越野车，慢悠悠地行驶在大街上。

车刚开出宿舍区，丛烟就碰到了在路边溜达的辛然，她缓缓地把车靠近路边，落下车窗："上车。"

辛然钻进车里，瑟缩了下身子。第一场雪落下，室外温度已经零下十五六摄氏度。

"你在马路上溜达什么，这么冷的天儿。"

"找灵感啊，这么美的一天，出一期漠城初雪，给大家添添喜。"辛然缩了缩手，拉上了安全带。

"看我们这该死的默契！"丛烟重新将车驶入主路。

车子一路向彩虹桥驶去，还未走到路边，她便看到一些穿搜救服的小伙子在彩虹桥附近的路边抱着大块的防冻材料正在为设备加衣。她将车停在路边，打开警示灯，车灯在雪地里落下黄色的光点。

"路平，要帮忙不？"丛烟落下车窗。

苏骁远远地跑过来，一脸激动地说："看到这车，我以为老大回来了。"

他说得激动，可他的嗓子却沙哑得听不出原来的声音，丛烟惊讶道："一晚上而已，你嗓子怎么了？"

路平解释说："昨晚突然降温，他一下子晃成这样了。"

丛烟想起昨天老骆驼说，感冒，嗓子倒了……

会不会这么巧……她呆呆地望着苏骁，不敢相信，难道他真的是陪伴帮助自己多年的老骆驼？这世界也太小了吧！

"苏骁，你知道老骆驼吗？"她突然发问。

苏骁来不及反应，愣了几秒后结结巴巴地说："骆……老骆？什么驼？不认识啊，那是谁？我不认识什么爱烟的老骆驼啊……"

她刚只说"老骆驼"，并没有提起"爱烟的老骆驼"！丛烟没有放过他表情里的细微变化，他真的就是老骆驼！那他为什么不认呢？

因为顾星河？顾星河是他老大，所以其实他早就认出自己，却一直不认她，是因为顾星河？

似乎有哪里不对劲……

她还没想明白，便没再继续追问，驾着车去拍雪景了。

苏骁望着她远去的影子，不知道为什么她会突然提起老骆驼，难道是露馅了？他把手里的东西都丢在地上，掏出手机给顾星河打电话："老大，烟嫂子好像知道我是老骆驼了！"

顾星河一听他哑如公鸭的嗓子，立刻了然，这家伙一定是让丛烟诈出来了："你先扛着。"

他太了解丛烟，如果让她知道自己六年都潜伏在她的世界，她一定会气疯的！与其如此，还不如让苏骁先扛着。

"这我怎么扛？难道我认了我是老骆驼啊？"

"扛得住就扛，扛不住就认！但在我回去前，坚决不能供出我。"

苏骁望着挂断的电话，一脸绝望地抱着路平："完蛋了，路哥你要救我！"

"该!"岳风也不同情他,"都说了让你少拍烟太狼马屁,你特么倒好,线下拍完线上拍,这下好了,拍大腿上了吧?"

"老大拿任务纪念章诱惑我的!"当初,为了得到那枚稀有的任务纪念章,他才走上这"不归路"的!苏骁欲哭无泪,半蹲在路边,雪花还在飘飘扬扬,无情地落在他"孤寂无助"的身上。

这场雪一下,漠城的胡杨林更添一分冷峻,就连路边的其他树木,也都多了几分傲立风雪的气质。

寒冷锤炼出的,是经久不衰的坚毅。漠城的雪景美起来有些诱惑,丛烟第一次见雪中的塔架,巍峨中带着冷峻,冷峻中又带着不朽,细碎的雪花一点点落下,温柔地覆盖在它身体的每一寸。

丛烟按下快门的那一瞬,无数跳跃的白色精灵与塔架一起定格在了她的镜头里。

"过来,带你看看我们的大网红!"辛然拉着她向塔架不远处走去,一棵榆树孤傲地立在雪里,"就是它,叫树坚强。"

"树坚强"是在距离发射塔架五十米处的一棵榆树,塔架还未建成时,它便长在那里。"鲲Ａ号"时,它还只是一棵瘦弱的小树苗,每次火箭发射时的尾焰都会将它点燃、瞬间烤干,然而神奇的是,它也总会在第二年的春天,重新萌发出新芽、焕发新的生机。

"那它看过的火箭发射比我们还多呢!"丛烟伸手摸着这棵树坚强,它好像感知到了来人的好奇,轻轻地晃动着,微风一吹,枝干上的雪抖落一地,露出真实的模样。

从1999年11月20日"鲲Ａ号"发射到现在,这棵"欲火焚身、百折不挠"的树坚强,仿佛是漠城航天人的缩影,燃烧了青春,在烈火中一路陪伴并见证了载人航天的光辉发展历程。

"是的,它现在还有了宝宝。"辛然指着旁边一棵小榆树说,"你看,这是它的宝宝。"

一大一小两棵榆树,让丛烟觉得很是温馨。辛然略伤感地说:

"树坚强都有了'航二代'，我却没有。"

丛烟蹲下来，凝神望向眼前的"小树坚强"："其实，现在试管技术已经非常成熟，成功率很高的。你们没考虑试一下吗？"

"想过，但放弃了。"

做试管婴儿，从体检到打针、移植、等待、检查，每一步需要的周期都很长，漠城地处偏远，每次来回非常耗时费力，但一次性出去待几个月专门做试管又不现实，何况，组里他们两个是顶梁柱，如果两个人都走了，正常工作运转都是问题。

"时间啊工作这些都是可以协调的，组织对个人的人生大事也是很关心的呀！"

辛然摇摇头："算了，有墨他对老江有意见，连尝试去沟通都不愿意的。我和有墨现在也是同一个屋檐下的舍友，他现在连安慰我都不愿意了，又怎么会尝试和我去为一个孩子努力。其实，你刚来的时候，我在你身上真的看到了自己的影子，我不断地问我自己，如果再给我一次机会，我还会为了我心中向往的爱情来到这里吗？"

"你会吗？"丛烟问。

辛然想了想，眼睛有点涩，她没有给丛烟明确答案，只是说："我只希望，你不会后悔。"

也许，丛烟是她的信念吧。不管她自己过得怎样，她依然希望丛烟能证明，这份追逐值得。

丛烟了然，坚定地拍拍她的肩膀："都会好起来的。"

她起身调整好角度，按下快门。

时光定格的一瞬间，她不禁感叹，这片神奇的土地到底有着怎样的魅力，连一棵树都心甘情愿为之倾倒！

车子开出前，丛烟远远地回望了一眼"树坚强"，任沧海桑田、风云斗转，好像都与它无关，它就默默地那样站在那里，与塔架一起浓缩了时光，活成了信仰。

"航天杯"篮球赛四晋二的最后一场比赛，由航天搜救队对阵中心机关队，两个实力派的队伍，也是大家十分期待的一场比赛。周文杰上场前特意跟路平击掌："今晚不做兄弟了啊！"

"放心，我不会手下留情的！今晚，我属于航天搜救队，你属于中心机关队！"

周文杰自信满满："老顾不在，是我们崛起的最佳时机！"

丛烟调整着设备，目光却停留在苏骁身上，平时他总上蹿下跳地在她面前晃，今儿安静得像隐身了一样，丛烟好多次看向他的时候，他还躲闪着目光，看都不敢看她一眼，甚至在林居又来跟她献殷勤的时候，他也装作没看见。

小样儿，你能耐得很，看你装到几何！

今晚的比赛对苏骁异常重要，医院队已经进入决赛圈，如果今晚的比赛航天搜救队赢了，那他就能正式和吴剑PK了，如果输了，他跟吴剑的宣战就相当于不战而败。

所以这场比赛打得异常激烈，全程双方分数咬得很紧，几乎分不出绝对差距。比赛仅剩几分钟的时候，双方分数还在持平状态。看得场外的吴剑激动不已："我看这臭小子都未必能进决赛，跟我PK的机会恐怕都没有。"

"哥……算了，你们两个是成年人，一个拿妹妹打赌，一个拿女朋友打赌，真好意思。"吴倩在一旁埋怨着，她也不知道这两个汉子怎么就幼稚得像幼儿园的孩子。

"是他先跟我挑衅的！"吴剑转身正视着吴倩，长兄为父的样子十足，"我可告诉你，虽然我现在已经不奢望顾星河当我妹夫了，但，我们老吴家的女人，也是要有点眼光的，你看他瘦猴瘦猴的，我就不知道你们女人都怎么了，都喜欢这种娘里娘气的玩意儿！"

"人家哪里娘里娘气了，长得白净这也有错？你还拉双眼皮呢！"

"哪壶不开提哪壶，我那不是出车祸毁容伤了眼睛不得已吗！"吴剑瞪了这个小白眼狼一眼，这还没结婚，就处处护着那个臭小子。

吴倩嘀咕着："他在搜救场上驰骋沙漠的时候，不知道有多帅！比你帅多了。"

"你还拿那臭小子跟我的双眼皮比，他有这资格吗？我这双眼皮那是奖章，是荣誉！"

"你还好意思说，人家顾队长救人毫发未伤，你救人救到毁容。"吴倩毫不留情地戳穿他。

吴剑曾作为航天医疗队代表跟顾星河一起外出出差，路遇一场车祸，一个司机撞到了护栏上，车门被卡完全不能开启，路人纷纷帮忙，但却没有什么有效办法。顾星河习惯随车携带救援基本设备，也在那天派上了用场，大家合力把司机救出，人已经没有什么意识了，吴剑紧急实施急救，为救护车赶来争取了宝贵的时间。本来挺好一事儿，可他起身时累得有点站不稳，一个不小心跟跄着栽过去，正好卡在了被损坏的护栏上，外露的钢筋将他的眼皮掀掉半块儿肉。后来做了微整形，才恢复到现在这个样子。

"反正这小白脸儿，什么时候证明他自己是个爷儿们，你们什么时候才有希望。"吴剑说话间，航天搜救队又被反超一分，"最好，今晚他直接输了比赛，一了百了。"

"他就算是输了，我也要嫁给他。"

"你这死丫头！"吴剑恨铁不成钢地咬牙，"你嫁不嫁的，他一大老爷儿们说话得算数，输了比赛还不放手，说话当放屁的话，他更不是个大老爷儿们！"

吴倩被哥哥气到，从观众席上一跃而起，双手放在嘴边做大喇叭状，冲场内大喊："苏骁，加油，我一定嫁给你！"

"疯了你，给我坐下！"吴剑捂着她的嘴将她摁下，"不嫌丢人？"

场上原本已经接近体力极限的苏骁，在听到这声呐喊后，像打了鸡血一样，大喊一声"啊"之后，疯狂发起进攻，在最后一刻，反超一分险胜！

吴倩兴奋得拔腿就往台下冲，和迎过来的苏骁抱在一起，苏骁将吴倩拦腰抱起，场内发出无数叫好的口哨声。吴剑捂着眼，心道：真他娘的没脸看！

丛烟把镜头对准苏骁，嘴角在不经意间微微上扬。

赢了比赛的苏骁得意忘形地忘了老骆驼的事，下场就跟丛烟显摆："烟嫂子，我今天帅吧！"

"帅！老骆驼一直都很帅！"丛烟美眸一眨，当着吴倩的面对他抛了个媚眼。

苏骁愣在原地，这……什么鬼，这媚眼儿，何去何从这是，给我的？

吴倩生气地望着苏骁，等着他解释，可他石化得比她还厉害。

"不是的！"苏骁拉着吴倩的胳膊，"你看你生气什么，这是烟嫂子，我们队长的未婚妻。"

"未婚妻而已！又不是正妻！"丛烟收着设备，眼睛晶亮，看着吴倩，"如果你发现一个在网上关心了你六年的男人居然是你身边的人，你会不会爱上他？"

她顿了顿，又像小狐狸一样眨着眼睛："我会！"

这话一出，吴倩更是惊愕地望向苏骁："你网上撩你们队长未婚妻？"

"不不不，不是这么回事。"苏骁欲哭无泪，"我的确是老骆驼没错，可是……"

不行，队长说了，他回来前，一定要扛住。

"你是承认你网上撩人家了？"吴倩气到跺脚。

"哪有撩，我只是跟她说话……"

"这还不是撩？"吴倩一把甩开他的胳膊，"苏骁，我哥说得没错，你就是个小白脸！撩别人未婚妻，你要不要脸了你！"

"不是，你听我解释，倩倩……倩倩……"苏骁没拉住吴倩，转头却见丛烟一脸平静地收着设备，淡定得仿佛什么也没发生一样。

她淡声，平静道："终于承认你是老骆驼了啊。"

"好，我的姑奶奶了，我怕了你了，我是老骆驼，我求求你赶紧跟倩倩解释一下好不好？"苏骁双手合十，恨不得给她跪下。

"解释什么？"丛烟背起设备包，准备离开。

苏骁拉住她："解释我没有撩你啊！"

"陪了我六年，你说没撩就没撩啊，就算我说她也得信啊。"丛烟站在原地，上下打量着他，她直勾勾的眼神赤裸裸地盯着苏骁，欣赏的样子溢于言表："其实仔细看起来，你真的比顾星河那货帅多了，又年轻又嫩，我以前怎么没发现你这么帅，你说我干吗吊死在他那棵老枯树上，何况陪我六年的人是你，我们才有感情基础，对吧？"

"烟姐，烟嫂子，烟姑奶奶……"

苏骁心中哀号，我哪有陪你六年，我就是偶尔出个声音的替代品而已……

"走了，回头一起约饭，既然没有见光死，我们就正经开始吧。"丛烟对他眨了眨眼，扬长而去。

路平和岳风原本躲在一旁看热闹，待她一走，两人赶紧围过来，左右一边一个搭在苏骁的肩上，三人一动不动地望着丛烟潇洒离去的背影。

苏骁生无可恋："她是要逼死我啊……"

岳风震惊的神情还未消退："我就说这烟太狼不是一般人了，就这，你都不招？"

苏骁："招什么啊！老大说了，死扛！"

路平更是竖起大拇指："英雄！佩服！"

岳风："你们说，烟太狼是不是已经猜出来老骆驼不是你，而是老大了？"

苏骁："还用说吗，稍微想一下就知道了，她又不傻……"

路平："那你还不说实话？"

苏骁视死如归地原地站直："作为一名搜救队员，服从命令，听从指挥，老大说死扛，我苏骁绝不会活扛！"

说完，他又趴在路平肩头做哭状："路哥，救命……"

"恕我无能为力。"路平将他的头挪开，以他对烟妹子的了解，这绝对是海啸前兆。他的保命经验就是：能躲多远躲多远……

的确，丛烟又不傻，老骆驼出现了，这人还就在顾星河身边，攒十辈子的缘分也攒不到这么巧！

再联想到一些细节对话，她怎么会想不到呢！

其实，这么多年来，她不是没有怀疑过，可每次她有怀疑的时候，苏骁就以老骆驼的声音出现了。

一个完全不同的声音，自然会打消她的疑虑，何况，老骆驼从来没对她表现出什么男女之情，他像个老朋友一样，在她遇到困难的时候鼓励她帮助她，在她难过的时候安慰她，在她开心的时候，一起分享她的快乐。

而那时的顾星河呢，在她心里，是抛弃了她的前男友。他又怎么会关心她呢！

所以一次次的疑虑被打消，她也就真的坚信老骆驼不可能是顾星河了。

睡前，丛烟一如往常地等待顾星河的视频电话，可直到很晚，他也没有打来。她洗了澡，看着空荡荡的手机，烦躁地按了关机键。

次日，丛烟依旧有些心不在焉。办公室里暖气烧得很热，和外面天寒地冻的天气形成了鲜明的对比。

丛烟剪辑了一上午比赛视频，同步设计制作了新一期的动漫"航天杯"篮球赛，她幽默的画风，可爱的视角，配上沈有墨这个篮球迷的独特讲解，在漠海摘星新一期的公众号里吸引了不小的流量。

沈有墨把新的比赛日程发给丛烟："这两天还有发射任务呢，好多队员在'前边'忙任务。最后几场比赛未必能按原计划进行。"

"前边"是漠城人对发射场的口语称呼，人们习惯把去一线叫作去前边，而这办公区和生活区就好像大后方一样，在默默地支持着"前边"。

随着近些年航天事业的蓬勃发展，近几年的航天发射任务非常频繁，几乎一年到头没有停歇的时候，总是忙了这发忙那发，忙了那发，下一发又来了，甚至有时候，还经常遇到多发任务并行。所以其他业余活动包括篮球赛，也都只能见缝插针地挑时间办。

丛烟伸着懒腰，脑海里浮现出顾星河的样子，她看了一眼手机，这家伙，从昨晚到现在都悄无声息。

而那边的苏骁得知篮球赛推迟了，像被上天拯救了一般，高兴得差点儿跳起来："我正愁这几天怎么面对她呢，这下好了，终于让我躲过去了，这样我还能撑到老大回来。"

一旁的路平轻呵了一声，把手机举给他看："老大已经回来了！"

"啊？"苏骁跑过去看聊天记录。

顾星河：让苏骁中午一起去娜姐家吃饭。

"这……这……"苏骁震惊不已，"老大这是要拿我去挡枪？"

"能挡枪不错了。"路平推开他，"在烟妹子手里，能痛快死是一种福气。"

岳风在一旁笑得花枝乱颤，还没高兴两秒，路平又说："你也得去。"默了两秒又说，"包括我。"

几人心里咯噔一下，完了。

"唉……老大是想走'法不责众'路线？"岳风叹口气。

路平："不要慌不要慌，作为一名航天人，心理素质要跟上。"

三个大男人并肩蹲在楼门口，闷不吭声，像极了在村头晒着太阳沉思的老大爷。

算了，人多不管力量大不大，起码气势在。

果然，人多的气势十分"庞大"。

安静的餐馆里，几人闷不吭声一个劲儿扒饭，把"干饭人"的

"干饭魂"表现得淋漓尽致。

"再来一碗!"

"再来一碗!"

路平和苏骁同时把饭碗推出去,秦娜一边纳闷他们今天饭量怎么这么大,一边又默默地看向一声不吭的丛烟和顾星河。

这两人今天也奇怪得很,平时恩爱有加互相腻歪得像刚谈恋爱的小情侣,今天怎么好像有一股暗涌即将冲破沉睡的火山,一股势如破竹的力量在悄悄酝酿。

秦娜隐约感觉到了……杀气。

她默默地给路平和苏骁装了满满一碗饭,岳风又把碗推了过来:"娜姐……我也要——"

"啪!"丛烟手里的筷子拍击桌面,所有人手上的动作都停了下来。

"你们吃饱了?"丛烟问。米饭盆都见底了。

"嗯……"岳风点点头,看另外两人不动,他又摇摇头,"没……"

丛烟向卡座后背一靠:"谁吃饱了谁先说。"

苏骁原本停下的筷子立刻开始扒饭,爱谁谁,他这个二作俑者反正不要当这头号靶子。

路平更贼,这火山爆发的前奏他又不是没有经历过,他安静地端着茶杯不停地喝水,心里默默道:这不长眼的事儿谁爱干谁干……

岳风后知后觉地想要扒饭,却发现饭碗还空空地在秦娜手里。

呃……有种被推上断头台的感觉。

"其实吧……这事儿我和你一样,也是刚知道的……"岳风试图把自己择出去,路平和苏骁立刻瞪大眼睛盯着他,眼神里写着"想自己跑这么不仗义就别怪我们不客气了"……

"但是吧……"岳风被他俩的眼神盯尿了,"我觉得他们也是好心办了坏事……"

"哎哎哎,是是是……"两人笑脸盈盈地附和着。

"谁的主意?"丛烟望着三人,平静的脸色下隐藏着擦枪走火的危险。

三人集体看向顾星河，始作俑者的那位爷淡定地喝着茶，完全没有要把这枪头接过去的意思。

三人又集体把视线挪回来。

路平放下杯子，一副准备英勇就义的样子："最初主意是我出的。"

他看着丛烟，转而嬉皮笑脸地说："烟妹子，你也得理解我。你们刚分手那些日子，白天工作还好一点儿，晚上他就跟丢了魂似的。我还不了解他？他把打火机还给你他就后悔了，他本来也没想跟你分手啊，那不是话赶话赶到那份儿上了。所以我就出了这个主意，我说你要实在忘不了烟妹子，就做卧底吧。"

岳风结结巴巴地补充说："名字……是我起的，我说骆驼能忍常人之不能忍，老大现在需要卧薪尝胆，就老骆驼吧。前面仁字是老大自己加的……"

"爱烟的"老骆驼，亏她还一直以为是老骆驼爱抽烟才起的这个名字。

苏骁见两人都招了，自己也躲不过了，只好说："岳风出的名字，我出的声音，这……你都知道了。"

丛烟望着三人，从胸腔里扯出声音："呵，团伙作案，你们可真够团结啊！"

苏骁"嗖"地坐正，义正词严道："航天搜救队最宝贵的精神之一就是——团结一致！"

路平、岳风："对！团结一致！"

丛烟："……"

"老骆驼，你有什么话说？"丛烟盯着顾星河。他淡淡地放下茶杯，双手合拢，看着对面三个男人，努了努头，示意他们撤离。

三人收到指令，一秒都没耽误，跑得比兔子还快。

小隔间里只剩下他们两人，顾星河平静地给她倒了杯水，缓缓推到她面前。

丛烟没碰那水,她觉得胸口很闷。虽然早猜到事实,可真的得到他们亲口证实,她还是不愿相信。

"我知道你现在很生气,很难过。"顾星河伸手去摸她的手,却被丛烟无情抽回。

顾星河耐心地跟她解释:"可你要明白,这件事的起因是因为我爱你。"

"爱?"丛烟红着眼眶摇头,"我不能理解你的爱。你的爱是把我丢下,然后任由我独自伤心难过,你却躲在我的世界里,像什么也没失去一样,那些日子,你疼过吗?我甚至还经常在难过得无法原谅自己的时候去跟老骆驼诉苦,去倾诉对你的思念。你在听到那些话的时候,你很享受我那样痛苦地爱着你想着你是吗?"

"我从来没这样想过。"顾星河双手握着杯耳,冷静地解释,"我把老骆驼的身份当作继续守护你的保护壳而已。"

"你既然想守护我为什么要丢下我?"

丛烟知道,这句话其实是她一直想问的话,就像一个魔咒,即便他们重新在一起,当初的伤痕依然经常提醒她这醒目的伤疤。

"我本来也从没打算丢下你,那不是被你逼的吗?"

"被我逼的?"丛烟难过,"你一直这样认为?"

"我不是那个意思,你不要挑我字眼。"顾星河试图理性地跟她解释,"我们能不能冷静地看待这件事,我不想因为这件事跟你吵架。我只希望你知道这件事的出发点是我爱你。"

"你爱我就可以欺骗我?你简直不可理喻!"

"我不可理喻?那我应该六年把你当空气?"

"在我的世界里,你就是把我当空气了!你所有的关心和爱都是在你的世界里存在!"丛烟越说越气,"你在你的世界里,做着你认为爱我的事,感动着你自己罢了!"

"我没想着感动我自己。"顾星河强迫自己平复心情,"我更没想着感动你,我只是放不下你,又改变不了你,我只是不想勉强你,又舍不得你委曲求全，我只是盼着你长大，又舍不得你独自长大！我到底错哪儿了？包括六年前，即便我想来漠城，我也从未想过跟你分手，可你硬要跟我分手，那时候，我又错哪儿了？"

丛烟突然觉得心里一凉，也许今天他们都不是为了追究这件事而坐在这里谈判，他们都只是借这个机会把六年前的事追个你错我对而已。

以丛烟的脾气，如果对面坐的不是顾星河，她的高跟鞋早就丢过去了。

她起身缓缓道："你没错，错的是也许我不该来。"

她转身的时候，顾星河冷淡却有些压抑的声音传来："你什么意思？"

你又想分手是吗？他没问出来，可她知道他问的就是这句话。

她没回答，却决绝地走出餐厅。

秦娜见她走远，才小心翼翼地走出来，她来到顾星河身边，轻声问："吵架了？我在里面听你们……情绪有点激动。"

顾星河昂头把茶杯里的茶一饮而尽："没事。"

顾星河本不想再提六年前分手的事，刚也就是一时冲动，等他情绪缓了下来，丛烟早已消失在视线里。

夜色深沉，干枯的枝丫在月色中格外苍劲。丛烟站在宿舍楼门口向上望去。那扇窗户依旧黑着，这几天，他似乎都没回来过。

丛烟突然觉得自己有点可笑，明明生气的人是自己，可拼命关注他的还是自己。

而顾星河好像也在那日之后，彻底淡出了她的世界。没有消息没有视频，甚至她上线发现老骆驼也已经退出了粉丝群，取消了对她的关注。

可是与此同时，她也收到了一个新粉丝的关注：顾星河。签名是：是烟儿的星河呀！

这算什么，终于卸下马甲了？

陈美人在电话那头很是不解："他六年都没离开过你的生活，这证明他很爱你，你不该高兴吗？"

"我觉得这是自私，他对我的一切了如指掌，我却对他空白了六年。"

陈美人笑了："你要这么说的话，你不自私吗？你不也为了自己光亮鲜活的生活宁可跟他分手也不肯与他同去？起码，他没有干涉你的生活和决定。你却试图用分手干涉他的生活和决定。"

丛烟不肯承认地翻翻白眼："你要不要这么不分远近？"

"我只是阐述事实，如果我逼着我男朋友分手，他在背后默默关心关注我六年，我这辈子不嫁给他算我狗！"

"你这是在敲打我？"

"我这是提醒你，他本身并没有什么错。你更应该考虑的是如何面对曾经的自己，而不是揪着他因爱而生的无奈之举做文章。"

挂了电话，丛烟趴在桌子上出神，也许，她在意的从来不是他装不装什么老骆驼，而是像陈美人说的，她只是不敢面对曾经的自己。

她不愿意去面对自己曾经的"愚蠢"，也不愿意面对自己曾经的"凉薄"，而把这一切都归咎于深情又无奈的他。

卫星任务那天，丛烟在漠城指挥控制大厅拍摄，成茵嫚和盛景华都在，任务成功结束后，大家纷纷开始在大红屏前拍照留念。

盛景华打开手机为成茵嫚拍照，成茵嫚目光却落在丛烟身上："烟烟，方便帮我们拍几张照片吗？"

丛烟架着设备小跑过来："阿姨，你们一起拍还是？"

"一起。"成茵嫚拉盛景华站在大红屏前，两人肩并肩，盛景华像个小孩子一样歪着头比着"耶"，笑得很开心。

丛烟用专业相机给两人拍了几张后，又从包里拿出拍立得，当场给了他们每人一张照片。

"你这包可真是百宝箱，什么都有。"成茵嫚笑着谢谢她。

丛烟收起拍立得说："这是星河他……特意买的，说这种场合最好用。"

盛景华拿着那张照片打量着，看得出神，好久才跟成茵嬷说："咱们多久没洗照片了？现在都是电子版，一点儿都不好，还是这种相纸的照片好，摸着有岁月感。原汁原味的东西总是好的，就像书一样，电子书再盛行，我还是喜欢拿着一支笔在纸质的书上边看边写写画画。"

"你喜欢相纸照片，回头我去给你洗一些就是了。我前阵子还挑出好多我们任务成功后的合影电子版照片。"成茵嬷说，"烟烟，你应该会处理照片吧，方不方便帮我处理一下？好多照片我们自己拍的，周围很多多余的边边很影响观感。"

"没问题啊，阿姨，我给您发个我的邮箱，您回头发给我就好。"丛烟掏出手机准备给她发。

成茵嬷拦住她："这么麻烦做什么，你直接去我那里帮我弄就好，没多少张，一会儿就好了，现在有空吗？"

"嗯……好啊。"丛烟把设备交给了金凯，叮嘱了几句便回来找成茵嬷了。

两人来到成茵嬷家楼下时，正好碰到秦娜提着几个饭盒在楼下等成茵嬷："成总，您订的菜，我没晚吧？"

成茵嬷接过来说："正好，一分不迟一分不晚，太辛苦你了。"

秦娜跟丛烟打了招呼，笑着跟成茵嬷说："原来成总要招待未来儿媳妇呀，我说这菜点得跟丛烟喜欢的口味这么像，鲅鱼饺子刚出锅，你们赶紧回去吃，我不打扰你们了。"

丛烟懂了，原来，成茵嬷早就计划好了今天要带她回来。

告别了秦娜，丛烟主动从成茵嬷手里接过饭盒，两人一前一后上了楼。

进门后，成茵嬷立刻去厨房拿盘子盛饭，丛烟一边换鞋一边打量着房间里的装修，很柔和的奶白色调，家具、装修也都清新淡雅，像成茵嫩一样，给人很典雅的感觉。

客厅里挂着一张一家三口的合影，拍摄背景是在塔架前，塔架前立着几个大字：一丝不苟，分秒不差。顾父顾母坐在椅子上，顾星河站在父母身后，双手分别搭在父母肩膀上，一家三口笑得很开心。看照片上顾星河的样子，像是他上大学时期拍的。

丛烟第一次见顾父的样子，虽然他坐着，可是仍然能看出英姿挺拔，顾星河五官长得很像顾父，望着那张照片，她仿佛看到了顾星河中年英姿飒爽的样子，也仿佛看到了顾父年轻时蓬勃朝气的样子。

成茵嫩拿了几个盘子过来，菜摆好后，她开了一瓶红酒，笑着招呼丛烟坐下："我们准婆媳俩喝一杯？"

"好啊，阿姨。"丛烟坐了下来，两人相聊甚欢，天南海北地聊着，聊美容聊减肥聊购物，像开心的朋友，可却又都像约好了一样，就是没有聊她们之间共同牵扯着的那个男人。直到吃完饭，丛烟帮忙收拾好桌子后才想起自己今天为什么来的。

"阿姨，谢谢您的招待。我赶紧帮您处理一下照片吧，都快八点了。"

成茵嫩拦住她说："你还肯叫我阿姨，没有叫我成总，说明你还是很在意星河的，对吧？"

终于，成茵嫩最先开口提到了顾星河。

丛烟有些伤感："阿姨……星河他给您说我们吵架了？"

成茵嫩笑着摇摇头："当初你们毕业分手，我也只是看着他偷偷对着照片哭鼻子而已，我问他什么事的时候，他说眼结石疼的。"

他对着照片哭鼻子？丛烟想象不来那样的顾星河。

成茵嫩又说："星河这孩子啊，疼了不会说，摔了不会哭，可我是他妈，我知道，他啊，最大的特点就是轴。对他认定的事情，他不会轻易改变，包括他的理想、事业，也包括亲情和爱情。他认定的，一定是一辈子的，漠城是，你要相信，你也是。"

最后一句话说得丛烟眼眶酸涩。

成茵嫩贴心地递给她一张抽纸："我虽然不知道你们发生了什么

矛盾，可有件事我要告诉你。"

丛烟有些疑惑地望着她。

"你跟我来。"成茵嬾牵着她的手，两人走进卧室，看房间的风格，应该是顾星河的房间。

"那里。"成茵嬾指指书桌上方最显眼的位置，那里放着那枚丛烟曾经亲手雕给顾星河的木雕模型，"这个木雕是星河来航天城报到时唯一带的物件。以前，它被放在青市老家他的书房里，后来，就被他放在这里。"

丛烟想要伸手去摸它，却被成茵嬾故意惊讶地阻止："千万别碰，这个木雕啊，在我们家的地位可高了，我这个妈妈打扫卫生也不可以碰的，平时都是他自己来擦拭。"

丛烟不好意思地笑着："阿姨……"

成茵嬾笑着问："如果我没猜错，这个木雕是你送给他的吧？"

丛烟点点头："是，在我高三认识他之前。"

成茵嬾拉着她的手说："孩子，阿姨非常感谢你的出现，无论是十六年前还是几个月前。我也是女人，我知道男人有时候很笨，很能惹人生气，但是，他心里有爱、有你，多给他一点时间和机会，让他学着和你相处，好不好？"

"阿姨……"丛烟这几天其实也自我反省了很多，她很惭愧，两个人的感情问题还要未来婆婆出马帮忙劝解，"其实，我也有错，不全是他的错，他真的很用心在对我了。"

成茵嬾很欣慰，不怪儿子喜欢这姑娘，她也喜欢啊。

当晚，漠城中心喷泉又放起了庆祝卫星任务成功的烟花。五彩缤纷的烟花，盛开在繁星闪烁的夜空里，就连烟花燃烧时发出的噼里啪啦的声响，都格外喜庆。

每逢重大任务发射成功的夜晚，人们都会聚集在这里，看烟花盛放，庆任务圆满！不知何时起，这似乎成了漠城人特有的欢庆方式，无论连日来有多少疲惫和辛劳，当烟花盛开、噼里啪啦的声音响起的那一刻，漠城人的身心立刻就舒缓了下来，眼睛里只有任务结束后的喜悦。

丛烟去得有些晚，从成茵嫩家出来听到声音她才向那边走去，距离银荷之光还有两三百米的时候，烟花已经开始绽放了。骑着自行车的小孩子们纷纷加快了脚下蹬车的速度，和她一样来得稍晚一些的路人也都加快了脚步，有的还小跑了起来。

隔着路边高大的榆树，烟花盛开的大部分被遮挡起来，只能在阑珊的夜色中透过树的枝丫看到它们此起彼伏的影子。一路向银荷之光走去，入眼的美丽越来越多，声音也越来越响。

丛烟到达跟前时，银荷之光的四方大路，都已站满了人，好不热闹。新一轮的烟花腾空而起，随着一声清长的尖鸣，一束光蹿向高空，像花一样在空中绽放，瞬间向四周蔓延开来。一束接着一束，一朵接着一朵，像极了盛夏的花园，百花齐放、流光溢彩。

"妈妈，烟花真漂亮，在天上出差的宇航员能看到我们今天放的烟花吗？"许是人们都像丛烟一样沉醉在烟花盛放的美景里，耳边除了烟火欢喜的奏乐，几乎听不到别的声音。所以当那个小女孩稚嫩的声音传进她耳朵里时，她情不自禁地低头看向了小女孩。

那是一个六七岁的小姑娘，身着一身粉嫩的汉服，头顶精心编织的小辫儿上装饰着红色的五星红旗头绳。看得出来，她的母亲，是特意为她装扮了一番的。

女孩母亲目光未曾离开高处的烟花，思索片刻后，她才低下头，看了看手表，对小女孩儿说："我想，他们正好在空间站透过窗户看我们呢！"

听到答案，小女孩咯咯地笑了，那纯净的笑脸，比烟花还令人着迷。

丛烟举着手机，把小女孩的笑定格在她的镜头里。

看烟花的人很多，丛烟很少能在漠城一下子看到这么多人，也只有每一次任务结束，人们才能一股脑地聚集在这里。

烟花持续了有半个多小时，在即将结束的时候，背后传来了一个熟悉的声音，是林居。

"刚才看你半天了，你拍得认真，就没有来打扰你。"林居站在她身旁，比她高出半个头。

丛烟微微仰头，就能看到他："差不多也结束了，我该回去了。"

"我送你。"

"不用，我想散步。"丛烟清淡疏离地拒绝着。

"我也是散步。"林居人畜无害的笑容很容易让人卸下防备，即便丛烟知道他对她别有企图，也只能客气地点了点头。

两人在漠城路上慢慢散步，身旁的人们也开始纷纷回家。

烟火聚集的白色烟雾渐渐消散，原本深邃却清澈的星空重新出现在人们的视野，星光点点，在晴朗的夜空里点缀着广袤无垠的浩瀚夜幕。

欣赏完烟火后的人们流连忘返，许久才渐渐散去。年轻的父亲抱着婴孩，母亲推着婴儿车，一家三口步履悠闲地返程；年迈的老妇人蹒跚地摇着折扇，催促着蹲在地上玩耍的小孙子快点回家；身着蓝色工作服的科技人员，牢牢地牵着妻子的手……

这原本寻常的生活场景，却因为这场特别的烟火，变成了最温情的存在。

漠城的夜景，与别处是不一样的：榆树与路灯相伴，照亮人间烟火，祈福国富民强；火箭飞天形的灯柱一排排整齐地立在路边，照亮每一次飞天的路途，护佑"发发成功、次次圆满"；整齐列阵的一对对红旗灯箱在月光下发出耀眼的光，放眼望去，延伸至远方……

丛烟心里只想到一个字：美。

"师姐，我这几天听了你很多故事，我真的很佩服你。"林居试图找点儿话题唤起安静的她。

丛烟也很客气地回："嗯，比如呢？"

"比如你的短视频运营，我现在可是你的铁杆儿粉丝。"林居毫不吝啬地称赞她。

"谢谢。"

林居又说："我还听说了你的爱情故事。"

丛烟笑着点点头："那传说是好的还是不好的？"

"好的，他们说你很勇敢，很独特。"林居侧脸望着她，"他们还说他很爱你，可我不这样认为。"

"哦？"

林居："我觉得你们之间，是你更爱他。"

丛烟笑了，从前，她也这样认为，可是那个男人啊，却一次次刷新了她对爱的浅显认知。

"真爱一个女人，不会舍得让她一个人在外面六年，还要让她来追自己。"

"那换了你呢？你会离开这里去追随她？"

"我会。"林居步子迈得很小，她很容易跟上，她想起顾星河每次都迈很大的步子，她追得很费劲。

"事业是国家的，爱情是自己的。我这个人比较现实和自私。"他说。

丛烟的笑慢慢从嘴角晕开，她笑得美艳却有距离。

林居试探着笑问："你也同意？"

见她没回答，林居又道："在我看来，你只是他的一个选择，而已。"

丛烟没答，而是反问他："你知道我和他冷战了是吗？"

林居笑着，不解释，算作默认。

"所以你是趁机挖墙脚来了？"她绽开的眼角笑得很美，林居也并不掩藏自己的目的。

两人一同走到路口，丛烟停了下来，她问："你住在哪里？"

林居指指另一侧的单身楼："那边。"

丛烟点头，淡淡地指着他宿舍楼说："不同向，你先。"

林居是个聪明人，他清楚地感觉到丛烟的态度，但他还是不甘心："能……问问你为什么吗？"

丛烟单手插兜，淡淡地说："我和你其实是一类人，我也很自私。"

林居听得有些似懂非懂。

丛烟继续说："但我爱的人，他不是。"

他无私、大义，他心中有星河。

所以，我爱他。

月色下，她笑得好看又决绝："还有，我是不是他的一个选择不重要，我知道他是我唯一的答案，这就够了。"

丛烟头也不回地朝他挥了挥手，林居嘴角勾了勾，目送她离开。

两人冷战有整整一周了，人的情绪最难瞒过的就是身边人，哪怕你隐藏得再好，那些和你朝夕相处的身边人也都能敏锐地发现微妙变化。

"烟姐，这片子你给我的是没有剪辑好的版本呢！"

这已经是第二次了。

她微微拧眉，看向王金凯："金凯，抱歉哦！"

王金凯拉了把椅子坐下，小声试探："姐，你是不跟顾队长闹矛盾了？"

丛烟垂头丧气："很明显吗？"

王金凯乖乖地点头，又说："刚月姐过来你不在，她通知我们下午跟顾队去训练场。"

"去干吗？"

"他们举行索降训练，让我们去拍些影像资料。"

"索降？"丛烟从前只听过，还没现场看过，"是空中分队的队员？"

"对，路平队长那组。"王金凯解释说："但顾队的地面分队也要参加比赛，因为空中分队和地面分队训练不分家、技能不分人，每个搜救队员都要熟练掌握地面和空中的每一项搜救技能。"

"就我们两个去?"

王金凯神秘兮兮地压低声音说:"我们都去,月姐也要去。"

"这么多人?"

"是的,因为我们也是第一次见,以前月姐多次想去现场,都被顾队拒绝了,你知道的,他最不喜欢训练时被打扰。这次是顾队主动打电话说可以拍摄,机会难得,月姐让大家都去。"

训练地点是在航天搜救队的训练场,冬日里的太阳虽然柔弱,却也为人们提供了必不可少的温暖。队员们已经穿好训练服、头戴安全帽整齐排列了,路平和顾星河作为带队队长,单独站在场地边。

"月姐,辛苦了!"路平朝几人打着招呼,顾星河也跟着看过来,目光不小心经过丛烟身上,两人视线对峙了几秒后纷纷移开。

路平不着痕迹地扯了扯顾星河的衣服,低声问:"这都多久了,还没和好?"

顾星河调整着计时器,面不改色地说:"我没跟她生气。"

言下之意是她在跟他生气。

路平望着远处丛烟忙碌的背影,认真地对顾星河说:"其实我还真佩服烟妹子,从认识你就追着你跑,上次跟你怄气被你丢下一别六年,这次跟你怄气又被冷战,这得有多爱一个男人才能这样忍耐,换我们家文静,我在跟她冷战第一天的时候,估计她离婚协议书就拟好了。"

"还不是被你惯的,文静以前多温柔一姑娘,被你祸祸的。"

"怎么叫被我祸祸的,这叫真爱之下的天性释放。"路平看不下去,"老大,女孩子该哄就得哄啊!"

顾星河专心地调试着计时器:"你又不是不知道最近实验室的数据分析出了问题,每天到夜里两三点,这几天我休息过吗?我连宿舍都没回去过。再说了,我没哄她吗,我唯一一天休息那半小时,我还

301

在短视频上以真名表白了。"

"……"这算吗？

直升机索降能快速并且精确地投送救援力量，减少直升机的起降时间，降低直升机的风险。直升机不用考虑地面地形和坡度，对于环境的适应能力很强，主要用于在一些环境比较恶劣且人、车无法尽快到达的地方，搜救队员可以通过空中进行近地面索降，快速准确地到达目的地执行搜救任务。所以空中分队作为重要的搜救力量，在航天员返回过程中，和地面分队缺一不可。

张月抓紧时间了解基本情况："路队，咱们今天的训练项目包括什么？"

"主要以坐式下、倒立下为主。"路平指指远处的训练平台，"一会儿训练结束，可以安排你们在那边体验一下，感兴趣可以试试。"

"那敢情好，我不恐高，你们几个有问题没？"张月询问其他人，大家都表示没问题，只有丛烟没有回答，安心地在调整设备，张月又问一遍："丛烟，你呢？有问题没？"

路平笑着摆摆手说："她肯定没问题，当年玩蹦极还是她一脚给我踹下来的。"

张月不敢相信，如今飞人一般的路平会害怕蹦极。路平笑着给他们讲自己刚练习索降那年："最初训练的时候，就把我弄到一个二十米的墙上，给一根绳儿就让我下，双脚打战，手抖腿也抖，给我吓得就死抓住护栏不放手，心里就想，不下不下就不下，怎么着也不下。"

他学着当时的样子，把大家逗得哈哈大笑。可只有他知道自己那段时间是怎么度过的。别说在直升机上，即便是普通的训练平台，要完成这些项目的训练，光靠身体素质和训练技巧还远远不够，心理素质才是关键。

在练习倒立下的时候，搜救队员们要克服因头部充血带来的眩晕感和强烈的视觉冲击带来的恐惧刺激感，而路平因为害怕总是下意识地闭上眼睛不敢看下面，但这样很容易造成训练伤。为了逼自己克服恐惧，他让顾星河把安全绳拉紧吊在空中，一吊就是半个小时，上也上不去下也下不来，只能选择面对。

后来，终于真正踏上了直升机索降过程，由于直升机飞行过程中容易摇晃，而且发动机噪声和从耳边呼啸而过的风声，都会对索降人员的心理素质造成干扰，这又带来了新的挑战。为了克服干扰，他像当初丛烟踢自己下去蹦极一样，让队友在他身后一次次地推他下去，就是这样的魔鬼式训练，让他一点点地从克服恐惧，到熟练应对，到无所畏惧，成为如今的空中飞人。

除了索降训练，搜救队员们还需要进行无人机操作、爬大绳及抗眩晕训练等几十个课目的针对性训练，全面锤炼过硬搜救技能。

为了能够出色完成各项搜救任务，搜救队员们付出了常人难以忍受的辛苦。他们要经历残酷的陆上、水上、空中搜救训练，这些训练贯穿全年，严寒酷暑，白天黑夜。

未知对勇敢者来说，是挑战、是无畏、是笃定奔跑的方向。跌倒、撞墙，哪怕一败涂地，都不必畏惧，因为年轻，因为勇敢，因为心中有方向。

而路平深知自己眼里的方向，就是那暗夜里的光，就是那风中的红白降落伞，就是那茫茫戈壁上如沙砾般渺小却牵动亿万国人心脏的返回舱。

他不是天生的王者，但他骨子里流着永不服输的血液。他懂得只有对沙漠无所畏惧，才能在沙漠上唱出气势磅礴的生命之歌。

在高二十米的训练台上，搜救队员们已经开始有序训练，徒手攀登踩绳上，这对训练有素的搜救队员们几乎没有什么难度，相当于热身而已，紧接着队员们进行索降坐式和倒立下滑的训练，他们从高空依绳而跃，节奏稳准，动作迅猛，像飞舞的鹰，像跳跃的袋鼠，在训练台上依次下落。而在这一系列漂亮又酷炫的动作中，辛然惊讶地发现他们身上全都没有安全保护绳："直接跳啊?"

"放心，你们一会儿是有安全带的，而且每人配一个安全员，非常安全。"

辛然放下心来。

顾星河一直在专心为搜救队员们计时，时不时督促一些稍慢的队员加快速度。一轮训练后，他示意大家休息，搜救队员们喘着粗气走向不远处的水泥地，席地而坐。

路平招呼张月等五人上跳台，辛然只往下望了一眼，心脏就突突地跳了起来："妈呀，这掉下去还不摔成肉饼？"

"下面是软的，摔不成肉饼。"张月安慰她，其实她自己心里也有点慌。但人有时候就是这样，越是慌越是想要追求那速度与高度的刺激。

"老大，你上来。"路平依次盯着安全员给几人装好装备，最后才伸手招呼顾星河，地面上的顾星河抬头看了一眼，似乎是少一个安全员，看了一眼一旁刚训练完的队员们，他便自己提着绳索上去了。

"老大，你给烟儿装一下安全绳索。"路平理所当然得好像根本不是他刻意安排。

顾星河看了眼其他几人，都已经准备完毕，每人身旁都跟着一名训练有素的安全员开始索降，只有丛烟一个人站在原地，什么都没开始装。

丛烟也看出了路平的刻意为之，她神色清淡地望着面前的男人，他将安全绳捏在手里，在8字环上来回穿梭了几下，一个专业又结实的索降绳环便神奇地在他手里编好了。

他把安全带丢给她："会穿吧？"

丛烟一动不动，嘴里吐出两个字："不会。"

顾星河看了她一眼，最爱玩蹦极的人告诉他她不会穿安全带，他信她个鬼。

不过看她赌气的样子，他倒也没恼，反而莫名想笑，这丫头气性大他一直都知道，六年的气都没消，这六七天算什么。她自己都说，从小缺爱缺沟通，所以就好用冷战制服对方。可是她也很好哄，都不用给糖果，给她一片糖果纸，她都高兴得像拥有了全世界。

那天他本来也只是气头上说了几句狠话，这几天他忙得要命，没空给她发消息打电话，她也偏着不给他发不给他打。今天好不容易有空了，想着让他们来拍摄顺便哄哄她，还没哄呢，就又气到她了。

他弯腰捡起安全带，安安静静地半蹲在地上，用主锁敲敲她的腿："抬脚。"

丛烟配合地抬脚伸进安全带里，他将安全带提起，收紧腿部和两侧的腰带，将主锁套在她的安全带上。

全程，他与她近在咫尺，有时候，甚至能感觉到他的呼气声。

丛烟心里也委屈，为什么每次他都不肯主动让一下自己呢？如果六年前是因为他挚爱的梦想而不肯让步，那现在，他又在坚持什么呢？为什么她都走到他面前了，他还是不肯说一句软话呢？

这么多天，她的气早消了，他甚至不需要道歉，只要对她笑一笑，她一定都会义无反顾地投进他怀里，他怎么就不呢？

丛烟越想越气，赌气地盯着他。顾星河自顾自地整理检查着她身上的安全带，他指指8字环，示范给她看："一会儿把这个装上后就用它和绳子之间的摩擦力来控制速度，这样，是减速，这样，就会下滑。"

"知道，我又不是不会。"丛烟气呼呼地转身。

"这跟蹦极不一样，你认真听……"顾星河正准备拉她转身为她连接8字环，却见她抱着绳子纵身一跃。

丛烟也是在跳跃的一瞬间才发现自己的8字环还没有跟安全带连接，这就等同于她没有佩戴安全带，徒手在抱着安全绳进行索降。虽然她是摄影师，常年提背各种笨重的设备，可臂力距离徒手索降还差十万八千里。

几乎同时，顾星河已经单手扯过一根安全绳朝她身边跳了过去，在她即将脱离安全绳的瞬间，她原本已经呈自由落体的身体被一股巨大的力量瞬时拽回。

"抱住我脖子。"

他的声音在风中飘荡，却格外有力量。

丛烟来不及反应，双手在听到指令后下意识地抱紧他的脖子。

"腿，攀住，像青蛙那样。"他直接干脆地给出指令。

她双腿用力一收，紧紧盘在他胯部，然后一动也不敢动。时间仿佛凝固了一般，半空中的风在耳边刮过，只有她耳边的碎发在两人侧脸之间随风而动。

两人在空中转了两圈儿，底下人也终于意识到不对劲了。

"怎么回事？好像出问题了。"岳风一边抬头观察一边招呼苏骁："快快快，垫子垫子。"

"你什么都……没系？"丛烟说话的声音颤颤巍巍，她睁眼看了一眼下面，底下的人正在聚拢。

他答："没。"

"卧槽，老大徒手拎着她！"苏骁几乎飞着跳起来，身边人也跟着他们往跳台跑去，大家迅速把一旁的垫子全部堆在跳台底下，苏骁和岳风使出最快的速度撒丫子往跳台上跑去。

感觉到他还有一只手牢牢圈着自己，她紧张到语噎："那你……两只手……抓绳子啊……"

"你怕我扔了你？"他平静地问，声音却格外地温柔。

她抱紧他的脖子，犟道："谁怕谁孙子。"

顾星河轻轻歪头，温热的唇贴近她的耳边，低语着："扔了你被别人捡走的话，那我不亏大了。"

下一秒，他调整方向，收住双脚依靠自身力量向墙面抵去，双脚奋力一蹬，向下降落，由于身上还挂了一个人，他的行动并不快速，但却很稳，丛烟靠在他脖颈上，目光紧锁在他有力的胳膊上。

他胳膊上的每一块肌肉都在他的控制下全力以赴，每当他手松开绳子，两个人便顺势滑落一段儿，当他手一紧一捏，两人便减速停下。

"老大，安全扣！"苏骁将安全扣用绳子吊着往下放。丛烟试图去抓，却被顾星河制止。

"你别动，省点力气抱紧我就好。"

她收回手，望着还剩一半儿的距离，略紧张："你还坚持得住吗……"

"你抱好，我的手要松开你一两秒。"说话间他瞄准安全扣，迅速别在她背后的安全带上，"好了，你摔不死了。"

"那你呢……"

"稍微还有点远，抱好。"他重新调整姿势下滑，两人一鼓作气又下降了一半儿，他停下来喘了口气，"放心，还剩四五米了，我也摔不死了。"

丛烟心里很慌，胳膊始终紧紧抱着他的脖子，脸上却一股天不怕地不怕的样子："你不是不行了吧。"

"不要说男人不行。"顾星河严肃地提醒她，可此刻他心里却柔软得像护崽的老母亲。

"嗯。"她乖乖地发了一个单音节。

"以后，再也不冷战了，好不好?"天空湛蓝，他轻吻她柔软的发，轻声问。其实，他心里也很疼啊，只是她赌气时说那句不该来这里，真的也挺伤人的。

丛烟没说话，只是在他肩窝里用力点头。

在距离地面还有两米时，顾星河手上一松，两人同时降落在厚厚的安全垫上。

顾星河仰面朝天，丛烟趴在他身上，脸还窝在他肩窝里。他的心跳隔着厚重的外套和她一起跳动，丛烟觉得整个人都暖了起来。

人群一拥而上，岳风跑下来，口里冒着白气，气喘吁吁地说："老大，你不要命了啊，安全扣已经挂她身上了你还不放手，你就放开她省点力气给自己呗。真的是……每次都连累老大……"

顾星河从地上爬起："我有多少力气我心里有数。"

"手都破皮了还有数。"岳风捧着他的手，小心地吹来吹去。

丛烟双手插兜里，啧啧了一句："老父亲一样……"

她卸下安全带，辛然接住了她，紧张地说："你吓死我了……"

丛烟一副大爷样儿，揽住辛然的肩膀："妞儿，你也忍不住开始关心我了是不？"

路平惊讶心道：烟大爷又附体了……

漠城又下了一场雪，这次的雪比较厚，一个个小雪人在漠城人的巧手下遍布漠城大街小巷，就连体育馆门口，也被人堆了两个站岗的小雪人，头顶还戴着航天工作服的蓝色帽子。

瑞雪迎胜利，同时也终于迎来了"航天杯"篮球赛总决赛：航天搜救队 vs 医院队。

两大实力战队也吸引来了无数观众，观众席上人头攒动、座无虚席。冉冉也跟在文静身边，手里开心地挥舞着航天搜救队和医院队的队旗。

文静的肚子已满四个月，进入平稳期。但由于她本身比较精瘦，冬天衣服又裹得有些厚重，从外观上还看不出一个孕妇的样子。冉冉好奇地把头贴在文静肚子上，仔细听了半天才抬起头，奶声奶气地说："小姨，小妹妹怎么还没长大，里面一点儿声音也没有。"

一旁正在整理球服的路平蹲下身来，把冉冉抱在身上："你倒是说说，你怎么知道是小妹妹？"

冉冉长睫毛一眨一眨地说："星河舅舅说的，他说里面是他的小外甥女儿。"

路平将冉冉抱正，面对面认真地对她说："小东西，平舅舅告诉你啊，你小姨肚子里的一定是小弟弟。"

丛烟笑着想，舅舅，小姨，这都什么辈分。

文静盯着路平，不满道："你怎么还重男轻女呢？"

"我可不是重男轻女，我是单纯喜欢儿子。生个小子将来好当搜救队员啊！"

文静："姑娘也能当，她妈就是。"

几人正说着话，苏骁拿着一枚旗子跑过来，他抱起冉冉，把冉冉手里的医院队的小旗子拿走，换上自己手里的航天搜救队的队旗："冉冉，乖，咱两只手都拿咱们队的，不拿别人的哦！"

冉冉嘟着小嘴儿，不愿意放弃那枚小旗子："这是倩倩阿姨给我的。"

"倩倩阿姨不是我媳妇嘛，她肯定也听叔叔的。乖……"

冉冉一副小大人的模样："你应该听媳妇的才是。"

大家哄堂大笑，苏骁忙着上场，霸道地把医院队小旗子拿走："乖，回头叔叔带你吃冰激凌。"

"这么冷的天请我吃冰激凌，一点儿诚意都没有。"

苏骁拉着路平小跑上场，匆匆对冉冉说："好，你说吃什么就吃什么。"

这场比赛关系着苏骁的人生大事，他自然是使出了毕生球技，在上半场中他集中注意力，势如破竹，一人撑起一个队，一副不可阻挡的劲头。

"他的体力，这样下去下半场会被人打很惨的。"周文杰有些担忧。果然下半场的最后一小节，航天搜救队被屡屡反超，最后仅剩两分钟的时候，两队仅一分之差。

原本顾星河并不准备上场，他觉得苏骁有能力自己带队打赢，周文杰还是觉得不应该冒险："星河，你上吧，要不上这小子媳妇要丢了。"

最后一分钟，航天搜救队依然落后一分。苏骁气喘吁吁地向场外的顾星河投来求救的目光。

顾星河无奈，只能上场。上场后，比赛继续开始，球权很快落入他手里，一番华丽地运球、变向，顾星河矫健的身影如行云流水，灵敏地穿梭在双方队员间，一条龙扣篮，全场响起激动的欢呼声，航天搜救队反超一分！

"老顾，我滴神！"周文杰激动不已。

"只剩七秒了。"文静眼睛一动不动地盯着计时器，不敢挪开视线。

"赢了是吗？"丛烟双手攥紧，这一刻，她多希望时间能快一点，再快一点，就让分数停留在这一刻，千万不要被反超。

然而，欢呼声尚未落下，只见吴剑突然发起进攻，瞬时突破内线。苏骁求胜心切，朝着吴剑冲了过去，尖锐的口哨声响起，观众席的周文杰原地跺脚，气得猛爆粗口："日尼玛！"

苏骁的失误让吴剑有机会站上罚球线，这无疑是航天搜救队的致命伤，如果投中，他们将会变得非常被动，甚至直接输掉比赛。

然而，怕什么来什么，第一罚轻松命中，直接将比赛分追平。而此时的观众席，一半欢呼一半骂娘，一半欢喜一半忧愁。

苏骁双手叉腰，额头细细密密的汗珠不停地往外渗，凝结成豆大的水珠缓缓滑落至眼睛，生涩的杀伤感瞬时进入眼球。

擦了个汗的工夫，吴剑的第二罚也稳稳命中，医院队反超航天搜救队一分，场上再次沸腾。胜负已分，苏骁的心沉到了谷底。

"完蛋了……"丛烟绝望地想，此时距离比赛仅剩两秒，医院队队员脸上露出愉悦的神情，全场也开始为他们狂欢。然而下一秒，接到队友发球的顾星河在本方三分线内直接出手，只见他腾空跃起，从后场直接将球扔向篮筐，伴随着惊天动地的尖叫声，最后一秒，球稳稳地落进篮筐。

神级反绝杀！！！

"啊啊啊，发生了什么，发生了什么？"丛烟尖叫着捂嘴。

"卧槽，真不愧是顾星河！太燃太不可思议了！"周文杰激动得直接跳下台阶，原地狂舞起来！

"老大，我他妈爱死你了！"场上的苏骁激动地抱着顾星河，在他左右脸上狂亲两口。

顾星河："……"

文静回过神后，也震惊地拉着丛烟和吴倩原地跳起来："赢了，赢了，赢了。"丛烟激动得语无伦次，她按住文静的手："你……别跳，我来跳就好！"

航天搜救队员们激动地将顾星河抬起，他们欢呼着唱着队歌，每个人脸上都汗水淋漓却笑得嚣张又可爱！丛烟却后知后觉地想起自己沉浸其中看球，完全忘了拍摄刚才超燃的一瞬间。

散场后，吴倩跑到苏骁跟前，苏骁用力将她抱起："媳妇，我赢啦！"

吴剑刚好经过两人身边，苏骁高兴地喊："大舅哥，大舅哥，户口本。"

"着什么急，倩倩，回家吃饺子。"吴剑嘴里骂骂咧咧地拉着吴倩离开了体育馆。

"老大，烟嫂子，走，娜姐家吃夜宵去！我请客！"苏骁开心地抱着球，像极了求爱成功的小伙子。

篮球赛后，吴剑倒也说话算话，把户口本给了苏骁和吴倩。苏骁领回来红本本，第一时间给顾星河送过来，一起被送来的还有个新婚喜糖小礼盒。

"号外号外！合法了啊，合法了哈！"苏骁高兴地给大家发着喜糖，"从今儿起，我直立行走，不再是狗，超过一块钱的活动都不要找我了啊。"

"绝世好男人啊，一领证就交工资卡。"路平开着玩笑，打开喜糖礼盒，从中挑出来一块儿巧克力嚼着。

苏骁勾着路平的肩膀，说："路队，你就不要五十步笑百步了，以为我不知道啊，你领证前就交了！"

热闹的聊天声里，岳风独自托着下巴出神，别人都一对对地结婚了，只有他，谈得最久，结得最晚。

"不行，我得找盛总去。"岳风想来想去还是得找盛总出马，当初他和顾星河跟着盛总去出差，认识了盛景华的外甥女谭小韵，两人一见钟情，便开始了长达五年的异地恋。

"你找盛总有什么用？"顾星河劝住他，"当初因为你的事，他姐姐已经对他很大意见了，你还去烦他？"

岳风一想也是，那天盛景玲给盛景华打电话时，他们都在旁边，盛景玲的咒骂声从手机听筒传出："你去那个鬼地方，还要把我姑娘也拉去那个鬼地方，你安的什么心？"

盛景华可是个暴脾气，对他姐姐也没太客气："什么叫鬼地方，你不要把现在的漠城和我来的时候比，你来那会儿都是三十多年前了，现在漠城建得非常漂亮，生活也方便多了，你不知道就闭嘴！"

"外面大好青年一大把，反正我是不会把我女儿送到那个鬼地方去的！你让姓岳的那臭小子死了那条心！"

电话挂断后，盛景华气冲冲地对着已经挂断的电话说："你个老顽固！"

后来他们才知道，在那个年代的农村，盛景华作为家里唯一的儿子是要承担起父母的养老责任的，可大学毕业的盛景华得到了来漠城工作的机会，他觉得能参与到国家重大工程是非常难得的机会和机遇，便不顾家里反对来到了航天城。

已经出嫁的姐姐盛景玲承担了父母的养老责任，虽然偶尔有点怨言，可也是自己的父母，便没有太过计较。和盛景华闹翻的点是在老母亲去世那年，盛景华在发射任务的前两天接到了母亲去世的消息，那个年代，科技人员还很少，一个萝卜一个坑，如果他离开了，将会带来很大的麻烦。

为了避免组织为难，他把这事儿就咽下了，直到任务结束后才买票回家，那时候的交通也不发达，他赶回老家时距离老人去世已经五天了。

按老家的习俗，在老人去世的第三天就安排下葬了，别说最后一面，连遗体都没见到。

在落后的农村，盛家因此遭受了无尽的白眼儿。养儿防老，死后居然无子送终。更关键的是，不是没有儿子，而是儿子不回来。

盛景玲更是因为母亲临终前说的那句"还是见不到了吧……"而耿耿于怀。

盛景华希望姐姐理解自己，国家事业高于一切，个人利益又算得了什么。可盛景玲哪里管这些："我没有这么高的思想觉悟，我只知道爸妈他们这个儿子是白养了！一辈子什么也没指望上，病重她最疼爱的儿子也没照顾上一天，临了连终也没给送！"

从那以后，盛景玲就带着对弟弟的怨和气生活了三十年。

也因为这样，当盛景玲得知自己的女儿和岳风谈恋爱时，才怒不可遏地打电话把盛景华骂了个狗血喷头。

* * *

冬天的早上，叫醒漠城人的不是鸡鸣，也不是日出，而是科技人员们晨跑的脚步声。漠城人对跑步有种过分的执着，无论哪个时间段，操场、训练场、湖边的跑步带上，都能看到跑步的人。

丛烟觉得跑步这种低成本的全民运动之所以在漠城风靡，主要是因为人们的业余娱乐方式太少了，在城市里，交通发达，人们可以在周末就轻松实现跨市甚至跨省游，最不济在本市周边也有足够多的休闲场合可以去，在漠城呢，去趟最近的城市来回都要一天，实在不够费心劳力。

在漠城，两地分居的科技人员很多，孤身一人在漠城的很常见。丛烟经常见到明明在休假期的老同志，每天还是两点一线地上班下班，她不明白，即便没有什么休闲地可去，窝在家里休息一下不好吗？

哪怕睡一觉呢！

"老同志都是有些情怀在身上的，其实不是工作离不开他们，是他们离不开他们干了一辈子的工作，早形成记忆里的条件反射了。"顾星河一语中的。漠城就这么大，哪怕原本想散个步，都很容易走着走着就走到办公室了。

一年繁忙的工作接近尾声，各项运动和庆祝活动接踵而来，篮

313

球赛后，一年一度的漠城马拉松系列赛也即将开赛。这项活动在漠城几乎是全民参与，丛烟看过以前拍的片子，在大礼堂前，浩浩荡荡的一群人同时出发，一路跑过漠城的各种标志性景点，最后再回到大礼堂。

辛然今年主动要求参加，因为每年的活动他们作为媒体人都在外场当工作人员，今年她也想以航天人的身份参加一次马拉松。

新媒体组全员赞成，王金凯说每年都看着别人拿奖，搞得我们新媒体组没人似的！

"就是，辛然今年也去拿个头奖去，让咱们漠海摘星公众号也因为咱们组点亮一回！"张月也十分支持她，漠海摘星服务于中心所有科技人员，可他们这些每天运营的幕后工作者却从未在漠海摘星亮过相。

"有墨不是跑得也很快吗？"丛烟问。

沈有墨耸耸肩："我还没快到能去航天城最高级比赛上拿奖的程度。"

"不是有家庭组吗？家庭赛主要取决于女方速度嘛！"

"家庭赛要求有孩子的参加。"王金凯小声提醒她。

"哦……对不起。"

"这有什么！让她去参加就好了。"沈有墨无所谓地说，"我还得去看现场情况准备稿子呢。"

漠马赛前几天是冬至，张月请大家去家里吃饺子，路平也在家里煮饺子邀请丛烟去。

"我先去月姐家吃上半场，下半场去你家。"

丛烟加入了"亿万少女的梦"群，把文静也拉了进去，改了群名叫：星火燎原五缺一。

周文杰：要不我退群吧？有你们这么催脱单的？

张月不只邀请了整个新媒体组，还邀请了江姝。沈有墨去了才看到江姝也在，装模作样地打了招呼后跑进厨房里跟张月说悄悄话。

"月姐，你不是吧，好好的过个节，你喊领导干吗啊？谁愿意跟领导吃饭啊，还是隔了好几级的领导，怪不自在的。"按沈有墨的想法，身为领导就该有领导的自觉，自觉对下属间的聚会退避三舍。

张月锅里坐着热水，抬头笑了一下："老江听说你来，特意主动要求来蹭饭的。"

"跟我有什么关系？"沈有墨嘴里嘟哝着，手上倒是没闲着，一会儿帮她洗个盘子，一会儿帮她剥个蒜。

"老江说给你个惊喜。"

"惊吓吧，他能有什么惊喜……"

两人端饺子上桌时，外面的几人在沙发上整齐就座，江姝坐在正中间，客厅里除了电视声什么声音也没有，像在开视讯会议。

只有丛烟在低头研究短视频，俨然一个开小差的参会者。

"开饭啦！"张月喊了一嗓子，那群被定住的人像被解开穴道一样，一股脑地拥了过来。

张月准备了家乡自酿的粮食酒，摆了一圈买来的现成的小凉菜和家常菜，热乎的饺子一上桌，酒杯一满，这节日的氛围也就有了。

最开始碍于老江在，大家还规规矩矩的，可酒过三巡后，就渐渐放开了，小奶狗王金凯不胜酒力，抱着江姝胳膊一个劲儿喊老江，辛然和张月不喝酒，两人吃着饺子闲聊家常。

沈有墨脸颊红透，只有江姝和丛烟喝得不少，但却脸不红心不跳。

"张儿，别说你老家这粮食酒还真不错，喝了心里舒坦，不烧胃。"江姝夹了口猪耳朵下酒，又说，"有墨，周末漠马赛，我和你们月姐商量了，你也去，和辛然一块参加。"

沈有墨喝了点酒，胆子翻了好几倍，听这话有点恼，张口就来："你他妈又提，几个意思？"

明知道家庭赛要有孩子一起参加才叫家庭赛，这不捅他心窝子嘛。

"有墨，你听江台长说完。"月姐给他使了个眼色。沈有墨安静了下来，单手撑着下巴："行，你说。"

江姝把猪耳朵嚼完，又闷了口酒，从口袋里掏出一张名片放在沈

315

有墨面前。

几个重影的字在他面前放大：生殖中心 主任 梁……

沈有墨："啥玩意这是?"

张月接过话头说："台长意思是你俩好好参加漠马赛，放松放松。接着请假出去做试管吧，台长给你们联系好了医生。"

沈有墨愣了一下，借着酒劲儿说："谁爱做谁做，我生不生跟他有什么关系。"

张月："有墨，台长为你这事儿真费了不少心。"

江姝倒是对他态度还挺淡定："这个医生是我一发小，前些年他一直在国外，最近刚回来就职，在这行很厉害的，也很不好约。我给你们约了下个月初，你们去试试吧，工作得干，人生大事也不能耽误。"

"谢谢台长，他喝了酒，您甭跟他一般见识。"辛然把名片接过来塞进衣服口袋。

江姝笑道："喝了酒才能说出他心里话不是。"他伸手要跟沈有墨碰杯，"我倒是喜欢喝了酒后的你，真实。"

沈有墨喝得半醉不醉，用力碰过去，江姝杯子里的酒流出来大半杯。

江姝抬头喝光了酒，说："沈有墨，我也是你这个年龄走过来的，你们背后怎么说我，我用脚丫子想都想得到。但我年轻的时候那可比你硬气多了，你是背后骂，我可是当面骂。"

沈有墨从嗓子眼里发出一声"哼"，翻翻白眼也喝光了酒，酒杯往桌子上一放："你以为我不敢当面骂啊，我还不是为了辛然，办公室恋情就这点最操蛋，容易'株连'，要是我孤家寡人一人，我他妈屌你? 别说你，就是你祖宗八代，我也敢拉出来遛遛。"

辛然抬头望了沈有墨一眼，心里莫名被这个"酒鬼"暖到。

张月在一旁说："有墨，台长不是这种搞'株连'和区别对待的人。"

江姝乐了，给他夹了两筷子猪耳朵："你现在倒是硬气。"

"老子一直硬气。"沈有墨把他夹过来的猪耳朵拨到一边，自己重新夹了一筷子，嚷道："他不搞区别对待？他不搞区别对待他把我们新媒体组当后娘生的？人家组都十几个人，就我们组，四个人硬扛，来一个人就给弄走，来一个人就给弄走，咋，其他组的工作就那么重要，我们组不需要人呗？那就地解散呗？"

沈有墨越说越来劲，拿着酒瓶又倒了一杯："还有上次，一整个纪录片的撰稿让我写，我特么整整一个月晚上两点前没睡过觉啊，头发都快熬秃了，咋，那会儿他的亲儿子们呢？"

张月解释说："那是台长觉得你文笔好，别人他信不过啊，而且不光你在加班，台长也天天在加班，你写一版他帮你改一版，而且台长还准备给你申请年度最佳创作奖……"

沈有墨摆摆手："得，月姐，你也甭替他解释，他夸我的每句话都是为了让我更加心甘情愿地当一头驴……"

江姝也伸手制止张月，又伸手跟沈有墨碰了一杯："咱们来日方长，你慢慢品。"

沈有墨用力一碰："来日方长个鬼，我沈有墨都是说翻脸就翻脸的。"

江姝唇角勾了勾，又落了下去："有墨啊，从我当上台长那天起，管理一整个电视台这么多人，我就没想着让人说我句好。工作里的各种安排、各项平衡呀，我跟每个人解释也解释不过来，我也习惯了不抱怨不解释，我既然扛了这个雷，我就没想着听什么好话，有人骂很正常。但我老江——"

江姝顿了顿，声色俱深："我老江敢说一句，我作的每个决定都对得起我台长这个身份，我上不愧于航天事业，下不愧于我自己的心。"

沈有墨已经眼神迷离，压根儿听不到他说啥，只一个劲嘟哝。

丛烟却对江姝慷慨激昂的正气莫名钦佩。

江姝又说："不过你啊，你一直以来对我的偏见我也没怎么往心上放，在这个地方工作，本来就不容易，咱们这个环境跟城市单位不同，大家为什么在这里，难道真指望大家热爱荒芜的戈壁滩？怎么可能，那本来就是违背人性的。可为什么还有这么多人守在这里？因为在这里的人，心里都有一个共同的梦，一个共同为热爱的祖国航天而守望的梦。我是你的领导不假，可更多时候我把你们年轻人当我的晚辈，我希望能带着你们在航天事业上有所成长，而不是和你们站在对立面去处理工作。年轻人难免朝气重、戾气也重，这都很正常，我要是跟你计较，那我还真就有点瞧不上我自己了。"

后面的话，沈有墨因为醉倒是一句没听进去，一旁的丛烟跟辛然低声说："你别说，老江是有点格局的。"

当年算命先生绞尽脑汁保他平安不算亏。

辛然心情复杂，沉默不言。

丛烟又说："你说你们家沈有墨明天醒了酒，知道自己把老江祖宗八代都骂了，他会不会去跳航天河？"

辛然："……"

＊　　＊　　＊

丛烟从张月家出来的时候，已经晚上九点多了，她一路往文静家方向溜达过去，路上还接到了老爹丛林的电话。

"冬至吃饺子没？"

丛烟收了收围巾："吃了。"

"在哪儿吃的？食堂？"

"没，同事家。"

"和小顾一起吃的？"

"没，他在别人家吃饺子，我现在去找他。"

"大过节的，两人还分开吃？"

"没办法，人缘太好，推不掉。你呢，吃饺子没？"

"你妈相了个老头儿，去长京给老头儿包饺子去了。"

"什么老头儿？"合着老丛这是找她告状来了。

"说是长京一制片人，两人网恋。"

"我妈可够时髦的啊。"她长出了一口气，空气中形成一团白色的雾气，"你这孤家寡人的，好歹煮个速冻水饺啊。"

"没什么意思。对了，你长京那个记者师父，不是认识什么相亲节目的导演啊，要不让他帮你爹联系联系，我也上个节目？"

丛烟用手捏了捏掉落在额前的刘海儿："那要是管用，他也不用自己都单着了，你快赶紧煮速冻水饺去吧。"

挂了电话，她翻出老妈方瑾雨的电话，想了想，又收了手机。

到达文静家楼下时，正巧碰到顾星河下楼。

"去哪儿？"他个头儿本就高，又站在楼梯上，丛烟抬头时感觉脖子拧得难受。

"刚打电话给月姐，说你已经走了。正准备去接你。"顾星河伸出一只手。

丛烟没去够，只是站在原地，耳边凌乱着碎发，酒后的双颊本就绯红，又在外面冻了一会儿，就更红了。楼道里没外面那么冷，她松了松围巾，露出美颈。

"喝酒了？"他眉头微皱。

"老江和沈有墨开诚局，我凑了个热闹。"她向上走了一个台阶，细长白嫩的手指将他伸出的手拨开后又向上走了一个台阶。

顾星河还来不及反应，她伸手环在他腰间靠了上去，脑袋在他胸腔下蹭来蹭去。

她软软的，像只猫。

许久，楼梯间的感应灯黑了，黑暗中传出她细软的声音："你说我们以后会不会离婚？"

顾星河捞了她一把，把她提溜上和自己同一层的台阶，身体反转将她抵在墙上："还没结婚呢，就想离婚？"

"也对，咱们还没结婚呢。"她像突然醒悟一样，抬头软萌萌地盯着他。

她细腻的脸颊看起来嫩润又好捏的样子，红润的唇看起来……也很好亲的样子。他突然想起老祖宗的话，食色性也，是不是说喜欢一个人就想吃了她的意思?

顾星河舔了舔干涩的唇角,俊脸带着莫名笑意,喑哑着嗓音说:"要不,结一个?"

丛烟默了,小手却在他脖颈上轻轻剐蹭,夜色暧昧,两人的唇越来越近……

"老大,你们在下面吗?"伴随着路平一声吼,楼梯间骤然变亮。

丛烟长睫毛忽闪忽闪,笑出了声。

"草!"顾星河低咒了声。

路平也不知道顾星河又犯了什么驴,一进门就拉长着脸,身后的丛烟明显是喝了酒。他拉着丛烟低声问:"吵架了?"

丛烟笑着摇摇头,去厨房帮忙。秦娜在包饺子,文静在一旁啃白萝卜。

"你就这么压榨娜姐,让她一个人包?"丛烟从门后拽过一个围裙围上。

"她不让动,我就只能坐着吃了。"文静觉得当孕妇真的是挺难的一件事,让她安安静静地养胎比让她在沙漠上开猛士还难。

"你什么时候开始喜欢这么重口的东西了?"丛烟蹙眉盯着她手上的白萝卜。

文静也觉得不可思议:"你说真的是很奇怪,我以前闻见萝卜味都想吐,现在怎么觉得这么香呢?"

秦娜边包饺子边说:"怀孕就是会改变胃口的,我怀孕前不喜欢吃酸,怀孕后无酸不欢,当时还以为酸儿辣女能生个儿子,结果生了个女儿。"

丛烟包了一个饺子,停下手上的动作:"娜姐,结婚好吗?你跟冉冉爸那会儿吵架吗?"

"吵啊,怎么会不吵。两个独立个体组合成一个家庭,肯定会有矛盾的。"

"那有想过离婚吗?"丛烟又问。

"那倒没有,反正我没有。"秦娜脾气好,也传统,觉得跟了一个男人就是这个男人了,一辈子就这个了。

"你呢,你想过离婚没?"丛烟问"萝卜仙女"。

文静嚼萝卜的动作停下来:"我才刚结婚几天啊,你就问我想离婚不。"

丛烟一想也对,算了,包饺子吧。其实丛烟去的那个时间点儿,大家已经吃完了饺子,但顾星河要给队里那群小伙子带,秦娜便又下了两锅,打包好,让他趁热去送。

丛烟喝了酒,不想和他分开,拉着顾星河的胳膊要一起去。他摸着她的头,莫名宠溺:"走。"

两人下楼,风一吹,她觉得脑门有点凉,顾星河伸手将她羽绒外套的帽子掀起:"喝了酒吹风,小心着凉。"

上了车,顾星河发动车子,车灯骤亮,照亮了前面的路。

在他准备松脚刹出发时,丛烟突然勾起了手刹按钮,将挡挂回P挡。

"关车灯。"她突然说。

"嗯?"

"让你关车灯呢!"丛烟起身伸手去够,顾星河在她够到之前先伸手关了车灯。

车外黑了,车内也暗了下来,只有不怎么明亮的月光隐隐作祟。

"怎么了——"他话音未落,丛烟已经扑到他身上,小鸡吃米一样亲上了他的唇。

顾星河愣了两秒,随即靠在椅背上,一动不动任她亲。主副驾驶座之间还有一大截阻碍她发挥的距离,但她仍然奋力将身体探过去,在他嘴唇、耳根、脖子间来回游走。

她带着欲望,亲得热烈,仿佛要把方才在楼梯间没做完的事做完。

顾星河觉得她很软,软得让他想揉碎她。情欲在黑暗中被她勾起,在他伸手够住她之前,她突然气喘吁吁地喘着粗气坐回了副驾驶座。

"唔——"她长呼一口气，心里默默怪自己选了这么个不利于发挥的时间和地点。

"开车。"她愤愤道。

顾星河被撩在空中，她就这样撤了。他是被调戏了？没错，是的。

"怎么不开？"她说话间，顾星河已经开始解安全带，他推开车门，走到副驾位，打开后车门，将她抱下车子扔进后座，关前门，上后座，关后门，一气呵成。

"干……吗……"丛烟望向他带着欲念的眼底，感觉到了"危险"。

来自男人的危险。

空间狭小隐秘的车厢里，男人将她挤在角落，带着雄性动物最原始的本能将她压在身下，喑哑道："你刚才不是很嚣张吗？这会儿尿什么？"

"谁尿了？谁尿谁孙子。"丛烟向来不是打嘴炮会输的人。

顾星河原本只是想警告她一下，告诉她不要轻易挑战一个男人的底线，可这丫的除了嘴硬，哪儿哪儿都软得勾他魂魄。

他没忍住，俯身吻上她微凉的唇，温软甜蜜的唇触感极好，身下的姑娘被他逗得动了情，双手攀上他的脖颈，舌尖主动地回应着他。小手还不老实地探进他衣服里开始摩挲，慢慢地伸手去解他皮带。

顾星河被她挑逗得一个激灵，他按住她，把她手拉了出来。

"你认了吧，你尿了。"丛烟笑意抵达眼角，在暗夜里媚得像只妖精，他却在这笑中看到了一笑倾城。

顾星河起身，将她衣服整理好，嗓音低沉，低音炮中挤出一句："尿你妹，航天人的字典里就没有'尿'这个字，我只是不想在冰凉的座椅上。"

顾星河喘着粗气，望了一眼车后座还双眼迷离的女人，内心暗道，差点儿被这妖精给灭了。

他返回主驾位，开车前往搜救大院儿送饺子。车内一路安静，丛烟伸手摸了摸刚被他亲过的唇，好像还是热的。

车子驶进大院儿，停在宿舍楼门前，顾星河叮嘱她在车里等，便提着两大袋子饺子进了门。

夜晚的楼道里安静得很，他推开宿舍门，岳风正倒挂在上铺的围栏上，见他来了赶紧跳了下来，过去帮忙接饺子。苏骁趴在床上打游戏，顾星河一脚踹在他屁股上："拿到户口本不用学习考试了是吧？"

苏骁摸着屁股从床上跳下来，嬉皮笑脸道："队长，我这是学累了调节调节心情。"

顾星河对他们要求高，希望他们在业余时间能多学习一下提升一下专业技能和学历，毕竟这群小子被他选进来时，一个个毛都还没长齐。年纪轻轻，他也不希望他们以后发展受限。

顾星河又扫一眼其他人："吃饺子。"他脸色不怎么好，其他人看他的眼神却有些不怎么正常。

苏骁瞅着顾星河的领子，壮着胆子问："老大，你是出去鬼混了还是求偶失败了？"

顾星河低头，看到自己领子上还印着杂乱的口红，他探头看向一旁的穿衣镜，脖子和嘴巴上都是凌乱的口红。

这女人，故意的吧？

他从桌上抽了张纸抹了把嘴，又重新看向苏骁："不吃饺子就出去跑十公里。"

苏骁闭了嘴，待顾星河离开房间，几人哈哈大笑起来。

"队长一定被烟摄像强吻了。"

"队长这禁欲样终于遇到克星了。"

"你说是他强吻人家没成还是人家强吻他没成？"

"有没有可能是互相强吻。"

咦……这个好像还真有可能。不过互相强吻是个什么鬼？

不出意外，他回到车上时，她笑得嚣张又隐忍。顾星河舌尖抵住齿贝，伸手想将人捞过来收拾一顿，她笑着求饶。他心里一软，跟着笑了起来，自己惯出来的，也怪不得谁。

漠马赛那天，一大早，岳风就被顾星河招呼过来给丛烟开车，还是开电驴。

岳风盯着那辆粉色电驴："我堂堂一搜救队员，我是开猛士的，队长让我来开电驴？还是粉色的？"

"我特意点的你来。"丛烟漫不经心地说。

"我是你家菜单啊，你说点就点？"岳风拧了一把电动车的手柄，差点儿飞出去，"搞不懂为什么要开这个！"

"显得我能，在电驴上都能拍。"

岳风："……"

参赛人很多，集中在礼堂前乌泱乌泱一片，每个人手里都拿着气球，喜气洋洋的。

丛烟在人群里看到辛然和沈有墨，沈有墨正低头为对方调整着胸前的号码布，想起那日沈有墨在知道自己酒后失言后捶胸顿足的样子，她就想笑。

她端着无人机遥控器到处取景，一个熟悉的身影被她框入镜头。是林居，他冲她招手，笑得很亲近。

丛烟不着痕迹地移开镜头，顾星河又突然出现在她面前，五官近在咫尺，她笑："你站我后面干吗？"

"戴上这个。"他不知道从哪里弄过来一只小兔子耳罩，还有一双劳保手套。

"戴手套没法工作。"她摇头拒绝，"这个兔子又是什么鬼，我冬至吃过饺子了，不会掉耳朵。"

顾星河拽着她肩膀把她扳正，把遥控器递给一旁的王金凯，不容拒绝地给她戴上："零下二十摄氏度不是闹着玩的。"

他把劳保手套也给她戴上："这不是已经给你挑最薄的手套了，总比冻掉了手好。"

"好丑。"她嘟哝着。

顾星河禁不住笑，伸手捏捏她的脸："不丑，我媳妇漠城最美。"

丛烟被他捏了脸蛋儿，心里美得冒泡。她看一眼他胸前的号码牌，笑着用手指轻轻戳他一下："0126，好数字哦。"

顾星河旁若无人地拽过她的手："特意让周文杰给我挑的。"

周文杰当时问他为啥要这号，他说"我媳妇生日"时周文杰下巴掉地上，只想把号码牌收回，这两口子，屠狗不分场合！

"老大，林居还在瞅你俩。"岳风上前几步报告"敌情"。

顾星河抬头看一眼不远处的林居，见他看过来，林居还伸手跟他打了个招呼。

丛烟："你们认识？"

顾星河："表弟。"

"你抢过人家女朋友？"丛烟突然问。

顾星河："你的脑洞是怎么跳跃得这么快的？"

那表弟追未来表嫂是什么骚操作？

林居是顾星河姑姑家的孩子，据说当年姑姑年轻的时候，不顾父母反对，跟一个他们不同意的男人结婚了，还私奔了，生了一个儿子而且未婚生子，这个孩子就是林居。后来不知道什么原因姑姑又跑了回来，在老家和现在的姑父结了婚，又生了一个女儿，叫林枚。

"你们这种书香世家居然也会有这种八点档狗血剧啊。"丛烟笑道。

顾星河的爷爷奶奶因为这件事当时一度差点儿跟姑姑断绝关系，林居也因此受了不少委屈。

林居从小就把深受爷爷奶奶宠爱的顾星河当假想敌，什么都要跟他比，可又什么都比不过，所以活得比较拧巴。就连顾星河来漠城，他都要跟着来，只为了证明顾星河能做到的他也能做到。

听了岳风的八卦消息，丛烟一想，如果是这样，那那天她说的那句"我跟你是一类人，可我爱的人不是"，还挺有杀伤力的。

丛烟觉得，林居越是这样，越是追不上顾星河的脚步，混迹人间，何须他人评头论足，何须与别人比较来获得认同感。人最难超越的是自己，最容易失去的也是自己。她望着顾星河，满眼都是欢喜和欣赏，能把自己活得从容淡定、有所坚持，才是智者。

"智者"凝视着她："今天辛苦了，晚上带你看电影轻松下。"

"去电影院？"

"在我宿舍。"

丛烟脱口而出："小电影啊？"

顾星河："……爱情片。"

"动作爱情片？"她拧着眉。

顾星河哑然失笑，用手轻弹她脑门儿："你这个小脑袋瓜子里一天天想什么少儿不宜的东西呢！"

丛烟淡定地挠挠眉尾，那边音响里传出来试音声，开幕式要开始了，顾星河跟她挥挥手，小跑过去和路平他们会合。

虽然天很冷，但晴空万里，阳光正好。万众期待中，热闹的舞狮表演将比赛正式拉开序幕，人们欢呼雀跃，一起放飞手中的气球。

孩子们舍不得放飞气球，纷纷将气球别在袖口，开心得手舞足蹈。五颜六色的大片气球飞上天时，丛烟调整着无人机的角度，捕获着这快乐飘扬的一刻。

拍完了大景，丛烟把无人机交给王金凯，换上相机跨上粉电驴。

一声枪响，万箭齐发。在这场盛大的漠马赛中，航天科技人员、职工、家属和场区居民等几千人同时迈出了奔向远方的第一步。

为了方便拍摄，丛烟倒坐在小电驴后面，在队伍的最前方，大家从大礼堂向胡杨林方向出发。

这种比赛多数人是抱着重在参与的心态，所以大部分人边跑边欣赏美景，互相聊聊天，轻松愉快中体会全民健身的快乐。

航天搜救队的小伙子们抱着拿名次的目标去的，所以一声枪响后他们就抢在了队伍最前方，在经过丛烟的小电驴时还作为第一批向她打招呼的参赛者出现在镜头里。

"加油！我一会儿在终点，你们也要第一个冲过来！"她笑着向他们挥手。

"好嘞，烟嫂子！"苏骁信心满满地原地跳了个高。

顾星河和路平这次带着小丫头冉冉悠闲参赛，冉冉骑着滑板车参赛，一左一右两个大帅哥保护着小家伙，一路上吸引了很多路过的参赛者的目光。

丛烟对着他们拍摄了好几张，冉冉也配合地对着镜头举手比耶。她翻看着相机里的照片，自言自语道："什么时候我可以有这样一个可爱的崽一起参加家庭赛呀！"

"呵。""菜单君"在前面发出一声嗤笑。

"你笑什么？"丛烟微微转身，伸手拍他一下。

岳风警告她："你坐好别乱动啊，我开这车的技术可不咋的。"

"我以为你们搜救队员无所不能呢。"

两人说话间，女子组已经开始纷纷从他们身旁跑过，丛烟边拍边对辛然喊："辛然，加油！"

沈有墨在辛然前面为她领跑，辛然为了保持体力冲刺女子组冠军，一直不遗余力地跟着他。丛烟看着小两口，今天好像莫名地和谐。

两人跑到人工湖时，辛然望着波光粼粼的湖面，水鸟在远方飞舞，阳光在眼前降落，她突然问跑在前面的沈有墨："你还记得人工湖刚建成那年吗？"

"记得。"

那年他们刚领证，领完证后两人来到人工湖跑了一圈儿，辛然说没人能保证永远像最初的样子，可是如果我们走着走着忘了出发点，就一起来跑个步，只要我们拉着手，就能一起跑到终点。

环湖一圈，终点就是出发点，我们终能找回最初的自己。

沈有墨想起十二年前自己刚来漠城时，那时候的漠城还没有现在这样漂亮，辛然也才刚毕业，在外面做着她喜欢的演员事业。快递也没现在发达，那会儿只有邮政，别的快递根本不往中心这么偏远的地方派送，每次网购都要标明：一定一定要发邮政哦！

那时候他的快乐就是辛然每周一次的爱的大礼包，因为他，辛然养成了囤东西的习惯，每次逛街遇到好吃的好玩的好用的，都会买下来放好，等周末一起给他打包寄走。下一周的周末，他差不多就能收到了。

每次他收到一箱一箱生活用品的时候，同事们都很羡慕他，羡慕他有个一直惦记着他的女朋友。那时候他们挣钱都不多，可是却真的很快乐。

什么时候起，他们走着走着就走丢了呢?

沈有墨一路跑下去，不禁感慨，现在的漠城，真的变了很多，而他们，也变了很多。

沈有墨看向身边这个同床共枕多年的女人，她原来也是清新可人的少女，现在脸上却几乎没了什么笑容。他向前多跑了几步然后回身，向辛然伸出手。

"嗯?"辛然看着他，不明所以。

沈有墨对她粲然一笑："你说的，只要我们牵着手就能找回最初的我们。"

辛然愣了片刻，脚下的速度也慢了下来。

原来他还记得，还记得最初的他们。

辛然忍着哭意，笑着伸出手，两人手牵着手一起向前跑去，尽管牵着手不如一个人跑得快，可是他们脸上都带着幸福的笑容。

丛烟在终点迎到他俩的时候，两人已经被很多人超了，原本有希望拿女子组前三的辛然最终都没有进前六。

可是她很开心，脸上的汗水在冬日的阳光下闪闪发光，照得她无比青春靓丽。沈有墨在最后十几米将她打横抱起，两人一起冲过了终点线。

"这第一丢得挺值哦!"丛烟看着高兴，打趣着两人。

其实，这婚姻之路不就是如此，像这场马拉松一样，一个人在前一个人在后，可是如果一个人愿意停一停，两个人牵手同行，尽管会慢一点，可是永远不会丢了彼此。

热热闹闹的比赛结束，男子组第一的得奖者让丛烟感到有些意外，是林居。

"没看出来啊。"丛烟拍照时自言自语，岳风在她旁边说："我们老大也很厉害。"

丛烟笑："实事求是讲，你们老大再厉害也跑不到航天城第一吧。"

岳风不甘示弱："起码我们从不长他人志气灭自己威风。"

丛烟笑得更厉害了："你不要盲目崇拜，你们老大也有很多缺点的好吗！"

"真的？"岳风可不相信，在他眼里，老大是完美的，不，是最完美的。

"那可不，比如他五音不全，唱歌跑调，戈壁滩上的狼都没他叫得难听。"丛烟逗他逗得高兴，也不管他脸色越来越难看，继续说，"而且他啊，睡觉磨牙、打呼还放屁，除了长了一副好皮囊，其实他优点不多。"

她正说得高兴，就感觉脖子后面的衣领子被人提溜起来，不用回头她也知道身后的人是谁。

"谁磨牙打呼还放屁？"男人清冽的声音不温不火。

岳风第一个告状："她说你。"

"让开让开，都让开，挤在这里没法工作了。"她心虚地赶人，装模作样地扛着设备挪了挪位置。

顾星河在她身后笑着摇头，小妮子越来越放肆了。他视线落在领奖台上，林居举着奖牌，正在和领导们合影留念。

看来有时间，他得好好和林居谈一谈了。

* * *

日子忙忙碌碌间，就到了年尾。漠城的 1 月，温度始终在零下二十多摄氏度徘徊。再次见到林居，是在漠城的科技年会上。

林居跟着盛景华参会，人群中见到丛烟时，他远远地微微点头，丛烟礼貌回应后便移开了视线。

科技年会将持续整整一周，由漠城各个系统的专家和科技工作者进行学术交流。航天事业是万人一杆枪的事业，需要科技先锋，也需要后勤人员，需要技术人员，也需要政工人员，她来漠城已经快四个月了，身为一名媒体人，这几个月来她跑遍了漠城很多单位，也见过各行各业的航天科技工作者，但一次性看到这么多航天专家同时出现还是头一次。

丛烟站在大厅后门的角落调试设备，突然发现摄像机居然没电。想到她之前换电池的时候，月姐突然找她出去了一趟，回来后着急出发，电池和备用电池都被她放在了办公桌上。

她忍不住拍了下脑门，低声咒骂了一句，这种失误对摄影师来说是致命的。眼看着就要开始，据说今天航天城领导来参加科技年会开幕式，虽然缺了她也还有别的摄像在拍，但对她个人来说，这要是拍不上可算她的重大工作失误了。

她自己回去是来不及了，顾星河也在会场，她很想让他开车帮忙回去拿，可是一看他忙着跟一旁的专家谈论着问题，便放弃了这个想法。

她拿着手机左右转圈，没办法，她只能准备自己以最快速度往回赶。情急之下，她注意到身旁一直在围观的一名身着蓝色工作服的科技人员。那人看起来五十多岁，头发有些半白，但看起来却十分精神，个头挺拔，头发干净利落，眉毛浓黑整齐，尤其一双眼睛，炯毅有神。

"您好——"她看向对方的姓名牌，原本该贴姓名的地方却是空空的，"那个……打扰一下，我该怎么称呼您？"

男人面目慈善，带着笑的目光停留在她的姓名牌上，认下名字后他才抬头正视她说："丛烟你好，大家都叫我温年主任。"

男人声音浑厚有力，却并不逼人，言语像春风一样让人舒适。

丛烟着急却诚恳地向他请求帮助："温主任您好，您现在有空吗，能麻烦您帮我看一下设备吗？我有急事需要离开一下，十五分钟我保证回来。"

"好，你去。"男人坐在她设备旁边的椅子上，伸手示意她赶快去。

丛烟感激得又是合手又是鞠躬，她以最快的速度冲下楼，一下楼就和正冲进来的沈有墨撞了个满怀。看到他手上拿着的电池，丛烟激动得差点儿叫起来："沈有墨，你太有墨了！！！"

"丛烟，你也急冒烟了吧。"沈有墨打趣道，冲她挥手示意她抓紧时间返回。

丛烟火速跑回大厅，气喘吁吁地冲到温年主任面前，高兴地说："温主任，谢谢您！我拿到东西了。"

温年主任抬手看了看手表，笑道："才五分钟哦！"

"后方小伙伴给力！"丛烟感激地和他交换位置，开始用心调试设备，边装电池边对温年滔滔不绝："温主任，今天多亏了您，要不然我可就犯重大工作失误了。"

"年轻人，难免的，遇事不要慌就好。"温年主任好奇地打量着她，"以前没见过你，摄像很少有女同志，你新来的？"

不远处的顾星河不经意间抬头时，看到两人相谈甚欢，很是诧异。

"嗯，来了四个月了。"丛烟调整好设备，再次对温年表示感谢，"对了温主任，您是哪个部门的主任？"

航天城大大小小的部门很多，大大小小的主任也很多，像天上的星星。

温年还没来得及回答，就听一旁的工作人员说："温年主任，您的姓名牌清理好了。"

刚才他的姓名牌不小心弄脏了一点，特意让工作人员拿去清理了一下。温年接过对方手里的姓名牌，一边往身上贴一边跟丛烟挥手再见："下次见，我先去工作了。"

丛烟向他挥挥手，目送着他在工作人员的引路下坐在最前排的位置。看来也是参加科技年会的某位与会领导。

丛烟掏出手机给沈有墨发了条消息：刚才有位温主任帮我照看设备来着，你认识这个温主任吗？哪个部门的？

沈有墨没回，她又复制了这条消息发给顾星河。

顾星河看到那条消息的时候，不知道该怎么回她，怎么会有人来中心四个月连航天城老大都不认识呢？

过了一会儿，沈有墨和顾星河同时给她回复了消息。

沈有墨：温主任？我没听说哪个主任姓温，也有可能我不认识，毕竟航天城太大了，主任也太多。

顾星河：他是中心主任。

丛烟懵懵懂懂地回复顾星河：哪个中心？中心里的中心也挺多的。

顾星河：中心最大的主任，整个航天城的主任。

丛烟："……"她在心里哀号：我这是让中心老大帮我看设备了？？？！！！让月姐和江姝知道不得拿摄像头拍死我？

丛烟回复沈有墨：顾星河说那人是中心老大。

沈有墨：哦，你说的是温年主任啊。

丛烟：对，他说大家都叫他温年主任。

沈有墨：嗨，我以为你说谁呢。温年主任不姓温啊，他全名叫许温年。

丛烟整个石化住了，许……温年，中心主任？

丛烟不知道开幕会这一个小时她是怎么度过的，她只知道在许温年离场经过她身边时，还特意跟她挥手告别，她笑得很尴尬，两脚抠在地面恨不得抠出十个洞。

顾星河跟在许温年身后送他出门，看到这一幕时嘴角露出掩饰不住的笑意。丛烟冲他努嘴生气，这家伙，还笑得出来。

许温年没有错过两人眼神之间的小交流，出了门才说："你小子，眼光不错，百闻不如一见，这姑娘我看挺好。就是她怎么不认识我呢？看来我的名声没你大啊！"

"主任，是我没教好。"

许温年哪里不知道他怎么想的，笑道："哪里是你没教好，我看啊，你压根儿就没想教，你巴不得跟我撇清关系呢。"

出楼门前，顾星河为他披上大衣："主任，您说笑了，您是我最尊敬的长辈。"

"我可不敢跟你师父抢这个'最'，你师父上次还在我面前显摆，'我徒弟买生日蛋糕给我过生日了'，看他那得意的样子，给我气够呛。我不管啊，给他过你就得给我过，年纪轻轻的咋还搞区别对待这一套呢！"

顾星河笑着送他上车，车门关上前，许温年又推开了一点，抬头看着他："对了，你回头让你那个小女友，丛……"

"烟。"

"让丛烟来我办公室一趟。"想了想他又说，"来家里吧，下午……"他停了下来，看向助理。

助理在一旁提醒说："主任，下午还有个会，五点结束。"

许温年抬头对顾星河说："那五点半，你带她来。"

"主任，您找她是……?"顾星河问。

"你这臭小子，从来不管我找谁干吗的人，碰到小女友就担心得不行?"许温年对他挥挥手，"我找她跟你没关系，我的私事儿。"

"好的，主任。您慢走。"顾星河送走了许温年，转身看到丛烟背着设备从楼梯上下来。

"你跟温年主任很熟?"丛烟望着车子驶去的背影，好奇地问。

"不熟。"顾星河帮她接过设备说，"师父不在，我代替师父送一下领导。"

丛烟"哦"了一声，看了眼手表又说："文静今天产检，听说能看到小娃娃的样子，我们去看一下?"

顾星河长手一捞，把她圈进怀里："人家的有什么好看的，喜欢的话我们自己生一个，天天看。"

丛烟眼角弯了下来："你好好的，怎么突然黄起来了。"

"生孩子哪里黄了？人类最神圣的本能。"顾星河垂眸凝视着她，"是你想黄了吧。"

丛烟嗔怪地瞪他一眼，转身朝他车子跑去："快点儿，我要去看小娃娃。"

医院妇产科，走廊里坐着四五个待检的产妇，丛烟去的时候文静还在等她，看她来了才拉着她说："正好，差一点儿就错过我的时间了。路平，你和星河在家属区看。"

这是丛烟第一次看肚子里的小娃娃，可是她什么也看不出来，好在医生很热心，每检查一部分都给她们介绍说："这是一只胳膊，这是另一只，这是脊柱，这是嘴巴、鼻子……"

"好神奇啊，文静你肚子里真的有个小娃娃哎！"

"那还能有假，肚子都这么大了。哎哟——"

文静突然叫了声，医生说："刚才他踢了你一脚，感觉到了是吧。"

"我看到了我看到了，小脚丫还挺有劲儿。"丛烟好奇地问，"医生，是男孩还是女孩啊？"

医生笑了笑，指指墙上的标识牌：禁止用于非医学需要的胎儿性别鉴定。

文静换了种方式问："医生，那我们给娃娃准备粉色的小衣服还是蓝色的小衣服？"

医生："黄色的。"

丛烟学到了，有样学样地问："那我总得给小娃娃准备礼物呀，我给小家伙买玩具车还是买芭比公主呀？"

医生："买积木吧。"

丛烟"扑哧"一笑，这医生，果然是身经百战啊！

家属区在B超室外的小隔间，联机装了一个供家属观看的屏幕，几人的对话落在顾星河和路平耳朵里，路平也好奇起来，很认真地在看屏幕："到底是男孩还是女孩啊？"

"女孩。"顾星河淡定地说，"刚扫到了。"

"你会看？"路平还以为他纯粹是因为想要个外甥女儿。

为了避免里面的医生听到，顾星河指着屏幕在他耳边低声解释了几句。

时间静止了几秒钟。

路平听完后就觉得这家伙太狗了，总是不经意间就get到无数不可思议的技能，怎么就没他不懂的呢。"卧槽，我以为你胡说八道呢！你什么时候研究的这个？"

顾星河："丛烟递交了求职简历那天，我就计划到我们一起带孙子孙女那天了。"

路平："……"

"真是女儿？"路平还有点不敢相信，他一直想要个儿子继承自己的搜救衣钵呢！不过他在脑海里想象了几秒钟女儿依偎在身边的样子，就已经心花怒放到无法自抑了。

下午，周文杰带丛烟去的许温年家。

丛烟心里很不安，不知道为什么许温年主任要见她。按理说，他们之间隔着无数级，安排工作应该不需要他直接吩咐。

助理将她引至许温年的书房，入眼的是整整一墙的书架，满满当当地放了各种各样的书籍，丛烟扫了一眼，一大半儿是航天相关的书。

书房墙上挂了几幅书法作品，一书"疾风千尺入大漠，鸿雁展翅赴苍穹"，一书"天宫御长风，鲲鸣揽星辰"，还有一书"盛世如愿漠城梦，长卷星河载荣光"。

在门口还有一副落款为守望的对联："沙风吹，吹沙风，沙扬吹风。飞天梦，梦飞天，飞越梦天。"

许温年见她来了，很高兴地让她坐，指指桌上的咖啡说："听星河说你喜欢喝咖啡，特意给你准备了咖啡。"

丛烟受宠若惊，微笑着点头说谢谢。

"那臭小子怎么没来？"

丛烟不知道他说的臭小子是谁，通知她来的是台长，接她来的是周文杰。

"这臭小子，跟我保持距离做得比谁都好。"

许温年指指地上放着的一个厚厚的纸箱子，笑着对她说："你先看看这些。"

丛烟不解，好奇地探头过去，里面是满满一箱子的有些泛黄的纸张，她轻轻取出其中几张，才发现上面都是一幅幅漫画。

而且全是手稿。

许温年："这里可能有近万张。"

丛烟翻了一些，发现里面全是用漫画形式记载的画面，时间跨度很大，最久远的有二三十年前的，内容也是非常丰富，有日常生活，也有任务保障，还有和同事之间的小故事。所有的漫画底下都签了同一个名字：守望。

虽然丛烟不知道这些东西的来源，但她清楚地知道，这些东西不仅是非常重要的，而且是非常具有历史价值的。

"这些是我一个老朋友画的，他最大的兴趣爱好就是画漫画。这位老朋友和我并肩作战二十多年，从载人工程立项那天起，我们就盼着有一天我们自己的空间站能够在太空安家，就盼着咱们能够强大起来，成为全国人民的骄傲和自豪，可惜，我这位朋友走得早，我们当初的梦想要实现了，他却看不到了。"许温年沉重地说。

"今天我叫你来也不是为了工作，而是为了我这个老朋友留下的这些东西，他生前一直想把他这些作品通过合适的方式，让现在的小朋友们能够在有趣味性的动漫里感受到我们的漠城航天文化，这是他的遗愿。"

"温年主任，您的意思是让我……"这个责任也太重大了。

许温年点头："能做动漫的人很多，但我想你来做这件事最合适。一来你懂动漫圈子，你可以找到最好的团队和人来做，二来，你懂漠城，你可以把最好的漠城文化放进去。"

"温年主任，毕竟我是个新人，我对漠城文化了解得还不深切，我真的很怕我糟蹋了这些宝贵的资料。"她小心翼翼地抚摸着那些手稿，不知该怎么对待这些珍贵的时光印记。

"你不愿意?"

她拼命摇头："不，我太愿意了，只是担心做不好。"

"你是不是很喜欢顾星河?"许温年突然转了话头。

丛烟有些不解，不知道该如何回答。

"我猜你一定很喜欢他，不然你不会时隔六年还来找他。"

丛烟很认真地点头说："嗯，喜欢，非常。"

许温年又说："我听说六年前，你就是因为他非要来漠城才分手的?"

"是，那时我不太懂事。"

"不，你很懂事，总要经历过才知道取舍。"许温年端着茶杯，默了片刻说，"去做吧，因为这些东西对他也很重要，他跟我要了好几年我都没给他。看完这些，你就知道他当初为什么要来这里了。"

丛烟望着眼前这些东西，突然觉得异常沉重。但她不明白怎么这些东西会跟顾星河有关?

丛烟抱着一大箱子的"文物"兼"遗物"回到了宿舍，顾星河看到这箱手稿时，眼底渐渐泛起温柔。

"温年主任说，这些东西你跟他要了好几回，你为什么跟他要这些?"

"我想到他会把这些东西给你，但没想到会这么快。"顾星河和许温年想的一样，她的确是最合适的人。

为了解答她的疑惑，顾星河第二天带她去了一个地方——漠城烈士陵园。

他带了三束黄白菊花，丛烟明白了，他们一定是来看望那个画画的前辈。

阳光在冷冽的天气中温暖地洒满肃穆的陵园，陵园石牌楼上"漠城革命烈士陵园"八个大字熠熠生辉，在阳光下格外醒目。

苍松掩映、翠柏长青的陵园内，未化尽的雪稀疏地挂在枝头。

高大的革命烈士纪念碑和整齐有序的烈士墓整齐列阵，这特殊的方阵如同整装待发的将士，令人肃然起敬。

一位白发老爷子正在草坪边修剪枝丫，见他们来了，他笑着直起腰："星河，又来啦！"

"嗯。"顾星河向丛烟介绍："这位是守墓的王叔，在这里守了十来年了。"丛烟心生钦佩，向王叔打招呼。

顾星河带着丛烟向元帅墓致敬行礼，并敬献了一束花。两人向墓园走去，最终停在了两座墓碑中间，墓碑上的信息很多，她被最大的几个字吸引了目光：顾守望之墓。另一座写着：顾建设之墓。

守望，看来的确是画画之人的墓。只是……这人姓……顾……

她心底一震，诧异地抬头，张了张嘴："顾？这两人是……"

顾星河目光停留在墓碑的名字上，缓缓抬起头，四目相对时，他肯定地回应她："我爷爷和我爸。"

丛烟心里又一震，依然有些不敢相信："你们三代人都在这里？"

"爷爷参加过战争，是在硝烟中直面过生死的老革命，他是六十多年前来到发射场的第一批基础设施建设者，是在戈壁滩上搬着帐篷睡的那批人。"

丛烟听过漠城有这样一句话，"献了青春献终身、献了终身献子孙"，在漠城，有很多漠二代、航二代，可是漠三代、航三代还是比较罕见的。

这一刻，她好像忽然有点明白了漠城对顾星河的意义，也许，除了这份事业本身的神圣之外，还有一份"传承"的重要意义在里面，爷爷是搞两弹一星的，爸爸是搞载人航天的，而他，是搞空间站建设的。

难怪他总说他不苦，因为父辈们经历过更苦的时代。之于他而言，唱着父辈们的歌谣，站在父辈们的肩膀上前行，是没有资格说苦的。

三代航天人历经战火硝烟、创业艰辛和星辰坚守，这孤独而遥远的漠城航天城，此刻因为他们变得富有又熠熠生辉。

而面前这个男人目光里的温柔和刚毅仿佛在这三代传承的家国情怀里变得更加充满魅力。

她知道他身上有光，却不知道原来这光比她想象的还要让她敬仰。

她好奇地问："既然爷爷一直在这里，为什么奶奶在青市?"

"奶奶和爷爷分居一辈子，爷爷原本也是有机会留大城市的，可他来了这儿，奶奶留校任教了，两人分居了一辈子。"顾星河说，"我小时候也是在漠城的，那时候漠城教育还比较落后，读小学时全家商量着把我送出去上学，接受更好的教育，便把我送回了青市。"

顾星河牵起了她的手，一起向墓碑致敬行礼，他把花束放在她手里，微笑着望着她："今天，可否请他们的准儿媳妇、准孙媳妇为他们献一束花。"

"嗯。"丛烟接过花束，弯下腰行礼，郑重地将花束摆在墓碑前。她打量着顾守望墓碑的立碑时间：2015年6月30日。

是他们毕业分手那年的夏天。

望着这个特殊的时间点，她像被一只无形的手扼住喉咙而无法呼吸。

她脑海里浮现出那日顾星河眼底巨大的悲痛，她实在不敢多想……

如果分手那天，他是来为他父亲送终，而她却用分手威胁他"你今天要是去漠城了，我们就分手"，如果真的是这样……

她该怎么原谅自己。

"爸，今天我正式带烟儿来看您，她和您一样喜欢画漫画。您看，我俩牵着手，就知道她什么身份了。"

他转头对丛烟说："我爸他很喜欢画漫画，他常说自己是航天人里最优秀的漫画师，是漫画师里最优秀的航天人。每次重大任务结束后，他都会画一套与任务相关的漫画，把任务过程中遇到的有趣的、艰难的事都用画记录下来。"

有时候，他也会画一些日常有趣的事，寄给远在青市的儿子。

"所以除了温年主任给你的那些，我那里还有很多漫画，我童年最快乐的事就是邮局的叔叔拿着邮件对我喊：星河，爸爸的信。"顾星河想起那些日子，笑意便从嘴角晕开，温柔地抵达眼底。

他从小看着那些来自大漠戈壁的漫画，在遥远的青市和这片土地共同成长着……

后来，他又有了她为他画漫画。

两人离开陵园前，顾星河带着丛烟来到墓园一座特殊的墓碑前，与旁的墓碑不同，这座碑前有一棵小榆树傲风而立。

"你还记得三十八个脚印的故事吗？"他不确定她有没有印象。

"记得，我们去场史馆时，讲解员讲过。"

五十多年前，在一次寻常的训练演练中，四辆加注车在汽车的牵引下驶向库房边上的戈壁滩处理剩余液氧。一名操作手在泄除液氧时，因意外着火引燃了一旁的一簇骆驼刺，大火瞬间燃起。当了五年加注操作手的小同志深知，在能够推动火箭升空的特种燃料面前，人的躯体是何等脆弱。危急关头，他不顾一切地冲了过去，拼命地把同事着火的衣服扒下来，向着远离同事和设备的方向跑去。同事得救了，而他却在液氧分子的包裹中，燃烧成永恒的"火炬"。

五米……十米……二十米……烈火将他团团包围，他依然用尽最后一口气摇摇晃晃地向前跑着。最终他倒下了，身后的戈壁滩却留下了三十八只脚印。

"这座墓碑就是那位小同志的墓，他牺牲时年仅24岁。这里的每一座墓碑，身后都有一个航天人的故事。"顾星河牵着她，一起向王来烈士致敬。

丛烟望着陵园里的排排墓碑，心中越发沉重，岁月虽往，信念永恒，这里长眠着航天事业奠基人，也长眠着可敬可爱的前辈们，还长眠着她最爱的人的父亲和爷爷，他们把一生都献给了这片他们挚爱的土地。

风轻云淡，她脑海中有句话却越来越清楚：清澈的爱，只为中国。

丛烟从陵园回来后，久久不能平静，她脑海里不断想起那个特殊的日子：2015年6月30日。

她记得顾星河离开那天是28日，他孤身一人准备去漠城，她以为他要去面试，便不顾一切地冲到机场想要阻止他。

可他执着要走，甚至神情非常着急。所以她拿出打火机威胁他，激烈的争吵后，他把打火机还给了她，然后决绝地离开了青市。

她清楚地记得他眼眶里隐忍的欲滴未落的泪珠，那让她不敢多看一眼的眼神，后来在丛烟每一个失眠的夜晚都会浮现在她眼前。

再后来，她赌气没有联系他，他也再没有联系她。

为了确认心里的想法，她给文静发了一条微信消息：我和顾星河分手那天，他去漠城是因为顾叔叔病危？

文静：怎么好好的突然问起这个了？

丛烟：今天他带我去烈士陵园祭拜了顾叔叔和顾爷爷。

文静：是，你也知道，咱们大四前期顾星河在忙博士提前毕业，事情非常多，其实那时顾叔叔已经病了，所以他想着越快毕业越好，能早些去陪叔叔，原本年底毕业的计划又被他在非人的学习强度下提前了半年。可惜，病情恶化得太快，他刚忙完毕业，他爸也快不行了。

丛烟：顾叔叔为什么不回来青市？城市医疗要好很多。

文静：顾叔叔坚持要在漠城的。我当时也无法理解，后来慢慢理解了，就像老人眷恋故土一样的道理吧，这里是他的故土啊。

丛烟：他为什么当时不告诉我啊……

文静：怎么告诉你？你本来就反对他来漠城工作，再看到他父亲生命的最后都留在这里不肯离开，那时的你会怎么想？会不会觉得他以后也要在这里待一辈子？他本来就不是个肯开口求人的人，宁可委屈自己六年，在网上装个陌生人，也不愿意强迫你放弃自己的坚持。

丛烟内心苦涩，他送别父亲，她可以理解，他接过父辈手里建设航天事业的伟大的接力棒，她也可以理解。可是，他怎么就不相信她能理解和接受呢？

文静：丛烟，你有时候有点过分较真。那不是清高，在爱情里，那叫不舍。别人都说你为爱舍京赴漠城，可歌可颂，可你有没有想过，他这样骄傲的人，得有多把你放在心上，才能做出装网友这样的事？他从来不说爱，可是却实实在在地爱惨了你。

她没再回，窝在床上趴了好久。过往的一幕幕不断在眼前闪过，她的心也越来越深沉。

她头回这么心不在焉，头回这么翘首以盼。

最后，她终于发消息给他：什么时候回来？

顾星河半天才回她：还在忙，什么事？

丛烟：没事儿，我等你。

那边，顾星河正在处理林居论文数据造假的事，在科技年会论文收集阶段，他就发现了林居的论文存在伪造数据的问题，因为那个课题一直是顾星河和盛景华作为主要合作人在负责，他清楚地知道每一个数据的来源、可用性和真实性。

原本课题还未到结题阶段，很多还在论证研究阶段，可林居急功近利，不仅将课题内容拿来参加科技年会还伪造了数据。

顾星河直接拦截了论文，避免了更严重的后果。可林居嫌他多事，并不领情。原本这件事顾星河打算私下跟林居谈，可不知怎么盛景华知道了这事，于是三人在盛景华办公室谈了一晚上。

最初盛景华勃然大怒，见到林居时火冒三丈地把桌上的论文丢在他身上，纸张散落一地，指着他鼻子就开始骂。

顾星河原本并不打算干涉，毕竟师父骂徒弟，天经地义，何况，徒弟还犯了这么大的错。可他知道盛景华最近身体不好，怕他气坏了身子，便将盛景华压回了椅子。

原本盛景华已经消了一半儿气，可林居嘴碎地骂了顾星河一句"告状的是你，装好人的也是你"，这可给盛景华的火又重新燃了起来。

"你以为是谁告的状？"盛景华指着他鼻子骂，"要不是星河给你把论文压下来，你以为你还能在这里过嘴瘾？你是不是当航天专家们都是傻的？你做出这样一个突破性的研究结果，别人都不会去验证？都不会去应用？这年头还有你这么缺心眼的用造假数据来搏出位的？你知不知道这篇论文如果真的发表出去，你将面临什么结果？"

盛景华气得直拍桌子："你的科研生涯就玩完了！你身上这身衣服你都得扒下来滚蛋！回家种地去吧你！你还能在这儿骂别人装好人？"

林居默不作声，他也只是一时想赶在顾星河前面出成果，没想那么多。

盛景华气得够呛，一时脸色苍白，捂着胸口直哆嗦。林居知道盛景华身体不好，可也没见过他这般模样，一时吓在原地。顾星河从他口袋里拿出止痛药，倒了杯热水，服下了才渐渐好了起来。

几人动静有些大，对面的成茵嬿过来敲门将林居带走。林居这才知道，告状的不是顾星河，是成茵嬿。

"我今天没把这事儿捅到中心去，而是告诉你师父，是我给你最后一次机会。"

严冬不肃杀，何以见阳春。

"林居，你不小了，你还要跟星河斗气到什么时候？"成茵嬿叹口气说，"你舅舅在世的时候很疼你，他对你一直抱有很高的期望。虽然他去世的时候你还没来中心工作，可我相信，他知道你成为一名航天人会非常高兴。可你看看你现在，你让他泉下有知，该多心寒？"

林居沉默不语，虽然他一直对顾星河抱有敌意，可他知道舅舅是真心疼他。他作为"未婚生子"的前夫的儿子，在爷爷奶奶家不受待见，在姥姥姥爷家又不及顾星河受宠，无论他怎么努力，也没人把他的努力看在眼里，大家眼里只有顾星河那颗耀眼的星。

可舅舅不一样，舅舅很少回老家，可每次回去都会去看他，给他讲他眼里最神秘的火箭和飞船，也总是夸他聪明。就连带的礼物，也总是跟给顾星河的一样，不会少了他一丁点儿。舅舅是他童年里极奢侈的温暖。

"你师父说话是难听了些，可你有没有想过他为什么这么对你？这半年他不分昼夜，拼了命地带你，恨不得把自己的家底都掏出来教给你，你有没有想过为什么？"成茵嫩站在窗边，外面的月色皎洁，可房间里却气压迫人。

对面房间里，顾星河不断安抚着盛景华，为他揉搓着后背："盛高工，您的病不能再拖了。"

"你不用劝我，我是不会去化疗的。"盛景华点了一根烟，"与其把时间浪费在漫长的化疗过程，还不如做点有意义的事儿，唉，只是这林居……"

盛景华恨铁不成钢："怪我没本事，没把他教好。"

"与您无关，是我的责任。"

盛景华叹气："我以前只觉得他性格孤僻特别一些，可他真的聪明，我想着好好调教会是个好苗子，我怎么也没想到他会惹出这等祸事。这次要不是你们母子，我这个徒弟……就毁了。"

"您也不必这样说，我也是存了私心，怎么说他也是我表弟，我得兜着不是？"

盛景华心里门儿清："你存什么私心，我还不了解你？你像你爸，心中有大义，是条汉子，要不是为了我这将死之人，你也不会委屈自己做这样违背原则的事。"

顾星河为他加满了热水："您也不必太生气，这件事说大也不大，没正式外投发表那就算个草稿。"

"我就是愁啊，这孩子什么时候能沉下心来，什么时候才能长大。我还想着能靠着这副老骨头再给咱们航天事业贡献几年，奈何命短，本想着遇到个有天分的徒弟，好好带一带，也算给航天事业做最后一点事，谁能想到这样。"

盛景华吸烟比较凶，一根完了又想掐一根，顾星河收了他的烟盒："差不多了。"

"你给我，我还能抽几根？"盛景华伸手，"等我真死了，我看他怎么办。"

"您这胡话是越来越多了。"顾星河笑着给他拈了一根，点燃，火星骤起，忽明忽暗间像随时会灭掉一样。

两人说话间，林居红着眼眶进来了。盛景华从烟雾里瞥了他一眼："还是你舅妈能耐，还给你说哭了啊。"

林居红着眼，扑通一声跪在地上，哭得像个孩子："师父，我错了！"

盛景华捏烟的动作骤停，指尖微微颤抖。

顾星河捞起大衣，在盛景华身旁微微弯腰说："盛高工，我先回去了。"

夜晚格外冷清，车里空调刚开，热气未起，冷得可以呼出白气。

从大楼出来往银荷之光方向，车子一路驶过，两边整齐的红灯箱向身后移去，视线里的远方，是耀眼的星空，星星不多，却有一颗从他正前方滑落，很快，一闪而过。

顾星河倏地沿路边刹车，他打开车闪，下了车。

临近凌晨的马路上空无一人，他站在路边，口袋里摸到了盛景华的烟。他默默地掏出来，点燃了一根。

他还记得自己刚来漠城那天，父亲等到心爱的儿子后，还硬撑了半个小时，那半个小时，他和母亲一直守在父亲身边。

父亲走后，母亲悲痛欲绝，葬礼是盛景华和俞寻家主要负责安排，那天在漠城殡仪馆门口，顾星河抬头望向天亮前的夜空，盛景华拍着他的肩膀说："孩子，你能来漠城，是给你爸这辈子最荣光的送别，他最放心不下的航天事业后继有人了，这人还是他最引以为豪的儿子，他这辈子，都值了。"

顾星河不喜欢送别，可偏偏，这人世间，唯一不能选择的，就是一次次送别。

烟雾升腾间，尽是无言与落寞。

整晚，丛烟都开着宿舍的门，耳朵一直听着楼下的声音。

人来人往，门开门关，可都不是他。

"烟摄像，咋开着门呢？"过往的人问。

她伸手在脸前扇着："热。"

问话的人看向外面雪茫茫的世界，一脸蒙地走开了……

直到凌晨，她终于听到了楼下的车声。

顾星河走到楼梯间，隐约见到三楼楼梯口发出来的光，他正要上行几步，却听见她的关门声，紧接着，跶着拖鞋下楼的声音传来……

他靠在楼梯扶手处，等她下来。

出现在他视野里的丛烟穿着单薄的睡衣，一路小跑向他扑来。

他顺手敞开大衣，将她带进怀里，柔声道："零下二十多摄氏度，就这么跑下来？"

"所以快开门啊……"她身体瑟缩着，人已经开始往他门口挪。

顾星河开了门，她像兔子一样扑到他床上，拉开被子钻了进去，然后躲在里面一动不动。

顾星河拉上窗帘，脱了大衣，斜靠在桌旁，双腿斜立在地上，饶有兴致地看着被窝里蒙着头的女人。

他抬手看了一眼手表，凌晨一点十五，穿成这样，钻进他被窝。

很好。

丛烟躲在被子里，不知该如何是好，做了一晚上心理建设，也设想了一晚上等他回来要怎么把他吃干抹净，怎么钻进被窝就不知道接下来该怎么办了呢？外面也没什么动静，他在干吗呢？她都这样了他还不主动点儿？男人啊男人，他到底在想什么呢，难道真要她主动？咦，怎么这么安静，不会是吓跑了吧？

这样想着，她忽地掀开了被子，顾星河站在床对面，双手环胸，好整以暇地望着她。

两人四目相对，他笑得嚣张又宠溺。

她坐在床上，泄了气。真的是丢脸……不过她可从来不是丢脸就逃的性格，越是丢了脸，越是得把脸找回来。

她从被子里钻出来，跨过被子向床尾方向迈过去，站在床尾居高临下地望着他。

"干吗？"顾星河故意问。

"嗯！"丛烟脸不红心不跳地答。

突如其来的黄腔让顾星河倒是差点儿没反应过来，他站在原地，嘴角勾得越发深。

她伸手够他的肩膀，顾星河伸手接住她，她像树袋熊一样挂在他身上。她身上独特的香味像蛊一样，瞬间将他笼罩。每次抱着她，顾星河都会想，她不是水做的，是软泥做的，手感好得要命。

今晚，她格外软。

丛烟勾着他脖子，温唇轻轻覆上他的，他舌尖微麻的触感沁入她口腔，女人咬着他唇，不清不楚地问："你抽烟了？"

顾星河微哑着嗯了声，又道："等我，我去洗澡。"

丛烟抓着他脖子不肯松："不让去。"

"嗯？"他又发出一个单音节。

"等不及了。"小女人厮磨着他，抱着他脖子一通乱啃。

顾星河被她笨拙生疏的技能逗得抓心挠肝的，双手托着她抱到床上。

"顾星河……你爱我吧？"

下午文静说，他从没说过爱她，可却爱惨了她。她细想了下，他的确从来没说过。

"嗯。"男人声音喑哑，细腻地亲吻着她。

丛烟啃咬："我也爱你，很爱，很爱。"

温暖的灯光，热情似火的夜晚，一切都刚刚好，他沦陷在她的温柔乡里，她沦陷在他的男人骨里。关键时候，丛烟突然紧张地叫住了他："等等……停！"

"等等，等等……"她双眼水一样深而亮，脸颊像熟透的番茄红润光泽，她匆忙推开他，抓起睡衣包裹着自己跑进洗手间。

顾星河有点蒙，翻身躺下，用手抹了两把脸让自己清醒一点。半晌，洗手间里都没任何动静。

又过了一会儿，里面传来隐隐的哭泣声，又是猫一般的哭声。

顾星河套上睡衣翻身下床，轻轻敲敲门，声音格外地温柔："不愿意就算了，我又不会勉强你，怎么还哭了……"

是他考虑不周，还以为两人情到浓时水到渠成，没想到还是高估了她的承受力。

她还蹲在门边哭，玻璃门上是她的影子。顾星河耐心道："好好好，等结婚，行吧？别哭了，出来。"

他是一多有耐力的人啊，要不是她这样急不可耐，他怎么也不会急于这一时，可怎么她又委屈上了？

她还在里面哭，哭声悲痛欲绝、委屈至极。哭声悲怆得让顾星河隐约觉得自己真不是个东西。

可他还什么也没做啊，多少有点冤……

顾星河急了，一个劲儿敲门："我都说了，结婚听你的，这事儿也听你的行了吧。出来出来，乖了，快出来。"

女人的影子站了起来，也止住了哭声。下一秒，门被她拧开，她梨花带雨地出来了。

她已经穿好了睡衣，一见他又委屈地开始瘪嘴。

"好了好了，不来了不来了。"顾星河揉着她的头。

"我想来……"她瘪着嘴，像受了天大的委屈。

想来又叫停……顾星河彻底摸不透她了，女人就是这么纠结的物种吗……

正疑惑间，丛烟捂着脸扑到他怀里，哇地又哭出了声："我大姨妈来了……"

顾星河："……"

这一夜，两人无比"虔诚"地抱了一夜。

迷迷糊糊快睡着时，她窝在他怀里，声音低软："顾队长……"

"嗯?"他的单音节总是那么好听。

"对不起……"

"我都说了没事……"

"我说六年前。"她往他怀里凑了凑，"六年前，对不起……"

顾星河揉着她细软的发，一个温柔的吻轻轻落在她发端。现在你就在我怀里，所有的过往与等待便都是人间值得。

临近年关，漠城迎来了休假的高峰期，忙碌了一年的科技工作者们纷纷开始离开漠城，返回五湖四海。今年是特殊的一年，鲲M号三位航天员将在空间站里跨年，就在网民们纷纷调侃时间过得飞快，都快忘了天上还有三个人的时候，航天城的各个部门都开始各自安排休假计划了，既要保证大家合理的分批次休假，又要保证年关佳节，各项岗位和设备有人值守。

丛烟和顾星河商量休假的事，顾星河说他肯定得把过年回家探亲的机会留给队员们，所以过年他要留下值守。

"哦……"丛烟还以为可以和他一起休息一下。

顾星河看出了她的小失落："过年不能回，但年前我可以陪你回家一趟。"

失落的眼神里露出欣喜："那过年我也和你一起回来。"

"如果你们台里安排得开，你倒不用刻意迁就我。"

"月姐和金凯在，但我还是想迁就你。"丛烟歪着脑袋，有点乖。

她想和他一起走一遍这遥远漫长的路，感受一遍回家的一路风景和人间烟火。可真正出发那天，队伍却有些庞大，除了他们两个，还有林居、盛景华和岳风。

踏上列车她才知道，原来他们的第一站是去盛景华的老家，陪他去看一下家人。

"看一下家人而已，为什么要这么多人一起去？"趁盛景华离开铺位时，丛烟轻声问顾星河。

几人沉默着，片刻后，林居低头握着水杯，脸色深沉地说："师父没多少日子了，肝癌晚期。"

丛烟脑袋"嗡"的一声，脑海里蓦地想起几个月前初见盛景华时，他怒气冲冲地对林居说"我死了你咋办"那一幕……

可前阵子在科技年会上遇到他，他看起来还很精神的样子，她轻声问："什么时候的事？"

"我也是刚知道没几天，他一直瞒着，最近，瞒不住了。"林居说话间发现盛景华从远处走来，他急忙起身，小跑过去扶着他往座位上走。

"没事，你看你小心的。"盛景华笑着坐下，"辛苦你们了，千里迢迢陪我回家。"

"您这话说的，虽然我和小韵还没领证，但这么多年我一直把您当亲舅舅的。"岳风把水杯递给他，从包里取出琥珀色的药瓶，还没拧开就被盛景华制止了。

"不吃了，我可不想最后一段日子在药罐里度过。"盛景华笑得爽朗，除了脸色蜡黄，丛烟真的看不出他是一个癌症病人。

说起岳风和外甥女儿谭小韵的事，盛景华也是有些遗憾："也不知道我还能不能看到你们领证，说到底，你也是被我连累了，不然你们娃可能都满地跑了。"

"那我希望您再连累我个三五十年，反正我可不想要娃，吵吵闹闹的，我哪有这耐心。"岳风故作轻松地说。

"你还年轻，不懂，养孩子是烦并快乐着。孩子就是家的希望，社会的希望，国家的希望。你们可不要学着当什么丁克，到时候上了年纪，想要要不上就麻烦了。"盛景华爱国，那刻在骨子里的情怀是他们年轻人一时半会儿还无法理解的。

丛烟点头赞同，就像辛然。两人去找了江姝说的那个专家，检查结果还不错，符合做试管的身体条件，总好过有些人体检都不过，直接就判死刑了。

辛然最近正在打促排卵针，每天按时打针，连续打十天左右，这才是第一步。后面还要有取卵、移植和各项检查，每天光是跑医院就跑得人心力交瘁。如果是辛苦过后有好的结果，人也苦得甘愿，可辛然去的第一天，就碰到一对移植失败的夫妻蹲在走廊里哭，女人一个劲地拍地板，埋怨上天不公平，哭诉为什么要一个孩子这么难。

那一幕着实对辛然打击挺大的，但她没有时间想别的，只能硬着头皮上。

丛烟笑说："女人挺不容易的，生孩子是两个人的事，可做试管的罪基本都女人受了。"

"所以，什么年龄就要做什么年龄该做的事。过了该做的年龄，就要遇到多倍的困难，付出多倍的努力。"盛景华给他们讲自己年轻时的故事，有他厌烦的家长里短，也有他付出一生的航天事业，几人认真地倾听着，时间不知不觉也过了大半儿。

夜深了，车厢熄了灯，盛景华躺下后，丛烟却发现林居红着眼眶悄悄躲了出去。

她跟出去时，林居在车厢连接处抽着烟，白色的烟雾在他眼前升腾，渐渐散开，火光时有时无，映衬得他的脸忽明忽暗。

"大老爷儿们还哭鼻子啊。"她开着玩笑，声音却很干净，像夏日山泉流下来的汩汩清澈。

林居侧脸看了她一眼，她眉眼清亮，在暗夜里如一颗明亮却不刺眼的星星。

他还记得在学校时，这位师姐就像个独行侠，每天上完课就跑了，除了上课很少在学校出现。

有一次学校举办跨年晚会，林居去请她演奏小提琴，她笑盈盈地说好，那一刻，林居觉得自己心里某个地方被轻轻吹过一般，她笑起来像瓷娃娃一般的模样也在他心里挥之不去。

跨年晚会结束后，他想请她吃饭，她却一脸懵懂地盯着他说："我们认识吗？"

他以为她在拒绝他，可转头就听她对舍友悄悄说："这人是谁？咱们学院的？我没印象见过他啊，怎么突然请我吃饭。"

那时林居才知道，原来，她从来都没记住过自己。后来他才知道她的男朋友居然是顾星河。

世界之大，世界之小，他不明白为什么自己喜欢的所有最后都被顾星河捷足先登。

"你怎么还肯理我？"林居以为她再也不会跟他说一句话了。

"我本来的确不想跟你有什么牵扯的，但看到一个真心关心师父的好孩子，难免也想鼓励他一下。"丛烟靠在墙上看着窗外，外面漆黑的夜景呼啸而过。

"对不起。"林居突然望着她说。

丛烟笑了，像当年的瓷娃娃一样，真诚地笑了。

"这声对不起，是给你说的，也是给师父说的。"林居掐了烟，缓缓说，"以前我很自负，觉得自己可以挑战师父的权威，也可以挑战你和顾星河之间的感情。我不屑于一切美好，我甚至觉得一切美好都是假象。包括师父对我职业生涯的引领和批判，我觉得他就是个高高在上又不与时俱进的老顽固，动不动就拿他们那个年代的人和事来教育我。我很反感，心里无数次骂他，什么年代了，还对我搞艰苦教育。"

他嗤笑了声，像在笑过去的自己："师父昨天又晕倒一次，晕倒前他还在给我讲他新学的一种算法，他跟我说，他其实很怕很多东西没有机会教给我，所以这半年他总是拉我加班，带我参加各种课题和项目，希望我能在岗位上尽可能地多学到一些东西。"

"盛高工用心良苦了。"丛烟感慨万千，从前，她很难想象一个人能纯粹到什么地步，可盛景华的出现，让她真切地感受到了传承的意义。

352

其实成茵嫩之前就给顾星河说过，盛高工总说林居很聪明，如果能收敛心性，沉静下来，一定会是一个优秀的航天人。所以尽管林居对工作的态度总是有些敷衍，盛景华也从来没想过放弃他。

他总是说，年轻人，要给他成长的时间和机会。盛景华虽然脾气很不好，但却也是最包容林居的那一个。

他也是在用自己的方式告诉林居，不要依赖任何人，人要自己有光，没有光的时候，连影子都会离开你。

在将死之人眼中，希望是这个世上唯一公平的东西，哪怕一无所有也拥有希望。盛景华的希望，大概就是自己的徒弟能真正成为一个有血有骨有信仰的航天人。

丛烟看到林居的改变，也很为他高兴："航天人最重视传承，一日为师终身为父。好好照顾盛高工，在他生命最后的时光里。"

火车向遥远的城市奔去，在寂静的夜里，人们纷纷卸下旅途的疲惫，进入梦乡。丛烟回到铺位，顾星河还坐在那里等她。

"聊完了？"顾星河伸手，在黑夜里将她带到身边坐下。

丛烟突然伸手抱住他的腰，低语道："人啊，不管什么关系，都要珍惜彼此的情谊才好。"

"就聊这么一会儿，就得出这么多人生哲理？"顾星河摸着她柔软的头发，觉得这姑娘又长大了。

一行人经过蓝市中转，在第二天的中午到达了盛景华的老家。

几人到盛景玲家已经下午三点，盛景华的父亲八十多岁了，患有阿尔茨海默病，神志有些不太好，老爷子窝在床头，恍恍惚惚地看着一群陌生人，盛京华上前握他手时，老爷子也没认出儿子来，只是含糊地说："来客人啦？"

这一声"客人"，让盛景华险些哭出声。

"姥爷吃过了，你们大家先过来吃饭吧。"谭小韵招呼几人坐下，盛景玲还在厨房忙活，丛烟想去帮一下忙，被谭小韵按下，"烟姐，您坐，只剩一个菜，马上就好。"

"你快过来吃吧，菜够多了。"盛景华看向厨房。

里面的女人转头冲他喊了句："要你管，我是做给客人吃的，又不是做给你吃的。"

盛景华坐下，给大家倒酒，抬了一下酒瓶发现是果酒，便举着瓶子对外甥女说："小韵，换白酒，客人来了怎么还准备果酒？"

谭小韵接着瓶子不知道该怎么办，盛景玲端着菜出来："喝什么喝，怕死得不够快？又没有什么值得庆祝的事，喝喝喝！"

盛景华倒是难得的好脾气："怎么没有值得庆祝的事儿？这么多年，我终于又吃到了我姐做的饭。"

盛景玲眼眶一红，拖过椅子"咣"地放在桌前："我说了是给客人做的。"

岳风示意小韵去换酒，没一会儿，小韵换了一瓶白酒，给大家挨个倒满了酒盅。

盛景华捏着酒杯子，他脸色憔悴，却笑得格外高兴："今儿不止这一件好事，还有第二件好事儿，为了警醒自己，林居把那篇论文裱起来放在他办公桌上了，看到你这样，为师非常欣慰，希望以后你自己走这条路会走得比我好，来！"

大家跟他碰杯，盛景华一杯酒喝下肚，虽然腹腔疼痛难耐，但脸色倒因为酒精的缘故反而红润了些，不那么蜡黄了。

"第二杯酒，咱们为小韵和岳风喝一个。"盛景华向谭小韵伸出手，她乖乖走到舅舅身边，紧紧握着这个最疼爱她的舅舅的手。

"小韵，我知道，你喜欢小孩儿，舅舅也喜欢，可可爱爱的，多好，可为了减轻家里的负担，你放弃了你喜欢的幼师职业，去当销售。你从小就懂事，你妈生了你是最大的福气，话说回来，你妈比你姥姥有福气，你姥姥生了我这个儿子，是真的白生了。"

盛景玲坐在一旁，豆大的眼泪开始扑簌簌地往下掉，丛烟抽了两张纸巾塞进她手里。

盛景华从包里拿出一份招聘启事，是航天城幼儿园的公开招聘信息：“我跟校长咨询过，你毕业的学校不错，也有工作经验，只要过了笔试面试，基本没什么问题。岳风是个好孩子，跟他去吧，漠城虽然不如城市那么发达，但现在国家强大了，那里的生活也很方便，你相信舅舅，航天娃们非常可爱，你会在那里生活得很好。”

谭小韵接过招聘启事，哽咽着说：“舅舅，您放心，我一定听您的话，好好和岳风过日子。”

盛景玲在一旁抹着眼泪，这一刻，她没反对也没生气，大家知道，在盛景华最后的时光里，作为姐姐，她也放下了心里多年的心结。

“最后一杯酒，敬给我的老母亲和我的姐姐……”盛景华哽了两声，“这些年，到底是我对不住你们。”

说完，他仰头喝下最后一杯酒，灼烈的酒精刺激着他原本就千疮百孔的五脏六腑，几乎是喝完的瞬间，他就撑不住了，跑到洗手间抱着马桶吐了半天才缓和了些。

林居细心地倒了水给他漱口，然后把他扶到房间里休息，望着他原本高大的身形此刻瘦弱又无力的样子，盛景玲眼中浮现出蚀骨的悲伤，她再也控制不住多年的情绪，抱着谭小韵哭到颤抖。

不知道是不是多年的心愿终于得偿所愿，当夜，盛景华的父亲就走了。老人家弥留之际清醒了那么几分钟，他望着已经头发花白的盛景华，欣慰地摸着他的脸，喃喃地说：“老婆子，好像是景华回来送我来了……”

老人家走得突然，几人留下帮忙料理了后事。盛景华在外地工作的妻儿也回来了，妻子见到盛景华时已经悲伤得说不出话，只是抱着他，同他一起默默地为老爷子守灵。

葬礼过后，顾星河和丛烟坐上回青市的飞机，林居和岳风留下陪伴盛景华。

回到青市是夜里两点，一下飞机，潮冷的空气钻进裸露在外的每个毛孔，但丛烟丝毫没感觉到冷，反而兴奋地大叫起来：“哈哈——

我烟太狼终于回来啦!"

顾星河跟在她身后,将她的围巾裹紧。她穿着白色的羽绒服和长裤,鞋子和围巾帽子都是红色,站在那里就像一个雪人吉祥物。

她一路哼着歌,像个快乐的孩子,可在接机的人群中,她找了半天也没有找到父母的影子。

"怎么回事,说好了来接我的?"她掏出手机开机,从刚才她就一直兴奋得不能自已,都没有顾上开机,这会儿才想起父母也许有什么诸如堵车之类的紧急情况没能及时到达。

"别看了,他们有事来不了了。"顾星河把丛父发给他的微信消息拿给她看。

> 小顾,请转告烟儿,她妈妈去长京和制片老头跳舞去了,我临时参加一个七日相亲团,今天晚上飞机,你们自己照顾自己。

"他俩可真行,亲姑娘回来了,两个人钥匙都不给我留一把就一个去陪老头一个去找老太太?这是故意躲我呢吧?"她离开这半年,老两口可是彻底放飞自我了。

"我妈不会真给我找个后爸吧?"丛烟站在马路边等车的时间,脑袋里一直在思考这件事。

顾星河倒觉得挺好:"找呗,老人也有黄昏恋的自由。"

"不会生个弟弟妹妹留给我养吧?"

顾星河:"……"

"你现在不该想弟弟妹妹的问题,你该想我们今晚去哪里落脚才是。"

丛烟的围巾捂着口鼻,只露出眼睛,她睫毛忽闪忽闪,眨了眨眼睛说:"走啊,开房去啊,大床房。"

正好车来了,顾星河搂着她的肩膀把她塞进车里:"走,开去,电动按摩水疗大圆床。"

丛烟伸手拍他："挺懂啊你，说，你是不去过？"

顾星河给她拉上安全带："废话，我这么大岁数了，还为你守活寡不成？"

"顾星河，你反了你！"

"谋杀亲夫守寡的可就变成你了。"

最终，顾星河把她送到了陈美人的公寓。

陈美人开门的时候睡眼惺忪，震惊得像见了鬼。但确定是丛烟后，她兴奋到喊得整栋楼都在晃。

在温暖的被窝里，两人像从前无数次一样，露出两只脑袋，望着天花板，谈天谈地谈男人。丛烟给她讲十亿少女的梦三人组，给她讲井盖儿岳风，也给她讲办公室的小奶狗，讲文静和冉冉，还给她讲盛景华林居成茵嬿……

两人叽叽喳喳地聊了很久，陈美人却突然望着天花板道："我原来以为你去那里会很孤单呢，怎么感觉你过得比我这花花世界的还精彩。"

"说实话，生活环境是挺无聊的，但是……"她手指纠缠着，像少女怀春一样，"人很有趣。"

"看来好事将近啊！"陈美人突然抱着她胳膊，委屈道，"你都快嫁人了，我还单身狗一枚。"

"挑花眼了吧你？"丛烟提醒她，"何生亮不是还等着你呢嘛。"

陈美人望着天花板："不考虑，你看他这名字起得就够多余的，天选备胎都没这么应景的名字。"

既生瑜何生亮。

"对了，你前阵子跟贺寒怎么了？"丛烟想起两人那恨不得掐死对方的样子，就觉得恐怖。

"别提了，他简直是我的命中克星。"陈美人抬起沉重的眼皮，欲哭无泪，"就是那个贺狗砸，夺走了我的第一次，还跑路了。"

"啊？第一次……是我理解的那个第一次吗……"

陈美人点点头："是。"

丛烟惊掉了下巴，这两人是怎么从世仇滚到床上去的，这节奏快得有点让人不敢相信啊。

"可是，他跑路了啥意思？"丛烟糯糯地问。

"他说，那是个意外……"陈美人困得无力再说，"意外就意外吧，老娘有的是人要，不行我就嫁给何生亮，我让他后悔去……"

第二天，丛烟睡醒已经中午，身旁的陈美人已离家去上班，她瞄了眼手机，没有顾星河的消息，又定睛看一眼，却有老东家的一条消息。

杨午：尽快赴京，明天约了飞鲨动漫谈合作。

丛烟一个激灵，从床上一跃而起。她拨通电话，按开公放，同时快速地穿衣洗漱。

电话接通，在嘈杂的背景音中传来顾星河的声音："喂——"

她吐了口嘴里的漱口水，胡乱擦了一把嘴："陪我去趟长京吧，午姐帮我找到合作的动漫公司了，谈顾叔叔的漫画合作。"

那边沉默了一会儿，说："你什么时候做的这些事？"

从她在温年主任那里拿到那些漫画手稿那天起。

"你在哪儿，好吵。"她洗了把脸，开始化妆。

"长京。"

丛烟赶最快的一班飞机，终于赶在傍晚到达长京。一出机场，视线里便出现一个极为扎眼的接机牌：热烈欢迎我烟姐！

牌子四周贴满了香烟图案。

接机人群里，肖敏穿着热辣的小短裙，脸上涂抹着红色的爱心和五颜六色的颜料，从远处看，像啦啦队的队长。

"烟姐！"肖敏冲她跑过来，一个拥抱差点儿把两人一起拽倒。

丛烟定了定，扯扯肖敏的羊毛卷，又指指牌子上的香烟图案："这什么，什么，什么都？"

"这不是醒目嘛！"肖敏捏着香烟图案的接机牌，"这我花了一个小时做出来的呢，烟姐专属接机牌。"

丛烟和她一起往出口走："顾星河让你来的？"

"对，姐夫让我带你去逛商场。"

"逛商场……他买单啊？"丛烟气呼呼的，把她丢在美人家，他就一个人一声不吭地来长京了，问他干吗也只说有事，有什么事？约了前女友怕现女友吃醋啊！

可前女友、现女友不都是她？

还让肖敏陪她逛商场，这家伙，一定是有什么不可告人的秘密，才派这个小魔王拖住她。

"你怎么知道，姐夫给我好大的红包呢！"肖敏得意地摇摇手机，拽着她往外跑，"走走走，在戈壁滩憋了大半年了，还不疯狂shopping！"

别说，对于女人来说，没什么比购物更能减轻愤怒。

进了商场，丛烟就被许久未见的蓬勃景象转移走了注意力，热闹的人群，琳琅满目的商品，热情周到的客服，一片华光璀璨……

她站在顶楼向底下望去，深有感触地说："哇……好'大'的商场。"

肖敏"扑哧"一笑："烟姐你去了那边才小半年而已，怎么就一副与世隔绝的样子。"

丛烟大口吃了一口冰激凌，在温暖的商场里吃着最喜欢的冰激凌，竟成了奢侈："敏敏，你说实话，顾星河干吗去了？"

"烟姐，这我可真不知道。"肖敏靠在栏杆上摇头，"你也知道，我姐夫那人，嘴巴多严啊，他不想说的事，清廷十二大酷刑都拿他没辙。"

这丛烟倒是相信，也就没再追问。

"肖老师和师母还好吗？我很久没见他们了，明天忙完我去家里拜访一下他们。"

"还用等明天啊，我妈已经在家做菜了。"肖敏看了眼时间，单手搭在丛烟肩膀上，"差不多了，咱们走吧，回家吃饭。"

肖敏个儿高，一米七五，瘦高瘦高的，大长腿又长又直，丛烟平时不觉得自己矮，可每次和肖敏站一起，都有种自己才是妹的错觉。

肖正松家在研究所的家属院儿，小区有些年头，但楼是新的。

肖敏以前年少轻狂，丛烟没少给她擦屁股。不过说起来，肖敏也很像以前的她，倔强，傲娇，不谙世事还带点自负。大概同类相吸，在肖敏最叛逆的那几年，每次她闯祸，都找丛烟，而不找顾星河。

她说过，哥会削我，姐夫不会。

因为肖敏，肖正松更喜欢丛烟了，毕竟那小魔王只有丛烟治得了。

见丛烟提着东西上门，肖正松佯装生气道："你这不是打我脸嘛，回自己家带什么东西。"

肖敏毫不给面子："爸，你什么时候学会这套虚头巴脑的了，人给你带了你就拿着，客气啥，又不是外人。"

"你这死丫头！"肖正松懒得理她，把丛烟迎进屋里。

"烟烟来啦！"肖师母在厨房里炒着菜，发出噼里啪啦的锅铲碰撞声，"烟烟你先坐，我炒完这个菜。"

"师母，我帮您。"

"你快出去，油烟呛得很。"

肖师母把她推到客厅和肖正松聊天，虽然前些年丛烟在长京，可是因为顾星河的关系，她也没有主动上门拜访过二老，很多年没见肖正松，发现他也老了，两鬓不知何时就被岁月染了颜色。

不过精神矍铄，和从前一样，身形气质俱佳。

在电视柜上，丛烟还发现了她曾经画给肖正松的画儿，画的是他和顾星河在伏案研究的样子，他坐在书桌前，顾星河站在他身边搭着他的肩膀，像父子一样。

"老师，我这上不了台面的画儿您还给装裱起来了。"丛烟欣喜地摸着那幅画，像看到了过去的时光。那些烟火寻常，却让人不舍忘怀的大学时光。

"你送给我的第一天我就找人裱起来了，也放在这里七八年了。"肖正松笑得爽朗，"有客人来家里，还以为是我和我儿子呢！"

肖正松年轻时也是个大帅哥，即便老了，英姿还在，眉眼间和顾星河是有些相像。

"上次星河来长京，我可听他说了，你们好事将近，有没有定下日子啊？"

丛烟莞尔："定下日子来第一个告诉您。"他都没有跟她提过要结婚，怎么在老师面前倒说了这事儿。

"星河是个好孩子，你们俩也般配，他安静，你热烈，挺好。唯一让我遗憾的就是他跑去戈壁滩了。"肖正松喝了口茶又说，"他去戈壁滩我还可以理解，你能跟他去，还真是在我意料之外。"

"您是觉得烟姐不像个能吃苦的人。"肖敏啃着苹果，插话进来。

"她不能吃苦，可她生命力旺盛啊！"

这是……肯定还是否定？

肖敏："你骂我时也说我生命力旺盛，到别人身上倒成优点了，双标。"

"你那是生命力旺盛？你那是生命力狂躁！"

肖敏"嗖"地坐正，一本正经道："老肖，我可提醒你啊，你对我好点儿，你再不对我好点儿我也像烟姐一样跑戈壁滩去，到时候你和我妈可就孤家寡人了。"

"就你？你要是能找到星河那种的，别说你跑戈壁滩去，你就是跑海底去，我都不管你。"

肖敏拽拽丛烟的衣角："烟姐，你听到了，我爸让我去挖你墙脚。"

"你个死丫头！"肖正松作势拍她，肖敏笑着跳起来跑进厨房。

客厅里只剩下两人，肖正松换了神色："去看星河父亲了吗？"

"嗯，去了。"丛烟不知道他为什么突然提起这件事。

肖正松神色渐深："我跟守望是多年的老朋友了，虽然他在漠城，我在长京，但我们因共同的事业结缘，在合作中也成了好兄弟。星河这孩子，像他爸，是个好苗子，从小没爹疼没妈爱，还能长这么好，我打心眼里喜欢。"

肖正松顿了顿，又说："当年他爸病危，他来找过我。这孩子重情，想放弃学业去照顾父亲，是我拦下来他。我说你爸是老航天人，相比被儿子照顾，他更希望他的儿子能完成学业，将来继承他未完的事业。"

丛烟在漠城时也听过这样的话，"献了青春献终身，献了终身献子孙"，漠城人对航天事业的情感总是在不经意间传给后辈。

"我后来听说了他去漠城那天的事，你不必自责，星河要是会怪你，就不会每年拜托肖敏给你送生日礼物。"肖正松笑道。

"肖敏给我过生日……是他？"丛烟愕然。

难怪每年肖敏选的生日礼物都那么对她胃口。

"那你以为每年花样百出的生日会是那丫头能想出来的啊！你知道，这小子对生日有种执着，他不希望你的生日过得孤单，今天也是。"

丛烟看出来了，肖正松这是在做和事佬，因为今天，是她的生日。

师母把菜端上桌，肖敏拿出生日蛋糕，丛烟感恩地望着眼前的人，这些顾星河最在意的家人，也把她当家人一样对待。

吃过晚饭，丛烟帮师母收拾了桌子，洗了碗筷，准备告辞。

"烟姐，就住家里吧。"肖敏舍不得她。

"下次吧，明天还有事儿，不打扰你们了。"丛烟告别了肖家，下楼拦了一辆出租车。

司机问她去哪儿，她打开刚才顾星河给她发的宾馆定位，向司机报了地址。正要关掉定位时，不经意看到宾馆旁边的地方，她放大来看，居然是公安局。

她笑着给顾星河发消息：在公安局旁边开房，你不怕警察叔叔半夜查房啊！

顾星河：合法的，我怕个屌。

丛烟关了对话框，嘴角微微扬起。

到了宾馆，丛烟按房号上楼，进门后像小老鼠一样四下看看。

"看什么呢？没有电动按摩水疗床。"顾星河倒了热水给她喝，顺手将她厚重的外套脱掉。

"你今天去忙什么了，我的生日都假手于人。"想到他这些年为她默默做了这么多事，她不忍责怪，说得温柔。

顾星河挠了挠眉尖儿，欲言又止："今天呢……我的确有事得跟你交代，不过呢，你得先答应我，不许发火。"

丛烟放下水杯，笑着望着他："说得好像发生了什么大事一样……"

他很少这样正经地跟她说话，丛烟心里莫名有一点点慌。

顾星河拉过椅子坐在她对面，牵起她的手说："今天呢，我的确去帮一个人处理了一些事，这人呢，她被人骗了点钱，没解决事情前她不敢告诉家人，所以叫了我来长京……"

丛烟心里咯噔一声，完了，他明明也没说什么重要信息，可她怎么就一下子对上号了呢："我……妈?"

顾星河捏紧她缩了一下的手："嗯，不过你别紧张，已经处理好了。"

"制片人?"丛烟又试探着问。

顾星河再点头。

"骗了点? 点儿是多少?"

"也没太多……"

"没太多是多少?"

"九十八万三千六百八十块。"

丛烟腾地从椅子上站起来："这还有零有整的?"

她站在原地来回转圈，边走边用手给自己扇着风，转了几圈后她终于站定："她人呢?"

顾星河指指旁边房间，丛烟转身就要过去，却被他一把扯住："说好了不发火的。不用去，你爸刚已经来了。"

"我爸是我爸，我是我!"她挣脱他的手，气呼呼地向隔壁跑过去。

顾星河无奈地跟上，开门的是丛林。

丛烟气势汹汹地冲进房间，方瑾雨窝在床上，双手抱着膝盖，露出两只红肿的眼睛看向她。

丛烟又腰望着她："哈？老太太可以啊！人老心不老，魅力不减当年啊，玩网恋哈？制片人哈？"

方瑾雨本就被骗得又难过又气恼，这会儿女儿过来就连讽带嘲的，她更难受了，一委屈直接哭着嚷了起来："网恋怎么了，你不在家，你爸也不要我，我一个人不孤单吗？我就想找个伴儿我有错吗？我哪能想到他人模狗样的能是一骗子啊！"

"你几岁了？认不出那是个骗子？"

"他对我可好了，说要买两千万的房子给我住，可缺一百万，我能不帮他吗？我就跟亲戚朋友四处凑了一百万给他喽！"方瑾雨哭得很凶。

"他那么有钱，两千万的房子都要给你买，会缺那一百万？长点脑子好不好？骗子都不会分还学人家网恋？"丛烟恼火，"一辈子忙东忙西没挣几个钱还全被人骗了吧，该！你就说该不该！"

什么狗屁制片人，这特么制骗人吧！

丛烟知道，爸爸是真有钱，妈妈是真穷。本来就是跟老公赌气才去做生意的人，哪里有什么经商头脑，这些年亏的亏赔的赔，要不是她这个做女儿的做短视频不断给她贴补，连自己她都养不起。

"对，我是该！我活该你小时候对你急赤白脸的，换来你现在对我也急赤白脸的！"方瑾雨瞪着她，两人谁也不让谁！

"你又扯哪儿去了，你错了还不让人说了？"丛烟更火。

"说什么说？她是你妈，我还没说，轮得到你说吗？"一旁一直安静的丛林突然喝道。

几人都看过去，方瑾雨大概没想到前夫会护着她，一时也忘了哭，目瞪口呆地坐在那里。

"你吼我？是你前妻让人骗了一百万！不是我！"丛烟无语。

"不就一百万嘛！她还不起我还。"老丛霸气地坐在方瑾雨旁边，"你说，你都跟谁借的，我给你还！"

方瑾雨擦了擦眼泪，半晌才说："已经还完了。"

"还完了?"丛林一脸蒙。

"不还人家不让我走啊,就那些亲戚知道我被骗了才把我弄到公安局逼我还钱的。"

丛烟也好奇地看着她:"你哪儿来的钱还的?"

方瑾雨抬头看向顾星河,手指微微抬起:"小顾给还的,你要帮我还就还给小顾……"

几人同时看向顾星河,他笑说:"不用还,一家人。"

"谁跟你一家人了?"丛烟瞪他,气呼呼地返回隔壁。

顾星河耸耸肩膀,笑着安抚二老:"您二老歇着,我过去了。"

顾星河返回房间的时候,丛烟靠在床头生闷气,见他进来,赌气地别过脸去。

"生什么气啊……说好了不发火的,你看你爸,多淡定。"顾星河坐在旁边拉过她手说,"你多跟老丈人学习学习。"

看他盯着她的目光宠溺至极,丛烟又想起今晚肖正松的话,气也消了一半儿,嘟哝道:"他财大气粗的,我学不来!"

"其实你不觉得是好事吗?你看,你爸那么护着你妈,这多好的兆头,要是二老因为这事儿破镜重圆,也是功德一件不是?"

丛烟想起刚才老丛那个样子,好像是这么回事:"他们先放一边,你是怎么回事,一百万说给就给了?"

"丈母娘有难,这不是我讨好丈母娘最好的机会嘛,我这么机智,怎么会错过?"顾星河笑道,"此战一过,我就是你妈眼中女婿的不二人选!"

"你倒是挺财大气粗!"丛烟嘟哝着。

"是啊,我全部家当了。"顾星河趁机将她抱进怀里,撒娇道,"以后就只能靠老婆大人养了!"

"我才不养小白脸儿!"丛烟笑着推开他,却被他一把拽了回来,整个人被他按在腿上。

他蹭着她下巴,眼底无限深情:"那可不行,我赖上你了!彩礼我都给你妈了，你想赖也赖不掉了。"

"无赖！"她反咬他唇角一口。

"今天你生日，我还没送你礼物呢！"顾星河啄着她下巴，两人仿佛又回到刚谈恋爱那时候，眼底都是对方，怎么亲也亲不够。

"什么礼物？"

"我！"顾星河抱着心爱的姑娘，这浪漫的夜里多了两个缠绵缱绻的爱人，一室旖旎……

翌日，阳光从窗帘的缝隙挤进房间，落在地板上。床上的人儿缓缓睁开眼睛，他俊朗的五官在眼前放大，丛烟突然觉得有他在身边，每天睁开眼就是幸福的开始……

她缓缓伸出手，摸了摸他挺立的鼻梁，却被他一手攥紧。

"老实点，再睡会儿。"他将她抱在怀里又睡了起来。

再次叫醒两人的是杨午的电话，约好中午见动漫公司负责人。丛烟慌慌张张地起床，她问顾星河要不要一起去。

顾星河侧身躺在床上，单手撑着下巴："不去，老婆大人出去拼事业吧，我在家里等你回来。"

丛烟笑，这男人，腻歪起来就没完没了。

日料店里，丛烟见到了飞鲨动漫公司创始人张京，杨午找的合作人。

杨午是丛烟的老东家，猫猫动漫公司的创始人，当时创业的时候，是杨午主动找的丛烟，她在网上看到丛烟的漫画，想拉丛烟入伙，丛烟说自己想当个好摄影师，不会跟她合伙。

可杨午这人的执着劲儿是一般小姑娘没有的，她每天守在丛烟单位楼下，霸占了丛烟所有的吃饭时间。

在杨午坚持不懈地对美好未来的畅想灌输下，丛烟终于答应了她，不入伙，她兼职。

杨午本身就挺有想法和创意，有了丛烟的加持，猫猫动漫发展得如火如荼，所以丛烟去漠城的时候，杨午非常不舍，以半家猫猫留她，可依然没留下。

别说半家猫猫，整个长京城的猫也抵不过她惦记的戈壁滩里的那一粒沙。

丛烟走后，杨午的小工作室难免分身乏术，业务很多，人不够用。所以丛烟提出杨午帮忙制作顾守望动漫时，她才想着联系了张京。

至于为什么是张京，杨午只说他对航天题材比较感兴趣。

见到张京后，丛烟才知道为什么是他。

"我在漠城待的时间不长，前后也就三年时间，那时候天天盼着走，可走了以后才发现，这三年成了我一辈子的念想。去到漠城，圆了我的梦，离开漠城，又成了一辈子的遗憾。"原来张京年轻的时候在漠城待过三年，因为嫌地区偏远，就早早辞职回长京创业了。

虽然脱离航天人队伍很多年，如今也小有成就，可随着年纪越来越大，心底那点儿年轻时的航天情怀越来越重了，所以在看到有这样一个题材的漫画时，便主动联系了杨午。

"不是每个人都能坚持在航天战线的，尤其不是每个人都能坚持在漠城航天战线。"张京虽然年龄长她们很多，可说话诚恳谦逊，"看到你们还坚守在那里，我觉得也是弥补了我年轻时想做却没有坚持做到的遗憾，能为你们做一点事，也是我的荣幸。"

大概是因为曾经漠城人的身份，双方谈得非常顺利，飞鲨、猫猫动漫成为共同的制作方，同时也成为共同出资的制作委员会成员。

但由于动画制作成本非常昂贵，按照他们预算的第一季六十集来算，仅第一季动画片完成就要以亿计，三季下来投资太大，即便目前只考虑第一季，也是很大的投资。飞鲨和猫猫以制作为主，他们也并不想承担太多风险，两家加起来的投资也很有限，零头都不到，所以他们也希望能有更多的投资方成为制作委员会成员。

丛烟理解，但两家制作公司预定好，对这件事也是非常大的进展。搞定了这件大事，丛烟急着回宾馆跟顾星河当面汇报这个好消息。

可回到宾馆，却发现楼下聚集了很多人，大家都举着手机对着天空拍摄，人群中还有人在谈论着刚才的险况。

"刚那个小伙子啊，身手不错，要不是他跳下去抓住那小男孩，就惨喽。"路人甲跟旁边人说。

"我看现在也悬，挂上面好久了，消防还没来！单手挂在上面，能撑多久啊！"

"怎么会挂在那上面的？"

"小孩子房间起火了，估计没大人在，躲到窗户上去哭，被旁边宾馆楼上在阳台晒太阳的小伙子看到，小伙子找了个床单把自己甩到对面楼的，可惜小伙子脚滑了一下，两人就悬在那儿了。"

"来了来了，消防来了！"人群中不知道谁说了一句，丛烟也听到了警报声。

"卧槽，什么鬼！"丛烟顺着人们的视线看过去，震惊地发现宾馆旁边的居民楼上，十几层的玻璃窗外，一个男人正抓着一个小孩子，两人挂在窗外晃晃悠悠，随时要掉下来似的。

她伸手遮住光线，再定睛一看，顾星河！！！

一瞬间，丛烟觉得心定在嗓子眼里了，周遭的一切仿佛都在动，只有她和吊在空中的顾星河是静止的，她看到消防车匆匆而来，匆匆停下，消防员开始清人，铺设救生垫。丛烟被消防员推到一边时，才终于回过神，她看着周围的一切，强迫自己冷静下来。

快速地打量过后，她冲进宾馆旁边的一家家纺店，把银行卡一拍："全……要……"

说完就开始拼命拆包装，周围看热闹的人看到她这么热心，也一起帮忙往楼下搬被褥，救生气垫打好后，大家将被子一条条铺在救生气垫周围，尽可能大范围地铺开。

消防员已经上楼，丛烟一刻也不敢停地一直在搬被褥。人群中越来越多的人加入，也有越来越多的人开始担心。

"小伙子估计快到极限了。"老爷子站在一旁仰头观察着。

丛烟只顾低头铺被褥，突然有人说："看到消防员了，在楼上单位。"

"绳子下来了，消防员出来了。"

"小伙子，一定再坚持一会儿，马上就下去了，消防员跳下去了，啊——"

就在大家紧张地期待着消防员的安全绳能尽快钩住两人时，顾星河突然手下一滑，引起了底下大片尖叫。

丛烟叫不出来，那一刻，她觉得自己失声了，恐惧袭来的瞬间，她大脑一片空白，目光呆滞地盯着掉落下来的两个人。

只一秒，众人又长出了一口气："吓死我了！"

两人在掉落一层楼后，顾星河用尽全身力气攥住了下一层的防盗窗。

两位消防员加快速度下落，很快到达两人身旁，将人钩住。

这一刻，丛烟嗓子眼里的窒息感终于落了下去，她弯下腰，拼命大口喘气，眼泪止不住地往下掉。

"姑娘，你没事吧……"好心的路人过来扶她。

"这姑娘心好善，为个陌生人哭成这样……"老大爷安慰着她，"姑娘，没事了，人救下来了，没事了。"

丛烟再抬头，两人已经被消防员拉进楼里。

消防员担着单架下楼，人们纷纷挤在楼道外，小男孩的父母刚从外面回来，一路狂奔，跟在单架旁一个劲儿地哭："轩轩你没事吧，都是妈妈不好，不该把你一个人放在家里……"

小男孩大概是吓蒙了，没有回答妈妈，而是扭头看着身后的顾星河。

顾星河冲他笑笑，小男孩也笑笑。

"先生，救护车来了，一起去医院看一下吧。"消防员扶着他还有些僵的胳膊，顾星河却望着远处人群外那个脸色惨白的姑娘。

丛烟缓步走过来，脸上的眼泪已经被擦干，但眼眶还红着。她什么也没说，只伸手将他的袖子撸起，整条胳膊已经僵到发青，手上血糊糊的一片。

顾星河看出来了，她吓蒙了。他伸手摸摸她的头："没事了。"丛烟没说话，哽咽着小心翼翼地把他的袖子翻了回去，眼泪却不知何时吧嗒吧嗒滴在他手背上。

顾星河望着眼前人，心里软得不像话。

肖敏赶来医院时，顾星河已经做完检查，没什么大碍，胳膊需要休息，短期内不能再提重物。

"姐夫，你是航天搜救队员，不是消防员，更不是什么飞檐走壁侠！你看你给我烟姐吓的！"

顾星河笑了笑，穿上了外套。

"先生，原来您是航天搜救队员啊，难怪身手这么好。"年轻的消防员敬佩地向他伸出大拇指，就这身手和耐力，在消防队也得是队长。

被救的小男孩父母热心地要送他们回去，肖敏挥挥手说："不用，你们照顾孩子，我送他们。"

小男孩走到顾星河面前，萌萌哒的小手拽拽顾星河的衣角，丛烟这才注意到小男孩的手是一只义手。

"谢谢叔叔。"小男孩笑起来很可爱，声音糯糯的。

顾星河蹲下来，他握着小男孩的手，极温柔地说："轩轩好棒，你的手也好棒。"

两人挂在窗外的时候，顾星河一直拽着小男孩的衣袖，小男孩仰头望着他，眼里满是信任，他不哭不闹，安安静静，比同龄的小朋友坚强很多。

"叔叔，航天搜救队员是什么？"

"嗯？我想，是……勇敢、追逐、温暖，也是希望。"

"我的手这样子还能当航天搜救队员吗？"

"能，你的手可拆可卸，用起来一定特酷！"顾星河摸着小男孩的头，刚才那个无所畏惧的汉子，此刻眼神被柔情溢满。

丛烟望着眼前的男人，心里莫名地温暖，他到底是吃什么长大的，才能如此刚韧不催、勇往无畏又柔情万丈。

＊　　＊　　＊

顾星河和丛烟在青市又待了两天，其间顾星河还因为救人视频被放网上而当了一回网红，网友评论一边倒地把他夸出了天际：

山河锦绣：好帅的小哥哥，身手敏捷得像特种兵。

人类阳光收集器：全网人肉小哥哥，我要嫁给他。

飞天侠：@人类阳光收集器，这人是我高中同学，现在是航天小哥哥。

人类阳光收集器：@飞天侠，怎么好看的小哥哥都上交给国家了啊！

葡萄不酸：小男孩真幸运，遇到了你。

人生无常：@葡萄不酸，对啊，再生父母，应该认他做干爹。

老烟腔：就扯着被单那一跳，是我的话，够我吹一辈子！

丛烟每天在评论里扒拉，遇到好评论就给他念一念，看自己粉丝的评论也没这么用心过，顾星河倒是清水无痕一般，对一切评论都淡然如烟。

甚至还有网友@她说：小烟小烟，快看这个帅帅的英雄小哥哥，求小烟动漫版。

丛烟高兴地回复：安排！

两人走的那天，方瑾雨装了整整一行李箱的各种鱼干让他们带上。

丛烟望着那个限量版的行李箱，感叹它命运坎坷的同时默默道了句："妈，现在场区快递挺方便的，海鲜也能网购。"

"那怎么一样，这是你爸妈亲自给你晒的，能一样吗？"

不知道是不是所有的父母都一样，好像骂大了的孩子总觉得亏欠了他们，在他们成年后又拼命弥补，声小又柔，小心翼翼，不知道是在弥补孩子缺失的爱，还是弥补自己愧对孩子的遗憾。

丛烟没反驳，反正有顾星河这个劳动力，她无所谓的。

两人这次坐飞机去蓝市，虽然不用经历一天一夜的颠簸，可丛烟一上飞机就用帽子遮着脸睡觉。

顾星河伸手覆盖着她的手，他知道，小妮子又难过了。

刚才过安检时，方瑾雨一个劲儿地叮嘱着顾星河"照顾好我们家烟儿"，丛烟面露不耐地朝他们挥挥手："你们两个照顾好自己就得，操心我干啥！"

顾星河知道这小孩从小嘴硬，明明很关心方瑾雨，可说出来的话总是六亲不认似的。她不善于向父母表达情感，也不习惯接受父母的关心。

回到漠城已经是第二天中午，马上过年，大部分人返回老家，场区骤然冷清了很多，人气也少了很多，上班的人也少，每天冷冷清清的没什么意思。

顾星河说过年前的几天是一年难得轻松的时候，头一年的工作都收尾了，第二年的工作还未正式开始，留下的人家都忙着备年货，小孩子们也放假了，慢慢地也就有了些许年味。

虽然大部分人已经回老家过年，可还有一部分留守漠城的科技人员在漠城过年。各个食堂和未回老家的商户，年前几天在市场里组成一个过年"展销会"，类似于农村的大集，卖的集中卖，买的集中买。

辛然和沈有墨不在，偌大的办公室只剩下丛烟和王金凯大眼瞪小眼。

王金凯虽然年纪小，却很勤快，在办公室里上上下下地又擦又拖，每一扇玻璃都被他擦得锃光瓦亮。丛烟撑着下巴笑："金凯，你这么勤快，是不是以后准备承包家务啊！"

"烟姐你就甭笑话我了，我就是觉得咱们留下过年的人吧，也得有点年味，在老家过年不还扫扫尘啥的，我也收拾收拾，给咱们新媒体组明年添点好运气。"王金凯收拾着擦玻璃用完的旧报纸，整个团成团丢进了废纸篓。

丛烟走到玻璃跟前，一尘不染："金凯，你怎么不回家呢？"

"我去年回过了，今年就不回了。"

听起来很寻常的理由，这样大一个航天城，什么时候也缺不得人，大家自觉地轮流休年假，好像也就习惯了这默认的"规矩"：今年回了，明年就不回了。

丛烟又问："年夜饭你怎么吃？"

"食堂有年夜饭，大家一起吃，倒也热闹。"

"每个部门都有吗？"她好奇地问。

"对啊，不然留下的人怎么过年呢，大过年的，商户餐馆的老板大部分也都回老家过年了。"王金凯提上水桶去倒脏水。

丛烟手指习惯性地在思考时敲击桌面，她掏出手机给顾星河发消息：年夜饭怎么吃？

没一会儿，顾星河回：我在队里陪小伙子们吃。

丛烟还没来得及"哦"，他又发来一条：你去家里吃。

丛烟：家里？

顾星河：对，你婆婆喊你去吃年夜饭。

丛烟：……

她立马习惯性地去网上搜索：第一次去婆婆家吃饭要注意什么？

答案五花八门，有传统派的：带礼物、化淡妆、不迟到、勤快点。

有搞笑派的：不要带错男朋友就好。

有阴谋派的：千万千万不能干活儿，否则以后家里的活儿都是你的！

丛烟想了想，还是传统派的更合适一些。

可是，光她一个人去也是挺尴尬的啊，还带错男朋友，她都没的带好吗！

丛烟：我可不可以去队里陪小伙子们吃？

她撤回了消息，重新发了一条：我可不可以去队里陪你吃？

临近中午，顾星河才回：可以。

下午，顾星河难得有空，带她去展销会买东西。丛烟回想起前些日子回青市在商场大杀四方的壮烈场景，再看眼前这"小集"……也不错啦，要吃有吃要喝有喝的，还要什么自行车。

展销会门口卖春联和鞭炮的居多，这点倒是挺对丛烟胃口，在长京和青市，是不让放鞭炮的，可是在漠城这空旷的戈壁滩上，可以放个痛快。

她大大小小的鞭炮烟花买了很多，一股脑地堆进顾星河车里，这才又重新返回接着选购，入口处有捏糖人的，她挑了一个可可爱爱的冰雪公主，回头送给冉冉。

再进去，大厅里面是各种年货，水果蔬菜、坚果卤味、灌肠炸货，还有来自各地的家属们自己做的特色家乡小吃。

顾星河和她挨个摊位买过去，没一会儿工夫，两人手里就满满当当的了。

"我们买这么多吃的是要准备胖十斤吗？"她提着一个个袋子，收获满满。

"年夜饭我们先去队里陪小伙子们吃，然后一起回我妈那儿陪她吃。"

丛烟一想也是，总不能大过年的让成茵嬷一个人吃年夜饭吧。

她点了点头，两人往出口走去，门口摆了很多笼子，里面各种活鸡活鸭之类的家禽，卖鸡的小伙子说，这是戈壁滩上吃沙枣长大的跑地鸡。

丛烟盯着那些精神抖擞的大公鸡，陷入了沉思，她把袋子都放一边，蹲在地上认真挑选起来。

"你喜欢哪只？"她拽拽他的裤腿儿。

顾星河："这跟喜好有关？"

"对啊，挑只你喜欢的，免得做好了汤你不喝。"

顾星河抿嘴笑了，合着她是跟他算旧账来了，他随便指着其中一只说："就那只吧，那只看起来记性好一点。我估计它的记忆力，起码能记得几个月前的事情。"

丛烟抬头，一边笑着一边拍他腿："什么时候学会含沙射影指桑骂槐了？"

两人拎着一只大公鸡和无数个袋子回到航天搜救队大院儿，苏骁远远地就跑过来帮他们拎东西："烟嫂子，这怎么还有一只活的大公鸡？"

"这可不是普通的大公鸡哦！"丛烟把大公鸡豪气地递给他，"这可是全漠城最聪明的大公鸡，把它的腿绳儿解了，在院子里放养着，每天好吃好喝的供上，可以教它吟诗作对！"

苏骁拎着大公鸡带到后院儿，嘴里还念念叨叨地逗着大公鸡："这是怎么看出来是全漠城最聪明的大公鸡的？你最聪明吗？看眼神好像还真挺机灵的，鹅鹅鹅，会念吗，鸡应该不会念鹅吧，来，跟我念，叽叽叽……"

除夕前夜，顾星河邀请丛烟去看夜景。

"零下二十多摄氏度，去哪里看夜景？"

"发射场，带你看星辰奇缘！"顾星河又补充一句，"带上摄像机。"

漠城的夜晚是真的冷啊，尽管丛烟提前做好了充分准备，却还是冻得她原地跺脚。顾星河选好了一个角度，帮她架好摄像机，他指指镜头对着的远方："一会儿看那边。"

丛烟望着镜头里他选的角度，灿烂星河为背景，塔架正好在黄金分割点的位置，整个画面怎么看怎么美。

"你也挺有摄影天分，漠城的星空真的是我见过最美的了，你看，多好看。"她跺着脚，双手伸进他口袋里取暖，"可是还有多久，我好冷，这么冷的晚上，真不适合户外活动。"

"快了，马上。"顾星河看着手表，"来了！"

丛烟看到镜头里出现流星一般的亮线，在星空里缓缓划过，她正惊叹这奇特的一幕时，顾星河双手托着她的脸："看天上！"

"喔喔喔——天呐，这是什么？"丛烟惊喜地捂住嘴巴，她惊讶地望着远方的星空，入夜的漠城，整个银河都在头顶，被沙海星河包裹的塔架格外静谧，漫无边际的星际就在头顶，触手可及的星河近在眼前，一道魔法般的流星曲线在这样绝美的背景中缓缓移动。

像碎钻不经意流进了大海，又像星星不小心落入了人间……

美得不像话……

这流动的星河，将静谧和浩瀚、美好与洒脱慢慢融化，一点点地嵌进丛烟柔软的内心："当真是只有在壁纸中才见过的美啊！这颗移动的星星好亮，是流星吗？"

"这是我们的空间站正在过境。"顾星河脊背笔直，仰望着这万丈星河。

夜空的繁星与塔架如此和谐，身边的人儿如此美丽动人。顾星河牵着她的手，丛烟沉浸在这从未见过的浪漫景致里，突然觉得手指微凉，她轻轻低头，一枚钻戒在她的无名指上散发着动人的光……

她一抬头，便陷入他的万丈柔情。

"星空为聘，塔架为礼。"

顾星河磁性的声音在寒冷的冬夜穿过她的耳蜗，好听极了。

"烟儿，嫁给我，可好？"

丛烟晶莹的眸对上他深情的眼，在皓月星空与巍巍塔架之间，最最真实的他就在这里。

这一刻，风是暖的，心是甜的。原来，再多繁华锦绣不及你双眼深沉，原来，再多风花雪月不抵你依偎在侧。原来，在向往的生活中揽星河入梦，是这样让人心生甜蜜。原来，在心中的星辰大海求婚，是这样让人心跳加速。

原来，我是这样盼望这一幕……

"祖国为媒，空间站为证。"丛烟深情凝望，"顾星河……我们结婚吧！"

那夜，丛烟发了一条朋友圈：漠城的浪漫，你知我知，漠城的星空，终将世人皆知。

大年三十一早，天已大亮，丛烟被顾星河从被窝里捞起来："去洗漱梳头，穿上工作服上衣，涂那支枫叶红的口红，喜庆。"

　　"年三十有活动吗？"丛烟揉揉自己鸟窝一样的头发，迷迷瞪瞪地坐了起来。

　　"领证。"

　　"啊？"她瞬间清醒，"你说是干吗？"

　　"领证。"顾星河将她的被子叠好，将人从床上捞起送进洗手间，笑道，"快点儿，我约了九点九分，还有一个小时。"

　　丛烟刷着牙，望着镜子里的自己，有些恍惚，她探头出去："你说的是领什么证？"

　　"结婚证。"

　　"我们要结婚了？"丛烟手上的牙刷定住，嘴里的泡泡在嘴边一个个消掉。

　　"你不是昨晚答应我的求婚了？想反悔啊？"

　　丛烟摇摇头，继续刷牙，直到刷完牙，她突然对着镜子里的自己笑了起来。

　　领证的地方不远，两人出了门，步行前往。日光下，丛烟正经打量起顾星河，一贯硬朗冷峻的五官今天添了一分莫名的柔和，烟灰色的大衣里是蓝色航天工作服的领子，看起来有点不搭，但脱掉大衣后，他一定是最帅的那个准新郎。

　　"笑什么呢？"他牵着她的手，丛烟跟在他旁边，两人看起来都精神奕奕，可握着的指尖都在微微颤抖。

　　"你紧张啊？"丛烟问。

　　"我紧张个鬼。"顾星河领着她向大礼堂方向走去，反问道，"你紧张？"

　　"谁紧张谁孙子。"丛烟嘴硬，走了一会儿，她问，"大年三十人家上班吗？"

"上。"

"有人大年三十领证吗？"

"我们。"

"哦……为什么要今天领证？"

"普天同庆。"

"哦，结婚不是还要经组织审查同意？"

"审查过了。"

"哦……不是还要婚检？"

"我们不是互相检过了？"

丛烟："啊？那算吗……那去了要不要发誓？"

"想发可以发一个。"

"哦……那我们发啥毒誓？"

顾星河："嗯？……"

制证的小姑娘认识顾星河，见他们来了，远远地就扬着手里的两个红本本跟他打招呼："顾队，证儿都办好啦！"

丛烟："啊，这么简单的吗？"

小姑娘笑："哦，还没贴照片盖章，顾队说等九点零九分盖章。还有五分钟，先拍照。"

拍完照后，小姑娘坐下："两位是自愿结婚的吗？"

丛烟好奇地探头，问："要不是自愿的会怎样？"

小姑娘和顾星河同时看向她，两脸探究。

丛烟一脸尴尬："我……我是自愿的，我只是好奇为什么要问这句话……"

不自愿谁来呢？

毒誓也没发，两个人顺利地在九点九分拿到了红本本。

出了门，空气很冷，阳光很暖。两人牵着手，笑得像两个过分可爱的憨憨。

望着那个巴掌大的小红本，丛烟突然想到那个浪漫又苍凉的誓言：不管在婚礼的喜帖上，还是在葬礼的墓碑上，我都希望自己的名字能和你的在一起。

她拿出手机拍照，想着最先给谁发，文静？陈美人？老贺？还是辛然或者老丛……

老丛！丛烟突然想起文静妈妈说路平的话，不经过父母同意领证不是浪漫，是耍流氓。

"那个……你妈会不会不同意？"她小心翼翼地问。

顾星河无语笑："你现在问这个问题是不是有点儿迟？"

"也是……那我妈会不会说你是流氓？"

顾星河再次无语："我已经成功把丈母娘拿下了，她只会怕我反悔。"

丛烟："……"

领了证的男人是硬气！

最后，丛烟觉得一个个发实在太麻烦，一张照片甩到朋友圈了，配文：高三的理想，已成。

顾星河原文转发：高三的理想，已成。

不出意外，他们的朋友圈炸了。

周文杰：卧槽，大过年的，你俩这屠狗段位，老子敬服！『抱拳.gif』

陈美人：哎哟喂，终于色诱成功、功成名就啦！『色.gif』

文静：这日子一定是顾星河选的！

路平后知后觉：哦……原来老大高三说的理想是娶你啊……

肖敏：终于升级成合法姐夫啦！

贺寒：老父亲流下激动的泪水。『泪目.gif』

陆青浦：欢迎加入航天伉俪队伍！

老丛：我女婿真帅！

嗯？她只晒了个红本本皮，哪里看出来帅了？

方瑾雨：出厂概不退换，无七天无理由退货。

肖正松：你小子，这次没诓我！『大拇指.gif』

辛然：早生贵子！早生贵女！

最后，是成茵嫰：儿媳妇你好啊！『握手.gif』

因为“鲲M号”三位航天员在太空过年，空间站的航天员迎来首个“太空中国年”，这个春节对于航天人来说注定是特别的，在空间站里，航天员写福字、贴春联、装扮空间站，除夕下午，航天员还与家人视频通话，在太空中理了新发型的航天员配上喜庆的新衣服，过年的仪式感满满。

顾星河下午回家时，成茵嫰正在用毛笔写春联，她指着书桌上一副副已经写好的春联高兴地说：“快看，鲲M号同款春联！国泰民安！”

顾星河向成茵嫰伸出大拇指，把带回来的菜一样样塞进冰箱里。

成茵嫰跟进厨房，戳戳他后背：“儿媳妇呢？怎么就你自己回来了？”

“她去拍新闻了，各单位过年的热闹画面，不得记录一下嘛！”

“老江真的是，大过年的还不让人休息一下。”

“一会儿就回来了，她说很快。”

成茵嫰帮他收拾菜，大过年的她本不该说这样的话，可她还是没忍住说：“对了，上午老肖打电话给我了……”

“嗯。”顾星河认真收拾着东西，冰箱在他手里没几分钟就整整齐齐。

“儿子，要不……你考虑考虑老肖的意见？”

顾星河抬眸，脸色平淡：“他又跟您说什么了？”

“还能说什么，还不是让你回长京的事儿？”成茵嫰最近心情有点压抑，盛景华的病让她想到了顾守望，她心里很不是滋味。肖正松不止一次跟她讲过，希望顾星河能回长京，成茵嫰何尝不希望儿子去长京，当妈的哪个不希望孩子有好的生活环境和好的前途，而且她总觉得是因为自己孤身一人，儿子才要坚决留下来的。

“好啊。”顾星河答应得痛快，成茵嫰有点不敢相信：“真的？”

“嗯，你回去我就回去。”顾星河关上冰箱门，将垃圾扔进厨房垃圾桶。

"你这不是抬杠吗？我一把年纪了，我回去做什么？"成茵嬿叹气，"我哪儿也不去，我就在这儿陪你爸。"

她也有些后悔问这样的问题，明知道儿子什么样的个性，明知道他不可能同意这样的建议，只要他开心快乐，在这土地上实现自己的人生价值，她又有什么不甘心的呢。

"那您以后就甭再提让我回长京的事儿，再说我留下来也不是为您，我觉得漠城很好，我在我最喜欢的地方做我最喜欢的事儿，一点儿也不亏，您和我爸没觉得亏，就更不必替我觉得亏。"顾星河洗了手，丢下一句，"我回队里了，晚上别弄太多菜，我们九点准时回来陪您过年。"

成茵嬿知道儿子不高兴了，追在他身后送他出门："儿媳妇第一次来咱家过年，晚上就睡家里呗？别回去了。"

"这个随意，一个院儿里的，又不远，无所谓。"顾星河换了鞋，披上大衣走了。

出了门，顾星河望着楼上的玻璃窗，心里就后悔了。他自责不该跟成茵嬿生气，她不就是当妈的那点私心吗，他敷衍过去不就好了。

成茵嬿性子温软，脾气也好，一辈子都活得又精致又讲究，年轻的时候，即便跟着顾守望来了这个寸草不生的戈壁滩，也没有磨灭她对生活的热爱和希望。

那时她是不被周围人接受的，因为她总是打扮得时髦又高贵，在那个物质生活并不富裕的年代，她显得有些另类。可是顾守望宠着她，这个为他放弃大城市的女人，被他放在心尖上宠了一辈子。他给她买进口的咖啡，定制的旗袍，精致的意大利羊毛地毯，只因为她喜欢。她热爱着生活，热爱着和顾守望共同建起来的这个家，哪怕自然环境恶劣，她也过得有滋有味，把他们的小家打扮得充满烟火气儿。

顾守望在弥留之际握着成茵嬿的手问："你下辈子还跟我来漠城吗？"

成茵嫩流着泪笑说："你上辈子已经问过了。"

那一幕，像刀刻一样刻进了顾星河心里。

顾守望走了之后，尽管成茵嫩依然把自己收拾得光彩照人，高贵典雅，可是顾星河总觉得她没了主心骨，眼里没了家的光。

他开车经过大礼堂门口时，看到丛烟正站在大礼堂前面拍周围环境的空镜头，他把车靠边停，远远地望着她。

拍了一会儿，丛烟才发现他的车子，她收了设备，小跑着向他跑过来。

丛烟见到顾星河永远是笑着向他跑过来的，从前顾星河就喜欢看她每次见到他雀跃着跑来的样子，迫不及待又满眼欢喜的样子让他觉得人世间怎么会有这么可爱的人。

车上暖烘烘的，她解开外套拉链，使坏地用手冰着他的脸："冰不冰？"

顾星河没说话，伸手将她手拽进他大衣里。

丛烟觉得好暖和，可他好像很不高兴的样子，她向他凑过去："怎么了？这大喜的日子，谁欺负我老公了？"他们领完证半天而已。

"嗯？再说一遍？"顾星河眉毛微挑，低头看她。

她抬头蹭着他下巴："问你怎么了啊？为什么不高兴？"

"不是这句。"顾星河微微低头，笑着睨着她，"你刚叫我什么？再叫一遍。"

丛烟回想了一下，知道他说的是哪两个字了，她嗔怪着想抽出手，却被他攥得紧紧的，一双深情眼紧盯着她，盯得她脸红心跳。

他将她拉向自己，突然说："老婆？老婆，老婆！"

"嗯？"她开心地应着，觉得这个称呼真的好好听。

晚上，航天搜救大院里难得地热闹，天气太冷，大家既想在户外吃年夜饭又不想被冻着，于是在一间半敞开的车库支了桌椅和K歌设备。

月光倾斜，火锅滚滚，小伙子们围炉而坐，打着碗碟嗨唱着各种rap，好不热闹。

文静挺着大肚子来了，在这个万家团圆的除夕夜里，作为搜救队员也作为搜救队员家属，她兴致昂扬地举着话筒献上首唱："一首《漠城搜救队队歌》送给大家！祝大家春节快乐！祝我们航天搜救队在新的一年勇毅前行，再立新功！祝我自己顺利生娃、重登沙场！"

"吼吼吼！""耶耶耶！文副队、文副队、文副队……"

小伙子起哄鼓掌，文静清了清嗓子，激情开唱："这是一场跨越天地的归航，连接着你我共同的梦想，这是一场对决沙海的较量，激励着你我永远向前方……"

来晚了的顾星河和丛烟找了个地方坐下，跟着大家的节奏打着节拍，文静霸气豪迈的嗨唱让大家热血沸腾："为你巡航，列阵沙海守望，严寒酷暑挡不住我们去闯，这是一个没有满分的考场，答案就在你回家的地方……"

丛烟望着眼前热血激昂的文静，跟队友在一起的她像个外形淑女的女汉子，可却释放了最天然的心性，开心、快乐、自由、有梦。

文静开心地拿起一个碗，挨个从大家的筷子上划过，发出清脆的响声，搜救队员们被她的激情感染，纷纷参与合唱，大家肩并着肩，在热气腾腾的火锅四周大声嘶吼："等你归航，战沙磨砺锋芒，为你巡航，翻山越岭守望，高山海洋处处为你牵肠……"

歌曲结束，苏骁还跟着激昂的曲调自加了一句rap："我们是光荣的航天搜救队！嘿嘿嘿！"

唱嗨了的文静放下话筒时，脸色都是红润的，她坐在丛烟旁边问："怎么样？姐姐唱得怎么样？"

丛烟托着下巴看她，冲她伸出一个大拇指："这样的文静真酷。"

一点儿从前的影子都没有，脱胎换骨一般。丛烟突然觉得，没有找不到自己位置的人，只有放错了位置的人。你看，在正确的位置上，她是如此闪闪发光，连性情都是。

"哈哈——"文静端着碗，目光在桌面上搜寻好久后才抬头问，"苏骁，你不是说老大买了一只鸡做鸡公煲吗？煲呢？"

一旁的小伙子说："文副队，您可甭找鸡了，那只鸡现在成了咱们队的保护动物了，苏骁看得紧着呢，谁也不让碰。"

"一只鸡还混成凤凰了？"文静兴致缺缺地咬着筷子，她只想吃鸡。

苏骁神秘兮兮地挤到丛烟身边："烟嫂子，你说得对，那只鸡真的是漠城最聪明的鸡，它会喊口号打鸣你知道吗？"

"啊？"丛烟没想到这小子当真了。

"那鸡早上打鸣时是这样的，勾——勾——勾——勾——勾勾勾勾！"他学着口号声的节奏打鸣给她听，逗得她前仰后合的。

"你好好培养它，赶明儿它还能唱你们的队歌呢！"丛烟继续逗他。

"我已经开始教了，我感觉它好像真能听懂。说不定以后还能当领唱呢！"苏骁认真地说。

丛烟笑到岔气，伏在顾星河身上笑个不停。顾星河给她碗里夹了吃的，又说："你小心把我队员逗成精神病，我拿你是问。"

今儿是顾星河和丛烟大喜的日子，小伙子们提议让他两唱歌。

"唱什么呢？你们选首有意义的。"文静起哄，"终生难忘的那种，不要什么《今天我要嫁给你》，还有那个什么坐着摇椅和你一起摇啊摇变老的歌啊，没意思。"

苏骁："那就唱《光棍好苦》吧。"

"你们队长刚结婚，你让他唱光棍好苦？"

"要么唱《穷的只有爱》……"

"我看你是不想过个平安年了。"

"你不是说让他们终生难忘嘛，难道唱《难忘今宵》啊！"

"嗯，也不是不可以啊，比前两首应景。"

两人争论中，顾星河已经拿过话筒，点了一首歌。

"是想念如你温柔过境……"

开口跪的声音，引来人群欢呼，丛烟也很久没有听他唱歌了，已经快忘了，他唱歌时手指轻点话筒的小习惯……

> 才发现原来花开都有声音
>
> 只要你在我生命途经
>
> 再不怕时光匆匆如旅
>
> 是幸福在我耳边低语
>
> 才忘了寒风不曾停下足迹……
>
> 直到我走遍半生四季
>
> 才懂得风景都不及你……

从烟想起自己曾经跨过山和大海的那些日子，她在甘孜高海拔的童话世界里看洁白的仙鹤，听康巴汉子牵着姑娘的手唱歌；她在云阳梯田里欣赏梅里日照金山，看灿烂的曲线在大地深深镌刻；她在冰雪之上偶遇雾凇和白桦林，翻越山丘，在无人区感受苍茫；她在白墙黑瓦的徽州底色里阅看商界八百年辉煌沉浮……

这世界真的很美，美到让她为之倾倒。

可看过了世界，她对繁华的欲念便少了，此刻，世界再美，也不及眼前这群心怀星河又热气腾腾的人群。

这欢呼雀跃的一张张青春洋溢的脸。

这常怀赤诚、永葆纯粹、始终坚定的人。

苏骁拍拍她的肩膀，把另一只话筒递给她："嫂子，和队长一起！"

从烟接过话筒，温柔的女声嵌入他磁性的男声中，温暖了这个除夕夜：

> 我爱你就像风走了千万里从不问归期
>
> 像太阳升了落去无论朝夕
>
> 我爱你就像云漂了千万里都不曾歇息
>
> 像白雪肆虐大地茫茫无际

我爱你就像飞蛾扑火那样的无所畏惧

像故时黄花堆积风吹不去

我爱你就像江水连绵不绝永不会停息

像荒原野草重生燃之不尽……

顾星河望着眼前的人，脑海里浮现出与她相识的点点滴滴：十六年前红薯定终身的她，十年前往他书页里塞画的她，八年前在他实验室外守候到睡着的她，六年前决绝收回打火机的她，半年前为他送鸡汤的她，今天和他步入婚姻殿堂的她……

丛烟脑海里也浮现出与他相识的点点滴滴：送她鲲E号照片的他，抱着她滑雪的他，驰骋球场挥汗如雨的他，红着眼眶选择离开的他，护着她滚过茫茫沙漠的他，星空下求婚的他……

他喜欢的样子她都有，她爱的样子，他也都有。

和对方有关的所有喜笑嗔怒、人间清欢与悲喜，宛若一幅幅画面像电影一样在彼此脑海里浮现，幅幅明艳，幅幅动人。

在这个特别的新婚之夜和除夕之夜，又增添了一幅。

老百姓对烟花爆竹的执着不仅仅因为它有迎新纳福的寓意，还有对传统节日里人与人之间热度、色彩和情感的连接。几千年的文明，以它独有的浪漫方式将烟火在天空燃起祝福和思念。

苏骁来自花炮之乡，他父亲靠着在烟花收购站工作养活了他们一家人。苏骁小时候最喜欢冲天炮，在空酒瓶和墙缝插上，看它被点燃后一飞冲天，那时，他的梦想是做出飞得最高的冲天炮。他爱花炮，经常逃课研究花炮的制作，在自家院子里拿一根铁杆，就开始搓制旋转烟花的纸筒，然后塞上自己从花炮厂偷来的硫黄和硝之类的原材料，自己倒是也琢磨出很多好看的花炮。

后来，他自制的花炮把邻居家小孩儿的手指炸掉了三根，父亲把家底都赔给人家后一脚把他踹回了学校，从此他就与花炮无缘了。

"还想做冲天炮吗?"顾星河问他。

"不想了,我现在干的活儿,本身就是最高的冲天炮。不是每个人都有机会做'国家级认证'的事业的。"苏骁成为航天人后,家乡的亲戚都说他苏家出息了,毕竟,冲天炮再快,也快不过火箭,冲天炮再高,也高不过飞船。苏骁感觉自己回家也硬气了,虽然后来隔壁缺了三根手指的小孩儿反而成了花炮厂的大老板,挣钱也比他多,可苏骁不在意这个,每次回家他都觉得自己腰杆贼直。

即便不再琢磨把花炮变成事业,但他对花炮的热情不减,每年队里放烟花这事儿都是他一手包办。

大家唱歌的工夫,他就已经带人在空旷的院子里摆满了大大小小的花炮,这花炮之乡的小子跟别人就是不一样,放花炮都花样百出,他错落有致地布置着各种烟花,中间还要用椅子撑几根木棍挂上鞭炮,鞭炮响声清脆,烟花光彩夺目,听觉与视觉的双重享受下,年味儿十足。

航天搜救队的除夕花炮是漠城最漂亮的,每年除夕夜八点,苏骁准点点火。

一时,法轮天上转,梵声天上来,灯树千光照,花焰七枝,这火树银花的除夕让大家兴奋不已,夜空里万千星火绽放、降落,像一场最华丽的流星雨,难怪辛弃疾会说,漠城夜放花千树,更吹落,星如雨。

晚九点,两人准时回到成茵嬿家。

除了成茵嬿,俞寻家也在。房间内氛围有些许凝重,成茵嬿起身迎接丛烟的时候还慌张地擦了擦眼角的泪。

"烟烟,你来啦!"成茵嬿拉着她的手,找了一双新的拖鞋给她换上,丛烟望着那双特地为她准备的可爱的卡通图案的毛绒拖鞋,心里暗暗松了一口气。

婆婆有心了。

虽然丛烟来漠城也有一段时间了,可见俞寻家不是在各种讨论会上就是在镜头里。正式见俞寻家还是第一次，她规规矩矩地欠身道："俞总您好，我是丛烟。"

俞寻家见到丛烟，高兴得眼睛都成了一条线："这位就是今天大喜的小烟同志吧?"

顾星河浅浅地笑着介绍："师父，丛烟。"

俞寻家打趣："今天上午整个漠城着陆场都在传，顾星河结婚了，媳妇可是个画画的网红大博主哟!"

顾星河难得腼腆地笑起来："师父面前不敢造次，我们结婚时还要请师父主婚呢。"

"那可说好了啊，我等着。"俞寻家年近六十，看起来却十分威武有型，身材挺拔，五官明朗，笑起来时眼尾的线条拉深了他的笑容，让人觉得格外亲切。

成茵嫩将她领到餐桌前先坐着，自己就回房间了。

丛烟打量着客厅，饭桌已经摆好了碗筷和瓜子喜糖，她心里又松了一口气。

婆婆有心了。

成茵嫩从卧室出来时，手里抱着一个红色的箱子，她坐下来，把箱子推到丛烟面前："烟烟，打开看看。"

丛烟不明所以，抬头看了一眼顾星河，后者对她笑着点点头。

她小心翼翼地打开盒子，里面整整齐齐地摆放着一枚枚小小的徽章，细看下，才发现是一枚枚航天任务的徽章，新新旧旧，像穿越了时光。

"这是……"

顾星河走过来，坐在她身边揽着她的肩膀说："这是我妈给儿媳妇的见面礼。"

"这太贵重了。"丛烟不敢接。

俞寻家："给你你就拿着，这是你婆婆和老顾对儿媳妇的心意。里面有不少还是老顾从我手里抢过去的呢，珍稀着呢，多少钱也买不到的。”

大家哄笑，以前的任务徽章不如现在的精致，数量也不多，即便参加了任务，也不是每个岗位的人都有，只有关键岗位上的人才有幸拥有。

成茵嫰望着那些徽章，神情温暖道：“星河爸爸从年轻的时候，每参加一次任务都会把任务徽章细心保存起来，我以为他只是为了纪念，后来他才告诉我，这是他为儿媳妇攒的聘礼。这聘礼兑换不了什么钱，但是我和星河爸爸对你最真诚的欢迎，欢迎你和我们成为一家人，希望你不要嫌弃。”

丛烟欣喜感动：“怎么会，这是最贵重的聘礼。”

丛烟说的是心里话，这是他们二老用一生积攒的聘礼，这一枚枚徽章都是他们在航天事业里的见证，是他们的青春，也是他们的骄傲，她何德何能拥有，又怎有资格嫌弃。

丛烟接过那个箱子时，觉得异常沉重，好像神圣的交接仪式，她接过来的，不是一个箱子，而是庄严的接力棒，是二老对顾星河的爱，对祖国伟大航天事业的爱。

成茵嫰去厨房端菜，一道道菜满满当当地摆满了整个桌子，除了一道顾星河爱喝的鸡汤，其他的都是海鲜：“初来戈壁滩肯定想念家乡的美食，我第一年来的时候，过年因为没有海鲜都没吃下菜。”

俞寻家坐了下来，边倒酒边说：“你婆婆为了你这个新媳妇的第一顿年夜饭，提前一个星期就特意网购了家乡的特色海鲜，我也跟着你这个新媳妇享受一顿海鲜大餐。”

大家倒酒的时间，丛烟双手摆正，像极了一个认真听课的小学生，认真向俞寻家问道：“俞总，我能问您一个问题吗？”

俞寻家玩笑道：“不会是要问星河这几年有没有女人追吧，我做证，绝对……有啊！不过，我还可以作证，星河谁都没理过啊！”

丛烟莞尔一笑，没想到俞寻家还这么幽默：“俞总，其实我是想代我前同事问您的，上次他来参加任务，没采访到您他一直很遗憾。”

俞寻家也痛快："你问。"

得到允许的丛烟赶紧掏出手机摆好，俞寻家探头笑着说："这是要发给你同事？那我是不得好好说？"

"您随便说，这不算正式采访，这就当满足他一个愿望。"丛烟认真地提问，"听说您在中心工作三十年了，是什么样的信念支撑着您，您会有觉得苦的时候吗？"

"这个问题很官方啊！"俞寻家爽朗地笑着，"什么样的信念啊？"

这时，窗外不知谁家放起了烟火，五颜六色的火花在夜幕中格外璀璨，红白的居民楼沐浴在烟火之下，不同楼层的灯光星星点点。俞寻家微眯着眼，似乎想在时光的隧道里找寻一些蛛丝马迹，半晌，他终于开口说："大概就是二十九年前，我们载人航天工程刚立项那天，我就想象过今天的样子吧。"

窗外万家灯火，窗内喜气祥和。

丛烟来不及细细体味这句话，俞寻家又说："至于苦不苦呢……人啊，苦着苦着就不觉得苦了。人这一辈子，坚持做一件事不容易，但于我而言，越是困难的事，越值得干，越是难干的事，越有干头。所以，再苦也值得。"

顾星河给俞寻家递了双筷子，提醒大家开饭，丛烟也懂事地收了手机，俞寻家刚才那几句话却一直在她脑海里反复盘桓。

想象过今天的样子，今天这山河锦绣、星河璀璨的样子吗？

"师父可是老漠城人了，以后有时间，让师父多给你这个漠城新人讲讲过去的故事。"顾星河用公筷为俞寻家夹着菜，在他眼里，师父是最值得他尊敬的人，等于他半个父亲。

"年轻人不着急，慢慢体会慢慢感受，这漠城啊，虽然自然环境恶劣、生活条件落后，但这里的精神文化，尤其是这里的人……"俞寻家面色深切地看向丛烟，他换了轻松的语气，"慢慢体会吧！尤其是你搞艺术创作的，这可是一片沃土，慢慢来！"

丛烟认真地点点头："嗯，我一定会的。"

"我看过你的漫画视频，就上次很火的那个，叫什么光……"

"《小烟追光》。"顾星河提醒他。

"对！《小烟追光》，还有《星空里的爸爸》。"俞寻家放下筷子，很认真地对丛烟说，"你很有天分，画得确实很好，作品阅读性很强，这取决于你的创造力和网民的爱国热情。"

丛烟点头表示赞同："是的，同样都是我的作品，跟国家重大事业挂钩起来的时候，阅读量和点赞量就翻倍了。"

"你的画风是你的特色，表现形式是吸引读者的重要一环。你要充分利用你的特色，在此基础上，去深化你的创作内容，《小烟追光》固然好，可这片土地上，还有很多更深、更广的精神值得你去深挖和创作，把人的精神挖掘出来，我们的航天精神和漠城魅力就挖掘出来了。你要记住，伟大的精神往往蕴藏在最平淡、最平凡的角落。而不仅仅是那些光鲜亮丽的地方。"俞寻家客观合理地说，"当然，这只是我个人的一些浅见，毕竟短视频行业你是专家，我随便说说，你也就随便听听。"

"不不不，俞总您说得特别好，对我有很大帮助。"丛烟谦虚真诚地接受着俞寻家的意见，"您在这里三十年，对这里有着最深的了解，以后有机会您多给我一些意见和建议才好。"

顾星河笑着把剥好的虾放进她碗里："听师父讲课的机会可十分难得，你今天赚到了。"

俞寻家哈哈大笑起来："这有什么难得的，徒弟媳妇还不就是自家人，不嫌弃我这个老头子啰唆，我天天给你讲。"

几人聊得开心，不知不觉时间也过去很久。大年夜整晚都是热闹的，几人收了碗筷，还能听到楼下小孩子们兴奋放鞭炮的声音。

俞寻家穿上外套要走，顾星河看了看手表："师父，我送您。"

"不用，楼前楼后的，有啥好送的，你送我到楼下就好，天黑我眼神不好，看不清楼梯。"

俞寻家一个人住，他刚来漠城的时候，这里的教学条件还十分落后，为了让孩子得到好的教育，媳妇便带着孩子回老家上学，哪承想，他一个人在这里一待就是三十年，如今他的孙子孙女都到了学龄，他还依然一个人待在漠城。

近些年正是漠城着陆场分析论证启用的关键阶段，他就更走不开也不想走了，用他的话说，正好一个人，无牵无挂，反而能腾出更多时间放在着陆场的工作上。

自从顾星河来到中心，俞寻家倒是觉得也不孤单了。这孩子像年轻时候的他，聪明，也能吃苦，更有闯劲儿。难得的是心静，有些人心太浮躁，想要的太多，付出的又太少。顾星河不一样，他想得简单，做得纯粹。

工作之余，顾星河经常陪他聊聊家常，得空还给他做顿饭，甚至在他前两年身体不太好的情况下，顾星河还日夜在他家里照顾，比他那个远在都市的儿子做的都多。

从前虽然事业如火如荼，借着国家重大工程的平台，也收获了很多成长、荣誉和进步，但总觉得这忙碌的工作节奏里少了点什么。后来俞寻家才明白，这日子啊，一个人过就是少点烟火气儿。

顾星河送俞寻家出门，到了楼下，顾星河立刻站定，等俞寻家说话。

"你小子。"被看穿了的俞寻家从口袋里掏出烟盒，点了一根。

顾星河站在原地笑，他们师徒，早已默契。

俞寻家一声不吭地抽烟，顾星河也不急，就在旁边慢慢等他抽。

直到一根烟抽完，又一处烟火燃起，俞寻家终于开口说："老盛走了，今晚八点，在老家。"

顾星河抬眼，烟花噼里啪啦的声音在耳畔此起彼伏，俞寻家沧桑的眼眸在火光中变得清晰，那深邃的眼底仿佛蔓延着无言却永恒延续的承诺，那是独属于他和盛景华对星空的约定。

顾星河望着眼前的大楼，百感交集，他想起白居易那首诗，灯火万家城四畔，星河一道水中央。他想象这灯火里有着怎样的烟火寻常，那灯光里又有着怎样的悲欢喜怒。每一盏灯里，也许都有一个平凡而不简单的故事和人生。

而盛景华家里的那盏灯，已经熄了。

难怪刚和丛烟进家门时，看到成茵嫩在抹眼泪。

俞寻家抬头，望着漫天烟火说："新的一年到了，今年是载人航天立项三十周年，也是我们四个在漠城的……第三十年……"

这漠城的万家灯火里，"守护"的不仅仅是一个家、一份事业。像盛景华、俞寻家这样的一代代漠城航天人，他们带着自己年轻时的初心梦想，毫不犹豫地扎进戈壁滩，从此不提奉献，却时时奉献。

顾星河拍拍俞寻家的肩膀："师父，风大，我送您回去。"

俞寻家摇摇头："不用，新婚夜春宵一刻值千金，别让媳妇等你，你回去吧，我回了。"

顾星河的父母和盛景华、俞寻家都是同期前后来中心的，他们陪伴了祖国航天三十年，也将这三十年的青春奉献在了这片土地上。

顾星河望着俞寻家微弯的脊背，陷入沉思。

上一代的他们，真的渐渐老了。

顾星河返回家里时，成茵嫩已经坐在电视机前看春晚了，电视里传来主持人喜悦的倒计时声："10—9—8—7……"

丛烟坐在一旁已有困意，今天她一早被拉起来领证，然后又匆匆忙忙地工作，晚上又一整晚和大家共度除夕，现在有点能量耗尽的感觉。

顾星河走到她旁边拍拍她肩膀，指指卧室："困了就去房里睡。"

丛烟点点头，起身跟成茵嫩说："阿姨……"话一出口才想起两人已经正式领证，她望着顾星河，对方正笑着望着她，她一鼓作气："妈，我先去休息了。"

"快去，是挺晚了。"成茵嫩笑着说，"床我都给你们铺好了。"

顾星河："妈，你呢?"

"你们去，别管我，我还不困，再看会儿。"

顾星河知道她还想着盛景华的事，便点点头说："别太晚，我们先去休息。"

进了房间，丛烟惊喜地站在原地。

床上是大红的被褥，被面上撒满了莲子、花生、红枣和硬币，满满当当。

就连窗帘，也贴心地换上了红色的窗纱。他们上午才领证，成茵�│一下午就做了这么多事。

婆婆，真的用心了。

顾星河从身后环着她的腰，低声说："看得这么出神，今晚不睡觉了？"

丛烟眼眶微润："我就是突然觉得，多个妈疼，挺好的。"

"我疼你这么久，也没见你感动，我妈才疼你一天，就感动得要哭了？"

"你疼我吗？"丛烟歪着脑袋看他。

"小没良心的。"顾星河啄着她的嘴，夜色深沉，人间团圆，新婚燕尔，你侬我侬。

第二天一早，丛烟起床后听到客厅传来电视的声音，她循声而去，发现成茵嬿在沙发上睡着了。

丛烟回房抱了床被子给成茵嬿盖上，她再次返回房间，轻轻摇醒顾星河："妈是不是有心事？怎么在客厅睡了一整夜？"

顾星河将她拉进怀里，告诉了她盛景华去世的消息，也给她讲了一些父母当年和盛景华一起来漠城的故事。

盛景华当年和顾守望、成茵嬿都是同学，当时分配名额下放到所在学校，很多大学生都通过各种方式挑走了城市里的名额，没有人主动选择当时"天上无飞鸟、地上不长草"的漠城。

可盛景华和顾守望与其他人显得有些不一样，当时两人是舍友，顾守望对他说："人这一辈子，做什么事都是一辈子，但能参与国家重大工程建设，为国家和人民做一点有意义的事，这样的机会不多。地方苦算什么，越是苦，越是能干出一番伟大的事业！"

盛景华本就来自小县城，从小在地里长大，他很向往大城市，可他也是个有想法的，与大城市相比，在国家事业里实现自己的人生理想，更为吸引他。加上顾守望在他耳边打边鼓，两人一合计，拉上成茵嫩主动申请来到了戈壁滩。

"盛高工和爸妈都是纯粹又有高度的人。"丛烟有些触动，她默了一会儿说，"我去做饭吧，让妈多睡会儿。"

"你会做吗?"顾星河问。

"现查啊！做饭软件和视频那么多。"

"过来，我娶你回来是当老婆的，又不是让你当煮饭婆的。"顾星河把她揽进怀里不肯放开。

丛烟拍拍他胳膊："你别闹了，妈也不是煮饭婆。我既然嫁给你了，也不能总让妈做饭，我也该学着做。"

"这么懂事！"顾星河捏捏她的脸，起身下床，准备去做饭，"你们都不是煮饭婆，我是煮饭公。"

丛烟惊讶地看着他在厨房里忙里忙外，一桌子丰盛的早餐在他手里诞生时，她真想给他鼓掌了："天哪，我的顾队长，你怎么这么能干！"

顾星河把最后一道汤端上桌："天生的，我爸做饭也很好吃。"

"妈做饭也挺好吃的，昨晚的年夜饭每一道都很好吃。"

"无知了不是，那大部分都是饭馆加工好拿回来的。"顾星河偷偷说，"我家都是我爸做饭，我妈一辈子就会一道菜。"

"什么?"丛烟好奇地问。

"鸡汤，因为我爱喝鸡汤。"

丛烟有些羡慕地说："其实，妈真的还挺幸福的，虽然一辈子在这样一个偏远的地方，但她有一个好老公啊，咱爸宠了她一辈子。真正的幸福跟所处的地方真的没有太大关系。"

"咱家遗传，盛产好男人。你也会和她一样幸福的。"顾星河摆好碗筷，在她额头亲吻了下，"快去叫妈吃饭。"

吃完早饭，丛烟微信给贺寒拜年，顺便把俞寻家的视频传给了贺寒，贺寒看后回复她说：这老爷子，短短几句话，回答了他一生的时光，敬佩！

丛烟也是心生敬佩的，俞寻家眼神的坚毅，让她看到了老一辈漠城航天人身上最纯粹的守望。

不过想起俞寻家的妻子和孩子，丛烟难免想到自己。当初顾星河说如果她不愿意来，可以等他，他会回来的。

可是丛烟在漠城看到了俞寻家，他的妻子，也是这样一等，就等了一辈子吧……

丛烟不知道她如果今年没有来，会不会也是一等就是一辈子……

漠城的大年初一，是热闹的。

留在漠城过年的人们大都会去看团拜会，欢快的锣鼓声中，祥狮闹新春，狮子们摇头摆尾、三抛致意，动作千姿百态，栩栩如生，活灵活现。

人群里，丛烟远远地看见了吴剑、吴倩和苏骁，她拉着顾星河挤过人群，向几人跑去。

"倩倩苏骁，过年好。"丛烟向他们招手，又看向吴剑，"剑哥，过年好！"

顾星河也笑道："剑哥，过年好。"

吴剑无奈，已经不对他们两口子的称呼抱希望了："过年好！"

"你俩速度可有点慢啊，我都拿到红本本了，你俩证儿都领了多久了还不办婚礼，还磨叽啥呢?"丛烟打趣着两人。

"他说等他实现了他的梦想才跟我办婚礼，他说他要用他的梦想为我的婚礼加冕。"吴倩笑着在她耳边嘀咕，说完，两人弯腰笑了起来。

"你的梦想是什么？"顾星河问苏骁。

"不告诉你，等我实现那天队长你就知道了。"苏骁得意地昂着头。

顾星河笑："出息了。"

吴倩侧在丛烟耳边说："他想当开舱手！最近动不动就徒手练动作，不知道的还以为他在打太极呢。而且嘴里叽里咕噜地念着'你好，欢迎回到地球'。"

丛烟知道，这句"你好，欢迎回到地球"，是每一个搜救队员的心愿，他们渴望自己有一天能够作为航天员返回地球后见到的第一人，这也是每个搜救队员职业生涯中的高光时刻之一。

"他的各项标准达标了没？"

吴倩低声道："半年前百米冲刺还差队里最优秀的小伙子零点五秒，被顾队长踹着屁股练了几个月，现在还超了好多。他最近还在家里对着镜子练表情，说要笑得又亲和又帅气！"

丛烟捂着嘴笑："他一定是被你哥刺激到了，你哥总说他胳膊瘦弱无力，虽然领了证，还想着证明一下自己是你哥嘴里的大老爷儿们是不？"

吴倩挽着她胳膊说："我管他受什么刺激呢，有梦想追总是好的，到时候我办婚礼时还能跟亲戚朋友嘚瑟地介绍，我老公，飞船开舱手！"

吴倩笑得咯咯的，仿佛已经看到了那美好又骄傲，拉风又硬气的一天！

说话间，丛烟的手机在口袋里振动起来，取出来一看是杨午的消息，他们拉到了几个新的投资商，对方很感兴趣，希望跟相关方面谈。可她现在工作根本走不开，想了好久，她给贺寒打过去电话，电话嘟嘟了好久也没接通，她又细想了一下，觉得贺寒也不能代替她去谈，最好这个人是漠城人，了解漠城文化才能更好地推广漠城文化。

她想起前几天周文杰在"星火燎原五缺一"群里说过他今年上半年公派在长京学习半年，而且他家也在长京，过年这段时间他也能跟上进度，让他去不是正好？而且他本身就负责漠城宣传工作，更懂得漠城文化，简直完美！

周文杰这人能处，一说就成："这活儿不就为我而生嘛！我这出差学习还能顺便干件漠城文化宣传的大项目，温年老大都给我点个赞。放心交给我，把你那姐妹电话和微信推给我，我来联系。"

丛烟把微信推送过去，便又收了手机。

团拜会结束，冉冉从人群中朝顾星河跑来："星河舅舅，带我去套圈圈！"

"套什么圈圈？"丛烟好奇地问。

"烟弟妹，你第一年来还不知道，每年初一航天城都会在广场上举办游艺会，会有各种小游戏还有丰富的奖品。一起去看看？"秦娜说。

"听起来还挺好玩。"丛烟兴奋地拉着冉冉，"走，舅妈带你去！"

几人到达广场时才发现人好多，冉冉轻车熟路地指挥："星河舅舅你去知识问答那里排队，妈妈你去拍拍乐那里排队，鲁爸爸你去弹弓打气球那里排队。"

分工完后，她仰着小脸儿拉起丛烟的手："舅妈，你跟我去套圈圈。"

"我觉得我适合弹弓打气球。"丛烟捏捏她的小脸儿，"打弹弓我可以给你赢回一座小山一样多的奖品。"打弹弓这技能可是丛烟打小的拿手戏，以前她在农村奶奶家，总是拿着弹弓上树爬山，近乎百发百中，方圆几公里的鸟儿见了她都得掉头。

顾星河作证说："对，你舅妈当初就是用红薯一弹弓打到我这么个好老公的。"

秦娜也好奇丛烟的绝技，向冉冉提议："那我们一起去打弹弓好不好？打完弹弓我们再去玩别的。"

冉冉想了想一座小山的场面，毅然决然放弃了自己最喜欢的套圈圈，郑重地点点头。

几人跑去弹弓场地，游戏规则里写着："每人20弹，中20弹奖品虎年吉祥抱抱虎一个，中15—19弹，情侣对杯一套，中10—14弹，洗发水一瓶，中5—9弹，零食大礼包，中1—5弹，手机挂件一枚，中0弹，棒棒糖一支。"

丛烟："啧啧，这个0弹真贴心啊！"

"本来就是为了给大家增添新年乐趣，全民参与嘛！"秦娜笑着对负责人说，"小伙子，我们六个人。"

"好嘞，嫂子，给，六包子弹。"小伙子把玩具子弹递给她，又说，"可以同一个人打，但每二十发子弹计一次哈。"

"全部给我。"丛烟霸气地接过，对冉冉眨眨眼，"冉冉，你站旁边准备拿礼物！"

冉冉兴奋地守在抱抱虎旁边，冲她比心："舅妈，我看好你哦！"

发子弹的小伙子见她这架势，也饶有兴致地在一旁带笑观摩。

丛烟把子弹倒进面前的小盒子里，捏起一枚子弹夹紧，微闭一眼，拉弓瞄准，气势十足。小伙子乐了："这嫂子厉害，这拉弓姿势，一看就是高手。"

"砰——"

"哇——"冉冉兴奋地拍手。

丛烟得意地冲冉冉扬扬眉，接下来，一发一发稳而不乱，前十发一颗不落。围观群众都开始给她鼓掌，丛烟高兴地冲顾星河笑，用眼神问他你媳妇6不6！

顾星河站在一旁冲她比了个大拇指，她又兴致勃勃地继续打，到第十八发依然百发百中的时候，冉冉已经高兴得跳了起来："舅妈加油，我要抱抱虎！"

"砰——砰——"

连续两次击中后，冉冉兴奋地朝小伙子伸出双手："抱抱虎抱抱虎，我的抱抱虎。"

小伙子笑着把抱抱虎拿给她，摸摸她的头说："叔叔可只准备了两个抱抱虎，按你舅妈这打法，我这奖品都不够。"

"我只要一个就好了，其他的留给别的小朋友。"冉冉懂事地对丛烟说，"舅妈，下次不要打二十中了哦！我们打其他小奖品。"

"好，我打十九。"丛烟拉起弹弓准备打，顾星河揽着她胳膊说，"最大的奖都被你拿到了，还打？"

"打，我要打那个情侣对杯给你！"

顾星河看向那个套杯，以航天元素设计的，杯体上有一个非常可爱的立体蓝色太空人。小时候过年，他都是跟奶奶一起过的，父母过年有时候会回来，有时候不会。因为奶奶是家里的老大，父母不在家过年的时候，他不需要像别的小朋友那样跟着大人出门拜年，只需要在家陪奶奶，坐等别人来上门拜年。认识丛烟那几年，每年的大年初一他都会和她一起出去打弹弓，在青市的气球摊都是用枪打的，他们总是按一半儿子弹数兑换成弹弓来打，却依然能打得片甲不留。

"砰——"

"十九发！"小伙子叫，"这位嫂子，还有一发打不打？"

"不打，我就要那个对杯。"丛烟放下弹弓，静等小伙子给她发奖品。

晚上，丛烟睡前接到了肖敏的电话，她刚接起就听对面气冲冲地喊："烟姐，你今天给我推荐了个什么玩意儿？简直就一没品的老色批？"

"嗯？你说的是？我给你推荐谁了啊？"丛烟一脸莫名其妙。

"周文杰啊！"肖敏说，"就这家伙，还做宣传工作啊？你们这么大一航天城，怎么聘了这么一玩意儿，真是没眼光。"

"我没有给你推荐他啊，不会手机中毒了吧……"丛烟赶紧翻看聊天记录，终于在周文杰的对话框里看到了她把肖敏的微信推荐给他的记录。

"怎么会不是你推荐的呢？我看到好友来源写的你推荐的我才同意他的好友申请的。"

"是我推荐的没错，不过……我推荐错了。"原本她是要把杨午的微信号推荐给周文杰的，不知道怎么阴错阳差推荐成肖敏的了。

"那不重要，重要的是这家伙大年初一给我添堵。一加我就说，美女，晚上在哪儿见面啊？我想着你推荐的嘛，那一定是找我有什么事，我也没仔细问就去了，结果去了他问我什么漫画的事，我说不知道。他还跟我来劲了，说'你不知道来干吗？也不派个有用的人来，大过年的浪费时间'，我说'你以为我想来？不是你让我来的吗，现在嫌我没用了？我看你才没用，自己要找谁都闹不清楚，废物一个'！"

肖敏说得生气，丛烟都没有插话的机会，顾星河在一旁一边听着肖敏吐槽，一边把玩丛烟的头发，她的头发又软又丝滑，就像电视广告里随风飘扬的那种。

"他居然还掸我说：'没你废物，这头衔可不敢跟你抢，你打扮得就像插了三根鸟毛的掸子，装什么大尾巴狼！'呵呵，笑死我了，我打扮得怎么了？比他这个戈壁滩的老土鳖强多了吧，我那是胸针，三根羽毛的胸针，限量版的！他居然说我三根鸟毛？还敢嫌我打扮得不好看，我还没嫌他丑呢！我又不是跟他相亲去的，气死我了！"

丛烟笑着挠眉毛："你俩怎么都跟煤气罐似的，一点就炸，好歹都是我朋友，也不给我个面子，怎么还互骂起来了？"

"朋友怎么了，朋友的朋友未必能成为朋友的。最可恶的是，最后咖啡钱他还要跟我ＡＡ，呸！"肖敏骂道，"你们戈壁滩的男人可真抠门！！！"

顾星河在一旁插话："我还在这儿听着呢，好好说话。"

肖敏："姐夫，你可够没品的啊，怎么偷听人打电话呢？"

顾星河："我也不想听的，可我宝贝媳妇公放的。"

肖敏："宝贝媳妇宝贝媳妇，你恶心死我算了，挂了，生一天气还要被你喂狗粮！"

挂了电话，丛烟和顾星河相视一笑，无奈地耸耸肩："这周文杰不是搞宣传工作的嘛，平时什么难伺候的场面没见过啊，咋就跟一个小毛孩闹这么凶？"

顾星河靠着床头说："碰到肖敏，脾气再好的也得翻车。"

"你这话说得可有点偏心啊，周文杰是你好兄弟不假，可敏敏还是你半个亲妹妹呢。"

她把杨午的微信重新给周文杰推荐了过去，周文杰立马发来消息：我滴姐，下次拜托看清楚再给我推，别什么三根鸟毛都给我推荐，辣眼睛。

三根鸟毛，胸针……

丛烟没忍住笑，这俩活宝儿。

过年的日子总是又忙碌又快速，丛烟和顾星河这段时间一直住在成茵�家里，过了年假，两人白天上班，晚上陪成茵嬉散步聊家常，小日子就这样简单又寻常。

一眨眼，就到了正月十五，顾星河带她去了新家。

新家在文静楼上，他们成了邻居。里面基本的家具已经布置好，收拾得非常干净。

客厅的墙上没有传统的背景画，取而代之的是她的一幅幅作品，每一幅都被他用心装裱。书房里，他装了一面玻璃展墙，里面是成茵嬉送给他们的那些任务徽章，一枚一枚整齐排列，在透明的玻璃下闪闪发光，电脑桌上给她配备了电脑、手写板、扫描仪等设备，足够满足她日常画画和制作简短视频。卧室里，是她最喜欢的玫粉色主色，床头挂着她画的两人的合影卡通画，就连窗帘，也是定制的她的画作窗纱。厨房的杯架上，挂着他们大年初一打弹弓打来的对杯……

"你什么时候做的这些事？"丛烟摸着家里的一点一滴，不敢相信，自己就这样有了一个家。

和他的家。

顾星河在她耳畔轻语："人多力量大，队里的小伙子帮的忙。喜欢吗？"

"喜欢。"平淡，真实，但幸福得冒泡。她曾经幻想过无数次和他拥有一个家，每天在他的亲吻中入睡，每天在他的怀抱中醒来。

她整个青春对爱情的幻想和追逐，都在他的细心疼爱中一点点实现了。

晚上，他们邀请了路平和文静来吃汤圆，文静开玩笑说："你怎么又踩我头上了？"

丛烟笑："我是站在你这个巨人的肩膀上。"

"这话我爱听。"

丛烟摸摸文静的肚子："感觉又大了些。"

"还有三个月就生了，当然大了，后面会像吹气球一样。"

"怀孕辛苦吗？我听说孩子大了会压得妈妈脚肿手肿。"

文静摇头："辛苦什么，我健壮着呢！每天健步如飞，别人越来越走不动，我感觉我都快飞起来了。"

路平嗔怪道："还说呢，她前两天还带冉冉去坐空中飞机。也不看看自己肚子多大了！"

"什么空中飞机啊，不要夸张好不好，就是游乐场那个两米高的小飞机，在原地甩来甩去而已。"文静不满道，"我是航天搜救队员，你不要把我想的像小朋友一样脆弱不堪。"

"你的确是航天搜救队员，可你肚子里那个可是真的小朋友、小婴儿、小胎儿。"顾星河实事求是地说。

正月十五一过，漠城人从五湖四海返回工作岗位，新的一年又开始周而复始。

寒冬依然笼罩着大地，林居带着盛景华的一部分骨灰回到漠城。

陵园里，人们庄严肃穆，林居沉重地念着悼词，送别这位自己航天路上的引路人。

悼词是成茵嫩写的，她在家里写这篇悼词的时候，眼泪边写边流，却没发出任何哭泣声。丛烟觉得婆婆内心一定是非常悲恸的，送走了最爱的爱人，又送走了最好的朋友，一次次无可奈何的送别就像剜下了自己人生的一部分。

她突然想起那首悲凉的歌：人间一场烟火，你曾盛开过，刻几人在心窝，从此孤独活，江南花已凋落，怎堪再斟酌，可怜良辰无多，竟似无人说，可怜良辰无多，再难与人说……

同来的，还有盛景玲和谭小韵。林居带着他们去看人工湖，去看大礼堂，去看新建的漂亮的办公大楼，去看塔架，去看这土地上的一草一木、一岁一光。最后，在盛景华的办公室里，盛景玲摸着他办公桌上那张一家人的合影，泪如雨下。

盛景玲回老家前，把女儿谭小韵郑重地交给岳风。后来岳风说，盛景玲坐车离开漠城时，盯着检查站那块巨石上"漠城航天城"五个大字看了好久，最后两行清泪从她眼角滑落时，她哽咽着说："你，一直都是我们的骄傲啊……"

"这话是给谁说的？"苏骁好奇地问。

岳风沉了口气："你傻啊，肯定是对她弟弟盛景华说的啊！"

听到盛景玲说出那句话时，岳风突然觉得死亡的深渊并不可怕，因为他留下的希望烟火在温暖着活着的人。

顾守望的漫画在两大工作室不分日夜的合作下，第一季初稿已经进入关键创作期，为了尽快完成创作，杨午吃饭的时候都在电脑前操作。丛烟望着她发来的一小节样稿，高兴得说不出话，她欣喜地把样稿拿回家给成茵�看，成茵嬀像抚摸孩子般轻抚着手机屏幕，心里期待着所有的它们变成动漫的样子。

辛然和沈有墨的试管移植已经进入最后阶段，正在等待移植周期，移植成功就可以回漠城待产了。辛然移植的前夜怕得要命，跟丛烟打了两个小时电话，生怕两个星期后宣布移植失败。

丛烟安慰她说："你放心，肯定成。不成我给你当闺女行吧？"

辛然咯咯地笑："叫声妈我先感受感受。"

"嘿！皮了你！我可不给你这个机会，你会有自己的孩子叫你妈的。"丛烟说得真切，辛然也备受鼓舞，第二天就信心满满地去移植了。

鲲M号4月中旬返回，还有半月余时间，中心各系统都在为任务进行着完备的测试和准备。辛然和沈有墨是在3月底回来的，两人好消息一落地，就火速返回漠城了。

沈有墨高兴得像中了彩票，提着一大箱子小吃特产就送到了江姝办公室："江台长，我这儿子来得不容易，军功章有你一半儿，这是给你的谢礼，我们老家的特产老婆饼。"

当时丛烟和江姝刚商量完工作，听他说这话时差点儿没笑场："台长什么军功章都敢领，你这军功章他还真不敢领。"

哪有人生孩子的军功章都要给别人一半儿的，江姝脸都绿了，手里的一沓纸差点儿没丢过去。

沈有墨笑着挠头，用力拍着自己的胸脯道："反正就那意思，大恩不言谢，我老沈，记住你老江的恩情了。"

"你个浑不吝的！"江姝顺手捏起桌上一个彩色尾夹朝他丢过去，"反了你了，还跟我老来老去的！"

沈有墨抱头窜逃，出门前还说："老江，等孩子生出来认你当干爹。"

"滚滚滚！"江姝又朝他丢个夹子。

沈有墨探头进来："你要嫌辈儿太小，那就干爷爷，我不是怕显得你老嘛！"

江姝噌地从椅子上站起来，沈有墨赶在他发飙前溜之大吉了。

江姝重新坐了回去，转头对丛烟说："把这箱吃的拿去各个组分了。"

"是，江台长！"丛烟高兴地抱着一大箱零食去分发了。

江姝望着他们离去的背影，欣慰地笑了起来："浑小子……"

丛烟最近对小宝宝有种特别的喜欢，在办公室里看辛然的肚子，每天回家还要去路平家里看看文静的肚子。

文静的肚子越来越大了，像塞了个西瓜，肚皮上撑裂的妊娠纹触目惊心。丛烟越看越心慌，转天还给辛然描述，辛然倒是很淡定："我要这个孩子不容易，想想那几个月打的针，我现在都觉得疼。试管不同于自然怀孕，我在医院那些日子听到好多半途出问题的，只要孩子平安落地，别说肚皮成西瓜，就是成枯树，我都愿意。"

丛烟轻轻抱抱她："一定会平安落地的。"

晚上，丛烟在被窝里缩在顾星河怀里说："以前听算命先生说谁谁谁是有福之人，其实哪有什么有福之人，人与人之间的幸福真的是不相通的啊，对寻常人来说很简单的生儿育女，却成了辛然最大的幸福。"

顾星河赞同："其实每个人都是幸福的，你拥有的每一个平凡的人间烟火都可能是别人在拼命追逐的星辰大海。"

"你呢？你的幸福呢？"顾星河微微低头，手指把玩着她的头发，卷起松开再卷起……

"我啊？"丛烟认真想了想说，"以前我觉得我的幸福就是你，现在我有新的幸福了。"

"是什么？"

丛烟贴在他胸口听着他的心跳声："我希望我能越来越强大，有一天能为别人的幸福做点事。你为祖国的星河璀璨做点事，我为这漠城的万家灯火做点事。"

顾星河摸摸她的头，他的小姑娘，理想从"顾星河"变成了"万家灯火"，越来越有人生高度了呢。

"你关心别人的万家灯火，我们家的香火呢？你准备怎么办？"他摸着她的小腹，轻声问，"你这月例假是不迟了？"

丛烟突然愣住："不会吧，你不要吓我，我就是最近太忙了经期紊乱了吧……"

顾星河提醒她："明天买个试纸测测，别怀了都不知道。"

"好，知道了。"丛烟乖乖点头。

第二天丛烟买了试纸，还好，虚惊一场，她拍照发给顾星河：一道杠，放心吧。

顾星河：你看说明了吗？

丛烟赶紧重新拿起包装，说明里写着要用晨尿，而她都耽误大半上午了，那就是不作数了？

她又回复：我买了两根，明早再测。

第二天早上，还是一道杠。她终于放下心来："我就说不会是了，你就吓唬我。"

顾星河望着那根白棒："我倒觉得很可能是，有可能是怀孕时间太短，还测不出来，你最近常测着点儿。"

丛烟嘴上应着，心里却笑开了花儿：这家伙，一定是看别人都当爸爸了，自己也想当爸爸了。

可她还没享受够二人世界的甜蜜呢！

最近，丛烟除了日常的拍摄任务，一有空的时候，她就伏案研究顾守望留下的作品。

她拿出手机翻着日历，马上就到航天日了，今年也是载人航天工程立项三十周年，是对航天人极为有意义的一年。丛烟一直琢磨着，在这个特殊的节日里用自己的方式向中国航天献礼。她原本想着将顾守望的漫画制作的动画片作为献礼作品，可张京初步估算了下，那些漫画要全部制作完毕，即便他们两家动漫公司同时制作，最快也要半年。所以航天日献礼是赶不上了，可以赶上年底上映的话，就可以为载人航天三十周年献礼。

丛烟觉得，顾守望的作品一旦全部变成影视作品，将对祖国的小花朵们产生深远的影响，航天精神也会在当代小朋友心里播撒下希望的种子，成为将来巨大的航天力量。

这是非常有意义的一件事，在此之前，她想做一些事，为顾守望的作品出一份自己的力。她还没想到用什么样的方式，但望着那些画作，她脑海里却不自觉地浮现出几句话：

月色启照山河，星河点染沙海，航天精神不朽，吾辈始终铭记。

她趁着灵感把这几句话发给顾星河，顾星河觉得很好，给她回复道：唱成歌一定很好听，歌名就叫《烟火星河》吧。

丛烟望着那四个字，心底越发温暖，烟火如常，星河璀璨，家国星光，盛世华章，这不正是对航天精神最完美的诠释、对伟大祖国最美好的祝福吗？

她的目光落在顾守望的漫画上，顾家三代人在漠城的时光一幕幕浮现，她心里生出温暖而骄傲的感觉。

她想象着把日月星辰的浪漫唱成歌会是什么样子，大概，就是在这跨越时光的绮梦里，祖孙三代人共同追逐的日月同辉吧，也或者是在穿越岁月星空的浩瀚里，大漠三代人共同传承仰望的飞天梦想，更或者是在烈焰与璀璨倾洒万丈光芒中，航天三代人共同守望的那片华夏星河。

而这三代人的见证者，非成茵嫩莫属，如果由她来唱，那这首歌又会多了一些特殊的情愫在里面。丛烟一向都是行动派，在脑海里有了初步想法后，说干就干，她拿着平板把自己的想法说给了成茵嫩听。

成茵嫩直摇头："你让我送火箭上天这难不倒我，但你让我唱歌可就真的难倒我了。"

"妈，您何必妄自菲薄，您嗓音条件很好。"顾星河倒是觉得这个主意很好，何况这首歌写的是顾守望和航天的故事，由她来唱最动情不过。

"不用拍你妈马屁，虽然我也很想为你爸做点事儿，但专业的事儿交给专业的人做，我倒是可以给你们推荐一个人。"

她推荐的人是林居。

"他行吗？"丛烟狐疑道。

成茵嫩笑着说："那是你们没听过他唱歌，他以前可是被声乐教授想收为关门弟子的人，不过他没去罢了。"

"哦……"丛烟看向顾星河，"要不你去问问？"

顾星河研究着手里的文献资料，头也没抬地说："老婆，我不擅长你们艺术圈的事儿，这就交给你了，'鲲M号'很快就要返回了，我真的快忙秃了，你看，我头发是不都少了？"

丛烟看出来他忙了，最近除了每天的日常训练，他天天不是在忙方案就是在实验室窝着，今天能回来都是为了她的鸡汤。

"哦，鸡汤，天哪！"丛烟这才想起自己今天请成茵嫩过来主要是为了学煲鸡汤，这都快中午了，她还没有把鸡放到锅里。

她放下平板，拉着成茵嫩去厨房："妈，您快点教我怎么煲鸡汤，我怎么跟得了阿尔茨海默病似的。"

成茵嫩笑着跟她走进厨房："我这年纪都没得，你还能得？"

顾星河将目光从文献中抽离，抬头望着两人忙碌的身影，笑弯了嘴角。

家人闲坐，灯火可亲。这家，是越来越有家的味道了。

丛烟没想到林居很痛快地就答应了，她去找他的时候，他正在伏案计算，密密麻麻的一堆图和数字，丛烟觉得他和以前不同了，也许盛景华的去世对他真的是挺大的触动。

"好啊，只要你们觉得我行，我就唱。"他拿着尺子挠挠头，上下打量着她，"结了婚是不一样了。"

"怎么不一样了？"

"更漂亮了！"林居玩笑道。

"切，又开始没正形了。"丛烟笑着白他一眼，把谱子递给他。

林居接过来哼了几句："谱子谁写的？刚柔并济的，挺不错的。"

丛烟仰起下巴说："那当然，一个美貌与智慧并存的伟大的作曲家！"

林居明白了："我都差点儿忘了你小提琴拉得非常好了。"

丛烟眨眨眼说："没办法，才华太多，有些技能就显得不那么耀眼了。"

林居笑了起来："我回头练一练，什么时候录？"

"录音棚随时为你准备着！"丛烟合上包，目光落在他电脑旁边，那篇被装裱起来的论文放在他桌上最显眼的位置，一旁还放着他和盛景华的合影，照片里的盛景华脸色憔悴，笑得却比任何时候都好看。一旁的林居伏在盛景华肩膀上，那画面格外温馨。

"你最近状态不错哦，我听星河说你最近科研工作进展非常顺利，盛高工留下的未完成的课题你全部接手了，而且全部超额完成了?"

林居凝望着桌上的两个相框，默了两秒说："嗯。"

丛烟笑意温柔："盛高工看到现在的你一定会特别欣慰。"

解决了最大的问题，丛烟开始陷入没日没夜的工作中，白天忙"鲲M号"的各项拍摄工作，晚上就在书房制作歌曲的配套动漫视频，她想把顾守望的动漫以一条时间线、每个阶段挑出一幅作品做成《烟火星河》的视频，既能用这个作品向航天日献礼，也算是为后续的动画片制作一个宣传片。

林居也比较给力，没几天就练好了歌，趁着"鲲M号"返回前录完了整首歌。

在"鲲M号"返回前夜，丛烟终于把整个视频做完了，她从头到尾看了一遍，即便还没有配音乐，她都已经被这穿越历史的痕迹深深打动了，现在音乐一加，她仿佛看到顾守望这一生的缩影。

如同他的名字：守望。

那漫漫星河里，最动人的人，最动人的情怀，都在这两个字的一笔一画间流淌。

次日上午"鲲M号"返回，顾星河今晚要去队里，出发前，他来到书房轻轻拥抱她："明早你也参加任务，早上五点就集合，别太晚。"

"嗯，我知道，我给各个媒体投完稿就睡。你快去吧。"

送走了顾星河，丛烟躺在床上翻来覆去地睡不着，她满脑子都是去年第一次参加返回任务的全系统演练，那时的顾星河，一脸冷漠地拿着记者证喊："哪位记者朋友掉证件了?"

小样儿，不认字啊！丛烟躺在床上边回忆边笑。

真快！也不知道是日子过得太快，还是我们航天事业发展得太快，一眨眼，"鲲M号"都要回家了。

昨晚睡得太晚，早上有点起迟了，丛烟到达的时候，队伍已经集结完毕，记者们也都已经登车。

星星还挂在天上，她一路气喘吁吁地跑来。顾星河见她姗姗来迟，冷脸喝道："记者手册呢？"

大家齐刷刷地向她看过来，她觉得脸通红。

"在……"她乖乖从口袋里掏出记者手册。

"不认字？？？记者手册上明明白白写着五点整集结，现在都过三分钟了！"

"我……"

顾星河一把拽开车门，气冲冲地留下一句："正经时候瞪不起眼，周文杰，记者归你管，你看着办！"

丛烟被他吼得一愣一愣，她呆愣在原地，不知所措。

"好了好了，赶紧上车。"周文杰过来把她塞进车里。

"是不耽误事儿了？"她紧张地问周文杰。

周文杰小声说："没事没事，咱们预留时间不就为了应付特殊情况的出现嘛。真耽误事儿，他早出发了，还能等你这几分钟？没事儿，还得一会儿才能出发呢。"

"哦……"不耽误他这么凶！

她看向一旁的司机，这次司机是岳风，他正一脸幸灾乐祸地笑她，一口大白牙笑得极为得意。

"闭齿！"丛烟气鼓鼓地拉过安全带。

"岳风，下车！"顾星河又过来敲车窗，"最后再检查一遍车辆标识情况，检查完正式出发。"

岳风下车转了一圈儿，再回来的时候，手里多了一颗枣夹核桃："给，烟太狼，队长托我给你的。"

从前每次她生气，他都会给她一颗枣夹核桃。丛烟接过来，剥开包装纸，嚼在嘴里，红枣的甜味混着核桃的香气刺激着味蕾，大脑的杏仁核渐渐减少了肾上腺的分泌，她的气也消了一半儿。

岳风看着她，笑得很欠扁："看来打一巴掌给一颗甜枣还挺有用哦。"

丛烟嚼着枣，漫不经心道："有用是有用，但我劝你不要轻易尝试。"

岳风不解："为什么？"

丛烟冷笑："因为跟人有关啊！顾星河给我枣就管用，你要是给小韵枣，只怕会换来更多巴掌。"

岳风还是不懂："为什么？"

丛烟淡淡地说："颜值不同。"

岳风："……烟太狼你有点过分了啊，我对你那么好，你还搞颜值攻击？"

丛烟笑了，是啊，时间久了，大家像亲人一样亲切，怎么看都是帅的嘛！

对讲机里传出顾星河的声音：各车注意，各车注意，我是01，准备出发。

车子一路驶过中心，丛烟发现路边的馒头柳已经全部长出了细嫩的新芽儿。漠城的春天来得总要比内地晚一些，经过了一整个漫长的冬日积蓄，漠城像铆足了劲一样，给大地带来生命的绿色。

春风吹开了冰封了一个漫长冬季的漠城水库，沙鸥翔集、水鸟嬉戏，碧波荡漾的大漠上一时间生命之歌绽放，一片生机勃勃，航天河经过了一冬的冰封也重新恢复了河水奔流，叮叮当当地流向远方……

如长龙般的车队在晨曦里向大漠进发，去迎接祖国航天的又一辉煌时刻……

九时六分，上级发出返回指令……

九时四十分，返回舱进入黑障区……

不久返回舱出黑障，拖着长长的尾焰向大地飞来……

"长京，飞鹰报告：空中分队向返回舱收拢飞行！"

"长京，猛士报告：地面分队已从待命点出发。"

"漠城，飞鹰报告：目视返回舱呈直立状态，主伞已脱落。"

"漠城，猛士报告：猛士正在向落点搜索前进。"

开舱手和空中分队队员们依次跳下直升机，迅速奔向返回舱……

2022年4月16日，"鲲M号"载人飞船返回舱在漠城着陆场成功着陆，执行飞行任务的航天员安全顺利出舱，身体状态良好，鲲M号载人飞行任务取得圆满成功。

顾星河和队员们维持着现场秩序，他双脚并立、双手后叉、目光如鹰、身体笔直地站在警戒线外，航天员在他身后接受采访，国旗在他身旁迎风飘扬……

丛烟望着眼前的男人，心里的火又消了一半儿，虽然工作时的男人很凶，可工作时的男人也真的很酷啊！这被祖国航天事业照耀着的男人啊，闪闪发光！

任务顺利圆满，收拾完现场，顾星河来到她身旁："坐我车回？"

丛烟佯装生气："不敢，航天搜救队队长的车，我一小摄像可不敢坐。"

顾星河伸手扯扯她的衣袖，柔声道："航天搜救队队长的车不敢坐，老公的车可以坐啊。"

丛烟"扑哧"一笑："小心让你的队员们看到你这没出息的样子。"

"笑话，我媳妇我还怕他们笑？"顾星河一手帮她扛起设备，一手拉着她往车的方向走。

岳风在他身后一本正经地喊："老大，记者手册上写着去时坐几号车，回时就要坐几号车，丢了人我可负责不起！"

顾星河转身，作势踹他："老子媳妇用得着你负责！"

"来的时候咋不这么说，卸磨杀驴！"岳风嘟哝着。

一旁的苏骁毫不掩饰地笑出声。

"再笑，老子让你跑回去。"顾星河笑着瞪他，顺手把丛烟塞进车里。路上丛烟想起刚来漠城那次自己一路都在睡觉，忍不住说："上次回去的时候，我睡了一路，其实……大部分时间我没有在睡。"

"我知道。"顾星河望着车外茫茫无边的戈壁滩，嘴角慢慢上扬。

"你知道？"丛烟不敢相信，她当时只是想着能和他多待一会儿是一会儿，他不叫她，她便一直装睡，最后，时间太久，她实在装不下去了，才缓缓睁开眼。

顾星河想起那时的自己，笑说："那时，我也想和你多待一会儿。"

丛烟心里被不着痕迹地拨了一下，暖暖的。车窗外，阳光炽热，风在耳边吹过，天边是戈壁滩不着痕迹的远方，好美。

她恍然发现，不知何时，自己已然深爱上，这沙土色的大海！

回到生活区，两人依然到了最初吃面的那个牛肉面馆，丛烟冲后厨喊："老板，大宽两碗，辣子都多些。"

"好嘞——"

热气腾腾的面下进锅里，丛烟托着下巴看他："今天，你们好酷。"

顾星河细心地磨筷子："这话说的，你老公我哪天不酷？"

面端上来，丛烟从口袋里掏出那个打火机放在桌上："老公，余生请多多指教！"

今天她特意带上了这枚打火机，她要在这个他们重逢后第一次吃饭的面馆里把打火机重新郑重地交给他。

顾星河故意面无表情地把那枚打火机装进口袋，他吃了两口面才抬起头望着正嘟嘴生气的人，顿了顿，他笑说："吃面——余生也请老婆——多多指教！"

丛烟满意地笑了，用筷子夹起面条，心里默默道：今天也要吃两碗才好。

两人刚走出面馆，顾星河就接到了路平的电话，路平在电话里结巴得不像话："老大……怎……怎么办……文静要生了……"

"啊，不是还不到预产期吗？"丛烟说话间，人已经钻进了驾驶位。

顾星河淡定地站在车边勾了勾手指，示意"沿海一带女飞车侠"

下车，她乖乖下来换到副驾驶位。

"人在哪儿？"顾星河边上车边问。

"医院，刚到……医生说开两指了，两指是什么鬼啊，开那么大还不出人命？"路平在电话里鬼叫。

"两指是宽度，不是长度。"顾星河对那头说，"不要着急，还得一段时间，你等着，我们就来。"

挂了电话，车子向医院驶去。丛烟问："你怎么跟个妇产科专家似的，还知道两指。"

"我准备自己给你接生的，当然得打好理论基础。"顾星河玩笑道。

两人到医院时，文静已经进了产房，但在走廊还能听到撕心裂肺的叫声。路平紧张地来回走："这怎么还不生？"

"两指到开全因人而异要几个小时不等。"顾星河淡定地坐在椅子上掏出手机，打开游戏界面，"过来坐，咱们开个黑。"

"将来我生孩子你也要在外面打游戏？"丛烟一脸认真地"质问"他，仿佛现在在里面的就是自己。

顾星河明白，不能跟女人讨论生孩子时他们在外面做什么，因为她们在里面用生命生娃，你在外面喘气都是不对的，除非你也进去生一次。

他收了手机，伸手将她拉进怀里低声问："我不是让你一直测着点吗，你测了没？"

丛烟摆摆手："没测。最近忙得要死，马上就航天日了，刚把视频做完，哪有空。"说完她肯定地补了一句："你放心，不会是怀孕的，就是迟了。"

顾星河："你以前迟过？"

丛烟摇头："没有。"她的例假规律得比勾股定理还规律。

不过，他这样一问，她又慌了，不会真被他说中了吧。

文静在里面一会儿叫得撕心裂肺一会儿又安静得毫无动静，丛烟想不通这是个什么疼法，怎么开指还要中场休息？

顾星河抬手看看表说："闲着也是闲着，走，我们去测一下。"

"啊?"丛烟还没来得及反应，就被他拉着去验血了。

吴倩出马，结果立出："烟嫂子，恭喜哦，已经四十天了。"

"我……真的怀孕了?"

"嗯，而且看你的HCG比一般人高很多呢!"

"那高了是好还是不好啊?"丛烟还没从惊喜中出来，又陷入紧张中。

吴倩把单子递给她："因人而异啊，不用担心，现在日子还短，参考价值比较小，过些日子再来检查。"

"哦……"丛烟摸摸自己的肚子，不敢相信自己的肚子里也有了个小娃娃。

两人返回产房门口，文静又在号叫，这次叫得有些惨烈，边叫边骂，把路平祖宗都带上了。路平在一旁双手合十："祖宗莫怪，祖宗莫怪，一定保佑你们的后代平安降生。"

文静骂了一会儿，又停了下来，趁间歇给路平发了个消息：开六指了。

"这怎么还有四指?"路平着急地问顾星河，"咱们当时给秦娜接生的时候，她不是很快就生出来了? 我记得半小时都不到，这都多久了!"

大家也都不知道要多久，漠城医院只服务当地居民，所以人很少，同时生孩子的几乎没有，整个走廊空荡荡的就他们三人坐在那里。时间一分一秒地过去，直到熬得众人都疲了，下午五点整，小文静终于出生了。

护士把孩子送出来给路平抱的时候，他紧张得不知道怎么抱才好，女儿又软又小，路平的心都要化了："好可爱……长得可真像我……"

丛烟瞄了一眼，昧着事实笑说："对对对，跟你简直一个模子刻出来的。"

明明像文静，是个漂亮的小公主。

丛烟进去病房，文静已经在床上睡着了，刚生产完，头上黏糊糊的全是汗。

丛烟从路平带来的包里找出纸巾为文静擦了擦汗，她有些心疼地望着文静，那个驰骋沙海、坚强又勇敢的女人，此刻虚弱得像泄了气的皮球。

由于文静早产，双方父母还没来得及赶到漠城，丛烟和成茵嫩便主动承担起照顾文静的责任，成茵嫩在家里翻着菜谱做月子餐，顾星河来回送饭，丛烟和路平则留在医院照顾文静。

三天后文静出院时，双方父母才赶到漠城。

文静妈妈闻青萍捏着外孙女的手，满眼都是欢喜："你们看这小手儿，多可爱，手指特别长，特别适合弹钢琴。"

闻青萍是弹钢琴的，看孩子也先看指头。

搜救队的小伙子们来看宝宝，苏骁盯着小娃娃像在看什么宝贝："长得也太好看了，长大了不知道又是哪个男孩的青春啊。"

"谁的青春也不是。"路平气呼呼的样子已然想到了女儿出嫁那天的泪眼婆娑。

"的确是个小美女，长得像文副队。"岳风说。

"不像我吗？我怎么看着和我一模一样？"路平问。

岳风翻着白眼儿："人家长那么好看，你怎么好意思说的……"

丛烟低笑，这"井盖儿"虽然耿直，但总是能一语中的。

文静出了院，丛烟才算歇下来了，这几天她在医院里照顾文静，又照顾宝宝，看着孩子夜里三番五次地哭，不是拉尿就是要吃的。她也算还没开始当妈就体会到了当妈的辛苦。

晚上躺在床上，她给方瑾雨发了条消息：妈，我想吃你做的鱼了。

方瑾雨半天没回消息。

顾星河看着她心情不佳的样子，摸摸她的头说："这几天是我的失误，不该让你去照顾文静，你也怀着孕。"

"我自愿的，又不是你逼我的。"丛烟抱紧他说，"她是你的朋友，

417

也是我的朋友啊。"

隔天中午，丛烟正在工作，就接到顾星河的电话："下班赶紧回家。"

丛烟匆匆挂了电话，她忙着看《烟火星河》在各个媒体平台的反应，比她想象的还要好，网友们都对这歌曲背后的故事充满了好奇，也对视频漫画里的人深表敬佩。

清光揽月：太感人了，好想看全集。

此：老一代航天人的守望，顾守望，温暖人心的名字。

飞跃地平线：视频最后，里面的小男孩接过爸爸的火炬，他也成为航天人了吗?

骑着骆驼闯天下：烟火之所以寻常，是因为星辰有人为我们守望。致敬!

不爱鲜肉爱大叔：这航天日的礼物，好棒!

丛烟想过网评会很好，但没想到会这么好，无数人在期待动漫版的《烟火星河》，如果顾守望泉下有知，一定非常欣慰吧。

忙着看评论的她早已忘了顾星河叮嘱的下班早回家，等她忙完回家的时候，就看到方瑾雨和丛林在厨房里忙碌。

方瑾雨一边炖鱼一边叨叨丛林："你怎么拿这个抹布擦台子，我给你说了，这个紫色的擦锅盖儿，那个蓝色的擦台子。"

丛林嘟哝着："一来就搞这么多抹布，我哪里分得清。"

"分不清就出去。"方瑾雨作势要轰他出去，回头却见丛烟站在厨房门口，斜靠在门上对他们笑："都来我地盘了，还吵。"

丛林笑嘻嘻地走出来："哪有吵，老夫老妻不就是打是亲骂是爱嘛!"

顾星河已经摆好了棋盘："爸，来下棋。今儿输的可要多罚两杯啊。"

丛烟笑说："你要是这个赌注，那他可要故意输得惨一点儿了。"

丛林和顾星河在客厅下棋，丛烟走进厨房，从身后抱住方瑾雨，方瑾雨一愣，切菜的动作停了两秒。

丛烟难得跟她撒娇："我说你怎么不回我消息，我还以为你不要我了呢。"算算时间，方瑾雨一定是看到消息就开始收拾行李了吧。

418

"多大的人了，还跟个小孩似的。"方瑾雨继续切菜，眼眶却泛着酸。

客厅里传来老丛激动的声音："将军！"

丛烟向外探探头，顺手剥了一个砂糖橘塞进嘴里："这才多大工夫，就被将军了。"

方瑾雨打开锅盖，撒上香菜和芝麻，一边盛鱼一边说："你爸这个人啊，一辈子是个糊涂人，小顾每次都让着他，把他哄得开心得不行，好像自己棋艺天下无敌一样。"

"我爸才不糊涂，我爸是大智若愚。"丛烟笑说。

那头，丛林一边将军一边说："星河啊，你下次让得不要这么明显。"

"好的，爸。"顾星河挪了一步棋，立刻起死回生还反将一军。

"也不要这么狠嘛，还是得让两步的……"

"好的，爸。"

丛林心道：算了，跟女婿下棋，还是装瞎吧，不然真下不过他。

两人下完棋，成茵嬺也来了："亲家，真不好意思，你来漠城，我没给你做顿饭还让你做给我们吃。"

方瑾雨笑着给大家发筷子："自家人客气啥，你们上班都忙，我闲着也是闲着。今天咱们一家五口难得一起吃个饭，来来来，赶紧尝尝我的手艺。"

顾星河给方瑾雨倒酒："妈，我得纠正一下您，不是一家五口，是一家六口。"

"六口？"方瑾雨转头看向丛烟。

成茵嬺也激动地问："烟烟，你怀孕啦？"

丛烟羞笑着点头："嗯，还不到两个月。"

方瑾雨高兴地拽拽丛林："嘿，老家伙，你要当姥爷了哎！"

"你也要当姥姥了！"丛林高兴地举起酒杯对成茵嬺说，"恭喜你啊亲家，你也要当奶奶了。"

"我们的航四代真的来啦？我是不是可以计划退休带孙子了？"对成茵嫩来说，没有什么比后继有人更让她高兴，这是她和顾守望的孙子辈儿，生活有了新的目标，她对生活的热情和希望又被无限拉长。

方瑾雨口无遮拦地说："那不行，我们外孙要我们来带。"

一桌人瞬间安静，场面一度尴尬。

成茵嫩微窘，默默地夹菜。丛林打着哈哈："你说什么呢，人家老顾家的孙子，当然人家奶奶带。"

方瑾雨低声嘀咕着："什么年代了，都一个孩子，凭啥他们家带啊！"

丛烟尴尬提醒："妈，别说了。"

顾星河笑着说："没事没事，一起带，一起带。"

丛林也尴尬笑笑："就是，一起带，而且以后还生嘛，又不是只生一个，第二个咱们带。"

方瑾雨也没再说话，不过还有点心有不甘，一顿饭也没吃得太开心。

成茵嫩吃完饭略坐了一会儿就走了，门一关，丛烟就开始跟方瑾雨掰扯："第一次见面，您能不能有点礼节，我还没生呢，您为这种事争什么？"

方瑾雨也嚷了起来："那我想带外孙怎么了，我没权利带吗？"

顾星河笑着说："妈，您这话说的，您当然有权利带，您没权利谁有权利是不？"

丛烟恼道："我婆婆本来就孤孤单单一个人，正好有个小人儿陪着她，不挺好一事儿，您就不能体谅体谅她，您跟她争什么啊？"

顾星河拉着丛烟，示意她别再吵了。

丛林也拉着方瑾雨，可这母女俩脾气一样地倔，谁也不让谁。

方瑾雨生气地说："我也一个人啊，谁体谅我啊？我辛辛苦苦生你养你没见你体谅我，对你婆婆倒是贴心得跟亲姑娘一样。真是白养你了！"

顾星河见态势升级，伸手抱着丛烟想拉回卧室，她火冒三丈地挥开他的手："你让开，我跟我妈吵架有你什么事！"

丛烟上前两步，怒道："你那么爱养孩子小时候怎么不养我？你把我扔给奶奶干吗？现在嚷嚷要带孩子，你怎么好意思？"

这话一出，方瑾雨眼神都变了，受伤一样地蔫了下来。

丛烟也意识到自己说话过火了，可她火还没消，继续硬挺挺地昂着头。

只是两人都没再说话了，房间里安静得可怕。

顾星河和丛林眼神交流间达成协议，两人分别拖着自己的老婆回房。

房门一关，方瑾雨就开始哭："你看看你养的姑娘，她怎么跟我说话呢她！我是她妈！"

丛林安慰着她："好了好了，这孩子小时候缺爱，脾气不好很正常，也是咱们陪伴得少，你也别往心里去。"

"她缺爱，我不缺爱？我没老公爱没女儿爱的！"方瑾雨哭着抹眼泪。

丛林抓紧时机说："你怎么没人爱，女儿爱你，我……也关心你啊。"

"你关心个屁！你关心还跟我离婚！"

丛林："离婚有什么要紧，复婚不就行了。手续还挺简单的……"

"复婚？"方瑾雨被转移了注意力，眼泪也止住了，想了半晌说，"鬼才跟你复婚。"

那一边，丛烟坐在床边生闷气。顾星河站在她旁边等她气完，只一会儿，小姑娘就扑到他怀里了，眼泪汪汪地抱着他不肯放手，开始在他衬衣上抹眼泪。

"你就这么喜欢给我洗衬衣？"顾星河揉揉她的头。

"自己洗！"丛烟抽了纸巾擦鼻涕，"刚才吵架都不帮我！"

顾星河笑："那位是我老丈母娘，皇太后一般的人物，我敢帮你吗？这要是换其他任何人，我高低也得教训一下。"

丛烟"扑哧"一笑："一天就油嘴滑舌的。"

421

顾星河坐下来，耐心地跟她说："你啊，都要当妈妈了，以后你希望你孩子也这样跟你吵架吗？"

丛烟不说话，默默地抽泣。

顾星河揉着她的手指说："其实啊，我还挺羡慕你的，你看你还有妈妈可以吵，我爸走了，我想跟他吵都没的吵。他们年纪慢慢大了，可能也真跟你吵不了多少年了。"

这话说到丛烟心坎里了，冷静下来后她也不想跟方瑾雨吵，可她还是没有学会怎么跟母亲和解。

方瑾雨匆匆赶来戈壁滩给她做鱼的时候，她心里也幸福得要命，可是两人说起话来又恨不得撕了彼此。

顾守望漫画制作得非常顺利，有周文杰盯着，丛烟的心也放下不少，从剧本设计到动画制作，每天他们都会跟她沟通最新的进展，大家也为这件事付出了很多心力。

这日周文杰打电话给她，让她去找一位王姓主任要一份材料，为确保故事真实性，他们要确定漫画中一个历史事件的具体细节。

"这个故事就发生在他们单位，他们去年搞过一台晚会，我记得当时这个王岩石主任还专门收集整理过这位老同志的资料。"周文杰说。

丛烟明白了："我一上班就去找他。"

冉冉最近很黏丛烟，经常早上嚷嚷着要舅妈送她去幼儿园，秦娜不好意思麻烦已经怀孕的丛烟，丛烟却很乐意，现在肚子也不大，她都还能开车上班呢。

两人到达幼儿园附近，丛烟停好车子，领着冉冉从小路进幼儿园。两人刚走到门口，身后一辆白色车子突然急停在两人面前，差点儿撞到她们。

车上急匆匆地下来一个身着蓝色工作服的男人，领着孩子就往校园里面冲："快点快点，你妈也真的是，让我送你，这着急忙慌的。

你快点，别磨磨蹭蹭的。"

"这位先生，学校门口不让停车，你这样停车会影响别人的。"丛烟提醒他。

男人一边拎着孩子一边不耐地说："我影响谁了，除了你我也没别人啊，我就停一会儿。"

"那边有停车场，麻烦你把车停到那边去。"丛烟指着停车场的方向。

"我把孩子送进去就出来了，你谁啊，这么多事！"男人瞪了她一眼，抱起孩子往幼儿园里跑。

丛烟盯着男人的背影，有点生气，冉冉拉拉她的手说："舅妈，别生气，我们也快进去吧，再不进去，我也该迟到了。"

"对哦，你也快迟到了。"丛烟拉着冉冉的手说，"不过再怎么着急，也不能忽视管理规定，不守规矩是不行的，记得了吗冉冉?"

冉冉奶声奶气道："我知道，鲁爸爸也是这么跟我说的，要创建文明漠城。"

丛烟笑着刮她小鼻子："你居然还知道创建文明漠城。"冉冉蹦蹦跳跳地往里走，两人走进班级时，看到隔壁班跑出来刚才那个男人，男人见到丛烟还气呼呼地又瞪她一眼。

丛烟无奈摇头，自己不遵守规矩，气性还不小。

送完冉冉，丛烟按照周文杰给的地址去一处大院儿里找王岩石主任拿材料，院子里楼比较多，她找了好久才终于找到。可当看到王岩石时，她傻眼了。

这不就是早上幼儿园门口那个小气吧啦的男人嘛……

冤家路窄。

果然王岩石见到她也没什么好脸色，在得知她有求于他，需要一份材料的时候，更是鼻孔翘到天上去了。

"电视台的小丛同志是吧，不好意思啊小丛，我上午还有个会，你可以在这儿稍微等一下。"王岩石拿起文件夹准备出发。

"王主任……要不您帮我找一下，我自己联系文印室去打印。"丛烟客气地说。

"那怎么行，我们文印室都是有保密规定的，你一个外人去人家也不会给你打的。"王岩石看看手机时间，"真不好意思啊，小丛，我得赶紧去了，不好意思啊，你先坐，最多半个小时我就回来了。"

丛烟心想，好嘛，半个小时，等会儿就等会儿呗。

时间一晃两个小时过去了，她焦急地在走廊里来回看，也没见到王岩石的影子。路过一个小伙子时，她抓住小伙子问："你好，请问你们王主任开完会了吗？"

"早散了啊，他可能有别的事去忙了吧。"小伙子匆匆忙忙地回到办公室。丛烟看了眼时间，算了，下午再来找他吧。

毫无例外，她又被诓了一下午。晚上，她正在吃饭，王岩石主动给她打电话了："小丛啊，你现在过来办公室吧，不好意思啊，我今天忙了一整天。"

"没事儿王主任，我现在过去找您。"

方瑾雨："干啥去，饭都不吃了就跑？你慢点儿。"

"你们先吃，我有事儿，一会儿回来。"丛烟捞起一件外套，匆匆赶去了王岩石办公室。

"丛摄像，我们主任在隔壁会议室等你。"小伙子过来说。

丛烟一进办公室，发现里面坐了好几个人，墙上的屏幕投映着一份文档，王岩石见她来了，伸手招呼她："小丛，你过来，我们这儿正好有份活动方案，你也一起来出谋划策一下。"

丛烟心里无语，她只不过想找他要份历史材料，还要参与他的工作？但奈何有求于人，只能坐下。这会一开就到晚上一点，会上她像个隐形人，但却一直陪着他们熬了一个晚上。

临走时，丛烟耐着性子问："王主任，我要的那份材料……"

"哦，你看这么晚了，打印室也关门了，这样，明天一早你过来，我让人打好放办公室，你直接过来拿走好吧？"王岩石笑眯眯地说，丛烟只能答应。

接下来的几天，王岩石话说得有多漂亮多客气，事儿办得就有多糟糕多扯淡。丛烟不出意外地又被以各种理由拉来做这做那，一会儿电脑坏了，一会儿资料太多不好找，最后实在找不到什么理由了，直接说："那份材料可能没有了呢。"

这给丛烟气坏了，从前她跟贺寒各地采访，什么难缠的人她也见过，但只要想到能拿到材料，这几天的为难她也都忍了，最后这人居然无耻地说资料可能没有了。

他从一开始压根儿就没有打算给她这份资料，她完全可以以这是上级机关的要求来要这份资料，可她没有，她耐心地跟他沟通，却换来被涮整整一个星期。

是可忍孰不可忍，内心积压的小宇宙有要爆发的冲动。

这几天成茵嫒一直看丛烟忙忙碌碌，每天忙到很晚才回来，还以为是电视台工作太多，可她每天也没出去拍摄，整天来回跑，今天这又气势汹汹地出去，让人很是担心。

丛烟一路疾驰杀至王岩石办公室："王主任，那份资料是真的没有了还是您不想给我？"

王岩石这会儿也不装了，直接嘲讽起来："小姑娘，工作不是你这么干的，我第一天让你等我，你半途就跑了，你这是什么工作态度嘛，我就烦你们这些女同志，要么就吃不了苦受不了委屈，要么加不了班要照顾孩子，工作业绩哪个不是加班加出来的，就你们这工作态度，能干成个啥？"

丛烟笑了："大哥，我吃不了苦我还当驴一样给你打一周杂？我加不了班我跟你们开会到半夜一点？你又不是我领导，我就跟你要份材料你看你拿着鸡毛当令箭的德性，你一个大男人，大小是个主任，涮一个女同志玩儿你可真有脸在这儿跟我讲你烦女同志，什么年代了你还搞歧视女性这一套，退一万步讲，你说我一个人得了，你带什么所有女性啊？你妈不是女人你老婆不是女人？"

王岩石大概没料到她一个小小的电视台摄像敢跟他叫板，一时气得脸通红："你……你不想要材料了是吗？"

"对，老娘不要了，你也压根儿没想给我啊！我丛烟行得正坐得端，凡事讲道理，但对你这种不讲理的，老娘还真没尿过！"丛烟双手环胸，气汹汹地说。

王岩石气得从椅子上一跃而起，指着她说："滚，你给我滚，不要在我办公室撒泼，刁妇！"

丛烟正要张嘴反驳他，一个身影突然蹿进来，毫不客气地一下一下又一下地拍着王岩石的手："你嚷嚷什么，嚷嚷什么，我让你指，让你指，你指谁呢你指？你让谁滚呢你？你给我示范一下怎么滚！"

两人定睛一看都傻了眼。

王岩石："成总？"

丛烟："妈？"

王岩石："这是你妈？"成茵嬿什么时候多了个女儿？而且成总一向温婉大气，说话都很少大声，他也是第一次见她这么凶。

"对，我是她妈，我宝贝儿媳妇我都不舍得指她一下，你指谁呢你？"成茵嬿气呼呼地瞪着他。

原来是儿媳妇。

丛烟拉着成茵嬿："妈，没事没事，我工作的事我自己能解决。"

"解决什么？他让你解决吗？"成茵嬿推开她的手，再次瞪着王岩石，"你颐指气使地给谁看？她就跟你要份资料，也是为工作，这么大一个航天城，各个口通力协作才能把所有工作有序推进，每个人都像你这种工作效率，一份文件拖别人一个星期，工作还干不干了？咱们航天事业还发展不发展了？你像话吗你？她是一个普通的航天工作者不假，但也不是你说指就指的，你再指一个我看看？"

"成总您说得是，是我不好，是我不好。"王岩石对成茵嬿还是有所忌讳的，她是航天城的老专家，温年主任见了都得尊称一声成姐，他怎么敢跟她叫板，只能老老实实认错。

“你别道歉道得痛快，我今天也不是工作身份来的，我就是家属身份来的，你指我宝贝儿媳妇我这个当妈的就不能不管，她还怀着孕，你凶她干什么？党培养你这么多年，就让你这么对待基层航天工作者，让你这么对待漠城航四代的？”

“哎哟，成总，您这帽子可给我扣大了不是，我哪儿敢不尊重航天工作者，哪儿敢不尊重航四代，这都是我们漠城最可爱的人，我要有这想法，我自己也饶不了我自己不是？”王岩石赶紧从抽屉里拿出那份文件递给成茵嫰，“您看，我这儿早就打好了，这不一直没想起来给小丛同志嘛！”

成茵嫰一看这个更来气：“早打好了你不拿出来，你手里有点小权利你不知道怎么使了是不？一份资料你卡人家一个星期，你当这个主任不给大家提供好服务，是让你耀武扬威显官威，给大家使绊子添堵的？”

“是是是，成总，您教训得是，我以后一定好好提升自己的服务态度，绝不给大家使绊子。”

成茵嫰拿上文件领着丛烟离开了他办公室，王岩石坐在椅子上出神，她还真疼儿媳妇，自己怎么就把成总这么好脾气的人都惹毛了呢，不过，这俩人还真是像婆媳，凶起来一个比一个厉害……

顾星河知道这事儿后，最先反应不是她被欺负了，而是满满的“醋意”：“我在工作中遇到任何困难，即便我没错，我妈可从来没为我出过头，咋对你这儿媳妇比对亲儿子还好呢？”

“对我好你还不高兴？没有婆媳矛盾是多少男人毕生的心愿。”丛烟想起成茵嫰冲进房间护着她那一刻，心里暖暖的。

以后，她也要像成茵嫰护她一样，一辈子好好护着成茵嫰。

晚上，丛烟接到了漠城政工夜校的邀请，请她下周讲一堂短视频创作的教学课程。

在漠城，夜校是一道特殊的风景线，课程丰富多样，有时政讲解，有名家讲坛，有各种读书活动和热点交流，也有丰富多样的兴趣课程，每到晚上八点，大家就会走进夜校课堂，去听一些自己感兴趣的课程。

"作为一个新人，能收到夜校的邀请，是你的荣幸，你好好准备哦！"顾星河鼓励她，并承诺讲课那天他会去为她加油。

方瑾雨和丛林一时半会儿也不准备回去了，一来两人也已经进入退休生活，二来那天吵架后他们想着以前没好好陪过女儿，正好趁女儿怀孕，在这里多陪陪她。

丛烟孕反严重，每天感觉胃里像在做什么浓度实验，从一大早开始累积，恶心的感觉积累到一定程度就再也无法阻挡，直到把胃吐空才觉得舒服一些。

"这么吐下去也不是办法啊，每天吃多少吐多少。"方瑾雨和成茵嬿都只生过一个孩子，还都是很多年前，经验并不是很多，看丛烟吐得厉害，也只有干着急，不知道该怎么办。

顾星河每天让娜姐做一个爽口的小菜给丛烟加菜，可多数她也吃不下，每天都无精打采。

"我要知道怀孕这么辛苦，我就……"丛烟话还没说完就被方瑾雨拍了胳膊。

丛烟知道，母亲很讲究这个，饭不能乱吃，话更不能乱讲。可是她真的很难受，怎么看文静怀孕时很轻松啊，一点儿也没有受影响。

"你尝尝这个。"这天顾星河神秘地拿回一个饭盒，"醪糟萝卜片。"

丛烟一听名字就摇头，秦娜没少给她做萝卜，可她跟文静不一样，她真的吃不下。

可当顾星河把饭盒打开，她闻着里面酸香扑鼻的醪糟味儿，顿时神清气爽，她没忍住尝了一口，表情也愉悦了起来："这也太好吃了！哪儿来的？"

"岳风做的，他说他姐姐怀孕的时候，他妈就给姐姐做这个。"

"我真没想到，井盖儿还有这手艺。"她几天没好好吃过东西，今

428

天的醪糟萝卜片，她吃得连一滴汁水都没有浪费。

吃完萝卜片，丛烟给岳风发了一条消息：井盖儿，萝卜很好吃，谢谢啦！

岳风：客气啥，我又不是为了你，我是为了我们搜救队的下一代。

丛烟：那无私的井盖儿同志，能不能为了搜救队的下一代，再给我多做一点啊！

岳风：……就知道你个烟太狼目的不纯！

自从知道自己怀孕了，丛烟心理上都觉得自己重了很多，加上孕吐严重，上下楼时总是情不自禁地想喘气，工作中也不敢再扛摄像机了，可是工作得干啊，于是她主动收了王金凯为徒，虽说王金凯平时也能拍拍简单的活动照，可毕竟不是专业的，小伙子年纪轻轻的，不能总这样做些跑腿的杂活儿吧。

王金凯也是个有志气的，不想当一辈子小助理，小伙子勤快踏实，也肯学习，丛烟主动收他为徒，他甭提多高兴了，每天乐呵呵地背着摄像机跟着丛烟去摄影，丛烟跟在他旁边给他讲解，从理论到技巧，从经验到实战，事无巨细地一点点教给他，这一对儿年轻的小师徒也渐渐有了点航天传承的味道。

丛烟因为饮食的问题，开始关注漠城的"菜篮子"工程，漠城地处戈壁大漠，没有社会依托，组建以来，一代代漠城航天人发扬自力更生、艰苦奋斗的精神，在极其恶劣的自然环境下，自己动手、发展生产、丰衣足食。

大力发展农副业生产，农林牧渔多项并进。

农副业生产按照"精种精养、新种新养"的思路，整合资源、调整结构，需求引领、科技创新，试验保障能力和生产生活水平不断提升，一定程度上解决了广大科技人员、职工家属日益增长的多样化的物质需求。

丛烟觉得蔬菜做成动漫应该挺可爱的，就像《植物大战僵尸》游戏里的蔬菜，一个个都很可爱。可如何让人们对蔬菜动漫产生情感共鸣，这引起了她的思考，她想起过年时俞寻家对她说过的话：伟大的精神往往蕴藏在最平淡、最平凡的角落，而不仅仅是那些光鲜亮丽的地方。

这天丛烟带着王金凯一起来到航天搜救分队的菜地，菜地的工作人员夏师傅带着他们进到种植区，迎面而来的一排排大棚排列整齐，很是壮观。

夏师傅介绍说："我来了快二十年了，以前搞个滴灌、弄个温棚都感觉是先进技术了，蔬菜种植可以说大部分还是'看天吃饭'，受自然气候条件的约束很大。以前冬天啥也吃不上，但现在，我们基本实现了夏菜依靠田园化菜地保障，春秋菜依靠塑料大棚补充，冬菜依靠日光温室供应，四季衔接，啥菜都能吃上了。"

丛烟问："这里面都有什么菜？"

"什么都有，辣椒茄子，玉米西红柿，绿叶菜，萝卜，应有尽有。"

"萝卜？有萝卜？"丛烟最近听到萝卜就眼里泛光。

"有啊，这个棚里就有，我带你们去看看。"夏师傅带着他们进了大棚，一进大棚立刻温暖了起来，远远的，丛烟看到一个熟悉的身影，那人正半蹲在地上，撅着屁股在拔什么。

丛烟扯扯王金凯，王金凯心领神会地对着那人拍了一张照片。闪光灯一闪，地上的男人猛地回头，看到三人站在他身后。

"谁偷拍我？"岳风站起来。

"岳风，你又来偷我萝卜！"夏师傅站在原地双手环胸，一脸打趣，"堂堂搜救队员，每天都来偷我一个萝卜，你说说你，你的仙骨呢？"

"夏大哥您就少扯淡了，我每天帮您给大田覆膜一个多小时，还不值一个萝卜？"岳风站起来，指着地上那个拔了一半儿的萝卜，"快，帮忙，我弄半天都没挖出来，您今儿把铲子藏哪儿去了？"

"原来我的醪糟萝卜是你每天不顾一切偷来的啊，好感动啊！"丛烟双手放在胸前，故作哭泣的样子让几人直起鸡皮疙瘩。

岳风嘴角抽了抽："恶毒皇后的IP怎么装公主也是装不像的。"

丛烟翻翻白眼，可真没幽默感。

岳风："你最好不要告诉队长我每天来偷萝卜，不然队长肯定踹我屁股。最重要的是你就没醪糟萝卜吃了。"

丛烟拍拍岳风肩膀："你怕挨踢你还来偷萝卜？实在不行我每天去买一个萝卜给你，咱不干这没面儿的事儿了。"

岳风摇头："那不行，市场上那种萝卜怎么跟我们航天搜救队的萝卜比，一个青铜，一个王者，我们这大萝卜，水灵水灵的，看着就脆就好吃，那做出来的醪糟萝卜，啧啧……简直绝了。"

丛烟被他形容得忍不住咽了咽口水，那味道还真是挺好的。

夏师傅把大萝卜拔出来递给岳风，又带丛烟和王金凯去了旁边的人工光型蔬菜工厂参观，丛烟隔着参观窗看到里面穿着无菌服的工作人员在培育蔬菜。

夏师傅说："这是利用LED植物光谱技术、营养液栽培技术、自动化环境控制技术及智能化装备，在净化厂房内进行优质和高产的蔬菜种植，从播种到采收只需要三十五天。以前谁能想到面朝黄土背朝天的种植员，现在也能像搞科研实验一样，穿着无菌服在实验室一样的蔬菜工厂里培育各种蔬菜。"

几人又一起来到室外的大田，整齐的田埂已经一条条被分割，塑料膜也已经被覆盖上，小菜苗整齐可爱地插在地里，随风微动。

"夏师傅，您这二十多年一直在戈壁滩种菜？"

夏师傅望着这广阔的大田，笑说："是啊，是不是很没有出息？"

丛烟摇头："怎么会，我听说您可是种菜种得最棒的老师傅。"

"不敢当不敢当，不过我在这里种了二十多年菜了，别人发卫星，我锄田，别人发飞船，我插秧，别人把宇航员送上太空，我只能把新鲜的蔬菜送上大家的餐桌，虽然我发不了火箭，可也想做点什么证明自己是个航天人，现在大家都吃上我种的菜，我就觉得自己没白白守着大漠戈壁二十多年。"

"不过最让我高兴的是我女儿今年相亲去，她跟人家介绍她爸爸时说，我爸不是普通的种菜人哦，我爸是给航天人种菜的航天人！那会儿，我就觉得，我这辈子的菜啊，种得值！"

夏师傅笑得爽朗，丛烟也感受到了他的快乐和幸福。

丛烟回去做了一个《跨时空的漠城蔬菜》的动漫视频，把曾经漠城创业者吃的野菜、骆驼草和如今的人工光型蔬菜做了一个跨时代的对话，曾经的老师傅和现在的夏师傅各自带领自己的蔬菜进行了一次谈话，风趣的对话让人们不仅看到了时代的变迁、漠城人们餐桌上食物种类的变化和日渐丰富，更重要的是让人们在这穿越时空的蔬菜对话中，深深感受到了蕴藏在航天事业里那些最平凡的守望人。

肖敏看到她的漫画，给她打来电话说这集蔬菜专题可以加进顾守望系列漫画里做单独一集，也是很不错的。丛烟纳闷她怎么知道顾守望漫画里的内容。

"你们那个'乡巴佬'周文杰啊，他每天培训上课的，哪有时间盯这个事，还不是我好心，替他跑前跑后，有什么问题我再跟他沟通，他出主意我跑腿儿。"肖敏嘴上虽然骂着他，可语气倒是格外地甜。

"难得你倒是愿意跑腿儿，你不是也上课？今年不是毕业嘛，不用忙毕业论文啊？"

肖敏："我毕业论文早完成了，就我这聪明的小脑袋瓜子，论文那不是分分钟拿捏。再说了我也不是为了他跑腿啊，那些漫画不是顾叔叔画的嘛，我是为姐夫、为烟姐你跑腿儿，要不就冲他周文杰，谁稀罕理他呀！"

丛烟笑："好好好，你是为我们。"

肖敏又说："对了，烟姐，你投资这个动漫的事儿，姐夫知道吗？"

丛烟就知道，肖敏这家伙平时都是微信跟她天南海北地聊天，只有有"大事"的时候，才会给她打电话。

"没有啊……怎么了？我怎么可能让他知道，他肯定不会让我用所有家当去投资的。"在年初联系投资商的时候，尽管各方已经尽最大努力去找投资商了，可是投资数额太大，他们也不是什么大IP的动漫，没有人愿意投太多去冒险，还好何生亮这个富二代给力，一下子解决了大半儿，他当时是说想让自己的投资有点高度，不能总让陈美人和陆青浦把他当没有思想高度的人，虽然丛烟很感激他，可还是有部分缺口。

没办法，她当时就瞒着顾星河把自己在短视频运营那几年赚的全部家当都投进去了。

肖敏不好意思地笑笑："我今天，好像对姐夫说漏嘴了……我声明啊，我不是故意的。"

丛烟心事重重地挂了电话，想着晚上回去要怎么跟顾星河解释。

今晚她还有夜校的讲课，他答应会来的，应该会见到他的吧。

晚上七点半，丛烟提前来到夜校主会场做准备，大门口贴着带她照片的海报，走进去，会场工作人员已经在调试设备，大屏幕上写着她的讲课主题：《短视频与航天宣传融合发展的探索与研究》。

听起来还挺高大上，她原本想起的题目是《短视频如何创新及变现》，她觉得这个题目大家可能更感兴趣，可一想到来参会的什么级别的科技人员都有，甚至可能会有高工、研究员、各系统老总等，她觉得还是要把自己包装得有点内涵。

之前顾星河在看到她的题目后，还看了一眼她的提纲，笑说："你还挺会穿马甲，这样也好，内容有趣，题目有深度，老少皆宜。"

听课的人越来越多，渐渐地，夜校里已经座无虚席，丛烟没想到这么多科技人员会对短视频感兴趣，不过一想到现在是流量社会，人人都玩短视频，人人也都会用短视频记录生活，可并不是所有人都会制作漂亮、有趣、有意义的视频。

这也是大家感兴趣的原因吧。

八点整，人群里并没有看到顾星河的影子，丛烟心想他不会是因为知道她把所有钱投资了顾守望漫画而生气吧，但她没有时间细想，在主持人的简短介绍下，她开始了讲课。

虽然丛烟总是在短视频里出镜，但总归是可以彩排和重来的，没有什么压力。可讲课不一样，一次性完成，不能重来，所以还有些小紧张。不过到底是讲自己最拿手的短视频创作，紧张感很快在她沉浸式的讲解中慢慢消失，越来越得心应手。

课程中，观众反应比较好，在最后的提问环节，也有很多人向她请教了一些相关问题。

讲课途中，她时不时在人群中搜寻顾星河的影子，可是一直也没看到他，直到最后提问环节他终于出现了，他坐在最后排，在人群中很是醒目。

课程结束后，依然有人围着她请教问题，她一边解答一边观察着大厅后排的顾星河，他坐在原地，神色平淡地望着她，她看不清他的情绪，心里有些没底。

跟提问者简单地交流后，丛烟收拾东西向他小跑过去："老公，久等啦！"

顾星河眉眼柔和，和她并肩走出夜校大楼。两人走出门口没几步，他却又返回去了。

"干吗去？"

顾星河："忘带东西了，你等我一下。"

丛烟站在原地，却见他走到夜校门口立着的海报处，从架子上把印有她照片的海报取了下来，然后轻轻卷好。

门岗的小伙子本来看到有人"偷"海报，一溜烟地跑过去要制止，看到是顾星河，便好奇地问他要这做什么。

顾星河看了一眼小伙子："我媳妇。"

小伙子愣在原地，心里默默道你媳妇你也不能偷我们海报啊。不过出口的话却成了："哦……好……"

"一张海报你还取什么啊，真的是……"丛烟笑他。

顾星河牵着她的手说："我可不能让他们把我媳妇的海报丢进垃圾桶。"

丛烟心里莫名地放松下来，他似乎没有怪她的意思。

"你怎么不问我？"她终于开口。

"问你什么？"

"你知道的，投资漫画的事，不怪我吗？"

顾星河笑着说："一开始我是有点生气的，不过也就两秒。"

那两秒，是来自他内心那一点大男子主义的残留，一个大男人，还需要用老婆的钱。两秒后，是来自他对两人情感和信念的坚定，他相信，他们有共同的目标，共同的理想，共同的信念。

丛烟望着月光下的男人，轻声问："为什么啊？"

"我怪你什么？"顾星河反问，"我是怪你为了实现我父亲的遗愿做的所有努力？还是怪你为了宣传航天精神义无反顾的坚持？你除了没有跟我商量一下，你没有做错什么，别人可以怪你，但我不可以。"

他们一结婚，她就把自己婚前所有积蓄拿出来支持他父亲的遗愿，又有几个人能做到呢，甚至有可能，他们结婚前，她就这样打算过。

顾星河伸手揽住她的肩膀："我知道你也是为了我，为了父亲，为了让这部承载着漠城文化的动漫走进万千小朋友的心里。你都没有考虑过你自己辛苦多年所有的家当会打水漂，我又怎么会怪你去冒险。"

"其实，我当时想跟你说的，可我怕你不同意我去冒险。虽然我没有见过公公，可我嫁给你，他就也是我父亲，我不想他的遗愿因为钱而没办法继续。"丛烟继续说，"而且我有信心，这部漫画一定不会让投资者们失望，它在传递信念和漠城精神的同时，说不定会创造很多经典IP。"

"你相信它，我相信你。"他微微低头，轻吻她的额头。

丛烟其实也有想过，如果投资收不回来，甚至亏本，那该怎么办。不过很快她就释怀了，那又怎样，最不济他们还有工作有工资，还有彼此，为了梦想搏一搏，钱又算什么。

如果她嫁给了顾星河这种男人，对人生的追求却还只停留在钱上，她自己都会瞧不起自己。

丛烟怀孕三个月时去医院做B超，身后浩浩荡荡跟了六个人。除了她家这四位，还有文静和路平。

和之前一样，女士在里面，男士在家属区。

B超医生是个小姑娘，非常热情地扶她躺下，一会儿问她怎么怀孕了还保养得这么好，有什么秘诀，一会儿又问她在哪个部门做事，听到她是摄影师时一脸崇拜："女摄像哦，666！"

家属区的路平说："这小医生，叽叽喳喳的。"

里面小姑娘的声音停止了，他这才意识到他能听见人家说话，人家小姑娘自然也能听到他说话。

冰凉的液体在肚皮上滑过，丛烟开始紧张起来了，这是她第一次跟肚子里的小东西通过仪器见面。

可是小姑娘并没有像上次给文静检查的医生那样挨个介绍胳膊腿啥的，而是一会儿"咦"一会儿"呀"的，语气词没完没了，时不时又推推眼镜贴近屏幕认真观察。

"医生，怎么样啊，你倒是说话啊？"方瑾雨着急地问。

小姑娘神情有些紧张，说："好像……有点……不太好。"

"啊？"所有人的心都提到嗓子眼了。

"怎么不好了，哪儿不好了？"成茵嫩声音微颤。

小姑娘放下仪器，结结巴巴地说："你们先别急，我去让主任来看下，也许是看错了。"

丛烟吓坏了，她一直以为怀孕就是瓜熟蒂落的过程，这三个月也只是耐心等待，从来没这么担心过，怎么会有问题呢？有什么问题？兔唇？缺心脏？还是缺胳膊少腿儿？

这要是有问题，她该怎么办啊！她和顾星河都身心健康，孩子怎么会有问题呢？

一瞬间，她脑海里浮现出无数个问题，神经也跟着紧张起来，手下意识地抓紧检查床上铺的蓝色床单。

顾星河推门进来，握着她的手说："没事，别怕。"

被他一安慰，眼泪反而差点儿掉下来，她强忍着眼泪认真地点点头，嗯，没事的，一定没事的。

说话间，主任小跑进来，神色有些凝重。小姑娘跟在主任身后仔细指着屏幕说："主任，您看，是不是多条胳膊？"

"啊？多条胳膊？"成茵嫩差点儿没站住，整个人向后靠了过去。

顾星河扶住成茵嫩，难得发脾气的他盯着小姑娘凶道："你他妈毕业了没啊？我一外行都知道那是双胞胎！"

"嗯？双胞胎？"成茵嫩立刻又恢复精神，"什么双胞胎？"

大家也都震惊得合不拢嘴，这反转也太快了。

顾星河走过去拿起仪器在丛烟肚子上一边滑动一边给小姑娘说："看清楚了，这是一条腿，这是一条腿，这边还有另外一个娃的，胳膊，一、二、三、四，脊柱两条，五官两副。"

他把仪器往电脑旁一丢，火道："不缺胳膊不少腿，长得还都很可爱，没毕业就回去再学学，你吓着我老婆了你！"

"小顾，你什么时候改行了？"主任不好意思地拍拍他肩膀说，"今天是我们的失误，小姑娘还在实习期。小刘，还不赶紧出去。"

小姑娘被说得泪汪汪的，边往外走边小声嘀咕："长那么帅，脾气却那么凶，那美女什么眼光啊，光看脸啊……"

丛烟一颗揪着的心终于放下来，主任也重新仔细认真地全方位检查了一遍，结果很好，两个宝宝都很健康。

方瑾雨高兴得合不拢嘴："这下不用跟亲家争谁带娃了，一人一个。"

路平又惊讶又"难过"，原以为自己生娃这件事终于赶在了顾星河前头，结果人家一下子整两个。

顾星河眉角一挺，得意又自信："我是航天人，有能力也有信心弯道超车，不只事业，连生孩子也是。"

丛烟问顾星河："你是什么时候知道是双胞胎的？"

"第一次抽血吴倩说你HCG比普通人高出很多时我就有所怀疑，今天看B超才确定。"

丛烟惊讶，他嘴巴可真紧。

他们准备离开医院时，肖敏发消息问她产检怎么样，丛烟把B超单发给她：可爱极了，你一下有两个小外甥了！

肖敏：哎哟我去，我姐夫也太有本事了吧。

丛烟：明明是我有本事好吗！我土地肥沃！

肖敏：嗯嗯，你肥你肥！那我过几天去漠城看他们！

丛烟：你来我们这"乡下"看我们这群"乡巴佬"呀？

肖敏：嘿嘿，我也快成为"乡巴佬"一员了。

丛烟惊讶地张大嘴巴，还记得年前去肖正松家，肖敏说过让老肖对她好一点儿，不然她也会跑戈壁滩的，肖正松还说她如果能找个顾星河这样的，她去海底他也不管。

丛烟：你不会真学你烟姐我，看上周文杰那个"土鳖"了吧？

肖敏：我们家老周哪里"土"了？

丛烟：都"我们家老周"了，看来"星火燎原五缺一"群，马上就要满员了。

这戈壁滩上的男人啊，除了能发火箭、收飞船，一个个的还贼能招小姑娘。

漠城的春天是希望也是梦魇，4月是沙子肆虐的季节，冷气团席卷着沙砾覆盖漠城，不留余地。

今天丛烟和王金凯去了几个铁路沿线拍摄。

整个铁路沿线一年一场风，从春刮到冬，铁路沿线的航天工作者戏称自己是"铁三多"：口袋沙子多，脸上雀斑多，手上裂口多。

漠城生活区已经是远离城市的艰苦边远地区了，没想到这偏远之中还有更偏远的，在一个个沿线的小院子里，三五个人相伴而过，守

438

护着一段段铁路线，维护着铁路的日常，每天睁开眼就是漫天黄沙和头顶空旷的天。看到那些在戈壁中与世隔绝的小院子，丛烟对漠城航天人的敬意又升了一级。

在这片土地上，奉献，从来不是说说而已。孤单，也从来不是听听而已。

而这样的小院子，在整个戈壁，分布了无数个。

回来的时候，正好赶上沙尘暴，肆虐的沙子瞬间席卷整个漠城，黑红黑红的像《西游记》里妖怪出场的前兆。

随着丛烟肚子越来越重，王金凯这个小徒弟也尽职尽责，知道丛烟怀着双胞胎不方便，每天工作结束，都把她送回家，还要送上楼才放心离去。

今天沙尘暴严重，他把丛烟送回家的时候，正好还碰到门外的树枝被风吹得"咔嚓"断了一截。

两人走到文静家楼层时，门"砰"的一声被打开，路平被人从门里推了出来，门又"砰"的一声被合上。

王金凯眼疾手快地护住丛烟，才没被路平撞到。

"你这是……被丢出来了？"丛烟惊诧地望着路平，他脚上鞋都没穿一双。

路平见到救星一样地向丛烟痛斥文静"惨绝人寰"的恶劣行径："你说说，她还在产假中，女儿还嗷嗷待哺，她不好好待在家里带女儿，天天往队里跑什么？队里缺她一个了？我不让她去，我说'你要再去除非我不在这个家'，她居然真的就把我丢出来了。"

丛烟靠着栏杆，听得乐呵呵的。

原本关着的门"砰"又被推开，文静叉腰站在门里："路平，你说话别说一半儿，你当初是不答应我的，我生完孩子就可以重返搜救队参加任务，'鲲L号'返回没我，'鲲M号'返回还没我，'鲲N号'年底返回，这次还是难度非常大的夜间返回，我现在不加强训练，等休完产假又没我什么事了！"

"那你也不能不管姑娘啊！"路平委屈道。

"我怎么没管了？该喂的奶我喂了，该熬的夜我熬了，孩子是咱俩的，凭啥生个孩子我的事业我的理想都要放弃，你当爹的什么也不耽误？现在孩子生出来了，你不该多费些心，支持一下我的事业我的理想吗？"文静站在门口，声色俱厉。

丛烟拍拍路平肩膀："这波儿我站文静。"

"你们女人当然站女人，老大要在肯定站我。"路平依然很委屈。

"我也站文静。"顾星河走上楼梯，"刚进楼门就听你们在嚷嚷，有什么好嚷嚷的。"

"老大，她不管娃。"路平先发制人告状。

"文静说得没错，孩子是两个人的，你不能光考虑孩子不考虑孩子她妈，队里的确是不缺她一个，可她的人生理想缺她，文静已经为了你们共同的孩子付出一整年了，现在她想重新站回搜救沙场，我觉得合情合理，你作为她最爱的人，应该支持和理解啊。"

路平委屈道："我不是不支持她为自己的理想拼搏，我也是搜救队员，我也是和她一起站在航天战线上的漠城航天人，我怎么可能不理解她？我要不理解她就不会半夜都不舍得让她爬起来哄宝宝，但是，事有轻重缓急，孩子现在还小，需要她喂奶的嘛！我但凡有奶，我也不至于跟她急啊。"

"有什么困难解决什么困难，喂奶不及时就冷冻好，这也不行还有奶粉，办法总比困难多。"顾星河拉着丛烟的手说，"走，老婆，咱俩回家，让他自个儿反思去。"

丛烟笑着跟文静和王金凯挥手，两人上了楼。

一进门，丛烟就踮脚抱着他脖子夸奖道："你刚才说得真好，你以后一定是个好爸爸好老公。"

"家里还有人呢，干吗呢这是，要抱回卧室抱。"方瑾雨端着盘洗好的水果出来，"刚楼下干吗呢，吵吵闹闹的。"

"没事儿，文静两口子吵架呢。"丛烟过去捏了一个小西红柿就要往嘴里塞。

方瑾雨拍下她的手："手也不洗就吃。"说完又继续道："年纪轻轻有什么好吵的，架不能老吵，吵着吵着就吵散了。"

丛烟知道，方瑾雨这是又想起年轻的时候了，她跟老丛就是这样吵着吵着就散了。

最近沈有墨在跟老江做载人航天三十周年纪录片，每天沉浸式工作还毫无怨言。自打沈有墨被老江精神俘获，这工作动力可是成倍增长，每天都跟打了鸡血一样，就差头悬梁锥刺股了。

辛然倒是越来越从容，每天按部就班地上班写稿，工作间隙还跳个孕妇操活动一下筋骨。

辛然比丛烟早怀孕一个月，可肚子看起来却没丛烟那么大。

"两个孩子是不一样哦，比我这大一圈儿呢。"辛然好奇地问，"你说，他俩会是两个男孩，还是两个女孩？"

"我看肚形像两个儿子。"王金凯插话道。

"你一未婚小奶狗，还懂看肚形？"辛然笑问。

王金凯一本正经地说："我姐怀孕的时候，我妈就说，从背后看基本看不出来怀孕那就是儿子，你看我师父，这从身后看还跟小姑娘一样，腰是腰腿是腿的，要我说，一定是俩儿子。"

丛烟笑道："有没有可能是你师父我本来就天生丽质，腰是腰腿是腿的。"

王金凯也好奇："师父，那你自己希望是啥啊？"

"我也希望是俩儿子。"丛烟双手托着下巴，一脸畅想，"我只要一想到两个小顾星河萌萌哒的可爱样儿，我就巴不得再多几个，三个四个五个……"

辛然"扑哧"一笑："那要是俩女儿呢？"

丛烟笑眯眯道："两个女孩我也喜欢，都是我们的宝贝，我们家顾队长更喜欢姑娘。"

"真要生两个小丛烟，该顾队长天天眼里冒桃心了。"辛然笑。

"一男一女不就好了，人家怀双胞胎的不都盼着生龙凤胎嘛，儿女双全，人生巅峰。"王金凯笑。

虽然丛烟是双胞胎，可医生也在不断提醒她要控制食量，不然吃太多，孩子太大不好生，也怕早产。

新媒体组一下子多了两位孕妇，沈有墨又被拉去搞宣传片，人手一下子有点不太够用，江姝借调了两个人过来帮忙，她们也算从容了些。

随着天气越来越热，丛烟的肚子也越来越大，明明才六个月的肚子，却总被人问："是不是快生了呀？"

就连冉冉也总是说："舅妈，我感觉你的肚子大得像装了两个大西瓜。"鲁国昌笑呵呵地说："是两个小娃娃，冉冉一下子多了两个小跟班呢。"

丛烟见他们格外和谐，偷偷问秦娜："想通了？"

秦娜笑说："从他为我和冉冉出头那天，我就想通了。"

原来，前阵子冉冉在游乐场被小朋友从高处推下，脑袋磕破了皮，血流一脸。可对方小朋友的奶奶非但不承认还说冉冉胡说八道，自己摔下去的还要冤枉她孙子，那小朋友自始至终也不吭声，冉冉被冤枉，哭得很凶。

就连那小朋友的父母也不承认，反而斥责冉冉有娘生，没爹教。

鲁国昌知道后，去找游乐场索要监控，偏偏那天那一区整个儿停电，没有监控资料。秦娜原本想算了，碰到这种不讲道理的人也只能认栽了。

可鲁国昌不干，他四处去找停在游乐场周围的车，一辆辆车去求人家，终于在其中一辆车的行车记录仪里看到了小男孩把冉冉推下去的一幕。

鲁国昌拿着视频资料去找那家人，证据面前，自然无法抵赖，鲁国昌要求他们登门道歉，否则就报警处理，男孩父母自然选择了上门道歉，领着小男孩带着礼物上门跟秦娜和冉冉道了歉。

他们最后走的时候，鲁国昌说："还有，我们冉冉不是没爹教，我就是她爹！亲爹！"

那一刻，秦娜觉得，如果真的因为世俗流言错过了这个男人，那她才是真的错。

丛烟摸摸冉冉的头，看着鲁国昌在店里忙前忙后，笑着对秦娜说："这样多好，对吧?"

*　　*　　*

秋末已过，又一年的初冬悄无声息地来了。沈有墨和老江做的纪录片播出那日，辛然平安生产了一个儿子，沈有墨喜欢得不得了，抱着宝宝一直说："长得像我媳妇，好看好看！"

丛烟也看得喜欢，不禁又多看自己肚子几眼，现在，她站立时已经完全看不到自己的脚趾了。

还有不到一个月，"鲲O号""鲲N号"两个乘组的航天员将首次在太空"交接班"。

意义重大，不言而喻。

苏骁在不分日夜地练习开舱，他将每一个动作做到完美，开舱手柄被他练废了好几个，手也磨破了好几层皮。经过大半年的全方位训练，他终于在考核中拿到了第一名，成功获得担任"鲲N号"开舱手的资格。

做一名优秀的开舱手，做航天员回到地球后看到的第一人，他的梦想终于可以实现了，他要让吴剑看到，他是一个真正的爷儿们！也要让吴倩看到，她的男人值得她爱！

在漠城科技人员全力备战任务时，杨午给丛烟带来了好消息，顾守望的漫画第一季已经全部制作完成，动画片正式进入审核程序。

丛烟高兴地给顾星河发消息：漠城航天人的守望精神终于可以广为流传了。

顾星河忙于任务，几乎不在家里，丛烟由三位老人照顾日常，可每天晚上无论多晚，他都会回来守着她入睡。

那天他回家时，丛烟已经睡了，他看了一眼她发来的消息，在她耳边轻声说："我替爸爸谢谢你，替所有漠城的守望者谢谢你。"

从她第一次给他书里夹漫画时，他就想象过这一天，她成为一名优秀的航天文化传播者的这一天。

搭载"鲲O号"载人飞船的运载火箭在漠城点火发射，约十分钟后，鲲O号载人飞船与火箭成功分离，进入预定轨道，航天员乘组状态良好，发射取得圆满成功。

五天后，"鲲N号"返回，任务正值寒冬季节，飞船夜间返回，夜间搜索发现目标难，夜间救援人员到达飞船着陆现场更难；加之严寒条件下现场救援人员的各种保障要求高，展开搜救行动安全防控的要求也高。

搜救队员也面临前所未有的挑战……

夜晚寒风刺骨，前方"猛士"列阵大漠，静待出发。而后方的医院里，秦娜举着手机在丛烟的产床前播放着《新闻直播》：

"各号注意，我是长京，下面通报返回舱第二次落点预报……"

"飞鹰明白——"

丛烟正在产程中，此时的她满头大汗，身体剧烈的痛感让她深感疲惫，她一边用力一边盯着直播画面，助产士在一旁安抚她："缓慢呼吸，慢慢用力……"

直播里不断传来声音：

"发现目标——"

"鲲N号感觉良好。"

"长京明白。"

"飞鹰收到——"

"长城报告——"

"鲲N号注意，主伞已打开。"

"各号注意，我是长京，现在通报第三次落点预报——"

"飞鹰明白。"

产房里，丛烟在助产士的鼓励下规律用力，可她越来越疼，也越来越没力气，她已经顾不上看屏幕，闭着眼睛喊："到哪儿了？他们到了没啊？"

秦娜安抚她："路平他们马上就到了。"

丛烟听到直播里又传来声音：

"直升机跟踪正常，信号正常。"

"跟踪正常，信号稳定。"

"返回舱着陆。"

"各号注意，我是长京，现在通报第四次落点预报。"

"我是长京，第四次落点预报已发出，后续由漠城按计划组织飞船搜索回收。"

"漠城明白。"

产房里，丛烟已经虚弱得没有什么力气了，手也把床单攥得全是褶皱："他们快到了是吗？"

"漠城飞鹰报告，已到达着陆现场上空，落点为……"

"漠城明白。"

"漠城飞鹰报告，已在着陆现场降落。"

"漠城猛士报告，本次距离返回舱落点十六公里。"

助产士鼓励着丛烟："坚持，已经看到一个宝宝的头了。"

丛烟疼到无法呼吸，她只觉得自己要碎掉了："到了没啊……"

"路平他们已经到了，顾星河他们马上也就到了，晚上视线不好，你不要着急……"秦娜握着她的手。

许久之后，在丛烟力气用尽之时，她听到了几个声音：

"到了到了，都到了，一切顺利。"

"女孩，四斤九两。"

"男孩，五斤二两。"

"鲲N号"载人飞船返回舱在漠城着陆场成功着陆，现场医监医保人员确认航天员身体状态良好，"鲲N号"载人飞行任务取得圆满成功。

丛烟再次醒来时，病房里站满了人，方瑾雨和成茵嫩一人抱着一个娃，高兴地说着男孩像妈妈，女孩像爸爸。

文静和搜救队员们穿着搜救服直接赶到了医院，衣服上都带着细密的一层沙土……

苏骁今晚当开舱手表现巨棒，他说自己终于可以骄傲地给吴倩一个婚礼了……

沈有墨高兴地和辛然商量要预定双胞胎中的女孩做儿媳妇……

江姝说沈有墨做的片子获奖了……

林居说自己的论文也获奖了……

顾星河则穿着搜救服弯腰俯在她床边，深情吻着她的手："老婆，辛苦了。"

她笑着回他："老公，你也辛苦了！"

"看，烟花！"文静指着窗外的远方。

丛烟转头看去，任务成功的烟花燃起，在夜空中绽放出一朵朵最亮的星，那盛放天际的花朵，比任何时候都要绚烂。

烟花开得最盛的时候，她轻轻说："两个孩子小名就叫小十四和小十五吧。"

顾星河深吻她额头："听你的。"

丛林也在她耳边说："我和你妈今天复婚了，女儿，爸爸妈妈爱你。"

周文杰把张京发来的消息拿给她看：《烟火星河》已经过审，很快就能播出了……

肖敏和周文杰肩并肩站在她旁边笑，肖敏通过了面试，即将成为为爱奔赴漠城的下一个丛烟……

丛烟满足地笑着，她看向这一屋子的人，这一张张笃行而又热忱的面孔啊，这一个个求索而又坚定的梦想啊，这一幕幕被点燃的家国星光啊……

漠城不是一个名字，而是一场梦的代名词。青葱幼稚的一眼定情，终究在漠城的万丈星河里变成信念。

漠城的烟火，是苍穹的星河。

——正文完——

番

外

篇

——番1——

丛烟刚把小十四、小十五哄睡，便收到了肖敏的消息，是张图片截图。

两个光头的外国男人，朋友圈配图的文字是：恭喜长京，恭喜漠城航天人！

丛烟好奇回：这两人是谁啊？

肖敏：十年前，在酒吧被我烧头发的那两只彩毛龟。

丛烟：啊？你怎么还有他们的联系方式？

肖敏：就为了看他们为我们航天而心甘情愿地剃光头。

丛烟：……

这是真正的君子报仇，十年不晚啊。

——番2——

孩子出生一个月后。

"顾星河,你怎么又偷偷抱走女儿!"丛烟跑到小房子里,轻声"质问"他。

"你要不让我回房睡,我就只能挟女儿以令老婆了。"顾星河躺在床上轻拍着熟睡中的女儿。

"我不是心疼你晚上回来得晚,才让你好好在这边睡觉的嘛!"丛烟对这个"无赖"无语了。

顾星河从床上坐起来,一脸委屈道:"你是心疼我啊,我还以为你有了两个小崽崽就不要崽儿他爹了呢!"

"好了,把小十四还给我,一会儿醒了看不见我又该哭了。"丛烟要去抱孩子,却被孩子她爸一把抱住。

"我不管,你要抱她回去,就得把我一起抱回去,晚上不抱着老婆我失眠,那才是真的睡不好。"

丛烟翻翻白眼:"顾星河,你都是两个孩子的爸爸了,还这么黏黏糊糊的。"

"不黏糊怎么生小十六啊!"

"小十四、小十五才多大啊,你又开始想小十六。"

顾星河将她拽到自己腿上坐好:"那怎么了,我得跟上我们鲲速度啊,我孩子的妈这么优秀的基因,我还不得配合你再生一个足球队?"

丛烟笑道:"也对,我们航四代也要壮大队伍,跟上祖国航天未来的发展速度才是。"

"所以嘛,等我一下。"顾星河跑到主卧把小十五也抱过来,把两个孩子并排摆好后,冲门外正聊天的三位父母说:"爸,妈,小十四、小十五交给你们啦!"

丛烟一脸惊讶:"不是带娃过去一起睡吗?你怎么还把娃们都赶出来了?"

顾星河将丛烟拦腰抱起,一边往主卧走一边低声在她耳边温声耳语:"我们抓紧造我们的小十六去。"

夜色撩人,丛烟窝在他怀里问:"如果,当初我没有来漠城,你怎么办?"

顾星河吻着她额头说:"当一辈子老骆驼,一直等你来。等不到就等我老了,回去娶你。"

"在这边找一个就好了。"

"你告诉我上哪儿能找到和你一模一样的?"

——番3——

"鲲O"返回漠城着陆场那日，"小十四，小十五，小十六，咱们一起看动画片喽！"成因嫩把小宝宝们排排坐放好，"这可是爷爷亲手画的、妈妈亲自指导制作的动画片哦！"

"咿呀——呀——也——爷——爷爷——"小十六不清不楚的两个字把所有人都震惊了。

"她刚叫什么？"丛烟惊讶地跑过去。

"也——爷爷——"小十六又重复了一遍。

"小十六会说话了哎！"成因嫩高兴得语无伦次，"她叫的……第一个人……是爷爷呢！"

丛烟赶紧把小十六抱起来，对着墙上顾守望的照片说："小十六，这就是爷爷，爷爷，你叫爷爷呀！"

小十六稚嫩的小手儿在顾守望脸上拂过，轻声道："爷爷。"

——番4——

陈美人和贺寒从青市来漠城看望他们。

陈美人："烟儿，这个ID叫'最爱烟宝宝'的人是谁啊？"

丛烟勾唇，看向一旁正在奋力敲手机屏幕的男人："一个爱慕我多年的粉丝，老粉儿了。"

陈美人："难怪呢，这哪儿是粉丝啊，这是键盘侠粉碎机吧？"

丛烟："嗯？"

陈美人把手机给她看："你看，但凡你的作品下面有键盘侠的评论他都在下面给人家评论一个字。"

丛烟好奇道："什么字？"

陈美人："滚。"

丛烟："……"

陈美人："不过真的很解气啊，你看那些键盘侠说的什么鬼玩意儿，你画清新风，他们说童真太多，你画成熟派，他们说不像你风格，又说你不画中国风就是不爱国，你画中国风，他们又说你脸动了刀子，这哪儿跟哪儿，真是抱着键盘走天下，一天天跟批阅奏章似的！你看有个键盘侠还问这个骂人的粉丝说'你凭什么骂人'。他回人家说，'凭手机在我手里，滚'。真解气！"

贺寒用胳膊肘撑撑正在激战键盘侠的顾星河："你不是吧，都三个娃了，还这么护媳妇？"

顾星河望着不远处的丛烟："你看她哪像三个娃的妈？"

"不像娃的妈像啥？"

顾星河："像我宝贝老婆。"

贺寒："……"我走行了吧。